今井正之助　著

太平記考説

汲古書院

『太平記考説』　目　次

太平記考説

まえがき

本書を三部に分けている。はじめに第二部（日付・年次構成）にふれる。その第二章で、『太平記』は年号自体に処理を加えるといった、年代記的記述にとっていわば不可侵の領域にまで手をのばしており、軍記物語史における『太平記』の特異な性格の一端がここに窺える、と述べた。その特異な性格は、建武関係の三つの改元（建武改元、建武から延元への改元、建武から暦応への改元）が史実とかけ離れていること（第二章二）および巻一九に新たな年次が創設されていること（第三章一1）という大きくは二つの要因によって生じている。後者は、本来個別の動きであった、後醍醐吉野潜幸後の宮方の反攻のすべてを、新田義貞の北国での発威に導かれたものとする叙述を成りたたせるための操作であり、巻一八以降には〈後醍醐―新田義貞―他の南朝勢力〉という一元的な構図が生じている（第三章二1）。巻二〇において義貞はさらに別格の存在に仕立てあげられており、その死は宮方に兆していた可能性が一挙に消滅するという図式につながる。この点に注目すれば、『太平記』第二部（巻一二～巻二〇）は、護良親王流刑にはじまり楠正成の討死をへて、後醍醐の現実世界での力がもぎ取られていく過程を描くものとみなすことも可能となり、さらに、現在の『太平記』の形こそが後醍醐の物語の様相を呈しているのではないかという見通し（第三章注7）にもつながる。第三章は、いまだに定見のない欠巻の成因を、義貞をめぐる一連の叙述のなかに探ることを主題としているが、日付・年次構成が引きおこす問題は根深く、『太平記』の理解にとって不可避の課題である。

第三部（合戦叙述）について、『太平記』の合戦叙述を考える上で示唆を受けた論考（第三部第一章注4）としてあげたものの他、安井久善『太平記合戦譚の研究』（桜楓社、一九八一）がある。「『太平記』は合戦を中心にした歴史物語である。合戦譚をぬきにしてこの物語は成り立ち得ない」（緒言）という安井氏の発言に共感するが、氏の研究は「兵学的な解釈をも含めながら、合戦の歴史地理的な研究」をすすめる（五四九頁）ものである。本書においても合戦の歴史地理的な研究に近い作業を行った事例があるが（第三部第四章）、その場合でも本書は直接合戦の実態に迫るのではなく、合戦譚の叙述様式そのものの検討に主眼を置いている。また、近年の注目すべき成果として、岩波書店『文学』〈特集「いくさ」と文学〉（二〇一五・三）があり、佐伯真一・井上泰至「《対談》「いくさ」と文学」や大津雄一「「軍記と暴力」（後に『挑発する軍記』勉誠出版、二〇二〇）に啓発を受けた。さらに佐伯真一『軍記物語と合戦の心性』（文学通信、二〇二一）ではさまざまな角度から軍記物語の描く「いくさ」の本質にせまる議論がなされている。ただし、『太平記』を中心に据えての論究は少なく、合戦叙述のあり方から、とくに『平家物語』と比較して『太平記』の作品としての特質を浮かびあがらせるという本書第三部の試みには、まだそれなりの居場所があるように思う。また、「太鼓」の記述を通史的に検討し、『太平記』の資料的価値に及んだ第六章や「〇〇城」という表記をどのように読むべきかを論じた第八章・第九章も、問題提起としての意義を失っていないと考える。

第一部（表現と構成）は第二部・第三部以外の諸論というのが正直なところであるが（第二章・第五章には日付の問題が関わっている他、第五章は第二部第三章と、第六章は合戦叙述の問題と関わる）、第一章補論「賀名生」、第六章・第七章永和本の問題（永和本の存在の重要性はどれほど強調しても過ぎることはない）の他、新稿を主とする第八・九・十章にも目をとめていただきたい。『太平記』を歴史叙述として読もうとするとき、日付とともに登場人物の官位に関わる表現が問題になるが、第十章は、場当たり的にも見える『太平記』の官位表記が、場面ごとに適切と判断した根拠にもとづき、異なった手法によって仕立てあげられていることを説いたものである。

◇主要使用テキスト

本書における主要な使用テキストは次のとおりである（これ以外は個別に注記）。＊印は紙焼写真による。引用に際しては通行の字体に改め、句読点・濁点などを補った。振仮名は適宜取捨し、必要に応じて送り仮名を補った。また部分的な漢文表記は必要に応じて読み下した。

『太平記』（分類・呼称は長坂成行『伝存太平記写本総覧』〔和泉書院　二〇〇八〕による。慶長八年古活字本以外はすべて写本）

〈甲類本・神田本系〉

神田本（穂久邇文庫蔵）…古典研究会叢書『神田本　太平記　上巻・下巻』（汲古書院　一九七二）

〈甲類本・西源院本系〉

西源院本（龍安寺西源院蔵）…『西源院本　太平記』（刀江書院　一九三六。クレス出版刊影印本を参照）

〈甲類本・玄玖本系〉

神宮徴古館本（神宮徴古館蔵）＊

玄玖本（前田育徳会尊経閣文庫蔵）…『玄玖本　太平記（一）～（五）』（勉誠社　一九七三～七五）

松井本（静嘉堂文庫蔵）＊

〈甲類本・南都本系〉

簗田本（国立国会図書館蔵）…国立国会図書館デジタルコレクション

内閣文庫本（国立公文書館内閣文庫蔵）…内閣文庫デジタルアーカイブ

筑波大学本（筑波大学附属図書館蔵）＊

南都本（水府明徳会彰考館文庫蔵）＊

〈甲類本・系統未分類〉

宝徳本…名古屋市鶴舞中央図書館蔵整版本の校合書込。参考：長坂成行「宝徳本『太平記』復元考――河村秀穎校合本による――」（奈良大学紀要14、一九八五・一二）、長坂成行「宝徳本『太平記』巻三十三本文箚記」（奈良大学紀要15、一九八六・一二）

永和本（国文学研究資料館蔵）「国書データベース」画像。不審箇所は原本を閲覧し確認した。

〈乙類本〉

米沢本（米沢市立米沢図書館蔵）…市立米沢図書デジタルライブラリー

毛利家本（水府明徳会彰考館文庫蔵）＊

書陵部本（宮内庁書陵部蔵）＊

前田家本（前田育徳会尊経閣文庫蔵）＊

梵舜本（前田育徳会尊経閣文庫蔵）…『太平記　梵舜本　一～九』（古典文庫　一九六五～六七）

〈丙類本〉

天正本（水府明徳会彰考館文庫蔵）＊

教運本（旧称：義輝本）（国立国会図書館蔵）…『義輝本　太平記（一）～（五）』（勉誠社　一九八一）

〈丁類本〉

京都大学本（京都大学文学研究科図書館蔵）…『校訂 京大本 太平記 上・下』（勉誠出版 二〇一一）

武田本（國學院大學図書館蔵）…國學院大學図書館デジタルライブラリー

中京大学本（中京大学図書館蔵）…『中京大学図書館蔵 太平記 一～四』（新典社 一九九〇）

釜田本（神戸大学附属図書館蔵）…「国書データベース」画像

〈流布本系統〉

慶長八年古活字本…日本古典文学大系『太平記 一～三』（岩波書店 一九六〇～六二）

『参考太平記』…元禄四年版本（高知県立高知城歴史博物館山内文庫蔵本。国文学研究資料館「国書データベース」画像）

『太平記秘伝理尽鈔』…「正保二年」版本（高知県立高知城歴史博物館山内文庫蔵本。国文学研究資料館「国書データベース」画像）

『梅松論』

京大本（京都大学文学研究科所蔵写本）…京都大学貴重資料デジタルアーカイブ

寛正本（水府明徳会彰考館文庫蔵写本）…新撰日本古典文庫『梅松論』（現代思潮社 一九七五）

天理本（天理図書館蔵写本）＊

延宝本（水府明徳会彰考館文庫蔵写本）…新撰日本古典文庫『梅松論』（現代思潮社　一九七五）
群書類従本（版本）…群書類従第二十輯（続群書類従完成会　一九七七：訂正三版第三刷）

『難太平記』
内閣文庫本（林家旧蔵写本。函号一六七・七九）…内閣文庫デジタルアーカイブ
引用部分の章段名は内閣文庫蔵貞享三年版本（函号一六七・七七）のそれを借りた。

『保暦間記』
古活字本（陽明文庫蔵慶長古活字版）…重要古典籍叢刊２『校本　保暦間記』（和泉書院　一九九九）
内閣文庫本（和学講談所旧蔵写本。函号一三八・六五）…内閣文庫デジタルアーカイブ

『源威集』…東洋文庫607『源威集』（平凡社　一九九六）

『増鏡』…日本古典文学大系『神皇正統記　増鏡』（岩波書店　一九六五）

『神皇正統記』…日本古典文学大系『神皇正統記　増鏡』（岩波書店　一九六五）

『平家物語』
延慶本…『延慶本　平家物語　第一巻～第六巻』（汲古書院　一九八二～八三）
長門本…『長門本　平家物語　一～四』（勉誠出版　二〇〇四～〇六）

四部合戦状本…『訓読 四部合戦状本平家物語』（有精堂出版　一九九五）。『四部合戦状本平家物語（上・下・別冊）』（汲古書院　一九六七）を参照。

屋代本…『屋代本平家物語　上巻、中巻、下巻』（桜楓社　一九六七～七三）

覚一本…日本古典文学大系『平家物語　上、下』（岩波書店　一九五九～六〇）

『源平盛衰記』…『源平盛衰記　慶長古活字版　一～六』（勉誠社　一九七七～七八）

◇『太平記』校注本

左記は略称により、［岩波古典大系一・二三頁］［小学館新編全集④五六頁］のように該当冊・頁を示した。

日本古典文学大系『太平記　一～三』（一・二は後藤丹治・釜田喜三郎校注、三は後藤丹治・岡見正雄校注。岩波書店　一九六〇～一九六二。底本は慶長八年古活字本）　→［岩波古典大系］

角川文庫『太平記　㈠、㈡』（岡見正雄校注。角川書店　一九七五、一九八二。底本は元和八年整版本）　→［角川文庫］

新潮日本古典集成『太平記　一～五』（山下宏明校注。新潮社　一九七七～八八。底本は慶長八年古活字本）　→［新潮古典集成］

新編日本古典文学全集『太平記　①～④』（長谷川端校注・訳。小学館　一九九四～九八。底本は天正本）　→［小学館新編全集］

岩波文庫『太平記　㈠～㈥』（兵藤裕己校注。岩波書店　二〇一四～一六。底本は西源院本）　→［岩波文庫］

なお、『太平記』以外についても、左記の叢書等は原則として略称を用いた（「　」は付けない）。

日本古典文学大系（岩波書店）→岩波古典大系
新　日本古典文学大系（岩波書店）→岩波新大系
日本思想大系（岩波書店）→岩波思想大系
新撰日本古典文庫（現代思潮社）→現代思潮社古典文庫
日本古典文学全集（小学館）→小学館古典全集
新編日本古典文学全集（小学館）→小学館新編全集
新潮日本古典集成（新潮社）→新潮古典集成

第一部　表現と構成

第一章　『太平記』形成過程と「序」

はじめに

『太平記』の冒頭には次のような序文がある。

蒙竊ニ古今之変化ヲ探テ、安危之所由ヲ察ルニハ、覆テ外無ハ天ノ徳也。明君之ニ体シテ国家ヲ保ツ。載テ棄コト無ハ地ノ道也。良臣則ツテ社稷ヲ守ル。若其徳欠ル則位ニ有雖モ持タズ。所謂夏ノ傑ハ南巣ニ走リ、殷ノ紂ハ牧野ニ敗スル。其道違フ則ハ威有雖ドモ久保タズ。曾テ聴、趙高ハ咸陽ニ死シ、禄山ハ鳳翔ニ亡ブ。是ヲ以テ前聖慎ンデ法ヲ将来ニ垂ル、コトヲ得タリ。後昆顧テ誡ヲ既往ニ取ラザランヤ。（引用は西源院本）

ここに述べる所は、国家の治乱は、君主が天の徳を顕わしているかどうか、臣下が地の道を尽しているかどうかにかかっており、我々は古今の歴史の示すこの教訓を学び取っていかなくてはならないとの考えである。この序文については、二つの対立的な見解がある。

一つは永積安明56のように、序文は表むきの世界観にすぎず、全「太平記」を追求するエネルギーの出所たり得てはいないとする考えであり、一つは増田欣66のように、積極的で自覚化された歴史認識の方法が示されているものとして重視する考え方である。

両説の当否は、作品の構造を掘り起こし、序文の思想がどのように関わり合っているのかを具体的に検討していく中でしか果たされない。何回かの書継ぎ・改訂を経て現在の形に至っている『太平記』の成立事情を考えるとき、序文が、いつ、どのような意図の下に形成されたものなのかが問題となり、まず、序文に続く一節が注目される。

爰ニ本朝人皇ノ始、神武天皇ヨリ九十六代ノ帝、後醍醐天皇ノ御宇ニ武臣相模守平高時ト云者アリテ、上ニハ君ノ徳ニ違ヒ、下ニハ臣ノ礼ヲ失フ。是依テ四海大ニ乱テ、一日モ未ダ安カラズ。狼煙天ヲ翳シ、鯨波地ヲ動ス。今ニ至マデ卅余年、一人トシテ未ダ春秋ニ富メルコトヲ得ズ、万民手足ヲ措クニ所無シ。

後醍醐天皇の君徳、平高時の臣礼、それぞれの欠如が果てしない動乱の因となったとするこの書き出しと序文とが、同時期に成立した、と断定はできない。しかし、この書き出しが、序文の存在を前提として記されていることは疑問の余地がない。

以下、この一節とのつながりを手がかりに、序文の負っている意味を考えていく。

一、二つの文脈の混在

鈴木登美恵60は「現存の巻一は、第一部の範囲の作品の最初の巻と考へるよりも、第二部まで、もしくは第三部をも含む規模の作品の書き出しであると看做すことがふさわしく、恐らくは、書き継ぎの際に新しく付加されたのか、又は大幅の改訂を経ているのではないかと想像される」との仮説を示した。事実、右の一節にはすでに、北条幕府のみならず、建武政権の崩壊以後の世界をも含めた歴史展望が用意されている。また、「後醍醐天皇可亡武臣御企事」の末尾には

心ヲ着ケテ之ヲ看バ、誠ニ治世安民之政、若機巧ニ付テ是ヲ見レバ、命聖亜聖之才トモ称シツベシ。惟恨ラクハ斉桓覇ヲ行イ、楚人弓ヲ遺レシニ、叡慮スコシキ似タル事ヲ。是則草創ハ一天ヲ幷ハスト雖、守文ハ三載ヲ超ザル所以ナリ。

という一文があり、後醍醐が狭量で覇者的であったため、その治世も三年（建武新政の期間）を超えなかったとする。さらに、これに続く「中宮御入内事」においても、後醍醐は廉子に心を奪われ、政治をおろそかにして「傾城傾国之乱レ今ニ有ヌト覚テ、浅増カリシ事共ナリ」と批難されている。

　しかし、建武政権の樹立を到達点として目指している叙述の存在もまた否定できないように思われる。すなわち、前述の『太平記』冒頭の一節には以下の叙述が続いている。頼朝の総追捕使補任によって武家が創始されて以来、源氏三代、北条七代を経て、公家・朝廷の退潮覆いがたく、「代々之聖主遠クハ承久之震襟ヲ休メンガ為、近クハ朝儀之廃ヌル事ヲ歎思食テ、東夷ヲ亡サバヤト常ニ叡慮ヲ廻ラサレシカドモ、或ハ勢微ニシテ叶ズ、或者時未ダ到ラズシテ黙止シ給ケル」という状況であったところ、高時の代に至り、彼の暴政によりようやく滅亡の兆が見え、対照的に後醍醐は数々の善政を施行し、民の期待に応えていった。こうした叙述は建武政権の樹立を必然的なものとし、それを担う君主としての後醍醐を強く印象づけるものである。また「皇子達御事」は、後醍醐の数多くの皇子達が皆優れた資質を発揮したことを称え、「竹苑椒庭之備、誠ニ王業再興之運、福祚長久之基、時ヲ得タリトゾ見ヘタリケル」との一文で結ぶ。「王業再興」という語が端的に示すように、やはり建武政権の樹立を目標として意識している。

　こうした、建武政権の樹立を一つの到達点としてめざす叙述と、建武政権崩壊以後をも射程に入れた叙述との二つの文脈の混在は、巻一の叙述に臨む作者が、第二部、あるいは第三部までの展望をもった上で、北条幕府の滅亡、建武政権の樹立、そして破綻という事件展開をそれぞれ必然的なものとして書分けていこうとしたことの結果として理解されるのであろうか。増田欣[60]は「中宮御入内事」での後醍醐批判について、「乱以前の叙述に筆を馳せながら、一統後の後醍醐政治に幻滅し、その崩壊を目のあたりにみた作者の政治批判がほとばしり出たものと解すべきであろう。」とする。

　しかし、「中宮御入内事」と、続く「皇子達御事」との内容上の不整合からはそうした考えを疑問とせざるを得ない。西園寺実兼の女禧子は中宮として入内したが一顧だにされず悲哀をかこったのに対し、中宮に伺候していた阿野公廉の女三位殿局（廉子）は帝に見出され、寵愛を一身に独占して他の官女達の顔色無からしめた、というのが「中宮御入内事」の内容である。これが、文辞のみならず構成も全篇『白氏文集』を粉本としていることはつとに指摘があるが、次章段「皇子達御事」の冒頭には「螽斯ノ化行レテ皇后元妃ノ外、君恩ニ誇ル官女甚ダ多カリシカバ、宮々次第ニ御誕生アリテ」とあり、実際、廉子以外の女性を母とする幾多の皇子、皇女の誕生をみているのであって、こうした相容れない記事が同時に書かれたとは考え難い。その場合、ここでの禧子及び廉子の描写が、第一部の他の箇所での記述と齟齬していることが注意される。巻三「先皇六波羅還幸事」における禧子は、笠置落城の後、捕われの身となった後醍醐のもとへ琵琶に添えて歌をさし上げ、返歌をうけている。あるいはまた、隠岐配流前夜の後醍醐の許に忍び、別れを惜しむ（巻四「前帝遷幸事并俊明極参内事」）。逆に、廉子は一介の女房として扱われているだけであり、廉子がクローズアップされるのは、第二部以降、特に巻一三においてである。そこでは廉子は、万里小路藤房が建武政権に絶望し、遁世に思い至る原因をなす「内計ノ秘計」を恣にしたばかりでなく、継子である大塔宮を無実の罪に陥れるのに一役買い、傾国の因をなしたとしてきびしく批判されている。したがって、後醍醐が廉子一人を寵愛し、政をおろそかにしたとする「中宮御入内事」は、第二部とのつながりにおいて新たに加えられた記事と考えられるものである。

この「中宮御入内事」の場合を、冒頭の一節を含む他の後醍醐批判記事に直接あてはめて考えることはまだ問題が残るかもしれない。しかし、建武政権の樹立をめざす叙述と、建武政権の崩壊以後をも射程に入れた叙述との二つの文脈の混在を、それが同時に書き進められたとみなすよりは、改訂の或段階で後者の叙述が付加された結果と考える方が、より実態に近いのではないかと思われる。

二、武家政権復活への叙述志向

こうして結果的に二つの文脈の混在をきたしたまま出発している『太平記』は、石田洵71が日付の記載を手掛かりとして明快に分析したように、巻一一をもって一つの区切りをつけており、巻九・一〇・一一の各巻は、北条氏滅亡の「四十三日間」を明確な構成意識の下にそれぞれ六波羅・鎌倉・筑紫及び残余の勢力の滅亡としてまとめあげている。この巻九・一〇・一一の各巻では、北条・新田・足利・赤松といった氏族の固有名詞にかえて「平家」、「源氏」という呼称を多用していることが注意され、この点を中西達治65は、これまで純粋に「宮方」対「幕府」の対立抗争として描いてきた抗争を、源平二氏の、武家政権担当者の地位をめぐっての争奪戦という要素にすりかえるものだと指摘する。事実ことは源氏、平家という単なる用語上の問題にとどまらない。たとえば次の一節である。

去程ニ源氏八十万騎ヲ三手ニ分テ、各二人ノ大将ヲサシソヘテ、三軍ノ師ヲ司トラシム、其一方ニハ大館次郎宗氏左将軍トシ、江田三郎行義ヲ右将軍トシテ、其勢都合十万余騎極楽寺ノ切通ヘ向ラル、一方ヘハ堀口美濃守貞満幷ニ大島讃岐守ヲ大将トシテ、七万余騎小袋坂ヘ向ハル、一方ヘハ新田小太郎義貞舎弟脇屋次郎義助ヲ大将軍トシテ大井田、山名、桃井、岩松、里見、額田、一井、羽河以下ノ一族前後左右ニ囲マセ、其勢六十万騎ニテ気和井坂ヨリソ向ハレケル　（巻一〇「鎌倉中合戦事同相模入道自害事」）

義貞の軍勢が数の上からも中心であり、また一応それに応じた書き方もしているのだが、ここで全軍を統率しているのは「源氏」なのであり、その意識の下に、一方の大将として義貞も行動している。義貞はこれ以前に関東征討の綸旨を得ているが、ここには〝官軍〟の統率者としての姿は表面から消えてしまっているといわなくてはならない。

このように巻九〜一一は、巻一以来の叙述に北条氏の滅亡という一つの区切りを与えてはいるのだが、その区切りのつけ方は、この後に続く建武政権の樹立（王政復古）を飛び越して、それ以後の事件展開（北条氏に代わる武家政権成立過程）へのつながりを顕著に志向しているものと考えられる。

ところが、こうした志向性は、第一部において巻九～一一のみに限られたものではないと思われる。先に扱った『太平記』冒頭部分について、玄玖本や内閣文庫本・筑波大学本などは「先代草創平氏権柄事付後醍醐天皇御事」という章段名を付している。この「先代」に注目したい。「先代」の語については、例えば京大本『梅松論』に次のような一節がある。

代ノ主ト可申キハ、国主ニテコソヲワシマセ。ソレハ昔ノ公家一統ナリシ時ノ事也。治承四年ニ武家遺跡絶ヨリ以来、頼朝ノ後室二位ノ禅尼ノ計トシテ、公家ヨリ将軍ヲ申下テ、北条遠江守時政カ子孫等ヲ執権トシテ、関東ニ於テ天下ヲ申沙汰セシ代也。然ニ元弘ノ比、高時ノ執権ノキザミ、一族等相供同時ニ滅亡シテ、当御代安楽ノ代ニナル間、御代ノ先ノ代ナレバ先代トハ申習セル也。（傍線引用者）

ここでは明確に「御代（足利政権）」の先の代として「先代（北条政権）」が語られているのであるが、『梅松論』を引くまでもなく、公家一統の立場から北条政権を自己と等格に先代と呼ぶはずがない。『太平記』全ての諸本が玄玖本のような章段名をもっているわけではなく、この点のみをもって北条氏の滅亡を「先代」の滅亡として位置づけようとする意図が現行本文形成当初からあったと断定するにはなお慎重でなくてはなるまい。しかし、巻九～一一の、新たな武家の棟梁権抗争への事件展開を志向する文脈は、古態を保つといわれる諸本に共通するものであり、巻九～一一がこうした志向性のもとに形成されたとき、他の部分がこれと全く無関係なままに放置されていたとみることはかえって不自然であろう。先に、建武政権の樹立（王業再興）をめざす叙述を覆う形で、建武政権崩壊以後をも射程に入れた叙述が塗り重ねられていることを述べたのであるが、この企て自体にあるいはその企ての背景に、北条氏を、新たな武家政権の誕生につながる「先代」の滅亡として捉えようとするもくろみがあるのではなかろうか。

三、太平記の改変と「宮方深重」

しかし、ここでこうした文脈上の変化をとらえて、「宮方深重」的原『太平記』から武家方に傾く現行形態への移行という旧来の形成論（もっとも厳密にいえば、それは『太平記』前半と後半との立場の相異として論じられていたものであり、以上の分析とは趣きを異にするが）をそのまま肯定しようとしているのではない。たとえば巻一にみられる後醍醐への讃辞の性格についても、すでに桜井好朗56によって天皇と作者との政治的党派性の同一に根ざす称讃ではないと指摘されているし、逆に後醍醐批判が直ちに反宮方につながるものでもない。その意味で、永積安明70が「宮方深重」の問題はもはや宮方か武家方かという単純な問題ではない、と発言したのは正しい。しかし、『難太平記』を出所とする、この「宮方深重」の語は『太平記』の形成情況を考える上で、なお多くの問題をはらんでいるように思われる。

六波羅戦の時、大将名越うたれしかバ、今一方の大将足利殿、先皇に降参せられけりと太平記に書たり。かへすく無念の事也。此記の作者は宮方深重の者にて無案内にて押て此如書たるにや。是又尾籠のいたりなり。尤切出さるべきをや。すべて此太平記事、あやまりも空ごともおほきにや。

この「宮方深重」の解釈をめぐって、かつて永積安明氏（永積56）と桜井好朗氏（桜井54・56・59）との間に論争があり、永積氏はこれを「原太平記」の作者の「立場」を示すものと理解して、それと武家方に近いとみなされる書継ぎ作者の立場との矛盾・対立が作品の前後不統一を招いているとの考えを示したのであるが、桜井氏は『難太平記』の他の箇所の記述から、『太平記』作者の位置が宮方よりも武家方に、より一層接近した所にあることに注意すべきであり、「宮方深重」の語は、作者の「無案内」さを批難するための「レトリック」にすぎないとした。ここで桜井氏が「宮方深重」の語を実質的意味をもたないものとして退けてしまったのは行きすぎと思われるが、問題箇所の

「此記の作者」を文字通り『太平記』の作者として、永積氏のように「原太平記」に限定しなかった事には相応の理由が認められる。

『難太平記』には、右の問題箇所（以下「六波羅合戦事」と仮称。『太平記』巻九「足利殿打越大江山事」相当）の他、次の二箇所に「作者」の語が見出せる。

> 青野原の軍は、土岐頼遠一人高名と聞えし也。自身手負けるとかや。是も太平記には書たれども、故人道殿（注：了俊の父範国）など、此如随分手をくだき給し事、注さゞるハ無念也。但作者尋問ず、又我等も不注遣ざる間書入ざるにや。後代には高名の名知る人も有べからず。無念也。望申ても書入べき哉。
>
> （「青野原合戦事」、『太平記』巻一九「青野原軍事」相当）
>
> 是（注：清氏謀叛の風評の立った折、範国は、事が将軍家の大事に至るのを避けるため、実子了俊を上洛させて清氏と刺違えさせようとした。了俊上洛以前に清氏は若狭に落ち、実行には至らなかった）は随分故入道忠と存て、子一人に替て此御大事を無為にと存給ひし事隠無かりしを、などや此太平記にかゝざりけん。是も作者に後に申さざりけるにや。
>
> （「範国欲使貞世刺清氏事」、『太平記』巻三六「細川清氏叛逆露顕即没落事」相当）

この中「六波羅合戦事」、「青野原軍事」は「ほぼひとりの作者による展開と見ることができる」（永積氏）とされる『太平記』第一・二部に相当し、「範国欲使貞世刺清氏事」は「立場や態度に飛躍的な転化」（同氏）があるとされる第三部に相当する。ここで「六波羅合戦事」の箇所にのみ問題の「宮方深重の者」との形容を付しているのであるが、三箇所とも等しく作者の無配慮を問題としているのであり、「六波羅合戦事」に言う「此記の作者」のみを原『太平記』の作者として他と区別する事は困難である。

さらに『太平記』の成立事情を『難太平記』は

> 昔等持寺にて北勝寺（法勝寺）の恵珍上人、此記を先三十よ巻持参し給ひて、錦小路殿（足利直義）の御めにかけ

られしを、玄恵法印によませられしに、おほくそらことゞも、誤も有しかば、仰に云、是は且見及中にも、以外ちがひめおほし。追而書入、切出すべき事等有。其程外聞有べからざる由仰有し。（書入・切出等の作業は）後中絶也。近代重て書続けり。次でに入筆ども多所望してかゝせければ、人の高名数をしらず云り。

と記している。注意したいのは、了俊が手にして、「六波羅合戦事」を批難の槍玉にあげている『太平記』は、直義の下命による改訂を経たはずのものだという事である。すなわち、了俊の不満は、これほどの重大ミスを放置している書継ぎ作者（これが第一部の作者と同一人物であると否とを問わず）の在り方にも等しく向けられているものではないか。「宮方深重」の一文の後に「すべて此太平記事、あやまりも空ごともおほきにや」という、『太平記』全体の性格に言及する総括的な一文が続いていることを思い合わすべきだろう。

このように『難太平記』では「作者」の語を、『太平記』の作者という広い意味で用いており、原『太平記』の作者、書継ぎ作者などといった厳密な使い分けをしているとは考え難い。したがって、「宮方深重の者」との評語も、原『太平記』の作者にのみ結びつけて考える事はできない。

くわえて、増田欣58の指摘にあるように、それが足利幕府の要職にあった了俊の立場から発せられたものであるという条件も除外して考えることはできない。井上良信59は、桜井好朗氏や社本武56が「宮方深重」の語を実質的な意味をもたないとして退けた事を問題として、宮方を後醍醐・南朝と漠然と考えるのではなく、視野を変えて検討する必要があるとした。しかし、「宮方」の語自体は、『太平記』の他『細々要記』（建武三年一二月上旬、同四年九月一一日条）や『祇園執行日記』（文和元年五月一二日条）等の用例に照らしても明らかなように後醍醐・南朝方をさす。武家・足利方に対して「宮方勢」とするのであって、軍事・政治上、足利方と対立関係にはない北朝その他を含めた形で「宮方」ということはない。井上氏が視野を変えて検討すべきであると提言する「宮方深重」の語は、武家方の了俊の立場からの発言であるという観点からとらえて初めて生きてくるのではないだろうか。

このように考えてくるとき、書継ぎの際の作者が〝将軍家の御沙汰〟と直結する位置にありながら、一方で『難太平記』に「宮方深重の者」と評されている事を、武家政権一辺倒ではなかった作者の位相が示されているものであるとし、武家の功名書入れの要求に対処した作者の主体性を評価した鈴木登美恵72の見解が当を得たものと思われる。ただし、同氏が「宮方深重の者」との評語を、『太平記』後半の書継ぎ作者へのものとしている点については、すでに述べたようにもう少し広く考えるべきであり、同氏のいう作者の主体性も、『太平記』形成過程に一貫して保ち続けられたものとして評価し得ると思う。

四、尊氏正当化と「序」の論理

以上、『難太平記』の「宮方深重」の語の検討から、『太平記』がその成立途上で足利幕府の干渉を受けながらもなお、宮方・武家方という政治的立場を超えてその主体性を貫いていることが看取される。このことと、現行の第一部が、第二部に展開される武家の棟梁権抗争への構想上のつながりを示していることとの関連はどのように考えたらよいのであろうか。また、その中で序文はどのような位置を占めているのであろうか。第二部の叙事の特質を探る中で、この点を検討していこう。

『太平記』第二部では、王政復古も束の間、後醍醐の失政、不徳が新政権の崩壊をもたらしたとする。雑訴決断所を設けるも公正に働かず、見せかけだけの政治だと批判し、分不相応で無謀な企みであるとして大内裏造営を批難する。こうした新政権への失望は武家政権再来を望む声につながって行き、朝廷にあって一人この情勢を鋭く把握した万里小路藤房の諫言もついに容れられなかった。しかし、建武朝の崩壊が直ちに、他の特定の勢力、たとえば足利氏がそれにとって代ることを正当化するものでもない。藤房の諫言に続く「北山殿御隠謀事」（巻一三）では、北条時興が西園寺公宗に謀叛を語らっているが、そこでは「朝廷ノ大凶」という情勢を〝西園寺家の御運〟をもたらすものとしている。

こうした中で、足利尊氏の、後醍醐帝に対する「臣礼」を処々で強調している事が注目される。たとえば、巻一四「旗文月日堕地事并矢矧合戦事」では、後醍醐の差向けた尊氏討伐軍の来襲を前にして、直義等が尊氏に挙兵を請うのであるが、尊氏は「君ニ向ヒ参セテ、弓ヲ引キ矢ヲ放シ候事有ベカラズ。サテモ猶罪科逃ル、所ナクハ、剃髪染衣ノ貌ニモ成テ、君ノ奉為ニ不忠ヲ存セサル処ヲ子孫ノ為ニ残スベシ」といって動こうとしない。せっぱつまった直義等は一計を案じ、勅勘の上は遁世降参しても赦さじとする「謀ノ倫旨」を尊氏に示す。ここに至りやむなく尊氏は、出撃の決意をする。また、巻一七「義貞合戦事」でも尊氏は、敵は義貞一人であって、天皇に対しては何ら叛意はないと弁明する。

ところが、『太平記』がこのように後醍醐と尊氏との関係をあくまで君臣という枠に閉じ込めたまま、すなわち革命思想は容認しないで歴史の進展をとらえようとすれば、建武朝が破綻したのは後醍醐の君徳が欠けていたからだとして理解し得ても、つづく、尊氏による政権獲得の事実は説明し切れない。「臣」たる尊氏が臣礼を厳守したことは、序文にいう「威有雖モ久カラズ」という事態を避けることではあっても、彼が公家政権にとって代って政権を握ることまでは正当化し得ないからである。結局、こうした中で尊氏の勝利を導いているのは、長谷川端69の指摘にあるように、尊氏の「武運」が、宮方の運である「聖運」をも、武家方の運である「武運」をも超越した、より大なる「天運」に合致した結果であるとする考え方なのであるが、問題はその「運」が

是（尊氏がごく僅かの兵で大敵を敗走せしめたこと）全ク菊池ガ不覚ニモ非ズ、又左馬頭ノ謀ニモヨラズ、只将軍天下ノ主ト成給ベキ過去ノ善因モヨヲシテ、霊神擁護ノ威ヲ加シカバ、此軍不慮ニ勝事ヲ得テ、九国中国悉ク一時ニ随ヒ靡ニケリ　（巻一五「多々良浜合戦事」）

とする、敵の不覚にも、味方の謀にもよらない「過去ノ善因」という超越的論理に裏づけられている事である。この事は一面では、尊氏の勝利を絶対的でゆるぎないものとして印象づけようとするものであろう。しかし、必ずしもそうとばかりはいえないようだ。

尊氏の「運」・「果報」を強調する叙述は『梅松論』にも見られる。花山院に幽閉中の後醍醐帝がひそかに南山に出奔した折、周囲の動揺をよそに「運ハ天ノ定ル処也。浅智ノ強弱ニヨルベカラザル者カナ」と悠然としていた尊氏を称え、「誠ニ天下ノ将軍・武家ノ棟梁ニテ渡セ給ベキ御果報ナレバ、今更申モヲロカ也」と述べる。あるいはまた、「国王、大臣、人首頭ニ生ル、ハ、過去ノ善根ノ力ナル間、一世ノ事ニ非ズ」との夢窓国師の評言を載せる。しかし、これらはいずれも、「天下ノ将軍」、「武家ノ棟梁」としての尊氏の器量を称讃する言葉とともに語られるのであり、その最たるものは、夢窓国師の談話に「今征夷大将軍尊氏ハ、仁徳ヲカネ給上ニ、三ノ大ナル徳マシマス也」と語り出されるものである。『梅松論』はこれらをふまえ「唐堯虞舜ハ異朝ノコトナレバ是非及バズ、末代ニモカ、ル将軍ニ生逢奉ルゾ万民ノ幸ナル」と最大級の讃辞をもって称え、当代を寿いで巻を閉じている。

ところが『太平記』においては、鈴木登美恵58の指摘にあるように、新田氏と足利氏との描写を比較した場合、新田氏を敗者としてきびしく批判しながらもなお好意的に描くのに対し、足利尊氏には正面切っての批判・罵倒こそ見られないものの、武勇智略のほどを称讃する積極的な記事もまたほとんどない。『太平記』における「運」は、尊氏の徳目の有無とは無関係に、それを超越した宿報的なものとして語られているといえる。

また、『太平記』において尊氏が後醍醐に対し、臣としての立場を堅持しようとした事はすでに述べたところであるが、巻一七「自山門還幸事」には以下の注目すべき記事がある。九州より捲土重来、上洛し勝利をおさめた尊氏は、山門に立籠る後醍醐のもとに「是全ク君ニ向奉テ、反逆ヲ企ントニハ候ハズ。只義貞ガ一類ヲ亡テ、向後ノ讒臣ヲコラセムト存ル計ニテ候也」と京都還幸を請い、起請文を添えて使者を遣わす。帝は「告文ヲ進スル上ハ偽テハヨモ申

サジト思召ケレバ、傍ノ元老智臣ニモ仰合ラレズ」還幸を決意し、その旨伝える。これにつづいて

将軍勅答ノ趣ヲ聞給テ、叡慮浅カラズト申セ共、謀モ安カリケリト悦テ、サモ有ヌベキ大名共ノ許へ、縁ニ触レ趣ヲ伺テ、潜ニ状ヲ通テゾ語ハレケル

とあるのである。ここには尊氏の、してやったりとの得意が描かれている。そしてその老獪な一面を見届けている作者はまったくのところ、尊氏の「臣礼」をも額面通りに受取っているのではあるまい。この作者の姿を見るとき、尊氏の政権獲得の過程に超越的な「運」を持込んでいる事は、それによって尊氏の絶対化をはかるというよりもむしろ、「運」によってしか正当化しようとしなかったという意味において、意図的で、みずからの抱く、序文に代表される政道観への矜持のほどを物語るものとして理解されるのではなかろうか。

結び

第一部を「先代」の滅亡の過程として位置づけ、第二部の足利武家政権の樹立につながるものとして構想するとき、本来、王業再興の時の具現として目指された建武政権の崩壊をできるだけすみやかに、必然的な経緯として整理することはきわめて重要な課題であっただろう。が、しかし、その課題が足利に組する立場からなされているかといえば、以上見てきたように決してそうではない。建武政権崩壊の過程を把握し、確認することは何よりも、作者自身にとっての切実な要求のなせるわざではなかっただろうか。だからこそ続く足利政権の樹立を、それがもはや動かし得ない歴史の趨勢であると認識してはいても、ただちにこれに迎合して正当化するというような挙にはでなかったのではないか。『太平記』の作者が、了俊から「宮方深重の者」と呼ばれたという『難太平記』の記事の意味するところも、こうした作者の在り方を別の面から裏づけているものと思われる。そして、序文もまた『太平記』の叙述を進めてい

く作者の主体性の直截的な表出としてその位置を定める。

引用文献

石田　洵71「太平記の構成に関する二・三の問題」（『太平記考――時と場と意識』双文社出版、二〇〇七。初出一九七一・一二）

井上良信59「太平記論ノート」（文学27―9、一九五九・九）

桜井好朗54「太平記の社会的基盤――太平記論の序説として――」（日本歴史75、一九五四・八）

桜井好朗56「太平記論――日本文学における叙事詩の解体――」（『中世日本人の思惟と表現』未来社、一九七〇。初出一九五七・六）

桜井好朗59「難太平記考――太平記をめぐる文献的考証の一前提――」（『中世日本人の思惟と表現』未来社、一九七〇。初出一九五九・六）

社本　武56「太平記――制作の立場について――」（文学24―4、一九五六・四）

鈴木登美恵58「太平記に於ける新田氏」（国文9、一九五八・五）

鈴木登美恵60「太平記構想論序説――巻一の考祭――」（国文12、一九六〇・二）

鈴木登美恵72「古態の太平記の性格――本文改訂の面からの考察――」（軍記と語り物9、一九七二・三）

永積安明56「太平記論」（『中世文学の展開』岩波書店、一九五六。初出一九五六・九）

永積安明70「『太平記』をめぐって」（文学38―8、一九七〇・八。《シンポジウム》、他に鈴木登美恵・今成元昭・桜井好朗・杉本圭三郎・益田勝実の各氏が参加）

中西達治65「第二部の構想について」（『太平記論序説』桜楓社、一九八五。初出一九六五・六）

長谷川端69「太平記作者と武家政権」（『太平記の研究』汲古書院、一九八二。初出一九六九・九）

増田　欣58「太平記巻三十二と源威集――作者の視点をめぐって――」（『中世文藝比較文学論考』汲古書院、二〇〇二。初出一九五八・一一）

増田　欣60「呉越合戦の説話」(『『太平記』の比較文学的研究』角川書店、一九七六。初出一九六〇・六)

増田　欣66「平家物語と太平記――平家物語における史実と文学の問題――」(解釈と鑑賞31―3、一九六六・二)

補記

1、和田琢磨『『太平記』生成と表現世界』(新典社、二〇一五)第一部第三章第五節(初出二〇一二・七)は、「序」をめぐる研究史の整理を行い、「序」の理想的な内容がそれと対置される乱世を際立たせるという機能を担っていると指摘する。

2、大森北義「『太平記』始発部の歴史叙述と合戦記――正中の変――」(古典遺産63、二〇一四・三)は、「後醍醐天皇に対する肯定・否定の二面的評価は、無前提に混在しているのではない」、天皇の討幕行動の「二面性(復権と失墜)」をとらえていく方法なのだ、という。本章の「二つの文脈の混在」で指摘した不整合についても、「そうした「不整合」を敢えておかしながらも、二つの構想筋を明確に押し出すところに『太平記』の歴史叙述の姿勢があった」とみなす。大森論がいうように、「為政者(君・臣)の善政と悪政が鎌倉末期に〝革命〟状況を呼び込んで、為政の実態が武家から公家に移りながら、その公家権力がつづく建武の乱で失権したという事実」が「〝ややこしい〟構想筋」とならざるをえなかった、という側面があることは理解できる。しかし、「中宮御入内事」と「皇子達御事」とのいずれかが存在しなければ、この前後の展開がわかりやすいものになることも事実であり、成立過程論の観点をなお保持しておく。

3、「宮方深重」の問題については、第一章補論「賀名生(カナフ)の象徴性」を参照願いたい。

第一章補論「賀名生（カナフ）」の象徴性

はじめに

賀名生は難読地名の一つである。日本歴史地名大系『奈良県の地名』（平凡社、一九八一年。以下〈平凡社〉と略記）、角川日本地名大辞典『奈良県地名大辞典』（角川書店、一九九〇年。以下〈角川〉）いずれも難読地名一覧に掲出している。『太平記』、南北朝の歴史に興味を持つ者にはなじみの土地であるが、はじめて見て「あのう」と読むのはむずかしい。

現在は奈良県五條市西吉野町。延元元年（建武三。一三三六）一二月二一日、後醍醐帝が幽閉中の花山院を脱出し、「大和国賀名生」にたどり着いた。帝はまもなく金峰山寺の大衆に迎えられ、吉野へ居を移すが、これが歴史の表舞台への登場であった。後醍醐帝は吉野に没する。正平三年（貞和四。一三四八）一月、高師直ら幕府軍の攻撃を受け、後村上帝は吉野を遁れ、賀名生に皇居を構える（『太平記』巻二六。実際には紀伊国に移り、九月に賀名生に入った。［小学館新編全集③二五一頁］頭注参照）。これ以降、南朝軍の京都攻略にともない、石清水、河内東条への臨幸はあったものの、正平九年（一三五四）一〇月に、後村上帝が河内天野の金剛寺を行宮とするまで南朝の皇居の地であった。〈平凡社〉は「以後も『大乗院日記目録』『新葉集』『太平記』などに賀名生・吉野行宮の記事が散見し、前後の状況から一往賀名生を皇居の地と推定できるが、史料による裏付けは困難である」という。

「賀名生」には別の表記があった。「古くは穴生・穴太・阿那宇・加名生などと書かれ、……」〈平凡社〉、「当地は元来穴生・阿那宇などと書かれていた。これが賀名生の表記となるのは正平7年正月のことで、正平6年10月の足利高氏の南朝帰順と、これに伴う後村上天皇の京都還幸実現を祝したものという」〈角川〉、「賀名生は、はじめ「穴生」と書いたが、南朝の天下一統を慶祝し、文字を改めたのである」（吉川弘文館・国史大辞典「あのう　賀名生」の項）、などとある。問題は、これが文字を改めた、すなわち表記だけのことなのか、ということである。

一、「アナフ」か「カナフ」か

〈平凡社〉は「賀名生（あのう）」、〈角川〉は「あのう　賀名生」を見出しとするが、吉田東伍編著『大日本地名辞書』（冨山房。増補版第二巻「上方」、一九六九年。以下〈冨山房〉）は「賀名生（カナフ）」で掲出し、「旧名穴生（アナフ）と曰へるを正平年中南帝此に行在を建てたまへる時改めて賀名生と為す」と記す。〈冨山房〉はまた「賀名生（カナフ）行宮址」の項をたて、『南山巡狩録』以下の諸資料をひくが、そのなかに本居宣長の歌をあげている。

天の下大御心にかなひきや賀名生は里の名にこそありけれ

右は『鈴屋集』（『新編国歌大観』巻九）二一六二番歌（下の句は「かなふはさとの名にこそ有りけれ」）、「かなふのかり宮の御事を思ひ奉りて」と詞書きがある。これに先立つ二〇五八から二一五七番の吉野百首は寛政一一年（一七九九）春の作で、賀名生の歌も同時期の詠出であろう。ここでは賀名生は、「カナフは里の名にこそありけれ」でなくてはならない。

この宣長作歌の存在をみるとき、〈平凡社〉「西吉野村・賀名生」の項の以下の記述が気になる。ことは宣長の作歌上の技巧、と簡単に退けられない。

「吉野郡史料」は賀名生とは叶の意で、正平七年（一三五二）京都回復が叶ったことから改められたものの、里人はこれを察せず口碑に便利なため旧称を使っていたが、明治二二年町村制施行に際して改めたといっている。

右はいささかわかりにくい。「旧称」とは何か。口碑（世間の言い伝え。伝説）に便利なため、というのだから「アナフ」という呼び名をさすと思われるが、それでは明治二二年に（里人もようやく）「カナフ」に改めた、という文脈になり、現在にいたる「あのう」の呼称に反する。口碑の字義にあまりとらわれず、里人は使いやすいので従来どおり〝穴生（穴太）〟の旧称を使っていたが、明治の世に「賀名生」と改めた、と解するほかなさそうである。しかし、はたしてそうなのか。『奈良県吉野郡史料』（名著出版、一九七一）を確認すると次のようにある。

正平七年正月後村上天皇詔シテ、宜シク今ヨリ穴太ヲ改メテ賀名生ト称スベシ、トアリシハ、蓋シ賀名生ハ叶ナリ。其祈願スル所ノ克ク叶ヒテ、効顕ノ見ルベキモノアルヲ嘉シテ、之ヲ称揚シ給フノ名ナリ。然ルニ里人、之ヲ察セズ、或ハ旧名ノ口碑ニ便ナルガ為メ、【遂ニ改称ニ暇アラズシテ、因襲ノ久シキ、其因ル所ヲ知ラザラシメ、以テ後世ヲ誤ラシメテ、仮号スルニ両訓（即チ「カナフ」又「アナフ」）ヲ用ヒシムルニ至ル。】後明治二十二年、町村制ノ改正ニ及ビ賀名生ノ名号ヲ以テスルハ、即チ正平ノ旧詔ヲ奉唱スルニヨルモノナリ。

（私に句読点、【　】を施した）

注目すべきは【　】を施した部分である。これが事実とすれば、〝穴太から賀名生へ〟という改変は、表記のみならず、〝アナフからカナフへ〟という呼称（読み）をもあらためるものであったことになる。[1]後村上天皇が、従来の「穴太（アナフ）」を、「叶（カナフ）」の意を込めて「賀名生（カナフ）」と改称した。しかし、里人は改名の意図が理解できず、また、旧名の表記（穴太）にも呼称（アナフ）にもなじんでいたから、表記も呼称も混用してきた。それを明治二二年に（表記だけは）本来の趣旨に則って、賀名生（アナフ）と定めた。

『吉野郡史料』を整合的に理解しようとすれば、以上のようになろう。〈平凡社〉は、『吉野郡史料』の曖昧な点（呼称と表記の問題が整理されていない）を解消しようとして【　】内を省いたのかもしれない。しかし、「里人」の使用状況に関する史資料は未確認であるが、表記（賀名生・穴生）、呼称（カナフ・アナフ）両面での併存は、室町以降の文献にたしかに見いだすことができるのである。

二、『太平記』の表記と振仮名

賀名生の地名が登場する『太平記』の記事（総目録、巻首目録は省く）を一覧する。1～16の章段名は岩波古典大系（慶長八年古活字本）による。（　）内は該当箇所の巻・頁数、二点リーダの下は記事内容である。次行に、諸本の異同（記事内容の傍線部が対象。振仮名は後で扱う）を示す。〇印は「賀名生」の表記。

〔甲類本〕神田本（神）、西源院本（西）、神宮徴古館本（徴）、玄玖本（玄）、松井本（松）、簗田本（簗）、南都本（南）、筑波大学本（筑）

〔乙類本〕米沢本（米）、毛利家本（毛）、前田家本（前）、梵舜本（梵）

〔丙類本〕天正本（天）、教運本（義輝本。教）

〔丁類本〕京大本（京）、中京大学本（中）

1　先帝潜幸芳野事（巻一八・二三〇頁）：後醍醐、京都を脱出し、「大和国賀名生」に到着。

神「加名生」。西・徴・玄・松・南・筑・米・毛・前・梵・天・教・中「〇」。簗「かなう」。京「かなふ」。

2　芳野炎上事（巻二六・二九頁）：高師直、吉野攻撃の報。四条隆資、帝に「天河ノ奥加納ノ辺」への避難を奏上。

神・西・玄・松・南・筑・中「穴生」。簗・京「あなふ」。米「賀生」。天「賀名」、徴・毛・教「〇（賀名生）」。

前「加納」、梵「加納（名歟）」。

3　賀名生皇居事（巻二六・三二頁）：（本文中の章段名）

神・西・徴・玄・松・南・筑・米・梵・天・教・中「〇」。毛（文中章段名無し）。前「加納」。簗・京「かなふ」。

4　賀名生皇居事（巻二六・三三二頁）：吉野の主上「天ノ河ノ奥賀名生」に黒木の御所を構える。
神・西・徴・玄・松・南・筑・毛・梵・天・教・中「〇」。米「賀（「名」補入）生」。前「加納」。簗・京「かなふ」。

5　吉野殿与相公羽林御和睦事（巻三〇・一六三頁）：義詮、吉野に降を請う。京都の公卿、「賀名生殿」に参上。
神（欠巻）。西・天・教「賀那生殿」。徴「〇（「殿」ナシ）」。玄・松・米・毛・梵・中「〇殿」。南・筑「加名生殿」。前「加那生殿」。簗「かなう殿」。京「かなふ殿」。
※米沢本章段名「吉野殿与相公羽林御和睦事幷諸卿被参賀名生殿事」

6　吉野殿与相公羽林御和睦事（巻三〇・一六四頁）：「賀名生ノ山中」賑わう。
神（欠巻）。西・徴・玄・松・南・筑・米・毛・梵・教・中「〇」。前「加那生」。簗「かなう」。京「かなふ」。天「カナフ」。
※「小学館新編全集③四八八頁」は「さしもあさましく卑しき賀那生（あなふ）の山中」とするが、天正本の原表記は、「指モ浅猿卑シキカナフノ山中」である。

7　持明院殿吉野遷幸事（巻三〇・一七二頁）：南朝、軍兵をさし向け、光厳院らを「吉野ノ奥賀名生」に移す。
神（欠巻）。西・徴・玄・松・米・毛・前・梵・中「〇」。南・筑「加名生」。天・教「賀那生」。簗・京「かなふ」。

8　八幡合戦事（巻三一・一九二頁）：光厳院ら「賀名生」に遷幸。後村上帝は八幡に御座。
神「〇殿」。西・徴・玄・松・米・毛・梵・教・前・中「〇之（のノ）奥」。南・筑「加名生」。天「加名生ノ奥」。簗「かなうのおく」。京「かなふのおく」。

9　南帝八幡御退失事（巻三一・二〇〇頁）：後村上帝、八幡退去。武者、内侍所の櫃を担い、「賀名生ノ御所」着。
神・徴・玄・松・南・筑・米・毛・前・梵・中「〇」。西「賀那生」。簗・京「かなふ」。天・教（内侍所櫃の記事はあるが、賀名生参着のこと無し）。

10　茨宮御位事（巻三一・二〇四頁）：光厳院ら「或ハ賀名生ノ奥、或ハ金剛山ノ麓」にあり、京都に天皇不在。
神「或は〈屋穴／吉野〉の奥、或ハ金剛山ノふもと」。／西・南・筑「或ハ南山之奥、金剛山之麓」。簗「あるひは南山の奥かんかう山のふもと」。／徴・玄・松「或ハ吉野山の奥、或ハ金剛山の麓」。米・前・中「或吉野ノ奥、或金剛山麓」。京「よしの、おくあるひはこんがう山のふもと」。

毛「或ハ賀名生ノ奥、或ハ芳野」。天「或ハ賀名生ノ奥、或ハ吉野」、教「或ハ賀那生ノ奥、或ハ吉野」／梵「或ハ賀名生ノ奥、或ハ金剛山ノ麓」。

11　茨宮御位事（巻三一・二〇四頁）：「南方」への連行を遁れた、光厳院第二皇子（後光厳帝）践祚。
神「賀名生／南方（併記）」。西・徴・玄・松・南・筑・米・前・天・教・中「〇（賀名生）」。毛「〇殿」。簗「かなう」。京「かなふ」。梵「南方」。

12　三上皇自芳野御出事（巻三三・二四八頁）：「賀名生ノ奥」に押しこめられていた光厳院ら許される。(2)
神・西・徴・玄・松・南・筑・米・毛・梵・天・教・中「〇」。前「加名生」。簗「かなう」。京「かなふ」。

13　三上皇自芳野御出事（巻三三・二四八頁）：光厳院ら「賀名生ノ山中」より京都に還幸。
神・西・徴・玄・松・南・筑・米・毛・梵・天・教・中「〇」。前「加名生」。簗「かなう」。京「かなふ」。

14　銀嵩軍事（巻三四・二九三頁）：吉野の将軍の宮、武家に通じ、「賀名生ノ奥」銀嵩に挙兵。
神・西・徴・玄・松・米・毛・前・梵・天・教・中「〇」。南・筑「加名生」。簗「かなう」。京「かなふ」。

15　銀嵩軍事（巻三四・二九三頁）：将軍宮、「先ノ皇居賀名生ノ黒木ノ内裡」などを焼き払う。

神・西・徵・玄・松・米・毛・前・梵・天・教・中「〇」。南・筑「加名生」。簗「**かなう**」。京「**かなふ**」。

16 光厳院禅定法皇行脚事（巻三九・四五八頁）：「南山賀名生ノ奥」より帰洛していた光厳院、行脚に出る。
神（欠巻）。西「賀多生」。徵・玄・松・南・筑・米・毛・前・梵・天・教・中「〇」。簗「**かなう**」。京「**かなふ**」。

さて、〔岩波古典大系〕は、11（「南方」）を除いた「賀名生」（そのうちの2は「加納」と表記）のすべてに、「アナフ」と訓みを付している。慶長八年古活字本には振仮名はなく、〔岩波古典大系〕の振仮名は、「主として寛永無刊記整版本」により「歴史的仮名遣に統一」したものである。『太平記』整版本のもとをなした元和八年刊整版本（本書は2・11をふくめ、表記はすべて「賀名生」）を確認するに、たしかに「アナウ」（16のみ「アナフ」）とある。しかし、『太平記』写本に目を投ずれば、様相は大きく異なる。

平仮名主体の漢字交じり文で記される簗田本・京大本は、2を除くすべてを「かなう（ふ）」と記している。両本が「かなう（ふ）」としている箇所は、調査対象の伝本すべてを見ても、表記のゆれ（賀名生、賀那生、加名生、加那生、加納など）はあるが、最初の文字は「賀」もしくは「加」。2の「穴」（あな）とそれ以外の「賀、加」（か）とは書き分けられている。

漢字主体表記の伝本に振仮名は少ないが、天正本は、6を「カナフ」と片仮名表記、8に「カナフ」と振仮名（「アナフ（ウ）」はない）を付しており、注目される。また、三箇所以上に振仮名のある伝本は次の二本であるが、「カナフ（ウ）」が優勢である。

西源院本：カナウ（1・4）、カナフ（8・16）。※アナウ（ウ）は無し。

中京大本：カナウ（1・4・7・8・9）／アナウ（5・6）。

したがって、『太平記』の「賀名生」は本来「カナフ（ウ）」と読まれていた可能性が高い。「賀名生」は近世の版本以降定着したものであり、振仮名をふるならば「カナフ」とすべきである。

さて、古態本の甲類本（神宮徴古館本を除く）が2のみ「穴生」「あなふ」としていた。なぜであろうか。

2：四条中納言隆資卿、急ギ黒木ノ御所ニ参ジテ、「昨日正行已ニ打レ候テ、明日師直、皇居ニ襲来候由聞へ候。当山要害之便稀ニシテ、防べキ兵更ニ候ハズ。今夜急ギ天河之奥、穴生之辺へ御忍候べシ」ト申テ（中略）主上ハヨロヅ思召分タル方モナク、夢路ヲタドル御心地シテ、黒木之御所ヲ立出サセ給ヘバ、……（西源院本巻二六）

4：……吉野之主上者、天川之奥、賀名生ト云所ニ、僅ナル黒木之御所ヲ立テ御座アレバ……（同巻二七）

第四章「二つの「小幕府」」にふれたように、後醍醐が「賀名生」を経て吉野にたどり着いた延元元年・建武三年（一三三六）一二月当時、義良親王（後村上）は北畠顕家とともに奥州にあり、延元三年二月に吉野に入った。『太平記』には義良の奥州下向を記さないから、義良がどこにいて、いつ吉野に入ったのか不明である。しかし、仮に京都周辺にいたとしても、決死の京都脱出劇に同行したとは考えられない。後醍醐が吉野に落ちついた後、いずれかの時点で義良も合流となろう。史実、『太平記』いずれにおいても、義良にとって「穴生」は未踏の地となる。それは発言者の四条隆資にとっても同様であっただろう。「天河之奥、穴生之辺」には、目前に迫った危機のなかで見知らぬ奥地に踏み迷う不安がこめられている。吉野脱出の時点では単なる地名「穴生」であったものが、皇居の地となり「賀名生」へと変貌する。ただし、『太平記』の叙述の上では「賀名生」は、かつて後醍醐が南山に第一歩を記した土地にちがいなく（1を「賀名生」と表すことの意味は「おわりに」に言及する）、2も「賀名生」とした方が統一性が保たれる。そのように判断した伝本が「穴生」の表記を改めていったのであろう。

三、正平七年の改称は史実か

次なる課題は、右の改称説の信憑性である。〈平凡社〉「西吉野村・向加名生村」の項には以下のような記述がある。

> 賀名生谷は元来は川野谷で、カの子音脱落によりアノウに転訛、やがて穴生・穴太とも書かれるようになったと考えられる。穴生を佳字化して賀名生としたという説話（南山巡狩録）もあるが、現川上村の神之谷（こうのたに）（川野谷）などと同じ形状地名であろう。「大和志」には「向嘉名生（ムカヒアナフ）」とさらに好字化している。

この説明もわかりにくい。賀名生谷は元来、川野（kawano?・）谷の意で、（kawanoがKanoとなり?・）K音が脱落してアノウと訛り、「穴生・穴太」とも表記されるようになった。佳字化して「賀名生（カナフ）」とした、という説話もあるが、地名の由来は土地の形状である。このような意味であろうか。

太田亮『姓氏家系大辞典』「穴太　アナホ」の条に「穴太の地名は穴太部（穴穂部）より来りしもの多ければ諸国に尠からず。アナホベ条を見よ」とあり、指示にしたがうと次のようにある。

> 穴穂部　アナホベ　安康天皇の御名代の民なり。雄略紀十九年条に「詔して穴穂部を置く」とあり。こは安康天皇の御諱穴穂を後世に伝へんとての部民なり。天平五年の右京計帳に穴太部某見ゆ。（後略。河内の穴穂部、大和の穴穂部など一〇項をあげる）

地名学にはうとく、判断はひかえるが、賀名生の旧称の穴太は右の穴穂部に由来する穴太とは無関係なのであろうか。いずれにせよ、ここでは賀名生の旧称・穴太の、そのまた以前の起源には立ち入らない。

右の〈平凡社〉「向加名生村」の説明で不審なのは、賀名生への改称を「説話（南山巡狩録）」と退けていることである。同じ〈平凡社〉「賀名生」の項には次のようにある。

『園太暦』の文和元年（一三五二）二月二六日条に「伝ヘ聞ク、今上皇帝、穴太〈此間名ヲ賀名生ト改ム〉宸居出デシメ、住吉ニ赴カシメ給」とあり、『南山巡狩録』に「正月小五日、頃日大和国吉野の奥穴太の皇居を改め賀名生（かのふ）とかかしめ給ふ」とある。（引用者注：漢文表記は読み下し、書名には二重鍵を付した）

『南山巡狩録』は右引用部分につづけ「是日皇居にて叙位行はる、事各差あり〈園太暦〉」と記しており、〈園太暦〉との出典注記は、直接的には文和元年正月五日条にかかわるが、二月二六日条の改称記事も含めて「頃日」（このごろ）云々と記したものであろう。『園太暦』の「穴太〈此間改名於賀名生〉」という記載は無視しがたく、改称記事は根拠のない「説話」ではない。

いま、〈平凡社〉〈角川〉のあげる史・資料を整理して表示すると次のようになる。

平	角	史資料	年号・月日	西暦	地名表記
	○	簡要類聚鈔第一			「穴生庄」
○	○	坊領証文紛失状（吉水神社文書）	建武元 2	一三三四	「宇智郡西穴生庄」
○	○	禅恵奥書文書（金剛寺文書）	建武三 12 23	一三三六	「阿那宇」
	○	梅松論	建武三 12	一三三六	「大和国あなふ」＊
○		▲穴生記	延元元 12	一三三六	「穴太」を「賀名生トアラタムベキヨシミコトノリ…」
○	○	園太暦	文和元 2 26	一三五二	「穴太〈此間改名於賀名生〉」
○		▲南山巡狩録	正平七	一三五二	「穴太の皇居を改め賀名生（かのふ）と…」
	○	嘉元記	正平七 2 26	一三五二	「叶ノ内裏ヨリ…」
○	○	大乗院日記目録	観応三 5 11	一三五二	「加那生」＊＊
	○	常楽記	文和三 4 17	一三五四	親房「於紀州賀名生円寂」
	○	大乗院日記目録	延文五 4 25	一三六〇	将軍宮「賀名生」攻撃

○	▲大和志			「加名生荘」
○	▲吉野郡史料	正平七1	一三五二	「穴太ヲ改メテ賀名生ト…」

・○は掲出の有無。▲は近世以降の編著。『南山巡狩録』は文化六年（一八〇九）序。『大和志』は享保二一年（一七三六）成。『奈良縣吉野郡史料』は奈良縣吉野郡役所編、大正八（一九一九）～同一二（一九二三）。
・＊『梅松論』京大本「穴」、寛正本「アナ」、延宝本「あな」、群書類従本「あなふ」。
・＊＊『大乗院寺社雑事記（十二）』（角川書店、一九六四）所収本は「加那[名]生」と、「名」を傍書している。

右の表では、「賀名生」「叶」「加那生」など「カ」と読むのが自然な表記は、『園太暦』以前にはない。一方、「カナフ」の呼称については、『園太暦』の「賀名生」のみならず、『嘉元記』（影印本『法隆寺史料集成五』。『大日本史料』六編一六、一二二頁所引）が「叶ノ内裏」と表記していることを重視したい。同書は、「嘉元三年（一三〇五）から貞治三年（一三六四）に至る六十年間の鎌倉時代末期より南北朝動乱期にわたっての法隆寺の寺内行事・堂宇経営・寺僧の動静などより、寺辺ならびに大和国の動乱の状況などを法隆寺年預職にあった寺僧らが書き継いだ重要な記録」（『国史大辞典』「嘉元記」）という。

「カナフ」への改称が後村上帝みずからの発意であったのかどうかはわからない。しかし、この時期の改称を裏付ける有力な史料がある以上、帝もしくはその周辺に始発するとみなすことは、あながちまとはずれではなかろう。

ただし、改称の時期についてはなお考えるべき点がある。〈平凡社〉によれば、『穴生記』延元元年一二月条に、「穴太」を「賀名生」と改めた、とある。『穴生記』は、『南北朝編年史』延元元年一二月二六日条に「穴太を賀名生と改める（穴太記）」とあり、『南朝穴太記』（宮内庁書陵部、天保一四写。二巻一冊。未見）をさすのであろう。これは、賀名生が歴史の表舞台に登場した最初の、後醍醐帝の吉野遷幸（『太平記』巻一八）に改称の起源をもとめたものと思われる。

『南山巡狩録』は「正平七年壬辰　北朝観応三年」の前行に「後村上院〈正月、吉野山穴太の皇居を賀名生と書改め給ひ、二月十八日より住吉に臨幸。夫より／八幡に渡御。五月十一日より東条に御滞座。中旬に及び再び賀名生に臨幸し給ふ〉」と記す。おそらくはこれに拠ったと目される『吉野郡史料』もまた、「正平七年正月、後村上天皇詔シテ『宜シク今ヨリ穴太ヲ改メテ賀名生ト称スベシ』トアリシハ……」と説く。

しかし、金剛寺の学頭禅恵が経典類に記した奥書の記載が注意される。引用は国会図書館デジタルライブラリー収載『天野行宮金剛寺古記』（一六三・二〇〇には図版がある）。〔文書番号：典籍名〕に続けて必要部分を示す。（　）内傍記は『古記』編者による注記。本文行〈　〉内は原文双行表記。

〔一五九：釈論第八愚草　末〕正平六年〈辛卯〉三月廿六日、金剛寺恒例卅講配文当此巻〈尺論八巻〉。今年二月廿六日、
足利殿執事武蔵諸康（師泰）、於西宮辺、植杉（上杉）追討之了。**加那帝**（賀名生）与三条入道殿（直義）為加躰之間、此十五ヶ年之動乱令静謐了。
為後見記之。　正学頭権律師禅恵六十八

〔一六〇：秘鈔断簡〕正平六年〈辛卯〉春季卅講配文此巻也。　学頭権律師禅恵六十八
去年十一月足利義直（マヽ）入道加躰阿那帝（付訓：アナウノ）ニ。今年二月廿六日ニ、足利殿執事師直兄弟并子息、西
宮討死討死了。

〔一六三：釈論第十愚草　末〕同（引用者注：延元元年）十二月廿三日、帝王入御阿那宇へ。同廿八日吉野［　］給。
正平三年〈戊子〉正月五日、於河内国四条、楠木帯脇（太刀）左衛門正貫（正行）、執事（足利）高武蔵ニ被討了。
同九年〈甲子〉三月廿二日、持明院殿三院当寺（天野寺）御幸〈御所観蔵院〉。　禅恵七十一歳

〔二〇〇：日経疏愚草〕正平五年〈庚寅〉十一月、足利殿弟左馬助入道義直（マヽ）与足利殿執事師康不快故、義直（三条殿）（左傍記「ヨシナヲ」）入道出家。**賀那帝**（ナウノ）ニ加躰申シテ、同六年正月十五日、執事師直京中ヲ追落、播磨国赤松城引籠。

（中略）同十六年大疫死去、古今未見聞事也。　学頭法印禅恵七十八才

右を整理すると次のようになる。

延元元年（一三三六）一二月二三日、後醍醐が京を脱出し、「阿那宇」に入御。

正平五年（一三五〇）一一月、直義、「阿那帝」「賀那帝」と合体。（一三四九年一二月八日、直義出家。一三五〇年一〇月二六日、京脱出。一二月一三日、南朝、直義の降を許す）

正平六年（一三五一）三月二六日時点で「加那帝」との合体継続。（五月一五日、南北両朝の交渉決裂）

「諸康」（師泰）、「正貫」（正行）など、音（おん）による表記があり、「阿那」と「加那」「賀那」の書き分けも音の相違にもとづくはずである。正平五年の記述に両様あることをどのように判断するか問題ではある。しかし、『園太暦』観応二（正平六）年一二月二五日条に「賀名生殿御返事送之」とあることとあわせ、『南山巡狩録』『吉野郡史料』の主張する正平七年正月以前にすでに、「賀那」「加那」という発音および「賀名生」という表記が存在することを、まずは確認しておきたい。

したがって、〝叶う〟に南朝の願望が託されているとしても、北朝を退けることが叶った、あるいは京都回復が目前となったから、正平七年正月に改称したということにはならない。正平五年直義投降の時点で願望実現の可能性が生じたことをもって、あるいはそれよりさらに前、願望の実現を期待して〝叶う〟と改称したということも考えられる。改称の正確な時期は不明といわざるをえない。

おわりに――「賀名生」表記の物語ること――

正平七年前後の『園太暦』の南朝に関する表記を粗々拾う（「賀名生」「穴太」はすべて採る）と次のようである。

観応二（正平六）年

一二月：「南方綸旨」（五日）、「南山武家合体」（八日）。一二月：「南山勅書」（一八日）、「南方御所」（二二日）、「賀名生殿御返事」（二五日）

観応三（文和元。正平七）年

正月：「南方御所」（五日）、「南方勅使」（一五日）、「南方御所」（一七日）。二月：「南方御所」（四日、九日、一一日）、「今上皇帝令出穴太〈此間改名於賀名生〉宸居」（二六日）。六月：「（光厳院らを）可被奉移賀名生之旨」（二日）、「可還（遷カ）御穴太御所之由」（五日）、「女房等依召参穴太仙洞（光厳院らの御所）」（一五日）

文和二（正平八）年

正月：「南方御所」（一六日）。六月：「南方御所」（四日、一一日）、「南山御所」（一六日）、「穴太住人」（二一日。後村上帝の吉野遷幸は穴太住人を処罰し、その報復を懸念してのことだという説あり）、「南山御所」（二五日）、「南山御使」（二七日）、「南方御所」（二八日）。七月：「南方御所」（一三日）、「南山御使」（一四日）、「南方勅書」（一五日）、「南方御所御書」（一六日）、「南方主君」（二六日）。八月：「賀名生殿宮御方」（二七日。賀名生にいる「宮御方」すなわち直仁親王御悩）

「南方」「南山」を冠する表記が基本をなし、賀名生、穴太が混じる。注意されるのは、後村上帝の出立をいう記事も「穴太」を前面に出した記述になっていることである。すなわち、「穴太」に「此間、名を賀名生に改めた」と注記しているのであって、「賀名生」に対して「穴太から改めた」と説明しているわけではない。つづく正平七年六月五日・一五日、翌八年六月二一日記事に「穴太」が現れるのも、「賀名生」への改名を全面的に受け入れているのではないことの端的な表れといえよう（直仁親王御悩記事に賀名生を用いた理由はよくわからない）。

こうした『園太暦』の、積極的とは見えない限定的な「賀名生」の使用を一方に置くとき、『太平記』の表記にはある種の意思・意図が秘められているように思われる。

『太平記』になじんだ目には、「賀名生」の文字は特別な意味合いをもたない。しかし、「穴生」あるいは「穴太」でとおすことも可能であったはずである。『太平記』がほぼ一貫して「賀名生」もしくはそれに準じる表記を使いつづけていることには、『太平記』の叙述姿勢がからむ。

延元元年（一三三六）一二月二一日（『太平記』は八月二八日とする）、後醍醐帝が京都を脱出したことを、寛正本『梅松論』寛正本は次のように記す（第三節の表に整理した記事。表の注＊参照）。

去程ニ君ハ大和国ノアナト云山ニ御座ノ由聞ヘシカバ、名詮字章然ルベカラズトゾ口々ニ申セシ。

「名詮字章」は名詮自性。現代思潮社古典文庫『梅松論・源威集』一三六頁頭注は「名がそのものの性質を表わし、名実相応のこと。『あな』（穴）の地名が後醍醐帝のよからざる前途を暗示している意」という。『太平記』巻一八は「大和国賀名生」（訓みは「カナフ」でなくてはならない）と記すことにより、そうした暗示を排除している。「賀名生」の一語ではあるが、『太平記』には、『難太平記』著者に「此記の作者は宮方深重の者にて」といわせる一面がたしかにあることを示すものである。

注

（1）初出稿発表後、小秋元段氏から、鈴木康正「難読語――なぜそう読むか――地名篇四」（慶應義塾高等学校紀要23、一九九二・一二）のあることを教えていただいた。鈴木氏は、正平七年の時点で賀名生・叶・加名生という三種の表記が用いられていることに注意し、「単なる表記の変更ならば、如何に混乱した社会であったとは言え、改名してすぐに三種の表記が現れるというのはおかしい」、「この時の改名は表記の変更ではなく、地名の変更だったのだ」という。小論に先行する貴重な発言であるが、小論は『園太暦』の記述を重視し、表記もやはり改められたものと考える。表記の混在は、音よりも文字の流通の方が徹底を欠きやすいためであろう。

（2）〔小学館新編全集④九九頁〕頭注欄解説にあるように、光厳院らはこれ以前に賀名生から天野山金剛寺に移されていた。『園太暦』延文二年二月一六日条も「天野殿法皇・新院可有御出京、尤可然之事歟」と記す。『太平記』巻三四「和田楠軍評定事付諸卿分散事」に「此比吉野ノ新帝ハ、河内天野ト云処ヲ皇居ニテ御座有ケレバ」（岩波古典大系二七九頁）とあり、「サラバ驍テ観心寺ヘ皇居ヲ移シ進ラスベシトテ」（同二八一頁）と続け、金剛寺から観心寺への移転をも記している。光厳院らの帰京が実際には天野からであったことを知らなかったのではなく、16「光厳院禅定法皇行脚事」も含め、「賀名生」に叙事を統一したものであろう。

第二章　『太平記』における楠正成の位置

序1、「楠」の登場

倒幕運動を決行し笠置山に拠った後醍醐のもとに、名だたる武将は未だ一人も参じない。かかる折、後醍醐の夢中に二童子が現われ、大樹の陰、列座する廷臣に南面する上座に誘う。みずから夢解をした後醍醐は「楠」という武士を召す。正成はこうして『太平記』に登場する。

いま、標題に「楠正成」と、意図的に記した。正成の名字として楠と楠木、いずれも使用されるが、この点に留意した発言は意外に少ない。岡見正雄75の「楠正成の姓は当時は楠木と書かれることが多いが、太平記では楠としている」という発言のほか、鈴木登美恵80が「正成の氏は、当時の史料では〈楠木〉。太平記においても、永和本・神田本は〈楠木〉」と言及しているのみといってよい[1]。ただし、神田本も巻一七と三二のごく一部の例を除く、圧倒的多数の用例は「楠」である。また、永和本（巻三二のみの零本）・神田本巻三二の用例はいずれも「和田楠木……」という一族の呼称であることに注意しておく必要がある[2]。

ちなみに、歴史学の分野で正成の名字が問題とされたのは、「史学雑誌」第四編第四九号（明治二六年。一八九三・一二）掲載の次の問答等が古い例に属するようだ。

問　長野県　稲垣虎太郎「史伝上或ハ楠正成ト書シ、或ハ楠木正成ト書ス、何レカ真ナルヤ」

答　史学会員　田中義成「正成朝臣ノ苗字ハ、当時の旧記文書楠木合戦注文ヲ初メ其外トモスヘテ楠木ト書シ楠

> ノ一字ニ作ルモノナシ（中略）梅松論太平記等ハ当時ノ著述ナルモ、木ノ字ナキハ、輾転抄写ノ際、遂ニ省略セルナラン、永禄二年河内守正虎モト大饗氏正成朝臣ノ後ト称シ、正成朝臣ノ勅勘恩免ヲ請ヒ奉リ赦宥アリシ時、其綸旨ニ楠河内守殿ト宛名アルハ、此頃ハステニ略称ニテ通用セシコト知ルベシ（後略）」

さらに下って、生田目経徳39に「正成の家号楠は楠木の略称」という項があり、以下の説明がなされている。

> 氏称を一字に省略して書くことは、学者の漢学を崇拝したるより起りたることにて、氏を漢人めかしくしたるものなり、たとへば、藤原を藤、菅原を菅、大江を江、清原を清、三善を善と書たる類の如しこれに倣へて楠木の一字を省略して、楠の一字に書たるものなり（中略）唯神皇正統記①、太平記、梅松論②、保暦間記③等の、南北朝時代の実録に、木の字を省略して、楠の一字としたるは、便宜の書法としたるに過ぎず、（中略）族人として、自楠の一字としたるは、太平記に、楠の一字に書きたるに擬倣せしものにて、天文以後のことなるは、古記録のこれを証するものあり。
>
> （①②③は引用者の付加）

ただし、氏の挙げた文献の諸本を閲すると、①は「橘正成」とあり、②は古態本の京大本、寛正本（下巻のみ）によれば「楠木」の用例の方が多い。③も内閣文庫本は「橘正成」「楠木」と記す。また『増鏡』には「楠の木が館」という表現が見られる。したがって、『太平記』と同時代の他の著作物においてもやはり、文書等と同様に「楠木」という表記が一般的で、ひとり『太平記』のみが、例外的に「楠」で通しているのである。

『太平記』の正成は、巻三冒頭、笠置での後醍醐帝の霊夢により、物語の世界に登場する。「紫宸殿ノ庭前カト覚タル地ニ大ナル常葉木」(3)があり、その樹下の席に招かれるという夢を、後醍醐が「木ニ南ト書タルハ楠ト云フ字ナリ」と解き、「此辺ニ楠ト云ル武士ヤ有」と召し出すのであるが、ここで問題にされているのは「楠」という一字であり、「楠木」ではない。当時「楠木」が一般的であったにもかかわらず、『太平記』が一貫して「楠」正成としていることを見過ごしてはならないだろう。「楠」には、霊夢により物語世界に登場した正成の特異性が刻印されているのである。たまたまいずれもクスノキと訓みうるから、現代語訳などでもこの場面を引きながら、つづけて「楠木」正成を登場させて怪しまないことが多いが、史的存在としての正成を論ずる場合を別として、『太平記』の正成は「楠正成」と表記すべきである。

序2、「正成一人」

太平記の描く、神秘的な正成登場の物語に対し、たとえば『増鏡』「むら時雨」の

笠置殿には、大和・河内・伊賀・伊勢などより、つは物ども参りつどふ中に、事のはじめより頼み思されたりし楠の木の兵衛正成といふ物あり。心猛くすくよかなる物にて、河内国に、をのが館のあたりをいかめしくしたゝめて、このをはしします所、もし危からん折は行幸をもなしきこえんなど用意しけり

という一節を前にして、正成と後醍醐の結びつきが、実際には、いつ、いかなる契機によるものであったかを問ういくつかの説がある。(4) しかし、『太平記』にはこのように登場し、それが『太平記』の正成のあり方を決定している。後醍醐から「天下草創」の謀を問われた正成は、東夷討伐の時が到来している事、ただし武略と智謀を働かすことが肝要である事を述べた上で、

合戦ノ習ニテ候ヘバ、一旦ノ勝負ヲバ、必シモ御覧ズヘカラズ。正成一人未ダ生テ有ト聞食候バ、聖運ハ遂ニ開ベシト思食候へ　（玄玖本）

と合戦の帰趨を自己の存否一つにひき絞って河内国へ帰る。この正成の異常なまでの自信は、しかし、後醍醐の霊夢による神秘的な登場の中にたしかな裏づけをもつ。事実、正成の超人的な活躍があって、北条幕府はついに滅亡する。「幕府の軍勢をひきつけて時をかせいだこと、が、元弘の挙兵の全戦況のなかで演じた役割」（杉本圭三郎64）ではあっ

たが、『太平記』は正成の「役割」を主軸に据え、共感的に力をこめて描き出している。その頂点が、有名な千剣破（千早）の合戦であり、なかでも圧巻は以下の箇所。正成の次々に繰り出す奇策に翻弄され、攻めあぐねた幕府軍は、高く切立った堀に梯を渡して城中に攻入る事を思いたつ。京都より五百余人の番匠を召下し、「広サ一丈五尺（約四・五米）、長サ廿余丈（六〇米以上）」という巨大な梯を造り、「大綱ヲ二三千付テ、クルマキヲシテ巻立テ」城の切岸へどうと倒し懸ける。五六千人の兵が我先に突入し、あわや落城と見える。ところが城兵は「投炬ノサキニ火ヲ付テ、梯ノ上ニ薪ヲ積ガ如ニ投集テ、水弾ヲ以テ油ヲ瀧ノ流ルヤウニ懸」、梯上は一挙に叫喚の巷と化す。「前エ進ントスレバ、猛火盛ニ身ヲ焦ス。跡エ帰ラントスレバ、後陣ノ大勢先ノ難儀ヲモ云ハズ支タリ。（中略）如何ハセント、身ヲ揉テ押合フ程ニ」数千の兵は燃折れる梯と共に猛火の中に落重なって絶え果てる。このスペクタクルが史実か否か、核となる事件があったのかどうかは今問うところではない。『太平記』の正成は、不思議の人としての登場と、これまでに積重ねてきた智略の程からして、敵の壮大な攻撃をも予知していたかのように、見事に逆襲の手段に化してしまう能力の持主として、たしかな存在感を持っている。

一、正成の「時間」

『太平記』作者が、正成に与えた役割の重要性は、たとえば彼の担っている時間をたどっても明らかである。元弘元年笠置城は陥落し、後醍醐以下、公卿、武士等が所々で逮捕される。翌元弘二年三月七日の[5]後醍醐隠岐配流を皮切りに、六月まで関係者の処分が続く。この後醍醐の配流を中心に記事を構成しているのが『太平記』巻四であるが、同巻六はこれを受けて、後醍醐方の廷臣・宮女の逼塞を言い、中でも民部卿三位殿の悲嘆を描く。尽きぬ嘆きに人目をしのんで参籠した北野社で、彼女は一首の歌を詠む。と夢に老翁が現われ、後醍醐の還幸を暗示する歌を与

〈日付対照表〉

太平記	月	日	史実
正成、湯浅を攻略……元弘二	4	3	元弘二年12月頃
正成、天王寺に進攻……	同	17	
隅田、高橋兵を率い出京……	同	20	
隅田ら敗北……	4	21	
宇都宮、天王寺へ向う……	7	19	元弘三年1月22日
宇都宮、気疲れし撤退……	7	27	2月2日
正成、未来記を披見……同	8	3	
高時、討手を下す……	9	20	元弘三年1月カ
先陣着京す……	10	8	
吉野・赤坂、金剛山へ向う…元弘三潤	2	3	元弘三年2月20日

える。はたして、元弘二年三月五日北条時益・仲時が両六波羅として上洛した[6]事を記したあと、先に自害を装って消息を絶っていた正成の活動開始が告げられる。同四月三日、正成は彼の旧領に地頭として入部していた湯浅定仏の城を攻め、トロイの木馬の正成版といった体の戦術でこれを破り、さらに天王寺へ進出する。驚いた六波羅は隅田・高橋に討伐を命ずるも、正成の策略にまんまと陥り、四月二一日あえなく敗退する。六波羅はこれを無念とし、関東より上洛した宇都宮を七月一九日、天王寺へ派遣する。正成はこの関東の精鋭との衝突を避け、いったん陣を退き、じらし戦法に出る。予想通り気疲れした宇都宮は、七月二七日遂に帰京し、正成はふたたび天王寺に勢威を振う。こうした状況下、さらに赤松円心が、吉野山中にある護良親王（大塔宮）の令旨を得て播磨に挙兵する。六波羅の火急の告に、九月二〇日、北条高時は大軍を発向。諸国七道の軍勢を集め八〇万騎にふくれ上った幕府軍はこれを三手に分け、元弘三年潤二月三日、護良の楯籠る吉野、正成配下の赤坂、正成自身の拠る金剛山（千剣破城）に向け進発し、ここに第二波の討幕運動は全面的な展開を見ることとなる。

以上たどってきた記事のもつ日付はじつは、史実と大きく隔っている。**〈対照表〉**に示すように、『太平記』における正成は史実より七ケ月余りも早く活動を開始している。これは、元弘二年三月七日の後醍醐隠岐遷幸後の空白期を嫌い、ただちに正成が一人反幕府運動を再開したとする、『太平記』の意識的な操作であろう。この虚構は、単純な日付の操作以上の重要な意味を持っている。

二、大塔宮の「時間」

先に、正成が一人反幕府運動を再開したと書いた。が、このとき吉野では護良が動いている。赤松円心が播磨に挙兵したのも護良の令旨によってであった。この護良と正成のゲリラ活動を封ずるため、幕府は、吉野、赤坂、金剛山へ大軍を派遣することになる。巻四の後醍醐の隠岐配流と巻六の正成の活動との間には巻の過半を費して護良の行動が描かれている。前述の巻六冒頭に登場する民部卿三位殿は護良の生母であり、彼女は遠島の後醍醐とともに、南山に踏み迷う我皇子を想い涙するのである。その意味で巻五と巻六とには密接な連関がみられるといってよい。にもかかわらず、やはり「正成一人」なのである。それは三位殿の得た後醍醐復帰の予告を受けて登場するのが、護良ではなく正成である事によって明らかであるが、問題の巻五の護良の描かれ方を検討すれば、事は一層はっきりする。

「大塔宮熊野落之事」と称する章段名に端的に示されているように、ここにあるのは全篇、護良の逃避行であって、吉野に城郭を構えたことは、巻尾の以下の数行に記されるのみである。

……吉野ノ大衆ヲ御語アテ、則愛染宝塔ヲ城郭ニ構エ、岩切通ス吉野川ヲ前ニ当テ、三千余騎ニテ楯籠セ給タリトゾ聞シ

しかも、この章段は

大塔二品親王、笠置城ノ安否ヲ聞食レン為ニ、且ク南都般若寺ニ忍テ御坐有ケルガ、笠置已ニ落テ主上捕レサセ給ヌト聞シカバ、虎尾ノ恐御身ノ上ニ迫テ

と巻三の笠置攻防戦当時に遡って始められているのであるが、この相当量ある（岩波古典大系本で一四頁）記事中に日付表記をまったく持っていないという点においても、巻六の正成を中心とした記事群と際立った対照を見せている。

すなわち、この章段は笠置落城、後醍醐配流、正成の反攻という事件展開、時間系列から外れ、一篇の護良譚としての完結性を有している。もちろん、護良に関する正確な情報が入手しがたかったからだ、巻五末尾の「トゾ聞シ」はその辺の事情を示している、とみなす事もできよう。しかし、何よりも「正成一人未ダ生テ有ト聞食候ハ」と揚言した正成の登場のあり様からする物語の要請があずかって力有ったはずだ。護良のみならず、その令旨を得て挙兵した赤松円心もまた、ここでは「其比」という漠然とした時間しか与えられていない。

三、後醍醐の分身としての正成

正成と大塔宮護良との関係をいう場合、よく引かれるのが、『増鏡』「むら時雨」の次の箇所である。（　）内は引用者の注記である。

中務の御子（尊良）、大塔宮などは、かねてよりこゝ（笠置城）を出でさせ給て、楠の木が館（赤坂城）におはしましけり。行幸（笠置落城後の後醍醐の落行き先）もそなたざまにやと思し心ざして、藤房・具行両中納言、師賢の大納言入道、手をとりかはして、炎の中をまぬかれ出づる

『増鏡』は、笠置落城以前に護良が、正成の城郭に入っていたというのであるが、『太平記』は先に引用したように、南都般若寺に身を潜めていたとする。岡部周三75は「太平記は大塔宮と正成との関係について、ことさら面を向けるのを避けているようにもみえるが、元弘元年挙兵の二人の立役者が、討幕の戦略について互いに話し合うことは当然で、増鏡の記事を正しとすべきであろう」（二四五頁）という。『増鏡』の記事が正しいかどうか確証はないが、『太平記』が両者の関係について「面をむけるのを避けている」ことは、前述の護良譚の扱いにも示されている。岡部氏はその理由を二つあげている。一は巻一二「兵部卿親主流刑事付驪姫事」(7)での護良批判にみられるように「太平記作者

が大塔宮をあまり評価しなかったこと」であり、二は、太平記が正成を超人間的な、作者好みの理想人に仕上げてしまったことで、こうした理想人が大塔宮から信頼されたとか、大塔宮との共同謀議に与かったなどを記すのを好まなかったのではなかろうか。あるいは実際には正成もまた大塔宮の令旨を受けていたかもしれない。しかし太平記は、正引が天皇の夢想という神秘的事件によって、見出された忠臣であり、その母が志貴の毘沙門に祈って生まれた子供であるという。いまさらに、大塔宮とのつながりをのべる必要はないという、立場なのであろう。

とする。いずれも妥当な見解と思うが、いますこし、物語の枠組みからする注釈を加えておきたい。

くり返すが、正成は後醍醐の霊夢によって〈太平記世界〉に登場する。彼が毘沙門の申し子であったということは彼の資質を暗示するものではあろうが、物語世界において、それ以上に決定的なのは後醍醐との関わりである。

正成の活躍は、笠置城が陥落し、後醍醐が山中に捕われ、六波羅に禁籠された時点に始まる。笠置攻めに間に合わなかった幕府の大軍はそのまま正成の赤坂城に鋒を向ける。小城とあなどって我勝ちに攻めくる幕府軍を釣塀で押しつぶし、塀を引破ろうとすれば、熱湯を浴びかけるという戦法で散々これを悩ませたのが、『太平記』における正成初度の戦いである。が、俄拵えの小城のこと、兵糧攻めにあい、正成は城に火をかけ、身替りの死骸をもって自害を装い、行方をくらます。年が改まり、笠置の捕囚の処置が定められ、三月、まず後醍醐が隠岐に流される。その後間もなく、三位殿の得た予告を受ける形で活動を再開した正成は、天王寺から千剣破城に拠って、還幸までの時を担って行く。すなわち『太平記』にあって正成は、後醍醐の活動が停まると同時にこれに代るかのように活動を開始しているのである。後醍醐との関わりが決定的な意味をもつとはこの点をさす。さらに言うならば、正成は後醍醐の実質的な分身であり、後醍醐の霊夢による〈太平記世界〉への登場はこのことを象徴するものではなかったかと思われる。

『太平記』は、巻九に六波羅の陥落を、巻一〇に鎌倉の敗亡を、描いたあと、巻一一にこの報に接した後醍醐の入洛を記す。

其ル程ニ、主上兵庫ニ一日御逗留アテ、六月二日、腰輿ヲ廻サル、処ニ、楠多門兵衛正成三千余騎ヲ率シテ参向ス。其ノ形勢優敷ソ見タリケル。主上ハ御簾ヲ高ク参セ、正成ヲ近ク召レテ、大儀早速ノ功、偏ニ汝カ忠戦ニ有ト感ジ仰ラレケレバ、正成畏テ、是只君ノ聖文・神祇ノ徳ニ依ズハ、微臣争カ尺寸ノ謀ヲ以テ、強敵ノ囲ヲ出テ候ベキト、功ヲ辞シテ謙下ス。兵庫ヲ御立有ケル日ヨリ、正成前陣ヲ承テ、畿内ノ勢ヲ相随テ、七千余騎ニテ前騎ス。

巻三での笠置城以来、正成と後醍醐がふたたび対面を遂げたのであるが、中西達治68はここに正成像の変化をみる。すなわち、これまで「自己の宇宙軸をもち歴史を動かすものと構想されていた楠木正成」が、勝利の対面をした途端におさまりきって「天皇の〈前陣ヲ奉テ〉さきがけする武士像へと変質する。（中略）それは謙遜とか忠節とか臣下の礼等々というものとははっきり無縁のことである。つまりここのところで、それまで正成に対して作者の与えた構想がはっきり破綻するのである」という。傾聴すべき説である。ただし、この「変質」ないし「破綻」は、「直接天皇と相対する時には必然的にそこにある社会的関係をぬけ出ることはできない」との現実の規制に由来するものであるとともに、正成の聖性が、元々後醍醐の霊夢の中で確認されたものであったこと、いわば後醍醐の聖性の分身として存在したという、物語の設定の必然的帰結として理解されよう。『太平記』における正成の悲劇は、勝敗の見えている合戦に臨んでの湊川での討死以上に、この時点で物語上の役割を果たし終えたにもかかわらず、なお、巻一六「経嶋合戦事」まで舞台の隅に留まらねばならなかったことにある。その間の、彼の二、三の事蹟はほとんどとりあげるに足らない。

たとえば巻一二「天下安鎮法之事」。元弘三年夏天下一統の後、同四年春の比、筑紫・河内・伊予の各地で北条残党が反乱を起こす。朝廷では紫宸殿に天下安鎮法を行い、その効あってか、「(河内の賊徒の拠った) 飯盛城ハ楠正成ニ落サレ、〈伊予の〉立烏帽子ノ城ハ土居得能ニ攻破ラレ、筑紫ハ大友小友弐ニ打負テ」諸国は静謐したと記す。『太平記』によれば、挙兵から鎮定までさほどの時日を要したとは思えないが、史実では北条残党が飯盛城に挙兵したのが建武元〈元弘四〉年一〇月。楠正成・三善信連らが向かうも容易に落ちず、度々合戦を続ける。一二月一三日、宮中には逆徒追討勝利、天下泰平を祈念して五壇法が修せられ、同月、足利の武将、斯波高経が大将軍として発向、翌建武二年一月二九日に至りようやく城を落とし、敵の首魁を獲ている。『太平記』の記述によった場合でも、正成の功績は特筆するまでもないのであるが、この微細な軍功も実際には正成の手には帰せられないものであった。正成の本国で反乱が起こったこと自体一つの皮肉であるが、この場合もっと注意すべき事がある。この飯盛山の合戦に限らず、諸国の北条残党の挙兵は、本来、続く建武二年七月に、北条高時の遺子時行の手によってひきおこされた、いわゆる中先代の乱の前哨戦をなすものであった。が、『太平記』はそこに何の連絡もみせないで、前年の元弘四〈建武元〉年春のことと一括している。この辺りについては第二部第一章「年次構成の特性――建武年間――」に詳述するが、正成の問題に限っていうならば、作者は、正成に一応花を持たせようとはしているものの、その行為自体には、倒幕後のあれこれの事件の一つとして以上の意味を与えていないのである。倒幕運動のさ中、正成こそが「時」を担っていた。しかし今、ここに与えられているのは「元弘四年春ノ比」といった曖昧な一コマでしかない。

四、正成と藤房

『太平記』への正成の登場にはいま一人注意すべき人物が関わっていた。以下は後醍醐の夢解きに続く場面である。

〈頓正成ヲ被召ケルニ、正成宣旨ノ趣ヲ拝見シテ、不肖ノ身上聞ニ達スル事、生前ノ面目何事カ是ニ過ルベシ〉ト思ケレバ、是非ノ思案ニモ及バズ、軈テ笠置ノ皇居エゾ参リタリケル。主上万里小路中納言藤房卿ヲ以テ仰出レケルハ……。　　　　　　　　　　　　　　　　　　　　　　　　　（玄玖本。冒頭の「頓（やがて）」の原表記は誤字とみなし、改めた）

神宮徴古館本（松井本も同様）は〔　〕内を「驪これを召と仰下されければ、藤房卿勅を奉りて急ぎ正成をこそ召されけれ、勅使宣旨を帯して楠館え行向ひ、事の子細を宣ければ、正成弓箭とる身の面目何事かこれに過む」とする。天正本系が玄玖本にほぼ同じである他は、西源院本など諸本、徴古館本に近い。

皇族・貴族たちの中で前述の清忠を別として、正成と直接関わりを持つ唯一の人物といってよいのがこの場面の藤房である。夢想による正成の登場が『太平記』の虚構であるとすれば、藤房が選ばれて後醍醐と正成との間に立っていることにもまた、何らかの意図が認められてよい。増田欣76は「皇族であれ摂関であれ将軍であれ、いずれも作者の批判をまぬがれてはいない『太平記』の人物のなかで、武士としては楠氏の父子兄弟、公卿では万里小路家の父子兄弟だけが例外的な存在である」（五六六頁）と指摘するが、後醍醐・藤房・正成三者のみが会しているかの筆致（師賢、公敏、忠顕らの廷臣も侍していたはずである）も、正成登場場面の神秘化に一役買っているといえる。「天運図ニ膺テ朝敵自滅ヌト雖ドモ、今度天下ヲ定テ、君ノ宸襟ヲ休奉タル者ハ高氏、義貞、〔正成。注：徴古館本・松井本により補う〕、円心、長年也」（巻一三）という後醍醐への諫言に示されるように、廷臣達の中で、正成らの果たした役割を、唯一正当に評価できる人物とされている藤房を介して、正成は後醍醐と結びつき、「凡軍サ初ヨリ以来敵敗北ノ時ニ至マデ、身方小勢ナリト云ドモ毎度ニ大敵ヲ責靡シコト、是武略ノ他ニ勝タルニ非ズ、只聖運ノ天ニ叶ヘル所也」（巻一六）という、清忠の観念的で現実を見ようとしない言葉によって、引き離されていく。

藤房と正成とは、「〝建武〟の内乱の開の前後（巻一三と巻一六）に位置を占めながらその歴史過程にかかわり、それぞれの時点で歴史の新たな展開方向を予測・予告するという共通の役割をもつ人物」であり、「〝内乱〟の歴史過程をたどる歴史叙述の構想を、〝遁世〟や〝死〟という負の形式から補完しようとする点」でも共通の位相をもっている（大森北義88・一八八頁）。その共通性の一つに、藤房もまた大塔宮との関わりが窺えながらこれを避けて描かれていることがあげられる。世上に渦巻く新政権への不満に耳を傾けようとしない後醍醐を諌め、その諌言がついに容れられないとみるや、遁世し、行方をくらましてしまったのが『太平記』における藤房であるが、増田欣76は「藤房遁世の理由は、その半月ばかりのちの大塔宮拘禁事件に象徴される緊迫した政治状況とのかかわりにおいて考えられなければならないであろう」（五八四頁）との注目すべき見解を示している。現実の藤房が『太平記』の描く、清廉な人物であった可能性を否定はしないけれども、藤房もまた、当時の複雑な政治模様と無縁ではなかったはずである。藤房は巻一二においても内奏のまかり通る恩賞の沙汰に絶望して上卿を辞しており、そうした理非に厳格な人物による言葉として、武家政権到来の予告が重みをもって受け入れられることになるのだが、逆にいえば、そうした物語における役割こそがそれにふさわしい高潔な人物像を要請し来たった、という側面もあるだろう。

巻三の登場の際、正成は「抑天下草創ノ事何ナル謀ヲ運テカ、勝コトヲ一時ニ決シテ治ヲ四海ニ致ベキ。所存ヲ不残奏申ベシ」との勅問に応じ、「東夷近日ノ大逆、只天ノ譴ヲ招キ候上ハ、衰乱ノ弊ニ乗テ天誅ヲ致レンニ、何ノ子細カ候ベキ。但シ、天下草創ノ功ハ武略ト智謀ノ二ニテ候……」とわずかながらも天下の帰趨に対する見解を述べている。しかし、巻一六においては「急ギ兵庫へ馳下テ義貞ニ力ヲ可合」との勅定に、純粋な戦術論を答えるのみである。勅問の違い自体を考慮する必要はあるが、第一部と第二部の正成の置かれた位相を端的に示すものといえよう。しかし、これが現実の規制による正成像の可能性のすべてではなかった。たとえば、『梅松論』は「兵部卿親王護良、新田左金吾義貞、正成、長年、潜に叡慮を受て打立事度々に及といへども……」という尊氏排斥の企てへの関与を語り、あるいは「君の先代を亡されしは、併尊氏卿之忠功なり。（中略）其証拠は、敗軍の武家には、元より在京之輩の扈従して遠行せしめ、君の勝軍をば捨奉。爰を以、徳のなき御事を知しめさるべし」という、尊氏との和睦の進言に見られる忌憚のない後醍醐批判の言葉を記している。『太平記』が、梅松論的な正成像を描かなかった、あるいは必要としなかったのは、同じく武家政権への展望を語る人物としての藤房に、政治的発言の一切を負わせているからであると思われる。

五、正成の重層性――「正成一人」の射程――

今度ノ合戦ハ天下ノ安否ト思フ間、今生ニテ汝カ顔見ンコト今是ヲ限ト思ナリ。正成已ニ討死スト聞ナバ必将軍ノ代ト可成ト心得ベシ。然ト云ヘドモ一旦身命資ラン為ニ多年ノ忠烈ヲ失テ、降参不義ノ行跡ヲ致コト有ベカラズ。一族若党ノ一人モ死残テ有ン程ハ、金剛山ニ引籠リ、敵此ニ寄来ラバ、命ヲ兵刃ニ墜(ヲトシ)テ名ヲ後代ニ遺ベシ。是ヲ汝カ孝行ト思ベシ。

有名な、桜井宿庭訓の後半である。中先代の乱鎮定を契機に、足利尊氏は後醍醐に叛旗を翻す。朝廷は新田義貞らを追討軍として鎌倉へ向かわすが敗退。これを追撃して上洛した足利軍と、奥州より長駆軍勢を率して参じた北畠軍を加えた官軍との間に激しい合戦が、洛中を舞台に繰り広げられる。一進一退の末、足利軍は京を落ち、さらに正成らに追撃され、かなわずして兵庫より海路九州に撤退する。朝廷はこれに安堵するのであるが、尊氏は九州で宮方の菊池を破り、勢力を回復し、捲土重来を遂げる。正成は、足利軍をいったん市中に引入れてこれを包囲し、しかる後、一挙に潰滅するという戦術を献策するが容れられず、死を覚悟して兵庫の戦場に赴く。この折、嫡子正行を本国の河内へ帰す際、発せられたのが先の庭訓である。巻一二以降『太平記』の主舞台にはほとんど登場しかった、あるいは登場しても実質的な意味を持ち得なかった正成であるが、後醍醐の危機に際してふたたび浮上し、盛時をしのばせる活躍を見せる。作者の力をこめた筆致はこの庭訓から、彼の自害とそれを悼む評語に及んで頂点に達する。

惜ベキカナ、元弘以来、恭モ君ニ憑マレ奉テ、忠ヲ致シ、功ニ誇ル者幾千万ゾヤ。然共、此乱不慮ニシテ出来テ後、恥ヲ不知ハ朝恩ヲ捨テ忽ニ敵ニ属シ、勇無キ者ハ時ノ変ヲ弁ヘズシテ道ニ違ヌル事ノミ多カルニ、仁智勇ノ三徳ヲ兼テ、死ヲ善道ニ守リ、功ヲ天朝ニ施コト古ヨリ今ニ至テ、此楠正成程ノ者ハ未ダ在ラズ。就中ニ国ノ興廃時ノ機分ヲ兼テ計リ、遁ベキ所ヲ遁ズシテ兄弟倶ニ自害シケルコソ聖主再ビ国ヲ失ヒ、逆臣横ニ威ヲ振ベキ其前表ナレトテ、才有ル人ハ偸ニ眉ヲ顰ケル

ところが、ここに一つの問題を生じる。庭訓に「将軍ノ代ト可成」といい、右に「逆臣横ニ威ヲ振」といい、その表現に差異はあるが、ともかく、正成の死は「将軍ノ代」の到来を予告するものとして位置づけられている。思えば、正成は「正成一人未ダ生テ有ト聞食候ハ、聖運ハ遂ニ開ヘシト思食候ヘ」と揚言して登場した。その、聖運を扶翼すべき正成が死んだ今、「聖主再ヒ国ヲ失ヒ、逆臣横ニ威ヲ振」のは何の不思議もない。

しかし、それにしてもなお、釈然としないものが残りはしないか。「合戦ノ習ニテ候ヘバ、一旦ノ勝負ヲバ必シモ御覧ズベカラズ」に続く「正成一人未ダ生テ有ト聞食候ハ、聖運ハ遂ニ開ヘシト思食候ヘ」という言葉を我々はどのように読んでいたか。「一旦ノ勝負」とは、元弘の倒幕運動第一波である笠置城とそれに続く赤坂城での敗戦であり、正成はこの折焼死したと敵を（のみならず宮方をも）欺き、姿を消すのであるが、それが擬装であることを知っている読者は、彼が甦り、活動を開始することを当然の事として待ち受ける。このとき我々は、正成が「未ダ生テ有」ことの意味をさらに、第二部の事件展開にまで及ぼして読み解いていなければならなかったのだろうか。

いったい、『太平記』の読者が、いかに「王業再興」の実現をのみ期待して第一部を読み進めようと、『太平記』はそこで終ってはいない。すでに指摘されているように第一部は巻九〜一一で北条幕府の諸機関の滅亡を確認して、一つの区切りを見せている。幕府の滅亡と建武新政の樹立は「王業再興」の立場からは同一物のように見えて、明らかに別次元の出来事である。『太平記』第一部の巻々はあくまで四〇巻の一部分を占めるものであって、第二部、三部の前段階としての意味を第一義的には負わなくてはならない。が、一方このように割り切ってしまうこともまた許されないであろう。たとえば、『梅松論』が、当御代（足利政権）繁栄の前史として、将軍と執権の由来から説き始めて、

先代（北条政権）の滅亡に語り及んでいる姿勢とは同日に論じられない。

「正成一人未ダ生テ有ト聞食候ハ」の意味内容を「将軍ノ代」を予告する庭訓の言葉にストレートに結びつけてしまうことに対する一種の戸惑いも、右に述べた『太平記』第一部の位相と無縁ではない。(8) そうした結びつけを結果的に認めながらもなお、第一部の事件展開の中だけで正成像をとらえることを、誤りとはできないように思う。「四」で指摘したように、物語の登場人物としての正成の意味は第一部の中で完結しており、巻一二以降の正成は実質的に別の人格であるからだ。

正成は『太平記』第一部における主要人物（それはほとんど主人公といってよい）であろう。正成の負っている重層性は、そのまま『太平記』四〇巻の中で、第一部の担わされている位置の表象でもあった。

おわりに

戦前の忠臣大楠公から、戦後の「悪党」楠正成へ、正成像は大きく変貌を遂げ、その実像はなお、謎の部分を秘めている。本章は、正成をそうした歴史の呪縛からいったん解き放って、『太平記』という作品の、一登場人物としての意味を追求しようとしたものである。標題に「太平記における」と断わったのはそのためである。

注

（1）ただし、『臨川寺領目録』の「悪党楠兵衛尉」など、当時の史料にも「楠」という表記は皆無ではない。

（2）ちなみに、汲古書院影印本の解題によれば「巻十七と三十二の二巻は殆ど同じ時期に書写されたものと思われる」とのこと。なお、平仮名表記の多い簗田本は「くすの木」と表記している箇所あり。同系統の内閣文庫本は「楠」とする。

（3）諸注、右近の橘を指し、橘氏の後裔と称する正成が登場する伏線であるとする。ただし、橘は低木であり、緑陰に三公百官の列座する「大キナル常盤木」とは、巨木となる楠木を念頭に置いているだろう。砂川博88がいうように、「〈常葉木〉は橘でもあり、楠木でもある」。
　また、丸谷才一87が、正成には「樹木の精」としての要素があると指摘するが、「常緑で生命力が強く、長寿を保つ」（満久崇麿『木のはなし』思文閣出版、一九八三）楠木のイメージと第一部の正成のそれとが重なる面を持つことも注意しておいてよい。

（4）後醍醐と正成との結びつきの経緯については、はやく、『増鏡』『太平記』の記す俊基南行に着目し、正中の変に遡るとする説（藤田精一15）があり、植村清二62第五章のようにこれに批判的な見解を示すものもあった。近年では、後醍醐の帰依あつき僧文観の存在が大きな意味をもっているとする説（黒板勝美17およびそれを補強した網野善彦70）が注目されている。

（5）後醍醐の隠岐への出発を玄玖本は三月一七日、西源院本は同八日、流布本は同七日とするが、尊良、宗良両親王配流（同八日）の前日であるべきで、七日とするのが正しい。

（6）史実では両名の上洛は二年前の元徳二年七月及び一二月のことである。『太平記』の日付では、後醍醐配流直前の慌しい中での交替となり不自然であるが、その意図は恐らく、北条氏側が新しい探題を二人派遣して体制固めをしたと思ったとたん、正成の反攻にあったという構成をとるところにあると思われる。

（7）謀叛の企てありとの讒言によって護良が逮捕された事件。真相は審かではないが『梅松論』、『保暦間記』は事件の捉え方を異にしながらも、護良側に正成が加担していた事を示す記述をもつ。『太平記』には正成らの介与はみられず、護良の、足利尊氏に対する私怨に事を絞っていく。この事も両者が「面をむけるのを避けている」例（しかも重要な）にあげられる。ただし、事は護良への作者の単なる好悪にとどまらず『太平記』の成立事情にかかわるものがあるだろう。

（8）「将軍ノ代ト可成」という庭訓の言葉と、「聖主再ビ国ヲ失ヒ、逆臣横ニ威ヲ振」という作者の評語との間にも径庭がある。

引用文献

網野善彦70「楠木正成に関する一、二の問題」（日本歴史264、一九七〇・五）
植村清二62『楠木正成』（至文堂、一九六二）
生田目経徳39『楠木氏新研究』（清教社、一九三九）
大森北義88『『太平記』の構想と方法』（明治書院、一九八八）一八八頁。
岡部周三75『南北朝の虚像と実像――太平記の歴史学的考察――』（雄山閣、一九七五）
岡見正雄75『太平記㈠』（角川文庫、一九七五）補注三―一。
黒板勝美17「後醍醐天皇と文観僧正」（史学雑誌28―2、一九一七）
杉本圭三郎64「『太平記』における楠木正成」（『軍記物語の世界』名著刊行会、一九八五。初出一九六四・一一）
鈴木登美恵80『鑑賞日本の古典13太平記』（尚学図書、一九八〇）六四頁注。
砂川　博88「楠木正成譚と中世律僧」（『軍記物語の研究』桜楓社、一九九〇。初出一九八八・一一）
中西達治68「楠木正成について」（『太平記論序説』桜楓社、一九八五。初出一九六八・五）
藤田精一15『楠氏研究』一九一五初版（一九四二増訂七版使用）
増田　欣76『『太平記』の比較文学的研究』（角川書店、一九七六）
丸谷才一87「楠木正成と近代史」（海燕6―7、一九八七・七）

補記

1、注1・2に関して。川田剛『楠氏考』（吉川半七、明治一六年。一八八三・四）が先鞭をつけ、「楠木」が正しいとしたが、兵藤裕己『太平記〈よみ〉の可能性』（講談社選書メチエ、一九九五。「はじめに」の註）はこれに異議を唱え、『後醍醐天皇』（岩波新書、二〇一八）でも次のように述べる。

……一条経通の日記『玉英』（「玉英記抄」抄録）や、洞院公賢の日記『園太暦』は「楠」とする。また、『増鏡』は「楠の木」とするが、『梅松論』『保暦間記』は「楠」であり、『太平記』諸本も、流布本はもちろん、室町期の古写本もすべて「楠」である。

しかし、『玉英記抄』は「橘正成」（『増補続史料大成』三三頁）、『園太暦』は正成息男を「楠木帯刀正連」（貞和四年正月六日条）などと記している（正成の「楠」表記は未確認）。『梅松論』『保暦間記』については本章「序1」に指摘した。「楠」で一貫する『太平記』の特異性をこそ問題とすべきであろう。

2、長谷川端「楠正成天王寺合戦の虚構性」（『太平記の研究』汲古書院、一九八二。初出一九八一・六）は、巻六正成合戦譚を楠合戦注文と対照し、日付の問題からさらに合戦のありようの細部にわたって、史実との違いを指摘し、構想上の意味を考えている。

3、三節に関して。『太平記』が正成と大塔宮両者のつながりをまったく記していないわけではない。巻七に、大塔宮の命を受けた野伏が千剣破の寄手の往来をさまたげたことが描かれる。重要な後方支援であるが、両者の連絡が直接描かれるわけではなく、正成のくりだす鮮やかな戦法の前に印象は薄い。現実には両者の間に密接な連携のあったことを、市沢哲「太平記とその時代」（『太平記を読む』吉川弘文館、二〇〇八・一一）が具体的な事例をあげて説いている。

4、大森北義「『太平記』の「文学」と楠木正成」（軍記と語り物51、二〇一五・三）は、本章の初出稿（一九七八・一一）をとりあげ、「「後醍醐の分身」性は正成の役割を的確に指摘したものである」と評したうえで、拙稿が「後醍醐の聖性の分身」と述べたことを批判して次のようにいう。

……虚構の文学的問題の一つは、正成像の神秘性・超人性や「後醍醐の分身」性の源泉が何であるかということにある。筆者は、抽象的・観念的な、たとえば「後醍醐の聖性」といった理念よりも、むしろその対極にある、変革期の歴史を生きた正成の実像（＝「楠木合戦」）がその根底にあることを、『太平記』の正成評価の基本にかかわることとして、重視したいと思う。

たしかに、大森論文のいうように後醍醐の「聖性」は限定的であり、正成像の源泉をそこに見いだそうとするのは問題があろう。しかし、源泉を実像に見いだして、『太平記』が説明し尽くされるとも思えない。楠木正成ならぬ『太平記』の「楠正成」にとって、本章「序1」に述べたように、霊夢によって物語世界に登場していることは決定的に重要である。抽象的との批判に輪をかけることになるが、「聖性」とは、後醍醐その人というよりも、後醍醐もその登場人物の一人である、霊夢を成り立たせている〈場〉に由来するものと言いかえた方がよいかもしれない。その〈場〉には、尊氏の政権獲得の過程を「運」によってしか正当化しようとしていないこと（本書第一部第一章）、「賀名生」呼称を使用し続けていること（同第一章補論）、『太平記』第二部の新田関連記事や第三部の巻三五北野通夜物語において、落胆・批判とない合わさった宮方への視線を保っていること等、こうした『太平記』という作品の基盤、立ち位置に関わる問題がつながっているだろう。

5、和田琢磨「乱世を彩る独断――『太平記』の天皇たち――」（東洋通信53―6、二〇一七・二）は、本章冒頭にふれた後醍醐夢想の内容について、次のように指摘する。後醍醐を誘う童子の言葉の「かの木の陰に」は「正成だけが後醍醐の運命を担う存在であることを伝えて」おり、続く「暫くここにおはしまし候へ」の「暫く」には、「正成在世中という限定の意味が込められていた」、と。小論の及ばなかった重要な指摘であるが、「暫く」も「正成一人未ダ生テ有ト聞食候ハ」同様、逃避・配流から復権までの期間と「将軍ノ代」の前に失権するまでの期間との重層的な意味を負い持つと考える。

6、本章「おわりに」に言及した正成の「実像」について、後醍醐に近づく前は得宗被官であった、との説がある。これについての私見は、「『太平記秘伝理尽鈔』と「史料」――楠木正成の出自をめぐって――」（日本歴史862、二〇二〇・三）に述べた。

第三章　護良逮捕事件と驪姫説話

はじめに

建武政権は北条氏打倒という統一目標を失ったところに成立した。官軍に集結した諸勢力は新たな策動を開始していた。護良親王と足利高氏（後に尊氏）との対立・抗争もそうした中で発生し、護良・高氏両者の問題に留まらず、これをとりまく諸勢力それぞれの思惑が複雑にからみ合ったものであった。それだけに、建武政権成立直後の流動的な情況の中に起った諸事件をどのようにとらえているかは、おのずからそれぞれの作品の基盤（立場・思想等）をも浮かび上がらせている。本章では護良と高氏との対立を重要な要因とする護良逮捕事件を、次章では二つの「小幕府構想」（元弘三年一〇月の義良親王・北畠顕家の奥州下向と同年一二月にこれを追う形で実施された成長親王・足利直義の鎌倉下向）とを対象として、『太平記』の特質をさぐる。

増田欣56は、驪姫説話の伝承を考察する中で、『太平記』におけるその特質を明らかにするとともに、『太平記』が驪姫説話を引用する意図を次のように述べている。直接の引用動機は、護良親王の奏状にある「中生死而晋国乱」という語句を具体化し、敷衍することにあるが、単なる啓蒙意識と衒学趣味にかられた故事内容の詳述ではなく、驪姫を准后藤原廉子に、太子申生を護良親王になぞらえることにより、准后の政治容喙に対する批判のよりどころとして提示するところに真の意図をもつものである、と。この理解は首肯されるが、驪姫説話を上述のような政治情況の中においてみると、『太平記』がこの説話に負わせた意味がより鮮明に浮かびあがる。

一、護良逮捕事件の諸相

護良親王逮捕事件は、『太平記』の他、『梅松論』、『保暦間記』にもとりあげられ、それぞれ独自の事件叙述を持っている。なお、『太平記』は西源院本、『梅松論』は京大本、『保暦間記』は古活字本を用いる。

『太平記』は、護良・高氏両者の不和が、護良寵臣の殿法印良忠が高氏を讒言したことに端を発するという。前年の六波羅没落の際、良忠配下の者達が土倉破りを犯したのを、高氏が捕え、斬罪に処したのであるが、これを恨んだ良忠が護良に讒言し、護良は高氏討伐の意を固める。一方、高氏がこれに対抗して、護良謀叛の旨を、准后を介して後醍醐に讒言した結果、護良の逮捕に至ったとするのである。これに対し、後醍醐謀略説をとるのが『梅松論』である。「兵部卿ノ親王護良・新田左金吾義貞・正義（正成）・長年等ヒソカニ叡慮ヲウケ」とあるように、護良の行動は後醍醐の意向を受けてのものであったが、高氏の勢威が強く、逆に高氏の怒りをかうと「全叡慮ニアラズ」とシラを切り、罪を護良一人に負わせ、これを逮捕させたとする。いま一つの『保暦間記』は、「兵部卿親王、世ノ心ニ任ヌ事ヲ安カラズニ覚テ、天下ヲ乱給、御位ヲ退テ、我御宮〈入道親王妹腹〉二歳ニ成セ給フ宮ヲ位ニ即ケ奉テ、尊氏以下サルベキ武士ヲ打テ、天下ヲ我マ、ニセント思立玉フ」と述べるように、事を護良の反逆の企てとみなし、これが露顕して逮捕に及んだとする。三者の中、いずれが事実に近いか、『梅松論』の記述を穏当な線とみる事が多いが、征夷将軍に執着し、武士団育成を図る護良の政治構想が、あくまで天皇による直接支配をめざし、武士を組織する具体的な手段として国司制度しか考えない後醍醐のそれとは異質のものであり、両者の対立は早晩避けがたかった（佐藤進一65・四一頁）との事情を考えれば、『保暦間記』の叙述も一面の真実を伝えているとみるべきであろう。ともあれ、ここで注意すべきは、三者の中で、『太平記』の描き方が最も非政治的レベルに終始している事である。「兵部卿ノ親王護良、新田左金吾義貞、正成、長年等ヒソカニ叡慮ヲウケ」として公武対立の政治情況の中に事件を描く『梅松論』はもちろん、『保暦間記』も「其比、畿内西国ノ武士、楠ナンド申者ハ、皆彼宮ノ御方ナリケレバ、便宜アラバ尊氏ヲ討ントセラレケレ共」という一節を持つ。正成らが事実としてどの程度この事件に関与していたものか不明ではあるけれど、『太平記』が反高氏運動を、護良一人の、しかも単なる怨恨に基づく私闘とするところに、その叙事の質は明らかであろう。

二、高氏の後景化と驪姫説話

しかし、『太平記』においても、護良の行動を私憤に発するものとしてのみ描いていたわけではない。いま、『太平記』巻一二の記事配列を護良事件を中心に示すと、次のようである。

①　公家一統の世となる
②イ、護良、信貴山に留り入洛を延引し、軍勢を催す
ロ、護良、合戦の用意をなすとの風評に、勅使を以って糾明あり
ハ、護良、征夷将軍号と高氏誅伐の勅許を請う
ニ、後醍醐、護良を征夷将軍にするも、高氏追討は許さず
ホ、護良、信貴山出発
ヘ、護良入洛、その行粧壮観
③　妙法院親王ら配所より帰洛
④　新政下の所領問題、内奏政治のため紛糾

⑤　中宮・東宮の崩御
⑥　大内裏造営計画議奏。大内裏回禄の原因及び事例
⑦　西国の北条残党蜂起、天下安鎮法修法
⑧　諸国の武士多く参洛、大功の諸将に恩賞あるも赤松への恩賞少なし
⑨　千種忠顕の奢侈
⑩　文観驕慢の振舞。解脱上人の故事
⑪　建武改元
⑫　紫宸殿に怪鳥飛来、隠岐広有勅命によりこれを射殺、恩賞にあずかる
⑬　神泉苑の修造及びその由緒
⑭ト、護良、無頼の徒を集め、高氏討伐の企てあり
　チ、護良・高氏不和の原因
　リ、護良、諸国へ軍勢催促の令旨を発する
　ヌ、高氏、准后に属し、護良帝位簒奪の企てありと讒言
　ル、後醍醐、護良を逮捕し、流罪に処する
　ラ、護良、無実の旨奏状を奉る
　ワ、奏状容れられず、護良は直義の方へ引渡される
　カ、直義、護良を鎌倉の士牢に閉じ込める
　ヨ、驪姫・申生の故事及び作者の批評

右に示したとおり、護良関係記事（イ〜ヨ）は、巻一二冒頭と巻末の二箇所に存在する。この中、冒頭の記事②

(護良入洛延引)は元弘三年(一三三三)六月の事、巻末の記事⑭(洛中での護良・高氏の対立)は翌建武元年(一三三四)春の事であり、[1]時間的にほぼ連続するものである。しかし、この間希望に満ちて発足した新政権が早くも崩壊のきざしをみせはじめたように(記事④〜⑫)、護良をとりまく情勢も決定的に変化していた。②の信貴山逗留の時点では、配下に赤松を始めとする正規の官軍を擁し、「畿内近国之勢ハ申ニ不及、京中遠国斐マテモ、人ヨリ先ニト馳参」る程の勢威を誇っていた。こうして軍備拡張を図る護良の許に、天下静謐の上はただちに僧籍に戻るべしとの勅使が下るが、護良は、将来必ずや危険な存在になるであろう足利高氏を今のうちに討つべきこと、世情の完全な安定をみない今、自分が征夷将軍として朝家の武備につく必要のあること、を訴えた。ここにみられる護良像は、『太平記』第一部において、天皇政権実現のため公家の先頭に立って奮闘してきた護良の同一線上に位置するものである。ところが半年後の護良は、「(征夷将軍として)身ヲ慎ミ、位ヲ重クセラルベキ御事ナルニ、心ノマヽニ侈リヲキハメ、世ノソシリヲ忘テ、淫楽ヲノミ事トシ給シカバ、天下ノ人皆二度危フカラン事ヲ思ヘリ」と批判されるところまで堕ちる。護良の周りにはもはや正規の軍勢はなく、無頼の徒を集めているのみである。[2]護良がもはやあぶれ者の類しか動員し得なかったことは事実であろうし、無規律な内奏政治、国の疲弊を考えぬ無謀な内裏造営計画、千種忠顕・文観らの奢侈と、筆を尽して新政批判が記されてきたあとであるだけに、かつての宮方の英雄護良の無軌道な振舞も、一応、さもあったであろうと受け入れることができる。しかし、問題は、ここで高氏と護良の対立の経過を、殿法印良忠が、配下を高氏に処罰されたことを恨んで護良に讒言した結果、「宮モ憤リ思召テ、信貴ニ御座有シ時ヨリ、高氏卿ヲ討バヤト連々ニ思召立」ったのであると描いていることである。信貴山にて勅使に対し、新政府の保全を願う立場から高氏勢力の伸長をはばもうとするのだと述べられた言葉は、ここに至って単なる建前として後景に退き、両者の対立はきわめて私的な次元でくり広げられる。先に、『梅松論』、『保暦間記』と比較して『太平記』の描き方を非政治的であると述べたのはこの点をさすものだが、政治的背景を捨象するという『太平記』の操作自体は、これが意図的なものであるとすると、逆に高度に政治的であると言わなくてはならない。そこには、高氏の描写に関わる配慮が存在するものと思われる。

巻一二冒頭の記事②と巻末の記事⑭とにおいて、右と軌を一にする変化は次の箇所にもみられる。記事②において護良の意向を伝え聞いた後醍醐は、「大樹ノ位ニ居テ武備ノ守ヲ全クセン事ハ、ゲニモ朝家ノ為ニ人ノ嘲ヲ忘レタルニ似タリ。（中略）然レバ大樹ノ任ニ於テハ子細不可有」として征夷将軍任命の宣旨を下した。ところが巻一二後半の護良批判記事⑭の中には「征夷将軍ノ位ニ備テ、天下武道ヲ守ルベシトテ、剛（シイ）テ勅許ヲ被申シカバ、叡慮ヲダヤカナラザリシカ共、御望ニ任テ遂ニ征夷将軍ノ宣旨ヲ被下」とある。先には、護良の、朝家の武備が必要であるとの訴えに、後醍醐自身深く賛同して征夷将軍号を与えたものが、記事⑭では護良の強引な申し出を拒み切れず、やむなく授与したものとされる。すなわち、ここにもやはり、護良の行動を否定的にとらえなおす動きがみられるのである。前者が護良への返答を兼ねての発言であり、後醍醐の本心は後者の記事に示されるものであったと解するにしても、なお注意すべきものがあろう。

こうして護良への批判が高まる中で、護良の軍勢催促の令旨が帝位簒奪の企ての証拠と讒言され、逮捕に及ぶ。護良は無実を訴える奏状を奉るも叡聞に達せず、鎌倉に流され禁獄に処せられる。この一連の叙述の中で注意されるのが高氏の描き方である。先に信貴山にあって高氏討つべしと主張する護良に、後醍醐みずからが、「高氏誅罰ノ事ハ彼カ不忠夫何事ゾヤ。天下之士率太平後猶恐懼ノ心ヲ抱ケリ。若罪無ニ罰ヲ行ナバ、諸卒豈安堵ノ思ヲ成サンヤ」と弁護し、追討はまかりならぬとする。護良がなおも洛中にあって高氏討伐の準備をすすめる段においては、作者自身が「抑高氏卿今マデハ随分忠有仁ニテ、過分ノ僻事有共聞ザルニ」と弁護する。両者の不和の原因とされる事件においても、高氏が「大塔宮候人殿法印良忠カ手者、於在々所々致強盗之間、所誅之也」との高札をたてかけて、ことさらに良忠を刺激したとは言えるが、根本の非は無論土倉破りを犯した事にあり、さらに、高氏の処置を恨み護良に讒言した良忠の側にある。また、鎌倉に送られた護良を土牢に閉じ込めた事をも「君一旦ノ逆鱗ノ余ニ鎌倉へ下シ奉ラセラレシカ共、是マデノ沙汰有レバトハ叡慮モ趣カザリケルヲ、直義朝臣日来ノ宿意ヲ以、禁獄シ奉リケルコソ浅猿ケレ」と、直義の宿意にかかるものとする。このように『太平記』は一貫して高氏弁護に努めているのであるが、ここで最も問題にすべきは、護良逮捕のきっかけとなった讒言に関してである。

高氏卿此事ヲ聞テ、准后ニ属シ奉リ奏聞セラレケルハ、「兵部卿親王帝位ヲ奪奉ラン其御タクミニ、諸国ノ兵ヲ召候也。其証拠分明ニ候」トテ、国々へ成下レタル所ノ令旨ヲ取テ、上覧ニゾ備ヘラレタリケル

右の一文に明らかなように、讒言の主謀者はあくまで高氏であり、准后藤原廉子はそれを帝に取次ぐ役割を果たしたまでである。ところが以後、この讒言に関する批判はもっぱら廉子にのみ集中する。「孝子其父ニ誠有ト云共、継母其子ヲ讒スル時ハ、国ヲ傾ケ家ヲ失事古ヨリ其類多シ」との前置きの下に驪姫説話を掲げ、これを再度「果シテ大塔宮失レサセ給シ後、忽ニ天下皆将軍ノ代ト成ニケリ。牝鶏ノ晨スル家ハ尽ズル相也ト、古賢ノ云シ言ノ末、ゲニモト思知レタリ」との作者の評言で締め括っているのである。読者はもちろん、准后廉子を驪姫に、護良を太子申生に重ね合わせて驪姫説話を読み進むし、またそのように強いられている。結果、驪姫説話の世界を潜り抜けてきた読者の目の前には、足利高氏の姿は完全に消滅しているのであり、讒言者としての驪姫、すなわち廉子の像が強く印象づけられることになる。つまり、驪姫説話は、増田欣56が指摘したように廉子の政治容像に対する批判のよりどころとして意味をもつものであるが、そのことが同時に、本来高氏に向けられるべき批判の矛先をすりかえるという役割を担っていると言わなければならない。また、長谷川端69の以下の指摘もある。『太平記』は、尊氏（高氏は巻一三において「尊」の字を賜っている）が武家政権を確立していく過程において、本来、後醍醐と尊氏との対立としてあるべきものを、新田氏と足利氏の対立抗争に移しかえるという操作を施している。右の驪姫説話の役割には、こうした『太平記』の尊氏への配慮と同質のものがあると言えよう。すなわち、護良と高氏の対立、新田義貞と足利尊氏の抗争を、

いずれも私闘と性格づけるのであるが、巻一二の場合、さらに事件の相手である護良が皇子であるところから、驪姫説話の挿入により、廉子批判を前面に出し、高氏の関与自体の印象を薄めんとしているものであろう。

しかし、『太平記』が驪姫説話を挿入した意図はそれだけではなかったと思われる。

三、驪姫説話と新政批判

『太平記』の驪姫説話の要点の一つは、驪姫が継子の申生に父王毒殺の企てありと讒言するところにあり、これに准后廉子の護良讒言が対置され、廉子批判を構成しているのである。しかし、同時に見落してならないのは「献公元ヨリ智浅シテ讒ヲ信ズル人也ケレバ、大ニ怒テ太子申生ヲ誅ベキ由典獄ノ官ニ仰付ラル」という一節である。驪姫の讒言もさることながら、それを無批判に容れた献公への批判がここにはある。そして、この点で注意したいのが驪姫説話の後の評言である。全文は次のようである。

抑今兵革一所ニ定リテ、廃帝重祚ヲ踏給フ御幸ハ偏ニ此ノ宮ノ武功ニ依シ事ナレバ、縦ヒ小過アリ共、誡メテ然モナダメラルベカリシヲ、是非無ク敵人ノ手ニ渡レテ、遠流ニ処ラレム事ハ、朝庭再ビ傾テ、武家又ハビコルベキ瑞相ニヤト人々申合ケルガ、果シテ大塔宮失レサセ給シ後、忽ニ天下皆将軍ノ代ト成ニケリ。牝鶏ノ晨スルハ家ノ尽ズル相也ト、古賢ノ云シ言ノ末、ゲニモト思知レタリ。

この評言は、末尾の「牝鶏ノ晨スル云々」という一文によって、該説話の前文「孝子其父ニ誠有上云共、継母其子ヲ讒スル時ハ、国ヲ傾ケ、家ヲ失事古ヨリ其類多シ」と呼応し、廉子批判の統一を保っていると言えるのだが、「抑今兵革……将軍ノ代ト成ニケリ」の部分は護良の大功を顧みなかった後醍醐の処置を批判するものである。すなわち形式は廉子批判であるが、実質的に中心をなしているのは、後醍醐への批判とみるべきであろう。

護良事件を叙述するにあたって、仮に、『太平記』作者が高氏の描き方にのみ心を配り、後醍醐と高氏の対立という図式を避けることを第一義に置いたならば、それは『保暦間記』のように護良反逆説をとることで簡単に達せられたはずである。しかし、それでは護良個人への批判に終始する。事実、『保暦間記』は、中先代の乱の際、暗殺された護良に対し、「然にいかなるぜんごうに、いまかくならせ給ふらむ、あさましきかな、御ゆいこつをだにもとりかくし奉る人もなかりき。是偏に多くの人をうしなひ給ひし悪行のゆへぞとみえし。」との評言を記すのである。『難太平記』にいう『太平記』改訂作業の中で、高氏への配慮を保ちながらも、護良事件をあくまで新政批判の一環として構想するとき、驪姫説話を不可欠の構成要素とする、『太平記』の護良事件の叙述は生まれたと考えられる。

おわりに

増田欣56は、『列女伝』、『孝子伝』系、『塵袋』、『太平記』、『壒嚢鈔』、『史記』の諸書についてそれぞれの驪姫説話の記事の出入りを示し、『太平記』の驪姫説話だけが諸書にさからって

人、中生に無実を明かすべしと勧む。中生、肯ぜず。

との記事を削除し、また諸書にさからって

人、中生に出奔をうながす。中生肯ぜず。

との記事を復活させていることに注意を促している。とりわけ『太平記』が削除した前者の記事は「中生が父への孝心を全うするために自分の無実を弁明しなかったという話であり、これがあって初めて孝子説話となりうるていの重要な要素」であるという。氏はここから、『太平記』作者の関心が単なる継子説話や孝子説話としての驪姫説話にあったのではないとし、後者の記事を復活させたところに、作者の護良への同情・共感の存在をみる。この氏の見解に、

なお二・三の臆測をつけ加えたい。すなわち、『太平記』が申生の陳弁拒否を削除したのは、直接的には、申生になぞらえられる護良が、捕縛後、無実の旨訴える奏状をさし出しているからであると思われる。護良の奏状は「伝奏」である前左大臣二条道平にあてて記されたものであり、朝敵追討・新政樹立にいかに自分が功績あるかを説き、今回の件の無実を述べ、もし赦されたならば出家隠遁しようとまで訴えた文である。この奏状を全て作者の創作にかかるものと断定する根拠はないが、[3] 父後醍醐の意向に反して強いて征夷将軍の位につき、「心ノマ、ニ侈リヲキハメ、世ノソシリヲ忘テ、淫楽ヲノミ事トシ給シカバ云々」という護良批判を行ったすぐ後に、「孝子其父ニ誠有ト云共、継母其子ヲ讒スル時ハ」と前置きして、孝子説話としての驪姫説話（申生の陳弁拒否の記事を削除してもなお孝子申生の像が消滅してしまうわけではない）を引用するわけにはいかなかったであろう。『太平記』の驪姫説話は、「抑宮ノ被遊タル奏状ニ、申生死晋国傾ト被遊事、誠ニ銘肝哀ニ覚タリ。其故ハ」として、護良の奏状の文句に誘発される形態をとっているけれども、実際には驪姫説話の引用が先にあり、その設定の下に護良奏状が用意されたという方が正確ではないかと考えるのである。護良の奏状提出が史実であり、奏状が実際このようなものであったとしてもその事は問題ではない。

ともあれ、護良の真情をこめたこの奏状は「若叡聞ニ達セバ、宥免ノ御沙汰モ有ベカリシヲ、伝奏カタヘノ憤ヲ懐テ、終ニ奏聞セザリケレハ、上天咋（ママ）ヲ阻（ヘ）テ中心ノ訴開ケズ」という結果に終わる。「カタヘノ憤」とは、（天皇の）かたわらの人、すなわち准后廉子の怒りをさすものと思われ、廉子批判の材料ともなるものであろうが、その批判は直接には、廉子の憤を恐れて伝奏の任を果たさなかった前左大臣に向けられている。それはさらに推し進めて言えば、讒言に踊らされ、一時の感情にまかせた後醍醐の暴走を停めるべき諫臣の不在をも示していよう。

このように諫臣の不在と、遠慮を欠く天皇とが描かれている。その意味で『太平記』の護良逮捕事件の顛末は、巻一三の藤房諫に直接つながっていくものであろうし、また、その根底にはやはり「覆而無外天徳也。明君体之保国家。

載無棄地道也。良臣則守社稷」という序文にみる政道観が存在し、これが作品の叙事の枠組みを規定している。驪姫説話はその構成の重要な一環を担うべく、周到な用意の下に挿入された説話であると考える。

注

（1）記事⑭チに「去年ノ五月ニ官軍六波羅ヲ責落シタリシ刻ニ」とある。六波羅陥落は元弘三年、したがってここは翌建武元年の事である。なお、西源院本は⑭ヲ護良奏状の日付及び⑭ワ護良流罪の日付を建武二年としているが、玄玖本・古活字本にはない。

（2）護良は建武元年のこの時点では征夷将軍の位を失っていたはずであるが、『太平記』の記述はあいまいである。これは『太平記』が元弘三年一〇月の義良親王の奥州下向を記さず、同年一二月、成良親王が征夷将軍として鎌倉に下った記事を、建武二年（史実）の事件を記す巻一三の中に置いていることと関係があろう。この点については次章「二つの「小幕府」」に詳述する。

（3）佐藤進一65・六九頁に、父後醍醐あてのこの書簡は義経の腰越状と同工異曲のものとの指摘がある。護良が義経とよく似た運命をたどったところから、この書簡もそういう見方に立って創作されたものであろうとするのである。

引用文献

佐藤進一65『日本の歴史9　南北朝の動乱』（中央公論社、一九六五）
長谷川端69「太平記作者と武家政権」『太平記の研究』（汲古書院、一九八二。初出一九六九・七）
増田　欣56「驪姫説話の伝承」『『太平記』の比較文学的研究』（角川書店、一九七六。初出一九五六・五）

第四章　二つの「小幕府」
――義良親王奥州下向と成良親王鎌倉下向――

一、奥州小幕府

「二つの小幕府」とは、佐藤進一65（四一～四五頁）によるが、その中の一つ「奥州小幕府構想」は建武元年正月、建武政権が奥州式評定衆・引付諸奉行を任命し、北畠顕家の主管する陸奥国府の機構的整備をはかり、奥州経営にのり出したことをさす。ことはその前年元弘三年八月五日陸奥守に任ぜられた顕家が、一〇月二〇日（『相顕抄』。大日本史料六編一、二五〇頁）義良親王を擁して奥州へ下向するところからはじまる。以下は『保暦間記』の記載である。

二品兵部卿護良親王ト申ス。征夷将軍ニナラヌ事ヲ欝憤シテ、トカク思計玉ヒケル程ニ、「東国ノ武士、多クハ出羽陸奥ヲ領シテ、其カモアリ、是ヲ取放サム」ト議シテ、「当今ノ宮一所ニ奉下ベシ」トテ、国司ニハ彼親王ニ親ク奉成ケルニヤ、土御門入道大納言親房息男顕家ノ卿ヲナシテ、父子共ニ下サル。誠ニ関東ノ侍モ多付テゾ下ケル。彼両国ハ、日本半国ナンド申ス国ナレバ、如此計玉ヒケルイワレアリ。

佐藤65は、『保暦間記』の記述を引用し、「この案は護良の主唱にはじまり、かれの舅であり、母方の従兄弟に当たる親房の協力によって実現したものである」と説明する。(1) 征夷将軍に執着し、武士団の育成をはかる護良と、後醍醐一辺倒ではなく、むしろ武士の棟梁を認める立場にある親房との両者の政治思想の一致もしくは近接がこの構想を生み出したのであろうとするのである。さらに、これを許した後醍醐の思惑はおのずから別で、あくまで天皇による直接支配をめざし、武士を組織する具体的な手段としては国司制度しか考えない彼は、寵姫廉子腹の愛児義良を通して、将来この地域を専制支配の一環に組み入れることを期待していたかと推定する。

この奥州下向を『神皇正統記』は次のように記す。

同年冬十月ニ、先アヅマノオクヲシヅメラルベシトテ、参議右近中将源顕家卿ヲ陸奥守ニナシテツカハサル。代々和漢ノ稽古ヲワザトシテ朝端ニツカヘ政務ニマジハル道ヲノミコソマナビハベレ。吏途ノ方ニモナラハズ、武勇ノ芸ニモタヅサハラヌコトナレバ、タビ〳〵イナミ申シカド、「公家スデニ一統シヌ。文武ノ道二アルベカラズ。昔ハ皇子皇孫モシハ執政ノ大臣ノ子孫ノミコソオホクハ軍ノサ、レシカ。今ヨリ武ヲカネテ番屏タルベシ。」トオホセ給テ、御ミヅカラ旗ノ銘ヲカ、シメ給、サマ〳〵ノ兵器ヲサヘクダシタマハル。任国ニオモムクコトモタエテヒサシクナリニシカバ、フルキ例ヲタヅネテ、罷申ノ儀アリ。御前ニメシ勅語アリテ御衣御馬ナドヲタマハリキ。猶オクノカタメニモト申ウケテ、御子ヲ一所トモナヒタテマツル。カケマクモカシコキ今上皇帝ノ御コトナレバコマカニハシルサズ。彼国ニツキニケレバ、マコトニオクノ方ザマ両国ヲカケテミナナビキシタガヒニケリ。

ここでは護良の名は現われず、奥州派遣は後醍醐みずからの積極的な勅命によるものとされている。(2) 親房と、みずから征夷将軍となり、武士団の育成・統括をめざしていた護良との間にも、単純な「協力」関係ではない、各々の思惑があったであろう。

二、『梅松論』の鎌倉小幕府

このように、「奥州小幕府構想」は、それを推進しようとした公家内部においても複雑な事情をはらんでいたが、足利高氏を代表とする武家側は、これへの対抗策をせまられることとなった。顕家の奥州下向のわずか半月後の元弘三年一二月、義良と同じく廉子腹の成良親王が、相模守足利直義に伴われ、鎌倉に下向する。京大本『梅松論』によれば次のようである。

　大将軍叡慮無双ニシテ御昇進ハ申ニ及ズ、武蔵相模其外数ヶ国ノ守ヲ以テ、頼朝卿ノ例ニ任テ御受領アリ、次ニ関東へハ同年冬成良親王〈准后腹／春宮弟〉征夷将軍トシテ御下向アリ。下御所左馬頭殿供奉シタテマツリシカバ、東八ヶ国ノ輩大略属奉テ下向ス。鎌倉ノ式ハ去夏ノ乱ニ地ヲ払ト云共、大守既ニ御座ノ間、民庶モ安堵ノ思ヲナシキ。

しかし、この記述には足利氏の立場からする虚構がある。一つは「成良親王征夷将軍トシテ」とある点である。『神皇正統記』は、先に引用した奥州下向の記述にひきつづいて

　同十二月左馬頭直義朝臣相模守ヲ兼テ下向ス。コレモ四品上野大守成良親王ヲトモナヒ奉。此親王、後ニシバラク征夷大将軍ヲ兼サセ給。

と記している。「後ニ」とあるように、成良の征夷将軍拝任は二年後の建武二年八月一日のことである（『相顕抄』。大日本史料六編二、五一〇頁）。もう一点は奥州小幕府とこの鎌倉小幕府との競合状況についてである。古活字本『保暦間記』はこれを次のように描く。

　同十二月、主上ノ宮成良親王ト申ニ、尊氏舎弟左馬頭直義朝臣相副テ、関東八箇国ノ守護ノ為下向アリ。鎌倉将軍トゾ申ケル。サレドモ出羽・奥州ヲ取放サル、間、東国ノ武士、多ハ奥州へ下ル間、古ノ関東ノ面影モ無リケリ。

顕家の赴任から、建武二年一二月の第一次西上までの約二年間は、顕家にとって万事が好都合に運び、北畠氏の奥州経営二〇年間のうちもっとも成果の上った期間であるとされる（森茂暁75）。建武二年一二月から建武三年（一三三

六）にかけて、尊氏追討のため奥州勢を率いて西上し、ひきつづき延元三年（一三三八）二月再度の西上を果たしえたことが何より、このことを物語っていよう。ただし、第一次西上の際顕家に従った軍勢は陸奥・出羽両国の他は「越後・上野・常陸・下野ニ有ケル新田一族幷千葉・宇津宮カ手勢共」（『太平記』巻一五「奥州勢着坂本事」）に留まり、『保暦間記』の記載も額面通りには受け取れない。が、少くとも奥州小幕府の存在は、鎌倉側にとって無視できる存在ではなかった。『梅松論』は鎌倉小幕府の宣揚を企図しているのだが、このことと表裏をなすのが、

去元弘三年発酉御一統ノ時、北畠亜相禅門、准后腹ノ三宮ヲイダキ奉、当国ノ守ニテ出羽陸奥ヲ官領（ママ）アリシガ、五十八郡ノ軍勢ヲソツシ、後攻ノ為ニ、不破ノ関ヲ越向由聞エケリ。

との記述。北畠氏と義良の奥州下向を、上巻の末尾近く、建武三年の事件叙述の中で言及するのみである。いうまでもなく、鎌倉小幕府の印象が薄れることを避けたものであろう。

三、『太平記』の鎌倉小幕府

こうした『梅松論』の企図に近接しているかに見えるのが、『太平記』である。『太平記』は義良・顕家奥州下向の記事を持たない。顕家が奥州に下向していたことは、巻一五「奥勢着坂本事」に

義貞朝臣打手ノ大将ヲ承テ、関東へ下向セラレシ時、奥州ノ国司北畠源中納言顕家卿ノ方へ、相図ノ時ヲ違ヘズ、攻合スベキ由ノ倫旨ヲ下サレタリケルガ……（西源院本）

とあることによってはじめて判明する。しかも、義良については、巻二〇「奥勢逢難風事」に次のように触れている。

奥州住人結城入道々忠ト申ケル物、参内シテ奏シ申ケルハ、国司顕家卿三年之内ニ、両度マデ上洛セラレ候ツル事、出羽奥州之両国之物共、悉ク随付シニ依テ也。サレバ国人ノ心未ダ変ハラザルサキニ、宮ヲ一人下シ進セラ

> レテ、忠功ノ輩ニハ直ニ賞ヲ行ヒ、不忠不烈之族ヲハ根ヲ切リ葉ヲ枯テ、御沙汰候ハンニ、ナドカ責随ガヘデハ候ベキ。（中略）之ニ依テ第八宮之今年七歳ニ成セ給ケルヲ、ウイ冠メサセテ、春日少将顕信卿ヲ扶弼トシ、結城入道ヲ衛府トシテ、奥州へ下シ奉ラル。

つまり、『太平記』によれば、元弘三年（一三三三）の時点では義良は奥州に下向してはおらず、延元三年（一三三八）のこの折、結城道忠の献策によってはじめて、戦死した北畠顕家の弟顕信とともに下向することが議せられたわけである。[3] 一方、『太平記』は巻一三において

> 今天下一統ニ帰テ、寰中無事ナリト云共、朝敵ノ与党猶東国ニ有ヌベケレバ、鎌倉ニ探題ヲ一人ヲカデハ悪カリヌベシトテ、当今第八宮ヲ征夷将軍ニ成奉テ、鎌倉ニゾ置奉セラレケル。足利左馬頭直義、其ノ執権トシテ東国ノ成敗ヲ司ル。法令皆旧ヲ改メズ。

と、高氏側のとった対抗策の方は記している。「当今第八宮ヲ征夷将軍ニ成奉テ」とあるのも『梅松論』に同じである。したがって義良の奥州下向を描かないのは、『梅松論』よりもさらに一歩進んで、高氏側の意向を汲んでいるかに見える。

しかし、両者の間には決定的な違いがある。『梅松論』は鎌倉下向を記した後、

> 爰ニ花洛ノ聖断ニ聞、記録所、決断所ヲ並ルトイヘ共、近臣臨時ノ内奏ヲヘテ非儀ヲ申行間、綸旨朝暮ニアラタマリ、諸人浮沈掌ヲ返スゴトシ

として、建武朝の政道の乱雑さを対照的に述べる。すなわち『梅松論』では、「鎌倉ノ式ハ去夏ノ乱ニ地ヲ払ト云共、大守既ニ御座ノ間、民庶モ安堵ノ思ヲナシキ」と、鎌倉を、京都に対抗する拠点として描き出そうとする意図が濃厚であるのに対して、『太平記』においては、そのような意図は認められない。

『太平記』の成良・直義の鎌倉下向は、「今天下一統ニ帰テ、寰中無事ナリト云共」を受けるから、巻一二に記す公

家一統の時点にさかのぼることになる。しかし、鎌倉で具体的になしたことは、謀反の罪を問われ、鎌倉に下された護良親王を「直義朝臣、日来ノ宿意ヲ以、禁獄シ奉リケルコソ浅猿ケレ」と描かれるのみである。なによりも、成良・直義の下向は、巻一三「中先代事」という章段の冒頭に置かれ、記事はただちに、中先代の乱の叙述に移り、北条時行の鎌倉攻撃に逢い、あわただしく鎌倉を後にする。ここでは鎌倉小幕府構想は意味をなしていない。

したがって、一見、『梅松論』の構想と近似しているかに見える『太平記』の鎌倉小幕府の叙述も、義良は下向せず、顕家のみが奥州に向ったことになる奥州小幕府の扱いと、実質的には大差ない。

四、『太平記』の奥州の扱い

『太平記』が、義良の過去二度にわたる奥州下向の事実を消し去っていることは前述のとおりであるが、さらに、延元三年から興国四年に至る親房の東国経営についても全く触れていない。こうした点をとらえ、鈴木登美恵[73]は「太平記作者は、東国に於ける親房の軍事活動を具体的に叙述することの困難な立場にあったのではないかとも思はれる」という。確かに、そうした外的条件もあったであろうが、鎌倉小幕府構想について見たように、ことは親房の奥州経営に限らないのである。そこには『太平記』の積極的な意図があったと解さなくてはならない。

『太平記』巻二〇は、義良・顕信一行が奥州をめざして伊勢より船出したところ、暴風が襲い、義良の乗った船を伊勢に吹戻してしまったとの記述のあと、「結城入道堕地獄事」という一章を設けている。同じく暴風に揺りすえられたあげく、伊勢に吹き付けられた結城道忠が、再度の渡海を試みようとするうち、日ならずして病没する。『太平記』はここで

罪障深重ノ人多ト云共、終焉之刻是程ノ悪相ヲ現ズル事ハ未聞所也。ゲニモ此入道平生之振舞ヲ聞ニ、十悪五逆

之大悪人也。

と、以下、生前の悪行を並べたて、さらには彼が地獄に落ち苦患に沈むさまを、道忠所縁の山伏が下総山中で或律僧によって示された不思議として描く。律僧は実は、道忠が鎧袖に書付けていた地蔵菩薩であり、山伏の報を受けた遺族の追善供養の様を記して

「若有聞法者、無一不成仏」者、如来之金言、此経之大意ナレバ、八寒八熱之底マデモ、悪業猛火忽ニ消テ、清冷之池水トゾナルラント、導師称揚之舌ヲ暢、聴衆随喜之涙ヲゾ流シケル。

と終る。この説話はもともと地蔵菩薩の霊験を説く唱導説話であろうが、(4)道忠は、なぜここで生前の悪行をあばかれ、地獄に落ちなくてはならなかったのか。かつて桜井好朗67は「南北朝期に宮方に参じてたたかった武将の中、新田義貞や楠木正成たちの最期とくらべてみても宗広の死は異様なまでに呪われたものとして形象されている」（一五七頁）と注意をうながし、『太平記』作者と恵鎮の問題に結びつけて考えた。元弘の乱の折、関東調伏の法をおこなった罪で捕えられた恵鎮は、身柄をこの結城道忠宗広にあずけられ、冷遇された。したがってこの道忠堕地獄譚には「宗広に対する恵鎮の反感がこめられており、さらにこれは恵鎮から宗広の〈平生之振舞ヲ聞〉いた作者の感情もはっきりでた描き方だと考える」とした。しかし、道忠が恵鎮を冷遇したというのは臆測の域を出ない。道忠がなぜこうした記述をなされたのかは、むしろ、この章段の前にある、道忠が義良の奥州下向を献策したという一事に関わる。そして、ここでの道忠の扱いは、親房・顕家父子の奥州経営をほとんど無視していることも軌を一にするだろう。このこともまた、『太平記』の奥州小幕府の扱いが、北畠氏との単なる個人的親疎や、あるいは、資料入手困難という外的条件を超えていることを示す証左と考えられる。

おわりに

『太平記』の記事が、京都を中心として畿内に詳しく、地方に疎いことは確かである。しかし、以上見てきた『保暦間記』、『梅松論』、『神皇正統記』の在り方と比較するとき、少くともこれを情報の多寡や、京都周辺に住していたであろう『太平記』作者の、心情的な中央意識のしからしむるところ、としては片付けられないものがあるように思う。たとえばここに、延元三年五月一五日付の北畠顕家の上奏文がある。(5)「可被免諸国租税専倹約事」以下六つの条をあげ、「我君久ク之ニ精練シタマヒ、賢臣各之ヲ潤飾ス」べきことを訴えたこの上奏文の内容は、『太平記』の説く政道のあるべき姿と隔ってはいない。しかし、上奏文冒頭に

> 東奥之境、纔ニ皇化ニ靡ク、是乃チ最初鎮ヲ置ク効也。西府ニ於テハ更ニ其人無シ。逆徒敗走之日擅(ホシキママ)ニ彼地ヲ履ミ、諸軍ヲ押領シ、再ビ帝都ヲ陥イル。利害之間此ヲ以テ観ルベシ。凡ソ諸方鼎立スルモ、猶聴断ニ滞リ有リ。若シ一所ニ於テ四方ヲ決断セバ万機紛紜、争(イカデ)カ患難ヲ救ハンヤ。分出シテ侯ニ封ズルハ三代以往之良策也。鎮ヲ置キテ民ヲ治ムルハ隋唐以還之権機也。（岩波古典大系の訓点に従い、読み下した）

とある一節、すなわち、奥州経営の「成功」に倣って、西府にもしかるべき鎮将を派遣せよとするこの提言とは相容れないであろう。『太平記』は、建武朝がこれを容れて実施に移したと考えられる、延元三年九月の、征西将軍宮懐良親王筑紫下向の経緯についてもまた、触れてはいない。懐良に従った、後醍醐帝の寵臣五条頼元に至っては『太平記』に一度もその名を現わさない。『太平記』は公家側の推進する奥州小幕府構想であれ、武家側の策する鎌倉小幕府であれ、地方分権につながる政権構想自体を忌避しているのではないか。(6)『太平記』の理想とする政治思想がどのようなものであるか、ここではこれ以上具体的に提示できないが、建武朝崩壊期の錯綜した諸勢力の動きを叙するに

あたって、『太平記』が何らの制約も受けない立場にあったのではないことは、『難太平記』の語るところである。

昔等持寺にて北（法）勝寺の恵珍上人、此記を先三十よ巻持参し給ひて、錦小路殿の御めにかけられしを、玄恵法印によませられしに、おほくそらことゞも、誤も有しかば、仰に云、是は且見及中にも、以外ちがひめおほし。追而書入、切出すべき事等有。其程不可有外聞之由仰有し。後中絶也。近代重て書続けり。次でに入筆ども多所望してか丶せけれバ、人の高名数をしらず云り。

改訂が済むまでは「不可有外聞」という程の厳しい監視下で、どのような作業が行なわれたのか。「その作業はもっぱら功名書き入れの扱いにあった」［新潮古典集成一・三九九頁］との見解もあるが、『太平記』への功名書き入れを募ったのは、「次でに」とあるように、『太平記』の大筋にかかわる改訂を一通り済ませた（と足利氏側は考えた）段階のことと考えられる。外聞を禁じてまでして進められた改訂作業は、功名書き入れの域にとどまらなかった可能性の方がむしろ強いといえよう。現行の『太平記』の、ことに第二部以前、すなわち、恵鎮持参の三十余巻に相当すると思われる部分は、すでに一つの本文が出来上っていたところから、足利氏側の改訂要請と作者側の意向とのせめぎ合いの産物としての様相を呈することになっているのではないだろうか。『太平記』の奥州・鎌倉両小幕府構想の扱いも、一見『梅松論』の立場に近接するかに見えて、『梅松論』とは決定的に異なる。『太平記』がともかくも一定の独自性を保ちえたと目される背景には、足利氏側の文化的成熟度といった要因もさることながら、何よりもみずからの裡に、序章に象徴される明確な理念を有していたからだ、といえよう。

注

（1）親房を護良の「母方の従兄弟」というのは、護良母を北畠師親の女「親子」とする説（『本朝皇胤紹運録』）による。森茂暁86は、『東寺本天台座主記』の「三品藤原経子」により、日野経光の女経子をあげる。岡野友彦09は、「親子」以外にもう一人の師親女がいた可能性を探り、それを護良母とみなす。鈴木登美恵80（八四頁）は、《「従三民部卿　宮御母」の注記のある「藤原経清女」（西園寺実兼乳母の孫女）》（『尊卑分脈』二篇四四九頁）をあげる。鈴木説が顧みられていないが、この女性も「経子」であった可能性があり、有力な候補であろう。

（2）伊藤喜良99は、『神皇正統記』を重視し、後醍醐が積極的に「奥州小幕府」構想を推進した、とみなす。

（3）この間の経緯は『神皇正統記』にくわしい。

[元弘三年（一三三三）]冬十月ニ、先アヅマノオクヲシヅメラルベシトテ、参議右近中将源顕家卿ヲ陸奥守ニナシテツカハサル。（中略）猶オクノカタメニモト申ウケテ、御子ヲ一所トモナヒタテマツル。カケマクモカシコキ今上皇帝ノ御コトナレバコマカニハシルサズ。　（大系一七五頁）

[建武三年（一三三六）]（追討軍を破った足利勢が都に近づく。顕家らはその後を追い、正月一三日に近江着）陸奥守鎮守府ノ将軍顕家卿コノ乱ヲキヽテ、親王ヲサキニ立奉リテ、陸奥・出羽ノ軍兵ヲ率シテセメノボル。　（同一八八頁）

[同年]（二月一三日、足利勢を西国に追いやる）東国ノ事オボツカナシトテ、親王モ又カヘラセ給ベシ、顕家卿モ任所ニカヘルベキヨシオホセラル。（中略）カクテ親王元服シ給。直ニ三品ニ叙シ、陸奥太守ニ任ジマシマス。　（同一八八頁）

[延元元年（一三三六）]（五月湊川合戦。一〇月後醍醐、花山院に幽閉。一二月後醍醐、吉野遷幸）

[延元三年（一三三八）]二月鎮守大将軍顕家卿又親王ヲサキダテ申、カサネテウチノボル。　（同一八九頁）

『太平記』巻二〇引用文に「今年七歳ニ成セ給ケルヲ、初冠メサセテ」とあるが、『参考太平記』が指摘するように、義良は延元三年には一一歳。また、初冠は建武三年、第一次西上を果たし、再度下向する折のことである。元弘三年の下向時は六歳で一歳のズレがあるが、過去二度の下向を記さず、延元三年の時点に引き寄せるという虚構が、はからずもひき起した誤りではなかろうか。

（4）釜田喜三郎38に、西源院本に所縁の山伏とあるところが「神田本・義輝本・簗田本・流布本に於ては律僧であり、天正本に於ては禅僧である事は、此の結城入道の地獄の話が、山伏や律僧や禅僧の布教の資料として取扱はれ配布された事を示す以外には考へられぬ」との指摘がある。

（5）岩波古典大系『神皇正統記・増鏡』神皇正統記「解説」による。
（6）大濱皓75に、司馬遷の政治思想を説いた次の一節（一九一頁）がある。
政治には王権の確立が重要である。（中略）司馬遷は呉王濞列伝の論讃に、〈諸侯の地は百里に過ぎず〉・〈山海をもって封ぜず〉という礼記の文を引いている。諸侯が百里以上の封土をもつこと、山海の利のある土地に諸侯を封ずることは、諸侯が主君よりも強大になる恐れがあるから、それを禁ずるというのである。

『太平記』作者の「思想」にこうした政治思想と、あるいはつながるものがあるか、と考えるのである。

引用文献

伊藤喜良99『中世国家と東国・奥羽』（校倉書房、一九九九）
大濱　皓75『中国・歴史・運命――史記と史通――』（勁草書房、一九七五）
岡野友彦09『北畠親房』（ミネルヴァ書房、二〇〇九）
釜田喜三郎38「太平記の作者――叙事詩的文芸の挿話に関連して――」（『太平記研究――民族文芸の論――』新典社、一九九二。
初出一九三八・七）
桜井好朗67『隠者の風貌』（塙書房、一九六七）
佐藤進一65『日本の歴史9　南北朝の動乱』（中央公論社、一九六五）
鈴木登美恵73「太平記作者と玄恵法印」（国語と国文学50―4、一九七三・四）
鈴木登美恵80「悲運の皇子大塔宮」『鑑賞日本の古典13太平記』（尚学図書、一九八〇）八四頁。
森　茂暁75「南朝局地勢力の一形態――北畠氏の奥州経営をめぐって――」（日本歴史327、一九七五・八）
森　茂暁86『皇子たちの南北朝』（中公新書、一九八六）

第五章　後醍醐怨霊譚の機構

はじめに

暦応五年ノ春ノ比ヨリ都ニ疫癘家々ニ満テ、人ノ病死スルコト数ヲ知ズ。是直事ニ非ト人恠ヲ成ニ合テ、吉野ノ御廟ヨリ車輪ノ如ナル光物出テ、遥ニ都エ飛渡ト、夜々人ノ夢ニ見ケレバ、何様先朝ノ御怨霊ナルベシト、人皆恐ヲ成ケル処ニ、果テ左兵衛督直義朝臣、二月五日ヨリ俄ニ邪気ニ侵レテ、身心常ニ狂気シ、五体鎮ニ悩乱ス（中略）、病日々ニ重テ今ハサテト見ケレバ、天下ノ貴賤悲ヲ含テ若此人何ニモ成給ハゞ、只小松大臣重盛ノ早世セラ［レ］テ平家ノ軍〔運〕命ノ忽ニ尽シニ相似タルベシト思ハヌ者ハ無リケリ。

（玄玖本巻二三「上皇祈精直義病悩之事」。脱字を［　］内に補い、〔　〕内に誤字を正した）

右は、後醍醐怨霊が初めて物語に登場する場面である。後醍醐崩御は「延元三年八月十六日」[1]のことであり、これはその死後三年目のことになる。流布本（岩波古典大系）は、玄玖本が「暦応五年ノ春ノ比ヨリ」と限定して語る数々の怪異を、波線部のように崩御後から始まっていたこととする。

吉野ノ先帝崩御ノ後、様々ノ事共申セシガ、車輪ノ如クナル光物都ヲ差シテ夜々飛度リ、種々ノ悪相共ヲ現ジケル間、不思議哉ト申ニ合セテ、疾疫家々ニ満テ貴賤苦ム事甚シ。是ヲコソ珍事哉ト申ニ、同二月五日ノ暮程ヨリ、直義朝臣俄ニ邪気ニ被侵、身心悩乱シテ、五体逼迫シケレバ、

（流布本巻二三）

長谷川端91が指摘するように、後醍醐はその崩御の時点ではやくも怨霊としての復活が約束されていたのであり、[2]

死後三年目にしてようやく怨霊としての活動を語る古態本のこうしたあり方はやはり不審といえ、流布本の記述もその点を意識した改訂であろう。現在の『太平記』研究においても、「先帝後醍醐の崩御をめぐる記述、又は、その後幕府内に惹起された尊氏らに関する記述」を欠巻巻二二の内容として推定する青木晃74やそれに賛意を示しつつ、欠巻の巻二二に後醍醐怨霊記事がすでにあったのではないかとする大森北義86などの見解が示されている。

「『太平記』の構想、あるいは、その構想世界を支える方法を問題にする場合には、欠巻部巻二二の空白は極めて重要な位置を占めており、その問題性は、欠巻前後の諸巻に波及していくものであるだけでなく、『太平記』という作品の性格規定ともかかわる領域へと広がっている」（大森86・二七九頁）というように、後醍醐怨霊譚を考える際にも欠巻の問題は避けては通れない。しかし、実見できない「欠巻」の内容を前提とした議論にはなお慎重であってよいだろう。本章では、巻二三のこの位置に後醍醐怨霊の発動が語られていることの意味を現存本の構成の中に汲みとる読みが、成り立たないものかどうか探ることをさしあたっての課題とする。

一、後醍醐怨霊の発動

『太平記』「第三部世界の構想や方法に〝怨霊〟が深くかかわっていること[3]」ははやくから指摘があり、いま問題としている①巻二三「上皇祈精直義病悩之事」の他、具体的には以下のような章段が問題とされてきた。

②巻二四「正成為天狗乞剣之事」楠正成他、③巻二五「天龍寺建立之事」後醍醐、④巻二六「大塔宮亡霊宿胎内之事」大塔宮他、（⑤巻二七「雲景未来記之事[4]」愛宕太郎坊、淡路廃帝・讃岐院・後鳥羽院・後醍醐院）、⑥巻三〇「怨霊驚人之事」いかなる天狗ども、⑦巻三三「細川奥州子息霊死之事」崇徳院、⑧同「新田左兵衛佐義興自害之事」新田義興、⑨巻三四「吉野御廟上北面夢之事」後醍醐他

（注：各章段名のあとに付したのは、そこでの中心的な働きをする怨霊およびその類を示すものである）

これらは怨霊譚として一律に扱われることが多いが、怨霊の発動の仕方という観点から眺めたとき、⑨のみが際だった特色を持っている。すなわち他の怨霊（天狗の類も含む）が忽然とたち現われているのに対し、⑨の後醍醐院の怨霊は次のような次第で出現している。足利軍が、これまで安全と思われていた吉野の皇居に肉薄し、吉野朝内部に大きな動揺を引き起こす。上北面の某ももはやこれまでと、妻子を京都へ逃し、我身は遁世と思い定め、先帝後醍醐の廟に最後の暇乞をし、事態のひどさを嘆き訴える。

「抑今ノ世何ナル世ゾヤ、（中略）玉骨ハ縦郊原ノ土ニ朽トモ神霊ハ定天地ノ間ニ留テ、其苗裔ヲモ守リ、逆臣ノ威ヲモ摧レンズラントコソ存ズルニ、臣君ヲ犯シ申セドモ天罰モ是無ク、子父ヲ殺セドモ神忿モ未見ヘズ。是ハ如何ニ成行ク世間ゾヤ」ト、泣ク（泣々）是ヲ天ニ訴テ五体ヲ地ニ投ゲ礼ヲ作ス処ニ、余ニ機モ労ケレバ、頭ヲ低テ少ト真寝タル夢ノ中ニ、御廟ノ振動スル事良久（やや）。暫有テ円岳ノ中ヨリ誠ニ堆キ（ケダカ）御声ニテ「人ヤ有ル々々」ト被召レバ、東ノ山峯ヨリ「俊基・資朝是候」トテ参ラレタリ。（中略）其後円岳ノ石ノ扉ヲ押開ク音シケレバ、遥ニ見上タルニ先帝袞龍（コン）ノ御衣ヲ召サレ右ノ御手ニ宝剣ヲ抜持テ、玉扆ノ上ニ坐シ給フ。

上北面某の哀訴の言葉は、「有威無道ノ者ハ必亡」という先賢の言も、「百王ヲ守ン」との神約もあてにはならない今の世の有様に絶望し、「玉骨ハ縦南山ノ苔ニ埋ル共恨（魂魄）ハ常ニ北闕ノ天ヲ臨マン」（巻二一）という、崩御の折の遺言すら何の甲斐もないことに深い恨みの言葉を投げかけるものであった（傍線部は明らかにこの後醍醐の遺言をふまえている）。後醍醐の怨霊は、なすすべなくせっぱ詰まった上北面の訴えかけにより、ようやく出現する。くり返すが、他の怨霊・天狗の類は乞わずとも忽然と出現するのであり、後醍醐のこうしたあり方は異例である。（なお、⑤巻二七「雲景未来記之事」では淡路廃帝以下と列座していることが語られるのみで、具体的な言動は何も語られていないから問題外とする。）

ひるがえって、巻二三で後醍醐の怨霊はどのようにして発動したのか。

玄玖本巻	玄玖本記事	日付	流布本記事	流布本日付	流布本巻
一二巻	Ⅰ　暦応二				一二巻
一二巻	（前略）				一二巻
一二巻	1先帝崩御	延元三 8 16	1	（延元三） 8 16	一二巻
一二巻	2後村上帝受禅	同 10 3	2	同 10 3	一二巻
一二巻	3先帝に後醍醐天皇と追号	同 11 5	3	同 11 5	一二巻
一二巻	4遺勅により、義助らに綸旨	同 12 17	4	同 12月	一二巻
一二巻	Ⅱ　暦応三				一二巻
一二巻	5義助勢、黒丸城を落とす。	7 3～同16（＊1）	5	7 3～同 16	一二巻
一二巻	[6]京より北陸へ援軍派遣企図。内訌あり、塩冶判官讒死	暦応二 3 27京脱出 / 4 1自害	[6]	3 27 / 4 1	一二巻
	Ⅲ　暦応四				
三二巻	7畑時能、鷹巣城に籠り奮戦	2 27～10 22	7	2 27～10 22	二二巻
三二巻	8義助、美濃尾張を経て、吉野へ参内。	去 9 18根尾落城	8	去 9 18	二二巻
三二巻	Ⅳ　暦応五＝康永元				二二巻
三二巻	[9]都に疫病流行	暦応五春比ヨリ			二二巻
三二巻	[10]直義、罹病	2 5			二二巻
三二巻	[11]光厳院、直義平癒を祈願	暦応五 2月日			二二巻
三二巻	[12]土岐、光厳院らに狼藉	此年ノ8月			二二巻
三二巻	13伊予からの要請に応じ、南朝、義助を派遣せんとす。		13		二二巻
三二巻	14佐々木信胤、宮方となる。	去23（＊2）	14	去 23	二二巻
	15義助、伊予へ下向	暦応三 4 3（＊3）	15	暦応三 4 1	二二巻
	16義助、下着、四国平定。	4 23	16	4 23	二二巻
	17正成怨霊、大森盛長を襲い（4 15～）、鎮魂される。	5 3			二二巻
	18義助、頓死。	同 4発病	18	発病同 5 4	二二巻

巻	記事	日付
四二巻	19備後鞆合戦	
	20世田落城	
	21大般若経の功力賞賛。 大森、刀を献上。直義、賞翫せず。	9 3
	Ⅴ　康永二、三	
	[22]洛中疲弊、朝儀廃絶	
	[23]或人の進言により、尊氏、禅院建立企図。	
五二巻	Ⅵ　康永四	
	[24]天龍寺完成。	康永四
	（後略）	

巻	記事	日付
三二巻	19	
	20	9 3
	[17]伊予より注進	暦応五春比
	17	5 3
	※	
	21直義、刀を賞翫	
	[9]	
	[10]	同 2 5
	[11]	暦応五 2月
	[12]	同 9 3
四二巻	[22]暦応改元比ヨリ	
	[23]夢窓、直義に進言	
	[24]	康永四

・□囲み番号は京都中心の記事。

・※（流布本巻二三[9]の前文）「去程ニ諸国ノ宮方力衰テ、天下武徳ニ帰シ、中夏静マルニ似タレ共、仏神三宝ヲモ不敬、三台五門ノ所領ヲモ不渡、政道サナガラ土炭ニ堕ヌレバ、世中如何ガト申合ヘリ。」この文章は玄玖本など古態本にはない。

・日付の混乱箇所

（＊1）記事内容は4→5→6と連接しているので、5の日付が三月以前であるか、6の日付が七月以降であるべきところ。いずれにせよ、年次は暦応三年。本来別々の年次の記事を再構成し、何らかの事情で、日付の手入れが充分になされなかったための混乱と思われる。

（＊2）「去」の指す記事不明。

（＊3）諸本いずれも暦応三年とするが、8の義助吉野参内に続く記事であり、暦応五年とあるべき（あるいは、南朝の年号「興国三年」と誤ったか）。Ⅳの構成は、一見混乱しているようだが、同じ光厳院関係記事であることから12を11に付随させたとみれば、他の記事の配列には問題ない。

上述のように、欠巻をはさんだこの部分の記事に付された日付（とくに年号）には、いくつかの矛盾がありそのまま信を置くことができないが、記事自体は、内容的に粗密の差はあるものの前後の記事とつながりをもち、ところどころに回想的な部分を含みながらも、ほぼ時間の流れに沿って配置されている。Ⅰ〜Ⅵの区切りは内容的にそれぞれ一年を構成すると考えられる単位で、それに付した年号は『太平記』の年次構成と年号表記をつき合わせたとき想定されるものである。(5)

玄玖本の構成の場合、注目されるのが直前の脇屋義助の吉野参内である。うち続く敗戦に行き所を失った義助の吉野参内が、巻三四の上北面の愁嘆と同様の機能を果たしたとみなせば、崩御後三年の暦応五年春というこの時点での発動も不思議とするにあたらない。

ちなみに、巻二一の後醍醐崩御の際の遺言「朕早世ノ後ハ、第七宮ヲ天子ノ位ニ即奉テ、賢士忠臣事ヲ謀リ、〔義貞：西源院本〕義助ガ忠功ヲ賞シテ、子孫不儀ノ行無クバ股肱ノ臣トシテ天下ヲ鎮ムベシ。」は、義助（義貞）を深く信任し、その働きに天下鎮定への望みを託すものであった。そして、義助を手厚く迎えた後村上帝の意を解しての、

義助北国ノ合戦ニ理ヲ失ヒシ事全ク彼ガ戦ノ拙ニ非。只聖運ノ時未到シテ、又勅裁ノ威ヲ軽クセラレシニ依テ也。〈引例省略。〈孫武之事〉〈立将兵法之事〉〉依之大将ノ威軽ク士卒ノ心恣ニシテ義助遂ニ百戦ノ利ヲ失リ。是全彼ガ戦ノ罪ニ非ズ、只上ノ御沙汰ノ所違ニ出タリ。君忝モ是ヲ欲知ニ依テ今其賞ヲ厚セラル、者也。

四条隆資のこの言葉は、後醍醐の遺志が実行されていないことをこそ強く批判するものである。巻三四の上北面の場

合と同様、義助の吉野参内は、四条隆資の口を借りて、このままでは後醍醐の遺言が虚しいものとなることを（後醍醐の亡魂に）訴えかけているのだといえよう。

大森86は、巻二三「上皇祈精直義病悩之事」の後醍醐怨霊発動箇所の

a　暦応五年ノ春ノ比ヨリ都ニ疫癘家々ニ満テ、人ノ病死スルコト数ヲ知ズ。是直事ニ非ト人恠ヲ成ニ合テ、吉野ノ御廟ヨリ車輪ノ如ナル光物出テ、遥ニ都エ飛渡ト、夜々人ノ夢ニ見ケレバ、何様先朝ノ御怨霊ナルベシト、人皆恐ヲ成ケル処ニ、

b　果テ

c　左兵衛督直義朝臣、二月五日ヨリ俄ニ邪気ニ侵レテ、身心常ニ狂気シ、五体鎮ニ悩乱ス（※大森論文は西源院本を使用しているが、ここでは玄玖本の本文を示した）

という文脈をとりあげ、「aは〝疫病流行の不安〟に始まる〝怨霊の恐怖〟が主題であり、cのそれは〝直義重病〟というもので、相互に異なっている」（二八七頁）とし、その文脈の飛躍発生の原因を巻二二の欠巻にもとめ、飛躍を解消するに足りる欠巻の内容を想定する。しかし、a都での疫病流行、都への後醍醐怨霊の災いの予見が、b「果テ」、c（都の統治者たる）直義の重病となって実現した、という文脈に格別の飛躍があるようには思えない。後醍醐の怨念が足利氏およびそれに支えられた京都の地に向けられていることは「只生々世々妄念トモ成べキハ朝敵ヲ悉ク亡ズシテ四海ヲ太平ナラシメヌ事ヲ思計也。……是ヲ思故ニ玉骨ハ縦南山ノ苔ニ埋ル共恨ハ常ニ北闕ノ天ヲ臨マント思フ」と、すでにこの巻二一の後醍醐崩御の箇所に明示されており、巻二三「上皇祈精直義病悩之事」の次の章段「土岐参向御幸狼藉之事」に「其比ハ左兵衛督直義、尊氏ノ政務ニ代テ天下ノ権柄ヲ執シ時ナレバ」と、当時の都の為政者が直義である事が示されている。(6)

くわえて、怨霊の働きが現実世界の動きに密接に関与しているという、『太平記』の怨霊譚のあり方からして、義

助の相次ぐ敗北の過程と重なる時期（巻二二）に後醍醐の怨霊が盛んな活動をするという構成（大森86の欠巻内容の推定）は考えがたい。宮方の怨霊は、現に起こっている、あるいはまさに起ころうとしている足利方の混乱・動揺の説明として持ちだされる（発動する）ものだからである。「暦応五年春比ヨリ」と、都に不安が広がった巻二三のこの箇所に後醍醐怨霊の活動を記すのは、構成の上から意味のあることなのだといえよう。

かつて鈴木登美恵59は、欠巻前後には二系統の記事があり、両者は内容的に「殆ど直接的な結び付きを持たない」とする注目すべき見解を示した。先だつ鈴木57において、「章の年代的錯乱をもたらしているのは（中略）北朝関係の記事ばかり」であるところから、「新田氏を中心とする記事群とは全く別個に成立し」、後に書き加えられたのではないかとの考えを述べており、鈴木59は、これに資料上の補訂を加え、「巻十三、十四からの構想をそのまま展開してゐる章を、第一類の記事、それ以外の前後と無関係に北朝の事件を記した章を、第二類の記事」と名づけ、第二類の記事が、「年代的には、第一類の記事より前の位置を占めて排列されてゐる」という特徴に注目したものである。この指摘・分析は、欠巻・書き継ぎの問題の解明に大きく寄与したものであるが、前表の注（＊1）（＊2）（＊3）にも示したように、欠巻前後の記事構成上の問題は、北朝関係（第二類系）の記事の後補のみには帰せられないように思われる。この問題はあらためて本書第二部第二章四で扱うが、ここでは、北朝関係の記事と南朝関係の記事がまったく無関係ではないことを、後醍醐の怨霊の発動記事について示したことになる。ちなみに、本章の対象としている大森86にも

「全く別個に成立し」た記事が「後に」ここに「加えられた」と仮定しても、加えられてある現状での構想意図はそれとして追求され解明されなければならないものであろう。（三〇九頁）

という発言があり、この観点にたって、次に扱う正成怨霊譚が論じられているが、本章は氏の示唆を後醍醐怨霊発現記事に適用したものでもある。

二、正成怨霊の出現

後醍醐の怨霊が直義の病悩を引き起こし、世間が騒動しているころ、吉野朝には、四国から大将派遣の要請があり、義助を差し向けることとなる。その義助の伊予下向に符丁を合わせて正成の怨霊が現われる。以下巻二四「正成為天狗乞剣之事」の概略を示す。ただし、⑦は続く「義助死去之事」の内容である。

①其比　伊予国住人大森彦七盛長が猿楽を催す。楽屋へ赴く道で背負った一人の女性が、鬼の姿を現し、盛長を襲う。

②4月15日　猿楽の舞台に、正成現われ、「前帝ノ勅定」により「尊氏卿ノ天下ヲ奪」うため、盛長所持の剣を乞う。

③又三四日有テ　正成、「新田刑部卿義助、適当国ニ下テアリ。彼人ニ威ヲ加テ、早速ノ功ヲ致サシメン」との「綸旨」の勅使として飛来し、剣を乞う。盛長の問いかけに応じ、後醍醐帝および正成以下七名の武将、姿を虚空に現す。

④其後ヨリ　盛長物狂いとなり、相次いで媚物の襲来を受ける。

⑤　或僧の勧めにより、大般若読誦。

⑥5月3日　天上に闘諍の音あり、静まりて後、盛長本服す。

---

⑦同4日　義助発病、「七日ヲ過テ」死去。四国の宮方勢いを失う。

大森86は、この章段が「独立的色彩」[7]が強いにもかかわらず、ここでの正成の怨霊が「背後に〝後醍醐の怨霊〟を忍ばせて、北朝・武家方との現実の戦いに参画しようとするだけでなく、その〝怨霊〟の退散が南朝方の現実的な敗退になるという筋で、事件展開の行方を展望する上での重要な存在として位置づけられている」（三一九頁）と指摘している。この指摘に異論はない。問題はここでも、正成の怨霊はいつから活動を開始しているのかというところにある。正成が湊川で討死して以来、すでに数年の歳月が過ぎており、この間正成の怨霊の活動が語られることはなかった。後述のように、死後まもなくの時点で、個人的な報復のため、盛長のもとに怨霊が出現した可能性はあるのだが、しかし、物語は、正成の怨霊が「前帝ノ勅定」により奔走していると語り、義助伊予下向のいま、義助に「威ヲ加えようとの「綸旨」の勅使として、あらためて盛長に剣を乞わせている。正成の怨霊の活動はあくまでも、後醍醐の下命によるものであることを思えば、死後「修羅ノ眷属ト成テ瞋恚ヲ含ム心止時無シ」とはいうものの、物語世界での登場はやはり、暦応五年春の後醍醐怨霊の活動開始を受けてのものであり、単なるエピソードに見える京都での後醍醐怨霊騒動こそが、この前後の叙事全般を統括しているのだといえよう。

三、正成怨霊譚の問題点

正成怨霊譚が一連の叙事の重要な一環を担っていることは大森氏の指摘の通りであるが、一方、正成を討ち取ったとされる大森盛長はここのみに登場する人物であり、『太平記』巻一六の正成最後の記述との間に密接な呼応が見られないなど、独立譚的色彩の強いことも否定できない。また、怨霊譚の性格からしても、これを〈ア、当事者への祟り〉〈イ、非当事者（間接的には当事者でありうるが）への災い〉と分けたとき、正成怨霊譚は、

・巻三三「細川奥州子息霊死之事」（表記の人物が九州下向の途次、讃岐で「崇徳院ノ御領ヲ落テ、軍勢ノ兵粮ニ充行シニ依テ」、俄かに発病し、「白峯ノ方」より飛来した変化の兵に首をとられ死去した）

・同「新田左兵衛佐義興自害之事」（新田義興を矢口渡しに謀殺した江戸遠江守、協力者の渡守らが、褒賞を受けての帰途、

義興の怨霊に殺され、同じ一味の竹沢右京亮、首謀者畠山道誓らの留まる入間川の在家が雷火に襲われ、灰燼に帰した）

などとならんで、〈ア〉の類型、すなわち、湊川合戦の折「宗ト手痛キ合戦シテ楠判官正成ニ腹ヲ切セシ」大森盛長への祟りとしての意味をも持つ。『太平記』において〈ア〉は、怨霊出現の契機をなす事件と怨霊の報復とでまとまりをなし、独立譚的性格が強く、〈イ〉は巻二六「大塔宮亡霊宿胎内之事」、巻二七「雲景未来記之事」、巻三〇「怨霊驚人之事」、巻三四「吉野御廟上北面夢之事」など、それ以降一連の事件展開に広く関わりをもっていく傾向が強いことが指摘でき、正成怨霊譚も基本的には独立譚的色彩をもっていて不思議ではない。

しかし、正成の怨霊は前述のように、自身の報復のためというより、後醍醐の下命により、天下を覆すのに必要な三の剣のうちのひとつを、たまたま盛長が所持していたから盛長の前に姿を現しているのであり、他の報復譚とはこの点を異にする。さらに、以下の始まりの詞章に注意したい。

其比伊予国ニ希代ノ不思議アリ。当国ノ住人ニ大森彦七盛長ト云者アリ。心飽マデ不敵ニシテ、力尋常ノ人ニ超タリ。去建武二年ノ五月ニ将軍、筑紫ヨリ責上リ、新田左中将ハ播磨ヨリ引退テ兵庫湊川ニテ合戦アリシ時、此大森ノ一族等、宗ト手痛キ合戦シテ楠判官正成ニ腹ヲ切セシ者也。サレバ其勲功異于他トテ数箇所ノ恩賞ヲ賜テケリ。此悦ニ一族共寄リ合テ、猿楽ヲシテ遊ベシトテ、アタリ近キ堂ノ前ニ桟敷ヲウチ、舞台ヲ構ヘテ様々ノ風流尽サントス。

「其比」は『太平記』の文脈上は暦応五年時をさすはずだが、傍線部は一体いつのことなのか。拠るべき資料はないが、建武二年(8)の功績に対し、それから七年後の暦応五年のこの時点に恩賞が与えられたととるよりは、合戦後程ない時期のことであると考えるのがはるかに自然であろう。また、正成側からしても、夢幻能の亡霊のような、ゆかりの場所に出現する幽霊的な現れではなく、怨敵に祟るものとすれば、巻三三の二つの事例や他の多くの怨霊譚と同じく、事件後時日を置かないで機会をとらえ、目指す敵のもとに出現してしかるべきであったであろう。本話も本来はそうしたものであったと思われる。

砂川博88は、この正成怨霊譚について、郡司正勝、服部幸雄、長谷川端氏らの、できあいの話が『太平記』に取り込まれたとする考えに対して、「素材としての語りと現行テキストのそれを同一視することについては、慎重でなければならない」（三三五頁）として、「語りの生地」を分析し、盛長による正成の霊語（モノガタリ）が、律僧の手を経て『太平記』に組み込まれたと見なしている。いま、砂川氏の見いだした「生地」の当否を論ずる用意はないが、素材としての語りと現行テキストのそれを同一視することに慎重であるべきだとする姿勢は同感である。正成怨霊譚はその冒頭からしてすでに「素材」に、それを取り込んだテキストの文脈が塗り重ねられていることに注意すべきであろう。

さらに、

正成ガ相伴ヒ奉ル人々ハ先ヅ前帝後醍醐天皇、兵部卿親王、新田左中将義貞、平馬助忠正、九郎大夫判官義経、能登守範経、正成ヲ加テ七人ナリ。（中略）此外昔保元平治ニ打レシ物共、近キ比元弘建武ニ亡ビシ兵共、雲霞ノ如ニ充満シテ虚空十里計ガ間ニハスキ間有トモ見ヘザリケレバ……

と、盛長のもとに正成以外に、直接関わりの無い護良親王、義貞、さらには時代を隔てた忠正、義経、範経らが現れていることも、怨霊報復譚としてはいささか異例である。これら七人の選定基準も不明確で、七という数にこだわったためにこれに加えて、たとえば義朝、義平らの名前を挙げることができなかったかとも思われるが、傍線部にいう保元平治以来の恨みを呑んでこの世を去った者達が集結しているということが肝要であろう。こうしたいわば様々な時代の怨霊が集結しているのは、『太平記』においては他に巻二七「雲景未来記」（神田本による）に、「玄昉、真済、寛朝、慈恵、頼豪、仁海、尊雲等」および「淡路廃帝、讃岐院、後鳥羽院、後醍醐院」らが列座しているのを見いだすくらいのものである。そして、管見の範囲で連想が及ぶのが、慈円の「大懺法院条々起請事、発願文」（『慈円全集』

伝記資料抄）の「保元以後乱世之今、怨霊満一天、亡卒在四海」という一節である。すなわち、個々の怨霊の直接の当事者としての位置を離れ、怨霊史観に立って時勢批判・展望をおこなうとき、時空を超えた歴代の怨霊たちへの畏怖が語られるのであって、正成怨霊譚においても、こうしたあり方は、盛長周辺に発する亡霊譚から離れ、『太平記』作者の時勢批判・展望からの発想と次元を同じくする粉飾と見なすべきであろう。正成怨霊譚は、その出発において独立した物語であったかもしれないが、我々が現在、『太平記』にみるのは素材そのままの姿ではない。

『太平記』の正成怨霊譚は、怨霊としての復活をとげた後醍醐の霊威を負いもつ、義助の物語の一環としての役割を果たすことを、まず第一に期待されている。

おわりに

上述したように、義助吉野参内を直接の契機として発動した後醍醐怨霊の存在は、暦応五年の南朝の（結果的には一時的であった）反撃を統括し、正成の怨霊をも駆使し、正成の鎮魂、義助の頓死を経、後醍醐自身の鎮魂の試み（巻二五「天龍寺建立之事」）をもって終る一連の事件展開の、重要な鍵としてとらえることができる。

ちなみに、玄玖本は或人の天龍寺建立の進言を、北国四国の宮方が勢威を失った暦応五（康永元）年以降、康永二、三年の某日と設定しているとみなされるが、(9)前掲表に示したように流布本は、巻二四の巻頭（記事番号㉒）を「暦応改元ノ比ヨリ」と時間を遡ってはじめ、天龍寺建立の進言の時期も、進言者夢窓国師の

去六月廿四日ノ夜夢ニ吉野ノ上皇鳳輦ニ召テ、亀山ノ行宮ニ入御座ト見テ候シガ、幾程無テ仙去候。又其後時々金龍ニ駕シテ、大井河ノ畔ニ逍遥シ御座ス。（中略）哀可然伽藍一所御建立候テ、彼御菩提ヲ吊ヒ進セラレ候ハヾ、天下ナドカ静ラデ候ベキ。

という後醍醐崩御の予兆、亡魂逍遥の夢見に関係づけ、暦応二年の時点に遡って設定している。その結果叙事内容は、後醍醐死後の北国・四国での事件展開とは切り離され、より独立性を高めている。右に述べたように、天龍寺建立の経緯としては、流布本のように崩御後ただちに事が議せられたとするのがあたっているが、こうした流布本の構成も結局のところ、暦応五年の後醍醐怨霊発動の意味を解せず、正成怨霊譚の後に置き、京都中心記事とその他の記事とをそれぞれ整然と区分けすることに意を注いだことに原因する。巻二三から二五にいたる、正成怨霊譚を包み込んでの、後醍醐怨霊譚の構成の糸が断ち切られたとき、個々の構成要素はそれぞれに自立の道を求めることになったのだといえよう。

注

（1）史実は延元四年。『太平記』も記事構成上は延元四年（北朝：暦応二年）相当の箇所。第二部第二章「年次構成の特性――欠巻前後――」に触れるように、書き継ぎに関わる年次（表記）の混乱があると推定される。

（2）長谷川端91は『太平記』巻二一に記す後醍醐崩御記事の「左御手には法花経をもち」とある表現に注目し、「太平記作者が問題とするのは、地下から現われ出ることを、祈る涌出品の存在であろう。後醍醐天皇の亡骸を通常の南向きに葬らず、北向きに葬って都の方角に対峙するようにしたのもそのためである。怨霊となっての復活以外の何物でもない。」と指摘する。長谷川説に対し市川浩史98は、湧出品は「死者の（霊魂の）復活を語ろうとするものではけっしてないので」疑問が残るという。しかし、歴史的にも死の直後から怨霊の発動が恐れられ、後の天龍寺の建立をはじめ、さまざまな対策がとられていたことが知られており（北爪幸夫73等）、早晩、怨霊の発動は避けられないと意識されていただろう。

（3）大森北義86が研究史の概観をしている（二九九～三〇一頁）。

（4）玄玖本は「雲景未来記の事」を持たない。参考として、神田本により補う。

（5）第二部第二章（欠巻前後）に概略を述べた。南朝の年号表記には問題があるので、ここでは北朝の年号のみを示した。

（6）徴古館本は「恨魂」とし、コンハクと訓みを付す。松井本「朕カ多年ノ恨魂」。西源院本「魂魄」。
（7）「独立的色彩」が強いとの表現は、長谷川端82（二五四頁）による。
（8）史実では建武三年だが、『太平記』の年次構成では建武二年でよい。第二部第一章（建武年間）参照。
（9）第二部第二章〈表1〉注d参照。

引用文献

青木　晃74「先帝後醍醐崩御の記——『太平記』と『吉野拾遺』をめぐって——」（帝塚山短期大学紀要11、一九七四・三）

市川浩史98「十四世紀政治思想における〈普遍〉——『太平記』の楠木正成像をきっかけにして——」（文化61—3・4、一九九八・三）

大森北義86「先帝後醍醐の崩御と〝怨霊〟の跳梁——第三部世界の「発端部」について——」『『太平記』の構想と方法』（明治書院、一九八八。初出一九八六・三）

北爪幸夫73「後醍醐の死に対する幕府及び北朝の対応」（太平記研究3、一九七三・六）

鈴木登美恵57「欠巻前後に於ける太平記の書き継ぎ」（国文8、一九五七・一〇）

鈴木登美恵59「太平記欠巻考」（国文11、一九五九・七）

砂川　博88『軍記物語の研究』（桜楓社、一九九〇。初出一九八八・一一）

長谷川端82『太平記の研究』（汲古書院、一九八二）

長谷川端91「後醍醐・正成・尊氏・義貞——『太平記』の主役たち」（国文学36—2、一九九一・二）

第六章　永和本『太平記』の復権

はじめに

永和本は『太平記』巻三二に相当する零本（書名も巻数も不記載）であるが、長坂成行08は次のように評する。

永和三年（一三七七）二月以前に書写された永和写本は、『洞院公定日記』にいう『太平記』作者小島法師の円寂（応安七年（一三七四）四月）からごく僅かの間に写された、『太平記』最古の写本であり、本書の出現は『太平記』

研究史の中で最大の出来事といえる。

鈴木登美恵66は、「太平記にはかなり古くから、少くとも二系統の本文が存在」しており、永和本と玄玖本の類がその二系統を代表すると指摘し、鈴木72は、「永和本では佐々木氏関係の記述が、玄玖本では赤松氏・山名氏関係の記述が増加してゐる」と内容上の特徴を示した。今井00は合戦叙述の分析の一環として、『太平記』巻三二の神南合戦をとりあげ、神宮徴古館本（玄玖本と同系統。以下、徴古館本と略称）には不審点が多いが、永和本の記述は了解可能であり、鈴木66の発言をひきつつ「玄玖本（徴古館本も同類）にははやくも本文の混乱が発生している」と述べた。しかし、小秋元段05は、巻三二全体を検討し、徴古館本の本文には永和本に見られる齟齬がなく、永和本は、最初の『太平記』（注、巻三二においては神宮徴古館本などの姿）成立後まもなく訪れた、記事見直しの機会に作られた「改訂本」と推定される、という。

小秋元05は今井00の提起した問題に正面から応えてはいないが、拙稿も含め、この前後に長坂成行が積み重ねていた永和本に関する知見を、議論に組み入れて来なかったことに一番の問題点があると考える。

長坂85・86は、「宝徳本巻三十三の本文は永和本巻三十二の本文に最も近い系統であること」を確認し、長坂86はさらに「甲類本よりは後出とされる乙類本に分類される書陵部本の巻三十二が、宝徳本と共に永和本系統の本文を有していること」を示した。長坂11は、丁類本の京大本巻三十三の解説を担当し、同じく丁類本の「武田本は永和本に類し京大本とは大きな懸隔がある」と指摘している。

長坂86は、宝徳本との対校を行う中で永和本に脱文があることを指摘しており、現存永和本から宝徳本が直接派生したとはいえない以上、宝徳本、書陵部本、武田本と永和本との関係を綿密に検討することは不可欠の作業であろう[1]。以下、永和本相当箇所に限って、便宜的に、永和本・宝徳本・書陵部本・武田本を永和本系（永系）、徴古館本・玄玖本・松井本・西源院本・南都本を徴古館本系（徴系）と称する。永和本系全体に関わる問題と永和本固有の問題とは、区別されなくてはならない。その作業を経たとき、永和本は新たな相貌を示すはずである。

一、永和本系と徴古館本系

小秋元05は「永和本の主要改訂箇所」として、以下をあげている。

例①「山名右衛門佐成敵事」（京に進撃してきた山名・南朝勢への義詮勢の対応）、例②「同」（緒戦。和田・楠、佐々木を誘い出す）、例③「同」（合戦の討死交名）、例④「神南軍事」（冒頭）、例⑤「同」（山名、神南山攻撃開始）、例⑥「同」（神南山二陣敗走）、例⑦「同」（山名、本陣襲撃）、例⑧「同」（山名方の討死交名）、例⑨「京合戦事」（末尾の落首）、例⑩「京合戦事」（終盤の戒光寺攻防戦）

「京合戦事」は例①〜⑨とは別に検討されているが、ここでは便宜的に例⑩とする。これらの箇所、小秋元論文の

指摘する永和本、徴古館本の特徴は、細部の異同はあるものの前記の永和本系、徴古館本系の各本にそのままあてはまる。(2)

両系の相違は、これらまとまった分量の記事の有無・異同のみならず、細部の詞章にも全巻にわたって確認できる。たとえば、山名謀反の発端部分、徴古館本は「親父左京大夫時氏大忿て頓て謀叛をおこし」、永和本は「親父モ大ニ忿テ軈宮方ノ御旗ヲアケ」と記す。徴古館本系にはすべて「左京大夫時氏」があり、永和本系にはない。この有無を一箇所と数え、徴古館本系に共通する「謀叛をおこし」と永和本の「宮方ノ御旗ヲアケ」という対応する表現を一箇所と数える。武田本は「宮方ノ旗ヲ挙ケ」とし、書陵部本は「吉野殿ノ御旗ヲ申下シテ」とやや異なる形であるが、「旗」を中心とした表現であり、永和本系として括ることができる。両系統がそろって他方と異なる表記をとる箇所を、巻三二全巻にわたってこうした基準で集計すると四八七箇所になる。異同箇所は字句単位の相違から文章単位に及ぶものまで長短まちまちであり、どこで一項目として区切るかは恣意的であることをまぬかれないから、具体的な数値としては意味を持たないが、細部においても対照的な本文であることは疑いのないところである。

ただし、各系の本文が足並みを乱し、他系統の表記と共通する箇所も僅かではあるが存在する。徴古館本系のそれは今回は除外し、永和本系のなかの或本のみが、徴古館本系の表記と共通する事例をみておく。これにより永和本系各本の個性の一端がうかがい知れる。紙数を要するので、事例の表記は徴古館本と永和本に代表させ、（　）内に和泉書院刊『神宮徴古館本太平記』の頁・行数（空行は数えない）を示す。たとえば、永和本の表記が徴古館本系と一致し、宝徳本・書陵部本・武田本とは異なる場合「永＝徴系／宝・書・武」と表示し、【　】内に事例数を示す。事例数に続く「彼亭（九四六9）」は、徴古館本系の表記（九四六頁9行目）。斜線の後の「彼ノ**宿所**」は永和本系の表記（この箇所以外は永和本そのものの表記）である。

i 永＝徴系／宝・書・武【1】彼**亭**（九四六9）／彼ノ**宿所**（宝・武による。書：彼入道ノ宿所）

ii宝＝徴系／永・書・武【10】(1)承胤（九四三8）／恒胤　(2)五百余騎（九四八10）／五百騎計（永・破損箇所。［　］キ計）(3)猶予《ためらふ》へき（九五一4）／猶予スヘキ　(4)懸落されて（九五一7。宝：懸落サレケレハ）／皆懸ヲトサレケレハ　(5)曲浦の浪（九五三7）／曲浦ノ煙　(6)王位（九五七1）／王威　(7)抑此君（九六二8）／此君　(8)熊手の如なるを（九六五1）／爪鉤リタルヲ　(9)真木・佐和・秋山（九六七4）／真木・秋山・佐和　(10)兵を下知して（九七〇14）／下知して

iii書＝徴系／永・宝・武【5】(1)美濃国垂井宿（九五三9）／垂井ノ宿　(2)警固たてまつりける（九五三10）／警固シ奉ル　(3)心憂さ（九五五13）／心ウサヨ　(4)唯一人（九七〇11）／只一騎　(5)佐々木佐渡判官入道（九七一6）／佐々木ノ判官入道

iv武＝徴系／永・宝・書【21】(1)二品親王の御翔（九四三8）／前ノ門主ノ御振舞　(2)行業不退にして（九四三9）／（ナシ）(3)但三種神器（九四四10）／三種ノ神器　(4)卅余箇所（九四五16）／三百廿余箇所（宝：三百余箇所）(5)浄住寺（九四六1）／葉室ノ寺　(6)廿余箇所（九四六3）／三十余ヶ所　(7)食する時（九四六12）／飯ヲ食スル時　(8)家貧といふとも我苟も（九四六13）／才乏ト云トモ我　(9)奉行頭人をも（九四六15。武：奉行頭人ニモ）／諂マシキ人ニモ　(10)人界に（九五六4）／人界ノ　(11)百年か間の得分（九五八5。武：……徳分）／六十年カ間　(12)丹波国にて定て火をちらす程の合戦（九六二2）／丹波国ニテ火ヲ散ス程ノ合戦定テ　(13)朝敵惣大将（九六三2。武：朝ノ惣大将）／朝敵ノ大将　(14)其陰（九六四10）／此陰　(15)唐櫃（九六五10）／櫃　(16)五寸（九六五14）／三寸　(17)遂に（九六五15）／遂ニハ　(18)小国播磨守（九七〇4）／小国ノ幡磨房（ママ）(19)御覧して後（九七一7）／御覧セラレ候テ後（宝・書：御覧セラレテ後）(20)右衛門佐（九七二14）／山名ノ右衛門佐　(21)那須異議をも（九七九10。武・玄・松・南：一義ヲモ、西：一儀ニ）／那須カツテ一儀ヲモ（宝：曾テ一儀モ、書：曾テ一議ヲモ）

軽微な異同が多いが、枠で囲ったものは無視しがたい。武田本については、以下の箇所も注目される。赤松氏範が

長山遠江守を取り逃がし、残念がる場面、永和本に「鉞ハ赤松カ左脇ニソ留ケル。（＊）氏範大ニ牙ヲ嚼テ……」と仮に（＊）印を付した箇所に、徴古館本系は「長山今までは我にまさる大力有しと思けるか、赤松に勢力を被砕て不叶とや思けん、馬をはやめて落延ぬ」（九五〇5）と長山側の描写を差し挟む。武田本は「鉞ノ方ハ赤松カ左ノ脇ニソ留リケル。角テ長山ハ遥ニ懸テ行ク。氏範大ニ牙ヲ嚼テ……」とあり、傍線部は徴古館本系と関わりがありそうである。ただし、徴古館本系から武田本へという方向性とは即断できない。

いずれにせよ、武田本の二一箇所にしても、前述の四八七箇所の前ではほんの僅かな比率を占めるにすぎない。永和本系は、永和本はいうまでもなく、宝・書・武の三本にも徴古館本系の大きな影響は認めがたく、独自の本文を保持する。

二、小秋元論文の検証

以下、小秋元論文を検討する。前引の「永和本の主要改訂箇所」例①〜⑩は、徴古館本系先行説に立った場合、どのような「改訂」と見なせるかという論述であり、逆の立場に立てば別の解釈が可能である。永和本と徴古館本との先後関係の論証は例1〜5の五箇所のみである。例1・3は永和本固有の問題、例2・4・5は永和本系全体に関わる問題であり、この順に論じる。

例1

「武蔵将監被討事」において、師直遺児を取り立てた中心人物の呼称が四箇所に記されている。徴古館本は「阿保肥前守忠実・荻野尾張守朝忠等」「阿保・荻野か兵共」「阿保と荻野と」「阿保と荻野は」の四箇所であり、書陵部本・武田本が阿保の名を「直実」とする他は、永和本を除く諸本に共通する。(3) ところが、永和本のみ最初に「縣下総守・

高橋ノ刑部左衛門尉等」としながら、後の三箇所は「阿保・荻野」「阿保ト荻野」「阿保ト荻野」とする。小秋元氏は、永和本は冒頭のみ「縣」「高橋」と改訂しながら、後の箇所を「改訂し忘れたため」混乱しており、「永和本の本文が神宮徴古館本のごときより後出で、しかも聊か目配せ(ママ)に欠く改編を行っていること」が窺える、という。

縣・高橋も師直配下であったことは確かであり（『小学館新編全集④三二頁』頭注四）、しかるべき資料をもって改編を企てたならば、一箇所のみを改めて作業を終えるのは不自然ではなかろうか。しかも、この四箇所は永和本の見開き右頁6行目、12行目、左頁3行目、8行目、とごく近接しているのである。

例3

「直冬朝臣京都発向事」にも、永和本には不整合があるという。足利直冬を大将とする南朝軍（主力は山名勢）が京都に迫り、守りが手薄であったため、尊氏は後光厳天皇を奉じて「十二月廿五日ノ暮程」に近江に逃れる。入れ替わって「同十三日」に直冬が入京する。徴古館本は「正月十二日の暮程」「同十三日」と続き「日時に矛盾はない」。小秋元氏は、永和本が尊氏没落の日時を「正月十二日」から「十二月廿五日」へ改訂しながら、「のちにあらわれる日付にまで修正を加えなかった」という。

ここでも今回問題にしている諸本のうち、「矛盾」を犯しているのは永和本のみである。小秋元氏は、永和本の意図を「史実を重視し、史実に適う方向で日付を改めた」とみなしているが、そのような意図をもった「改作者」が写本同頁四行後の「同十三日」を放置するであろうか。永和本の形はすぐ目につく、明らかな不整合である。他本が「正月十二日」「同十三日」と不整合を糊塗した可能性も十分に考えられる。

本文の変化において矛盾のない形が先行するとは限らない、というだけでは水掛け論になろうが、ここで何よりも重要なことは、例1・例3の「矛盾」が永和本のみに見られるということである。

宝徳本・書陵部本・武田本（そして神田本の参照した永和本系の本文も）いずれも、徴古館本系と同じく「矛盾」を犯していないのであり、この二箇所のみ、それらの本文が徴古館本系の本文を参照したとは考えられない。永和本と徴古館本との間に見られる差異は、永和本系の中で徴古館本系とは関わりなく発生したとみなす方が説明が容易である。例1・例3をどのように考えるべきかは、次節であらためて検討する。

例2

例1に続く章段「北国下向之時秀綱打死事」の冒頭「義詮朝臣ハ、兼テ佐々木近江守秀綱ヲ警固ニ置ツレハ東坂本ノ事心安カルヘシ」という一節は、後光厳天皇がこのとき東坂本に滞在していることを前提とする。永和本にはこれ以前に東坂本遷幸記事がないが、徴古館本は先だって以下のように明示している。

京都は此時余に無勢なりければ、闘勝ことを難得とや被思けん、主上をば先山門の東坂本え行幸成まひらせて、宰相中将義詮朝臣は仁木・細川・土岐・佐々木三千余騎を一所にあつめ、鹿谷を後にあて、敵を今やと相待る。（例①記事）

永和本は、この例①記事を改める際、遷幸に関する叙述を失ったのであり、「後文への配慮を欠く」改訂であった、と小秋元氏は評する。

しかし、「警固」が後光厳天皇に対するものであることを読みとることはさほど困難ではない。また、例①記事の「改訂」については別の角度からの検討が必要である。

此時、将軍未上洛シ給ハデ鎌倉ニオハセシカバ、京都アマリニ無勢ニテ、大敵ニ戦ベキ様モ無リケリ。「中々ナル軍シテ、敵ニ気ヲ付テハ叶マジ」トテ、土岐・佐々木ノ物共、頻「江州ヱ引退テ、勢多ニテ敵ヲ相待」ト申ケルヲ、宰相中将義詮朝臣、「敵大勢ナレバトテ、一軍セデハイカヾ聞逃ヲバスベキ」トテ、細川相摸守・土岐・佐々木三千余キヲ一所ニ集メ、鹿谷ヲ後ニアテ、敵ヲ渭川ノ西ニ相待タリ。此陣ノ様、（中略）未ダ戦ハザルサキニ、敵ニ心ヲゾ計ラレケル。（永和本の例①記事）

この文和二年六月の足利義詮の行動と対をなす記述が「直冬朝臣京都発向事」に存在する（例3に関わる箇所）。時は文和三年一二月（永和本以外は同四年正月）。

将軍、纔ナル小勢ニテ京中ノ合戦ハ中々アシカリヌト思慮旁深カリケレバ、直冬已ニ大江山ヲ超ルト聞エケル十二月廿五日ノ暮程ニ、将軍、主上ヲ取奉セテ、江州ヱ落給フ。

二度ともに山名等の進撃に対する無勢の足利方の対応が問題となっている。初度は義詮が虚勢を張ったものの結果的に敗退したのに対し、二度目は尊氏が思慮深く、闘いを避けて近江に避難した。闘いを避けたかどうかのみならず、後光厳天皇の扱いも異なる。『園太暦』文和二年六月条によれば、二日に関白二条良基の押小路亭への行幸が停止となり、六日早朝（寅刻）に実行された。さらに山門への行幸が計られたが延引し、夜（秉燭之間）になって漸く山門に行幸なった。永和本例①記事は、行幸が二の次となった感のある経緯を背景に持つと考えることが可能である。また、小秋元氏は例①記事の検討において、土岐・佐々木が近江へ退くことを進言したことを含め、永和本は「彼らに対して批判的な姿勢を持っている」とみるが、結果的には正しい判断であったのであり、佐々木記事を嫌う（後述）徴古館本が削除して、義詮の主上への対応を含め、記事を改訂したと考えることもできよう。

さらに今問題の例3に続く詞章にも検討すべき点がある。

永和本系：義詮朝臣ハ（中略）国々ノ勢ヲモ催サント議セラレケルガ、【　】吉野殿ヨリ大慈院ノ法印ヲ大将ノ為ニ山門ヱ呼寄タリト沙汰シケル間、「坂本ヲ皇居ニナサン事悪カルベシ」トテ同六月十三日、義詮朝臣龍駕ヲ守護シ奉テ東江ヱ落給フ。

徴古館本系：義詮朝臣は、（中略）国々の勢をも催むと被議けるか、【武蔵将監被討ぬと聞て】、吉野より大慈院法印を山門え呼寄たりと沙汰ければ、坂本を皇居に成れむ事悪かりぬべしとて、同六月十三日、義詮朝臣龍駕を守護たてまつりて、東坂本を落たまふ。

徴古館本とほぼ同文の天正本を［小学館新編全集④三四頁］は、「高武蔵将監が宮方に討たれたと聞き、また、吉野から武家方攻撃のために大慈院法印を比叡山に呼び寄せたという情報があったから」と訳出しているが、傍線部のように補わないと原文のままでは解釈が困難である。永和本系には無い、直前の記事と関連づけようとする記述がかえって不自然な文脈を生み出している。

例4

「神南軍事」の一節、足利義詮らが布陣する神南山に山名勢が攻め上る。

山名右衛門佐ヲ先トシテ出雲伯耆ノ勢二千余騎、西ノ尾崎エ只一息ニカケ上テ、一度ニ時ヲドット作ル。分内セバキ両方ノ峯ニ、馬人身ヲ側(ソバ)ムル程ニ打寄タレバ、互ニ射チカウルコミ矢ノハヅヽル(ママ)一モ無リケリ。

小秋元氏は、永和本の場合「両方ノ峯」がどことどこをさすのかわからないが、徴古館本によれば、これ以前に記述のある「一陣の西の尾崎」とその「一陣に対して少し隔たる尾崎」とをさしていることが明かである、という。

山名右衛門佐を先として伊田・波多野・石原・足立・河村等二千余騎、一陣に対して少隔たる尾崎え、同時に馬を懸上て一度に鬨をとゝ作る。分内狭き両方の峯に馬人身をそはむる程打寄たれは、互に射違る籠矢外るは一も無けれは、敵も寄(みかた)も諸共に疵をかふる者数をしらす。

しかし、ではもう一つの「尾崎」に布陣していたのはいかなる軍勢であろうか。「一陣」を固めていたのは、赤松一族および佐々木道誉配下であるが、「少し隔たる尾崎」での合戦に登場するのも播磨勢と佐々木黄旗一揆である。赤松・佐々木は手勢をそれぞれ分けて「両方の峯」を守備していたのだろうか。もう一つの「尾崎」の実態が不明であるから、以下の叙述も結局は同じ場所を描いたものと変わらない。

徴古館本の「整合性」とは、一皮むけばこの程度のものである。永和本により「両方」を「西方」の誤記とみなし[4]、山名勢が攻め上ったのは「西ノ尾崎」に他ならない、と考えればすむことなのである。

さらに今井00で触れたことであるが、徴古館本がこの後、どのように合戦を描いているのか見てみよう。播磨国住人後藤基明が強弓を駆使して山名勢をたじろがせ、是を利にして佐々木黄旗一揆の「武者三人」が山名勢に斬り込む。

「日本一ノ大剛ノ物、①江見勘解由左衛門、々々、〳〵、マ前カケテ打死仕ゾ。死残タル人アラバ語テ子孫ニ名ヲ伝ヨ」ト声々ニ名乗リ呼(ヨバワ)テ、②斬死ニコソ死ニケレ。③《栗原彦五郎・海名新左衛門・一宮張(ママ)正左衛門有種、打死シタル死骸ノ上ヲツトオドリ越テ、鋒ヲ合テ、火ヲ散シケル間、山名ガ前ガケノ兵ドモ、チトシドロニ成ト見エケルヲ、》右衛門佐大音声ヲ揚テ、「前陣戦ヒ疲テ見ルゾ。後陣入カエテアノ敵ウテ」ト下知スレバ、伊田・波多野、早雄ノ若武者ドモ、七八十人馬ヨリ飛下〳〵、抜ツレテ渡リアフ。④後ニハ「数万ノ御方ツヾクゾ引ナ」ト力(チカラ)ヲ合テオメキサケブ。前ニハ八十余人ノ物共颯ト入乱テ切アフ。太刀ノ鐔音、鎧突、コダマニ響キ百足応(ヤマビコタヘ)テ、暫モ休(ヤム)時無ケレバ、山嶽崩テ川谷ヲ埋カトゾ聞エケル。⑤此時後藤三郎左衛門以下面(ヲモテ)ニ立程ノ兵五千余騎(ママ)(人)討レニケリ。　（「五千余騎」は宝・書・武「五十余人」。永は「騎」に「人」と傍記）

右を徴古館本は次のように描く。

「近江国住人①江見勘解由左衛門尉某、真先に懸て討死仕ぞ。人にかたりて末代に名を留よ」と称て、②太刀の鋒をすゝめ小躍して懸れば、③《左方より「後藤三郎左衛門尉基明・一宮弾正左衛門尉有種・粟飯原彦五郎某・海老名新左衛門尉某」と、四人高声に称て、（＊）「或は河をわたし、或は切ている合戦こそ先懸は一人にさだまれ、**彼様の広場の戦には**、敵と一番に打違たるをもて先懸とは申候ぞ。寄に一人も死残人あらば証拠にたちて給候へ」と喚て、**寄手数万の大勢の中え**唯四人切ている。》山名右衛門佐大音声をあげて、「寄に人はなき歟。彼討て先軍神にまつれ」と下知ければ、伊田・波多野の速雄の若武者共二十余人、馬より飛下り抜烈て渡合ふ。④後には数万の敵、「寄烈ぞ挽な」と力をあはせて叫喚。前には五十余人の者共さと入乱て躍懸り切合に、太刀の鍔音、山彦にひゞきて暫も止時無ければ、山岳崩て渓谷にむまる歟とこそ聞けれ。

（＊）初出稿では、和泉書院刊『神宮徴古館本太平記』九六八頁に従って、「四人高声に称て、或は河をわたし、或は切ている。」で区切り、「合戦こそ先懸は一人にさたまれ、……」以下を発話とみなしていた。しかし、〔岩波文庫㈤一九五頁〕「川を渡し、城へ切て入る合戦なんどこそ……」（西源院本）のように区切るのが適切であった。したがって、以下の議論において、徴古館本に突如として「河」が現れるのは不審だとしていた点は撤回する。この点は今井00も同様であり、訂正する。

まず①は、両本ともに「武者三人」であるが、徴古館本は江見の名乗りしか記さない。永和本は略記ではあるが、三人の名乗りがあったと読める(5)。

③は大きく内容を異にする。河を渡って敵勢に攻め入ったり、敵の防御施設に切り込んだりする場合は、渡河地点や攻め口が絞られるから、誰が先懸をしたのか明瞭である。しかし、このような広い場所での大軍と大軍の衝突では、敵陣に最初に足を踏み入れたのが誰かはわからない。徴古館本にみられる「彼様の広場の戦には」の意図する文脈はこのようなものであろう。しかし、この戦闘は「分内狭き両方の峯」でくり広げられていたはずである。寄手（山名勢）「数万の大勢」も先には永和本と同じく「二千余騎」と記されていた。

後藤等が山名勢に斬り込み、山名の命により、伊田らが応戦する。④は一見類似の表現である。しかし、永和本は、前線で奮闘する伊田らに背後の山名勢が「数万ノ御方」が続くぞ、と大仰な励ましの言葉をかけただけであるが、徴古館本の表現では実際に「数万の敵」が存在することになる。③の「広場の戦」という不可思議な表現も、永和本の「数万ノ御方」の意図的な実体化、あるいは誤解が生み出したものであろう。

なぜこのようなことになったのか。鍵は②の相違にある。永和本の場合、この戦闘の「先懸」は最初に斬死した佐々木勢の江見ら三人である。ところが徴古館本では、江見らは勇んで敵に向かったとあるが、その後の顚末は不明で記述は宙に浮く。「敵と一番に打違」える「先懸」の栄誉は、後藤等赤松勢と目される(6)四人が横取りしている。徴古館本の不審点は、赤松勢活躍の場面を新たに割り込ませたことにより生じたと考えられる。

鈴木登美恵72は「永和本では佐々木氏関係の記述が、玄玖本では赤松氏・山名氏関係の記述が増加してゐる」とみているが、二つの傾向は別個のものではなく、徴古館本系（玄玖本）が佐々木氏関係の記述をゆがめ（最たる場合は削除）、同時に赤松氏関係記述を増加しているというべきではなかろうか。(7)

例5

小秋元氏は、永和本には「後藤三郎左衛門基明」の討死が二度にわたって記されていると指摘する。例4永和本の引用文傍線部⑤で討死を語った後、永和本は「二陣ノ南ノ尾」も山名勢に敗れ、「両陣已ニ破シ後ハ、兵ミナ散紛テ、惣大将ノ勢ト一所ニナラント崩レ落テ引ケル間、（中略）延得ス返ス兵、アヘテ討レズト云事無シ」と戦況を振りかえる。それに続いて「中ニモ後藤三郎左衛門基明・同五郎・（中略）、踏止々々、処々ニテ討レニケリ」と再び後藤の死を語る。たしかに重複してはいるが、後者は一・二陣の敗戦を概括する中で主だった者の討死を記したものであり、矛盾しているとはいえない。

付、戒光寺攻防戦

さて、先後関係の例証記事ではないが、小秋元論文が「永和本の主要改訂箇所」の一つとして大きく取り上げている戒光寺攻防戦（「京軍事」。例⑩）にも簡単に言及しておく。

『源威集』と比較し、永和本が七条の合戦と戒光寺攻めとを融合している、との小秋元氏の指摘は妥当である。しかし、「七条大宮に進んだ部隊が戒光寺を攻めるという設定自体、地理的に考えて無理がある」とは必ずしもいえない(8)し、『太平記』が『源威集』と比べ、記事集約を行っていることは、『源威集』「文和東寺合戦ノ事」冒頭相当部分などにも例がある。

氏は「永和本の改編意図」を次のように述べる。徴古館本の本文が幕府軍の最終的勝利の「大きな転機となった戒光寺合戦を記していないことに、大きな不備を認めた」永和本が、その欠落を埋めるべく、手許の資料をもとに三月一二日合戦の再構成を行った、というのである。たしかに、『源威集』は戒光寺攻防を京合戦そのものの終息として、後光厳還幸など泰平の到来を描く。しかし、永和本の直冬軍はなお東寺に立て籠もり、一日置いた一三日夜になって没落している。永和本も徴古館本も、この後、不義の直冬を大将にしている事こそ宮方敗北の真因と確認する。この記述は朴翁が敗北を予見した巻前半の記事と照応し、合戦そのものは牛角であったのに、という構想には変わりないのである。

また、ここにいたる京合戦の経過を振りかえると次のようになる。宮方優勢を○で、足利方優勢を●で表示する。

(1)二月一五日の合戦は、「敵御方相引ニ京（宮方）、白河（足利方）エゾ帰ニケル」と括られている。「京」は宮方の、「白河」は足利方の陣であり、結果は「相引」である。

(2)「同日ノ晩景」に、仁木・土岐らが押し寄せ、宮方の桃井・赤松氏範が応戦。桃井の退却につけ込まれ、東寺が攻め落とされそうになる（●）。赤松奮戦し、土岐は七条河原に引き退く（○）。

(3)三月一二日、七条通の合戦は、当初、足利方が押され気味で、尊氏の投入した那須一族も敗死する（○）。【佐々木らが奮戦し、宮方の戒光寺を攻め落とす。宮方は東寺に閉じこもる（●）。】

【　】で括ったのが、問題の戒光寺攻防戦であるが、この記事があった方が、それぞれの合戦ごとに攻守一進一退であったという状況がより明確になる。

この戒光寺合戦で活躍するのが佐々木六角判官入道崇永およびその配下の旗差である。鈴木72はこの記事の有無をとらえ「永和本が玄玖本に比して佐々木氏関係の記事を詳述しようとする傾向が窺はれる」と判断したのであるが、徴古館本系（玄玖本・他）が佐々木記事を削除したとみるべきであろう。

戒光寺合戦に先立つ部分に次のようにある。

三月十二日ニ、仁木・細川・土岐・佐々木・佐竹・武田・小笠原、相集テ七千余キ、西洞院ヱ押寄セ、

徴古館本は傍線部を欠く。戒光寺合戦が永和本の増補ならば、戒光寺合戦に先立つ部分に「佐々木」の名を付加するのは、「目配せに欠く」永和本らしからぬ周到な用意と評されようか。永和本に佐々木押し出しの意図が認められないことは、小秋元論文が指摘するところである。永和本は実際の佐々木の活動をふまえて記事としたまでである。

三、永和本の位相

さて、小秋元氏のあげる例1・例3は、永和本系内部の問題として検討すべきであると述べた。それでは、永和本が改悪したのか、他の宝徳本・書陵部本・武田本等が齟齬を修復したのか。この点を考えるために、永和本系の異同の様相を検討する。

書陵部本「東寺合戦事」、那須五郎老母の書状に「是ハ元暦ノ古、曩祖那須ノ与一資高カ八嶋ノ合戦ノ時、扇ヲ射テ名ヲ揚タリシ時ノ母衣也」との一節がある。宝徳本も校異書込対象の版本に「……那須与一資高ハ、八嶋ノ合戦ノ時……」とある「ハ」を「カ」と朱書訂正するのみであり、書陵部本とほぼ同じと推定される。永和本は傍線部を「壇ノ浦ノ合戦ニ」とし、武田本の他、神田本や徴古館本系の多くもこれに同じである。南都本は「壇浦矢島西国ノ合戦ニ」と折衷的な形をとる。壇浦合戦の時という誤った形が『太平記』の原型であり、宝徳本・書陵部本はそれを正したものと考えられる。

武田本「師子国事」（ママ）に「后カ、ルヲソロシキ獣ノ中ニ……」とあるが、他の永和本系および神田本・徴古館本系は「アラキ」または「荒キ」とする。

同じく武田本「神南軍事」に「相順兵共、誰カハ少モ劣ヘキ、我先ニ敵ニ逢ントト……」とあるが、他の永和本系お

よび神田本・徴古館本系は「擬議スヘキ」「擬宜へき」など表記は異なるがいずれも「ギギスベキ」とする。武田本はわかりやすい表現を心がけているとみなせる。

以上は事例の一部である。第一節では、永和本は他の永和本系に比べて、徴古館本系との一致度が低く、永和本系固有の表記を保持していることをみた。現存最古の写本であり、いうまでもないことながら、永和本は表記の崩れを伴う末流本文では決してないことを強調しておきたい。

その上で、永和本固有の表記の特徴を探る。

〈1〉小秋元論文にいう例③中の美濃勢の人名「和田ノ小三郎・春日ノ右京ノ亮・響庭ノ少納言・浅野弥五郎」や「此外」として挙がる「波多野上野介」は永和本のみにあり、徴古館本系はむろんのこと、他の永和本系や神田本にも存在しない。

〈2〉「武蔵将監被討事」（小秋元論文例1）の武蔵将監自害に続く記事に「是ヲ見テ、カナメノ七郎・沼田ノ小太郎、只二騎返合テ戦ケルカ、（中略）同腹掻切テ、武蔵ノ将監カ死骸ヲ枕ニシテソ臥タリケル」とある。他の本文には「カナメノ七郎」は登場せず、「只一騎」と記す。これが増補であるならば、師直遺児に殉じた、素性の知れない「カナメノ七郎」を特記する意図は理解しがたい。

〈3〉「北国下向之時秀綱打死事」において、後光厳天皇に従い、東坂本から美濃に向かう廷臣を、永和本は「行幸ノ供奉ニハ二条ノ関白・近江ノ右大臣・三条ノ大納言実継・……」と列挙する。傍線部は近衛右大臣（道嗣）の誤記または宛字と考えられるが、永和本のみの記載。実は、二条関白も道嗣も同道せず（『園太暦』文和二6 14条）、七月二七日に美濃行宮に参上（『同』 8 5）。行幸供奉の面々は、九月の還幸時の記録を転用したと思われ（「敏満寺文和臨幸記」『大日本史料』六編18冊三四四頁。なお、『太平記』に還幸記事は無い）、永和本の一致度が最も高い（永和本にない忠季・実信・兼房〈兼定〉は上記臨幸記に確認できない）。

＊補記：この記事については、第十章「廷臣列挙記事の特性」でも言及する。

〈4〉「山名右衛門佐還国事」において、山名は美濃に退去した義詮勢を攻撃しようとするが思うに任せず、京都から没落することになる。その事情をあかす一節に「剰洛中ニハ、吉野殿ヨリ四条中納言隆俊ヲ成敗ノ体ニテ置タリケル間、毎事山名ガ計ニモアラズ」とある。神田本も含め、他本いずれも「四条少将」とするが、誰のことか不明である。山名が義詮に反旗を翻した当初（山名右衛門佐為敵事）、呼応したのは「南方ヨリ四条ノ中納言隆俊」らであった。その箇所の人名を宝徳本・書陵部本「四条大納言隆俊」とする他は、武田本や徴古館本系も「四条中納言」とあり、永和本が首尾呼応する。

〈5〉「神南軍事」の末尾近く、淀まで撤退した後、山名右衛門佐が討ち死にした配下の者共を弔った記事に「中ニモ川村弾正忠ハ我命ニ替テ討ツル物ナレバトテ、懸タル首ヲ敵ニ乞受、……」とある。傍線部右傍に「隼人歟」と異筆書込があるように、永和本（この部分半葉14行。「弾正忠」はその11行目）同頁5行目には「馳入テ川村隼人カ死骸ノ上ニテ打死セン」とあり、食い違う。さらに同頁2行目に「川村徒立ニ成テ」、前頁14行目には「川村ノ弾正、馳寄テ（山名を）己カ馬ニ掻ノセ」と登場する。永和本以外は「河村」「川村」の異同はあるが、「弾正」で一貫している。これも一箇所のみ「隼人」と後に改めた、とは考えがたい。

これら永和本固有の記述には、小秋元論文例1・例3や〈5〉など単純な不整合の一方で、〈4〉のように他本に勝る整合性があり、〈3〉のように他本ではわからない廷臣列挙の根拠が判明する事例もある。〈1〉〈2〉も拠り所があろう。くりかえすが事は末流本文のあれこれではない。これら単純な錯誤と内容的優良性との混在は、未整備な段階の本文ゆえの現象とみなす他ない。(9) 前者の、目につく不審点は早い段階で補正され（他の永和本系の形）、整序された本文をもとに別の動機に基づき改変の手が加わった、それが徴古館本系の形と考えられる。

おわりに

永和本を最初に紹介した高乗勲55は「本書がかなり草稿的な性質をもっている」とみなしたが、この指摘に立ち返って永和本を評価し直すべきである。小秋元氏がいうように、本書は「筆者の関心に従って様々な文献が抜き書きされた、雑抄と呼ぶべき書物」である。小論は、永和本が『太平記』全体を書写するつもりはなく、意図的に巻三二を選んだと考えているが[10]、そうした資料的採録が、奇跡的に『太平記』成立のごく初期の姿態を今に伝えているのではなかろうか。永和本は希有の資料である。あらためて多角的な検討が必要であろう。

注

（1）神田本巻三二は二種類の本文が書き込まれており、そのうち一種類は「永和本の本文と同一である」（久曾神・長谷川72）と指摘されている。ただし、本文の実態は複雑であり、参照している本文も永和本そのものではない。たとえば、茨宮即位に続く「天下回禄」記事の「六僧坊清水寺革堂」は、今回対象とする本文の中、宝徳本「……皮堂」に最も近い。神田本についていては個別に注記が必要となるので、言及は一部にとどめる。

（2）例⑨については、武田本は尾題「太平記第三十三」の後の余白に、三首の落首を含む記事を補っている。しかし、本文とは異筆であり、本文中に組み入れていないことに注意すべきであろう。武田本は徴古館本系を参照し、異同を行間に細字で補記しているが、これと同様の行為であろう。

（3）『小学館新編全集③四〇四頁』頭注一九に「諸本、名を忠実とするが、直実がよい」とある。

（4）「両」は字体によって「西」と似通っている。斯道文庫古典叢刊『中世聖徳太子伝集成4』一〇二頁下段2行目（四天王寺本第八7ウ）「両臣」など。

（5）宝徳本および西源院本は、「箕浦四郎左衛門、馬淵新左衛門」と残り二名の名を明記している。西源院本の性格をめぐり別に検討する必要がある。

（6）一宮、粟飯原と播磨との関係は未勘であるが、海老名は「新左衛門尉知定」（『兵庫県史 史料編中世3』一一九頁。堀川康史13）。後藤、海老名が四人の首尾に位置し、赤松勢主軸の功名譚に仕立てられている。

（7）永和本は「西ノ尾崎ヲハ赤松律師則祐カ一族トモ、佐々木佐渡判官入道々誉カ若党共ト、千余騎ニテ堅タリ」と描くが、徴古館本は次のように記す。

一陣の西の尾崎をは、赤松帥律師則祐・子息孫二郎師範・五郎直頼・彦五郎範実・肥前権守朝範、佐々木佐渡判官入道か手者・黄旗一揆、彼此都合二千余騎にて固たり。

永和本に比して、著しく赤松側に偏っているばかりか、この記述では則祐以下の面々が西の尾崎を守っていたことになる。しかし、則祐は道誉とともに、一陣、二陣が破られた際、本陣の義詮を激励し活躍したことが後に語られる。永和本の記述では、則祐、道誉本人が「西ノ尾崎」にいたとは限らず、現に「北ニ当タル嶺」の説明で、道誉・則祐らの老臣が義詮に近侍していたことを明示している。

（8）仁木宏07は、〈内裏・将軍邸、公家邸、武家邸、寺院、祇園会の山鉾など、町屋〉の所在地を地図上にドットして、文明一一年（一四七九）正月以前の「室町時代においては、今出川通から六条通までの間に市街地（公武邸・寺院もふくむ）が広がっていたこと」を明らかにし、花田卓司09は、京都合戦に関する軍事関係文書・古記録・軍記物語から抽出した地名情報から、合戦の空白地帯である「鴨川・大宮大路・七条大路・糺の森の北から紫野、という四辺に囲まれた領域が南北朝期における京都市街地の輪郭を示す」と指摘している。八条の戒光寺、九条の東寺に至る一帯は市街密集地域ではなく、軍勢の移動は必ずしも困難ではなかろう。

（9）永和本には誤脱箇所もあるから、書写態度も問題にする必要があるが、〈3〉の誤記を除き今回問題にした事例は、基本的には親本の姿を反映していると考えている。

（10）次章で論じるように、末尾のウソの寓話は『太平記』の一部とは考えない。

引用文献

高乗　勲55「永和書写太平記（零本）について」（国語国文24―9、一九五五・九）
鈴木登美恵66「太平記諸本の先後関係――永和相当部分（巻三十二）の考察――」（文学・語学40、一九六六・六）
鈴木登美恵72「古態の太平記の性格――本文改訂の面からの考察――」（軍記と語り物9、一九七二・三）
久曾神昇・長谷川端72「神田本太平記解題」『神田本太平記　下巻』（汲古書院、一九七二・一〇）
長坂成行85「宝徳本『太平記』復元考――河村秀頴校合本による――」（奈良大学紀要14、一九八五・一二）
長坂成行86「宝徳本『太平記』巻三十三本文割記」（奈良大学紀要15、一九八六・一二）
長坂成行08『伝存太平記写本総覧』（和泉書院、二〇〇八）
長坂成行11『校訂　京大本　太平記』（勉誠出版、二〇一一）解説巻三十三。
今井正之助00「騎馬武者が馬より下りる時」（本書第三部第六章。初出二〇〇〇・三）
小秋元段05「『太平記』成立期の本文改訂と永和本」『太平記・梅松論の研究』（汲古書院、二〇〇五）所収新稿。
仁木　宏07「中世後期京都の都市空間復原の試み」『平安京―京都　都市図と都市構造』（京都大学学術出版会、二〇〇七）第8章。
花田卓司09「軍事関係文書からみた京都――南北朝期の京都合戦――」（アート・リサーチ9、二〇〇九・三）
堀川康史13「南北朝期播磨における守護・国人と悪党事件」（史学雑誌122―7、二〇一三・七）

第七章　永和本『太平記』と「ウソの寓話」

はじめに

前章で、永和本は、「『太平記』全体を書写するつもりはなく、意図的に巻三二を選んだ」こと、「末尾のウソの寓話は、『太平記』の一部とは考えない」ことに言及した。本章はその詳述であるが、ウソの寓話の検討およびそこから浮かんでくる永和本『太平記』の問題点を考察する。

永和本は「筆者の関心に従って様々な文献が抜き書きされた、雑抄と呼ぶべき書物」（小秋元段05）であり、以下、書冊全体を便宜的に《雑抄》と称し、その中の『太平記』部分のみをさす場合は「永和本『太平記』」と呼び分ける。また、『太平記』の巻、章段名、本文に言及する場合、巻三二以外は神宮徴古館本による。

一、《雑抄》の諸要素と「ウグイスとウソとの寓話」

長谷川端02・同03を参照して、《雑抄》の「雑抄」たる様態を示す。

(イ)もと表部分

(1)『太平記』巻三二相当部分　三〇丁

(2)「ウグイスとウソとの寓話」三丁

(ロ)もと裏白部分

(1)「酢日記」（酢の作り方）　半丁（五行）

(2)『穐（秋）夜長物語』　二〇丁と半分

(3)詩文・経文　三丁

(4)「蹴鞠口伝條々事」　三丁

(5)和歌九首　半丁

(6)御子左家系図など　半丁

(ハ)その他

(1)表紙

(2)裏表紙

長谷川03は、「(ロ)(6)御子左家系図など」について次のように述べている。

書写者がどういう人物かを考える意味では、和歌に続く俊忠から為明までの御子左家の系図と、その左方にある「此等皆御堂関白道長御末云々」という文章が役に立つかと思われます。これは『撰集抄』や『沙石集』に出てくる勝算禅師の名が出てきますので、ひとつ手がかりになるでしょう。

長谷川02の示す、この部分の翻字資料を左に掲出する。国文学研究資料館蔵の原本を閲覧し、一部私見（〔　〕内）によって改めたが、なお判読できない箇所が多い。識者の示教を請う。

俊忠―俊成―定家―為家―為氏―為世―為道（早世）
　　　　　　　　　　　　　　　　　└為藤
　　　　　　　　　　　　　　　　　└為明

此等皆御堂関白道長御末　為世者日吉社［　　］
或時、風紙吹前来〔在〕リ、門主〔風ト云〕字在。　今古今載之。
道長、法成寺作。御見リ〔息女〕上東門院、一条院后也。
御悩在。冬季ナリ。桜〔梅〕ヲ願給ヲ、三井寺修学御僧正
勝算禅師、即屋前雪上桜〔梅〕木加持、即桜〔梅〕カレ□〔ナレリ〕。

無動法師目〔因〕幡注記助立〔円〕
□想卒事［　　］ナシ顛倒□起
心静□〔源〕清レハ、衆生本ヨリ仏也。

御子左家系図については「為世者日吉社［　　］」とあることに注目したい。［　　］内は不明であるが、俊成以来、御子左家が日吉社を篤く信仰したことは佐藤恒雄92に指摘があり、系図は日吉信仰との関わりで掲示されたに違いない。


「或時……古今載之」も為世に関わるかと推測するが、わからない。

「御悩在……梅ナレリ」は、一条院が病の折、梅を所望し、三井寺修学院の勝算禅師が加持したところ、冬季にもかかわらず雪上の梅木に梅の実が生った、という内容であり、『元亨釈書』巻一一感進四之三に近い。

「無動法師因幡注記助円」も不明であるが、無動寺は相応の創建であり、吉川弘文館『国史大事典』によれば、相応は日吉社の造営に尽力した人物という。

『秋夜長物語』は、周知のように比叡山の僧桂海と、三井寺の稚児梅若との悲恋譚である。

さて、「ウグイスとウソとの寓話」（以下「ウソの寓話」と略称）は、次のような内容であった。「今年ノ春」（寓話の末

尾に「永和元年三月嵯峨ノ釈迦堂大念仏中、其門前ニ立札也」とある）、都内外の梅も桜もウソに食い荒らされてしまった。鷺が激しくなじると、ウソは、武家のみが栄え、「神威モカルク、仏法・王法モナキガ如ナル」「花ノ都」を嘆いた神々の仰せに従ったまでである、と答えた。その「神威」が軽んじられる例証として以下の記述がある。

抑又日吉神輿、昔ナラマシカバ両三ケ月ノ中ニモ造替アリナマシ。然ニ年カサナリ月隔リヌレドモ、其アシトテハ諸国ニ被懸テ四海ノ民ノ歎トハ成ヌレドモ、イマダ一社ノ御輿ダモ事ハジメナシ。依之卯月・五月ノ御祭モ久クタエヌレバ、神峙（崎か）ノ波空クシボミ、麓ノ猿ノ悲ミ叫フ。此神ノ祭礼タヘナバ、君モ国モアヤブミ必ズ多カルベシト云事ハ神詑ニモ旧記ニモ事旧タル事ゾカシ。

傍線部の卯月は、陰暦四月の中の申の日に行なわれた山王祭（日吉祭）、五月の御祭は、「中世には毎年五月に執行されていた大衆の祭としての日吉小五月会」（下坂守01三頁）をさす。後者は「本祭の日吉祭よりも大規模に執行されていた」（同）という。両祭は性質を異にするようであるが、「花ノ都」を問題にしていて日吉社関連の祭のみに言及する点注目される。

《雑抄》を構成する諸事項には、未解明の部分が多く残されており、右にたどたどしく拾い集めた延暦寺、日吉社、三井寺という要素も特定の宗教的立場に収斂するのか不明である。しかし、「酢日記」が記されるなど雑抄には違いないが、「本文はすべて同一筆者の手になるもの」（小秋元05）であり、本書が総体として或まとまりを感じさせることもたしかである。《雑抄》の筆録者像を思い描く手がかりをさらに探求していく必要があろう。永和本『太平記』が「『洞院公定日記』にいう『太平記』作者小島法師の円寂（応安七年（一三七四）四月）からごく僅かの間に写された、『太平記』最古の写本」（長坂成行08）であることを考えれば、『太平記』そのものの成立圏にもつながる可能性がある。あるいは《雑抄》と『太平記』とが異なる環境下で成立していたとしても（本章四に述べるようにこちらの可能性が高い）、成立間もない時期の享受の広がりや『洞院公定日記』にいう「近日翫天下」の実情をさぐる上で、貴重な事例であることに変わりないからである。

二、日吉神輿と「ウソの寓話」

永和本『太平記』は、文和四年（一三五五）三月一三日の夜、東寺・淀・鳥羽の陣を撤退した南朝勢が、八幡の神託により、父足利尊氏に背く直冬を大将とすることの非をさとり、国々への帰途についた、という記事で終わる。日吉神輿の造替がなく、日吉祭が行われないという事態は、それから一四年後の応安二年（一三六九）に始まり、康暦元年（一三七九）まで続く。ことの発端は延暦寺と五山の対立が産んだいわゆる応安の嗷訴事件（応安元年八月二九日）であり、『太平記』にはその前段階をなす南禅寺と三井寺との対立（巻四〇「三井衆徒訴訟之事」）のみが記されている。「日吉七社の神輿は平安時代以来、強訴時の入洛によって穢れた時は、朝廷があたらしく造り替える習わし」（下坂11五六頁）となっており、「受領への賦課や特定の国役をもって工面していた」（同）が、鎌倉末期には朝廷・幕府に、神輿造替に限らず「日吉社の神事費用に日吉神人を中心とした京都の土倉への課役」（同六八頁）を目論む動きが生じていた。

神輿造替が問題になっていた応安三年（一三七〇）には、時の管領細川頼之が後円融天皇即位・幹仁親王立坊費用の捻出をはかり、神輿造替を見返りとして、土倉への課役を持ちかけ「御譲国料足」の徴収に成功する。その結果、翌四年三月には神輿造替事業が動き始めるがすぐに頓挫し、約束を破られた衆徒は「堂舎閉籠」の挙に出る。幕府は一年後の五年七月、国々の段銭をもって造替費用にあてることで衆徒の怒りを収め、九月に造替奉行が任命されるが造替事業は滞り、六年六月に衆徒は「神の乗御」なき神輿（空輿、古御輿）を延暦寺に振り上げる。幕府は八月に「造替行事所」を構築するが事態は変わらず、ついに応安七年（一三七四）六月、七基の古御輿が入洛する。ここに幕府と衆徒の対立は決定的となり、日吉七社の空輿は、この後、実に五年の長きにわたり祇園社に安置されたままとなる（以上、下坂11七〇〜七三頁による）。

ウソの寓話の末尾には「永和元年三月嵯峨ノ釈迦堂大念仏中、其門前ニ立札也。狂言倚（綺）語之謬ヲ以テ、仁議（義）礼智信之実ヲ知セントノ意歟」とある。この寓話が立札に掲げられたという永和元年（一三七五）は、まさにその応安七年の翌年である。

小秋元05は「これよりあとにこの物語が記されたかもしれないし、この年時に仮構があるかもしれない（この物語自体、仮構されたものであるのかもしれない）」と述べている。

嵯峨の釈迦堂（清凉寺。多くの貴賤が参集し、宗派的にも当事者ではない場所として選定されたか）に実際に立札が掲げられたかどうかは不明であるが、永和元年三月は、応安七年の翌年の、本来ならば日吉祭が行われる四月直前の、実に的確な「設定」と評せる。神輿造替の交渉がかろうじて続いていた応安年間には「花ノ都」への絶望を物語るこの寓話が生じる余地は少なく、永和三年二月には裏面に秋夜長物語が書写されているのであるから、ウソの寓話が成立したのは永和二年の可能性もなくはない。しかし、二年の成立をあえて前年に仮構したとまで考える必要はなかろう。「永和元年三月」という年記はそのまま受け入れるべきと考える。

三、「ウソの寓話」と『太平記』巻三二の関わり

前述のようにウソの寓話は、「花ノミヤコ」に武家のみが栄え、朝家の君も臣もないがしろにされ、日吉の祭礼も途絶え「神威モカルク、仏法・王法モナキガ如ナル世中」になり果てていると嘆く。なお、以下の《雑抄》の引用に際し、句読点・濁点を施した。繰り返し記号「〱」は、「朽テ〱セヌ→朽テ朽セヌ、四海ニヲ〱キマシ〱ハ

↓四海ニヲ、ヰマシマセバ」のように、適宜通常の形式に置き換えた。

清和ノ御流トシテ朽テ朽セヌ金ニタトヘラレタル源氏ノ正嫡ト成テ、三代相継ノ征夷将軍ニテ、瀧山ノ雲四海ニヲ、ヰマシマセバ左右ニアタハズ。(1) 其外ノ四夷ノヨモノヱビストモ国々ヨリ上リ集テ洛中ニ充満テ、武家ノ号ヲ借テ九重ヲ管領シ、君ヲキミトモ仰奉ラズ、臣ヲ臣トモヲモクセズ。僅ニ四町マチニ足ザル古御所ヲ點ジテ皇居トシ、(2) 是ヲ以テ内裏ト号ス。博陸三代ノ御所々々ハ或ハ荊棘ノ地ト成リ、或茅生ノ庭ト成テ御身ヲカクス栖モ無シ。（後略：宮方も吉野山中に苦しむとの記述を挟んで、日吉神輿・祭礼の記事に続く）

傍線部の朝家衰微の記述によく似た表現が、ウソの寓話に先立つ永和本『太平記』「京軍事」に見いだせる。

昨日、神南ノ合戦ニ、山名打負テ本ノ陣へ引返シヌト聞ケレバ、将軍ハ比叡山ヲオリクダリ、三万余騎ノ勢ヲ率シ、東山ニ陣ヲ取、仁木左京大夫頼章ハ、丹波・丹後ノ勢、二千余騎ヲ順へテ、嵐ノ山ニ取アガル。京ヨリ南、淀・鳥羽・赤井・八幡ニ至マデハ、宮方ノ陣ト也〔ナリ〕、東山・西山・山崎・西岡ハ皆将軍方ノ陣トナル。其中ニ有トアル神社・仏閣ハ、促〔役〕所カイ楯ノ為ニ毀タレ、山林・竹木ハ薪・櫓ノ料ニ剪尽サル。「京中ヲハ敵ノ横逢ニ懸時、見透ス様ニナセ」トテ東山ヨリ寄セテ日々夜々ニ焼払フ。白川ヲバ「敵ヲ雨露ニ犯サセテ、人馬ニ気ヲ尽サセヨ」トテ東寺ヨリ寄テ焼払フ。纔ニ残ル作〔竹〕園・椒庭・里内裏・三台・九棘ノ宿所々々モ、皆門戸ヲ閉テ人モナケレバ、野干ノ棲ト成ハテヽ、荊棘扉ヲ掩へリ。

（〔　〕内に誤表記を正した）

ここに描かれているのは、まさに「神威モカルク、仏法・王法モナキガ如ナル世中」のありさまである。ウソの寓話と「京軍事」との一致は偶然ではなかろう。この文和四年の合戦の後、永和元年にいたるまで京都を主舞台とした合戦は起こっていない。康安元年（一三六一）一二月には、南朝に降った細川清氏と南軍とが一時的に京都を占拠するが、義詮は後光厳帝を擁して近江に逃れ、洛中での戦闘は生じていない（神宮徴古館本『太平記』巻三六）。ウソの寓話は、文和四年の合戦による京都の疲弊が永和元年当時の世相を招いた、とみなしているものと思われる。

さて、ウソの寓話は、その前に記されている『太平記』の一部なのか、別個のものなのか、両説ある。

本書を最初に紹介した高乗勲55は、これを「太平記全体の記事に対する寓話として最後に付加した」とみなし、「太平記は巻三十二をもって一応完成の時期があったのではないか」と推定した。その上で「この内容が武家方をかなり強く非難しているので、将軍治下の当時に於てはこれを意識的に削除した」結果、他本には伝わらなかったとの考えを示した。横井清97もほぼ同様の見解に立つ。

これに対し、長坂成行86は「文和四年（一三五五）の記事の後に、何故約二十年間の空白をおいて永和元年（一三七五）の落書が記されるのか、説明に苦しむ」と疑問を投げかけた。

また、長谷川03は、『太平記』本文最終行下に朱花押があること、『太平記』は半葉一四行、寓話は一三行と体裁を異にすることに注意を促し、「高乗先生はじめ皆さん今までは一緒のものと考えていらしたように思われます。私は、ちょっとそのへんは保留しておきたい、むしろ違うだろうというふうな考え方です」（一六七頁）と述べている。小秋元05も「現存諸本中、永和本以外にこの物語を併記する本はなく、また両者の書写態度も異なることから、この物語は本来『太平記』に付随するものではなかったと思われる」（一二五頁）という。

いずれももっともな疑義である。今井13に述べたように、宝徳本・書陵部本・武田本など他の永和本系にこの寓話部分がないことも疑義に与する理由であるが、長谷川03の次の指摘も大きな意味を持つ。

どんな写本でも刊本でも、『太平記』巻第いくつっていうふうに、各巻の巻頭にあるわけですけれども、永和本にはそれがありません。（一五九頁）

『太平記』の写本において目録題と内題のいずれかを欠く例はあるが、尾題もふくめ一切記さないのはきわめて異例である。《雑抄》は『太平記』という作品を書写しようとしたものではない、本書収載の他の記述と同様に一つの「資料」として巻三二のみを書写したものである、とみなすべきであろう(3)。

高乗55は「太平記の巻が多いのに巻三十二にこの物語が書かれているのも最後の巻であったからと考える方が、途中の巻を適宜とりあげて用いたと考えるよりも自然である」とも述べていた。寓話と太平記とを別個のものとする場合、なぜ「途中の巻」である巻三二の末尾に寓話が続けられているのか、説明に窮することが別個説の歯切れを悪くしていた一面があるように思う。しかし、先述のように、本書が意図的に巻三二を資料として選んで書写したと考えれば、「途中の巻」であることも、『太平記』の書写としては異例であることの不審点も解消する。

四、「ウソの寓話」と『太平記』

ここまで主に形式面を中心にして、ウソの寓話と『太平記』とを別個のものとみなすべきことを述べてきた。ただし、京都疲弊の表現面の類似を指摘することは、寓話が『太平記』の一部という説の補強材料にもなりかねない。しかし、寓話と『太平記』とでは、細川頼之（武家政権）に対する異なった姿勢がみてとれる。

貞治六年六月の三井寺と南禅寺との確執に始まり、南禅寺住持定山祖禅の顕密諸宗批判が山門の嗷訴を招き、翌応安元年には赤山明神、日吉客人・八王子・十禅師、応安二年には日吉大宮・二宮・三宮・聖真子と、日吉七社の神輿がすべて入京することとなる。三枝暁子11は、この嗷訴に対する幕府と公家の対応について次のように述べている。

この嗷訴の過程をみたときに注目されるのは、最終的には山門の要求をのんだにせよ、幕府が山門嗷訴に謂れなしとの立場でのぞみ、「諸国之軍勢」により神輿入洛を防御しようとしたことである。こうした対処に、公家側は「此成敗尤可有猶予事歟、山門訴訟宥沙汰、古来之儀、毎度之事歟、今度武家沙汰之趣、不被甘心、可恐々々」（三四一頁）として対照的な態度をみせている。

幕政を取り仕切っていたのは管領細川頼之であるが、下坂守11は「嗷訴終了後、張本人を出頭させない衆徒に怒った頼之は、嗷訴で穢れた神輿の造替を拒絶し続けていた（『日吉神輿御入洛見聞略記』）」（著書七一頁）という。小稿の二に引用したように、その頼之が応安三年に神輿造替を見返りに土倉への課役を持ちかけ、課役は実行されたものの神輿造替は実現することがなかった（下坂11七一・七二頁）。事態は、康暦元年（一三七九）閏四月の政変（康暦の政変。管領細川頼之を追放）により、幕政の実権を握った足利義満が大衆懐柔へと政策を百八十度変更し、同年五月、衆徒に神輿造替事業の再開を通達したことにより動き出し、翌康暦二年六月二五日に造替が成就する（以上、下坂01三九頁、下坂11七五頁）。

以上の経緯をみれば、衆徒の怒りが頼之に向けられたのは当然のことであり、『日吉神輿御入洛見聞略記』（群書類従第二輯。下坂11七五頁に以下の引用部分を含む一節の読み下し文が載る）は、頼之の失脚を「神罰為ル由人口ニ乗ル」と記している。

ウソの寓話は頼之の名を挙げてはいないが、武家が我がもの顔に振る舞い、公家が疲弊している状況を描いた後に、日吉神輿造替無きことを憂いているのであり、批判の矛先が武家に向かっていることは明らかである。

前述のように『太平記』巻四〇には、応安の嗷訴の導火線となった南禅寺と三井寺との確執が記されている。しかし、森田貴之09が指摘するように「応安の嗷訴へと発展するその発端としてではなく、むしろ、それを意図的に回避し、単発的に収束した事件として描かれ、あくまでも義詮の逝去を導く一騒動として位置づけられている」。森田09はまた、細川頼之を元朝の帝師に擬えている『太平記』巻三八「大元軍之事」をとりあげ、「この説話には、応安年間にも叡山で喧伝されていた禅宗亡国論的要素が全く見られないこと」に注意を促す。さらに『太平記』の末尾章段が「幕府の新体制を言祝ぐ姿勢」を見せており、「その成立環境は幕府権力の影響下にあった」として、「『太平記』は、幕府が最終的な監修を主導する形で、五山僧の協力の下で成立したのではないだろうか」と結んでいる。

『太平記』の細川頼之評価について、大坪亮介12は、大尾記事にいう「貞永貞応之旧規」がかつての北条氏の土地政策を指し、頼之が管領就任の翌年、応安元年に発布した「寺社本所領事」はその具体的な裏付けをなすものである、と指摘している。

『太平記』の頼之評価とウソの寓話に見られる武家政権（頼之）批判とは相容れない。

おわりに――永和本『太平記』の書写時期――

太田晶二郎78「例言」の三に次のようにある。

太平記後付の《嵯峨ノ釈迦堂立札》の部分は、太平記の本体と同筆ではあるが、同時引続いての書写ではなく、時を異にした書記のやうに見える筆致である。是のことは、両者の関係を考へる上に重要であり、《立札が永和元年三月のものであるから、「太平記書写は永和元年三月以後」》と高乗氏は考へてをられるけれども、或いは寧ろ、太平記書写は永和元年三月以前（と云つても、さう大して前ではなからうが）とする可能性も無いではないのではなからうか。

小秋元05は、ウソの寓話の「永和元年三月」という記載を前提として『太平記』の書写年代を推し量るのは危険であり、「太田氏の提言に従えば、永和本『太平記』は応安年間以前の書写ということになるのだが、現時点でそこまで断定することは避けておきたい」と慎重な態度をとっている。しかし、「永和元年三月」という年時を仮構されたものとして退ける必要のないことは本章の二に述べた。さらにウソの寓話と太平記巻三二相当部分とが密接な関わりをもつことも本章の三に示したところである。ただし、寓話は嵯峨の釈迦堂門前の立札に記されていたものという。

立札が実際にあり《雑抄》がそれを採録したのか、《雑抄》編者自身による、立札という設定の創作かは判別できないが、いくつかの資料を覚書風に筆録している《雑抄》の性格からすれば、後者の可能性は低いといえるかもしれない。立札が実在したとすればその筆者は『太平記』巻三二を意識して表現を練ったのか、あるいは表現の類似は偶然の産物（「荊棘」云々は荒廃したありさまの一般的な表現にはちがいない）にすぎないのか。しかし、その場合でも立札を採録し、『太平記』巻三二を書写して、両者を取り合わせた《雑抄》編者には、前項に述べたような繋がりが意識されていたものと考える。本章の一に述べたように、日吉社を中核とする《雑抄》の関心のあり方からは、ウソの寓話こそが本体であり、『太平記』巻三二はそれと一体となってはじめて意味を持つ存在である。この点を前提として、京都の状況を諷するウソの寓話に接した《雑抄》編者が、『太平記』巻三二の描く内容を現下の疲弊の遠因と読みなし、ウソの寓話の前に配置した、と想定するのである。《雑抄》では永和本『太平記』が前に配されているが、綴じる前の段階まで想定すれば、ウソの寓話と『太平記』の書写のいずれが先かはわからない。いずれにせよ、両者には大きな時間的隔たりはなく、前述のように寓話の成立が応安年間には遡らないであろうことを考えれば、『太平記』の書写も永和元年三月前後ということになると判断する。

注

（1）「瀧山ノ雲」は『和漢朗詠集』将軍「隴山雲暗　李将軍之在家　潁水浪閑　蔡征虜之未仕　菅三品」をふまえる。文意は「将軍の威勢が雲のように四海を覆っている以上、とやかく論評するには及ばない」となろう。

（2）この皇居は土御門東洞院殿であろう。ただし、『続史愚抄』に「廿四後光厳院　皇居土御門里内〔東洞院東。土御門北／正親町南。高倉西〕……」とあり、一町を占めるのみで「四町マチニ足ザル」は不審。

（3）裏面の『穐夜長物語』は作品全体を書写しているから冒頭に書名を記している。

引用文献

〈永和本関係〉

高乗　勲55「永和書写太平記（零本）について」（国語国文24―9、一九五五・九）
太田晶二郎78「例言」（原装影印古典籍覆製叢刊『太平記・秋夜長物語』〈雄松堂書店、一九七八〉の別冊『解説・鉛印』）
横井　清97「後醍醐天皇と伏見殿――南北朝の「天皇」像・点描――」（オルタブックス001『天皇の伝説』、一九九七・一一）
長坂成行86「宝徳本『太平記』巻三十三本文劄記」（奈良大学紀要15、一九八六・一二）
長坂成行08『伝存太平記写本総覧』（和泉書院、二〇〇八・九）
長谷川端02「永和本『太平記』をめぐって」（国文学研究資料館公開講演会「本と人と研究と――高乗勲文庫から――」講演資料、二〇〇二年五月二四日）
長谷川端03「永和本『太平記』をめぐって」（国文学資料館編『田安徳川家蔵書と高乗勲文庫』臨川書店、二〇〇三・三）
小秋元段05「『太平記』成立期の本文改訂と永和本」『太平記・梅松論の研究』（汲古書院、二〇〇五・一二）所収新稿。
今井正之助13「永和本『太平記』の復権」（本書第一部第六章。初出二〇一三・一一）
〈その他〉
佐藤恒雄92「為家から為相への文書典籍の譲与」『藤原為家研究』（笠間書院、二〇〇八）終章第一節（初出一九九二・八）
下坂　守01『中世寺院社会の研究』（思文閣出版、二〇〇一）
下坂　守11『京を支配する山法師たち中世延暦寺の富と力』（吉川弘文館、二〇一一）
森田貴之09「『太平記』終末部と応安の嗷訴事件」（軍記と語り物45、二〇〇九・三）
三枝暁子11『比叡山と室町幕府――寺社と武家の京都支配』（東京大学出版会、二〇一一）
大坪亮介12「『太平記』における北条氏の治世」（『南北朝軍記物語論』和泉書院、二〇二〇。初出二〇一二・八）

補記

　初出稿の四１「近衛関白」は、あまり有効な論証ではないので削除した。なお、その削除部分で「『太平記』も南朝の人事に詳しかったわけではない」と述べていた。この点に関して、北村昌幸「『太平記』における諸卿僉議――南朝の意思決定をめぐる諸問題――」（『『太平記』をとらえる2』笠間書院、二〇一五・一〇）がある。北村氏は、『太平記』の「洞院右大将実世公未だ左衛門督にて御坐しが」（巻二三）という記述や、南朝の重要な機関「武者所」にたびたび触れていることなどをあげ、作者は南朝の事情に明るかったとみなす。小著も第一部第十章における作業をへて、現在では考えを改めている。

第八章　『太平記』の「左馬頭」

――直義・義詮の対比を中心に――

はじめに

『太平記秘伝理尽鈔』（以下『理尽鈔』）は『太平記』の記事を増幅・改変し、新たな物語を紡ぎ出している。現在では『太平記』注解のために『理尽鈔』を参観することはまずない。しかし、『太平記』を読みこんだその営為が、『太平記』読解の契機となることは皆無ではない。一例を『太平記秘伝理尽鈔1』（平凡社東洋文庫、巻四後注七）に示したが、以下もそうした事例である。なお、『太平記』は岩波古典大系（流布本。『理尽鈔』の依拠本に近い）により、他本による場合は注記する。『理尽鈔』は漢字平仮名交じりに読み開いた本文を示す。

一、左馬頭義詮の発言

後醍醐帝の吉野潜幸（『太平記』巻一八）、新田義貞の活動再開（巻一九）に応じて、奥州の北畠顕家が八月（史実では延元二年、建武四年（一三三七））に白川関を越え（巻一九）、下野国に進撃する。「鎌倉ノ管領足利左馬頭義詮」が軍勢をさし向け、利根川で防ごうとするも、足利勢は敗れ鎌倉に引き返す。鎌倉に戻った面々がくり広げる弱腰の評定に、業を煮やした「其比纔ニ十一歳」の「大将左馬頭殿」が苟モ義詮東国ノ管領トシテ、タマ〳〵鎌倉ニアリナガラ、敵大勢ナレバトテ、爰ニテ一軍モセザランハ、後難遁レガタクシテ、敵ノ欺ン事尤当然也。サレバ縦御方小勢ナリトモ、敵寄来ラバ馳向テ戦ハンニ、叶ハズハ討死スベシ。若又遁ツベクハ、一方打破テ安房・上総ノ方ヘモ引退テ、敵ノ後ニ随テ上洛シ、宇治・勢多ニテ前後ヨリ責タランニ、ナドカ敵ヲ亡サヾラン。　（巻一九・二八八頁）

と言ってのける。この言葉に奮いたった足利勢は、小勢ながらも討死を覚悟して、一二月二八日に攻め寄せた敵の大軍と激しい戦闘をくり広げる。しかし、ついには「大将左馬頭殿ヲ具足シ奉テ、高・上杉・桃井以下ノ人々、皆思々ニ成テゾ落ラレケル」（同二八九頁）。顕家勢が鎌倉に逗留することなく京に向かうと、「鎌倉ノ軍ニ打負テ、方々ヘ落ラレタリケル」上杉・桃井・高は各地から鎌倉に入り、勢を募り、顕家勢の後を追いかけた。

上記傍線部のように主張した義詮はその後どうしたのか。配下を率いて追撃する勇姿が期待されるが、そのような記事はない。次に登場するのは、一二年後の貞和五年（一三四九）一〇月二三日（西源院本等「廿二日」）、師直と対立し出家に追い込まれた直義に替わって、「将軍ノ嫡男宰相中将義詮」が政務をとるべく上洛したという記事(1)である。

一方、『理尽鈔』は、顕家が鎌倉を破った後、そのまま上洛したことを批判して、次のようにいう。

義詮房州（ばうシウ）に在（アル）を差し置き、鎌倉には留守居の兵をだにも置かず上京は、根を堅くせざる謀なるべしと也。此故に後ろより敵発（オコリ）て跡をへり。心得べき事にや。　（一九44ウ。私に補った付訓は片仮名で記した）

義詮は実際には三浦に遁れており、翌年七月一一日に鎌倉に戻っている（鶴岡社務記録。大日本史料第六編之四、八八六頁）。『理尽鈔』が義詮の所在を房州とするのは、『太平記』巻一九・二八八頁傍線部の「安房・上総ノ方ヘモ引退テ」による推定と思われるが、ともあれ『太平記』のような義詮の動向に対する疑念は起こらない。

『理尽鈔』は、『太平記』二八八頁の義詮の弁舌についても、以下のようにその「真相」を明かす。

伝云、諸大名「引かん」と耳（のみ）謂いけるを「軍をもせで鎌倉を退きなば聞き北（に）げなるべし」と宣ひしを、覚鈔に賢々敷き様には書し。是も義詮の心より発したるには非ず。義詮の内様の侍に藤内兵衛行清と云し者有り。諸大名軍の評定とて御所中に集を聞きて、義詮をせなかにをいながら「大名共の軍の評議はさせる事はよも非じ。目にも見ぬ敵に恐れて聞き北げして、殿様を世上の人口に懸けんとの評議にぞ有らん」と云ひしを聞き給ひて覚は宣ひしと也。諸大名此一言にて鎌倉に在て一戦をば仕てけりと云々。　（42オ）

行清が「諸大名の評定などろくなことではあるまい、どうせ聞き逃げして、義詮様の悪評を立てるようなものになるだろう」とつぶやいたのを、背負われていた義詮が耳にして、波線部のように言ったにすぎないのだが、鈔（太平記）は義詮自らの意志にもとづく立派な発言に仕立てあげたのだ、と解説する。

［岩波古典大系二・二八八頁］頭注一〇に「延元二年は八歳で、ここに十一歳とするのは誤り」というように、実際の義詮はさらに幼かった。しかし、義詮が後年立派な名大将となり、その片鱗が早くも現れていた、という脈絡が用意されておれば、年齢に不釣り合いな発言の真偽を穿鑿する必要はない。しかし、和田琢磨氏に「『太平記』において、義詮が肯定的に描かれるのは幼少期のみである」との指摘がある。[2] 和田氏は「義詮や義満といった将軍が『難太平記』の伝える直義の如き介入をしていたならば、『太平記』の将軍義詮像は誕生しなかった」と思われ、「足利将軍家と現存本の関係を直線的に結びつけて考えること」は危険である、という。これは『太平記』の生成過程および現存本の性格を考える上で重要な論点であるが、そうであればなおのこと、なぜ巻一九にのみ「肯定的」な造型が見られるのかが問題となろう。

聞き覚えた言葉を口にしたにすぎない、という『理尽鈔』の解説は、結果的に義詮像の分裂を回避しており、荒唐無稽なようでありながら、雑駁とはいえない『理尽鈔』の特性を示すものである。そのような解説を受け入れるわけにはいかない、というのであれば、どのような説明が可能となろうか。『理尽鈔』は『太平記』の抱える問題を間接的にではあるがあぶり出す。

二、「左馬頭」義詮

先にも引いた［岩波古典大系二・二八八頁］頭注一〇は次のようにいう。

義詮が左馬頭になったのは康永三年（一三四四）三月十八日十五歳（足利家官位記）であるから、ここの左馬頭とするのも正しくはないが、太平記にはこのような官位の追称はありふれた事である。

たしかに、『太平記』が物語時点での当該人物の官位を正確に記していない例は少なくないように思われるが、その事由は個別に検討する必要があろう(3)。

木下聡氏は、今谷明氏による「足利氏家督者の初任官である左馬頭と、細川氏家督の帯びる右京大夫」「この二つの官だけは、足利・細川以外の者には決して許されなかった」との指摘(4)をふまえ、武家官途としての左馬頭の特性について分析している(5)。

木下氏は次のようにいう。直義が「鎌倉に下向する前に」、義詮・基氏が「鎌倉府の長として関東の政治に携わっていた時期に左馬頭に任官している」のは、「北条得宗家が三代にわたって（引用者注、時宗・貞時・高時）左馬権頭になっていたことで、当時の武家の中に、関東の支配者はまず左馬（権）頭に任官することが必要であるとの認識があったからではないか」（一六頁）、と。さらに、南北朝期において、「武家の中で足利氏以外に左馬頭に任官していた者はほとんど見受けられ」ず、例外的に吉良満義、楠木正儀がいるが「南朝方として活動していた時期」（一七頁）のことである、という。

『太平記』においても、南朝の補任による巻三四「楠左馬頭正儀」を除いて、足利氏（直義・義詮・基氏）以外の「左馬頭」はほとんどの場合、誤表記と思われる。

・糸田左馬頭（巻三・一〇四頁）
※幕府の派遣した笠置攻め軍勢。西源院本・神田本・玄玖本には登場しない。神宮徴古館本は「左馬助」。［角川文庫(一)］補注三―一四参照。
・佐竹左馬頭義敦（巻一四・五二頁）
※［岩波古典大系二・五三頁］頭注三四「西・南・北・相・金・釜・毛「右馬頭」が正しい」。
・大館左馬頭氏明（巻一七・二二一頁）
※［岩波古典大系二・二一〇頁］頭注三四「西・釜・南・北・相・今・毛・天「助」が正しい」。流布本も他の箇所では「左馬助」。
・同（石堂）左馬頭頼直（巻二七・六九頁）
※『参考太平記』「左馬頭、毛利家、北条家、南都本、作右馬助、天正本作右馬頭、蓋左馬助義基乎、金勝院、西源院本、不載」。徴・神も不載。
・石堂左馬頭（巻三一・一七七頁）
※［岩波古典大系三・一七七頁］頭注六六「左馬助義基（参考本）か」。徴「石堂右馬権頭」、神「石堂右馬頭」、西「石堂右馬頭」。

さらに、『太平記』には、「左馬頭」即「関東の支配者」という意識がより強固に働いている。基氏が最初に登場するのは、巻二九「師冬自害事付諏方五郎事」である。高播磨守師冬が「将軍ノ三男左馬頭殿ノ執事」として鎌倉に下った（観応元年（一三五〇）正月三日）が、直義派の上杉憲顕父子と対立し、自害に追い込まれた（観応二年正月一七日）ことが語られる。一方、巻四〇「左馬頭基氏逝去事」に「鎌倉左馬頭基氏、……貞治六年四月廿六日、生年廿八歳ニテ忽ニ逝去シ給ケリ」とあり、［岩波古典大系三・四七六頁］頭注四五は次のようにいう。

関東管領従三位左兵衛督であった。左馬頭になったのは、観応三年八月二十九日（園太暦）、左兵衛督になったのは延文四年正月二十六日（補任）。「四月廿六日、鎌倉左馬頭殿基氏（二十八歳）」（常楽記貞治六年）。

貞和五年（一三四九）九月九日、基氏は関東管領として鎌倉に下っている（『園太暦』。大日本史料第六編之一二、九二一頁参照）。『太平記』に下向記事はないが、最初から「左馬頭」として登場する。第一節でふれたように、前任の左馬頭義詮が貞和五年（一三四九）一〇月二三日に「宰相中将」として上洛しているから、同時に鎌倉の基氏は「左馬頭」たりうるのである。延文四年（一三五九）に左兵衛督となった後も、『太平記』は基氏を「左馬頭」と呼び続け、貞治六年（一三六七）の逝去記事にまで及ぶ。

鎌倉左馬頭基氏、……貞治六年四月廿六日、生年廿八歳ニテ忽ニ逝去シ給ケリ。（巻四〇「左馬頭基氏逝去事」）

第一節に引用した記事で義詮が「左馬頭」であるのも、単なる追称ではないだろう。義詮と基氏の「左馬頭」交替と同様に、直義と義詮との交替を確認してみよう。この問題には、史実とは大きく異なる、『太平記』の年次構成が関わっている（本書第二部第二章）。以下の対比において、『太平記』の記載年号は錯綜しているので表示せず、年次の推移を丸付き数字で示す。

〈史実〉

建武四年（一三三七）三月六日、金崎落城。八月一一日、顕家、奥州発。一二月二三日、鎌倉に攻め入る。

暦応元年（一三三八）五月二二日、顕家、和泉に敗死。閏七月二日、義貞、越前に敗死。八月一一日、尊氏、征夷大将軍＊。直義、左兵衛督。

＊尊氏は、建武元年九月に参議、同二年一一月止職（後醍醐勅勘）、同三年一一月に権大納言（光明帝）となっている。

〈太平記〉

①三月六日、金崎落城。六月一〇日、光厳重祚。一〇月三日、暦応に改元。一一月五日、宰相尊氏、大納言・征夷将軍となり、左馬頭直義、宰相、日本副将軍（西源院本等古態本に「副」は無い）となる。
②二月中旬、義貞、越前に威を振るう。八月一九日、顕家、奥州発。一二月二八日、鎌倉に攻め入る。
③五月二二日、顕家、和泉に敗死（古態本は二月に美濃より伊勢・吉野に転じたこと以降を記さない）、閏七月二日、義貞、越前に敗死。

顕家が鎌倉を攻撃した時点（傍線部）で、史実では直義が左馬頭であった（直義は、翌年左兵衛督に転じている）。しかし、『太平記』では、直義は前年に宰相（参議）になっているから、鎌倉攻防の際、義詮が「左馬頭」として配下を奮いたたせた、という記述が成り立つ。『太平記』は義詮・基氏の交替同様、直義と入れ替わりに義詮を「左馬頭」と認知しているものと思われる。

三、直義と義詮

以上のような『太平記』における「左馬頭」のありようから、本章第一節に引いた「苟モ義詮東国ノ管領トシテ、タマ〳〵鎌倉ニアリナガラ」という自覚と「大将左馬頭殿」という呼称とは不可分のものであったといえよう。ところが左馬頭でありながら、その自覚を疑わせる人物がいた。同じく鎌倉が危機に陥った際の、前任の左馬頭直義である。北条高時の遺児時行の軍勢が鎌倉に迫った際（中先代の乱）、「東国ノ成敗ヲ司」っていたのは「左馬頭直義」であったが、防衛の一陣（渋河刑部大夫・小山判官秀朝）、二陣（新田四郎）が敗れたとの報を受けるや、「用意ノ兵少カリケレバ、角テハ中々敵ニ利ヲ付ツベシ」と、自ら戦うことなく将軍宮（成良）を伴い「鎌倉ヲ落給ケリ」(6)（巻一三・三二一頁）。

しかし、『梅松論』（京大本）によれば、直義は戦わずして逃げ出したわけではない。

然ニ凶徒等、一国ヲ相シタガヘ鎌倉ニ攻上間、渋川刑部、岩松兵部、武蔵女影原ニヲヒテ終日合戦ニ及トイヘドモ、逆徒手シゲクカ、リシカバ、両人自害ス。重而小山下野守秀朝発向セシムトイヘ共、合戦同前ノ間、同国府中ニ於テ一族家人数百人相共ニ自害ス。是ニヨテ七月廿二日、下御所左馬頭殿鎌倉ヲ立テ御発向、同日薬師堂谷ノ御所ニ於テ、兵部卿親王ノ御事（注：護良殺害）、浅増カリシ御事也。カクテ武州井出沢辺ニ於テ終日合戦ニ御方多被討シ間、俄ニ海道ニヲモムキ給。上野親王成良、義全（義詮）〈于時六歳〉、同相伴奉、手越ノ駅ニイタル時、伊豆・駿河ノ先代方寄来ニヨテ、扈従ノ輩無勢ナリトイヘ共、武略ヲ播シ防戦刻、当国工藤入江左衛門尉、百余騎ニテ馳参ジ忠節ヲ至ス間、凶徒退散ス。則宇津谷ヲ越テ、分国参川ニハセ着、人馬ノイキヲゾヤスメ給。

『保暦間記』も次のように記す。

建武二年七月ニ、高時ノ息勝長寿丸〈号相模次郎時行〉、信濃国ノ勢ヲ語テ鎌倉へ攻上ル。直義朝臣防戦トイヘトモ、無勢ノ間、鎌倉ヲ出テ、成良親王ヲ奉具、京都へ上ル。（中略：幽閉中の護良が殺害されたこと）去程ニ、直義、武蔵国へ打出ル所ニ、凶徒多勢ヲ以テ合戦ヲ致ス間、打負テ落行処ニ、ナヲ凶徒責カヽル間、直義一族渋川刑部少輔、帰合テ討死ス。此間ニ成良親王幷直義、京都へ落上ケリ。

（和泉書院『校本 保暦間記』一〇七頁）

『梅松論』と『保暦間記』とでは合戦の経緯に相違があるが、直義は戦っているのである。

また、中先代の乱の前年、建武元年にも北条残党の蜂起があった。

建武元年四月、故高時入道ノ始末ヲヤ思ケン、高時ノ一族少々、並ニ本国ノ者共、其外同意ノ族有テ、鎌倉へ打寄、左馬頭直義ニ対テ合戦ヲ致。直義防戦テ、無程追散畢。此事京都へ聞ヘテ、カクノ者モアラバ不思議ノ事モ有ナントテ、治時、高直、長崎四郎左衛門、去年出家シテ大衣著タリシヲ召出シテ、東山阿弥陀ガ峯ニシテ被誅畢。此外、高時一族、或ハ降参、或ハ所々ニ隠居シタリケルヲ、皆取出テ同日首ヲ刎ラレケリ。

（『校本　保暦間記』一〇六頁）

『保暦間記』は、傍線部のように直義の存在を前面に押し出して描くが、『太平記』はこの事件を描くことなく、波線部に相当する一件のみを巻一一「金剛山寄手等被誅事」に次のように記す。金剛山の寄手であった阿蘇治時、大仏高直、長崎四郎左衛門尉らが南都の般若寺で出家し、降人となっていたが、七月九日に阿弥陀峯で誅された、と。『太平記』には、北条残党の動向を警戒して（カクノ者モアラバ不思議ノ事モ有ナントテ）という脈絡がないから、これは単なる後日譚でしかない。

一方、次のような事例がある。中先代の乱を鎮圧した尊氏が朝廷の意向に反してそのまま鎌倉に留まり、義貞らが官軍として討伐に下向してくる。しかし、尊氏は対抗の構えをとろうとしない。やむなく直義は、二十万七千余騎を率い鎌倉を発ち、三河国矢矯の東宿に着く（巻一四・五二頁）。足利勢は渡河して戦うも敗れ、鷺坂に陣取る。ここも敗走するが、左馬頭直義の兵二万余騎が「荒手ニテ馳著」いた結果「敗軍是ニ力ヲ得テ」（同五五頁）手超に陣したものの三たび敗れた、という。しかし、この経緯は不合理である（古態本には「荒手」の表現がないが、同様に理解する他ない）。『梅松論』では、直義は第一次の軍勢を率いてはおらず（高師泰を大将として「大勢ヲサシソヘ」海道に派遣）、師泰勢の撤退により直義が手越に駆けつけ（「御所、御発向アリ」。御所は「下御所」すなわち直義）、敗れはしたがなお箱根に踏みとどまった、と記す。『太平記』も『梅松論』も尊氏が最終的に立ち上がることにより、形勢を逆転することになるのだが、『太平記』の直義は、最初に大軍を率いて三河まで赴きながら敗退に敗退を重ねるだけの存在でしかない。

戦っているのにそれが記されず、出陣していないのに大軍を率いて敗退したと描かれる。『太平記』の直義記事には悪意があるとしか思えない。

左馬頭義詮が幼少であるにもかかわらず、不釣り合いに立派な発言をしていることを問題としてきた。これを義詮造型の観点のみで考えると説明が困難である。しかし、鎌倉攻防をめぐって義詮と直義とが対照的に描かれていることに着目すれば、義詮を肯定するのが主意ではなく、直義を否定的に浮き上がらせるのが真の狙いであったという解釈が可能になるものと思われる。

注

（1）流布本は「十月四日左馬頭、鎌倉ヲ立テ」（巻二七「左馬頭義詮上洛事」）、「将軍ノ嫡男宰相中将義詮、同十月二十三日鎌倉ヨリ上洛有テ、天下ノ政道ヲ執行ヒ給フ」（巻二八「義詮朝臣御政務事」）と経緯を詳細に記す。西源院本・玄玖本・神田本等の古態本には巻二七の記事は存在せず、巻二八「八座羽林世務事」において「将軍嫡男宰相中将義詮」が鎌倉から上洛して天下之政道を執り行ったことを簡略に記す。

（2）和田琢磨『『太平記』生成と表現世界』（新典社、二〇一五。初出二〇〇四・三）一九九頁。ほかに、『太平記』の義詮については遠山美紀「将軍義詮像造形論――『太平記』第三部の構想との関わり――」（『新潟大学国語国文学会誌』44、二〇〇二・七）がある。遠山も触れているが、義詮の実像は、『太平記』とは異なり積極的に評価できる面があったことを、伊藤俊一「武家政権の再生と太平記」『太平記を読む』（吉川弘文館、二〇〇八）、山田邦明「足利義詮と朝廷」『中世の内乱と社会』（東京堂出版、二〇〇七）などが指摘している。

（3）本章および第九章も事例研究の一環であるが、第十章では廷臣列挙記事をとりあげ、『太平記』の記述の生成事情を探った。

（4）今谷明『戦国大名と天皇――室町幕府の解体と王権の逆襲』（福武書店、一九九二）一一四頁。

（5）木下聡『中世武家官位の研究』（吉川弘文館、二〇一一）

（6）『太平記』中京大本（丁類本。『参考太平記』の引く金勝院本も同類）は、左に示すように武蔵国出沢で戦ったとするが、傍線部の表現等から『梅松論』をふまえての改変と思われる。

直義朝臣、事急ナル上、時節用意ノ兵糧少カリケレバ、廿三日ニ鎌倉ヲ出ラレケリ。将軍宮ヲ具足シ奉リテ、武蔵ノ出沢へ馳向レケリ。（中略：兵部卿親王の殺害、淵辺が頸を捨てたことに関わる中国故事）。直義朝臣ハ鎌倉ヲ打出、武蔵国出沢へ馳向テ合戦有。（中略：淵辺らの討死）御幼稚ノ宮ノ将軍幷ニ千寿王丸ヲ具足シ被申タリケレハ今此合戦ノ急ナル所ニテハ悪カリヌヘシトテ、先海道へ引退給フ。

第九章　直義と「日本之将軍」「宰相」

はじめに

巻一九「本朝将軍補任兄弟無其例事」に直義が「宰相」「日本将軍」となったと記す。

同年十月三日改元有テ暦応ニ移ル。其霜月五日除目ニ、足利宰相尊氏、上首十一人ヲ越へ、位正三位ニ上リ、大納言ニ遷テ、征夷大将軍ニ備リ給フ。舎弟左馬頭直義ハ五人ヲ超越シテ、位従上之四品ニ叙シ、官宰相ニ任ジテ、日本之将軍ニ成リ給フ。（西源院本を用い、必要に応じて他本に言及する。漢文体部分は開いて示す）

この記事は、巻頭の「光厳院殿重祚御事」に続き、「同年」は「建武四年六月十日」を受ける。玄玖本は「建武三年」とするが、暦応への改元は建武五年であり、いずれも史実とは異なる。[1]この記事に新田義貞の越前での活動再開が続き、さらに、北畠顕家の奥州からの進撃とその途絶を記した後、巻二〇では義貞が勢威を振るうもあえない最後を遂げたことを語る。

史実では、尊氏の将軍補任は義貞討死の後のことであり、『公卿補任』も直義の叙従四位を「権大納言源朝臣義貞追討賞譲」と尊氏の義貞追討賞の譲りによる、と注記している。この点について小秋元段95は、

『太平記』がその順序を逆転して描くことにより、義貞は征夷大将軍たる「尊氏の対等な対抗者にはなりえず、いくら猛威をふるっても将軍の威の下に滅びざるをえない存在」であることが示される。（引用者摘記）

とみなし、「『太平記』では義貞の討死が、足利政権の成立を決定づける事件と認識されているわけではない」（四六

頁）という。しかし、この記事は「将軍の威」とその揺るぎない将来を印象づけるものとはなっていない。尊氏の強い支持による重祚に対して、最初の在位「三年ノ内ニ天下反覆シテ関東亡ビハテシカバ、其例如何」と異議多く、戦を一度もすることなく「将軍ヨリ王位ヲ給ハラセ給ヒタリ」との揶揄も披露している。また、将軍補任記事自体にも、次のような記述が続いている。

兄弟一時ニ相双テ大樹武将ニ備ル事、古今未其例ヲ聞ズト、其方様之人ハ皆驕逸ノ思ヒ気色ニ顕レタリ。此外、宗徒ノ一族四十三人、或ハ象外之撰ニ当リ俗骨忽ニ蓬莱之雲ヲフミ、或ハ乱階ノ賞ニ依テ庸才、立ドコロニ台閣之月ヲ攀ヅ。加之、其門葉タル者ハ、諸国之守護吏務ヲ兼テ、銀鞍未ダ解ザルニ、五馬忽重山之雲ニ鞭テ、蘭撓未ダ乾ザルニ巨船遥ニ滄海之浪ニ棹シ、スベテ博陸輔佐之臣モ、是ニ向テ上位ニ臨マン事ヲ憚ル。況ヤ名家儒林之輩ハ、彼ニ列テ下風ニ立タム事ヲモ喜べリ。

尊氏兄弟の将軍補任を誇り、多くの一族・門葉もこの上ない繁栄を遂げた、というこの記述は、平家の重盛・宗盛兄弟の近衛大将補任を想起させる。

吾身の栄花を極るのみならず、一門共に繁昌して、嫡子重盛、内大臣の左大将、次男宗盛、中納言の右大将、三男知盛、三位中将、嫡孫維盛、四位少将、惣じて一門の公卿十六人、殿上人卅余人、諸国の受領、衛府、諸司、都合六十余人なり。世には又人なくぞみえられける。（中略）殿上の交をだにきらはれし人の子孫にて、禁色雑袍をゆり、綾羅錦繡を身にまとひ、大臣の大将にな（ッ）て兄弟左右に相並事、末代とはいひながら不思議なりし事どもなり。（覚一本『平家物語』巻一「吾身栄花」）

平家は、「世には又人なくぞみえ」たが地方で反平家の挙兵があり、追討軍を発遣するも敗退し、ついには都を追われ滅亡に及んだ。『太平記』では、上述の巻一九冒頭二章段に続き、将軍のさし向けた足利高経兄弟が勢力を回復した義貞勢に敗れ「国中ノ城ノ落事、同時ニ七十三箇所也」という事態が発生しようとしていた。結果的に足利の滅亡は現実とはならなかったが、『太平記』における義貞らは最初から「滅びざるをえない」存在であったわけではない。将軍兄弟補任記事はむしろ、以下に続く義貞記事に強い危機感をもたせたうえで、義貞の討死によって危機が回避されることを物語ろうとするものであろう。

以上のように記事の意味を把握した上で、まず「日本之将軍」の異同を確認しておく。

・「日」と「本」の間に「ノ（の、之）」を表示する（その位置、大小の相違は問わない）ものは「ひのもと」

・宮城学院女子大学本（流布本系写本。国文学研究資料館マイクロ請求記号三〇六―九―一）「日本のふくしやうぐん」のように振り仮名があったり、高知城歴史博物館山内文庫本（整版本。国文学研究資料館マイクロ請求記号九九―七一―一）のように「日本」に竪点が施されているものは「に（つ）ほん」

とそれぞれ確定できる。しかし、「日本」は「に（つ）ほん」「ひのもと」両様の訓みが考えられる。そこで便宜的に「日本」とのみ記されているものは「につほん」に分類し、〔Ⅰにつほん、Ⅱひのもと、Ⅲ（それ以外）〕の別と、〔①将軍、②副将軍〕の別とを組み合わせると次のようになる。

Ⅰ①神宮徴古館本・釜田本：日本将軍、松井本・神田本・梵舜本・米沢本・毛利家本：日本ノ将軍、京大本：日本のしやうぐん、中京大本：日本ノ〔「副」補筆〕将軍、②簗田本：日本のふく将軍、流布本：日本ノ副将軍

Ⅱ①玄玖本：日本ノ将軍、西源院本：日本之将軍、②南都本・筑波大学本：日ノ本ノ副将軍、前田家本：日ノ本ノ副将軍

Ⅲ①天正本・教運本（旧称・義輝本）：征東将軍

天正本系の「征東将軍」は、「につほんの将軍」「ひのもとの将軍」が朝廷の軍事官としては存在しないことから、尊氏の征夷将軍に準じるものとして、天正本系編者が新たに選定したものと考えられ、ここでは扱わない。

一、「日本将軍・日の本将軍」研究史

喜田貞吉19以来、日の本将軍は、蝦夷、奥州に関わる問題として取りあげられてきた。その中で直義も議論の対象となった。遠藤巌86は、「清和源氏系図」（続群書類従五上）の直義に「号日本将軍」と注記があり、『諸家系図纂』（足利家将軍系図）に「観応元年一一月一二日……任鎮守府将軍、参南方」とあること等に注目し、日の本将軍は鎮守府将軍と重複視されており、「蝦夷沙汰という制度上に位置づけられた呼称として広く認識されていた」と説いた。入間田宣夫90は、南朝方に属した一時期の官職である鎮守府将軍をもって日本将軍という称号の由来とするのはいかがか、と疑問を呈した上で、『妙本寺本曾我物語』（真名本曾我物語）巻四や『源平盛衰記』「石橋山合戦事」において、頼朝を「日本将軍」「日本ノ大将軍」などと称していること、また平将門に連なる千葉・相馬氏周辺の資料の中に「日本将軍」の呼称が見られることから、「日本将軍は東国自立の象徴」である、と論じた。これに対し、斉藤利男05は、入間田90が「日本（にほん）の将軍」と「日の本（ひのもと）将軍」を同一視していると批判した。真名本『曾我物語』は、頼朝が朝敵追罰の功績によって後白河法皇から「日本将軍の宣旨」「日本の将軍たるべき由」の勅命を受けたと記し、『源平盛衰記』も頼朝が平家追討の院宣を旗頭に掲げていたので「日本ノ大将軍」と言祝いでおり、東国自立の象徴とみる入間田説は成り立たない、という。斉藤05の整理は明快だが、氏自身の「日本将軍」理解については、なお検討の余地がある。

斉藤05は「日本将軍」呼称発生の経緯を

……建久元年（一一九〇）の上洛によって、鎌倉殿頼朝は朝廷から全国の軍事支配者としての地位を認められ、奥羽まで含めた全国政権としての鎌倉幕府の実質的な発足となったのだが、征夷大将軍の官職には補任されなかっ

た。史料3の『妙本寺本曾我物語』は、そうした事実をふまえつつ、このとき頼朝が実質的に獲得した地位を重視して、それを「日本将軍の宣旨」と呼んだ。（一〇頁。波線引用者）

と説明し、「日本将軍」の性格を次のようにまとめている（傍線引用者。次の「史料4」は、石橋合戦の際、北条時政が大庭景親に、院宣があるから「佐殿コソ日本ノ大将軍ヨ、平家コソ今ハ朝家ノ賊徒ヨ」と反論したことを指す）。

「日本の将軍」（つまり「日本国の将軍」）の性格を表現するならば、〝征夷大将軍ではないが、実質的にそれに等しい武家の首長の地位〟ということになろう。史料4の『源平盛衰記』の場合も、論理的には同じである。そもそも武門の棟梁とは、そうした「国家」との関係で成り立っている武士の首長の地位なのであって、単なる武勇の人でも、軍事的な覇者でもなかった。（同）

斉藤05はさらに二条良基の『百寮訓要抄』が「征夷使」を「四夷をしづめ、辺国をおさめ、逆臣を征罰し、一朝守護の職」「一天四海を警固する武将」と説明していることを挙げ、「「日本将軍」＝「日本国の将軍」が武門の棟梁、現実には征夷大将軍を指すという解釈は、中世の征夷大将軍の地位についての支配者層の認識とも一致していた」という。しかし、「一朝守護の職」「一天四海を警固する」という規程と上記波線部は完全に重なるものであろうか。

生形貴重87は、『平家物語』の「大将軍」の用例を検討し、「（日本国の）大将軍」は「律令的な制度の枠を超えた「実質的な政治権力の掌握者」の意味を有している」と述べている。これを受け、佐藤晃96も、真名本『曾我物語』の「日本秋津嶋の大将軍」や延慶本の「日本国（ノ）大将軍」は「単なる征夷大将軍の異称としてとらえられるべきではない」（二八頁）、「征夷＝日本国の掌握となるような、いわば肥大化された征夷大将軍」（二九頁）であるという。

佐藤96が挙げた延慶本の事例のうち、文覚が頼朝に発した「日本国ノ主ト成給ベキ人ニテオワシマシケル。今ハ何事カハ有ベキゾヤ。謀叛発シテ日本国ノ大将軍ニ成給ヘ。」（第二末七「文学兵衛佐ニ相奉ル事」）という言葉や、俵藤太秀郷が将門の振る舞いを「我身ヲ平親王ト称スル程ノ人ノ、手ラ敷物ヲ以テ出、民ニシカセツル条、逆ナリ。日本国ノ大将軍トエナラジ」（第二末一九「上総介弘経佐殿ノ許参事」）と評したという箇所は、延慶本の「日本国ノ大将軍」が征夷大将軍の枠内に収まらないことを示す。とりわけ後者の、「平親王」（平新皇の誤伝。将門）と称する程の者が手ずから敷物を持って出て、「民」（ここでは秀郷）に敷かせるようでは、とても「日本国ノ大将軍」にはなれない、という文脈は、明白に朝廷の軍事官の域を超越するものであり、佐藤96はこの「日本国ノ大将軍」は「王権に匹敵する権威・権力である」とみなす。そのことは以下に示す盛衰記独自記事においてはさらに顕著である。

巻一九「文覚入定京上事」。福原にて院宣を手に入れた文覚が伊豆に戻り、神護寺再興の寄進を望む。頼朝は「我軍ニ勝テ、日本国ヲ手ニ把バ、一国二国ヲモ乞ニヨルベシ」と断るが、文覚は強引に寄進状を書かせる。

巻二〇「高綱賜姓名」。石橋合戦の折、佐々木高綱、頼朝の身替わりとなり、奮戦し、七箇度まで大庭勢を追い返す。頼朝は「世ヲ打取ンニ於テハ、必半分ヲ分給ベシ」と称える。世静て後、頼朝が七箇度の忠を感じて、備前、安芸、周防、因幡、伯耆、日向、出雲七箇国を与えたが、高綱は「杉山ニ入給シ時ハ、日本半国トコソ約束ハ有シニ、七箇国数ナラズ」と、出家して高野山に籠ってしまった。

巻二二「衣笠合戦」。三浦義明は一族に次のように下知する。「君ニ力ヲ付奉テ一味同心ニ平家ヲ亡シ、佐殿ヲ日本ノ大将軍ニナシ進セテ、親・祖父ガ墓所也トテ、骸所ヲモ知行シテ我孝養ニ得サセヨ。（中略）哀、糸惜キ子孫ト相共ニ、佐殿ノ世ニ立給テ日本国ヲ知行シ給ハンヲ見テ死タラバ、イカニ嬉シカラン。」

斉藤利男05は、頼朝の「日本の将軍」が「〝日本国の覇者〟ではなく、〝朝廷から日本国内の反乱鎮圧を一任され、かつ軍政の任にあたる将軍〟を意味していた」（二五頁）とまとめる。しかし、右の事例は〝軍政の任にあたる将軍〟の域を超え、むしろ〝日本国の覇者〟に近い。

『平家物語』の「日本将軍」「日本国ノ大将軍」は発言者・場面に応じて幅のある用語であるが、(2) 頼朝に関していえば、物語場面ではまだ現実には征夷大将軍に任官していなかったから「日本の将軍」「日本国ノ大将軍」という（仮の）呼称を用いたというよりも、征夷大将軍という旧来の呼称には収まりきらない権威・権力を表す言葉として生み出された呼称とみなすべきであろう。

二、直義と「日本ノ将軍（日ノ本ノ将軍）」

直義の場合、朝廷の除目記事であるから、東方（北方）世界に関わる「ひのもとの将軍」ではないことは明らかである。『平家物語』の「日本国ノ大将軍」に連なる「に(っ)ほんの将軍」と訓むのが筋であろう。ただし、斉藤05が『大かうさまくんきのうち』『日葡辞書』『わらんべ草』などの用例をふまえ、

日本国を意味する「日の本」（ヤマト日の本）の語も、中世を通じて使われ続けた。つまり、中世の日本には二つの「日の本」があった。（三四頁）

と指摘しており、〝ヤマト日の本〟の意味で、直義を「ひのもとの将軍」と称することもありえた。古態本の西源院本、玄玖本はそのように表記しており、『太平記』のこの箇所の原型が「につほんの将軍」「ひのもとの将軍」のいずれであったかは決定しがたい。

斉藤05はさらに、安藤五郎の「日本ノ将軍」を扱う資料の江戸前期版本が「ニホン」と訓じていることや、逆に幸若『百合若大臣』の「日本の将軍」が版本で「日の本の将軍」に変わっていることを取りあげ、

かつては明確に区別されていた「日本の将軍」と「日の本将軍」の違いが、十七世紀前半の時期に早くも不明確になり、「日の本将軍」が「日本国の将軍」の意味で理解されるようになった。（四四頁）

とも述べている。直義を〝ひのもとの将軍〟と記す『太平記』伝本の存在は、ヤマトを意味する「日の本将軍」「日本将軍」の混淆がさらに早く室町期から起こっていたことを示唆する。このように訓みは決しがたいが、意味すると

ころは、次のような記述から〝天下の権（権柄）を握る者〟となろう。

・其来者（そのころは）左兵衛督直義朝臣、尊氏卿之世務ニ代テ、天下之権柄ヲ把シ時ナレバ、此事ヲ聞テ大ニ驚歎セラル。

（巻二三「土岐参向御幸致狼籍事」）

・近来左兵衛督直義朝臣者、将軍ニ代テ天下之権ヲ取給ヒシ後、専ラ禅之宗旨ニ傾テ、

（巻二七「妙吉侍者事」）

したがって、巻一九の「日本之将軍」は、兄尊氏の征夷将軍補任に準じる呼称ではなく、直義がこの後日本の実権者になることを示すものである。

佐藤進一65は、尊氏が主従制的支配権を、直義が統治権を握り、「このようにして現出した二頭制を、世人は尊氏・直義兄弟相並んで将軍となったと理解し、直義を副将軍とよんだ」と記している。傍線部は『太平記』流布本巻一九をふまえたものと思われるが、神田本・西源院本・玄玖本等の古態本は「副」を付けていない。亀田俊和16は、二頭政治論に対して、そのように表現すると、尊氏と直義が権限を均等に二分して行使していたイメージを抱くが、両者の権限は直義に大きく偏っており、「初期室町幕府の体制は直義が事実上の首長として主導する体制だった」（七一頁）と述べる。「日本将軍」は、こうした直義の実権を表象するものと考えられる。

ただし、直義の「日本将軍」に、頼朝の「日本の将軍」にみた〝日本国の覇者〟的な側面はあまり感じられない。右巻二三の引用記事に「尊氏卿之世務ニ代テ」とあり、以下に示す事例もそれに準じる。観応の擾乱の終盤、師直らが討たれ、尊氏・直義の和睦がなるも、破綻し、直義は越前に下る。その折、畠山国清は直義に「御兄弟、只御中直候テ、天下之政務ヲ宰相中将殿ニモタセマイラセラレ候ヘカシ」（巻三〇「恵源禅巷関東下向事」）と進言するが、容れられず、尊氏方に転じたという。いずれも先にみた「（天下之）権柄」に相当する表現が、より限定的な意味合いの「（天下之）政務」となっていることが注意される。

三、直義と「宰相」

この「天下之政務」を宰相中将殿（義詮）に譲ってはどうかという進言に関わって注意されるのが、巻一九の兄弟補任記事に「官宰相ニ任ジテ、日本之将軍ニ成リ給フ」という「宰相」任官である。『参考太平記』が

宰相、当に左兵衛督と作すべし。公卿補任を按ずるに、直義、三位左兵衛督を以て卒し、未だ嘗て参議に任ぜず。此段諸本実を失ふ。唯天正本の説のみ得たり。（原漢文体）

と指摘するように、天正本系が「左兵衛督兼相模守」とする他は、諸本「宰相」である。『太平記』においても、この箇所以外で直義が「宰相」と呼ばれることはなく(3)、原則として巻一九以前は左馬頭、巻一九以後、出家までは一部の混乱を除き左兵衛督が直義の呼称である。

では、なぜ事実とは異なる直義の宰相任官をいう必要があるのか。ひとつには、第八章二で示したように、この時点で左馬頭直義が宰相となっておれば、北畠顕家の攻撃を受けた際、「左馬頭義詮」が鎌倉を守ろうとしていたという記述が成りたつことが考えられる。しかし、それだけであれば、天正本のように「左兵衛督」任官でもこと足りる。「宰相」である理由をさらに探らなくてはならない。

巻二八「八座羽林世務事」に、左兵衛督直義が出家・隠遁し、「将軍嫡男宰相中将義詮、同（注：貞和五年）十月廿二日鎌倉ヨリ上洛シテ、天下之政道ヲ取行ヒ給フ」とある。義詮が参議兼左中将に任ぜられたのは、上洛の翌年観応元年八月二二日のことであるが、『太平記』は宰相中将として政務を開始したというのである。問題にしてきた巻一九の兄弟補任記事では、「足利宰相尊氏卿」が大納言に遷って征夷将軍に備わり、直義が「宰相ニ任ジテ、日本之将軍ニ成リ給フ」とあった。

巻二八の義詮の政務開始に際して、ふたたび「日本之将軍」を持ちだすことも可能ではあっただろうが、『太平記』はそうしなかった。巻三四「宰相中将殿賜将軍宣旨事」に、延文三年（一三五八）四月二九日に死去した尊氏が「贈左大臣」となり、「同年十二月八日宰相中将義詮朝臣、征夷将軍ニ成給」と記す。この間、義詮を何らかの「将軍」と呼ぶことはない。したがって、「天下之権柄（政務、政道）」が尊氏から直義へ、そして義詮へと継承されることを象徴する機能を「宰相」が負い持つことになった。

おわりに

巻一九の直義の「日本之将軍」「宰相」任官を錯誤と片付けないのであれば、上述のように、尊氏から直義、義詮への権力継承の表象と位置づける、という理解が浮かびあがってこよう。巻一九の段階で直義が（朝廷の官位である）宰相になったというだけでは不足であるから、意味的には征夷将軍をもしのぐ「日本之将軍」を持ちだした。しかし、「日本之将軍」はふたたび用いられることはなく、「宰相」がそれを補う。「日本之将軍」「宰相」は二つ相まって尊氏から直義、義詮への権力継承を指し示す機能を持つと考える。

注

（1）『太平記』の年次構成をめぐる問題は本書第二部で扱う。
（2）延慶本第五末一九「維盛身投給事」、時頼入道の維盛に対する説諭に
御先祖平将軍貞盛、将門ヲ追討シ給テ、東八ヶ国ヲ鎮給シヨリ以降、代々相継テ朝家ノ御固ニテ、君マデハ嫡々九代ニ当リ給ヘバ、君コソ日本国ノ大将軍ニテ渡ラセ給べケレドモ、故大臣殿世ヲ早セサセ給シカバ、力及バズ。

とある「日本国ノ大将軍」は、『百寮訓要抄』の「征夷使」の規程に合致する。

（3）　巻二五の天龍寺供養参列者に「六番ニ、参議従三位兼左兵衛督源朝臣直義、衣冠ニテ後車ニ乗レタリ」とある「参議」が唯一の例外。正しくは「非参議」であり、「前権大納言」である尊氏も「四番ニ正二位行権大納言大将軍源尊氏卿」と記されている。

引用文献

入間田宣夫90「日本将軍と朝日将軍」（東北大学教養部紀要54、一九九〇・一二）
生形貴重87「延慶本「平家物語」と冥界――龍神の侵犯と世界の回復・大将軍移行の構想――」（日本文学36―4、一九八七・四）
遠藤　巌86「蝦夷安東氏小論」（歴史評論434、一九八六・六）
亀田俊和16『足利直義――下知、件の如し――』（ミネルヴァ書房、二〇一六）
喜田貞吉19「日の本将軍」（『喜田貞吉著作集』9。平凡社、一九八〇。初出一九一九・九）
小秋元段95「『太平記』第二部と「原太平記」の成立」『太平記・梅松論の研究』（汲古書院、二〇〇五。初出一九九五・六）
斉藤利男05「日本・日の本と日の本将軍――中世日本の東方問題――」（羽下徳彦編『中世の地域と宗教』吉川弘文館、二〇〇五）
佐藤　晃96「二つの夢合わせ譚と頼朝六十六部聖伝承」（日本文学45―7、一九九六・七）
佐藤進一65『南北朝の動乱』（中央公論社、一九六五）一五六頁。

第十章　廷臣列挙記事の特性

はじめに

標題は数名以上の廷臣の名を連ねる記事をさす。廷臣記事は参照できる史料が多く、各員の比較によって記事全体の傾向を判断することも可能となるなど、本文研究に資する面も大きい。本章第四節で扱う記事については、『太平記』書き継ぎの問題と結びつける先行研究があるが、別の観点から列挙記事の特性をさぐってみたい。

一、貞治五年（一三六六）神木御帰座

最初に典拠が明らかになっている記事[1]をとりあげる。嗷訴の目的を達し、神木御帰座の儀式が藤氏廷臣参列のもと執り行われた。

八月十二日神木御帰坐アリ。《A》刻限卯時ト被定タルニ、其暁ヨリ雨暗ク風暴カリシカバ、天ノ忿猶何事ニカ残ラント怪カリシニ、其期ニ臨デ雨晴風定リテ、天気殊ニ麗カリシカバ、是サヘ人ノ意ヲ感ゼシメタリ。《B》先南曹ノ弁嗣房参テ諸事ヲ奉行ス。午刻許ニ鷹司左大臣殿・九条殿・一条殿、大中納言・大理以下次第ニ参リ給フ。関白殿御著座アレバ、数輩ノ僧綱以下、御座ノ前ニシテ其礼ヲ致ス。是時ノ長者ノ験也。出御ノ程ニ成ヌレバ、数万人立双タル大衆ノ中ヨリ、一人進出テ【有僉議。音声雲ニ響キ、言語玉ヲ連ネタリ。】僉議已レバ幄屋

ニ乱声ヲ奏。翕如ナル声ノ中ニ、布留ノ神宝ヲ出シ奉ルニ、関白殿以下、卿相雲客席ヲ避テ皆跪キ給フ。（中略）
1関白殿良基公ハ、柳ノ下重ネニ糸鞋ヲ召テ、当リモ耀ク許ニ歩ミ出サセ給ヘバ、前駈四人左右ニ順ヒ、殿上人二人御裾ヲモツ。随身十人有トイヘ共態御先ヲバオハズ。神行ニ恐ヲ成シ奉ル故也。其次ニハ2鷹司左大臣・3今出河大納言・4花山院大納言・5九条大納言・6一条大納言・7坊城中納言・8四条中納言・10西園寺中納言・11四条宰相・12洞院宰相中将。殿上人ニハ、13左中将忠頼・14右中将季村・15新中将親忠・16左中弁嗣房・17新中将基信・18蔵人右中弁宣方・19権右中弁資康・20蔵人左少弁仲光・21右小弁宗顕・22左少将為有・23右少将兼時、以下行粧ヲ整ヘ、威儀ヲ正クシテ、閑ニ列ヲナシ給ヘバ、《■》供奉ノ大衆二万人、各貝ヲ吹テ、前後三十余町ニ支タリ（後略）。

（梵舜本巻三九。《　》の箇所には西源院本などに新たな記事あり）

梵舜本を引いたのは、私に付した番号1から23の廷臣の表記が『さかき葉の日記』および『兼熙卿記（吉田家日次記）』[2]に合致するからである。

神田本は巻三九を欠く。南都本は11を「四条宰相中将」とするが中将ではない。徴古館本は2・5（玄玖本は8も）を欠く。また、10を「西園寺大納言」とし、4・3・10・6の順に記す。さらに【　】内を欠く（この誤脱は西源院本、京大本にもみられる）。

丁類本の釜田本は冒頭部「刻限卯時……」以下、廷臣供奉にいたる部分をすべて欠く。京大本・中京大本は、記事は梵舜本のように存在するものの、それぞれ誤記・誤脱がある。

さて、上述の伝本は、西源院本を除き、いずれも9の廷臣を欠く。ところが、西源院本、天正本（巻四〇）には9がある。西源院本・天正本は、2鷹司左大臣（冬通）を「左大臣道嗣公」（近衛道嗣は当時、前関白左大臣）と誤ることも共通するのだが、西源院本は右の梵舜本に《■》と表示した部分に、次のように記す。

其跡ニハ9別当忠光、中原頼章、御禊之官人ニテ火長・看督之長・掻副・走下部、何レモ美々敷ゾ見ヘタリケル。中ニモ（10）西園寺・（11）四条・（12）洞院、衣冠ニ帯剣シテ、随身之侍、如前雑色・童僕迄デ悉ク尽善、竭美、今日之壮観ヲ事トセリ。

『さかき葉の日記』は「別当。例事ながら供官人などことごとしきさまにみゆ」（内閣文庫『扶桑拾葉集』巻第十四下）、『兼熙卿記』が「別当忠光卿　官人章頼　行粧驚目」と具体的であるから、西源院本は後者を参照している（頼章は章頼の誤り）。章頼は「供官人」であり、検非違使として別当忠光（権中納言従三位）のお供をしていた。それを西源院本は行幸・御幸などの際、後尾に警衛役として参仕する「御後官人」とみなし、廷臣記事の末尾に置いた。西源院本（天正本も同様）の形では、公卿忠光までもが御後の官人であるように読めてしまう。西源院本は史料を再参照して、先行の『太平記』に9が欠けていることに気づき、右のように補ったものと思われる。

天正本は、西源院本の「中ニモ」以下を次のように記す。

此次ノ10西園寺中納言、11四条宰相、12洞院宰相中（「将」脱）、衣冠ニ帯剣シテ随身・侍・如木ノ雑色・童僕マデ何レモ尽善、尽美今日ノ壮観ヲ事トセリ。

西源院本の（10）（11）（12）を（　）付き番号にしたのは、西源院本は梵舜本同様「10西園寺中納言・11四条宰相・12洞院宰相中将」と前記しており、再述になるからである。ところが、天正本は１２３４５６７８を挙げて「位次ヲ守テ供奉ラレタリ」と括ったのち、「其跡、別当忠光、9中原頼章……」「此次ノ10西園寺中納言……」と続ける。したがって、天正本には13から23の殿上人の記述が無い。西源院本の形と天正本の形の先後関係はここだけでは決しがたいが、天正本が西源院本のような形を整理したとみなすのが最もわかりやすい。

西源院本には、梵舜本に《A》《B》と表示した箇所に次の記事がある。

《A》今度ハ自何ツモ（いつよりも）藤氏之卿上・雲客、奇麗ヲ尽シテ神幸ニ可被供奉ト其沙汰アリ。将軍ヲ奉始、武家大名之構へ不及申ニ。

《B》洛中之貴賤、桟敷ヲ構へ奉拝シ。既ニ其日ニ成シカバ、長講堂之南庭ニ布席ヲ（席をしき）参仕之諸卿、次第ニ被着座セ。

《B》の「洛中之貴賤、桟敷ヲ構へ奉拝シ」は、《A》に続く内容であるが、その間にある天候をめぐる記述によって分断されている。また、《B》の傍線部は梵舜本傍線部（西源院本にも存在）と同内容であるが、《B》傍線部が先行することにより、嗣房の行動と諸卿の参着の前後関係があいまいになっている。『さかき葉の日記』は「辰時に南曹弁嗣房、寺（注、神木の置かれた長講堂）へは参て事ども奉行す」とあり、公卿の参着は「午時」である。《A》に関わる記述は『さかき葉の日記』に「将軍、六条わたりに桟敷を構て見物し給しかば、……」とある。西源院本はこれらに拠り、記事を補ったと考えられる。

天正本は《A》《B》を直結し（その間の天候をめぐる記事がない）、西源院本のような難がないが、南曹弁嗣房の記事、「午刻計」の左大臣以下の参着記事などを欠く。これも西源院本の形を整理した結果とみなされる。

以上のように、依拠史料に近い梵舜本のような形が（9を欠くことを除き）本文的にもっとも問題が少ない。長坂成行氏は、[3]『神木入洛記』の依拠本が梵舜本に近いことを明らかにして、「十五世紀後半の『太平記』の本文の一様相を伝えていることが、『入洛記』の存在によって逆に証明できる」と述べている。本節の検討結果も梵舜本が、時に優良な本文を伝えていることを示す。ただし、時に、である。同じ二条良基の著述（〔小学館新編全集④四三四頁〕頭注九参照）にもとづく巻四〇（巻四一、四二とする伝本もある）「中殿御会事」の場合、諸本に大きな異同はなく先後関係を論じることは困難である。

二、延元元年（一三三六）後醍醐帝山門臨幸

北条残党鎮圧後も鎌倉に留まり、朝廷の意向に従わない足利尊氏に官軍が向かう。尊氏はそれを撃ち破って建武三年（二月二九日に延元改元）正月に入京する。後醍醐帝は山門に逃れるが、ひとり馳せ参じた「吉田内大臣定房公」（前内大臣であるが、ほとんどの諸本がこのように記す）が慌てふためいて差配した臨幸（『太平記』巻一四）であった。尊氏は官軍の反撃に遭い敗退するが、勢力を回復して九州から攻め上る。これに応戦した正成が討死し、義貞も退却すると、後醍醐帝は五月二五日に再び山門に逃れる（同巻一六）。本節で問題とするのは、再度の臨幸であり、今度は廷臣がこぞって付き従ったという。

この廷臣列挙記事は大きく二系統（ここに限っての区分）に分かたれる。

〈広本系〉西源院本。玄玖本、徴古館本、松井本。南都本。米沢本。

〈略本系〉神田本。前田家本。毛利家本。梵舜本。流布本。天正本。京大本・武田本。中京大本。釜田本。

まず西源院本の記事を示す（ABCDに分かち、Aには官職を区切る「／」を加えた。また、ADの人員に数字またはアルファベット小文字による番号を付した）。

A「宗徒ノ人々」ニハ、1〈右傍記：近衛殿〉関白左大臣経忠公、2洞院右大臣公賢公、3吉田前内大臣定房公、／4三条大納言公明公、5洞院権大納言公泰公、／6御子左権中納言為定卿、7四条右衛門督隆資卿、8徳大寺中納言公清卿、9洞院左衛門督実世卿、10西園寺左兵衛督公重卿、11菊亭中宮権大夫実真、12北畠別当顕家卿、13吉田中納言光継卿、／14坊門参議藤原清忠卿、15同実治卿、16三条坊門源宰相中将通冬卿、17勧修寺藤原経顕卿、18千種宰相中将忠顕卿、19禅林寺宰相中将有光卿、20葉室中宮亮長光卿、21頭大膳大夫経秀朝臣、22日野正

三位藤原資明卿。

B「前官」者、前権大納言藤原師基卿、（一五名略）、正四位下藤原宗兼。

C（説明がないが、以下は「非参議」）二位中将良忠、（一〇名略）、清房卿已下、末々ノ公卿ハ注ニ不及。

D「雲客」者、a中院左中将定平、b頭大夫藤原行房朝臣、c左中弁宣明、d式部少輔藤原範国、e右衛門権佐藤原光守、f皇后宮大進定親、g左近中将源具光、h右少弁藤長、i勘解由次官光任、j弁少将藤原実夏、k高倉右衛門佐範貞、l持明院中将保有、m薗中将基隆、n佐々木野少将守賢、o室町中将実郷。

3はB「前官」に入れてよさそうだが、略本も含め、諸本ここに位置する。巻一四の臨幸を差配したこともあり、ここに置いているのであろう。現任公卿についていま少し注記する。1経忠は八月一五日践祚した光明帝の詔により関白（公卿補任）、五月時点では摂政・関白は欠員。4公明は権大納言、6～13は兼官のみを示す例もあるがいずれも権中納言、14～22は参議である。15は徴古館本等では「三条参議実治」とあり、『公卿補任』の並びからも、三条実仲の子、兄公明の養子として家を継いだ実治であろう。21は三月二日、参議に任ぜられた（元蔵人頭大膳大夫）中御門経季の誤記または誤写。18の忠顕は「正月日出家」（公卿補任）、22の資明は「八月十五日還任」であり、ここに載せるのは適切ではない。このように細部に問題をはらむが、序列も含め『公卿補任』にほぼ合致する（4と5は公泰が先任であるが、公明は「位公泰上」）。

雲客（殿上人）の記載もおおむね正確とみなされる（『公卿補任』、飯倉晴武校訂『弁官補任』、群書類従『職事補任』を参照）。西源院本が新たな詞章を持ちこんでいる例は前節に見たところである。しかし、簡単にここも同例とは決めつけられない。

徴古館本は次のように記す（1の名を「公忠」と誤るのは玄玖本系の特徴の一つ）。

1近衛関白左大臣公忠公、2洞院右大臣公賢公、3吉田内大臣定房公、／4三条大納言公明卿、5洞院権大納言公泰卿、／6御子左権中納言為定卿、8徳大寺中納言公清卿、13吉田中納言光継卿、／14坊門参議清忠卿、15三条参議実治卿、16三条坊門源宰相中将通冬卿、18千種宰相中将忠顕卿、19禅林寺宰相中将有光卿、／22日野正三位資明卿、／7四条右衛門督隆資、9洞院左衛門督実世、10西園寺左兵衛督公重、11菊亭中宮権大進実平、12北畠別当顕家、20葉室中宮亮長光、21頭大膳大夫経秀、

徴古館本は6～13の権中納言のうち、西源院本が「中納言」と明記する6・8・13を「卿」の敬称を付して先に記し、14～19の参議（宰相）および22「日野正三位資明卿」を間にはさんで、7・9・10・11・12を続ける。さらに西源院本の17「勧修寺藤原経顕卿」を欠くのだが、経顕には何の官位も示されていないからであろう。徴古館本の形は西源院本の官位表記に強く規制され、それを形式的に整理したものである。

徴古館本に近い玄玖本（17経顕がある）は、同じく「卿」の敬称を付す6・8・13を先に記し、7・9・10・11・12に「朝臣」を付して続ける。西源院本が21「頭大膳大夫経秀朝臣」と記すのは、14～22の参議の中で経秀のみが四位（正四位下）だからであるが、[4]玄玖本は無定見に朝臣を付している。徴古館本とは異なるが、これも西源院本の官位表記を前提にして形式的な整理を行っている（松井本は玄玖本に近いが、異同あり）。

南都本系のAは略本系に近い。また、BとCを一括して位の順に配列しなおしている（玄玖本系の徴古館本も同様）。米沢本は西源院本に近いが、10「西園寺左兵衛督公重卿」（権中納言）を「竹林院大納言公重」（略本系に同じ）として大納言の列に移している。

このように広本系では、西源院本以外の伝本にそれぞれ問題がある。

次いで略本系の神田本を示す。■は広本系にはない人物。

A摂録ノ臣ハ申ニ及バズ、3吉田内大臣定房公、10竹林院大納言公重、■万里小路大納言宣房、6御子左大納言為定、17勧修寺中納言経顕、9洞院左衛門督実世、18千種宰相中将忠顕、20葉室中納言房次（天正本「―長光」）、7

四条中納言隆資

D殿上人ニハ、a中院左中将貞平、m薗中将基隆、h甘露寺頭弁藤長、14左大弁宰相清忠、d岡崎左中弁範国、b一条頭中将行房

略本系はA・Dのみであり、それぞれの人数も少ない。A「摂録ノ臣ハ申ニ及バズ」とあるが（梵舜本、京大本などはこの記述が無い）、前述のように当時、摂関は欠員であり、広本系1「関白左大臣経忠公」を念頭においている可能性がある。D殿上人の中に14「左大弁宰相清忠」（延元元年、参議右大弁。翌年正月七日転左大弁）を置く。梵舜本等は「宰相」を不適切と判断したのか「左大弁清忠」としている。

さらに、3定房は広本系も同様だから措くとして、略本系Aの人員の官位は一致する年次が存在しない。■宣房は前大納言であり、延元元年正月日には出家している。18千種宰相中将忠顕も正月日出家、六月七日には討死（『太平記』巻一七）しているから、延元元（建武三）年以外に候補は無いが、10公重の任権大納言は暦応元（建武五）年、6為定の任権大納言はさらに後の貞和二年のことである。

注意したいのは、当該事件の記録にもとづく前節とは異なり、広本系の拠る『公卿補任』は当時の史料にはちがいないが、ことわるまでもなく供奉者の記録（恐らく存在しない）そのものではない。『太平記』が描こうとしたのは、廷臣がこぞって参仕したという光景であり、その材料として『公卿補任』を利用した。この記事の初期の姿を留めるのが西源院本であるが、西源院本の記す面々が実際に供奉したとは限らないことも承知しておくべきであろう。

三、延元元年（一三三六）還幸

五月に山門に逃れた後醍醐であったが、京・近江での戦いに敗れ、尊氏の誘いにのり、春宮恒仁・新田義貞らを北

国に下し、みずからは一〇月一〇日に京に還幸する（『太平記』巻一七）。その還幸供奉の廷臣を問題にする。丸付き数字は還幸記事での順序、〔 〕内は巻一六臨幸の際の番号および表記である。

還幸ノ供奉ニテ京都へ出シ人々ニハ、①吉田内大臣定房〔3吉田前内大臣定房公〕、②万里小路大納言宣房〔■ナシ〕、③御子左中納言為定〔6御子左権中納言為定卿〕、④侍従中納言公明〔4三条大納言公明公〕、⑤坊門宰相清忠〔14坊門参議藤原清忠卿〕、⑥勧修寺中納言経顕〔17勧修寺藤原経顕卿（巻一六では参議の一員）〕、⑦民部卿光経〔■ナシ〕、⑧左中将藤長〔h右少弁藤長〕、⑨頭弁範国〔d式部少輔藤原範国〕

西源院本を引いたが、前節でとりあげた伝本のうち、徴古館本が④を欠き（玄玖本・松井本はあり）、毛利家本が⑥を欠く他は諸本に人員の出入りはない。詳細は省くが順序の異同も少なく、官職も③「左中将」（天正本）、⑧「左中弁」（神田本。玄玖本系。南都本。前田家本。毛利家本。釜田本）、⑨「左少弁」（神田本）、「右少弁」（前田家本。毛利家本。米沢本。釜田本）という異同があるが、公卿に限れば相違は天正本③のみである。

巻一七の中では大きな相違はないといえるのだが、〔 〕内に示したように、巻一六臨幸供奉と較べると見逃せない異同がある。朝敵退散再現を期待した巻一六に対して、ここは実質的には投降であるから、供奉者がわずかであるのは当然として、②⑦のように巻一六では名の挙がっていない者がいる。②の宣房は略本系巻一六（神田本など）には名を連ねるが、前述のように建武三年（延元元年）正月に出家しており、建武元年に七七歳（公卿補任）だから七九歳の高齢。山門供奉は疑わしく、略本系はここに登場するから巻一六にも名を挙げた可能性がある。

④公明は、［小学館新編全集④三九一頁］頭注一九に「建武三年五月二十五日大納言、九月十一日薨（公卿補任）。ここにその名が出るのはおかしい」と指摘がある。官職を「侍従中納言」としているのも問題である。

逆に⑥経顕は、巻一六の参議を「中納言」としている。経顕は翌建武四年光明帝のもと、正月七日に権中納言に任ぜられているが、さかのぼる正慶元年（一三三二。元弘二年）一〇月に権中納言に任ぜられており、翌年五月一七日、後醍醐帝の復帰により、止職（光厳帝のもとでの任叙は廃された）。建武元年（元弘四年）一二月一七日、参議に還任という経歴をたどっている。『太平記』巻九、後醍醐方の軍勢に攻め立てられた在京の北条勢は光厳帝らを奉じて鎌倉をめざしていた。

供奉ノ卿相雲客、皆方々へ落散給ケル程ニ、今残ル人ニハ日野大納言［資名、勧修寺中納言経顕、綾小路中納言重資、禅林寺宰相有光計ゾ、龍駕ノ前後ニハ被供奉ケル。

（梵舜本。西源院本は「日野大納言重賢」として［　］内誤脱）

しかし、行く先をさえぎられた北条勢が近江馬場で集団自決をとげ、光厳帝は「経顕・有光ノ卿二人ヨリ外ハ供奉仕ル人モナシ」というありさまで網代輿に載せられて都に帰ることとなった。『増鏡』も次のように記す。

御所々々の御供には、俊実の大納言・経顕の中納言・頼定の中納言・資名の大納言・資明の宰相・隆蔭などぞ残りさぶらひける。俊実・資名・頼定などは、やがてそこにて髻切りてけり。

（岩波古典大系四八四頁）

『増鏡』に名のあがる資明も経顕と似た経歴をたどっており、正慶元年一〇月二一日任権中納言、翌年五月一七日止職、延元元年八月一五日、参議に還任、建武四年正月七日に権中納言に返り咲いている。その後この両名が北朝の権臣として競い立ったことは、宝剣進奏の記事（西源院本巻二六。伝本により巻二五、巻二七）が記している。

このように経顕は光厳院に忠を尽くし、その後も持明院統の重臣として活動した。巻一七後醍醐還幸に際して、吉田定房・万里小路宣房・坊門清忠ら後醍醐側近に伍して名を連ねるのはきわめて不自然である。他の人員⑦民部卿光経も還幸以前の六月に出家しており（公卿補任。当時権大納言）、供奉したとは考えがたいが、建武新政下、万里小路藤房の後任の上卿として「九条民部卿光経」が恩賞の沙汰にあたった（巻一二。建武元年一二月一四日に止卿）。⑨頭弁範国は還幸記事に先だって、動きだしていた鳳輦を義貞家臣が押しとどめる場面で「頭弁範国、剣璽ノ役ニ随テ」（神田本も「頭弁」）と登場している。

⑦民部卿光経の事例からすると、どうやら『太平記』はこれまでの記事の中から還幸の場面にふさわしいと思われる人物を選び出しているようだ。⑥中納言経顕も巻九光厳帝に供奉した記事ゆえにこの巻一七に顔を出している。②万里小路大納言宣房およびすでに死去している④侍従中納言公明にも巻三の次の場面がある。徴古館本を引く。神田本は欠巻。配列に多少の相違はあるが、確認した伝本（南都本は欠巻なので筑波大本によった）の中で以下に述べる西源院本を除き、人員の出入りはない。

此彼にて被虜給ひける人々には、先(ア)第一宮中務卿親王尊良・(イ)第二宮妙法院親王尊澄・〈(ウ)峰僧正春雅〉・〈(エ)東南院僧正聖尋〉・(オ)**万里小路大納言宣房**・(カ)花山院大納言師賢・(キ)按察大納言公敏・(ク)源中納言具行・(ケ)**侍従中納言公明**・(コ)別当左衛門督実世・(サ)中納言藤房・(シ)宰相季房・(ス)平宰相成輔・(セ)左衛門督為明・(ソ)左中将行房・(タ)左少将忠顕・(チ)源少将能定・(ツ)左少将隆兼・〈(テ)大塔宮執事法印澄俊〉

西源院本には(ス)成輔以下が無く、(イ)を「尊隆」、(エ)を「東南院聖主」とし、(キ)を「葉室大納言公政」とする。公政は不詳。「按察大納言公敏」であれば『公卿補任』元弘元年（一三三一）に「前権大納言正二位。按察使。八月廿四日供奉笠置城臨幸」とある。公敏の他の公卿、(オ)・(カ)・(ク)（権中納言）・(ケ)（侍従中納言）・(コ)（権中納言。左衛門督。使別当）・(サ)・(シ)・(ス)（前参議）の表記はほぼ正確である。

傍線を付した中務卿親王・実世・行房は巻一七で春宮・義貞とともに北国下向、妙法院宮は遠江国（太平記以外の資料による異説もある）へ落ちた。網掛けを施した具行・成輔は処刑され（巻四）、師賢（巻四）・季房（巻一二）は配所で死去、藤房は巻一三で遁世したことが語られる。忠顕は還幸以前に討死（巻一七）。(キ)公敏は元弘元年一〇月一二日出家、『洞院系図』（大日本史料六編一六冊六五頁）に観応三年（一三五二）二月四日に薨ずと記されるが、その間の詳細は不明で、『太平記』にも巻四以降登場しない。(チ)能定、(ツ)隆兼も右の場面にのみ登場。(セ)左衛門督為明が問題で、二条中将為明（玄玖本・天正本など）、左兵衛督為明（前田家本・釜田本）という異表記がある。二条（御子左）為明は貞和三年非参議従三位。尻付に元弘元年の前年元徳二年二月二二日右兵衛督、同二七日去督とあり、貞和三年正月五日に従三位に叙せられ「前右兵衛督」とある。次節で扱う巻三〇で南朝に参向した廷臣の中に「二条宰相為明」と登場するが、その間のことは語られない。以上の人物の他、〈　〉で括った僧侶を除くと、笠置で囚われたと記されている廷臣の中から「万里小路大納言宣房」と「侍従中納言公明」とが浮かびあがってくる。

『太平記』は、これまでの記事の中から巻一七還幸の場面にふさわしい人物を、参照した記事の表記のまま採録している。そう考えてはじめて、不可解な人選・官職表記の謎が解ける。

四、正平六年（一三五一）北朝廷臣の南朝参向

西源院本巻三〇「吉野殿与義詮朝臣御和睦事并諸卿被参事」を中心に扱う。神田本は欠巻。甲類の徴古館本（玄玖本系は同じ特色をもつが、玄玖本には左に引く列挙記事の６７に誤脱あり。松井本も、南朝の降格処分の例外者ＡＢ二名のＢを「御子息左中納言為定卿」と誤る）・南都本および乙類の毛利家本・梵舜本・流布本は巻三〇。乙類の前田家本・米沢本は巻三一。丙類の天正本は巻二九。丁類の京大本・釜田本は巻三一（武田本、中京大本も確認したが、省略や名前の混乱がある）。

観応元年（南朝の正平五年。一三五〇）にはじまった幕府の内紛（観応の擾乱）は同二年に一旦終息するが、足利直義が京都を逃れ越前から鎌倉に向かうと、尊氏が追撃する。京都の守護に残された義詮が南朝の攻撃を恐れ和議を申し入れると、南朝も思惑を隠してこれを受けいれる（いわゆる正平一統の実現）。存立基盤を失った「此間持明院殿方（北朝）ニ拝趨セラレケル諸卿、皆賀那生殿（南朝）へ参ゼラル」という事態となる。

〈当職之公卿ニハ〉１二条関白太政大臣良基公・２近衛右大臣道嗣公・３久我内大臣右大将通相公・４葉室大納

言長光・5三条大納言公忠・6鷹司大納言左大将冬通・7洞院大納言実夏・8三条大納言実継・9今小路大納言良冬・10西園寺大納言実俊・11松殿大納言忠嗣・12裏築地大納言忠季・13大炊御門中納言家信・14四条中納言隆時・15菊亭中納言公直・16二条中納言師良・17花山院中納言兼定・18葉室中納言公定・19万里小路中納言仲房・20徳大寺中納言実時・21二条宰相為明・22勘解由小路（「左」脱）大弁兼綱・23三条宰相公豊・24坊城右大弁経方・25日野宰相教光

〈殿上ニ者〉26左中弁時光日野・27右中弁隆家・28右中弁保光・29権右中弁親顕・30左少弁忠光・31右少弁信兼・32勘解由次官行知・33右兵衛佐嗣房

この他あらゆる人々が「我前ニト」馳せ参じたが、各員の官途は持明院殿のなされたものだからと「一級一官」を落とされた。しかし、二名の例外があった。

A三条源大納言通冬卿トB御子左中納言為定計ハ本ノ官位ニ復セラレケル。是ハ吉野殿へ内々音信ヲ申サレシニ依テ也。

右1〜33の廷臣の官職は観応二年一一月時点とは大きく異なるが、殿上人も含め、ほぼ満たす年次が存在する。六年後の延文二年（一三五七）であり、西源院本は記載順も『公卿補任』同年に合致する。ただし、1良基は、貞和二年（一三四六）二月から延文三年一二月まで関白。貞治二年（一三六三）六月から同六年八月まで再び関白。康暦三年（一三八一）七月に太政大臣（関白は師嗣）となるが、翌年四月には摂政となっている。関白太政大臣であった時期はない。南都本、天正本などは関白左大臣とし、右の列挙記事が左大臣に言及していないので、この形がよさそうだが、関白左大臣であったのは貞和三年九月から同五年九月までであり、合わない。事件当時の観応二年も、いまから問題にする延文二年も「関白」である。また、27隆家は徴古館本・南都本・天正本などの左中将（『職事補任』文和五年正月二八日補。延文三年八月一二日任参議）がよい。

西源院本も完璧ではない。しかし、他本には別の大きな問題がある。西源院本・天正本をのぞく伝本は22と23の間に「堀川宰相中将家賢」を置くが、延文二年は前権中納言。同じく西・天両本以外の伝本は、25の後に「中御門宰相宣明」（南都本は前宰相）を置くが、延文二年時は前権中納言。また、天正本のみ殿上人の最初に「中院中将具通」を置く。延文二年時、右中将であるが、「非参議従三位」で公卿である。

西源院本の記す官職が延文二年時に一致することは、はやくに鈴木登美恵氏が指摘している。(5) 鈴木氏は右の記事にくわえて、巻三二の後光厳帝美濃臨幸記事の官職にも同様の現象が見られることから、尊氏の没年（延文三年四月）を記した「巻三十三あたりで筆を措いた作品が存在し」、巻三〇・三二の官職名はその執筆時点の年時と関係をもつのではないかと推定した。

しかし、巻三〇（天正本巻二九）の廷臣列挙に続いて記される「新待賢門院」の院号、北畠親房の「准后之宣旨」、日野僧正頼意の東寺長者補任、忠雲が梨本門跡を管理したこと等は、諸注（〔岩波古典大系三〕〔小学館新編全集④〕当該箇所の頭注）が指摘するように正平六年（観応二年）のこととみてよい。また、巻三二（天正本巻三一）後光厳践祚記事に「三条内大臣公秀公ノ御娘、後ニ陽禄門院ト申シ、御腹ニ生サセ給タリシガ、今年十五歳ニ成セ給フヲ、日野春宮権大夫保光ニ仰セテ、賀名生へ取奉ラントセラレケルガ」と登場する人物も、践祚の観応三年八月時点にほぼ合致する（保光は「春宮権大進」『職事補任』）。『太平記』は観応二、三年当時の正確な情報を持ちあわせている。

巻三二の美濃臨幸記事についても永和本を参照する必要がある。(6) 文和二年（一三五三）六月一三日の供奉者はわずかであり、九月の還幸時の記録（『敏満寺文和臨幸記』大日本史料六編一八冊。以下『敏満寺』）を転用したものである。永和本は次のようである。

i二条ノ関白、ii近江〔衛〕ノ右大臣、iii三条ノ大納言実継、iv西遠〔園〕寺大納言実俊、v松殿大納言忠制〔嗣〕、vi四条中納言隆持、vii菊亭中納言公直、viii右大弁俊冬、ix左中弁時光、x勘解由次官行知、（梶井二品親王、

以下は略す）

ⅰからⅶは、『敏満寺』参仕者「公卿」から前官・参議・非参議を除いた七名に等しい。つづく三名は「殿上人」三七名の中の人員である。西源院本等の伝本は、良基を「二条前関白左大臣」（「関白」がよい）とし、さらに「正親町大納言忠季、大炊御門中納言家信、花山院中納言兼定、右大弁経方」（天正本は「日野左少弁忠光」も）を加えているが、彼等は『敏満寺』には不出。問題は傍線を施した五名の官職名が『敏満寺』とは異なることである（ⅳ衛門督、ⅴ中納言、ⅶ宰相中将、ⅸ右少将、ⅹ前右衛門佐）。西源院本等も同じであり、傍線部は鈴木氏の指摘したように巻三〇の官職名（延文二年時）と重なる。しかし、巻三〇に登場しないⅷ「右大弁俊冬」は文和二年臨幸当時の官職名である。『敏満寺』は「頭右大弁俊冬朝臣」とするが、蔵人頭となったのは同年七月二日であり、九月の還幸時の記録だからである。ⅷ俊冬は、伝本により右中弁、左大弁、頭弁などと異なるが、いずれも延文二年時の官職名（前参議）ではない。永和本は、『敏満寺』に拠りながらも、先だつ巻三〇にも登場する人物については、官職表記を揃えたと考えられる。ここでも『太平記』は、事件当時（文和二年）の情報を承知の上で記事を仕立てている。

巻三〇の廷臣列挙記事の官職名が延文二年と関わるのは、執筆時点の影響ではなく、意図的な設定とみるべきである。

延文二年とはいかなる年時か。観応三年閏二月、南軍（後村上勢）が足利勢を京都から追い落とし、正平一統が破綻。五月には南軍が劣勢となり、退却。その際北朝の三上皇および直仁親王を賀名生へ連れ去る。幕府は後光厳帝を擁立。その翌年文和二年（一三五三）六月、南軍の京都突入により、足利義詮は後光厳を奉じて美濃小島へ逃れる。文和三年一二月から翌年三月にかけても京都攻防戦（神南合戦、東寺合戦）があったが結局南軍は退却（巻三二）。延文二年二月、光厳上皇らが京都に戻される（巻三三）。『太平記』は続いて、長らくの戦乱に東寺合戦がとどめとなり、公家が困窮し武家が奢る時代となった、と語る。延文二年は、正平一統破綻の後、二度にわたる京都争奪戦をへてたどり着いた、新たな節目の年なのである。

北朝廷臣の南方参向記事にもどる。降格の憂き目をみなかったという二名がいた。A通冬は観応二年時「大納言正二位」で『公卿補任』に「十二月廿六日参南方」と注記がある。しかし、『園太暦』観応三年正月五日条、南方御所での叙位記録には「従二位源通冬」とあり、同一七日条に南方から戻った通冬自身の言葉として「権中納言」に任ぜられたとある。通冬は位階が下げられているのである。B為定（流布本が「大納言」とする他は「中納言」）は、観応二年時「前権大納言正二位」であり、「中納言」とすること自体がおかしい。『公卿補任』に「参南方（南山）」と注記される人物は一三名おり、21二条為明は観応二年に非参議従三位であったが、「参南山。任三木云々」とある。井上宗雄氏は、正平一統とは別に、南北両朝合体の動きがあった頃、為明が密かに南朝に至って観応二年「四月任参議、十、十一月頃にも南山に祗候したらしい」と紹介している。(7)「吉野殿へ内々音信ヲ申サレシニ依テ」「本ノ官位ニ復セラレケル」というのであれば、この為明などがふさわしい。通冬・為定二名の特記記事は、観応二年時点では不可解である。

『公卿補任』観応二年に「参南山」と注記のある一人に御子左為忠（為定の従兄弟。為明の弟。当時非参議従三位）がいる。為忠は、「南朝歌壇で歌道師範的な地位を以て活躍し」（注7井上著六七一頁）、延文二、三年頃は「南朝前中納言で、頻りに歌書を書写していた」（同五三一頁）。B為定は為忠の誤りではなかろうか。また、A通冬は正平十四年（延文四年）六月に新待賢門院七七忌御願文（群書類従二九輯）を著し、「別当正二位行大納言兼右近衛大将通冬」と署名、任大納言の時期はわからないが、観応二年時の官位「大納言正二位」を回復している。通冬・為忠も、南方討伐を期す畠山道誓の大軍上洛の報におびえ、延文四年冬には京に戻る（『園太暦』一一月一日、四日。一二月一三日条）。具体名は無いが帰京者のいたことは、『太平記』巻三四も語っている。

『太平記』は、延文二年時点で両名がまだ南朝にとどまっていたことを念頭に、いわば結果から振り返って巻三〇南方参向記事を創りあげた。その執筆は、両名の帰京をも見届けた後の延文五年以降の時点であっても決しておかしくはない。

おわりに

以上のように、『太平記』は場面ごとに適切と判断した根拠にもとづき、異なった手法によってそれぞれの廷臣列挙記事を仕立てあげた。その根拠が我々の予期する「史料」とかけ離れていることがあり、場当たり的にも見える。しかし、記録類ではないのだから記載内容の誤りは特に問題にするまでもない、と片づける前に、『太平記』作者たちの工夫を読み解く試みが必要であろう。

注

（1）［小学館新編全集④四一五頁］頭注が、この章段が二条良基『さかき葉の日記』によることおよびその研究史を簡潔に記している。

（2）『兼煕卿記』は橋口裕子「吉田兼煕の歌壇活動――『吉田家日次記』貞治五年の記録を通して――」（国文学攷131、一九九一・九）による。

（3）長坂成行「内閣文庫蔵『神木入洛記』――『太平記抜書』の類として、付翻刻――」（奈良大学紀要16、一九八七・一二）

（4）『職原抄』（群書類従）の参議に「四位任之者猶称某朝臣」とあり、『職原抄秘註』（宮内庁書陵部蔵、清原宣賢自筆本。国文学研究資料館の画像による）が「四位ニテ参議ニ任ズレバ某朝臣ト殿上人ノ時ノ如ク物ニモカキ名ニモ呼也」と説明している。

（5）鈴木登美恵「太平記の書き継ぎについて」（文学・語学14、一九五九・一二）

（6）今井「永和本『太平記』の復権」（本書第一部第六章）。以下の臨幸記事についても略記した。

（7）井上宗雄『中世歌壇史の研究　南北朝期』（明治書院、改訂新版一九八七年。五〇七頁）。『園太暦』観応二年一二月一四日条、文和元年二月一〇日条参照。

第二部　日付・年次構成

第一章　年次構成の特性――建武年間――

はじめに

『太平記』の読みづらさの一因に日付表記が関わる。『太平記』のように、類同の相貌の記述があくことなく綴られていく印象の強い作品を読み進める時、日付は不可欠の指標であるが、それを信用しかねる場合がしばしばある。以下、日付の問題を「月日の混乱」と「年号の混乱」とに分け、『太平記』の全体像に影響を与える年号の混乱を「建武年間」「欠巻前後」（次章）に分けて検討する。

テキストには玄玖本を用いるが、必要に応じ、他の古態本および流布本を参看する。以下のように略号で示す場合がある。**神**（神田本）、**西**（西源院本）、**徴**（神宮徴古館本）、**松**（松井本）、**流**（流布本：岩波古典大系）

1、月日の混乱

月日の矛盾・混乱には大きくＡＢ二種類のものがある。

Ａ一回性のもの（その箇所のみで他に波及しないもの）

Ａ１諸本共通

例、巻二　資朝処刑の日付「五月廿九日」(1)。俊基鎌倉下着（七月二六日）の後、謀叛関係者の死罪が決まり、「先（まづ）」資朝の処刑が佐渡に通達されたとあり、日付が遡行している。

A2玄玖本系にみられるもの(2)

例、巻四　後醍醐帝配流の日付「三月十七日」（**神西流**など三月七日）。記事の順序としては「三月十一日」の尊良・尊澄配流に続くわけで問題無いが、先行する「三月八日」の記事に「昨日」先帝を配流した旨記述あり。

A3玄玖本固有の問題

例、巻六　天王寺の石鳥居に遺された人見と本間の署名の日付（〈　〉内は玄玖本の丁数、表・裏）。

人見「正慶元（「二」に「元」と上書）年三（「二」に横線を加えて「三」）月二日」〈20ウ〉。

徴「正慶二年二月二日」**松**「正暦（ママ）二年二月二日」。

本間「正慶元（「二」に「元」と上書）年仲春二日」〈20ウ〉。

徴「正慶二年仲春二日」**松**「正暦（ママ）二年仲春二日」。

これに先立つ、京都に集結した幕府軍の軍勢手分けの日付が「元弘三年閏二月三日」〈14ウ〉。赤坂城攻撃勢の矢合予定が「三（「二」に横線を加えて「三」）月三日」〈15ウ〉。**徴松**「二月三日」の二月は（閏）二月の意であろうが、京都と赤坂の隔たりを考えれば、軍勢手分けと同じ日付ではおかしい。流布本は軍勢手分けを「元弘三年正月晦日」、赤坂矢合を「二月二日」としている。玄玖本が「三月」と手直ししたのも、不具合の解消をはかったものであろう。赤坂城にむかった人見署名の「三月」もこれに連動していると考えられる。ただし、本間署名の「仲春」（二月）は放置しており、補訂は徹底されていない。

玄玖本の問題点は「正慶元年」への補訂にも現れている。軍勢手分けが元弘三年であり、持明院統の年号正慶二年のままでよいはずである。この訂正がなぜなされたのかは、玄玖本のみに見られる巻六巻末記事によって説明できる。玄玖本は「元弘モ三年ニナリニケリ」の一節を含む文章〈23ウ〉を別筆で補っている。他の巻は本文最終行と尾題との間に一行分の空白があるが、巻六巻末の補充詞章はその空白を埋めて記されており、玄玖本本来のものでないことは明らかである。続く巻七巻頭が「元弘三年正月十六日」の日付で始まるため、巻六巻末に右の詞章を補い、遡って本間・人見の年次を元弘二年に当たる「正慶元年」に改めたのである。

玄玖本の補訂者は、日付に注意を払っているが、その補訂は首尾一貫したものではないことに留意しておくべきである。

Bあるまとまりを持ったもの

例、巻七、二階堂勢の吉野城攻撃「元弘三年正月十六日」。巻六に、軍勢手分けを「元弘三年閏二月二日」とし、続く赤坂責めを前述A3に述べたように「(閏)二月」の事としていることと矛盾する。『参考太平記』以来諸注、吉野攻撃を二月の誤りかとし、さらに、新田義貞の取得した綸旨の日付「二月十一日」を、巻一〇に「去三月十一日」とするのが正しいかとする。しかし、巻七の記述は以下のように続く。

正成勢に手を焼いた六波羅が、頼みとする宇都宮を千破剣城に向かわせるが、「楠ガ城強シテ京都ハ無勢」と聞きつけた赤松が勢力を伸長し、摩耶に城郭を構える。これに驚いた六波羅は四国勢を差し向けようとするが、折しも「閏二月四日」伊予より早馬が到来した。

「正月十六日」は巻六とのつながりから言えば、矛盾に違いないが、以下の巻七の一連の記述は「正月十六日」を起点としてなされているのであり、部分的な修正では収まらない。

同種の例は巻一三直義の鎌倉落ち「八月廿六日」(後述)、巻一八後醍醐帝の京都脱出「八月廿八日」(巻一七と矛盾するが、巻一八はこれを起点としている)、巻二〇八幡宮方勢の退却「六月廿七日」(3)、巻三三菊地少弐合戦譚中の日付「三月十日」(4)などいくつかみられる。これに類するものは『平家物語』延慶本に小規模ながら存在するが(5)、慎重に仕組まれた延慶本のあり方に比べ、『太平記』のそれは、接合点を露呈し、未完成未整理の印象を強く与えるものである。

2、年号の混乱

年号の混乱も月日の場合と同様に二種類に分けて考えることができる。ただし、月日の混乱が比較的簡単にそれと分かるのに対し、年号の場合は、一回性のものかどうかは、全体の年次構成を明瞭にしたうえでなければ、判別しがたい。また、年号の混乱は当然のことながら、月日以上に影響するところが大きく、月日の混乱のあるものは年次のそれに由来しているように思われる。前記巻一三の「八月廿六日」や巻一八の「八月廿八日」があげられるのだが、前者は本章において「建武年間」の記述の問題の一環として扱う。後者については、欠巻の成因に関わる問題として第三章二1で扱う。

一、「建武」以降の年次構成

まず巻一二から巻一六までの年号表記を一覧しておく。

〈表1〉

巻	太平記記事	流布本	西源院本	神田本	玄玖本
一二	公家一統の世到来	其　二夏比	其　三夏比	（欠巻）	其　三夏比
	〔護良、尊氏を敵視する〕 **注a**				
	護良、信貴山に逗留	同　6 3	同　6 3		同　6 13
	恩賞の沙汰開始	同　8 3	同　8 3		同　8 3
	大内裏造営議奏	翌　1 12	翌　1 11		翌　1 11
	西国の北条残党蜂起	元弘三春比	元弘三春比		元弘四春比 **注b**

	「建武」に改元	元弘三 7月	元弘四 7月		元弘四 7月
	〔護良、讒言を受け、逮捕される〕				
	護良の上表文の日付	3 5	建武二 3 5		3 5
	護良の身柄、直義に渡される	5 3	建武二 5 5		5 3
三一	八幡行幸	3 11	建武二 3 11	3 11	3 11
	〔北条時行ら、東国・北国に挙兵〕				
	直義、鎌倉脱出	7 16	建武二 7 26	7 26	8 26
	〔尊氏、東下し、北条軍を鎮定〕				
四一	〔新田・足利、所領をめぐり不和〕				
	尊氏奏状の日付	建武二 10月	建武元 10月	建武元 10月	建武元 10月
	義貞奏状の日付	建武二 10月	建武元 11月	建武元 11月	建武元 11月
	〔官軍、尊氏追討のため都発向〕				
	偽の綸旨の日付	建武二 11 23	建武二 11 3	建武二 11 3	建武元 11月
	〔尊氏参戦〕				
	〔官軍敗退〕				
	宮中に新年の儀式なし				
五一	三井寺合戦戯れ歌の日付	建武二春比	建武二春比	建武三春比	建武二春比
	洛中合戦	建武二 1 16	1 16	1 16	1 16
	尊氏敗れ、兵庫から九州へ撤退	建武三 2 8 注c	2 8	2 8	2 8
	「延元」へ改元	2 25	2 25	2 25	2 25
六一	義貞、西征遅延	3末迄	建武三 3末迄	3末迄	3末迄
	尊氏、東上し来襲	5 25	延元々 5 25	延元元 5 25 注d	延元々 5 25
	後醍醐、東坂本に臨幸	5 19	延元々 5 25	延元元 5 25 注d	5 25
	光厳院、八幡に臨幸	記事ナシ	6 3	記事ナシ	6 3
	光厳院、東寺に遷幸	記事ナシ	同 14	同 5 30	14
	光明帝即位	記事ナシ	同 8 15	記事ナシ	同 8 15

注a：〔　〕内は年号表記の無い記事だが、前後の説明として加えた。「其二夏比」は「其二年ノ夏ノ比」、「建武二 3 5」は「建

武二年三月五日」を示す。「同」は実際に本文に「同」とあるものに限っている。

注b：玄玖本は「元弘三年」を見せ消ちで四年に訂正している。適正な処置であり、後述の四〈1〉の事例も、玄玖本系のなかで玄玖本の日付（大塔宮入洛予定日「同廿三日」。徴・松「同十三日」）が合理的である。しかし、前節「月日の混乱」A3項にふれたように、玄玖本の補訂は必ずしも首尾一貫せず、玄玖本自体の古態性を主張するものではない。右に述べた箇所の他は玄玖本系に異同なく、玄玖本系共通のあり方として論じる。

注c：流布本「建武三年」の年号は、巻一六冒頭の記述より補う。他本には無い。

注d：神田本は「延元元年」を傍書。同本の本文形態は非常に複雑であり、傍書の性格は不明。

以上のように、月日の異同は少いのだが、年号のあり方には諸本間の異同が大きい。このような現象が生じた原因については後述することとして、まず、『太平記』本文から読みとれる年次構成を探ってみよう。

▽　巻一二冒頭の年次を流布本のみ「其（元弘）二年」とする。これにつられてか、続く西国北条残党の蜂起、建武改元の年次も「元弘三年」とある。ところが、たとえば、巻一〇の末尾で「嗚呼此日何ナル日ゾヤ。元弘三年五月二十二日ト申ニ、平家九代ノ繁昌一時ニ滅亡シテ、源氏多年ノ蟄懐一朝ニ開ル事ヲ得タリ」と述べているように、『太平記』は、はやく巻六の中程で元弘三年に年次を改めて以来、巻一一で全国各地の幕府機関の滅亡を確認するまで一貫して元弘三年の事件として記述している。したがって、流布本の「其二年」は誤りである。

▽　西国の北条残党蜂起はその翌年の事であるから、当然元弘四年でなくてはならない。ところが、諸本皆「元弘三」とし、玄玖本のみ「四年」に訂正している。流布本が巻一二の冒頭を「其二年」としたのは、この矛盾を解消しようとしてかえって、誤りを大きくしてしまったものかもしれない。

▽　西源院本は、巻一二後半の護良・尊氏の対立から護良の逮捕・鎌倉流刑に到る経過を「建武二年」の事とみなす。ところが、西源院本も含め諸本皆、この箇所で、両者の不和の原因が「去年ノ五月」六波羅陥落の際起こった事件に

あるとする。前述のように、六波羅陥落は元弘三年であり、ここは「元弘四（建武元）年」の事である。

また、北条時行の挙兵を含む巻一三の事件をも、西源院本は「建武二年」とする。しかし、巻一〇「鎌倉中合戦事同相模入道自害事」に於て、北条慧性が諏訪盛高に、高時の二男亀寿を託したことを記し、「盛高此人ヲ具足シ奉テ、信濃国へ落下リ、諏訪祝ヲ語テ、建武元年之春ノ比、暫ク関東ヲ却略シテ天下之大乱ヲ動タリシ相模次郎是也」と述べている。「春ノ比」とあるのは問題であるが異同はない。くわえて、北条時行の挙兵・鎮定（中先代の乱）に連続する巻一四に、足利尊氏・新田義貞が相手の討伐を訴えた奏状が載るが、その奏状の日付を、流布本を除く古態三本が共に「建武元年」としている事にも注意しておきたい。さらにもう一点、巻一二の建武改元以降、巻一五に至るまで、巻一四に新年の記事がある以外、年が改まったことを思わせる記事は見られないこともあげておこう。

▽　巻一四で、尊氏の参戦を促すべく作成された偽の倫旨の日付を、玄玖本が「建武元年」とする他、三本「建武二年」とする。これまでの記事とのつながりからすれば、ここも当然「建武元年」とあるべきところであるが、この点を後の巻との関係からも確認しておきたい。この後、たとえば西源院本をひくなら「将軍御進発事」で「改之年立帰レ共内裏ニハ朝拝モナシ」と述べるように、年が改まった事が記される。続く巻一五には、鎌倉より上洛を遂げた足利尊氏の派遣した細川定禅と、新田義貞・北畠顕家との合戦があり、定禅及びこれに与した三井寺側の敗北に終る。その折、これをからかう戯歌が何者かによって作られたが、その詞書に「建武二年ノ春ノ比」とあり、神田本の他はこれに同じである。流布本・西源院本では年が改まりながら建武二年のままという矛盾が生じる。神田本は三年に改め、ここは一応問題ないが、巻一四の尊氏・義貞の奏状「建武元年十月日」「建武元年十一月日」から、突如（両者の間に一年余の空隙は認められない）、偽の倫旨の日付「建武二年十一月二日」に移るという難点が残る。

巻一二の建武改元記事から巻一四新田・足利抗争にいたる一連の記事を「建武元年」のこととする構想は、巻一八にも及んでいる。巻一八「一宮御息所之事」に「中一年アテ建武元年ト云シ冬ノ比ヨリ又天下乱テ」（玄玖本一九七頁）

とある部分、金勝院本（『参考太平記』による）が「建武二年」とする他は、多くの諸本いずれも玄玖本同様、史実（「天下の乱」は建武二年十一月以降の新田足利の抗争をさすと思われる）より一年早い「建武元年」のこととしている。

▽　流布本は巻一五に「建武二年正月十六日合戦事」という章段を立てているが、これに続く尊氏の敗北・兵庫からの九州撤退を、巻一六冒頭では「建武三年二月八日、尊氏卿兵庫ヲ落給ヒシ」とするという混乱を起こしている。西源院本は先の戯歌詞書を「建武二年ノ春」としていながら、巻一六の冒頭では新田義貞が尊氏追撃の機を失したことを「例ノ新田ノ長僉議ナル上、其比世間ヘシ勾当内侍ヲ貴寵セラレケル初ニテ、暫時ノ別ヲモ悲テ、建武三年三月ノ末マテ、西国下向ノ事ヲ延引セラレケルコソ傾城傾国ノ謂ナリケル」と論評している。このように流布本・西源院本が、巻一六の冒頭で「建武三年」をいうのは、巻一五で「二月廿五日改元有テ延元ニ移ル」（西源院本「主上自山門還幸事」）と記している事と関係があろう。つまり、史実では延元改元は建武三年二月二八日のことであり、これを意識しての事かと思う。

ところで、改元を史実では、などとことわらなくてもよさそうだが、問題がある。今までいくつかの検討箇所において矛盾のみられなかった玄玖本は、巻一二の建武改元から巻一四前半までを一貫して建武元年の事として描いており、巻一五の年次を建武二年とする。したがって、玄玖本の場合は建武二年が延元元年となるのであり、しかも流布本・西源院本のようにそれを糊塗しようとする記述が見られない。

この大胆ともいえる操作は、しかし、『太平記』にあって例の無いことではない。たとえば、長坂注1論文がすでに指摘しているが、巻一から巻二の間は正中二年（一三二五）から元徳二年（一三三〇）へと移っており、史実では五年間の空白期間があるにもかかわらず、『太平記』は正中二年を「去年」の事と構成している。

以下、玄玖本の年次構成（太平記本文から読みとれる年次構成を最も明瞭な形で示している）を史実との対照において検討し、あわせて、このような処置に付した理由を考えたい。

二、玄玖本の日付と史実

玄玖本の日付と史実とを照合すると、両者の関係はおよそ次のように四分される。

Ⓐ東宮崩御など疑問（この時まだ立太子なし）もあるが、史実との極端な乖離はない。なお、元弘三年六月五日は内裏還幸の日である。

Ⓑ記事の集約化が顕著な箇所。

Ⓒ史実よりほぼ半年遅い、あるいは早い日付を持つ箇所。

Ⓓ玄玖本の年次が、史実より一年繰り上っている箇所。

〈表2〉

巻	玄玖本記事	玄玖本日付	史実
二一	Ⓐ公家一統の世となる	其三夏ノ比	（元弘三 6 5）
	中宮崩御	8 2	元弘三 10 12
	東宮崩御	11 3	不明
	Ⓑ大内裏造営議奏（注＊）	翌 1 11	
	西国の北条残党の蜂起を鎮圧。諸国武士参洛。	元弘四春比	建武元 1月～同二 6月
	Ⓒ建武改元	元弘四 7月	元弘四 1 29
	護良の逮捕	3 5	建武元 10 22
	八幡行幸	3 11	建武元 9 21
三一	Ⓓ西園寺公宗、謀叛を企て処刑される	（秋）	建武二 6 22（露顕） 8 2（処刑）

	北条時行、鎌倉に急迫		建武二 7 22
	直義、鎌倉脱出	8 26	
四一	尊氏奏状	建武元 10月	建武二 11 18
	官軍、箱根・竹下へ向かう	(12) 12	建武二 12 11
五一	尊氏、兵庫から出帆	(建武二) 2 8	建武三 2 12カ
	延元改元	2 25	建武三 2 29

（注＊）議奏の日がいつなのかは不明。ただし、関連事項は、建武元年三月二八日（新銭を鋳造し、楮幣と並用すべき旨の詔書発令）、同一〇月（諸国正税以下雑物二十分一徴収の制を定む）、建武二年六月一五日（進大内裏行事所始）と長期にわたる。ために、本来Ⓐに入れるべきかもしれないが、Ⓑとして扱った。

このうち、構成上問題なのはⒷとⒸであり、ここでの操作により、Ⓓでの一年のズレが生じているものと思われる。

Ⓑ（記事の集約化が顕著な箇所）

右の（注＊）に述べたように、「大内裏造営」については、議奏に焦点を絞ればあえて記事の集約化といわなくてもよいかもしれないので、北条残党蜂起の記述を考察する。玄玖本の記事は以下のとおり。

其ル程ニ元弘四（三を訂正）年ノ春ノ比、筑紫ニ糸田左近亮頼時（傍書「定義」）・喜久兵庫助時秋上云平氏ノ一族出来テ、前亡ノ余類ヲ集テ所々ノ逆党ヲ招テ国ヲ乱サントス。又河内国ノ賊徒等、佐々目憲宝僧正上ト云ケル者ヲ執立テ、飯盛山ニ城郭ヲゾ構ケル。是ノミナラズ、伊予国ニ赤橋駿河守カ子息、駿河太郎重時ト云者アテ、立烏帽子ガ峯ニ城ヲ拵エ四辺ノ庄園ヲ押領ス。（中略。宮中に天下安鎮法を行う、不祥事あり）其レドモ此法ノ効験ニヤ依ケン、飯盛城ハ楠正成ニ落サレ、立烏帽子ノ城ハ、土居得能ニ攻破ラレ、筑紫ハ大友小弐ニ打負テ、朝敵ノ首京都ニ上シカバ、共ニ大路ヲ渡レテ、是ヲ獄門ニ掛ラレケリ。

一方、『大日本史料』を参照し、右に対応する史実を拾っていくと以下のようである。

○建武元1月　筑紫探題北条英時の猶子規矩高政、筑前帆柱城に、糸田貞義、筑後堀口城に挙兵。
○同7 9　小弐頼尚・大友貞載、規矩・糸田を討伐。
○同8 11　賊首（規矩・糸田カ）洛中を渡す。追討使小弐頼尚参内。
○同10月　北条残党、紀伊飯盛山に挙兵。楠正成、三善信連ら発向。
○同12 13　逆徒某追討勝利・天下泰平を祈念して宮中に五壇法を行う。
○同12月　斯波高経、飯盛山の北条残党討伐のため大将軍として発向。前月よりこの間度々合戦あり。
○建武二1 12　北条残党越後将監・上野四郎等、長門佐加梨山に挙兵。吉田頼景・宗像氏範、これを攻め同一八日落城させる。
○同1 29　斯波高経、飯盛城を攻め落とす。
○同2 16　土居通増、伊予にて北条残党の野本貞政・河野通任と戦う。
○同3 8　市河助房等、北条残党と信濃常岩北条に戦い、城郭を破る。次いで同一六日信濃府中に発向。
○同4 2　祝安親ら伊予楠窪・鉢野の野伏等を破り、さらに赤滝城に攻寄せ、連日合戦。
○同6 3　祝安親、赤滝城を攻め落とす。

『太平記』によれば短時日に鎮定をみたかに思える北条残党の反乱は、右のように相当長期間にわたっている。これを、巻一一の末尾で「六十余州悉ク符ヲ合タル如ニ同時ニ軍起テ、纔ニ四十三日ノ中ニ皆滅ニケルコソ不思議ナレ」と北条氏の滅びを確認し一つの区切りをつけた『太平記』は、残余の泡沫的反乱として一からげに処理したものであろう。ただし、注意しておきたいのは、建武二年七月から八月にかけて起こった中先代の乱は、本来、これら諸国の峰起の流れの上に位置するものであったという事である。『太平記』（玄玖本）にあっても、日付の上では「元弘四

（三を訂正）年ノ春ノ比」から「八月廿六日」と、その連続性がたどれないわけではない。しかし、遠く分断された記事排列の上からは、そうした理解は困難であろう。これは、『太平記』が中先代の乱を北条残党の反乱という側面よりも、巻一三以降に描かれる足利尊氏の離反、新田義貞との対立抗争という事件展開の出発点・契機として大きく意味を持たせようとしている事に原因する、といえそうだ。

ともあれ、『太平記』が、元弘三年の幕府滅亡から、建武二年七月の中先代の乱に至る期間に続発した、諸国の北条残党の反乱を、元弘四年春の事として集約化していることを見ておきたい。

Ⓒ（史実よりほぼ半年遅い、あるいは早い日付を持つ箇所）

この巻一二後半から巻一三にかけての部分の日付は、史実とほぼ半年食違う。ただし、建武改元が史実の元弘四年一月二九日からほぼ半年後の七月とされている他は、皆半年繰り上げられている。

さて、ⒷとⒸとはその処理の方法を異にするが、構成上目指しているところは同じであると思われる。すなわち、史実では元弘四（建武元）年一月から建武二年六月のおよそ一年半にわたる出来事を、元弘四年一月から七月までの半年間に圧縮し、それを史実より半年遅らせた建武改元で締めくくっているのである。そして圧縮によって生じた建武元年後半の空白に同二年（史実）後半を、建武二年に建武三年（史実）を繰り込むことにより、Ⓓに見られる丸一年間のズレを作り上げたのである。

『太平記』がこのような日付の操作を施したのは、建武新政権の脆弱さ――すなわち、いったん成った一統の世を謳歌しようとしたのもつかの間、翌年（史実では翌々年）の後半には早くも、新政権に不満を抱く武士達との戦いに臨まなくてはならなかったこと――を強調しようとしたものと理解される。一方、西源院本・神田本等に見られる年次の錯綜は、こうした虚構に基づく意図を充分理解しえず、部分的に史実との調整をはかった結果生じたもののようだ。

三、諸本における月日の異同

月日の記述もわずかではあるが、諸本による異同が見られる。

〈1〉（巻一二）　記　事	流布本	西源院本	神田本	玄玖本
イ、信貴山の護良の下に軍兵参集	6 3	6 3	（欠巻）	6 13
ロ、護良、入洛予定の日に至るも逗留。合戦準備をする	同 13	同 13		同 23
ハ、後醍醐、坊門清忠をしてこれを糾問する				
ニ、護良、征夷将軍号と尊氏討伐の勅許を請う				
ホ、将軍号の勅許あるも、尊氏討伐は許されず				
ヘ、護良、信貴山出立	6 17	6 6		7 6
ト、入洛	同 23	同 13		同 13

ロ項を立てた箇所は「同十三日御入洛有ベシト被定タリシカハ、其事トナク延引有テ、諸国之兵ヲ召レ、楯ヲハガセ、鏃ヲ砥イデ、合戦之御用意有ト聞シカバ」（西源院本。傍線部、他本は「シガ」）とある。しかし、西源院本の場合、護良が信貴山にあるとわかった三日後に早くも出発し、予定通り六月十三日に入洛を果たしているのだから、「其事トナク延引有テ」という記述は意味をなさない（玄玖本系の神宮徴古館本・松井本も西源院本とおなじく「同十三日」）。流布本と玄玖本は共に、時間経過に不自然なところはない。しいていえば、事件が、六月五日の内裏還幸（巻一一）後の事と解される玄玖本の日付をとりたい。

〈2〉(巻一二) 護良が鎌倉の直義の方に渡された日付を、流布本・玄玖本が五月三日とするに対し、西源院本は五月五日とする。

〈3〉(巻一三) 北条軍が足利尊氏を迎え討つべく東海道を攻上り、佐夜の中山を越えた日付を、神田本が八月八日とする他、三本八月七日とする。

〈4〉(巻一四)

記事	流布本	西源院本	神田本	玄玖本
イ、尊氏、奏状を上し、新田追討を訴える	10月	10月	10月	10月
ロ、義貞、対抗し奏状を上す	10月	11月	11月	11月
ハ、尊氏の謀叛明らかとなり、追討軍を発遣する	11 8	11 19	11 19	11 19
ニ、足利直義、大軍を率し鎌倉を発向	11 20	11 23	11 23	11 23
ホ、直義、三河国矢矯東宿に着く	11 24	同27	同27	同26
ヘ、新田軍矢矯着、足利軍と対陣し、これを破る	11 25	11 26	11 26	11 27

▽　流布本が、義貞の奏状を一〇月とし、官軍発向を一一月八日とするのは、義貞側が尊氏の奏状に即座に反応し、追討軍の発遣に事を運んだと印象づけようとするものであろう。ところが、へ項では新田軍の矢矯着到を他本とほぼ同じ二五日の事としており、京都から三河国まで一七日間も要して不自然である。

▽　西源院本・神田本はホ項とへ項とで、合戦の翌日、直義が着到したとする矛盾をみせている。なぜこのようなミスが生じたのか不明であるが、矢矯合戦は確かに「廿七日」でなくてはならなかった。というのは、このあたりの合戦譚の性格については大森北義氏に詳細な分析があるが、(6) 矢矯合戦は史実では二五日から二七日の三日間にわたり、

二七日の足利方の渡河作戦の失敗により決着のついたものであった。『太平記』はここで、史実の二七日合戦のみを描いているのであり、その点玄玖本の「廿七日」は意味をもつものである。また、これも大森氏の指摘にかかる事であるが、箱根・竹下合戦も史実では一二月一一・一二両日にわたったものであるが、『太平記』は勝敗の明暗を分けた一二日の佐野山での合戦を核として、一二日いち日のこととして描くのである。この十二月十二日については諸本に異同はない。なれば、矢矯合戦も玄玖本のように「廿七日」とするのが良いであろう。ちなみに、宮軍の京都出発は史実でも一一月一九日であり、このあたり、『太平記』は合戦記の集約的描法を駆使しながらも、史実を細心に意識していたものと思われる。

〈5〉（巻一四）　記事	
イ、讃岐より、細川定禅挙兵（11 26）の旨通報あり	12 10
ロ、備前より、佐々木信胤挙兵（11 26）・児島高徳敗北（11 28）の旨通報	同 11
ハ、丹波よりの通報。久下時重らに攻撃され敗北（去11 29）、赤松円心にも謀叛の風聞あり	翌日

ハ項の「翌日」は、一二月一〇日、同一一日に続くものであるから一二月一二日の事である。問題は、丹波の碓井が久下に攻撃された日付を、流布本・西源院本・神田本の三本が「去十二月十九日」としている点である。玄玖本は右に示したように「去十一月十九日」として矛盾はない。この日付をめぐっては、［岩波古典大系二］巻一四補注一〇に論があり、幾通りかの解釈を示した上で「史実に合わせるなら十二月十二日の注進は翌年正月十二日でなければならぬ。而して十二月二十九日の事件とすればよい」とする。しかし、連日して通報が届いたとするところに意味があるのであって「翌日」が動かせない以上、玄玖本のように事件を一一月一九日とするのが、『太平記』の構成としては正しいのではないか。また、この後、新年の記事があり、「四国ノ御敵モ近付又、山陰道ノ朝敵モ只今大江山へ

取アガルナンド聞ヘシカバ」（流布本）と述べ、新年早々にはすでに情報が届いている事がわかる。

以上見てきたように、いずれをとるべきか決しがたい箇所もあるが、玄玖本の日付構成に少くとも、不合理な箇所はなく、細心の注意が払われている。

ところが、右にあげた以外に、一箇所、逆に玄玖本にのみ矛盾の見られる箇所がある。北条時行軍の鎌倉急迫に、直義が成長親王を伴い鎌倉を脱出したのが「八月廿六日」。直義の報により、尊氏が追討使として鎌倉に下向、迎撃のため時行が軍勢をさし向けようとしたのが「八月三日」。このあと「八月七日」「同八日」と記事が続く。直義の鎌倉落を、流布本は「七月十六日」、西源院本・神田本は「七月廿六日」とし、共に矛盾はない。しかし、この玄玖本らしからぬ不用意なミス、と思われる日付が実は、重要な意味を持っているのである。

四、巻一二・一三の叙事の時間的並行

石田洵氏は時間的並行を見せている巻の存在に注目し、そこに『太平記』の構成意識が働いていることを明らかにしている(7)。氏は特に巻七から巻一一に至る各巻に明確な構成意識が認められるが、巻一二以降にはそれが稀薄であるという。巻一二後半から巻一四に至る巻が同一年次にあることを確認したいま、巻一二と巻一三の両巻にも、一部分ではあるが、左の箇所にそうした時間的並行を指摘し得る。

○巻一二

大内裏造営の議奏------------ 1 11
西国の北条残党蜂起---------- 春比
建武改元------------------ 7月

隠岐広有、怪鳥を射殺す┈┈┈┈8 17
護良、逮捕され、無実を訴える┈┈┈3 5
護良、鎌倉へ流される┈┈┈┈┈5 3

○巻一三
藤房、八幡行幸に供奉┈┈┈┈┈3 11
直義、鎌倉脱出┈┈┈┈┈┈┈8 26

巻一二が護良の事件を軸としてまとめあげられていることは、第一部第三章に触れたが、両巻を支えている構成意識は、巻一三の構成を考えることにより明確となろう。巻一三の龍馬進奏をめぐっての万里小路藤房の諫言は、巻一二に記された新政権の政道の乱れを遂一批判の対象にしたものであったが、とりわけ注意されるのは、〈新政の結果、守護の権威が失墜し、国司等が過分の勢威を振っている事〉及び〈頼朝以来の伝統ある御家人の称号を停め、その不満が大きい事〉をいう点である。これはもはや、風紀が乱れているとか、政務を励行しないとかの政治姿勢・倫理の問題ではない。建武新政の理念を認めるか否かの根本にかかわる事である。このままでは「武象ノ棟梁ト成ヌヘキ器用ノ仁」があらわれたら、天下の武士はこぞってこれに参集するであろう、だから、「只奇物ノ翫ヲ止テ、仁政ノ化ヲ致レンニハ不如」と、藤房の発言は一応、諫言の体裁をとる。しかし、事は「仁政」を施せば済む問題ではない。ここに至って、藤房の「諫言」は明確に、語り手の歴史予告の声となるのである。そして、予告通り、まず、西園寺公宗と北条時興とによる先代（鎌倉幕府）復活の試みを経て、足利尊氏が、武家の棟梁権確立にむけての活動を開始してゆく。

石田注7論文は、日付の構成から巻一一と巻一二との間に明確な区切りを読みとり「『太平記』第一部の記述は公家政権を完成点として目ざしたものではなく、幕府崩壊の確認を目ざして展開しているものであり、従来第一部として考えられていた巻十二は、新たな対立抗争を記述してゆく第二部の出発点として位置づけられる」と指摘している。氏の見解に同意するが、巻一四以降に描かれる新田・足利の対立抗争の直接の出発はやはり巻一三が担っている。巻一三が、新政権の短命を思わせる諸事件の中から、武家政権復活の動きに直結する事件を選んで記事を構成しているのに対し、巻一二は、新政権への不満の声が武家政権再来を望む世論に転化してゆき、一方、朝廷にあって武家政権の復活を強く警戒し、足利尊氏の前に立ちはだかろうとした護良が後醍醐みずからの手で葬り去られるという、いわば御膳立の整いゆく様を描いたものとみなせる。すなわち、巻一二、巻一三は、二段構えとして、それぞれに第二部の始発を担っている。

五、時間的推移による記事の連繫

右に、巻一二・巻一三の両巻に時間的並行がみられる事を指摘し、そこに働いている構成意識を考えたのであるが、この両巻には日付の改変操作に由来する記事相互の緊密さも同時に働いている。以下に、元弘四年一月以降の叙述を、記事のまとまりに注意しながら日付の順に排列しなおしてみよう。

［1］（巻一二）

①大内裏造営議奏 -- 1 11

付・大内裏の結構、過去数回の回禄の事例、作者の批評

②西国の北条残党蜂起するも、天下安鎮法の効験により鎮定される ---------------- 春比

③諸国の武士挙って上洛する

④討幕の功将に恩賞を行うも、赤松円心は冷遇される

⑤公家、とりわけ千種忠顕の奢侈

⑥文観驕慢の振舞

付・解脱上人の行跡と文観の末路

［2］（巻一三）

⑦イ、後醍醐、離宮「馬場殿」を建て、遊興

ロ、塩冶高貞、龍馬を献上

ハ、後醍醐、馬場殿に臨幸し、龍馬を叡覧

ニ、洞院公賢、穆王の故事を引き、これを吉兆と占う

ホ、万里小路藤房、奇物を弄ぶ事を諫め、新政の乱れを正すよう訴える

ヘ、藤房、度々諫言も容れられず、遁世を決意する

［3］（巻一二）

⑧イ、護良、足利尊氏との対立を深める

ロ、尊氏、准后を介し、護良を讒言

ハ、後醍醐、護良を宮中に捕縛し、「馬場殿」に禁籠

ニ、護良、無実の旨奏状を上すも、叡聞に達せず――――3 5

［4］（巻一三）

⑨イ、藤房、八幡行幸に供奉――――3 11

ロ、藤房、次夜、参内の後、岩倉にて出家

ハ、後醍醐、藤房を召し返そうと父宣房を遣す

ニ、藤房、さらに行方をくらます

ホ、昔日、宣房の得し霊夢のこと

[5]（巻一二）

⑩護良、鎌倉の直義方に渡され、土牢に閉じ込めらる ------------------ 53

付・驪姫の故事、作者の批評

[2]には日付が無いが、⑦イ項の馬場殿の建立と遊興は、内容的に⑤、⑥に描かれた公家、僧侶の驕奢と連接するものである事、⑧ハ項に護良が「馬場殿」に禁籠されたとあり、⑦イ項の建立記事が先行すべき事、藤房の諫言の内容に護良の捕縛に関するものがみられず、[1]に関連する事項のみである事等の諸点から右のように配置した。このように日付順に再配置してみると、巻一二の護良関係記事群と巻一三の藤房関係記事群とが「馬場殿」を環として連結していることが浮かびあがってくる。「馬場殿」は後醍醐の奢侈の表現であり、ここを舞台として龍馬進奏を契機に、藤房の厳しい諫言が吐かれたのであるが、それだけではなく、護良禁籠の場所でもあったのである。護良を閉じ込めた場所を『梅松論』京大本は「武者所」とし、同延宝本、天理本は武者所で捕え「常盤井殿」に移したとする。いずれが史実に適うものかは不明だが、後醍醐の奢りの表現として藤房の諫言を招き、いままた、作者が「朝廷再ビ傾テ、武家又弥(ハビコル)ベキ瑞相ニヤト、人々申合ケルガ、果テ大塔宮失ハレサセ給シ後、忽ニ天下皆将軍ノ世ト成テケリ」（玄玖本）と評した護良逮捕事件にかかわるという意味において、『太平記』の「馬場殿」は二重に象徴的である。

さて、上述の箇所以上に、時間的推移をたどった場合、緊密な構成をみせるのが以下の部分である。

[6]（巻一二）

・⑪建武改元 ------------------ 7月

・⑫紫宸殿に怪鳥飛来、隠岐広有これを射殺し叡感にあずかる……………8 17
・⑬妖気を消すべく、神泉苑を修復
　付・神泉苑の由来

［7］（巻一三）
・⑭イ、西園寺公宗、北条時興と謀叛の計略を練る
ロ、或夜、時興、朝廷の賢臣藤房の遁世により、好機到来せし事をいう……………（3月カ）
ハ、公宗、北条与党蜂起の手筈を整える。また、温殿を建立し、後醍醐の暗殺をはかる
ニ、公宗、後醍醐を北山の紅葉御覧に誘う……………（秋）
ホ、行幸前夜、神泉苑の主、後醍醐の夢に現われ、行幸の中止を説く。当日さらに示現あり
ヘ、竹林院公重の通報により官兵を派遣し、公宗・文衡入道を逮捕
ト、文衡入道は糾問の上処刑、公宗は流罪に処せらる
チ、配流前夜、北方、公宗を訪う
リ、名和長年、公宗を誤まって斬る
ヌ、北方、男子出産。男子（実俊）は後、北朝に仕え、西園寺家の跡をつぐ
ル、木工頭孝重、公宗が北野社にて弾きし秘曲の不吉さから、公宗の滅亡を予言せし事
・⑮東国安定のため、成良を征夷将軍として鎌倉に奉戴し、直義をその執権とする
・⑯イ、北条時行、京での旗上げを期していた兵を率し、信濃から鎌倉に攻上る
ロ、直義、成良を伴い鎌倉を落ちる……………8 26
ハ、直義、淵辺に命じ、護良暗殺。淵辺、首を藪中に捨つ

ニ、南御方、首を理致光院に持ち、供養する

ホ、眉間尺の故事

右の排列をたどるとき、「後漢ノ光武、王莽カ乱ヲ治テ再ヒ漢ノ世ヲ継レシ佳例」にならって施行されたという、元弘四年七月の「建武」への改元は、一月もおかずして、北条時行の挙兵（中先代の乱）に見舞われ、つづいて尊氏の離反を迎えることになるのであり、その皮肉は一層強烈である。史実では元弘四年一月二九日である建武改元をほぼ半年遅くし、護良、藤房事件の後に（日付上）位置せしめた作者の意図は、おそらく右に記したところにあろう。

さて、⑭の公宗謀叛が、⑭ロ項の存在によって、『太平記』の記事排列上直前に位置する藤房遁世事件と密接に結びつくものであることはすでに述べた。一方、⑭ホ項は、巻一二の⑬神泉苑修復の記事と強く照応するものである。巻一二の一連の新政批判記事の中にあって、例外的に後醍醐の行動を評価している神泉苑修復の記事は、公宗事件との結びつきによって始めて物語上の意味を持つ。

また、史実によれば、公宋は建武二年六月二二日に逮捕され、同八月二日に誅されている。したがって［岩波古典大系二・二二頁］頭注一五のいうように、紅葉の御賀に事寄せ主上の御幸を仰いだというのは事実ではないだろう。(8)しかし、広有の怪鳥射殺が「八月十七日」、その妖気を消すべく神泉苑が修復されたのであってみれば、続く公宗の謀叛露顕はそれ以降の秋日（新暦では九月下旬から一〇月初旬）のこととなる。本格的な紅葉には早いとしても、公宗が「紅葉御覧」の名目のもとに後醍醐を招いたとする『太平記』の設定を無思慮なものとはいえない。

六、玄玖本の日付の矛盾と太平記の改修

かくてようやく問題は「八月廿六日」に至る。つまり、直義の鎌倉脱出を玄玖本が「八月廿六日」としている事は、

如上の構成をたどってくるとき、誤りとはいえない。むしろ、他本の「七月十六日」「七月廿六日」をこそ不合理としなくてはならない。くわえて、ここで注意しておくべき事がある。中先代の乱という歴史的な事件のまとまりからすれば、北条時行の鎌倉急迫とそれによる直義の鎌倉落を、救援に向かった足利尊氏軍と北条軍との戦いに連絡させるのが自然であるが、『太平記』はこの間に相当分量の記事（「兵部卿宮薨御事付干将莫耶事」、岩波古典大系本でいえば七頁弱）を挿んでいるということである。とりわけ、護良殺害とそれに関わる眉間尺の故事の存在に注目したい。『太平記』に見られる長大な故事説話の引用は、これを一般化していう事はできないが、巻四の呉越軍の事、巻一二の驪姫説話など、一連の事件の流れに一つの区切りをつけるという機能を持っているように思われる。[9]巻一二の叙事の軸を担っていた護良関係記事の最終的な結末（死）をみたこの位置に眉間尺の説話を置くのは、護良の逮捕、配流にこと寄せて驪姫説話を詳述していたことと呼応するものではないか。その意味でも、直義の鎌倉落から眉間尺説話にいたる記述は、以後の中先代の乱の帰結への連絡以上に、巻一二以降の記事構成と密接な結びつきをみせているようだ。

では、本来の日付は玄玖本にみる「八月廿六日」であり、神田本、西源院本などがその日付の持つ意義に気づかず、機械的に後との整合をはかったものであるとして、玄玖本に残された矛盾をどう理解したらよいのか。

これまで述べてきたように巻一二後半から巻一三にかけては、事件の集約化を含む日付の改変操作をした上で、護良関係記事（巻一二）と藤房関係記事（巻一三）の書き分けを行い、各巻の構成に一定の意味を特たせるという相当手の込んだ処理を見せており、前後の、とりわけ巻一三後半以降の平板な叙述方法との差異を感じさせる。「八月廿六日」とそれ以降の日付との断層は、両者の成立事情の違いを物語るものではないか。すなわち、或箇所の「改修」はそこだけにとどまらず関連箇所全体に波及していくものではあるが、『太平記』形成過程のある段階で、巻一二から巻一三にかけての部分に大幅な「改修」が施されたのではないか、との仮説を提出しておきたい。

注

（1）この日付についてはすでに、長坂成行「太平記における日付表記——巻一・巻二の構想をめぐって——」（軍記と語り物14、一九七八・一）が疑問を呈している。

（2）玄玖本、神宮徴古館本、松井本を参看。この三本を指して玄玖本系統と称する。このA2の項目にあげる例は、玄玖本系統固有のもののみではなく、いくつかの諸本にみられるものも含む。なお、A2・A3の各項は玄玖本を使用するにあたっての留意点を示すものであり、諸本と比較しての玄玖本（系）の位置を示そうとするものではない。

（3）神田本・西源院本は別の形の矛盾を擁する。流布本は玄玖本に近い形で矛盾の解消をはかっているが、この箇所の矛盾は解消しえていない。これ以上煩瑣になることを避け、**神**・**西**にのみ触れておく。

太平記記事	玄玖本	神田本	西源院
①義貞、足羽に難渋	5 2	5 2	5 2
②越後新田、国府出立	7 3	7 3	7 3
③義貞牒状（延元二）	7月	5月	7月
④山門僉議	同 7 23	同 7 23	同 7 23
⑤山門返牒（延元二）	7月	7月	7月
⑥義助、越前国府発	8 3	6 3	6 3
⑦　敦賀着	同 5	同 5	同 5
⑧師直軍、八幡放火	或夜	或夜	或夜
	＊		
⑨八幡宮方、河内退却	6 27	6 27	6 27
⑩義貞、足羽責の勢揃	後 7 2	後 7 2	閏 7 2
⑪義助、国府へ退却	7 5	7 5	7 5

この①から⑪は一連の記事である。「越後勢已に越前の河合に着ければ、義貞の勢いよいよ強大になりて」（**神**）とあるの

に続いて③の義貞牒状も発せられている。⑥の義助の進発も「山門の返牒越前に到来しければ」とあり、⑤に続くもの。⑩義貞らの合戦も、「義貞も義助も河合の庄へ打越えて」とあり、義助勢が敦賀から引き返し合流しての後。**神（西）**は「627」に矛盾はないもののそれまでにいくつかの矛盾をおかしている。**玄**の「83」も閏7月との関わりで不審であるが、ともあれ＊箇所を挟んであい容れない日付が連なる。

（4）「菊地少弐合戦之事」の日付は〈1117、＊310、同年7月、同年719、816〉、続く「新田左兵衛佐義興自害之事」の日付は〈913、1010〉とある。310以下を翌年の事としているのかとも考えられるが、記事内容は一連のものであり、これも上述の箇所同様の矛盾として、受け入れる他ない。

（5）延慶本第六末、土佐房の義経襲撃をめぐる一連の日付。今井「延慶本平家物語の叙述姿勢――異質な構想の抱え込みをめぐって――」（日本文学36―2、一九八七・二）でとりあげた。

（6）大森「太平記における合戦記の検討（一）――巻十四の義貞合戦記について――」（鹿児島短期大学研究紀要17、一九七六・三）

（7）石田「『太平記』の構成に関する二、三の問題」『太平記考――時と場と意識』（双文社出版、二〇〇七。初出一九七一・一二）

（8）『建武年間記』建武元年一〇月一四日条に「於北山殿有御笠懸」とある。あるいは、公宗の謀事の背景に、前年（謀叛の史実は建武二年）のこの行事を想起したものか。

（9）引用説話の持つ機能で内容的に、より重要なことは、一般に引用場面と説話固有の主題との間にはズレがある事が多いが、『太平記』はそのズレを意識的に利用しているように思われる事である。驪姫説話の場合は第一部第三章「護良逮捕事件と驪姫説話」に述べたが、この干将莫耶説話は親王殺害という衝撃的な事件の印象を、口に切先を含むという些末な事に関心をそらし、和らげようとしている。ただし、そこに働いている意図は、単に殺害が悲惨だからという事よりも、足利氏との関係における護良の描き方にかかわるものだろう。

第二章　年次構成の特性——欠巻前後——

建武年間の日付を扱った前章に引続き、建武から延元への改元以降、『太平記』の構成上、いまなお問題を残している巻二二の欠巻前後にいたる部分の年次構成の特性を考える。

一、「建武」以降の年次構成

巻一五で延元改元記事を記した後、巻一六の兵庫合戦（この戦いで正成討死）を「延元元年五月廿五日」（延元元５25と表示）、巻一七の、後醍醐帝を迎え入れた山門が発した南都への牒状及びその返牒の日付をいづれも「延元元年六月日」とし、巻一八「鐘崎城後詰之事」に至ってようやく、「正月七日ノ椀飯事終テ……」と年が改まったことを記す記述が現われる。〈表1〉は巻一七以降の年号表記を一覧したものである。

〈表1〉（閏月は丸付き数字で表示）

巻	太平記記事	玄玖本	神田本	西源院本	流布本
一七	I				
	後醍醐山門臨幸	日付ナシ	建武三５27	延元元５27	日付ナシ
	山門牒状	延元元６月	延元元６月	延元元６月	延元元６月
	南都返牒	延元元６月	延元元６月	延元元６月	延元元６月
	（後略）				

巻	区分	記事				
一八		後醍醐吉野潜幸	8 28	8 28	8 28	8 28
		（中略）				
	Ⅱ	瓜生、高経破る	翌(11)29	同(11)29	同(11)29	同(11)29
		椀飯事終り	正 7	正 7	延元二正 7	正 7
一九		光厳院重祚 注a	建武三 6 10	建武四 6 10	建武四 6 10	建武三 6 10
		暦応改元	暦応改元 同 10 3	暦応改元 同 10 3	暦応改元 同 10 3	延元改元 同 10 3
	Ⅲ	新年	新玉ノ年立帰リテ	あらたまのとし…	改ノ年立回リテ	アラ玉ノ年立帰テ
		（中略）				
		顕家、鎌倉進撃	12 28	12 28	12 28	12 28
	Ⅳ	顕家、上洛の途	正 8	正 8	正 8	正 8
二〇		義貞牒状	延元二 7月	延元二 5月	延元二 7月	延元二 7月
		山門返牒	延元二 7月	延元二 7月	延元二 7月	延元二 7月
		高経御教書	日付ナシ	日付ナシ	日付ナシ	建武四 7 27
		義貞討死	⑦2	⑦2	⑦2	⑦2
		天下、将軍側に傾く	暦応元年ノ末ニ	〈欠巻〉	暦応元年之末ニ	暦応元年ノ末
		道誉、狼藉	暮秋		暮秋	暮秋
二一	Ⅴ	神輿帰座	4 12		4 12	4 12
		（中略）				
		法勝寺炎上	康永元 3 20		康永元 3 22	康永元 3 20
		後醍醐不予	延元三 8 9		康永三 8 9	延元三 8 9
		崩御	延元三 8 16		8 16 注b	8 16

一　二	（中略）				
Ⅵ	義助らに綸旨	同 12 17		同 12 17	同 12月
	畑、活躍	7 3		7 3	7 3
	（中略）				
	塩冶、出雲下向	暦応二 3 27		3 27	3 27
二　二		〈欠巻〉	〈欠巻〉	〈欠巻〉	
三　二					
Ⅶ	杣山城落城	去年9月	去年9月	去年9月	〔→巻二二日付ナシ〕
	上木、畑城攻撃敗退	2 27	2 27	2 27	〔→巻二二 2 27〕
	畑、伊地山へ	10 21	11 21	10 21	〔→巻二二 10 21〕
	根尾城落城	去 9 18	去 9 18	去 9 18	〔→巻二二去 9 18〕
	義助、吉野参内				〔→巻二二〕
					巻二三
Ⅷ					暦応五春比 **注c**
	都に疫病流行	暦応五春比	暦応五春頃	暦応五春比	日付ナシ
	光厳院願書	暦応五 2月	暦応五 2月	暦応五 2月	暦応五 2月
	土岐狼藉	此年ノ8月	暦応五 8 初	此年之8月	同 9 3
四　二					
Ⅸ	義助、伊予下向	暦応三 4 3	暦応三 4 1	暦応三 4 3	〔→巻二二暦応三 4 1〕
	正成怨霊、鎮撫	5 3	5 3	5 3	〔→巻二三 5 3〕
	義助、発病	同 4	同 4	同 4	〔→巻二二同 5 4〕
	世田城落城	9 3	9 3	9 3	〔→巻二二 9 3〕
					巻二四
Ⅹ	洛中疲弊	此三四年ガ間	此三四年が際	此三四年ガ間	暦応改元ノ比ヨリ
	禅院建立進言				（後醍醐死後某日） **注d**

年	区分	記事	(1)	(2)	(3)	(4)
五二	ⅩⅠ	天龍寺落成	康永四	康永四	康永四	康永四
		山門奏状	康永四 7月	康永四 7月	康永四 7月	康永四 7月
		山門嗷訴	8 16	8 16	8 16	康永四 8 16
		興福寺へ返牒	康永四 8月	康永四 8月	康永四 8月	康永四 8月
		三宅荻野謀叛	其比	其比	其比	其比
	ⅩⅡ	（記事空白）				
	ⅩⅢ	（記事空白）				
						巻二五
六二	ⅩⅣ	崇光帝即位	貞和四 10 27	貞和四 10 27	貞和四 10 27	貞和四 10 27
		（中略）				
						巻二六
	ⅩⅤ	正行、吉野参上	12 27	12 27	12 27	12 27
		師泰勢、堺着	正 2	正 2	正 2	正 2
七二		四条畷合戦回想	貞和五正 5	貞和五正 5	貞和五正 5	貞和五正 5
		（中略）				巻二七
		天変地異	同五 2 26	同五 2 26	同五 2 26	貞和五正比
		雲景、天龍寺へ	（記事ナシ）	（←貞和五 6 20）	（←貞和五 6 26）	貞和五 6 20
		雲景未来記進奏	（記事ナシ）	（←貞和五⑥3）	（←貞和五⑥3）	貞和五⑥3
		直義、師直合戦の噂	8 12	8 12	8 12	貞和五 8 12
		崇光帝即位	（記事ナシ）	（記事ナシ）	（記事ナシ）	貞和五 12 26
		年暮	今年ハ無為ニ…	今年ハ無為ニ…（巻末に雲景記事）	今年ハ無為ニ…（巻末に雲景記事）	今年ハ目出度…

八　二				巻二八
ⅩⅥ 観応改元 （中略） 持明院殿院宣 南朝、直義勅免	貞和六 2 27 観応元 10 25 正平五 12 13	貞和六 2 27 観応元 10 25 正平五 12 13	貞和六 2 27 観応元 10 25 正平五 12 13	貞和六 2 27 観応元 10 25 正平五 12 13

注a：玄玖本及び徴古館本は「光明」院とし、松井本は神田本等と同様「光厳」院とする。重祚とある点からも光厳院とあるべき。

注b：西源院本は行間に「延元三年」と傍記しているが、和田琢磨「西源院本『太平記』の基礎的研究――巻一・巻二十一の書き入れを中心に――」（国文学研究190、二〇二〇・三）は、南都本系本文による書き入れであると指摘している。なお、南都本は、法勝寺炎上「康永三年甲申三月廿日」、後醍醐不予「南朝ノ年号延元三年八月九日ヨリ」、崩御「延元三年八月十六日」とする。

注c：伊予国より注進。その内容は、古態本巻二四に「正成怨霊、鎮撫」と表示した大森彦七譚。流布本は、伊予に下向した義助の発病・病死、伊予の南朝方の拠点世田城落城を巻二二に描き、伊予での正成の怨霊鎮撫を巻二三に後置するから、両者の因果関係が失われている。

注d：中西達治「太平記の天竜寺造営記事について――書き継ぎの問題を考える――」（『太平記の論』おうふう、一九九七。初出一九九〇・三）が注意するように、造営計画ははやく後醍醐死去の年に具体化していた。ところが、『太平記』は巻二五冒頭部分（Ⅹ）に、「此三四年ガ間ハ国々ニ兵革不止ト云ヘドモ四国北国ノ宮方漸ニ亡シカバ京中ノ百官万民……悦合ヘル処ニ……武家ノ奢侈公家ノ衰微」という事態が出来したことを述べ、このような中で世相の本質をみることなく、怨霊を問題として天龍寺建立が献策された、と描く。傍線部は、巻二三に「去年九月」杣山城落城、「去九月十八日」に美濃根尾城も破れ（Ⅵの年次に相当）、義助が吉野へ参内したこと（Ⅶ）、巻二四に伊予に派遣された義助の死去以降、四国も鎮静化したこと（Ⅸ）を指している。したがって、『太平記』においては天龍寺建立献策はⅨもしくはⅩの区画の某日と設定されているとみてよいであろう。なお、流布本のこの記事のあり方については、本書第一部第五章「おわりに」にふれた。

二、年号の改変――「建武」関係の改元――

〈表1〉の縦の実線は年次の移行を、破線は年次途中での巻の区切りを表わす。巻一四の中程から巻一七にいたるまで、『太平記』の年次が建武二年（改元して延元元年）とされていることは前章で述べた。また、巻一九の改元は、流布本が延元への改元とするが、この前後、北朝・足利関係の記事が連なっており、延元への改元ではありえない。後醍醐方が延元への改元を行った（巻一五）後も建武の年号を使用してきた北朝が暦応への改元を行ったのである。史実の暦応改元は建武五年八月二八日のことである。しかし、『太平記』に従うかぎり、実際より二年早く、建武三年一〇月三日に暦応への改元が行われたと了解するほかない。

ちなみに『太平記』の改元記事を一覧すると次のようになる。［　］内は史実。

・建武改元　　巻一二　元弘四年七月　　　　［同　　　正月二九日］
・延元改元　　巻一五　建武二年二月二五日　［建武三年二月二九日］
・暦応改元　　巻一九　建武三年一〇月三日　［建武五年八月二八日］
・観応改元　　巻二八　貞和六年二月二七日　［同じ　　　　　　　］
・文和改元　　巻三〇　観応三年九月二七日　［同じ　　　　　　　］
・貞治改元　　巻三八　康安二年九月晦日　　［同　　　九月二三日］

建武関係の改元の三つがいずれも史実とは大幅な相違をもち、しかも建武への改元はほぼ半年遅く、建武からの改元は一年ないし二年早くなっている。

巻一冒頭近くで「惟恨クハ斉桓覇ヲ行ヒ、楚人弓ヲ遺シニ叡慮少キ相似タル事ヲ。是則此故ニ草創ハ一天ヲ再ト（アワス）云ヘドモ守文ハ三載ヲ越ザル所以ナリ」と後醍醐を批判し、また、巻一二においては「後漢ノ光武、王莽ガ乱ヲ治テ再ビ漢ノ世ヲ被継シ佳例」に倣うとの（後醍醐の）改元の狙いを、続く行文で直ちに「此年天下疫癘有テ病死ヌ者甚多シ。其秋ノ末ニ紫宸殿ノ上ニ怪鳥夜々飛来テ何迄々々ト時刻ヲ定テゾ鳴ニケル」と覆していく。後醍醐の覇業批判と建武の年号によせる皮肉な眼差しとは同根のものである。現実の北朝が建武の年号を後醍醐の吉野脱出（建武三年一二月）後も、同五年八月まで使用したということとは関わりなく、『太平記』は、建武の年号を後醍醐の覇業の象徴として忌避している。建武の年号が短期間に終わらされている背景には、こうした考え方が働いていよう。

さらに、これと表裏をなすことであるが、もう一つの理由として建武三年六月の光厳院重祚との関わりが考えられる。『参考太平記』以来、光厳重祚の事実はなく、同年八月に光明帝が践祚したと指摘されているが[1]、北朝の出発にあたって（暦応の先取りによる）新しい年号が用意されたと強調するものであろう。

『太平記』の諸注釈が年次の解明に難渋してきたのは、史実との大幅なズレに困惑し、「正しい」年号を求めようとしたからである。また、他の軍記物語にも史実とのズレはみられたが、それはせいぜい或記事を年次、日付を変えて叙述する類のものであった。これを『太平記』は、年号自体に処理を加えるといった、年代記的記述にとっていわば不可侵の領域にまで手をのばしているのである。軍記物語史における『太平記』の特異な性格の一端がここに窺える。

三、年次確定不能箇所の存在――「暦応」年間を中心に――

史実とは異なる暦応改元（建武三年一〇月三日。史実は建武五年八月二八日）に引き続いて、『太平記』の年次構成にこれまでとは別種の問題が発生している。〈**表1**〉の年次区画Ⅲは[2]、「其ル程ニ新玉ノ年立帰リテ二月中旬ニモ成ケレバ」

と新年となったことから語り始めているが、区間内に当該年の年号表記が全くない。年号が示されなくとも、前後から確定できれば差し支えないが、以下に記すように後続部分にも種々の問題が生じている。

〈表2〉は、『太平記』の年号表示を史実と対応させたものである。ただし、年次の区画を把握することを目的としており、『太平記』のそれぞれの年次区画に記された記事がすべて対応する史実の年次の出来事であることを意味するものではない。I～XVIの年次区画は〈表1〉にもとづく。網掛けした年号は、『太平記』の表示する年号が史実の年号区画と共通するものである。

〈表2〉

区画	太平記 巻	太平記 北朝	太平記 南朝	史実 北朝	史実 南朝	西暦
I	一七・一八	建武二	建武二＝延元元	建武三	建武三＝延元元	一三三六
II	一八・一九	建武三＝暦応元	延元二	建武四	延元二	一三三七
III	一九			建武四	延元二	
IV	一九・二〇・二一	（暦応元？二？）	延元二	建武五＝暦応元	延元三	一三三八
V	二一	（康永元？）	延元三	暦応二	延元四	一三三九
VI	二一【二二欠巻】	暦応二		暦応三	延元五＝興国元	一三四〇
VII	二三			暦応四	興国二	一三四一
VIII	二三	暦応五		暦応五＝康永元	興国三	一三四二
IX	二四	暦応三		康永二	興国四	一三四三
X	二五			康永三	興国五	一三四四
XI	二五	康永四		康永四＝貞和元	興国六	一三四五
XII		（記事空白）		貞和二	興国七＝正平元	一三四六
XIII		（記事空白）		貞和三	正平二	一三四七
XIV	二六	貞和四		貞和四	正平三	一三四八
XV	二六・二七	貞和五		貞和五	正平四	一三四九
XVI	二七	貞和六＝観応元		貞和六＝観応元	正平五	一三五〇

〈表2〉に波線で区切った部分のうち、最初の区画ⅠⅡは、前章で扱った巻一二から巻一六にいたる建武関係の年号が関与する部分であり、年次区画が史実とは大きく乖離しているが、『太平記』内部の区画としては確定できる。また、後尾の区画ⅩⅣ・ⅩⅤ・ⅩⅥは、年次が連続し、史実とも共通している。しかし、区画ⅢからⅩⅢにいたる部分は、次のような問題が重なり、『太平記』内部に年号を確定する手がかりがほとんど得られない。

・年号表記がない（〈表2〉太平記の北朝・南朝ともに空欄）……Ⅲ、Ⅶ、Ⅹ

・記事空白とみなされる年次がある……ⅩⅡ・ⅩⅢ

※ⅩⅡ・ⅩⅢは、ⅩⅠ（巻二五）康永四年の記事とⅩⅣ（巻二六）貞和四年記事との間の期間である。巻二六に記される直義室の出産（史実：貞和三年六月八日）や藤井寺合戦（史実：貞和三年九月一七日）はⅩⅢに該当するはずであるが、『太平記』は事件の前後関係をめぐって種々の矛盾を含みながら、貞和四年に位置づけている（『新潮古典集成四』一一八頁頭注六、一二一頁頭注一八、一二三頁頭注五参照）。したがって、『太平記』の記事構成上はⅩⅡ・ⅩⅢは記事空白となる。

・南朝の年号との照合ができない。

※ⅡとⅣに「延元二年」が現れ、南朝の年号も信頼できない。南朝の年号は、Ⅴの「延元三年」以降、巻二八「正平五年」（南朝による直義勅免の宣旨の日付）、巻三〇「正平六年」（いわゆる正平の一統がなった年を「憂カリシ正平六年ノ年晩テ……」と振りかえる）が記されるのみ。

・年号表記があっても当該区画の年号なのかわかりづらい……Ⅴ

※Ⅴに「康永元年」という年号があらわれる。武家が諸事我がもの顔に振る舞う世相を描く巻二一「天下時勢粧之事」「佐渡判官入道流罪之事」に続く、「法勝寺塔炎上之事」の年次である。直前には、当時、山門を蔑ろ

にした佐々木道誉に対する罰が「果シテ文和三年ノ六月ニ」嫡子秀綱らに降りかかった、という記事がある。この記事内容（山名来襲により、後光厳新帝が足利義詮に擁されて近江に避難。その折秀綱討死）は、後に巻三二に詳述される。近江遷幸は正しくは文和二年であるが、巻二一時点にあって「文和」はこの先の年号であろうということはわかる。ところが続く「康永元年三月廿日、岡崎ノ在家ヨリ俄ニ失火出来テ……」と始まる、塔炎上の康永元年と他の巻二一の記事との関わりはわからない。読み進めて、巻二三に暦応五年春（四月に康永改元）、疫病が流行したことが語られるから、ようやく「康永元年」はⅤの区画の年号ではないと判断できる。

さらに、年次進行が混乱している（Ⅳ、Ⅸ）という大きな問題がある。

Ⅳを「（暦応元？ 二？）」と表示したが、当該の巻二二冒頭「天下時勢粧之事」は次のように始まっている。

暦応元年ノ末ニ、①四夷八蛮悉王化ヲ助テ、太軍同時ニ起シカバ、今ゾ早ヤ聖運啓（ヒラケ）ヌト見ヘケルニ、②北畠顕家卿、新田義貞朝臣、共ニ流矢ノ為ニ命ヲ堕シ、剰奥州下向ノ諸卒、渡海ノ難風ニ放サレテ、皆行方ヲ知ラズト聞ヘシカバ、今ハ世中サテトヤ思ケン、結城上野入道ガ子息、宮内少（徴古館本：少輔）モ、父ガ遺言ヲ背テ降人ニ出ヌ。芳賀兵衛入道禅可モ、主ノ宇都宮ガ子息加賀寿丸ヲ取籠テ、将軍方ニ属シ、主従ノ礼儀ヲ乱テ、自己ガ威勢ヲ恣ニス。

「暦応元年ノ末ニ」はどこに係っているのか。①今ゾ……見ヘケルニ、②今ハ……思ケン、と類似の構文が続く。呼応関係の近さから①が自然であるが、②も成り立つだろう。

①の四夷八蛮の大軍が同時に起こった時点とは、〈二月に北陸で新田義貞が足利高経を撃破、それに誘引され諸国の宮方が蜂起し、八月に北畠顕家が奥州を出立し、一二月二八日に鎌倉に進撃した〉Ⅲの一年の末を指すはずである。その場合、Ⅲが暦応元年、Ⅳはその翌年であることになる。Ⅱの「二月五日ノ夜半計ニ」義貞らが鐘崎城を脱出した後、「三月六日卯刻」の幕府軍の総攻撃に城は落ちている（巻一八「鐘崎落城之事」）。ⅡとⅢとは史実では同一年次で

あるが、『太平記』の構成では同一年次ではあり得ない。Ⅱの翌年、Ⅲで新田勢が再起をはかり、その動きが諸国の宮方の挙兵を導いた、と描くのである。したがって、①をとる場合、Ⅱ、Ⅲと継起的に続く二つの年次が、いずれも暦応元年であるという矛盾が発生する。

〔岩波古典大系二〕巻二一補注一は、②とみなし、次のように説明している。

五月二十二日北畠顕家が安倍野で戦死、閏七月二日新田義貞が藤島燈明寺畷で戦死。従って「暦応元年ノ末」とするのは訛だと参考本に注する。しかし、この語が奥州下向勢の海難をも包含するとすれば、海難は九月中であるから、必ずしも訛とはいえない。

九月を「末」と呼びうるか、なお疑問は残るが、巻二一の続く章段「佐渡判官入道流罪之事」は妙法院門主が「暮ナントスル秋ノ気色」を愛でている場面から始まっているから、〈北畠顕家敗退（古態本に討死記事は無い）、新田義貞討死、奥州下向勢海難、佐々木道誉狼藉〉を内容とする、Ⅳの一年が暦応元年とみなされていることになる。この場合、史実の年次と合致することになるが、Ⅱに暦応改元を記し、Ⅳに至って再び暦応元年が現れるという不可思議な事態が生じる。したがって、①②いずれの立場によっても年号に疑問符をつけざるをえない。

Ⅸ「暦応三年」は、巻二四冒頭、吉野殿の勅命により脇屋義助が伊予に向かった年次（暦応三年四月三日）である。前巻の巻二三には、直義が「暦応五年ノ春ノ比ヨリ」流行した疫病に罹り、「暦応五年二月日」付の光厳院の願文の甲斐あり、平癒したこと。「此年ノ八月」故伏見院仏事の帰途の院に土岐頼遠らが狼藉をはたらき、直義に処罰されたこと。吉野朝が伊予国の要請に応じ、義助派遣を決めたところに、備前の佐々木信胤が宮方となり、「去月廿三日」小豆島に渡り海路を確保した旨、通報してきたことが綴られていた。巻二四の義助下向経路の叙述に、小豆島には佐々木信胤らが「去年ヨリ宮方ニ成テ」とあるから、『太平記』では義助の伊予下向は暦応五年の翌年（康永二年？）となる。一方、信胤に続いて、大館氏明が「去年ノ春ヨリ当国ニ居住セリ」という記事がある。氏明が伊予で挙兵したことは、巻一九Ⅲに語られていた。Ⅱの暦応改元（史実より二年早い）記事が生きているとすれば、Ⅲは暦応二年となり、この巻二四Ⅸの年次は、その「去年ノ春ヨリ」（暦応二年）を受けて巻二四冒頭記事どおり暦応三年となるのである。むろん、『太平記』Ⅸは Ⅲから七年目の年次にあたり、暦応三年を受け入れるわけにはいかない。

以上、『太平記』がⅢからXⅢの区画をそれぞれ何年のことと設定しようとしているのか、確定できないことを述べてきた。問題の過半には「暦応」が絡んでいる。ただし、「暦応」が問題になるのは、異例の操作が加えられた「建武」に続く年号であるためであり、「暦応」という年号自体に特別の意味合いが込められているわけではない、と考える。

四、二種類の記事混在説の検証

欠巻前後の年次のあり方については、すでに鈴木登美恵氏による先駆的な一連の研究がある。今から半世紀以上前の発言であるが、その後肯定的に受け止められてきており[3]、ここに検証しておきたい。

鈴木登美恵「太平記欠巻考」（国文11、一九五九・七）は、巻一九から巻二五には

第一類の記事：「第二部の中心を為してゐる新田、足利の争ひを記した一連の記事」

第二類の記事：第一類の記事とは「殆ど直接的な結び付きを持たなゐ異質的な内容の章」。第一類以外の「前後と無関係に北朝の事件を記した章」

という異なる性格の記事が存在していると指摘して、次のような分析結果（(イ)(ロ)(ハ)、波線は引用者の付加）を示した。

(イ)「史実の年代によって検討すると、第一類の記事と第二類の記事との間には、一年乃至三年ずれが存在し、章の順序が年代的に混乱してゐる」

(ロ)「第二類の記事は、年代的には、第一類の記事より前の位置を占めて排列されてゐる」
(ハ)「太平記記載年代は、第二類の記事の場合はほぼ史実の年代と一致してゐるが、第一類の記事では史実より一、二年早くなって」おり、「第一類の記事と第二類の記事との年代的ずれは、史実の年代によった場合よりも更に甚しく、二年乃至四年といふことになる」

まず、一類と二類の記事との関わりについて、鈴木氏は

> 北朝の暦応元年（一三三八）一一月の史実に相当する「本朝将軍補任兄弟無其例事」（引用者注：第二類記事）の五章後に、南朝の延元二年（一三三七）八月の記事に始まる「奥州国司顕家上洛事付新田徳寿丸上洛事」（引用者注：第一類記事）が置かれ

という部分を、(イ)(ロ)の具体例として最初にあげている。

しかし、巻一九「光厳院殿重祚御事」「本朝将軍補任兄弟無其例事」（鈴木氏が西源院本を使用しているので、本章もこの検討箇所ではそれに倣う）は、巻一八において先帝後醍醐が吉野に去り、北陸に下った義貞も振るわず、金崎城が陥落した、という状況をふまえて、京都に新しい秩序が築かれたことを語るものである。新しい門出は、「重祚」した光厳院が「将軍ヨリ王位ヲ給ハラセ給ヒタリ」と皮肉られ、足利兄弟の栄誉も一族の奢りを招き、朝廷の臣の卑屈な態度を生み出すといういびつなものであった。制圧したかに見えた北陸では義貞が活動を再開し、尊氏が派遣した軍勢も越前国府の城を落とされる（義貞被攻落越前府城事）。尊氏兄弟は、義貞が金崎で敗死したと偽った春宮兄弟を毒殺（金崎春宮并将軍宮御隠事）。諸国の宮方が後醍醐・義貞の動きに呼応して動き始め（諸国宮方蜂起事）、北条高時遺児も尊氏兄弟への恨みをはらすため吉野朝に勅免を願い出（相模次郎時行勅免事）、奥州では北畠顕家が上洛を開始する（奥州国司顕家卿上洛事付新田徳寿丸上洛事）。以上のようにこの間の章段は相互に関連性をもって継起的に綴られており、「章の順序が年代的に混乱」しているわけではない。

鈴木氏の続論「太平記の書き継ぎについて」（文学・語学14、一九五九・一二）は、(ハ)を再論し、巻一九から二五におよぶ部分は「全く成立事情の異なる二種類の記事が組み合はされて構成」されており、「何らかの理由で一、二年史実より早い年代で事件を記した作品」（引用者注、第一類「新田足利の合戦に重点を置く系列の記事」）が先に存在し、「後に至つて大幅の改訂を加へて書き継ぎがなされた」（引用者注、第二類「京都側に位置をとつて乱れた世相に鋭い批判を下した記事」の付加）、と『太平記』成立過程を描き出した。

(ハ)に関しては、巻二〇に収められている義貞牒状・山門返牒の年号「延元二年」（これらが実在したのか疑わしいが、延元三年閏七月であるはずの義貞討死直前に記されている）や、後醍醐不予・崩御の年号「延元三年」（史実は延元四年）など、たしかに史実より一、二年早い年号記載がなされている。しかし、「建武四年六月十日、光厳院太上天皇重祚ノ御位ニ即セ給フ」（巻一九第一章段。玄玖本「建武三年」）、「同年十月三日改元有テ、暦応ニ移ル」（同第二章段）とあり、第二類記事であるはずの暦応改元の年号も史実（建武五年八月二八日）より早い記載である。

さらに、鈴木氏自身「太平記「塩冶判官讒死之事」をめぐって」（中世文学26、一九八一・一二）において、論題の章段と「巻二十七以後の巻々との構想上の関り合ひの深さ」を指摘し、当該章段は「師直滅亡の観応二年（南朝の正平六年、一三五一）以後の執筆」と認めている。巻二一「塩冶判官讒死之事」は、前の二論文では第二類に属する十二章の中に含められていない。前二論文で使用の西源院本では、追い詰められた塩冶の出雲下向の年号を記していないが、一九八一年論文の使用テキストは「巻二十一およびその前後数巻にわたって諸本中最も古態を有すると認められる玄玖本」であり、その玄玖本は日付を「暦応二年三月廿七日」と表記している。この点をめぐって、「塩冶判官讒死之事」は、京都における足利方の大名間の軋轢を記した記事ではあるが、外形的には、北陸における新田氏合戦譚と直接関る形を取って、巻二十以前から続いてゐる南朝方の記事群の枠の中に組み込まれてゐるのである。

と、先行論文における第一類「新田足利の合戦に重点を置く系列の記事」、第二類「京都側に位置をとつて乱れた世相に鋭い批判を下した記事」両方の性格を合わせ持つと指摘し、年次表記について

「塩冶判官讒死之事」においては、史実では暦応四年の高貞滅亡を「暦応二年」と記してゐるが、このことも、後醍醐天皇崩御を「延元三年」と記す如き南朝方の記事の年代のずれと相応じてゐる。

と説明している。しかし、これは「全く成立事情の異なる二種類の記事が組み合はされて構成」されているから「二種類の記事の間の年時的錯乱が甚だしい」とする説明と抵触しないであろうか。新たに記事を補うに際し、既存の関連記事に生じている年代的「ずれ」を認識し、あえてそれに歩調を合わせることは至難のわざであろう。しかも、暦応は南朝の年号ではない。第一類・第二類両方の性格を合わせ持つ塩冶譚固有の措置とみなすにしても、「暦応二年」という年次は孤立しており、わざわざ「ずれ」を生じさせる理由がわからない。

塩冶譚が師直滅亡の観応二年以後の執筆であるという分析自体は説得的であり、同様にいくつかの記事が欠巻前後の巻に加えられた可能性も高い（現存『太平記』が何次かに及ぶ書き継ぎによって成り立っていることも確かであろう）と思われるが、「成立事情の異なる二種類の記事が組み合はされて構成」されているから「年時的錯乱」が露呈している、とは言えないであろう。いみじくも鈴木氏が塩冶譚を「足利方の大名間の軋轢を記した記事」でありつつ「南朝方の記事群の中に組み込まれてゐる」と評するように、第一類・第二類の記事は融合しているのである。そのことは他の第二類記事も同様であって、先に巻一九冒頭の章段を取り上げて説明した。

五、年次不確定区画の発生と書き継ぎ

欠巻前後の巻は「章の順序が年代的に混乱してゐる」のではなく、章段の順序としては問題がないにもかかわらず、

年号表示が不自然なのである。その結果として、年次の区画自体がいつの事として設定されているのか不明瞭である、という事態が発生している。歴史を素材とする作品にとって、年次を確定できないというのは極めて異例・異常な事態ではなかろうか。『太平記』における「建武」年間の年号が史実の枠組みとは異なっていることを先に述べた。その操作も異例なことであるが、作品世界は機能している。しかし、ⅢからXⅢにいたる部分は、歴史の記述として半ば破綻している。年次を無視し、月日を一応の手がかりとして、事件の継起関係をたどることによってのみ読み進めることが可能となっている。(4)

なぜこのような事態が生じたのか。問題の鍵は記事の種類ではなく、『太平記』編者の年次構成そのものに対する意識・態度に求めるべきであろう。

あらためて『難太平記』の一節をふりかえってみよう。

すべて此太平記事あやまりも空ごともおほきにや。①昔等持寺にて北〔法〕勝寺の恵珍上人、此記を先三十よ巻持参し給ひて、錦小路殿の御めにかけられしを、玄恵法印によませられしに、おほくそらことゞも、誤も有しかば、仰に云、是は且見及中にも、以外ちがひめおほし。②追而書入、切出すべき事等有。其程外聞有るべからざる由仰有し。③後中絶也。④近代重て書続けり。次でに入筆ども多所望してかゝせけれバ、人の高名数をしらず云り。

①から④は私に付したものであるが、これによれば、『太平記』は①最初の成立をみた後、②直義の監視下で書入・切出などの改訂を施され、③その作業が中絶した後、④近代に書き継がれ、現在の姿に至ったものということになる。

前掲〈表2〉に示したⅠ・ⅡまでとXⅣ・XⅤ以降とでは年次構成に対する態度がまったく異なり、同一の編纂者による所為とは考えがたい。そうした異質な態度は、②と④との「中絶」を挟んだ時期の隔たりによって生じた可能性が高い。改修作業に関与したと考えられる玄恵の死去が巻二七に、貞和五年の暮秋から「幾程ナクテ」のことであったと語られ、改修を命じた直義の死去も巻三〇（観応三年）に語られているのである。「中絶」は単なる時間の空白には留まりえなかったはずである。

さらに、Ⅰ・ⅡまでとⅩⅣ・ⅩⅤ以降との接合部分とみなされる、ⅢからⅩⅢの部分の年次表記が半ば破綻したまま放置されていること自体も大きな問題である。

次章で論じるように、Ⅲは、新田義貞の動向に導かれ、北畠顕家をはじめとする他の宮方の活動が盛んになる、という史実とは異なる構成を実現するために設けられた年次区画である。このⅢの創設により、年次区画としては史実の区画とのズレが解消される形になっている。したがって、Ⅱの史実と異なる建武三年時点での暦応改元の記事を削除すれば、Ⅲ建武四、Ⅳ暦応改元（建武五）、Ⅴ暦応二、Ⅵ暦応三、Ⅶ暦応四、Ⅷ暦応五＝康永元、Ⅸ康永二、Ⅹ康永三、ⅩⅠ康永四＝貞和元、ⅩⅡ貞和二、貞和三、という史実の年次区画に沿った表示ができたはずである。にもかかわらず、それが実現することはなかった。骨組みは完成しながら、細部には手が及んでいないという、このあり方も作業の中絶を物語っているように思われる。

注

（1）中西達治「太平記における光厳院──後醍醐天皇との関係から──」（『太平記の論』おうふう、一九九七。初出一九九〇・一二）は、『太平記』において後醍醐と光厳とがポジとネガとの関係にあり、巻一二冒頭に「先帝（後醍醐）重祚」と表現されていることとの対照からも、光厳院の重祚が是非とも必要な設定であったとの考えを示している。

（2）このⅢが新田義貞の死を重視して、巻二〇に画期を置こうとする構想の一環として創設されたものであることは、第三章「欠巻の成因と年次構成」に述べる。

（3）増田欣『『太平記』の比較文学的研究』（角川書店、一九七六）序章第三節一〇〇頁など。

（4）他には、記事空白をはらむ箇所を除いて、年次区画が確定できない箇所はない。巻三二は、「観応三年」「九月廿七日」の文和改元の後、「同二年二月四日」、「文和三年十二月十三日」と年次を示す記事があり、「正月十二日」から「三月十二日」の記事が続くから、文和四年に移ったことがわかる。巻三三の三章段目「将軍御他界之事」は「延文三年四月廿日」の尊氏発病記事に始まる。巻三三冒頭の持明院三上皇の還幸年次「文和二年二月」（徴古館本は、活字翻刻本に「二年二月」とあるが、松井本と同じく「文和三年二月」である）は、神田本・西源院本などの「延文二年の二月」が史実（光厳・崇光両院の還幸）に近いが、神田本等も「去々年ノ春」南朝方に囚われていた、とある。三上皇の吉野遷幸記事は、巻三〇にあり、日付は「同（観応三年・文和元年閏二月）廿七日」である。遷幸記事とのつながりからは「文和三年」還幸が導き出されることになる。巻三三第二章段「当時公家武家分野之事」は、「今度」の合戦で洛中が荒廃し、公家は疲弊し、武家は驕奢にふけったと描くものであり、必ずしも三上皇還幸に続く記事ではない。いずれにせよ、巻三三冒頭二章段は、巻三二の京都を舞台とした大合戦の終結と尊氏発病とをつなぐ期間（文和四年、文和五・延文元年、延文二年、延文三年）であり、特定の年次区画は想定しがたい。しかし、規模からして、欠巻前後の数巻におよぶ年次不確定とは同日には論じられないだろう。

第三章　欠巻の成因と年次構成
——意図的な操作の可能性——

はじめに

『太平記』古態本は巻二二を欠く。『太平記秘伝理尽鈔』巻一「名義幷来由」は、当初の巻二二に「越前の合戦、義助の敗北幷に尊氏・直義が一代の悪逆」が記されており、これを無念に思った細川頼之が当該巻をすべて探し出して焼失したからだ、と説いた。『理尽鈔』の想定の前半については、『参考太平記』巻二二も、義助の「越前及美濃之戦」があったはずだと述べ、鈴木登美恵59が史料との詳細な対比から裏付けた(1)。

青木晃74や長坂成行85は、後醍醐崩御に対する幕府の対応を全く記さないのは不自然であり、巻二二にあった関連記述を幕府が不都合とみて圧力を加えたと推定するが、尊氏らの反応を描かないのは、巻一八の後醍醐吉野遷幸についても同様である。大森北義86は後醍醐怨霊に関わる記述が問題視されたとみなすが、巻二二における発動は考えがたい（本書第一部第五章）。

また、石井由紀夫94は、巻二一の佐々木道誉と巻二三の土岐頼遠の狼藉に対して、前者には尊氏・直義の関与が、後者に対しては直義の対応のみが語られており、欠巻である巻二二に尊氏・直義間の政権委譲についての記述があった可能性が高いという。しかし、「尊氏卿ノ政務ニ代テ」（玄玖本巻二三）と明記している以上、秘匿すべきことではなく、記述の存在（それ自体は否定しない）は巻二二全体を削除する理由にはならないと考える。

以上の外圧説に対し、安井久善80が次のように批判している。(2)

欠巻部分の内容は合戦譚が主体であった筈であり、あるいは「尊氏の悪逆」も記述されていたかもしれないが、それならばその部分だけを削除すれば済むことであり、巻第二十二全巻削除の理由とするのは、いささか根拠薄弱と言わねばならないのである。

中西達治02も『理尽鈔』説を念頭に、ある程度世上に流布した後に回収が行われたならば、「必ずや回収漏れ、ないし原本が秘匿されて難を免れるということが起こりうる」と外圧説を退ける。さらに、「第三者が関与した場合には、必ずそこに原型復元の作用が働く」として、削除したのは作者グループに他ならない、と主張し、改訂時点ですでに失脚していた土岐一族（義助を美濃で撃ち破った主勢力）の勲功をあまりに強く顕彰したものになっていたため削除されたとする自身の仮説（中西82）を再確認している。

『太平記』巻一九は、春宮（恒良。金崎落城後、京都へ連行）と将軍宮（成良。かつて直義とともに鎌倉下向）を、尊氏・直義が毒殺したと記す。あるいは巻一七は、後醍醐の洛中還幸に際して、尊氏が「叡智不浅ト申セドモ、欺ニ安カリケリ」と悦んだと描く。現存の『太平記』が、こうした尊氏らの言動をもあからさまに記していることからも、外圧による削除説には疑問が残る。また、巻二二が原太平記の「結びの巻」であり、四〇巻本への発展過程で一旦取り除かれ、そのままになってしまった、という平田俊春43の説もあったが、現存本からは巻二二が結びであった徴証は見いだせず、仮定に仮定を重ねることになる。

作者側の意図、制作上の都合という可能性をさぐる必要があると考えるが、そのように考えるとき、ことは単純に巻二二を削除しただけでは終わらなかったはずである。まずは、欠巻前後を中心とした『太平記』の現在のあり方の検討が求められる。本章では中西説とは観点を変えて義助の側に焦点をあてるが、欠巻前後の義助記事のあり方は対比的に義貞記事の特質を浮かびあがらせる。

一、新田義貞と他の南朝勢力

左に日付を中心にした『太平記』の記事を摘記する。行頭の太字は記事番号、［　］内は日付（「二月五日」を「2 5」と表示）。Ⅰ～Ⅳは前章（第二部第二章）で示した、記事の流れによって把握できる『太平記』の年次構成である（Ⅰは後述）。玄玖本に拠り、異同は略号（徴：神宮徴古館本、西：西源院本、神：神田本）で示す。『太平記』にある年号は、錯綜し、かえって混乱するので記さない。史料類の記載を文字囲みで付記し、史実との対応で注意すべき点を（　）内に■を冠して示した。

Ⅱ

14［正 7］椀飯事終り。

15［同11］義治、軍勢敦賀へ派遣。合戦。瓜生兄弟討死。

16［2 5］義貞ら七人、脱出し杣山に赴く。

17［3 6］金崎城陥落。建武四／延元二（一三三七）3 6（梅松論）

《巻一九》

18［6 10］光明院重祚（「建武三年」。西・神「建武四年」光厳院重祚。■「重祚」は『太平記』の設定）

19［10 3］暦応に改元（■史実は建武五（一三三八）8 28）。

20［11 5］尊氏は征夷将軍、直義は日本将軍となる（■尊氏の就任は義貞討死後の建武五 8 11）。

21［　］義貞活動再開の報に、尊氏、高経兄弟を越前国府へ派遣。

22［角テ数月ヲ経トモ］膠着状態つづく。

23〔此処ニ〕加賀勢、足利に背き挙兵。義助、大将として加勢。府中の高経、防御体制をとる。

Ⅲ

24〔其ル程ニ新玉ノ年立帰リテ二月中旬ニモ成ケレバ〕
義助・義貞攻勢、国府城陥落。「国中ノ城落コト、同時ニ七十三箇所ナリ」

25〔4 13〕尊氏ら、東宮の虚言（義貞兄弟は金崎で自害）を怒り、毒殺。廿日余の後、将軍宮も死去。

26〔　〕「先帝三種神器ヲ帯シテ吉野エ潜幸ナリ、又義貞・義助已ニ数万騎ノ軍勢ヲ卒シテ、越前国ニ打テ出給タリト聞ケレバ」諸国の官軍動き始める（伊予、大館氏明。丹波、江田行義。播磨、金谷経氏。など）。

27〔　〕北条時行、後醍醐に和を乞、尊氏討伐の勅許を得る。

28〔　〕奥州の顕家、勢い振るわず。

29〔　〕「此ル処ニ、主上ハ吉野エ潜幸ナリ、義貞朝臣ハ北国ニ打テ出タリト披露有ケレバ」、勢い回復。

30〔8 19〕顕家軍、白川関を立ち下野へ。　建武四／延元二 8 11 顕家、義良を奉じ霊山出立〔阿蘇文書・他〕

31〔　〕義詮、利根川で迎え討つも退却。　同 12 13 顕家、利根川に足利軍を破る〔大国魂神社文書・他〕

32〔12 28〕顕家軍、足利軍を鎌倉に破る。　同 12 23 顕家、鎌倉に攻め入る〔鶴岡社務記録〕

Ⅳ

33〔正 8〕顕家、鎌倉より上洛。　暦応元／延元三（一三三八）1 2 顕家、鎌倉を発し西上〔鶴岡社務記録〕

34〔　〕足利軍、顕家軍を追って上洛。

35〔　〕足利軍、美濃で評定。土岐の進言により顕家軍に挑むも敗退。

36〔2 4〕高師泰ら、顕家軍を近江美濃の境に迎え討とうと京出立。

37〔同 6〕黒地川着、川を背に陣を布く。

38［其程ニ］顕家、伊勢より吉野へ。 同23顕家、伊勢へ落つ〔建武三年以来記〕
《巻二〇》
39［　］義貞、越前を制圧するも、黒丸城の高経にこだわり、上洛できず。
40［52］義貞、三度にわたり足羽を攻めるも攻めきれず。
（中略）
50［後72］義貞、足羽攻めの勢揃え。藤島城助勢の途中、負傷し自害。 同年閏72義貞、戦死〔皇代記、等〕

1、義貞と北畠顕家

右に示した『太平記』の構成によれば、記事28以下の北畠顕家の記事は、それ以前に記される新田義貞らの活動に促されたものである（記事29の傍線部は記事24を受けている）。しかし、記事24（二月の大攻勢）については、これを裏付ける史料はなく（大日本史料第六編四、九〇四頁）、鈴木登美恵80も「金崎落城の翌年、義貞が絶対優勢の軍事力を持って北陸の足利軍を制圧することも、後醍醐天皇崩御後、他に異なる遺勅を受けた義助が官軍の大将として活躍することも、『太平記』の世界における虚構と見るべきであろう」と指摘している。

記事24の状況、すなわち義貞が越前に無視できない勢力を回復した可能性があるのは、「越前国凶徒」の動向を問題にしている文書の存在から、建武五年（一三三八。828暦応改元）春頃であろう。(4) この時期は、顕家が鎌倉に攻め入り、さらに西上を続け、美濃から和泉に転戦し、最期の時を迎えようとしていた時期に重なる。しかし、顕家は、建武三年一二月二一日（『太平記』巻一八の日付は異なる。後述）の後醍醐吉野遷幸直後から、独自に上洛の準備を進めていたのであり、(5) 義貞の越前掌握が顕家の上洛を可能としたという記述は、あきらかな虚構である。

年次Ⅱの金崎城陥落（記事17）と年次Ⅲに描かれる顕家の鎌倉攻略にいたる動き（記事303132）とは本来、同一年次のできごとであるが、記事24「其ル程ニ新玉ノ年立帰リテ二月中旬ニモ成ケレバ」がⅡとⅢとを別の年次に分かち、その結果、義貞の越前掌握が顕家の上洛を可能としたという継起関係が成りたっている。このあり方は記事生成の動機からすれば、継起関係を可能にするために年次Ⅲを新たに創設したという方が正確であろう。これは歴史を叙述対象とする作品として他に例を見ない手法であることを強調しておきたい。

中西82は「巻十九は、新田系合戦譚がずっと継続している中で、いわば並びの巻のような、別世界を描いた巻」（六九頁）というが、決して並びの巻ではない。

2、義貞と諸国の宮方

北畠顕家の再起、上洛記事の前には、諸国の宮方の挙兵が記されている（前掲の記事26）。[大館氏明、伊予で挙兵。江田行義、丹波国高山寺に楯籠る。金谷経氏、播磨国丹生山に築城。井介、妙法院宮を執立て、遠江奥山に楯籠る]といった一連の動きである。宮方の諸将の名前は確認できないが、建武四年六月八日付の、但馬・丹波の「凶徒」誅伐を命じた足利直義の軍勢催促状（新編会津風土記。大日本史料第六編四、二三八頁）があり、丹後を加えた三箇国の凶徒との合戦が七月以降、年を越えて続いたことが知れる（同二三九頁の吉川家什書ほか）。さらに播磨国に関しては、「島津周防五郎三郎忠兼丹生寺合戦軍忠事」と題する軍忠状（島津文書。大日本史料第六編四、三七四頁）があり、建武四年九月六日、七日に合戦があった。しかし、これらも、『太平記』がいうような、義貞の越前での勢威がこうした動きを誘発したというものではない。

3、北条時行の南朝帰服

時行の南朝帰服（記事27）も、諸国宮方蜂起と顕家勢力回復・東上記事との間に位置し、記事24にはじまる年次Ⅲ

のできごととされている。しかし、岡野友彦17は、忽那家文書の延元二年二月三〇付「中務大輔某奉書」を、北条残党の中務大輔が主君時行の南朝帰服を受けて南朝方として行った軍勢催促状である蓋然性が高いという。この指摘にしたがえば、時行の帰服は年次Ⅱの記事17（金崎落城）にも先だつ時期のことであり、これまた義貞の動向（記事24）とは関わりを持たない。

以上を要するに、『太平記』は宮方の活動すべての淵源に義貞の北国での発威を置こうとしており、事実とは異なるその構成を年次Ⅲの創設が支えている。

二、新田義貞と後醍醐帝

1、巻一八「先帝吉野潜幸事」の日付

『太平記』の記事配列のうち、前節で省略した部分を表示する。なお、「金崎」は「鐘崎」とも記されるが、引用を除き「金崎」に統一する。

Ⅰ

《巻一七》

1 ［10 10 ］後醍醐帝は京へ還幸、東宮は北国へ向けて行啓。
2 ［同11＊］義貞一行、塩津・梅津に着。木目到下越え、難渋（＊神西による。玄・徵：同17）。
3 ［同13＊］一行敦賀着、金崎入城。義顕越後へ、義助杣山に派遣（＊神西徵による。玄：同23）。
4 ［同14＊］義助ら杣山着（＊神西徵による。玄：同24）。義鑑房、義助の子義治を預かる。

5［夜明レバ］義助、敦賀へ。義顕も合流し、包囲勢を撃ち破り、金崎に再入城。
6［10 20＊］金崎舟遊び（＊神西による。玄・徴：12 20）。
7［　　］尊氏、斯波高経・高師泰らを金崎に派兵するも苦戦つづく。
《巻一八》
8［8 28］後醍醐、京都を脱出し賀名生へ。さらに吉野へ臨幸。「此事已ニ一両月ニ及ケレドモ」金崎城は知らず。
9［11 2］吉野帝の綸旨、金崎城に届く。
10［11 8］瓜生兄弟、「去十月ニ」預かった義治を大将として杣山に挙兵。
11［11 23］瓜生、高師泰の差し向けた軍勢を奇襲、混乱に陥れる。
12［11 28］斯波高経、金崎攻撃を断念し、越前国府へ帰る。
13［　29］瓜生、追撃し、高経の居城新善光寺を責め落とす。
Ⅱ
14［正 7］椀飯事終り。
15［同 11］義治、軍勢敦賀へ派遣。合戦。瓜生兄弟討死。
16［2 5］義貞ら七人、脱出し杣山に赴く。
17［3 6］金崎城陥落。 建武四／延元二（一三三七）3 6（梅松論）

記事2～6の日付は神田本・西源院本による。玄玖本・神宮徴古館本は記事2を「同十七日」とするが、比叡山（東坂本）から塩津・海津（琵琶湖北方。敦賀への途次）への移動であり、「十一日」の誤りであろう(6)。玄玖本は「同十七日」を起点として、以下記事3「同廿三日」、記事4「同廿四日」、記事6「十二月廿日」（徴古館本も同じ）とする。

玄玖本の記事6の日付によった場合、巻一七と巻一八のつながりが問題になるが、義鑑房が義治を預かったこと（巻一七記事4）を巻一八の記事10で「去十月ニ」（去年十月ではない）としていること、さらには、金崎に派兵された師泰・高経（記事7）のその後の動向が「十一月」の日付（記事11 12）で記されていることから、玄玖本も記事1～13におよぶ範囲を同じ年次Ⅰとして扱っている。

問題は記事8の日付「八月廿八日」である。鈴木登美恵80（一八九頁）は玄玖本の日付に拠って、次のようにいう。

史実では延元元年十二月二十一日（大日本史料第六編之三所引「保田文書」等に拠る）の後醍醐天皇京都脱出を八月二十八日と記しているために、史実では約五箇月の金崎籠城が一年五箇月にも及ぶように読み取れる。

波線部は記事1～7と記事8～13とを別の年次とみなし、記事3の一〇月から記事8～13の一年をはさんでその翌年の三月までという判断に基づくが、記事1～13が同じ年次であることは右に述べた。

同一年次であれば、京都還幸（記事1）よりも京都から脱出（記事8）の日付が先行し、矛盾しているが、巻一八「先帝吉野潜幸之事」の記述自体には史実の一二月二一日とへだたりのない時期が想定されている。

主上ハ……花山院ノ古宮ニ推籠ラレサセ給テ、宸襟ヲ粛散寂寞ノ中ニ悩サル。a霜ニ響ク遠寺ノ鐘ニ御枕ヲ峙テハ、楓橋ノ夜泊ニ御哀ヲ添ラレ、梢ニ余ル北山ノ雪ニ御簾ヲ撥テハ、梁園ノ昔ノ遊ニ御涙ヲ催サル。

この傍線部aは冬の情景であるし、刑部大輔景繁が次のように情勢を語って、後醍醐に脱出を勧めている。

b越前鐘崎ノ合戦ニ、寄手毎度打負テ候ナル間……c還幸ノ時供奉仕テ京都エ出候シ菊池掃部助武俊・日吉加賀法眼以下、皆己ガ国々エ逃下テ、義兵ヲ起シ、国中ヲ順テ候ナル。

傍線部bは記事5「城中ノ勢八百余人、是ニ利ヲ得テ……打テ出タリケル間、雲霞ノ如ニ充満タル大勢ドモ度ヲ失テ十方エ逃散ル」および記事7の「不叶トヤ思ケン、小笠原ガ八百余人ノ兵一度ニバト挽テ、本ノ陣エゾ帰リケル。……寄手五百余人真倒ニ捲リ落テ、我先ニト船ニゾ乗タリケル。……其後ヨリハ寄手大勢有ト云ヘドモ、敵手痛ク防ケレバ、皆責屈シテ……」といった記述をさす。前述のように玄玖本は記事6を「十二月廿日」の曙とするが、〈一〇月一一日塩津・海津、一三日敦賀着。一四日義助らは杣山へ向かうも引き返し、包囲勢を破り金崎入城。「十月廿日」日金崎船遊〉という神田本・西源院本などの日付に無理が無い。金崎攻防は一〇月二〇日以降となり、景繁は直近の情勢を後醍醐に伝えている。記事8を翌年のこととすると八ヶ月以上前の古い情報を語っていることになる。

また、傍線部cにいう菊池の京都脱出は、「還幸供奉禁殺之事」に（一〇月一〇日の後醍醐京都還幸から）「十余日ヲ歴テ後」とあり、一〇月二〇日以降であり、肥後に戻っての活動再開は一ヶ月以上の猶予をみて一二月はじめ頃であり、これもごく直近の情勢である。記事8後醍醐京都脱出は、巻一七の京都還幸と同一年次の事柄であり、「八月廿八日」という日付をそのまま受け入れた場合の、十ヶ月近く経った翌年の出来事とは考えられない。

さらに、巻一八の中でも、記事8「八月廿八日」から「一両月」を経て、記事9「十一月二日ノ朝」綸旨が金崎に届いたという日付はそのまま受け入れがたい。綸旨到来に後続する瓜生一族の活動を中心とする記事内容に、後醍醐の動向に関する記述が含まれていないからである。記事13、高経を破り意気上がる瓜生勢の中にあって、大将義治が次のように心中を吐露しているが、ここにも後醍醐の綸旨が金崎に届いたという明るい萌しはかいま見えない。

> 身方両度ノ軍ニ打勝テ、敵ヲ多ク亡タル事、尤悦ベキ所ナレドモ、春宮ヲ始奉セテ、当家ノ人々鐘崎城ニ執籠ラレテ御座レバ、其(サ)コソ兵粮ニ攻(つま)リ、防戦ニ苦テ、心安キ隙モ無ク御坐ラメト思遣奉ル間、珍物ニ向ヘドモ味モ無ク、酒宴ニ臨トモ楽ムコ、ロモ候ハズゾ。　（平仮名付訓は私に補った）

しかし、記事8にはじまる日付そのものは巻一八の内部では連動しており、単純な誤りではない。上述のような記事内容と日付との乖離は、この日付（と記事の位置）が後次的に改められたものであることを示唆する。中西達治92（八一頁）は「北陸落ちにひきつづく義貞の越前合戦と、後醍醐天皇の吉野への逃亡とは、もともと同時進行的に発生したもので、『太平記』の作者が記したような一元的な因果関係にあったものではない」にもかかわらず、『太平記』

がこのような日付構成をとったのは「後醍醐天皇の吉野への脱出とそこからの指令により、力を得た新田義貞の作戦行動が開始されるという展開」を意図したものだ、という。

的確な指摘であり、第一節でみた巻一九の次の記事はその「展開」を直接的に表明するものといえる。

記事26「先帝三種神器ヲ帯シテ吉野エ潜幸ナリ、又義貞・義助已ニ数万騎ノ軍勢ヲ卒シテ、越前国ニ打テ出給タリト聞ケレバ」諸国の官軍動き始める。

記事29「此ル処ニ主上ハ吉野エ潜幸ナリ、義貞朝臣ハ北国ニ打テ出タリト披露有ケレバ」、北畠顕家の勢い回復。

これらの記述と相まって、巻一八以降には〈後醍醐―新田義貞―他の南朝勢力〉という一元的な構図が生みだされている。その構図は、実際には存在しない年次Ⅲの創設や記事内容とはなじまない日付操作（八月廿八日）という大胆かつ強引な手法によって成りたっていることにも注意しておきたい。

2、「国争」をする義貞

あらためて、北陸下向後の義貞に関する記述を辿ると、後醍醐に対して自律性を保持した側面もかいま見える。

巻一七「金崎城責之事」（記事7）

城ハ小勢ナレドモ、新田ノ名将族ヲ尽テ被籠タリ。寄（みかた）ハ大勢ニテ、将軍ノ家来威ヲ振テ被向タリ。両家ノ国諍、只此城ノ勝負ニ有べシ、ト各機ヲ張リ心ヲ専ニシテ、責戦コト片時モ緩（タゆま）ズ。

巻一八「瓜生判官挙旗之事」（記事10）

（足利高経配下として金崎を囲む武士達の会話）誰トハ知ズ末座ナル者、「二引量ト大中黒ト、何カ勝（すぐれ）タル紋ニテ候」ト問ケレバ、美濃将監、「文ノ善悪ハ暫ク置ヌ。吉凶ヲ云ハヾ、大中黒程目出キ文ハ不在ト覚ル。其故ハ、前代ノ文ニ三鱗形ヲ被為シガ亡テ、今ノ世二引量ニ成ヌ。是ヲ又亡サンズル文ハ、一引量ニテコソ有ズラメ」ト申セバ、天野民部大輔、「勿論ニ候。周易ト申文ニハ、一文字ヲバカタキナシト読テ候ナル。此文〔注：大中黒〕何様天下ヲ治テ、五畿七道悉ク敵ナキ世ニ成ヌト覚候」（後略）。

また、巻一九「新田義貞落越前府之事」（記事21）においても次のような記述がある。

左中将義貞朝臣・左京大夫義助ハ、鐘崎城没落ノ後、杣山ノ麓、瓜生ガ館ニ有モ無ガ如ニテ御座ケルガ、「何マデ角テ知ヌ時ヲ待べキ」トテ、「国々所々ニ隠居タル敗軍ノ兵ヲ集テ国中へ打テ出デ、吉野ニ御座アル先帝ニ宸襟ヲモ休タテマツラセ、鐘崎ニテ討レシ亡魂ノ恨ヲモ散ゼバヤ」ト思ハレケレバ、国々へ潜ニ使ヲ通ジテ旧功ノ輩ヲ招集ラレケル〔徴：ケルニ〕、a龍鱗ニ付キ鳳翼ヲ挙テ宿望ヲ達バヤト、蟄戸ニ時ヲ待ケル在々所々ノ兵、聞伝々々抜々ニ馳集ケル程ニ、馬物具ナドコソ奇羅々々敷ハナケレ共、心計ハb何ナル樊會〔徴：噲〕・周勃ニモ不劣ト思ル義心金鉄ノ兵共三千余騎ニ成ニケリ。

諸注に指摘があるように、傍線部aは『後漢書』光武紀に基づく表現であり、傍線部bの樊噲・周勃は劉邦（漢の高祖）の功臣である。それらの兵が心を寄せる義貞は、劉秀（即位して光武帝）や劉邦になぞらえられていることになる。波線部に義貞兄弟の後醍醐への思いも語られてはいるが、後醍醐の指令を受けての決起というよりも、義貞自身の意志にもとづく行動開始であろう。巻一八前後にはこうした文脈も潜在するのである。

3、巻二〇の義貞記事

(1) 宸筆の勅書

ところが、巻二〇では後醍醐と義貞の比類ない結びつきが強調されている。義貞に《勅言》とともに【宸筆の勅書】が下され、勅書にはひとえに義貞を頼みとする旨が記されていた。

（義貞が高経の城を包囲し、責め支度を万端整えているところに）吉野殿ヨリ勅使ヲ以テ被仰ケルハ《義興・顕信以下ノ官軍ハ八幡山ニ楯籠ル処ニ、洛中ノ凶徒数ヲ尽テ之ヲ囲ム。城中既ニ食乏シテ兵疲タリ。雖然、彼士卒北国ノ上洛近ニ可有ト聞テ、梅酸ノ渇ヲ忍ブ者也。若進発延引セシメバ、官軍ノ没落疑有ベカラズ。天下ノ安危此一挙ニ有リ。早ク其堺ノ合戦ヲ閣テ、京都ノ征戦ヲ可専》ト被仰テ、御宸筆ノ勅書ヲゾ被下タリケル。義貞朝臣勅書ヲ拝見シテ、「源平両家ノ武臣代々大功有ト云ヘドモ、直ニ宸筆ノ勅書ヲ被下タル例ヲ聞ズ。是当家累葉ノ面目也。此時命ヲ不軽バ、正ニ何ノ時ヲカ可期」トテ、足羽ノ合戦ヲ閣レ、京都ノ進発ヲゾ被急ケル。

（義貞朝臣宸筆頂戴之事）

（高経の許に持参された頸が義貞に似ており、さらに）膚ノ守ヲ開テ見給ニ、吉野帝ノ御宸筆ニテ、【朝敵征伐之事、叡慮ノ向フ所、偏ニ義貞武功ニ在リ。選テ未ダ他ニ求メズ。殊ニ早速之計略ヲ運ベキ者也】トゾ被遊タリケル。サテハ相違ナキ義貞朝臣ノ首ナリケリトテ、（中略）実検ノ為ニ潜京都エ上ラル。

（洗義貞頸見之事。【　】内は読み下し）

この勅書について和田琢磨04は次のように評する。

義貞は後醍醐に騙されたことを知らないまま、危機打開のために発せられただけの宸筆の勅書に喜び、それを「膚の守」として死んでいったという（巻二〇「洗義貞首見事」）。義貞は最期まで後醍醐天皇に振り回されたのであった。

義貞個人に焦点をあてればそのような評価もありえよう。しかし、物語の上で「宸筆の勅書」が担う機能はまた別である。「選テ未ダ他ニ求メズ」という文辞が、前述の、義貞の活動が他の南朝勢力の活動を呼び起こすという構図（記事26・29）と重なることは看過できない。巻一八の後醍醐吉野遷幸の日付（史実と異なり、記述内容とも乖離）も、この巻二〇にみられる両者の別格の関係をさかのぼらせ、義貞「国争」の文脈をも封じ込め、〈後醍醐―義貞―他の南朝勢力〉という一元的な構図に括ろうとするものと把握できる。

（2）義貞と孔明との重ね合わせ

義貞と孔明とを重ね合わせていることも巻二〇の義貞造型の特色である。

（自らが大蛇となった夢を吉夢と解く義貞に対し、孔明の故事を引き、密かに不安視する者もいた）是日出タキ御夢ニ非ズ。天ノ凶ヲ告ル者也。其故ハ、（中略）軍散ジテ後、蜀兵孔明ガ死スル事ヲ聞テ、皆仲達ニゾ降リケル。其ヨリ蜀ヲ終ニ亡テ、魏、天下ヲ一ニセリ。此事ヲ以テ今ノ御夢ヲ料簡スルニ、事様皆三国ノ争ニ似タリ。就中、龍ハ陽気ニ向テ鱗ヲ振ヒ、陰ノ時ニ至テ蟄ヲ閉ヅ。時今陰ノ始ナリ。而モ龍ノ姿ニテ水ノ辺ニ臥タリト見給ヘルモ、孔明ヲ臥龍ト云シニ異ズ。（義貞夢想之事付諸葛孔明之事）

孔明の死が蜀の滅亡と魏の天下統一という事態をまねいたように、義貞の死は南朝の滅亡と足利の天下統一につながる、と予見するものである。義貞と孔明の類比は、次の箇所にもみられる。

吉野ニハ、奥州国司安部野ニテ討レ、春日少将八幡ヲ落サレテ、諸卒皆力ヲ失ト云ヘドモ、義貞朝臣北国ヨリ攻上ル由奏聞シタリケルヲ御頼アテ、今哉々々ト被待ケル処ニ、義貞亦足羽ニテ被討ヌト聞ケレバ、蜀ノ後主ノ孔明ヲ失ヒ、唐ノ太宗ノ魏徴ニ哭セシガ如ク、叡襟更穏ナラズ、諸侯皆望ヲ失リ。（奥勢逢難風之事）

増田欣97は、『太平記』の孔明像の特質を次のように指摘する（田中尚子99にも同趣の指摘がある）。

・『太平記』の孔明説話には、『三国志演義』で知られているような神謀奇策をほしいままにする孔明のダイナミックな活動などは全く影を潜めている。（四〇一頁）

・『太平記』は、孔明の軍師としての果敢な行動については何一つ語ろうとしないのである。（中略）『太平記』が描く孔明の像は、機略縦横の智将というよりは、仁慈に厚い良将である。（四〇二頁）

増田氏が指摘するような孔明像の操作により、辛うじて義貞と孔明との重ね合わせが成り立つ。『太平記』の孔明像は義貞との類比を意図しており、義貞の死去を南朝の衰滅につながる重大事と位置づけることを主眼としている。

孔明との重ね合わせの問題も含め、義貞を別格の存在に仕立てあげ、さらにそれを後醍醐に直結させる。宮方の可能性を新田に集約し、それを一挙に消滅させる、というのが巻二〇の意図と思われる。(7)

三、義貞没後の世界――脇屋義助と畑時能――

義貞没後の『太平記』の記事を摘記すると次のようになる。最初の年次は第一節に表示したⅣに同じ。

（Ⅳ）

50［後7 2］義貞、討死。延元三（暦応元）閏7 2義貞、戦死（皇代記、等）

51［7 5］義助、国府へ退却。

52［9 12］結城の献策により奥州をめざし出航した八宮、伊勢へ吹き戻される。

《巻二一》

53［ ］顕家、義貞死去、奥州下向の諸卒行方不明。天下の趨勢、将軍側に傾く。

（以下の＊印の記事は武家の奢りが招いた不穏な世相を描く）

54＊［此比］道誉、「暮ナントスル秋ノ気色」を楽しむ妙法院御所に狼藉。

Ⅴ

55＊［4 12］道誉の処分決まり、嗷訴の神輿帰座。

56＊［同25］道誉、配流の処分を嘲弄。■処分決定は後醍醐崩御の翌年暦応三12 13（中院一品記）

57＊［康永元年3 20］法勝寺の塔炎上。■康永元（暦応五）3 20（中院一品記、他）

58［8 9 ］後醍醐不予。

59［8 16］後醍醐崩御。 延元四（暦応二）8 16（神皇正統記、他）

60［10 3］八宮（後村上）即位。

61［11 5］後醍醐と諡。

62［12 17］遺勅により義助及び征西将軍宮、妙法院宮、顕信に綸旨。

63［　］義助、遺勅に感じ戦果を期し「御国忌ノ御中陰ノ過ルヲ遅トゾ相待ケル」。

Ⅵ

64［　］義助の若党畑時能が廿三人で籠る湊城のみ持ちこたえる。

65［7 3］畑時能三百余騎、湊城を出て十二箇所を攻略。

66［同 5］由良光氏五百余騎、西方寺城を出て六箇所を攻略(8)。

67［同 7］堀口氏政五百余騎、居山城を出て「香下・鶴沢・穴間・川北」十一箇所を攻略。

68［　］総大将軍義助三千余騎、国府を出て一〇箇所を攻略。

69［同 16］官軍六千余騎、黒丸城を包囲。高経、加賀富樫城に遁れる。

70［　］幕府、高師治・土岐頼遠・佐々木氏頼らを越前に派兵。

71＊［　］出兵用意の塩冶高貞、高師直の讒言により「暦応二年三月廿七日」出雲へ出奔、「三月晦日」出雲着、「四月朔日」自害。 ■出雲出奔は暦応四 3 24（師守記、他）

《巻二二》（欠巻）

Ⅶ

《巻二三》

72［　　］「去年ノ九月ニ杣山城落シ後ハ」宮方は畑時能二七人の鷹巣城のみ残る。

73［2 27］鷹巣城包囲勢の上木、内応を疑われ、城攻撃、敗退。以後「徒ニ月日ヲゾ送ケル」。

74［10 21］畑、氏政を鷹巣城に残し、一六騎で伊地山に出撃。

75［同22］高経応戦。畑負傷し、三日後、吠え死。

76［　　］義助、「去九月十八日美濃ノ根尾城破レシ」後、潜に尾張波津崎へ落ち、伊勢・伊賀を経て、吉野参内。

小川信71に次のような指摘がある。私に改行し、丸付き数字を付した。［　］内の典拠は私の覚書。『福井県史資料編2中世』を「県史」と略称する。

①暦応元年閏七月高経の軍勢が新田義貞を討取った後もなお越前では南軍の果敢な抗戦が続いた。同年八月茂木知政が桃井直信に軍忠状を捧げて、直信の配下として敦賀金崎城に発向し城兵と戦った状況を述べており（「茂木文書」二二［県史八八八頁］）、

②また翌二年五月直義が近江の朽木頼氏に（中略：金崎攻撃の支援に）急速に馳せ向かうようにと命じているように（「朽木文書」第一、一一号［県史八〇三頁］）、越前を席捲した南軍の金崎城再占拠は幕府に一大脅威を与えたのである。（中略）

③能登の国人得江頼員が高経および吉見頼隆等に捧げた軍忠状八通（「前田家所蔵文書」得江文書［県史］）と、天野遠政代石河頼景が高経に捧げた軍忠状一通（「前田家所蔵文書」天野文書［県史］）は、暦応二年三月から同四年七月までの越前における両軍の交戦状況を詳細に示している。（中略）

④暦応三年能登守護吉見頼隆が越前の戦線に加わった頃からようやく足利方は優勢になり、同年八月幕府軍は金

津・上野・千手寺の諸城（ともに坂井郡）を陥れて三国湊の周辺を占領、続いて黒丸城（坂井郡）を陥れ、九月には府中を占拠［天野文書・得江文書：県史七〇五頁］、余勢を駆って諸城を攻略して脇屋義助を駆逐し［得江文書：県史七〇五頁「（九月）廿三日松崎城・妙法寺城幷楯籠脇屋殿平葺等焼払、令対治凶徒条」］、翌月義助の属将畑時能を降した［同七〇六頁「（十月）廿七日、畑六郎左衛門尉参御方之間、破却城郭訖」］。（中略）

⑤暦応四年に入ると南軍は必死の反撃を試み、五月まで両軍の攻防が続いた。しかし、六月に幕府軍は敵の牙城杣山城（南条郡）を陥れ［得江文書：県史七〇八頁］、七月二十四日高栖城（鷹ノ巣城、坂井郡）の攻撃を開始している［得江文書：県史七〇九頁］。

佐藤圭91も「閏七月二日不意に新田義貞が討ち取られる。南軍の総大将が戦死したのであるが、この年内は大きな戦況の変化はみられない」と指摘するように、現実には義貞の討死は劇的な変化をもたらすことなく、幕府は南軍勢力に手を焼いている。しかし、『太平記』は義貞討死以降、その翌年（年次Ｖ）においても北国で戦闘があったとは記さない。記事63は不審で「中陰」が諸注にいう四十九日であれば、一〇月中旬には明けている。義助が活動を再開するのは翌年七月である。「凡そ服紀は、君、父母、及び夫、本主の為に、一年」（岩波思想大系『律令』の訓読文による）という葬送令の規定を持ちこみ、崩御の後一年近く戦闘を控えていた、と設定しているように思われる。

戦闘を回避した期間の問題だけではなく、戦闘が開始されても（記事64）義貞の後継者義助の存在感は希薄である。

此両三年、越前ニハ敵御方ノ城卅余箇所相交テ、合戦ノ止ム時無シ。中ニモ湊ノ城ト聞ヘテ、北陸道七箇国ノ勢共ガ遂ニ攻レドモ落サザリシ城ハ、義助ノ若党畑六郎左衛門時能ガ、纔ニ廿三人ニテ籠タリシ平城ナリ。

記事は、義助の若党畑時能の湊城のみが持ちこたえていたと始まり、義助の指令も描かれるが

「南帝御即位ノ始、天運図ニ膺（あたる）時ナルベシ。諸卒同ク城ヲ出テ一所ニ集リ、当国ノ朝敵ヲ平ゲテ他国ニ打越ベキ」ノ由ヲ、大将義助朝臣ノ方ヨリ牒セラレケレバ、（中略）畑六郎左衛門ガ謀ヲ以テ、義助、黒丸ヲ落シテコソ義

貞朝臣ノ討レ給シ会稽ノ恥ヲバ雪ケレ。

とあり、結びの一文に示されるように、何よりも畑の活躍が勝利を導いている。

欠巻のあとの巻二三記事72にも記事64とよく似た状況が語られる。

去年ノ九月ニ杣山ノ城落シ後ハ、越前・加賀・能登・越中・若狭五箇国ノ間ニ、宮方ノ城一所モ無リケルニ、畑六郎左衛門時能、纔ニ廿七人ニテ籠タル鷹巣ノ城一所ゾ猶残タリケル。（巻二三「畑六郎左衛門時能之事」）

記事64で義助が奪還したという黒丸城は八月一七日には陥落しており（小川信71④得江文書）、九月二三日には義助の楯籠もった平葺陣も焼き払われた（同）。しかし、その後の義助が拠ったと思われる杣山城が落ちたのは翌暦応四年六月二五日のことである（小川信71⑤得江文書）。

また、暦応三年の状況（小川信71④相当）に関連して、『太平記』の記事70に「土岐弾正少弼頼遠ハ搦手ノ大将トシテ美濃・尾張ノ勢ヲ率シテ穴間・求上（注：郡上）ヲ経テ、大野郡へ向ケル」とあり、「長門熊谷家文書」（『南北朝遺文 中国四国篇第一巻』三四八頁）によれば、土岐勢が実際に暦応三年七月に越前に発向し、戦ったことが確認できる。八月には大野郡の舌城、井山城（注8参照）などで激しい戦闘を繰りひろげ、さらに進撃し、九月には三峯城（現鯖江市）、一二峯（佐藤圭91によれば、三里山内に比定される。三里山は現越前市今立）を制圧している（南北朝遺文、同三五一頁）。記事70以降、翌年六月の杣山城陥落、あるいは記事76に簡略にふれるだけの九月の根尾城敗退までのほぼ一年におよぶ義助関連記事が可能だったわけであり、それが欠巻の内容であったと目されていることは本章冒頭にふれたとおりである。

ただし、注意しておきたいのは、『太平記』に施された操作は巻二二の削除に留まらなかったことである。記事72において杣山落城を「去年九月」とすることにより、「越前・加賀・能登・越中・若狭五箇国ノ間ニ、宮方ノ城一所モ無リケル」という事態となり、畑時能の鷹巣城のみが残るという状況が生み出されている。(9) この記述によっても、義助の存在感は消し去られている。その後の吉野参内も議論のすえ許されており、伊予での活動の顛末もまことにあっけなく、正成怨霊鎮撫と同時に病死するにいたっている。

さらに宮方の孤塁を守る畑時能の造型が問題である。

記事65……敵ノ城十二箇所ヲ打落シテ、首ヲ斬ル事八百余人、女童部、三歳ノ嬰児マデモ不残是ヲ差殺ス。

記事75吾朝ニ於テハ未畑ガ勇力智謀ニ並ブベキ人ハ無リツレ共、其平生ノ振舞ヲ聞ニ、僧・尼・法師ヲ殺害シ、仏閣社壇ヲコボチ焼、善ヲ修スル心ハ露バカリ無ク、悪ヲ致ス業ハ山ノ如クニ重リシカバ、遂ニ天ノ為ニ罰セラレテ、流矢ノ疵ニ死ニケリ。

存在感の薄い義助に代わって前面に押しだされていた人物の本性がこうであった。こうした造型は、前節で述べた、他に置き換えの効かない義貞の死が宮方の可能性の消滅を意味する、という設定と相補関係にある。義貞亡き後の宮方はその残滓にすぎない。

おわりに――欠巻の発生――

欠巻も、欠巻前後のこうした記述のあり方の一環をなし、義助の存在感を消し去ることと直結する。巻二一は後醍醐崩御記事があり削除できないから、越前の動向については、畑時能を前面に立て義助をその陰に置くことや長大な塩冶判官讒死（高師直好色譚）を持ちこむことによって、[10]幕府の派兵計画をうやむやにすることでしのいだ。しかし、義助の一連の合戦記事（それが敗戦の連続であっても）を主要話材とする巻二二については、削除してしまうのが最も簡便かつ有効な方法であった、というのが欠巻発生の主因と考えられる。第二節1で述べた、実際には存在しない年次Ⅲの創設や記事内容とはなじまない日付操作（八月廿八日）と巻二二の削除とは、大胆かつ強引な手法という点で相通じるものがある。

ではなぜ巻二二という巻名を残したのかといえば、改訂時、巻二二の先の巻がすでに相当程度できあがっていたからであろう。また、巻二二をただ単に削除しただけではなく、巻二一・二三の連続性を感じさせる措置（畑時能に関する記事64・72など）があり、欠巻部分に相当する内容への言及（記事72・76）があり、情報は提示されている。傷口（巻二二）はあるけれども、ひとまずの手当は施したというのが、改訂者たちの考えであったかもしれない。

注

（1）安井久善80は、遠江の井伊氏、常陸での北畠親房の動きも想定内容に加えるが、これまでにも関連記事がほとんど無く、疑問である。親房の東国経営に対する『太平記』の扱いについては、第一部第四章にふれたが、政治・軍事上の重要性をもって直ちに「太平記にとって欠かすことのできない合戦譚」（一八九頁）とはいえない。

（2）筋の通った指摘であるが、安井氏自身の欠巻に対する説明としては、偶然欠脱説もしくは後述の平田俊春説を示すのみである。氏は意図的削除説を否定して論を終えるが、欠巻内容の想定（氏の見解は注1に記した）を義助の合戦に絞れば、外圧ではない、『太平記』編纂上の「意図的な操作」としての「意図的削除説」を検討する余地は充分にある。

（3）記事24に関連して巻二〇冒頭の記事39がある。

新田左中将義貞朝臣ハ、去二月ノ始ニ（西・神・去ル正月ノ始）、越前ノ府中ノ合戦ニ打勝給ヒシ刻、国中ノ城郭七十余箇所ヲ暫時ニ攻落テ、勢亦強大ニ成ヌ。

この記事39の傍線部は記事24と同じ状況をさす。したがって、「去二月」は本来「去年二月」とあるべき。

（4）明通寺文書（大日本史料第六編四、七九一頁）日付「建武五年四月十四日」、萩藩閥閲録（同九〇三頁）日付「建武五年五月十一日」。建武四年三月六日の金崎落城後は、守護斯波高経に越前の実務執行を命じた文書（前田家所蔵文書・大日本史料第六編四、二四八頁。日付「建武四年六月十三日」。相州文書・同二九一頁。日付「建武四年七月十一日」）がみられ、

足利方が越前を掌握していた。なお、延元二（建武四）年に、南朝が諸国に送った文書に「北国近日可入洛云々」などの記述があるが（阿蘇文書：同三八一頁、日付「九月十一日」。結城古文書：同三八二頁、日付「十月十三日」）、阿蘇大宮司への上洛要請はひき続き九月三〇日、一一月一六日にもあり。それぞれの相手に対して、他の地域は已に上洛しようとしているから急げ、と叱咤する方便であり、現実に北国（新田勢）が上洛態勢にあったとは考えられない。

（5）建武四年一月二五日、顕家、東北の形成を奏上（結城古文書写：大日本史料第六編四、五七頁）。三月五日、顕家、下野国小山城を攻めんとす（飯野八幡社古文書：同一一〇頁）。三月一〇日、顕家、霊山に戻り、小池楯攻撃（大国魂神社文書：同一五〇頁）。四月九日小高楯、五月中に渡城、六月二四日小高楯を攻撃（同一五〇頁）。三月二九日、顕家、結城親朝に五百河の足利勢を討たせる（結城氏文書：同一七〇頁）。四月一日、二日、九日、五月一〇日陸奥国楢葉郡・標葉郡で戦闘（相馬文書：同一七六頁）。七月四日、顕家配下の春日・多田ら、下野小山城攻撃、敗退（茂木文書：同二八五頁）。七月、春日顕国、常陸に侵攻（烟田文書：同三三六頁）。八月一一日、顕家、義良親王を奉じ霊山を発す（阿蘇文書：同三五二頁）。以下は前掲の記事一覧に掲出した。

（6）本書第二部では、年次表示の観点から主として玄玖本を用いているが、玄玖本の日付が無謬とは考えていない。

（7）巻二〇の位置づけは、第二部・第三部の区切りの問題にもかかわる。長坂成行85は、巻二一と巻二三の間に区切りをみる従来の説に対し、巻二〇と巻二一の間に境界をみる説を紹介して、「『太平記』第一・二部は現世での積極的な後醍醐を核とした物語」であり、「二十一の先帝崩御の記事は、顕界での死を意味すると共に、物語の上では冥界での怨霊としての始発の意味」が強く、「ここで構成を区分する意識はうすい」という。小論もこれに同ずる。小秋元段95は「第二部の構想がもともと足利政権の成立過程を描くことにあった」という認識に立って、「『太平記』では義貞の討死が、足利政権の成立を決定づける事件と認識されているわけでは」なく、「巻二十が第二部の終焉を示すとする従来の見方には慎重でありたい」という。しかし、本書第一部第九章「はじめに」に、義貞討死に対してまったく別の把握が成りたつことを示した。

巻一二の末尾には「果テ大塔宮被失サセ給シ後、忽ニ天下皆将軍ノ世ト成テケリ」という批評があった。巻一六正成の討死の後、巻二〇に唯一無二の存在としての義貞の討死を描く。和田琢磨04が指摘するように、義貞は大塔宮の跡を継いで、

「天下ノ武将」（巻一四「旗文月日堕地之事」）に就いていた。ならば、第二部の末尾が大塔宮の後をうけつぎ「天下ノ武将」となった義貞の死去であってもおかしくないし、第二部は後醍醐の現実世界での力がもぎ取られていく過程を描くとみなすことも可能であろう。その過程は足利政権の成立過程と表裏をなすものでもある。

ちなみに、『太平記』を後醍醐の物語として把握するのは長坂成行82に始まるが、五味文彦91は「『太平記』はもともとは後醍醐の霊を慰める物語としての性格をもっていたのではないか」との考えを示し、森茂暁98も、直義による修訂をへる以前の、恵鎮主導による原『太平記』を後醍醐物語とみなす。本章の立場は、修訂を経た現在の『太平記』の形こそが後醍醐の物語の様相を呈しているのだ、ということである。ただし、佐伯真一16が天龍寺供養の描き方に注意して「太平記と後醍醐鎮魂の営みを一体と見ることをためらわせる」というように、本章にいう物語も後醍醐に引導を渡すものではあっても、いわゆる鎮魂という形には収斂していないと考える。修訂以前に後醍醐鎮魂の物語があったとしても、その様態を立証するのは困難な作業であろう。

（8）玄玖本は「同五日由良越前守光氏五百余騎ニテ西方寺ノ城ヨリ打出デ、▼香下・鶴沢・穴間・河北十一箇所ノ城ヲ五日ガ内ニ攻落テ……」とある。西源院本の▼部分には「和田・江守・波羅蜜・深町・安居之庄ノ内ニ敵ノキビシク構ヘタル六箇所ノ城ヲ二日ガ中ニ責落シ、御方ノ勢ヲ入替テ六之城ヲ守ラシム。同七日、堀口兵部大輔氏政五百余騎ニテ居山ノ城ヨリ打出デ」との記事がある。『日本歴史地名大系』によれば、居山城、香下（上舌）、穴間などは現大野市の地名であり、玄玖本系の目移りによる誤脱と思われる。したがって、西源院本によって記事**66 67**を立てた。

（9）小川信71④に付記したように、暦応三年一〇月二七日に畑は降参して、城も破却されている。そのことと記事**72**との関係について、加美宏78は「一つの謎」、外岡慎一郎94は「再起に成功したのであろうか」と疑問を投げかけている。

（10）［小学館新編全集③四〇頁］頭注に「塩冶高貞の謀反は史実では、暦応四年（一三四一）三月のこと。暦応三年の越前派兵と関わらせて語るのは『太平記』の虚構であろう」との指摘がある。「三月廿七日」「三月晦日」「四月朔日」という記事**71**の日付がそれまでの日付の流れに沿っていないのも、新たに持ちこまれた記事であることに関わっていよう。

引用文献

青木　晃74「先帝後醍醐崩御の記――『太平記』と『吉野拾遺』をめぐって――」（帝塚山短期大学紀要11、一九七四・三）

石井由紀夫94「「暦応期」の足利直義」『軍記物語　戦人と環境』（三弥井書店、二〇一四。初出一九九四・四）

大森北義86「先帝後醍醐の崩御と〝怨霊〟の跳梁――第三部世界の「発端部」について――」『『太平記』の構想と方法』（明治書院、一九八八。初出一九八六・三）

岡野友彦17「二つの「中務大輔某奉書」――北条氏残党と伊予忽那氏――」（日本歴史833、二〇一七・一〇）

小川　信71「足利（斯波）高経の擡頭」『足利一門守護発展史の研究』（吉川弘文館、一九八〇。初出一九七一・一二）

加美　宏78「伝奇的人物としての畑時能」『太平記享受史論考』（桜楓社、一九八五。初出一九七八・三）

小秋元段95「『太平記』第二部と「原太平記」の成立」『太平記・梅松論の研究』（汲古書院、二〇〇五。初出一九九五・六）

五味文彦91「後醍醐の物語――玄恵と恵鎮」『中世社会史料論』（校倉書房、二〇〇六。初出一九九一・二）

佐伯真一16「軍記物語と鎮魂」『軍記物語と合戦の心性』（文学通信、二〇二一。初出二〇一六・四）

佐藤　圭91「得江頼員軍忠状にみえる南北朝期越前の城と合戦について」（福井県史研究9、一九九一・三）

鈴木登美恵59「太平記欠巻考」（国文11、一九五九・七）

鈴木登美恵80「鐘崎城落つる事（巻十八）」『鑑賞日本の古典13　太平記』（尚学図書、一九八〇・六）

田中尚子99『三国志享受史論考』第一部第一章第一節（汲古書院、二〇〇七。初出一九九九・八）

外岡（とのおか）慎一郎94「建武新政と南北両朝の戦い」『福井県史　通史編2　中世』（福井県、一九九四・三）

長坂成行82「帝王後醍醐の物語――『太平記』私論――」（日本文学31―9、一九八二・一）

長坂成行85「『太平記』・欠巻前後――後醍醐物語の変貌――」（『鈴木弘道教授退任記念　国文学論集』奈良大学国文学研究室、一九八五・三）

中西達治82「太平記における青野原合戦」『太平記論序説』（桜楓社、一九八五。初出一九八二・三）

中西達治92「太平記の構成意識――いわゆる第三部の始期を巡る諸問題について――」『太平記の論』（おうふう、一九九七。初

出一九九二・三）
中西達治02「『太平記』諸本の形成について」『太平記の論――拾遺』（ユニテ、二〇〇七。初出二〇〇二・三）
平田俊春43「太平記の成立」『吉野時代の研究』（山一書房、一九四三・三）
増田　欣97「諸葛孔明の死と新田義貞の最期」『中世文藝比較文学論考』（汲古書院、二〇〇二。初出一九九七・三）
森　茂暁98「『太平記』と足利政権――足利直義の係わりを中心に――」『中世日本の政治と文化』（思文閣出版、二〇〇六。初出一九九八・三）
安井久善80「「太平記巻第二十二」欠脱補遺攷」『南北朝軍記とその周辺』（笠間書院、一九八五。初出一九八〇・一〇）
和田琢磨04「武家の棟梁抗争譚創出の理由――新田義貞像の役割――」『『太平記』生成と表現世界』第一部第二章第二節（新典社、二〇一五。初出二〇〇四・三）

第四章　天正本『太平記』、『源平盛衰記』、八坂系『平家物語』の日付操作

――改元記事を手がかりに――

はじめに

『平家物語』読み本系における源平盛衰記（以下、盛衰記）、語り本系における八坂系第一類本、『太平記』における天正本、これらはそれぞれの諸本中にあって、改元を記すことに最も熱心であるという共通性をもつ。ただし、あり方は一様ではなく、相互比較によりそれぞれの特性が浮かびあがる。

一、天正本――日付の整備――

天正本の特質に「古態の本文に漏れてゐる歴史的事実を補ひ、古態の本文の記述と歴史的事実とのずれを正さうとする意識の認められること」が指摘されている(1)。その一端を改元記事について見てみよう（◎は天正本のみにある改元記事。○は諸本にあるが、天正本の日付が他本と異なる場合は、傍線を施す。●は天正本を含む諸本に無い）。

◎元弘改元（巻二：元徳三年（月日なし）。前後の記事は七月七日、同二三日。史実は八月九日）

◎正慶改元（巻五：同（元弘二年）四月二八日。史実に同じ。※持明院統の改元）

○建武改元（巻一二：元弘四年正月二九日。史実に同じ。諸本「元弘四年七月」、流布本「元弘三年七月」）

○延元改元〔巻一五：(建武三年)三月二日。史実は建武三年二月二九日(『公卿補任』は三月二日)。諸本「(建武三年)二月廿五日」、玄玖本「(建武二年)二月廿五日」。※後醍醐帝の改元〕
○暦応改元〔巻一九：建武五年八月二八日。史実に同じ。神田本・西源院本「同(建武四年)十月三日、玄玖本「同(建武三年)十月三日」。流布本は「同(建武三年)十月三日」延元への改元とする。※北朝の改元〕
◎康永改元〔巻二三：同(暦応五年)四月二七日。史実に同じ〕
●貞和改元〔無し。史実は康永四年一〇月二一日。巻二四巻末(康永四年八月晦日)から巻二五巻頭(貞和二年七月一九日)にかけて記事なし〕
○観応改元〔巻二七：貞和六年二月二七日。史実に同じ〕
○文和改元〔巻三一：同(観応三年)九月二七日。史実に同じ〕
●延文改元〔無し。史実は文和五年三月二八日。巻三二巻末(文和四年三月一二日)から巻三三巻頭(延文二年二月)にかけて記事なし〕
○康安改元〔巻三六：延文六年三月晦日。史実に同じ〕
○貞治改元〔巻三七：同(康安二年)九月晦日。史実は九月二三日〕

この一覧からも、歴史的事実の補い(元弘・正慶・康永改元)、ずれの補正(建武・暦応改元)が指摘できるし、興国改元(延元五年四月二八日)、正平改元(興国七年一二月八日)という南朝の改元には触れないところから、「〈歴史的事実〉に詳しいと言っても、それは北朝・足利政権に関してであり、南朝に関する記事は他の諸本と変わりはない(2)」という特質をも見て取ることが可能である。また、貞和・延文の改元記事が無く、史実の補いが年代記としての完璧さを期す類のものではなかったこともつけ加えてよかろう。

さらに、天正本の史実接近は、『太平記』全巻の構想を無視するものであることが多かった、との指摘(注1鈴木論文）に関わる問題もここにはある。暦応改元に関して、天正本は当該記事のみの史実接近をはかるに留まらず、その直前に「同（建武三）十月十日……。同じき十一月二十五日……。同じき十二月二十四日……。さる程に、同じき十二月二十五日……。次の年四月五日……」という日付をもつ独自記事を盛り込み、建武三年から同五年の改元記事への時間的な流れを生みだしている。しかし、第二部第二章・第三章に指摘したように、『太平記』の改元記事の内、史実と大幅な乖離を示すのは、建武・延元・暦応の三つのみであり、建武への改元が遅れ、建武からの改元が早まっている（延元・暦応）ことから、『太平記』には建武の年号使用を史実よりも短期間に終わらせようとする意図が働いていたものと思われる。天正本の操作は、こうした、『太平記』が本来有していた構想を破棄する結果を招いている。

天正本の史実接近および関連しての編年体志向は、上述のように幾多の問題・限界を抱えている。しかし、編年体的意識に基づく改訂作業自体は、必ずしもずさんなものではなかった。玄玖本などの巻二六の巻頭記事は「持明院殿御即位之事」という章段名をもつが、内容は、崇光帝受禅記事（A）及び即位後に行われるはずの大嘗会関連記事（B）である。

（A）貞和四年十月廿七日後伏見院ノ御孫、御年十六ニテ御譲ヲ受サセ玉イテ、同日内裏ニテ御元服アリ。剣璽ヲ渡サレテ後、同廿八日ニ萩原法皇ノ第一ノ御子、春宮ニ立セ給フ。御年十三ニゾ成セ玉イケル。（B）卜部宿祢兼前、軒廊ノ御占ヲ奉リ国郡ヲ定メラレテ、抜穂ノ使ヲ丹波国へ下サル。其十月ニ行事所始メ有テ、已ニ斉庁（ママ）所ヲ作ラレントシケル時、院ノ御所ニ一ノ不思議アリ（後略：仙洞に触穢あり、「今年」の大嘗会中止が検討されるも、続行と定まる）。

史実では貞和四（一三四八）年一〇月二七日崇光院受禅、貞和五年一二月二六日即位。大嘗会は、観応元年（一三五〇）四月二九日に国郡卜定、同年一〇月二日の仙洞触穢の後も、準備が継続されていたが、一〇月二二日の御禊を前にした一九日、尊氏らの進発（鎮西で蜂起した直冬の追討）が避けられないものとなる中、延期と決定[3]。翌観応二年は七月より直義と義詮・尊氏との対立が激化、両者の駆け引きの中で、一一月七日に「正平の一統」（北朝の天皇・春宮・年号の廃止）が現出、崇光帝の大嘗会は曲折の末、ついに実施をみなかった。このように、大嘗会を中心とする崇光帝関連記事と、貞和五年から観応三年におよぶ幕府の内訌（観応擾乱）とは本来深い関係にあった。受禅記事が「即位事」という章段名をもつのも、受禅・即位・大嘗会という一連の流れを強引に圧縮したところに原因している。ここには、それら崇光帝関連記事を、続く章段「大塔宮亡霊宿胎内之事」（「仙洞ノ夭怪ヲコソ希代ノ事ト聞所ニ又仁和寺ニ一ノ不思議アリ」と始まる）とともに、観応擾乱を中心とする不穏な世相の予兆として、観応擾乱から分離・独立させる意図が働いていよう。(4)

これに対し、天正本（巻二五）は、まず「皇太子興仁王践祚事」と内容に適した章段名とし、花園院御子立太子に同一一月一一日の花園院崩御（独自記事）を続け、章段を閉じる。(5)その上で、巻二六巻末に「貞和五年十二月廿六日天子登担即位シテ数度ノ大礼終シカバ今オハ目出暮ニケリ」という崇光即位記事を載せる（本文中章段名無し。巻頭目次「御即位事」）。この即位記事は古態本にはなく、流布本などにはあるが、流布本は章段名を「大嘗会事」と誤る。

さて、ここまでは天正本の記述は史実に即していた。しかし、巻二七巻頭の仙洞触穢記事は「貞和五年十二月廿八日」という、史実より十ヶ月繰り上がった日付をもつ。天正本は続いて、観応改元、新年号を頻に不吉と訴えていた菅原在登の夭死（他本では先立つ巻で師泰奢侈の一環として語られる。注12参照）、大地震とその勘文（国土大ニ飢旱シテ、兵革戸ヲ堆クス、重臣殊ニ慎有リ）を記し、これから始まろうとする観応年間の不吉さを補強している。したがって、「貞和五年十二月廿八日」という日付は、触穢記事に観応擾乱を中心とする世相への予兆性をみる、という諸本共通の設定を活かしつつ、大嘗会を話題にしうる最も早い時点（即位直後）として選びとられたものとみなされる。

巻二五の宝剣進奏に関わる記事の扱い、北野通夜物語の巻三八への独立(6)などを含め、天正本の日付の整備は、不備・不徹底な面もあるものの決して機械的ではない。

二、『盛衰記』――資料と創作と――

『盛衰記』も改元の記述に熱心で、緊密な編年体をとっていることは既に指摘がある。[7] 巻三から巻五にかけての主要な事件である成親隠謀事件をみてみよう。

Ⅰ、嘉応三年（一一七一）正月三日、高倉帝元服。（中略「今年四月廿一日、改元アリテ承安元年ト云」との別記文あり）①七月相撲節。

Ⅱ、師長の左大将辞任。実定・成親らの競望。②成親、諸社に祈請。③重盛が左大将に、宗盛が右大将となり、実定は籠居、成親は平家打倒の野望を抱く。【④実定は家臣の勧めにより三月一三日に厳島に出発、四月二日に到着、七日間の参籠を経て、帰洛。同五月八日に、清盛の計らいで左大将となった実定の悦申あり。】成親は実定昇進に一層憤りを深くし、鹿谷に城郭を構える（成親謀叛）。

Ⅲ、⑷承安四年（一一七四）三月、法皇・建春門院の厳島御幸。⑵五月二四日、旱魃による最勝講の開白、同二八日結願。⑶同七月八日、重盛、任右近大将。同二一日叙任拝賀。⑴同二七日相撲召合。

《巻四巻頭》成親ら、鹿谷に集まり軍評定（鹿谷酒宴）。

Ⅳ、安元元年（一一七五）一一月二九日、師高、任加賀守。

Ⅴ、目代師経、白山末寺と争う。七月一日、白山、庁を襲撃。一一月比、山門に向かった使者、不首尾に終わる。

Ⅵ、安元三年（一一七七）正月三〇日、白山神輿門出。（中略。三月）一四日、山門、神輿を客人宮に迎える。山門、師高・師経の処分を奏上するも裁許遅々たり。治承元年（直前の別記文に「今年改元有テ治承元年トイフ」と有り）四月一三日、山門強訴（後略。師高ら処分、洛中大火）。

嘉応三年から治承元年へと時間はほぼ滞りなく進行しているが、その進行は、以下の操作の上に成り立っている。

A、先行本文の改訂

・Ⅰの重盛任左大将・宗盛任右大将の日付の朧化。延慶本・四部本などでは「治承元年正月廿四日」という年次が与えられているが、『盛衰記』は日付を明示しない。

・Ⅱの【　】内に記した実定厳島参詣譚の年次進行への組み込みと日付の付与。延慶本は、実定厳島参詣譚の直後を「サテ新大納言成親卿被思ケルハ殿ノ中将殿・徳大寺殿・花山院ニ被超タラバ何カセム、平家ノ二男ニ被超ヌルコソ遺恨ナレ」と続け、当該話と以後の物語進行とを関わらせてはいない。当該話は、成親の物語の進行には直結しないはずの逸話であった。

B、独自資料の補塡

・Ⅲの枠内に示した『盛衰記』独自記事の持込み

しかし、ここには既に左大将になっている重盛の、右近大将叙任記事が後出する等の矛盾が発生している。が、『盛衰記』編著者がそれに気付かなかったとは考えられない。むしろ、①⑴から④⑷の記号を付した、AB両者の記述内容のことさらな類似に注目すれば(8)、Aの改訂（史実離れ）を行なったからこそ、その注釈・補塡としての意味もこめて、Bの資料（ここでの記述・日付はほぼ史実に合致している）を導入したのではなかったか。

『盛衰記』には情報を集大成する意図のあることが指摘されているが(9)、先行本文の記述も情報の一つとして認めた上で、新たな情報の盛り込みをはかっている事例は随所に見られる。たとえば、諸本の鹿谷酒宴の記述は、(イ)成親の行綱への白布贈与、(ロ)法皇に意見を求められた静憲の諫言、(ハ)諫言に色をなして立ち上がった成親が瓶子を袖にかけて倒したことに端を発する狂騒、と続く。これを『盛衰記』は(ロ)(イ)(ハ)の順に記し、法皇は静憲の諫言により臨席しなかったとしたうえで、(ハ)のきっかけを新たに次のように述べている。

庭ニハ用意ニ持タリケル傘ヲアマタ張立タリ。山下ノ風ニ笠共吹レテ倒ケレバ、引立々々置タル馬共驚テ、散々ニ駻踊、食合踏合シケレバ、舎人雑色、馬ヲシヅメント、庭上、々ヲ下へ返テ狼藉也。酒宴ノ人々モ少々座ヲ立ケルニ、瓶子ヲ直垂ノ袖ニ懸テ頸ヲゾ打折テケル。

この場合、法皇は臨席しなかったという情報をえて[10]、あらたに瓶子転倒のいきさつを持ち込んだというよりも、こうした奇抜な情景を語りたいがために法皇の臨席を止めたと見る方が、『盛衰記』の創作の機微をついているように思われる。「厖大な資料を潤色しながら取り入れて行く一方で、それらの典拠ある部分と等質であるかのように見せかけた創造を織りまぜてゆく」という「擬装した記録文学的手法」を採っている[11]『盛衰記』にとって、先行本文の改変に関わっての、典拠ある資料の持込みと奇抜な創作とは、表裏をなす操作であったといえよう。

これに対し、天正本『太平記』が、『盛衰記』のように事件・場面の設定自体を自在に変更することはない。たとえば、巻二一「(塩冶)高貞讒死事」は異同の甚だしい章段の一つであるが、他本の、①桃井勢の塩冶妻子追跡と妻子の死去、②山名勢の塩冶追撃、③出雲での塩冶の最期、と続く構成の内、②と①とを入れ換えるという相違があるものの、その他の異同は基本的には描写の相違の範疇に納まるものである。鈴木登美恵氏(注1論文)は、塩冶妻の最期の場面を玄玖本と比較して、「天正本における抒情性・物語性の増加」を指摘している。天正本の性格を考える上でこの指摘は重要であるが、前述の『盛衰記』における瓶子転倒の次第や、小鷹狩の帰途、資盛が騎馬で基房の行列を横切ろうとしてはじまった事件の発端を、笛をならうため女房車で通行中であったと改める(殿下乗合)という類の改変は天正本にはほとんど見られない[12]。病気療養中の師直が、覚一の平曲をきっかけに、塩冶妻に横恋慕。侍従・兼好・公義の仲立ちのあげく、女房の湯上がりの姿を目の当たりにし、ついには塩冶謀叛の讒言を構えてまで手にいれようとする。逃れぬところと覚悟した塩冶は出雲に出奔し、妻子は途中で非業の死を遂げ、塩冶も出雲で自害に及ぶ。この展開自体は天正本も全く同一である。『太平記』の描く事件展開自体が既に『盛衰記』のような、うがちに満ちているともいえるのであるが、これ以外の設定への道が閉ざされていたわけではない。たとえば『太平記秘伝理尽鈔』には次のような一節がある。

去バ高貞、楠ヲ以テ、吉野殿ヘ此由（本国に下り尊氏に反旗を翻す事）ヲ申入ケレバ即綸旨ヲ成下サレケリ。（中略…楠配下の者が高貞説得）只先飯盛ノ城マデ、内室ヲ具シテ御出アレ。是ヨリ用意ヨク仕テ、雲州ヘ下シ参セ給ヘト申ケルヲ、高貞用ズ下リシト也。果シテ謂如シ（楠配下の懸念した通りになった）。（巻二一55ウ）

塩冶の幕府への謀叛をいうならば、対立関係にあった南朝への内通という要素の盛り込みは、さほどの飛躍を必要としなかったはずである。(13) しかし、天正本といえどもそうした変改は行なわなかった。上述のように、『太平記』諸本自体に『盛衰記』に通じる要素があることを見過ごせないが、異本の派生という観点からは、『太平記』に対する広義の注釈を行なっている『理尽鈔』のみが辛うじて、『平家物語』における『盛衰記』の位置に並ぶ可能性を秘めていることに注意したい。しかし、もとより『理尽鈔』は『太平記』の異本ではなく、改めて軍記物語の異本における『盛衰記』の特異さが浮かび上がる。

三　八坂系第一類本・第二類本――自在な日付――

1、一類本の改元記事

『盛衰記』と並んで、あるいはそれ以上に改元記事を熱心に記しているのが、『平家物語』八坂系第一類本(14)である。以下に、屋代本・覚一本・八坂系第二類本および『盛衰記』との異同を付記する。◎は屋代本・覚一本に無いもの。○は上記諸本共通。第一類本の改元月日が史実と異なる場合は、波線を施し、その旨注記する。

○仁安改元〔巻一：おなじき（永万）二年八月二七日。屋・覚・二類「明レハ改元有テ仁安ト号ス」。盛「同二年八月」〕

◎嘉応改元〔巻一：おなじき（仁安）四年四月八日。二類「仁安四年六月十四日」。盛「仁安四年四月八日」〕

◎承安改元〔巻一：おなじき（嘉応三年）四月二一日。二類ナシ。盛「今年（嘉応三年）四月廿一日」〕

◎安元改元〔巻一：（承安五年）七月二八日。二類・盛ナシ〕

◎治承改元〔巻二：おなじき（安元三年）八月一六日（二類も同じ）。盛「今年（安元三年）改元有テ治承トイフ」。史実：安元三年八月四日〕

○養和改元〔巻六：おなじき（治承五年七月）十四日。屋・覚「同七月十四日」。二類「同き七月十三日」。盛「七月十四日」（巻二六・二七の二箇所にいずれも別記文で注記）。史実：七月一四日〕

○寿永改元〔巻六：おなじき（養和二年五月）一七日。屋「同五月廿七日」・覚「五月廿四日」。二類「同五月八日の日」。盛「養和二年五月廿七日」（別記文）・「同廿七」。史実：五月二七日〕

◎元暦改元〔巻十：おなじき（寿永三年四月）四日。二類「同四日」・城方本「寿永三年四月一日の日」。盛「寿永三年四月十六日」。史実：四月一六日〕

○文治改元〔巻十二：おなじき（元暦二年）八月一四日。屋「サル程ニ改元アテ文治ト号ス」（八月六日記事と九月二三日記事との間）・覚ナシ。二類「おなじき八月一日の日」。盛「八月十七日」。史実：八月一四日〕

一類本は、改元記事のみならず「さるほとにとしくれて嘉応も三年になりにけり」、「さる程にとしくれて安元も三年になりにけり」等という年次の移り変わりの記述にも、他本にもまして熱心である。『盛衰記』の場合、養和・寿永のように二箇所に改元を記す例があり、また、「治承元年四月十三日」記事の後に「安元三年五月五日」記事が続いたり、元暦改元を「寿永三年四月十六日」と注記しながら、「元暦元年正月一日」という遡及的使用があったりもする。(15)『盛衰記』は、改元記事による記事の統括を徹底してはいない。『平家物語』諸本における八坂系一類本の個性のひとつは、このように年号を節目とする叙事の整理を意識的に行なっている点にあるといってもよいだろう。

2、改元記事整備の背景

こうした一類本の改元記事はどのようにしてもたらされたものであろうか。この点を考える上で以下のような記事の存在が注意される。

◇巻六：おなじき十四日にかいげんあて養和元年とかうす。おなじき廿八日こうぶく寺の上とうあり。

※養和改元記事自体は諸本にあるが、傍線部の記事は、三条西本・中院本・天理イ69本・都立図書館本など八坂系の一部が有するのみである。この記事は『一代要記』『興福寺略年代記』等に「同廿八日興福寺講堂上棟」と確認できる。

◇巻十二：建久六年三月十二日とう大寺くやうありしに、二月に上らくありてくやうとげられしかば、おなじき六月にくわんとうへこそくだられけれ。

二類本（城方本は〈　〉内欠）：建久三年三月三日の日、東大寺の供養有べしとぞ聞えし。かゝりければ鎌倉殿も御警固のために上洛あり（中略）〈さるほとに鎌倉殿同き六月十六日に関東へこそ下られけれ〉

※東大寺供養の日付および頼朝東下（六月二五日）の記述は正確。延慶本・覚一本等（屋代本・盛衰記はこの部分記事無し）は建久六年三月一三日とし、頼朝東下の記事はない。

◇巻一の「願立」説話における後二条関白師通発病「康和元年六月廿一日」および死去「同廿八日」という日付。

※この師通死去の年次は史実に合致（承徳三年（一〇九九）八月二八日に康和改元。ここは遡及年号）。延慶本・屋代本・覚一本「永長二年（一〇九七）」、長門本「承徳元年（一〇九七）六月廿六日死去」、盛衰記「承徳二年」等と

あり、八坂系の他は闘諍録に「康和元年己卯六月廿八日」とあるのみ。

◇巻一：大じやう大じんは一人にしはんとして四かいにぎけいせり。くにを、さめ、みちをろむじ、いんやうをへんりせしむも、その人にあらずはけがすべきくわんならず。（中院本傍線部「いんやうをせうりせしむ」）

※傍線部は他の諸本では、屋代本・覚一本「陰陽ヲヤハラゲヲサム」、延慶本「陰陽ヲ柔ゲ」、長門本「陰陽を和げ、柔強を調ふ」等とあり（盛衰記は該当詞章無し）、八坂系一類本およびその周辺本文のみに見られる表現である（二類本は「陰陽を和げ給へり」）。これは、『令義解』に「太政大臣一人／右師範一人……爕理陰陽〈謂爕者和也、理者治也（後略）〉」とあり、意味内容は諸本大差ないが、一類本の表現は原拠に近く、なかでも中院本の「せうり」という訓みが正しい（三条西本等は、「爕理（せうり）」を「變理」と誤った形を経て、「へんり」と訓んだもの）。いずれも断片的な記述ではあるが、一類本の改元記事の整備もこれらと同様、何らかの依拠資料（ある種の年代記等）によった可能性を考えるべきであろう。ただし、充分な調査が行き届いてはいないのだが、一類本の、依拠資料による改訂はごく一部の記事・対象に限られたようである。たとえば、

天ちてんわうの御うしゆてう元年にしんだんより、しやもんだうぎやうと申もの、わがてうにわたりてこのつるぎをぬすみ、（中略）わがほんいとげとげがたしとて返て、かのやしろにおさめたてまつり、ほんごくへわたしけるとぞうけたまはる（巻一一内侍所御入洛并宝剣事）

とある表現は、屋代本巻一一に「天智天皇七年ニ、沙門道鏡此剣ヲ盗ンデ、新羅へ渡サントシケルニ、浪風荒テ溺レナントセシカバ、前途難達サニ持テ返リ、熱田社ニ奉籠。天武天皇、朱鳥元年ニ此ヲ召テ、内裏ニ置ル」とあるような表現からの転訛とみなされ、決して有職故事全般に詳しいというわけではない。また、前記建久六年の大仏供養記事に先行する頼朝上洛記事。

①建久元年十二月四日、かまくらのげん二ゐどの上らくありて、②おなじき七日大納言になり給ふ。③おなじき

九日う大将にじよし給ふ。やがてよろこび申あり。④程なく大納言大将りやうくわん御正（ママ）へうありて、⑤おなじき十六日にくわんとうへげちやく。

（史実：①一一月七日、②同九日、③同二四日、④一二月四日、⑤同一四日）

この叙任記事の場合、二類本の、①「同き十一月七日の日」、②「おなじき九日の日」、③「同き廿二日に大原野の行幸の御供仕り右大将に上り給」（波線部は無根）、④「さるほどに」、⑤「同き十二月三日の日」、という日付と比べても（この日付は覚一本に比較的近い）、過誤が目立つ。一類本の日付は延慶本・長門本等と共通する⑤「同（一二月）十六日」の日付を基点として、これに近接して、遡る①②③の日付を適宜当てはめたかに見える。ここでの一類本の資料的関心は、巻六興福寺上棟記事と併せ考えれば、頼朝ではなく、南都に関わる記事の方にあったものであろうか。

3、日付の自在さ

先に一類本の特徴として改元記事による叙事の整理を挙げたが、それは歴史を語る上でのひとつの装いに過ぎない。一類本の本質は、改元記事とともにわずかながら垣間みられる資料的正確さにではなく、むしろ、右の建久元年頼朝上洛記事の場合にみられるような、淀みの無い（史実にとらわれない）時間・日付進行の方にこそあるようだ。

以下は、巻八巻末の法住寺合戦後の記事配列である。

八坂系一類本		二類本	屋代本	覚一本
①義仲、八幡遥拝		① 其後	②	① 明20
②修範出家、法皇に面会	同20	② 其夜	① 明卯	②
③法皇を内裏より移す	同22	③ 同21		
④義仲、四九人解官	同29	④ 同22	⑧	⑧
⑤義仲、基房の聟になる		⑥ 同23	⑤	⑤

⑥基房の諌めに解官を赦す
⑦基房息師家を内大臣摂政になす
⑧義仲、院御厩別当になる
⑨公朝、鎌倉下向　12 10
⑩範頼ら上洛、熱田に逗留
⑪公朝、鎌倉で義仲狼藉を訴える
⑫頼朝、数万騎の軍兵派遣
⑬京都疲弊、天下三分の様相
⑭あぶながらにとしくれて寿永も三年になりにけり

⑤	④ 同27	④ 11 23
⑧	⑨	⑨
⑦ 同24	⑩	⑩
⑨ 同25	⑪	⑪
⑩	イ	イ
⑪ 12 8	⑥	⑥
⑫	⑦	⑦
	③ 12 5	③ 12 10
	ロ 同13	ロ 同13
⑬	⑬	⑬
⑭	⑭	⑭

注＊同20はおなじき二〇日、12 10は一二月一〇日を表す。他も同様。
＊屋・覚は、イに朝泰（知康）が陳弁に鎌倉に下向した記事及び義仲追討軍の上洛に備え、義仲が平家と和平交渉を行った記事とを載せる。
＊屋・覚は、ロに歳末修法と除目記事を載せる。
＊史実：法住寺合戦11 19、②11 20、③12 10、④11 28、⑦⑧11 21

一類本は、③を②と共に法皇関係として一括した上で、二〇日、二二日、二九日、一二月一〇日、歳末、と時間間隔を漸増させる形で日付を付している。二類本では日付の付与がさらに自在で、二〇日以降、順次日付を割り当てていったものと思われる[16]。したがって、改元記事といえども、必要に応じて日付操作の対象となる。巻一〇の元暦改元前後の記事の流れは次のようである。

⑴四月三日、崇徳院廟遷宮→⑵おなじき四日、元暦改元→《⑶そのころ、頼盛に頼朝からの招きあり→⑷四月五

日、頼盛出京→(5)おなじき一九日、鎌倉着→(6)（日付ナシ）頼盛上洛》→(7)さる程に→維盛北方出家→(8)さる程に七月二五日、八島の平家懐旧（史実：(1)四月一五日、(2)四月一六日、(4)五月三日、(6)六月五日鎌倉出発）

崇徳院廟遷宮は四月一五日が正しいが、屋代本・覚一本ともに四月三日とあり、一類本の日付もここを起点として、以下順次、各記事に日付をあてはめていった体裁をとる。改元記事の位置・月日も、(3)から(6)の一連の《頼盛記事》を分断しないように設定されたと目される（詳細は省くが、城方本が、寿永三年四月一日改元、同き三日崇徳院廟遷宮と続けるのは、さらなる記事整理の結果であろう）。

治承改元を八月一六日（史実八月四日）とすることも、直後に続く成親殺害記事の日付が「おなじき十七日」（屋代本：同八月十七日、覚一本：同八月十九日）であることと関わりがあろう。成親死去記事の後では、続く記事の日付が一〇月二七日であり、日付の間隔が大きくなりすぎる。改元記事を置くとすればこの位置しかなく、かつ、直前の成親北方悲歎記事との連接を時間的に妨げないことを配慮したものと考えられる。

ま と め

改元記事を手がかりにして、天正本『太平記』、『盛衰記』、八坂系『平家物語』の日付操作の特徴を探ってきた。創作と資料とを融通無碍に使いこなす『盛衰記』、年代記的な装いの下で、各記事に自在に日付を付与していく八坂系『平家物語』、これらの前にあっては、天正本の史実接近・編年体的記事組み替えは、極めてまっとうな、正攻法による作業であった。ただし、『太平記』は年号自体の操作という、日付操作という点では八坂系のそれにも通ずる面をもち、しかも決定的に次元を異にする、他に類例を見ない操作を行おうとしていた。恐らくはその背景には、朝廷の分裂という事態（『平家物語』の場合にも安徳・後鳥羽両帝の並立はあったのだが、京都を巻き込んでの両勢力の交替といった深刻な事態にまで発展する事は無かった）の発生があっただろう。しかし、それは『太平記』の複雑な書き継ぎ過程のある段階に留まり、四〇巻本が受け継ぎ発展させることなく、未完のままに終わった（本書第二部第二章五）。天正本の出現は、『太平記』にとって、その清算事業としての意味をもつ。

注

（1）鈴木登美恵「天正本太平記の考察」（中世文学12、一九六七・五）

（2）長坂成行「天正本太平記成立試論」（国語と国文学53―3、一九七六・三）

（3）天正本のみ「カヽル乱ノ世ノ中ナレバ、厳重ナリシ大嘗会モ忽延引シテケリ。去コソ兼豊ガ申シ所、神理ニ相叶ケリトテ人皆信ヲバ起レケル」（巻二七「直義禅閤逐電事」）と、この延期に言及している。

（4）さらにその背後には書き継ぎに関わる問題が予想されるが、今は立ち入らない。

（5）この前後の天正本の構成の特質については、注2長坂論文に詳しい。

（6）注2長坂論文に指摘がある。

（7）源健一郎「源平盛衰記の年代記的性格――鹿谷事件発端部に至る叙述の検討を通して――」（関西学院大学人文論究41―3、一九九一・一二）が示すように、盛衰記には、仁安から文治に至る間の改元が、安元改元を除いて漏れなく記されている。安元改元を欠くことについては、同氏に鹿谷酒宴の日付朧化と関わるとの指摘があり、小稿も以下の理由により賛意を表する。この酒宴は、承安四年（一一七四）七月から安元元年（一一七五）一一月の間の某日という読み取りを促す一方で、巻五の記述からは安元三年五月に近接した時点が想定されるという二重性（曖昧性）を持たされている。すなわち、安元三年五月二三日、配流途中の明雲を大衆が奪還。西光の糾弾により、「抑今度大衆之狼藉（二）仍テ、山門ヲ責ラルベキ由、武家ニ仰ラレケレ共進ザリケレバ、新大納言成親卿已下、近習ノ輩武士ヲ集テ、大衆ヲ傾ベキ由其沙汰アリ」という事態に進展。結局、山門擁護の落書により、処罰は沙汰止みとなるのだが、これに「新大納言成親卿ハ、山門ノ騒動ニ依テ、私ノ宿意ヲバ暫押ラレケリ」という一文が続く。成親の隠謀が一時中断したのは右傍線部のような事情によるというのが、盛衰記巻五の解釈である。さらに、行綱の密告においても鹿谷酒宴の様子がそっくり再現されるのであるが、行綱はこれを西光の讒奏による山門責めの噂がたった頃のこととして語る。行綱は自己弁護のため、時間を取り繕ったともいえるが、巻五を読み進むうえで巻四の鹿谷酒宴が安元三年時点に強く引き寄せられていることは否定できない。

ただし、盛衰記が「安元年間の年次を朧化している」とは考えない。Ⅲ（承安四年）からⅣ（安元元年）Ⅴ（同二年）Ⅵ（同三年）と、編年体的時間進行は安元を組み込んで進行しているからだ。

（8）①の嘉応年間に相撲節はなかった（水原一『延慶本平家物語論考』加藤中道館、一九七九。八四～八五頁）。(2)の最勝講記事は、「天下ノ旱魃ヲ歎、勧農ノ廃退ヲ憂」た澄憲が龍神に祈り、見事雨をもたらしたという話で、成親の個人的な野心が神々に受納されなかった②の話と対をなす。Ⅲの資料持込みに際し、盛衰記はⅠⅡとの関わりに留意して素材を選んでいる。

（9）松尾葦江『平家物語論究』（明治書院、一九八五。初出一九七七・五）一一五頁。

（10）『源平盛衰記』（三弥井書店）一一一頁頭注も指摘するように、『愚管抄』によれば後白河院の御幸もしばしばあった。

（11）注9松尾著一二〇頁。久保田淳「覚一本『平家物語』からはみ出すもの――『源平盛衰記』を読むにあたって――」（国文学31―7、一九八六・六）にも「史実に忠実であるという性格」の一方で、「まことしやかな作り話らしきものをもぬけぬけと語る」という発言がある。

（12）巻二六「師直師泰奢侈事」の中から、山荘造作に関わる師泰と菅原在登との争議の内、在登が殺されたくだりのみを切り出して（巻二六に在登殺害場面は無い）、巻二七冒頭に「在登卿被逢夭死事」という章段を仕立てていることは、盛衰記のあり方に近い面がある。ただし、盛衰記と他本との関係が同じ記事の異文であるのに対し、天正本は巻を隔てて別の記事を特立しており、様相を異にしている。

（13）鈴木登美恵「太平記「塩冶判官讒死之事」をめぐって」（中世文学26、一九八一・一二）は、高貞妻が南朝と深い縁故のあることを明らかにし、「高貞が南朝方に内通する可能性は十分考へられる状況だった」と指摘している。同種の推定は簡略ではあるが、岡部周三『南北朝の虚像と実像――太平記の歴史学的考察――』（雄山閣、一九七五・六）二〇二頁にも見られる。

（14）一類本は尊経閣文庫蔵三条西本、二類本は京都府立総合資料館蔵本（巻一二は内閣文庫蔵秘閣粘葉本）に拠る。共に必要に応じて他の伝本に言及する。

（15）改元前後の年号のあり方については、「第四章付論1改元と年号表記」で論じた。

（16）鈴木彰「八坂系『平家物語』第一・二類本の関係について――研究史の再検討から――」（早稲田大学大学院文学研究科紀要41、一九九六・二）など、二類本を一類本の後出本とする通説への疑義が提出されている。この巻八巻末においても、一類本にのみ⑪に公朝と範頼らの熱田での対面が無いなどの不審点があり、一類本と二類本とを直線関係で結ぶことには慎重でなくてはならないだろう（二類本には一方系との独自の交渉の跡が窺われ、その事が関係を複雑にしていよう）。しかし、日付を自在に、適宜に処理していく傾向は二類本に顕著であり、書写過程における偶発的な誤写というよりも二類本の性格のひとつと見なすべきであると考える。したがって、日付処理に関する大局的なあり方としては、一類本から二類本の段階へという方向性を見て取りたい。

第四章付論1　改元と年号表記
――『平家物語』・『太平記』、「四鏡」――

はじめに

改元のあった年の表記法には、①「時間の進行に即して改元の前と後とで新旧の年号を使い分ける」、②「改元後の新年号を改元前の部分にも遡って用いる」、③「改元前の旧年号を改元後にも引き続いて用いる」の三つがある。清水眞澄氏は、(1)①を「即時年号」、②「遡及年号」、③を「延長年号」と名付け、②の遡及年号が「中国の正史に倣い〝正統な紀年法〞として一般に広まっていた」ことを踏まえ、「全体的に見て遡及年号を用いることが原則」である読み本系『平家物語』を、「六国史や四鏡に継承されてきた正統な歴史叙述の書の系譜に連る」(2)ものであるとしている。従来、軍記物語の年号表記が正面から論じられたことはほとんど無く、重要な問題提起であり、この付論1も氏の論に蒙を啓かれたものであるが、なおいくつかの角度から論点を整理することが可能であると考える。以下『太平記』および他の軍記物語をも視野に入れつつ、『平家物語』の年号表記の分析を試みる。

一、改元記事の有無と年号表記

1、延慶本（長門本）

まず第一に、年号の用法と改元記事の有無との関係をも考慮に入れる必要があろう。読み本系諸本の中では「即時年号が目立つ」（注1清水論文）という延慶本を見よう。なお、編年体を旨とし、詳細な叙事を伴う永万元年（一一六五）から正治元年（一一九九）の期間を対象とする。

〈凡例〉

・○は改元記事あり。×は改元記事なし。
・〔 〕内は史実の改元月日。【 】内は当該作品の改元記事。
・「 」内当該記事（回顧記事等の中に現れる年号は、年号表記法の判定に影響を与えるものを除き、原則として扱わない。例えば、巻二に成親の経歴に関連して「嘉応元年冬」の記事があるが、取り上げない）。
・＊は文書中の年号。

巻一（第一本）

×永万改元〔長寛三年六月五日〕「永万元年春ノ頃ヨリ」二条帝不予→遡及。「永万元年六月廿七日」六条帝即位
×仁安改元〔永万二年八月二七日〕仁安元年今年ハ大嘗会有べキナレバ……」
×嘉応改元〔仁安四年四月八日〕（嘉応元年・仁安四年の年号を持つ記事無し）
×承安改元〔嘉応三年四月二一日〕「嘉応三年正月三日」高倉帝元服→即時
×安元改元〔承安五年七月二八日〕「安元二（元カ）年十一月廿九日」
×治承改元〔安元三年八月四日〕「治承元正月廿四日」除目→遡及。「安元三年二月五日」白山神輿、願成寺着→即時。
＊「安元三年二月九日」（二通）白山事件関係→即時。＊「安元三年二月廿日」白山事件関係→

巻六（第三本）

即時。「治承元年四月十四日」日吉祭礼中止↓遡及

○養和改元〔治承五年七月一四日〕「治承五年正月一日」新年↓即時。＊「治承五年二月七日」「治承五年正月十六日」「治承五年正月十七日」「治承五年正月十九日」↓即時。「治承五年三月十四日」高直謀叛の聞え↓即時。＊「治承五年四月十四日」、「治承五年五月十九日」↓即時。【七月十四日ニ改元アリ。養和元年トゾ申ケル】。＊「養和元年十月八日」、「養和元年十月十三日」

巻七（第三末）

○寿永改元〔養和二年五月二七日〕「養和二年壬寅正月一日」新年↓即時。【同（五月）廿七日改元アリ。寿永元年ト号ス】

巻九（第五本）

×元暦改元〔寿永三年四月一六日〕「元暦元年甲辰正月一日」新年↓遡及。「元暦元年二月四日」梶原狼藉↓遡及

巻一〇（第五末）

＊「元暦元年二月十四日」「元暦元年二月廿八日」「元暦元年甲辰三月七日」↓遡及

＊「元暦元年三月廿八日」維盛入水時の書付↓遡及

巻一一（第六本）

○文治改元〔元暦二年八月一四日〕「元暦二年正月十日」義経、西下奏聞↓即時。「元暦二年ノ春ノ暮何ナル年月ナレバ……」↓即時。

＊「元暦二年四月十二日」↓即時。「元暦二年四月廿六日」平家生捕の大路渡し↓即時。【同（五

月）廿七日ニ改元アリテ文治元年トゾ申ケル】

巻一二（第六末）

「文治元年七月ニ平氏無残滅テ……」↓即時。＊「元暦二年八月一日」大仏開眼宣下↓延長（史実の改元に拠る場合は即時年号）。「元暦二年九月廿九日」土佐房鎌倉出立↓延長。＊「文治元年十二月六日」。「文治元年ノ年ノ晩ニテ有ケレバ……」六代赦され、熱田で年を越す。

×建久改元〔文治六年四月一一日〕「建久元年十一月七日」頼朝上洛

×正治改元〔建久一〇年四月二七日〕「正治元年正月十三日」頼朝死去↓遡及

延慶本において、遡及年号が現れるのは、永万・治承・元暦・正治改元時であるが、このいずれにも改元記事が無いことに注意したい。元暦元年の場合、院宣・請文といった文書や、維盛が入水に先立ち、樹皮を削って書き付けた文書という、実際には使用がありえない事例についても遡及年号が用いられている。逆に、改元記事が有る場合（養和・寿永・文治）には遡及年号は見られない。ことに、元暦二年・文治元年の年号のあり方が注目される。改元の史実は八月一四日であるが、延慶本は五月二七日とし、この物語内の改元に基づき第六末巻頭に「文治元年七月ニ平氏無残滅テ……」という記述が現れる。したがって、延慶本には〈改元記事がある場合は即時年号を、無い場合は遡及年号を用いる〉という原則が意識されているといえよう。

例外は、改元記事が無く、しかも「嘉応三年正月三日」という即時年号が用いられる承安改元時と、遡及年号と即時年号とが混在している治承改元時とである。前者は、盛衰記を除いて『平家物語』には承安年間の記事が記されておらず、これに先立つ「去嘉応二年十月十六日」という日付を持つ記事（殿下乗合。同二一日に高倉帝元服定めに参内しようとした基房が清盛の報復を受ける）とのつながりを意識したかと思われる。同様に、安元元年に始まる一連の白山騒動の記述においては、記事の統一上「安元三年」という年号使用を優先したものと判断される。

長門本は延慶本にほぼ準ずるが、巻一八「同（五月）十七日」と巻一九「同日（八月十四日）」との二箇所に文治改元記事を有し、後者に基づき、年号を改めている（「元暦二年七月、平氏のこりなくほろひて……」、「文治元年九月廿九日」土佐房鎌倉出立）という相違がある。

2、四部本・盛衰記

《四部本》

×永万改元〔長寛三年六月五日〕「永万元年の春の比より」→遡及

×仁安・嘉応・承安・安元（改元記事なく、遡及・即時等の判別対象記事もなし）

×治承改元〔安元三年八月四日〕「治承元年正月廿四日」除目、＊「治承元年四月廿日」宣旨→遡及

○養和改元〔治承五年七月一四日〕「養和元年辛丑正月一日」新年→遡及。【七月十四日改元有て養和と号する也】

○寿永改元〔養和二年五月二七日〕「寿永元年壬寅正月一日」新年→遡及。【同（五月）廿一日改元有て寿永と号す】

×元暦改元〔寿永三年四月一六日〕「元暦元年甲辰正月一日」新年、「元暦元年甲辰二月十日」平家の頸入京、＊「元暦元年二月十四日」院宣、＊「元暦元年二月廿八日」、＊「元暦元年二月廿八日」請文、「元暦元年三月十五日」維盛屋島脱出→遡及

○文治改元〔元暦二年八月一四日〕「元暦弐年乙巳正月十九日」義経奏聞、「元暦二年乙巳春暮は何なる年月なれば……」、「元暦二年乙巳七月平氏残り無く亡び」天下静謐→即時。【八月十四日、改元有つて文治と号す】

×建久改元〔文治六年四月一一日〕

×正治改元〔建久一〇年四月二七日〕「正治元年正月十三日」頼朝死去→遡及

《**盛衰記**》

×永万改元　「永万元年ノ春ノ比ヨリ」↓遡及

○仁安改元〔永万二年八月二七日〕【別記文：同（永万）二年八月ニ改元アリテ仁安ト云】

○嘉応改元〔仁安四年四月八日〕【別記文：仁安四年四月八日改元アリテ嘉応ト云】

○承安改元〔嘉応三年四月二一日〕「嘉応三年正月三日」高倉帝元服↓即時。【別記文：今年四月廿一日、改元アリ承安元年ト云】

×安元改元〔承安五年七月二八日〕

○治承改元〔安元三年八月四日〕「安元三年正月卅日」白山神輿門出、＊「安元三年二月九日」、＊「安元三年二月日」、＊「安元三年二月廿日」↓即時。【別記文：今年改元有テ治承元年トイフ】。「治承元年四月十三日」御輿振↓遡及（改元記事との位置関係では、「即時」ともいえる）。「安元三年五月五日」明雲公請停止、＊「安元三年五月十一日」、＊「安元三年五月日」↓即時

○養和改元〔治承五年七月一四日〕「治承五年正月一日」新年、＊「治承五年正月日」↓即時。「養和元年【割注：改元七月／十四日也】閏二月二日」二位殿、清盛に遺言を求める。↓遡及。「養和元年三月十日」平家墨俣に布陣↓遡及。＊「治承五年五月十九日」、＊「治承五年四月廿八日」↓即時。「養和元年六月十四日」横田川原合戦↓遡及。【別記文：七月十四日ニ改元有テ、養和元年ト云】

○寿永改元〔養和二年五月二七日〕「養和二年正月一日」新年↓即時。【別記文：養和二年五月廿七日、改元有テ寿永ト云】。【同（五月）廿七日ニ、改元ノ定アリ。養和二年ヲ改メ、寿永元年ト為ス】。「寿永元年九月四日」宗盛還任

○元暦改元〔寿永三年四月一六日〕【寿永三年四月十六日改元トアツテ元暦ト云フ】〔正月一日記事直前〕。「元暦元年正月一日」新年→遡及。「元暦元年正月廿日」義経ら宇治着→遡及。「比ハ元暦元年正月廿日ノ事ナレバ……」→遡及。「元暦元年二月十四日」、＊「元暦元年二月廿八日」→遡及。＊「元暦元年二月四日」平家仏事→遡及。＊「元暦元年三月廿八日」維盛入水時書付→遡及。「元暦元年三月廿八日」頼朝正四位下→遡及。＊「元暦元年十一月日」

○文治改元〔元暦二年八月一四日〕「元暦二年正月十日」義経奏聞→即時。「元暦二年二月十六日」住吉神主奏上→即時。「元暦二年ノ春ノ暮、如何ナル年、如何ナル日ゾ……」〔別記文〕→即時。【八月十七日ニ改元有リテ文治ト云】

×建久改元〔文治六年四月一一日〕

×正治改元〔建久一〇年四月二七日〕「正治元年正月十三日」頼朝死去→遡及

四部本〔改元記事の無い永万・治承・元暦・正治は遡及年号、改元記事のある文治は即時年号〕も、盛衰記〔改元記事の無い永万は遡及年号、改元記事のある承安・治承・養和・文治は即時年号〕も基本型は延慶本的である。ただし、四部本は改元記事のある養和・寿永にも遡及年号を用い、盛衰記は、同じく治承・養和・元暦に遡及年号をも用いるという大きな特色をもつ。この〈改元記事が有りながら遡及年号を使用する〉というあり方こそが、遡及年号を使用する多くの史書に通ずる特徴であることに注意したい。四部本と盛衰記とでは、前者は遡及年号の後に改元記事が記されており、後者が遡及年号を用いる場合は同時に改元に言及するのが通例である〔永万は除く〕という相違がある。一見乱雑に見える盛衰記の年号表記も、それなりの原則に貫かれている。

なお、新年号と改元記事との関係には次の二つの型がある。

〈新年号で始め、改元を後記する型〉

例：「慶雲元年春正月丁亥の朔、天皇、大極殿に御しまして、朝を受けたまふ。（中略）○五月甲午、備前国、神馬を献る。西楼の上に慶雲見る。詔して天下に大赦し、元を改めて慶雲元年としたまふ」（『続日本紀』巻三。岩波新大系の訓読文による）。六国史や『日本紀略』等。※四部本はこちらに属する。

〈改元の有る年の冒頭にそれに言及する型。当該月日にも改元記事を載せるもの①と載せないもの②とがある〉

例：「康和元年己卯　八月廿八日戊戌、改元。［康和元年と為す。正家朝臣之を撰申す］」（『本朝世紀』第二二）。『百錬抄』・『帝王編年記』・『一代要記』等は冒頭に言及するのみ。※盛衰記は②に近い。ただし、養和改元については当該月日にも改元記事あり。

3、闘諍録（講談社学術文庫の訓読文による）

《巻第一上》

×永万改元〔長寛三年六月五日〕「永万元年乙酉春比ヨリ」→遡及

×仁安改元〔永万二年八月二七日〕（「仁安元年丁亥二月十九日」という高倉帝践祚記事あるも、丁亥は仁安二年。践祚の史実は仁安三年二月一九日）

×嘉応改元〔仁安四年四月八日〕

○承安改元〔嘉応三年四月二一日〕「嘉応三年正月一日」新年→即時。【同じき四月、改元有り、承安元年と号す】「承安元年辛卯十二月十四日」徳子入内

×安元改元〔承安五年七月二八日〕

○治承改元〔安元三年八月四日〕「治承元年丁酉四月」日吉祭礼中止↓遡及。「治承元年正月廿四日」除目↓遡及

《巻第一下》

「安元三年五月五日」明雲公請停止↓即時。＊「安元三年五月十一日」、＊「安元三年五月十六日」、＊「安元三年五月十七日」、＊「安元三年五月廿九日」↓即時。

【同じき（八月）四日、改元有つて、治承元年と申しけり。】（一之下巻末）

《巻第八上》

×元暦改元〔寿永三年四月一六日〕「元暦元年正月一日」新年↓遡及。寿永三年正月廿日」宇治・勢多合戦↓即時

《巻第八下》

「元暦元年甲辰正月十日」平家一谷に布陣↓遡及。「元暦元年二月十日」平家の頸入京。

闘諍録には第一上に遡及年号が見られる。ただし、治承改元記事は第一下の巻末にあり、当の第一下は即時年号（安元三年）を用いており、当該巻の中で或いは逆に先行して改元記事を記す四部本・盛衰記の場合と、同一には扱えない。

改元記事がありながら遡及年号を使用するという事例は、他には南都本（巻一一「元暦元年二月七日」）、鎌倉本（巻一一「文治元年五月一日」）にそれぞれ一箇所、ごく例外的に存するのみである（両本の原則は以下の屋代本に近い）。四部本・盛衰記にほぼ限定して、史書に広く用いられる年号表記法が見られるということは、両者の性格の一側面を示す現象として、充分に注意が払われてよいだろう。

4、屋代本・八坂系第一類本

屋代本の場合、永万から正治に至る期間、永万と正治（覚一本以外の諸本共通して遡及年号）との両端を除く仁安から建久の間は即時年号が原則であると思われる。改元年の改元月日以前の日付の記事が無く、確認できない場合も多いが、承安・治承など改元記事が無いにも関わらず、即時年号をとる例があり、逆に遡及年号の使用は見られないからである。

八坂系一類本（三条西本等）は、第二部第四章に述べるように永万から正治に至る期間のうち、永万・建久・正治を除いて全ての改元記事をもち、確認できる箇所はいずれも即時年号である。この一類本のあり方は、屋代本的原則、延慶本的原則の両者に合致する。そして、延慶本的原則も、改元記事の無い箇所にのみ遡及年号を使用するのであるから、屋代本的原則の変型とみなす事も可能である。

二、記事構成と年号表記——覚一本の場合——

さて、覚一本への言及を避けてきたが、語り本系にあって該本はやや複雑な様相を呈する。覚一本も基本的には即時年号をとっているが、治承・元暦・文治に遡及年号が現れ（いずれも改元記事は無い）、かつ、他の諸本が「正治元年正月十三日」（日にちには異同あり）とする頼朝死去記事を「建久十年正月十三日」という即時年号で記すという特色をもつ。

治承については巻一を「安元三年三月五日」「安元三年四月十三日」と即時年号で、巻二を「治承元年五月五日」と遡及年号で記す。文治については、巻一一を元暦二年で通し、灌頂巻に限って「文治元年五月一日」と遡及年号が現れ、以下「文治元年九月末」「文治二年春比」と続く。頼朝死去記事の場合はそれ以前に建久元年・建久三年・同六年・建久七年という記事が続いている。「元暦元年三月十五日」という維盛八島脱出記事が、同じ巻一〇の中で

「寿永三年」を冠する記事を前後に従えて現れる事例のみが説明不能であるが、[3]他の治承・文治・正治（建久）の場合はいずれも年号記載の連続性による分かりやすさを意図したものと考えられる。覚一本が灌頂巻を特立するなどの構成上の措置をとっていることと連動する現象であろう。

　年号表記のあり方を分析する場合は、改元記事の有無の他にこうした構成上の問題も加味する必要がある。

三、『太平記』および他の軍記物語の年号表記

1、『太平記』

『太平記』の主要な時間は元亨元年（一三二一。「二年」とする伝本もあり）から貞治六年（一三六七）に至る期間であり、この間の改元記事の有無に留意しながら年号表記法を調査すると以下のようである。ここでは古態本の玄玖本、改元記事の最も詳細な天正本、これに流布本を加えた三本を対象とする。なお、煩雑なので関連する年号記事の全てを挙げることはしない。×は三本共に改元記事無し。○は三本共に有り、◎は天正本にのみ有ることを示す。〔　〕内は史実の改元月日。『太平記』の改元記述が史実と異なる場合は付記する。

×元亨改元〔元応三年二月二三日〕

×正中改元〔元亨四年一二月九日〕

　天「正中元年甲子三月廿三日」（独自記事）遡及

×嘉暦改元〔正中三年四月二六日〕

天「正中三年三月上旬」(独自記事)即時
×元徳改元〔嘉暦四年八月二九日〕
◎元弘改元〔元徳三年八月九日。天正本の改元記事は月日無し。前後の記事は七月七日、同廿三日〕
×玄「元弘二年四月十三日」山門火災(西源院本「元年」。元年ナルベシ)↓遡及
○天「元徳三年夏ノ比」山門火災↓即時
×流「元弘元年」山門火災(月日無し。ただし、続く記事は「同年ノ七月三日」)↓遡及
◎正慶改元〔元弘二年四月二八日〕
天「元弘二年三月廿六日」↓即時
○建武改元〔元弘四年正月二九日。天は史実に同、玄「元弘四年七月」、流「元弘三年」トアルモ四年ナルベシ〕
玄「元弘四年春比」(流「三年」トアルモ四年ナルベシ)↓即時
天「元弘四年甲戌正月十一日」↓即時
○延元改元〔建武三年二月二九日。玄「(建武二年)二月廿五日」、天「(建武三年)三月二日」、流「(建武二年)二月廿五日」〕
玄・流「建武二年春比」↓即時
天「建武三年の春の比」↓即時
○暦応改元〔建武五年八月二八日。天は史実に同、玄「同(建武三年)十月三日」。流布本は「同(建武三年)十月三日」延元への改元とする〕
玄・流「建武三年六月十日」↓即時
◎康永改元〔暦応五年四月二七日〕

玄・天・流「暦応五年春比ヨリ」、＊「暦応五年二月日」（巻二三）↓即時

なお、玄・流の巻二一に「康永元年三月廿日」という日付をもつ法勝寺炎上記事（遡及年号）があるが、孤立的な記事である。天は巻二三に「同（暦応五年）三月廿日」と記す。

×貞和改元〔康永四年一〇月二一日〕

玄・天・流「康永四年」天龍寺建立（続く記事「同八月」天龍寺供養）↓即時

○観応改元〔貞和六年二月二七日〕

○文和改元〔観応三年九月二七日〕

流「観応三年壬辰二月廿六日」直義死去、天「観応三年閏二月」義興挙兵、玄・天・流「観応三年八月廿七日」

（天「十七日」）後光厳践祚↓即時

×延文改元〔文和五年三月二八日〕

○康安改元〔延文六年三月二八日〕

○貞治改元〔康安二年九月二三日。天正本の改元は「同（康安二年）九月晦日」〕

玄・天・流「康安二年二月」↓即時

一部に遡及年号があるが、三本ともに、基本的には改元記事の有無に関わらず即時年号が用いられており、『平家物語』でいえば屋代本のあり方に近い。

2、その他

『平家物語』『太平記』のように長期間に及ぶ事件を扱う軍記物語は少なく、調査には限界があるが、いくつか気づ

いた事例を報告しておく。

◇『将門記』（現代思潮社古典文庫）には、「承平八年を以て天慶元年と改む」という改元記事があり、それに後出する記事ではあるが、「承平八年正月三日」「承平八年春二月中旬」「去る承平八年春二月中」という日付が現れる。

◇一類本『平治物語』（岩波新大系）には、「平治二年正月一日」の新年記事があり、「同（正月）十日、世上の動乱によりて、此年号、しかるべからずと御沙汰有て、永暦元年とぞ申ける」という改元記事が後出する。

◇慈光寺本『承久記』（岩波新大系）には、「元暦二年正月ニ、頼朝舎弟蒲官者範頼・九郎官者義経、讃岐八島ニ進発シテ、平家ヲ責落」（元暦二年八月一四日に文治改元）、「去建保七年己卯正月廿日、右大臣ノ拝賀ニ勅使下向有テ」（建保七年四月一二日に承久改元）、「童名ヲ三寅ト申若君ヲ、建保七年六月十八日、鎌倉ヘ下奉ル」という記事が見られる。「建保七年六月十八日」（延長年号）を除いて、いずれも即時年号である。なお広く事例調査の必要があるが、軍記物語の年号の用法は、物語の発端・終末等の一部を除き、即時年号を原則としているとみなされる。

おわりに

清水氏も注意を促すように「紀年法を考える前提条件として、テキストの書承レベルで年号のみの改変が後から加えられなかったか、紀年法のテキストに於ける原態性を吟味」する必要があるが、『平家物語』・『太平記』の諸本の年号表記法は予想外に明瞭な原則を保持している。故事・先例や物語の首尾の一部を除いて、即時年号を使用するのが軍記物語の原則であると思われる(4)。その変型として、改元に言及しない場合に限り遡及年号を用いるという延慶本や、記事構成を意識して年号を使い分ける覚一本等の方法があった。さらに、四部本・盛衰記のように、史書的な遡及年号使用への傾斜を示す異本もあった。『太平記』については、京大本等丁類系統の伝本の調査に及んでいないが、この年号表記法という視野からも、『平家物語』諸本の多様性が印象的である。

付、四鏡の年号表記

歴史叙述のあり方という観点から、『大鏡』以下の「四鏡」をも調査対象とした。いくつかの注目すべき点があり、付論としてここに記しておく。

『大鏡』（岩波古典大系。括弧内の数字は同書の頁）

◇改元記事無し

◇遡及年号：七例〔昌泰元年戊午四月十日（45）、仁和元年乙巳正月十八日（46）、貞元々年丙子正月三日（54）、天安元年二月十九日（65）、元慶元年正月（67）、永祚元年六月廿六日（95）、長和元年四月廿八日（100）〕

即時年号：五例〔同（延喜）廿三年癸未（48）、永祚二年庚寅正月五日（54）、斎衡四年丁丑二月十九日（62）、昌泰四年正月廿五日（71）、寛弘九年壬子正月十九日（209）〕

『今鏡』（新訂増補国史大系。括弧内の数字は同書の頁）

◇改元記事無し

◇遡及年号：八例〔寛徳元年八月（18）、永承元年やよひのころ（22）、平治元年二月廿六日（64）、寛仁元年三月十六日（83）、嘉保元年三月（96）、嘉保元季三月九日（98）、長承元年六月卅日（171）、永長元年八月七日（181）〕

即時年号：一三例〔寛弘九年二月（19）、長元十年二月三日（33）、天永四年正月一日（45）、保安五年にや侍けんきさらぎにうるう月侍し年（45）、天承二年三月にや侍けん（52）、寛弘九年（81）、同（延久）六年二月二日（83）、

天喜六年（89）、寛治八年（96）、承徳三年六月廿八日（98）、同（永万）二年七月廿六日（113）、をなじ（永暦）二年九月十三日（114）、永万二年七月廿七日（114）〕

※『大鏡』『今鏡』に何らかの年号使用の原則があったのかは不明。特に『今鏡』には以下のような事例がある。

・（師通は）嘉保元季三月九日関白にならせ給。御年卅三。その三年正月従一位にのぼらせ給。左大臣のかみにつらなるべき宣旨かうぶらせ給。承徳三年六月廿八日。御年卅八にてうせさせたまひにき。

（同一人物の伝。遡及、即時の使い分けは依拠資料の影響とは考えられない）

・（基房は）をなじ（永暦）二年九月十三日右大臣にのぼらせ給て、永万二年七月廿七日摂政にならせ給。御年廿二にをはしましき。やがて藤氏の長者にならせ給き。仁安三年二月当今くらゐにつかせ給しに……

（永万二年八月廿七日に仁安改元。覚一本のような年号の連続性が意識されているわけでもない）

『水鏡』（新典社校注叢書。高田専修寺本）

中巻（年号が連続して現れる中巻の文武帝以降を問題とする）

◇改元記事

大宝以降、慶雲、和銅、霊亀、養老、神亀、天平感宝の各改元記事有り。ただし、神亀六年八月五日の天平改元（この間、神亀五年から天平四年記事無し）、天平感宝元年七月二日の天平勝宝改元記事（左の傍線部が該当する）は無し。

例、「同（天平）廿年正月に陸奥より金九百両を奉れりき。日本国に金出で来る事、これより始まれりき。これによりて四月十八日に年号を天平感宝元年とかへられにき。されどもこの年号はやがて又かはりにしかば、年代記などには入り侍らざなり」。

◇いずれも即時年号（六例）

下巻
◇改元記事無し。
◇遡及年号：四例〔天平宝字元年四月に東宮に立ち給ふ（廃帝）。弘仁元年正月に太上天皇、奈良の都に移り住み給ふ（嵯峨帝）。承和元年正月二日、淳和院へ朝覲の行幸侍りき（仁明帝）。嘉祥元年三月廿六日に慈覚大師唐土より帰り給ふ（仁明帝）〕
即時年号：四例〔天平勝宝九年三月廿九日（廃帝）。同（天平宝字）九年（称徳帝）。同（神護慶雲）四年三月十五日（称徳帝）。神護慶雲四年八月四日（光仁帝）。天応二年（桓武帝）〕
※『水鏡』が全面的に依拠している『扶桑略記』(5)の型は、即時年号（新年号を傍記。この傍注が当初からのものか不明）で改元記事を伴う。『水鏡』中巻末尾から下巻に相当する聖武天皇下から平城天皇までは、『扶桑』は抄本でしか伝わらず、嵯峨・淳和・仁明天皇紀は欠巻である。したがって、『水鏡』下巻の遡及年号記事を『扶桑』に直接確認することはできない。しかし、抄本部分も『扶桑』の型に変化はなく（即時年号。改元記事あり。『水鏡』下巻相当部分では、天平神護、神護慶雲、宝亀、天応、延暦、大同の各改元を確認できる）、『水鏡』下巻が叙事型を変えたのだと思われる。その変化が何故発生したのか詳らかにしないが、改元の不記載と遡及年号の使用とは呼応する現象であろうし、下巻の型が『大鏡』・『今鏡』のそれと通じるものであることを指摘しておきたい。

『**増鏡**』（岩波古典大系。巻・頁数）
◇改元記事：巻一の治承四年から巻一七の元弘三年にいたる期間、五三度の改元の内、『増鏡』が記すのは以下の四度のみ。
・卯月の比、年号あらたまる。天福といふなるべし（巻三・二八七頁）

・又年号かはりぬ。文暦元年といふ（巻三・二八八頁）
・又年号かはりて、嘉禎元年といふ（巻三・二八九頁）
・まことや、この卯月の比より、年の名変はりにしぞかし。正慶とぞいふなる（巻一六・四七六頁）
◇いずれも遡及年号（一一例）

上述のように、四鏡それぞれに個性があり、一括りにはできない。改元記事の有無も『大鏡』『今鏡』については、それらが紀伝体をとっていることと関わりがあろう。ただし、『扶桑略記』をそのまま受け継いでいる『水鏡』中巻を除き、『増鏡』をも含め、四鏡は、改元を重要な記事の一つとして叙述していく六国史等の、正統な史書の叙事スタイルからは離れたところに位置するようだ。また、六国史がごく一部（『続日本後紀』巻一八巻頭「（承和）十五年正月壬戌朔」等）を除いて、遡及年号で一貫しているのに対し、四鏡は『増鏡』以外は必ずしも方法的に徹底していない。

軍記物語についてもこれを一律に論じることは困難であるが、『平家物語』『太平記』のいずれも、改元の記述に熱心な異本を派生しているところに、ゆるやかながらも鏡物と軍記物語との性格の相違の一端を見て取ることも可能である。その一方で、第三項に述べたように軍記物語が即時年号を基本とする点においては、六国史や『増鏡』等と異なりをみせる。こうした現象の意味するところについては、稿を改めることとしたい。

注

（1）「文学の歴史叙述に於ける遡及年号について――『平家物語』の紀年の問題から――」（中世文学39、一九九四・六）。なお、清水氏は「紀年法」という術語を使用しているが、ある年をいかなる紀元（建国紀元、キリストの聖誕紀元等）に拠って表すか、を問題にするのが「紀年法」の本来の用法と思われ、ここでは単純に年号表記と称することとする。

（2）六国史と四鏡とを同一の範疇で扱うことはできない。後掲の「付、四鏡の年号表記」参照。

（3）清水氏は、覚一本では故事（内裏炎上、築嶋）や人物伝（二条帝「永万元年の春の比より」。明雲「治承五年五月五日」公請停止・「仁安元年二月廿日」座主就任。敦文親王「承暦元年八月六日」。平維盛「元暦元年三月十五日」屋島脱出。建礼門院「文治元年五月一日」出家）に遡及年号が用いられていることに注意し、「これらが編纂された資料――二次資料に基くことを示しているのではないか」と論じている。まず、敦文親王記事を含め、故事の記載が遡及年号であるのは覚一本に限らず、平家物語一般に通じる現象である。永万元年の記載も諸本に共通する。明雲公請停止「治承五年」と建礼門院出家「文治元年」については巻構成との関わりを無視しがたい。明雲座主就任の史実は「仁安二年二月十五日」であり、覚一本や屋代本の「仁安元年二月廿日」という記述は誤記の可能性を考えるべきである。したがって、覚一本の遡及年号使用原則に「人物伝」という枠を想定することは困難と考える。維盛の屋島脱出の「元暦元年」については寂光院本に「寿永三年」とあり、寿永三年と傍書する伝本もあることをも含め、なお後考に待ちたい。

（4）なお、即時年号を旨とする記述は『太平記』等にも見られるのであるから、「語り」の問題と即時年号の使用とを直結することには慎重でありたい。

（5）平田俊春『日本古典の成立の研究』（日本書院、一九五九）、加納重文『歴史物語の思想』（京都女子大学、一九九二）他。

第四章付論２　『曾我物語』と『義経記』

――物語の時間進行と年記・年齢――

はじめに

物語の時間進行はどのように記されるか。「外側から説明的に光源氏を語るのではなく、光源氏独自の世界を持続的に内側から捉えて、生活的な実感を描く方法の上で、年齢を記述する必要がなかった」[1]『源氏物語』と異なり、時空間の大がかりな変遷の下に事件が語られる『宇津保物語』「俊蔭」においては、「俊蔭十六歳になる年」、「むすめ十五歳になる年の二月に」、「かかるほどに、この子五つになる年の秋つ方」などと、俊蔭・俊蔭女・仲忠の親子三代の年齢が時間の経過を明かしていく。一方、史的事件を扱う場合、物語の叙事を統括する外的な物差しとして年記があるのだが、歴史上の人物の生涯をたどる『曾我物語』『義経記』などの場合、年齢・年記の両者は物語の進行にどのように関わっていくのであろうか。

両作品は、時代の動きそのものを対象とする軍記物語に対して、準軍記物語・伝奇物語などと括られる一方で、暗い・明るいといったトーンの相違からはじまって構成のあり方にいたるまで、対照的な姿を示してもいる。両作品の相違は、年齢・年記の記述にも鮮明に現れており、そこからあらためて両作品の特質に迫ることが可能と思われる。

なお、『曾我物語』は特に断わらない限り『真名本曾我物語』（平凡社東洋文庫。引用に際して、異体字の類を通行の字体、もしくは平仮名に改めた箇所がある）による。必要に応じて、仮名本（岩波古典大系）と対照する。『義経記』は小学館古典全集により、時に版本（岩波古典大系）を参照する。

一、『曾我物語』の記事構成

まず、冒頭部分（日本国のはじまり、平氏の代々、源氏の代々）を除く『曾我物語』前半の、年記・年齢を中心とした記事の概観をおこなう。

〔凡例〕・日付は原則として、月日を算用数字で「7 13」（七月一三日）のように示す。
・【　】内は各巻冒頭の「序」の記述である。
・破線で囲った記事は、曾我兄弟関連を軸とする年次進行から逸れた（遡り、先取り）記述である。

《巻一》
「伊東武者助継生年四十三と申す夏のころ」罹病。九歳の嫡子金石を助親に託す。
（某年）　金石十三歳で元服。宮藤助経と名乗る。
次の年の秋　助経上洛。助親、所領押領。
―安元二年（一一七六）―
　助経、廿一歳。所領争いの裁決に不満をもち、助親父子暗殺を企てる。
　東国の大名たち、伊豆奥野で狩猟。帰途、河津助通、矢を受け重傷。

《巻二》
【「人王八十代高倉院の御宇、安元弐年丙申神無月十日余りの事なるに河津三郎助通、生年三十一にて八幡三郎が手に懸り」死去】

「兄は一万とて五歳、弟は筥王とて三才になる。」

―安元三年（一一七七）―

四十九日に御堂を建て供養。翌日、河津の女房、御坊出産。日数経る程に、河津女房、曾我と再婚。

―某年

年来になりて　兄弟の母、曾我との間に多くの子供を儲ける。助親、下手人の居所を聞きつけ、これを討つ。

―永暦元年（一一六〇）―

「そもそも流人兵衛佐殿と申すは、御年十三と云ふ永暦元年正月に」美濃で生け捕られる。

同年３月　池尼公により、死罪を宥められる。

同13　伊豆に流罪。以後、都を恋いつつ日を送る。

―某年

「空しく年月をぞ送らせ給ひける。」頼朝、助親三女に通い、千鶴を儲ける。

―治承元年（一一七七）―

助親、三歳の千鶴を殺害。三女を江馬に再嫁。

治承元８下旬

頼朝、助親の夜討を遁れ、北条の館へ脱出。「かくて月日を送る程に」時政、上洛。「かくて月日を送り給ひけるが」頼朝、万寿御前（政子）に通う。

《巻三》

―治承二年（一一七八）―

【「人王八十代高倉院の御宇、安元弐年丙申年３月中半のころより」[2]頼朝、政子に通い、姫君を儲ける。】

時政下向。政子を山木に嫁がせんとする。政子・頼朝、伊豆山に遁れる。

「人王八十代、高倉の天王の御宇、治承二戊戌年」頼朝ら伊豆山に参籠。

かかる処に　景義伺候。盛長、頼朝、政子夢想。

—治承四年（一一八〇）—

「かくて年月を送り給ふ程に、治承四年にも早なりぬ。春も過ぎ、夏も闌けければ」以仁王、都に挙兵。

治承四 4 23暁　令旨を諸国に下す。同28、行家、北条に着く。

同年 7 月　文覚、頼朝に対面。挙兵を勧め、院宣をもたらす。

治承四 8 17夜～同26日　頼朝挙兵～安房落ちまで。

その夜　洲崎明神で託宣を蒙り、下総国府へ。上総介参向。畠山・小山田ら付き従い鎌倉にいたる。

大庭降参。関東皆帰伏。頼朝、政子を迎える。

維盛軍、東下。富士河に布陣。※（後述）

助親の自害。誅せられた源平の侍達の名前。鶴岡八幡宮勧請

《巻四》

【「治承四年庚子8月17日の夜、兵衛佐殿は北条四郎時政以下の兵共を以て山木を亡ぼして後は、日本国を討順へつつ、今鎌倉殿とて日本将軍の宣旨に預かり給へり。」】

盛長・景義、夢の引出物を賜わる。

—建久元年（一一九〇）—

「人王八十二代後鳥羽の院の御宇、建久元年庚戌11月7日」～「同（12）14」

頼朝上洛、任官、辞任、下向。宮藤助経、左衛門尉となる。

—養和元年（一一八一）—

「ころはいつぞとよ、人王八十一代安徳天王の御宇、養和元年辛丑年、新歳の年も立ち返りしかば、一万は九つになり筥王は七歳になりけり。」

9　13夜　兄弟、雁を見て父を恋う。

―元暦二年（一一八五）―

「かくて年月を送る程に、一万は十三、筥王は十一と申しける秋のころ」母、兄弟の軽挙を戒める。

「十三と申す10月中半のころ」一万元服、曾我十郎助成と名乗る。

「十一歳と申す霜月中半のころ」筥王を筥根の別当に預ける。

「元暦二年乙巳年11月中半のころ」筥王、筥根に登る。

―文治三年（一一八七）―

「かくて年月を送る程に、文治二年丁未年12月下旬のころ」（注：丁未は三年）筥王、朋輩の両親からの文を羨む。

―文治四年（一一八八）―

「文治三年戊申正月15日」（注：戊申は同四年）頼朝、二所参詣。筥王、助経を狙うも果たせず。

―建久元年（一一九〇）―

「かかりし程に、やうやく積り行く年月なれば、筥王もはや十七歳になりにけり」

9月上旬　別当、筥王に出家を勧める。

出家前夜、兄弟、北条時政のもとを訪れる。

《巻五》

【「建久元年庚戌年神無月中半のころ」筥王元服、北条五郎時宗と名乗る。】

時政、筥王を元服させ北条五郎時宗と名付ける。

みるように、巻二から巻四にかけて長大な頼朝記事が、曾我兄弟の記事の流れに割り込んでいる。しかし、こと真名本の場合、頼朝記事は、流人頼朝から鎌倉殿への変容が同時に兄弟の置かれた状況・世界の暗転でもあったというダイナミックな関係のもとに物語に参画している、との指摘がある。(3)頼朝記事にはいくつか注目すべき点がある。右の記事概観中、※印を付した富士川布陣の後には、その結末も、それ以降の源平合戦の展開も記されてはいない。(4)「今度、佐殿御代に出でさせ給ひて後、御敵となりて誅せられ奉る侍共は」、相模国の大庭景親や奥州の館安衡（藤原泰衡。滅亡は文治五年のこと）らに加えて、「平家には」宗盛以下「宗との人々三十八人」、「源氏には」範頼・義経・義憲・行家、等々を列挙し、「源平両家の間に一百四十余人なり」と結ぶのみである。治承四年の挙兵・東国平定がそのまま天下平定と扱われているわけであるが、上述の、『曾我物語』の中における頼朝記事の機能としてはそれで充分だったといえる。『曾我物語』の、殊に兄弟の世界は東国を出ることはないからである。

頼朝記事の後、兄弟の記事が「ころはいつぞとよ、人王八十一代安徳天王の御宇、養和元年辛丑年、新歳の年も立ち返りしかば」と、治承四年の翌年にあたる養和元年から再開されているのも偶然ではなく、頼朝記事と兄弟の記事との連接が意識されているのであろう。

では、治承四年以降の平家討滅・奥州征討などを一括して叙しているにもかかわらず、建久元年の上洛記事（破線囲み記事）を詳述するのはなぜであろうか。

真名本には、「そもそも流人兵衛佐殿と申すは」と始められる頼朝記事の随所に頼朝の「都」への思いが語られている（以下の記述は仮名本には見られない）。

・伊豆国北条郡蛭小嶋に移され給ひしより以後、都の別のみ悲しくて、愛別離苦の歎きは日夜朝暮に晴れ遣りたる方ぞなかりけり。（巻二・八九頁）

・……後樹苑の桜の風に匂ふ程にもなりぬれば、人は山辺に入り了てて都のみ恋しくなる任に[5]……（同）

・そもそも都には年号を替へられて、治承元年と申す。都の栄花は盛んなれども、佐殿の御歎きは未だ止まず。（巻二・一〇三頁）

・東路や笹別け行けば衣手にいつしか露けくなるままに、草の枕玉散るばかりの柴の仮廬も心細く覚えながら、践み見る合坂の関の岩門過ぐるにも、都恋しくなり倍る……（巻三・一四一頁）

真名本における頼朝は、何よりも「都」からの流離の貴種として存在している。都への復帰（上洛）は「昔の悲しみ、今の喜び、引替へたる心地して」（巻四・二〇三頁）と、頼朝にとって余事を省略しても語らなければならない出来事であった。

その頼朝の上洛・任官に付随して、兄弟の敵助経の昇進[6]・栄花を語る。

そもそも、先年河津三郎助通を討ちたりし宮藤一郎助経も同じく左衛門尉になりつつ鎌倉殿に奉公して、謂れなく押領されたりし伊藤の荘を賜る上に、その外の荘苑田畠太多賜りて配領しつつ、随分の稠者にて夜も日も御身を離れず。（巻四・二〇三頁）

この記事の存在が、つづく兄弟の記事に重要な関わりをもってくる。父の不在を、母に問いただす箱王の言葉に

父御前はまことやらむ、狩庭より返り給ひける道にて宮藤一郎とやらむに射られ給ひぬと兄御前は常に語り給ふぞや。当時は鎌倉殿の稠者にて左衛門尉になりつつ宮藤左衛門尉とて、鎌倉より伊豆へ下る時もあんなり。……（巻四・二〇五頁）

とある。物語現在は養和元年（一一八一）、兄弟が九歳・七歳のおり。助経の任左衛門尉が建久元年（一一九〇）、文治二年（一一八六）いずれにせよ、この時点より後のことである。年次上はたしかに矛盾しているが、しかし、頼朝の天下平定を、すなわち兄弟にとっての世界の変容を、前段までに劇的に一挙に叙述するあり方からは、必ずしも不手

際というには当たらない。(7) したがって、前述の治承四年から養和元年へという年次上の連接のみならず、年次上の整合を越えた叙事の積み重ねの上でも、一連の頼朝記事は曾我兄弟の記事に深く関与しているといえる。ちなみに、仮名本は頼朝記事を巻二に記した後、巻三冒頭を

そもそも、伊豆国赤沢山の麓にて、工藤左衛門尉祐経にうたれし、河津三郎が子二人あり。兄をば、一万といひて、五つになり、弟は、箱王といひて、三つにぞ也にける。父におくれて後、いづれも母につき、継父曾我太郎がもとにそだちける。

と、河津三郎暗殺の時点に遡って叙し、上記真名本に見られた頼朝記事との有機的な関わりを見失っている。

二、『曾我物語』の年記と年齢

前述のように、頼朝記事は曾我兄弟の記事の中に深く組み込まれている。ただし、両者には叙述のあり方の上で、明白な相違がある。兄弟の記事がその年齢とともにあるのに対し、頼朝記事においては当初の「御年十三と云ふ永暦元年正月に」という記述以降、頼朝の年齢が記されることはない。個人の時間を記述するとき、唯一継続性をもちうるのは年齢であり、外的な制度としての年号ではない。その意味で頼朝は、兄弟の時間に副次的に参画しているに過ぎない。『曾我物語』の骨格を統括しているのは、一万（十郎）・筥王（五郎）兄弟の年齢であり、兄弟登場以前にあっては金石（助経）である。兄弟没後は、「さる程に五月廿八日になりければ」「かくて供養の日にもなりにけり」（巻一〇・二七三頁）、「第三年の仏事に当る日」（巻一〇・二七九頁）、「七年と申す三月」（巻一〇・二八五頁）、「この殿原の十三年に当て二月の彼岸の中日には」（同）と兄弟の年忌、および「そもそも建久四年癸丑九月上旬に筥根の御山にて出家して後、十九歳の冬のころより六十四歳の今に至るまで四十余年の勤行、その勤終に空しからずして、耳目を驚

かす程の往生を遂げにけり。」（ここでも虎没年の年号は記されていないことに注意）という虎の年齢が時間の経過を節目だてていく。年号を公的な時間とすれば、『曾我物語』を貫いているのは私的な時間である。

『曾我物語』の年記については、注２村上著（第二篇第十四章一一九四頁）に次の指摘がある。

真字本には各巻の冒頭に『序』として一字下げた体裁で前巻の直後のプロットの要約が記されているが、その部分がすべて年代と日付からはじまって、その巻の事件の歴史的な客体化を志向していることで知られるように、（中略）真字本には公的（外表的）体裁として歴史上の事件の物語化という名目が置かれていることは疑いない。すなわち、根幹はあくまで記録なのだという姿勢が貫かれているのである。（中略）こうした歴史記録への体裁の意識と、いかにも猥雑としか評しえないのではあるがともかくも漢文体で表記をなしていることとは表裏の関係をなしている。同種の宛字と表記ゆえに必要以上に貶せられがちな四部合戦状本平家物語が有している性格のうち最もきわだつものが叙事的な性格、体裁としての記録性であった（注記略）。

さらに、これを受けた注２稲葉論文に以下の発言がある。

真名本曾我の文体的特徴の一つに年代記事の書き込みが頻繁であるということがあり、それは総体としてこの物語を年代記的構成に導くことを志向したものである。（後略）

真名本に歴史書的な体裁が色濃いことはたしかである。しかし、まさに「体裁」なのであって、上述のように物語の基底をなすのは私的な時間の流れである。それは恐らく『曾我物語』が、成書以前の語り物であったときから根強く保持している特性であろう(8)。

村上氏には、

曾我物語と義経記を歴史叙述の戦記文学とひとしなみに扱うのは、すでに指摘されているように多くの点で疑義がある。たしかに真字本曾我物語は四部合戦状本平家物語と同じく序文に日付を必ず有するのみならず、文中にも年号と日付を多く保有し、歴史書的体裁をとっているが、その日付はいわば文学的時間の表出であって、叙事的であるよりは抒情と深くかかわっている。例えば筥王が幼児から成長し、その復讐の情念を喪失感と屈辱にまみれながら深化させてゆく過程を画いた巻四において、一々の節目に配置された年記や年齢が、時の流れを効果的に表出しているのがその一つである。〔傍線引用者。注2著付篇付章（初出一九七六・八）一二八七頁〕

という、上記引用とは比重の置き方に相違がみられる発言もある。この発言に賛同し、その上で『曾我物語』における年記と年齢の位相差を問題とする。

兄弟は「そもそも、河津三郎助通には男子二人あり。①兄は一万とて五歳、弟は筥王とて三才になる」（巻二・七三頁）と物語に登場してくる。これに以下の箇所が続く。

・これら二人をば、母の左右の膝に随ひて泣く泣く、「己ら諦かに聴け。腹の内なる子だにも、母の云ふ事を聞き悟りて、親の敵をば討つぞよ。（中略：故事引用）(イ)未だ弐拾にならざらむその前に、助経が首を取て我に見せよ」とぞ悲しまれける。②三歳になりける筥王は少ければ、これ（今井注：将来の仇討を迫る母の言葉）をば聞きも知らで、ただ母の膝の上に手逍びして楽しみ居たりける。③五歳になる一万は、父が空しき死屍をつくづくと守らへて両眼に涙を雑とぞ浮かべける。「(ロ)いつか責めて十五になりつつ、親の敵助経を狙ひてみむ。（中略：神々への祈念）」と云ひも了てずして、（七四頁）

・養ひ起てし幼稚が親に後れける悲しみ、人に取ては大なる歎きなり。④一万・筥王が五つ・三つにて盛んなる親に後れ、泣き悲しむも哀れなり。（七八頁）

・……聴聞随喜のために貴賤男女多く集まりたりける中に、⑤五歳になる一万は父が手馴れし蟇目・鞭なんどのありけるを取り出して己が指に懸けつつ、草鹿・丸物どもを取り副へて、「これは我が父御前の物なり。(ハ)我もいつか十七、八のころに成て、この具足どもを身に随ふる程にもならば、などか宮藤一郎を一目見て狙はざるべき。

我が身の未だ幼少なるこそ悲しけれ」と云ひければ、（中略：母の諫め）⑥五歳の一万はこれを聞て、「仏とはいづくに渡らせ給ふやらむ。早や早や母御前、去来給へ（後略）」（七八頁）

ちなみに、仮名本との異同を摘記すると以下のようである。

①（ほぼ同じ）、(イ)「（故事引例ナシ）ましてなんぢら、五つや三つになるぞかし。十五、十三にならば」、②「弟は」、③「兄は」、(ロ)「いつかおとなしくなりて」、④記事ナシ、⑤「五つに也ける一万」、(ハ)記事ナシ、⑥「一万」

③⑤⑥と「五歳になる（五歳の）一万」という定型句が繰り返される真名本に比べ、仮名本には整理の跡が窺える。

また、真名本は(イ)(ロ)(ハ)と年齢を具体的に提示することによって、兄弟のたどるであろう時間を見据えてもいる。年齢のみならず年記が繰り返されることもある。なかでも「建久四年癸丑」という年記は巻五から巻一〇にかけて、巻六から巻一〇各巻の序文を含め、一二箇所の多きにわたって現れる。なかでも兄弟の仇討のあった「建久四年癸丑五月廿八日」は兄弟の、母への手紙の日付を含め、四箇所に及ぶ。それは単に、兄弟の事績を歴史の座標軸につなぎ止める役目以上に、これまで述べ来たった物語の山場への思い入れの深さをこそ示す現象である。『曾我物語』において、年齢と並んで年記は疑いもなく重要な役割を果たしている。しかし、

・五郎申しけるは、「十郎殿は河津殿の御事をば、五つの年の事なれば憶に覚ゆると語り給ふ。時宗は三つになりしかば憶に覚えずだにもいかばかり恋しく候ふに、倍して云はむや、廿有余まで成長給へる母の御恩をば、報ひ奉らずして死なむ事こそ悲しけれ。（中略）されば後の世まで朽ちせぬ形見に、水茎の筆の跡こそあんなれ」とて（中略）これは十郎助成、生年廿二歳、なからむ跡の形見に御覧じ候ふべく」と書き置きける。その後五郎、「（中略）これは五郎時宗、生年廿歳、なからむ跡の形見に御覧じ候ふべし。（後略）」（巻六・四二頁）

・鞠児河を打渡るとて、十郎申しけるは、「和殿は三歳、助成は五つの歳より曾我の里に住み初めて廿有余まで、この河を渡らぬ日はあるとも、渡らぬ月はよもあらじ。しかるにいかなれば今日水さへ濁り水波茂く立ちつつ渡

瀬も見えざるらむ」（巻七・七二頁）

このような時間の経過を直接的に語る機能は年記にはない。

ところで、すでに東洋文庫巻四注一二および同注三三に指摘があるように、真名本の兄弟の年齢を辿るとき、年記との間にズレが発生している箇所がある。

○「人王八十一代安徳天王の御宇、養和元年辛丑年、新歳の年も立ち返りしかば、一万は九つになり筥王は七歳になりけり」（巻四・二〇四頁）とあるが、河津三郎が暗殺された安元二年に兄弟が五歳・三歳であったことからすれば、養和元年には十歳・八歳であるはず。

○「かくて年月を送る程に、一万は十三、筥王は十一と申しける秋のころ」（巻四・二〇九頁）とある年は、「十一歳と申す霜月中半のころ」筥王を筥根の別当に預けることに決し（巻四・二一二頁）、「元暦二年乙巳年十一月中半のころ」箱根に登った（同）とあり、元暦二年にあたる。これは養和元年に九歳・七歳であったこととは合致するが、安元二年の年齢を起点とすれば、十四歳・十二歳であるはず。

これ以降の、建久元年に弟が十七歳、建久二年に兄が廿歳、建久四年に兄弟が廿二・廿歳という記述は、安元二年の五・三歳を起点とする年齢と矛盾はない(9)。

既述したように真名本の年記には過誤があり（注2）、「文治二年丁未年」（巻四・二二三頁：東洋文庫注三五・三六が指摘するように、年号と干支とが食い違い、干支の該当する文治三年であるべきところ）、「文治三年戊申」（巻四・二一九頁：これも東洋文庫注四七のように、干支の該当する文治四年であるべきところ）という齟齬もある。したがって、上記の年記と年齢とのズレについても、問題は年記の側にあると考えられる。『曾我物語』にあって、「歴史記録への体裁」「年代記的構成」が体裁であり、上着であると判断する所以である。

三、『義経記』の年齢と年記

『曾我物語』と対照的といってもよい現象を示すのが『義経記』である。最初に、年記・年齢を中心とした記事の概観をおこなう。

《巻一》

平治元12 27　義朝ら都落ち。「今若七、乙若五、牛若当歳なり。」

平治二2 10暁　常盤都落。

牛若、四歳まで母の許にあり。清盛の警戒により、七歳まで山科に育つ。

「七歳と申しける2月のはじめ」、鞍馬入り。学問にはげむ。

「十五と申す秋の頃より」学問を怠り、武技鍛錬。遮那王と改名。

「かくて年も暮れければ、御年十六にぞなり給ふ。正月の末、2月の初めの事なるに」鞍馬参詣の吉次と対面。奥州の勢威を頼み、平家打倒を考える。「十六の盛にはおそろしくぞ覚えける。」

鞍馬出奔に際して「七歳の春のころより十六の今に至るまで」の感慨。

承安二2 2曙　鞍馬出立。鏡宿に至る。

《巻二》

その夜の夜半　鏡宿を襲った強盗を撃退。盗賊の首に「……これこそ十六の初業なれ。……承安二年2月4日」と札を書き付ける。
熱田にいたり、元服。左馬の九郎義経と改名。

伊豆国府着。三島大明神らに、祈請。「十六のさかりには恐ろしけれ。」
下総国に至り、陵の館を焼き払う。追手を避け、上野国板鼻に至る。伊勢三郎、義経に臣従。義経、
吉次一行に追い付く。吉次の説得により義盛を上野に返す。「それよりして治承四年を待けるこそ
久しけれ。」
義経、平泉着。

「かくて今年も暮れければ、御歳十七にぞなり給ふ。」義経、上洛。
7月上旬～11 10比、六韜修得。12 27夜、鬼一法眼の刺客湛海坊と対戦

《巻三》

弁慶誕生の経緯。十八歳で山門出奔。翌年7月書写山で騒動を引起こし上京。太刀千本獲得を期
し、次年6月までに九百九十本に及ぶ。
6 17　五条天神に願成就を祈念。
暁方　弁慶、義経に出会い、太刀を狙うが翻弄される。
6 18　義経、弁慶を打据え、従者とする。
義経らの動き、平家に漏れ、再び奥州に下向。上野国にて、義盛を伴う。

「かくて九郎御曹司は、奥州にて年を経給ふ程に、歳廿四にぞなり給ふ。」
「治承四年になりにければ」頼朝謀叛。
8 17　兼隆を夜討。（以後、同19、26、28、9 3と頼朝の行動記述。）
治承四 9 11　市川着。御勢十九万騎。
さる程に　義経、頼朝挙兵を聞き、参戦を志し、関東へ。

小板橋、六所庁、平塚、さから浜、伊豆国府と頼朝の後を追う。

《巻四》

浮島が原にて頼朝と対面。

「かくて御曹司戦の手合せに海道の戦に討ち勝つて、同じく寿永三年に上洛して、平家を追ひ落とし、(中略)大将軍前内大臣宗盛父子生捕り、卅人具足して上洛し、院内の見参に入りて、去ぬる元暦元年に検非違使五位尉になり給ふ。」

義経、宗盛父子を具足し、腰越に着。梶原讒言。

腰越状日付「元暦二年5月24日」

冬の初め　梶原の讒言止まず、頼朝、土佐坊を刺客に遣わす。10 17、土佐坊、義経を夜襲。敗退し、処刑される。11 1、義経、西国下向を奏上。11 3、都を離れる。

〈以下、年号記載箇所のみ記す〉

文治元 12 14　義経一行、岸岡から吉野山中に至る。

《巻五》

《巻六》

文治二正6辰　忠信、六条堀川に自害。

文治五閏4 24　勧修坊は、義経滅亡後、鎌倉を去り、七十余で往生。

《巻七》

文治二正月末　義経、洛中に潜み、奥州下向をめざす。

「かくて年も暮れければ、年号は文治三年になりにけり」

《巻八》

文治五12 10比より、秀衡所労。（注：明年が文治五年とあるから、ここは四年であるべき）

「軍は文治五年4月29日の巳の時と定めけり」

『義経記』の年記・年齢を中心とした記事構成のあり方は、治承四年の頼朝挙兵を境に、大きく様相を異にしている。巻一から巻三が義経の年齢を基軸としているのに対し、巻三から巻八は年記のみであり、享年も含め、義経の年齢は一切記されていない。しかも、年記と年齢との間に不整合がある。平治元年（一一五九）に誕生した義経の「十六歳」に当たる年は、承安四年（一一七四）である。注意すべきことは、この「承安二年」の十六歳を起点として、「奥州にて年を経給ふ程に、歳廿四にぞなり給ふ。」（巻三・一七三頁）が算定されたとおぼしいことである。平治元年を起点とすれば、治承四年は廿二歳であるが、この「廿四」という年齢は頼朝との対面場面でも「齢廿四五ばかりなる男の、色白く、尋常に、濃髭なるが」（巻四・一八七頁）と頼朝従者の目を通して記されているところから、一回的な誤りではない。兄弟の年齢に年号が当てはめられたと考えられる『曾我物語』に対し、ここでは年号に義経の年齢が当てはめられている。

『曾我物語』の場合と異なり、義経の年齢を基軸とした、一貫した語りの不在を思わせるのだが、こうした不統一性の解消を素材論に委ねる前に、『義経記』という一個の作品にとっての必然性を探ってみる必要があるだろう。(10)

治承四年以降、義経の年齢記載が消えるのであるが、その治承四年の記載に注目したい。

治承四年になりにければ、伊豆の兵衛佐殿の謀反を起こして、八月十七日和泉の判官兼隆を夜討にして、同じき十九日、相模の国、小早川の合戦に打負けて、土肥の杉山に引き籠り、大庭三郎、俣野五郎、土肥の杉山を攻む。

ここにあるのは、「治承四年八月十七日に」頼朝が謀叛を起こした、という通常の表現ではない。巻七冒頭には「文治二年正月の末になりぬれば、大夫判官六条堀川に忍びおはしけるとも聞こゆ。また嵯峨の片辺に隠れおはしますなどと申して、……」という表現があるが、文治二年正月末になると（前年暮れから行方の知れなかった）判官の動向が噂に上るようになった、という文章はこれで不自然ではない。「治承四年になりにければ」は

やがて奥州に御供して、治承四年に源平の乱れ出で来て、御身に添ふ影のごとくにて、（中略）遂に御膝の下にて討死して、名を後代にあげたりし伊勢三郎義盛とは、その時の宿の主の男なり。（巻二・一〇二頁）

「……自然の事候はん時こそ御供候はめ」と、（注：吉次が義経に）やうやうに留めければ、伊勢の三郎を上野の国へぞ返されける。それよりして治承四年を待ちけるこそ久しけれ。（巻二・一〇四頁）

との予告、就中後者の「治承四年を待けるこそ久しけれ」を受ける表現として、初めて意味をもつものである。その待つ主体は文章上は義盛であるが、義盛は、その後、物語構成上承安四年かと目される[11]義経の奥州再下向の途中、同道しているのであるから、治承四年を待ったのは実は義経自身でもある。ちなみに、版本は「治承四年を待たれけるこそ久けれ」（岩波古典大系七八頁）として文章上も主体を義経と解している。奥州でこの挙兵の報に接した義経は直ちに行動を開始する。

兵衛佐殿こそ謀反起こして、八ヶ国を打従へて、平家を攻めにとて、都へ上り給ふと承り候へ。義経かくて候ふこそ心苦しく候へ。追ひ着き奉りて、一方の大将軍をも望まばやと存じ候。（巻三・一八〇頁）

三百余騎で奥州を発った軍勢が百五十騎、八十五騎、さらには五六十騎に減じる強行軍の果てに頼朝との対面に及ぶのであるが、「追ひ着き奉りて」との言葉通り、義経は、小板橋、武蔵郷六所庁、相模国平塚、さから浜、伊豆国府と行く先々で先行する頼朝を追い求め、ようやく駿河国浮島が原で追い付く。「サルホドニ、兵衛佐ニハ、九郎義経奥州ヨリ来加リケレバ」と忽然と姿を現わす『平家物語』（延慶本二末廿七）の義経は無論のこと、途次での伊勢三

郎同道を記す『平治物語』（一類本）にしても、坂東での追随の過程を描くことはない。

治承四年を待ち、頼朝に追い付くことを期し、ひたむきな希求のあげくに果たされた両者涙にくれての対面は

暫くありて御曹司申されけるは、「（中略）命をば故頭殿に参らせ、身をば君に参らす上は、如何仰せに従ひ参らせでは候ふべき」と申されけるこそ哀れなれ。さてこそ、この御曹司を大将軍にて、平家の討手に向けられける。

と結ばれる。治承四年を目標としてきた『義経記』のこれまでの物語は、ここに義経の大将軍としての進発をもって、ひとまずはめでたく完成の時を迎えている。従来、続く平家討滅の経緯が数行のごく簡略な叙述に留まり、一代記として変則的であることが問題とされてきたが、上述の『義経記』前半の物語の運びからは、作品として不備であるとは必ずしもいえない。(12)

『義経記』にあって義経の年齢は、源氏再興の時である治承四年に向かっての道標であった。そこでの義経は目的に向かって、自ら事態を切り開いていた。鞍馬出奔の折、去来した名残りおしさを「心弱くては叶ふべきにあらねば」（巻一・七〇頁）と思い切り、鬼一法眼の娘をも振り捨てて去る（巻二・一三一頁）。その義経が物語の後半では、「僅かの契りを棄てかねて、これ迄女を具しつるこそ、身ながらもげに心得ね」（巻五・二五八頁）といった体たらくに陥る。自らの心を律することのできない、行動性を失った義経は、もはや物語の時間進行を司る存在ではありえない。義経の年齢記述が姿を消したのもまずはその故である。

ただし、『義経記』がなおも義経に寄り添って物語を進めようとすれば、また別の様相がありえたであろう。しかし、『義経記』は義経とともに状況の暗転を慨嘆しようとしてはいない。むしろ、事態の悪化の一因は義経の側にもあったのだ、といいたげである。(13) 例えば、次の土佐坊夜討直前の描写には、義経に対する醒めた視線がある。

武蔵坊を初めとして、侍共申けるは、「起請と申すは小事にこそ書かすれ、これ程の事に、今宵は御用心あるべし」と申せば、判官へらぬ体にて、「何事かあらんずる」と、事もなげにぞ仰せける。（巻四・二一五頁）

『義経記』を「義経にたいする共感と同情によって生み出された物語」とみなす発言[14]もあるが、少なくとも後半の義経に対する〈共感〉の気分は薄い。御曹司時代の痛快な活躍ぶりの延長線上にあるべき義経像と滅亡への階梯にある現実の義経との落差。そこに生み出されるのは〈もどかしさ（はがゆさ）〉の思いである。このもどかしさの気分の存在が『曾我物語』との決定的な違いであろう[15]。もどかしさはもとより単純な批判・あいそづかしではない。義経への直截な情愛の存在は、忠信、静、あるいは勧修坊などによって表明されている。時に義経への批判的言辞を口にする弁慶にしても、北国落ちの際、北方同道を言い出しかねている義経を一旦は諫めるも、北方への同情、「また奥州へ下るとも、情も知らぬ東の女を見せ奉らん事もいたはし。御心の内を推量るに、朧気ならではさも仰せ出されじ」（巻七・四一〇頁）との義経への思いやりから、結局は同意している。この愛情と批判の複合した感情がまさにもどかしさである[16]。『義経記』は「悲劇の英雄としての哀れさ」（小学館古典全集巻四・一九二頁頭注）の表出を目指してはいない。もどかしさの気分と表裏をなす、一体感の喪失は、義経固有の時間の流れをも見失い、後半の義経から一切の年齢記述を消し去った。

おわりに

以上、『曾我物語』『義経記』における年齢・年記のあり方を探った。同じく史的事件に素材をとった個人の生涯をたどる物語とはいえ、両者の志向するところは大きく異なる。歴史書的な装いを見せつつも、その基底をなすのは一貫して兄弟を中心とした私的な時間の流れであった『曾我物語』と、義経の年齢記述が後半に至って消滅してしまう『義経記』と。後者の古写本の多くが「判官物語」「よしつね物語」と称するとはいえ、「義経記」という呼称が現れ、定着してきたのも、叙事のスタイルの上からは一面ゆえあることであったといえよう。

注

(1) 大朝雄二「年立と構造」解釈と鑑賞別冊『講座日本文学　源氏物語　下』(一九七八・五)

(2) 村上學「真字本と仮名本のストーリー構造」『曾我物語の基礎的研究』(風間書房、一九八四。初出一九七三・三、一九七三・一二)、大川信子「真名本『曾我物語』の方法——頼朝関連話を中心に——」(常葉学園短期大学紀要16、一九八五・六)、稲葉二柄「真名本曾我物語冒頭部の構造と河津助通の形象」『日本文学研究大成　義経記・曾我物語』(以下『大成』と略称。初出一九八六・三)などに、「治承二年」とあるべきとの指摘がある。稲葉氏はこの矛盾が大姫誕生のストーリー切捨てと関わるかとする。

(3) 森山重雄「在地者の贖罪——『曾我物語』の意味するもの——」『大成』所収(初出一九六四・八)、村上注2論文、高木信「生成・変容する〈世界〉、あるいは真名本『曾我物語』——〈神〉の誕生と〈罪〉の発生——」『大成』所収(初出一九八九・三)など。

(4) 仮名本は頼朝の鎌倉入りの後「これよりして、武士共、関東に帰伏せざるはなかりけり。されば、平家おどろきさはぎ、たび〳〵討手をむかはすといへども、あるいは鳥の羽音をきゝて、しりぞく者もあり、又は、戦場にこらへずして、鞭にてうちおとさるゝもあり。(中略:周文王の故事)かるが故に、逆臣、程なくはいしやうして、天下、すなわちおだやかなり。」(大系一二四頁)として、以下に見るような真名本の唐突さを修復している。真名本は関東平定の記事の後、伊豆山から政子を迎えた記事をはさんで、富士川での源平の対陣、「都よりの討手の使」の軍旅の不安、望郷の念を述べ、「あふさかの関打ち越うる程もなく今日は都の人ぞ恋しき」の歌をもって記事を終える。このあり方には、後述の都人頼朝の憂愁を強調する真名本の姿勢が関与していよう。

(5) 東洋文庫巻二注四〇に典拠の指摘があるが、「はなみにと人は山べにいりはててはるはみやこぞさびしかりける」(『後拾遺集』)という典拠の内容と、都が恋しいという『曾我物語』の表現との間には屈折がある。

(6) 助経の任左衛門尉は、真名本の文脈では建久元年の時点ととれるが、鑑賞日本古典文学『太平記・曾我物語・義経記』

（角川書店、一九七六。一三五頁）は『吾妻鏡』の助通の呼称の変化から「恐らくは文治二年二月末の除目での任官であろう。」とする。

（7）同様のことは他にも指摘できる。つづく九月十三夜、雁を見て父を恋い、将来の復讐を約する兄弟を戒めて、母がかく言う。

汝ら諦に聴け。汝らが祖父伊藤入道は、当鎌倉殿の若君千鶴御前とて三歳にならせ給ひしを松河の淵に沈め奉りし故に御敵となりて、先年伊藤の館において失はれ奉りぬ。己らかかる謀叛人の孫子共なれば、便宜のあらむ時、敵の左衛門尉に知らせつつ、上の御敵に申しなして失はるべし。（巻四・二〇七頁）

助親の処刑は『吾妻鏡』では寿永元年（一一八二）で、養和元年の翌年である。

さらに、「かくて年月を送る程に、一万は十三、筥王は十一と申しける秋のころ」、変わらず執念を燃やす兄弟を呼び寄せ、母が諌める。

いかに己らは我が云ふ事を聞かぬぞ。平家の亡び給ひし時は腹の内の子共までも失はれしぞかし。（巻四・二一〇頁）

これも物語現在は元暦二年（一一八五）の秋。後述のように、この箇所には兄弟の年齢と年号との間にズレがあるのだが、年齢を優先すれば元暦元年のこととなる。『平家物語』巻一二の描く北条時政による平家残党狩は文治元年（元暦二年）の「冬」である。

いずれも治承四年時点で集約的に天下平定を述べ、それを前提として以下の兄弟の物語が語られる、というあり方に由来する現象である。

（8）仮名本には、以下のように、真名本にはない年齢記述がある。

・かくて、三年の春秋のすぐる程もなかりけり。はやくも、一万十一、箱王九つにぞなりにける。その頃、かれらが身の上に、おもはぬ不思議ぞいできたる。（岩波古典大系巻三・一三七頁）

・母よろこびて、生年十一歳より箱根にのぼせ、年月をおくりける程に、箱王、十三にぞ也にける。十二月下旬の頃、……（岩波古典大系巻四・一六二頁）

真名本以上に年齢記述の比重が増しており、在りようとしては本家帰りしているといえるかもしれない。ただし、いうまでもなく、真名本以前の語りの姿を仮名本が直接さし示しているわけではないだろう。仮名本には後述のように年齢に関わる定型句を整理していると思われる箇所も見受けられる。

(9) むしろ、年齢の定点は「建久四年」に兄弟が廿二・廿歳で没したことであり、そこからの逆算に合致するかどうかが要点だともいえる。ちなみに、幸若舞の曾我物（笹野堅編『幸若舞曲集』による）には、「安元元年神無月の比、奥野の狩場にて、河津の三郎うたれし時、五つや三つの若有しを」（一万箱王）、「文治元年正月十三日に鎌倉殿、箱根まふてとそ聞へける」（元服曾我）、「建久四年、五月のすゑのいつの夜の」（夜討曾我）、「建久四年五月廿八日の夜半ばかりの事なるに」（十番斬）と年号が現れているが、傍線部には問題がある。『夜討曾我』・『十番斬』に「五つやみつの年より拾八年が間」が経過したと繰り返されていることからも安元二年であるはず。頼朝の箱根参詣は文治四年（東洋文庫巻四注四七）。なお、箱王の箱根登山を七歳（小袖乞・つるき讃談：真名・仮名本十一歳）という記述がみられるほか、箱王が出家を迫られるのを十六歳（元服曾我・小袖乞・つるき讃談：真名・仮名本十七歳）とするなど、『曾我物語』とは別種の物語の流れがあるようだ。また、『一万箱王』には、仮名本と同じく九歳の箱王が未だ曾我のもとにいる設定がみられ、曾我物も単純に一括りにはできない。

(10) 小林美和「物語作者の所在」『語りの中世文学』（和泉書院、一九九四。初出一九八九・三）に、「物語前後半における義経像の「分裂」については、構成要素たる説話相互の出自、性格の相違とは別に、『義経記』作者による作為という側面も考えざるを得なくなる。」という指摘がある。また、鷹尾純「『義経記』の読み方（一）――巻一から巻三まで――」（愛知淑徳短期大学研究紀要30、一九九一・三）は物語前半を対象とした論であるが、物語構成の際の不手際の存在を認めつつも、「おおむねひとつの物語としての読みに堪えうるだけの骨格は備えている」ことを丁寧に論述する。

(11) 鬼一法眼譚が義経十七歳の折、弁慶との出会い及び奥州再下向は、物語の流れの上ではその翌年と考えられる。承安二年に十六歳という設定からは承安四年となる。なお、『平治物語』では、義盛は関東への出立の途次、同道しているが（岩波新大系二八五頁）、『義経記』では弁慶らと共に出陣の最初から行動を共にしている。

(12)　さらに「奥州から馳せ参じた義経が黄瀬川で頼朝と対面する感動的な場面から、急転して腰越での兄弟対立の冷ややかな場面に移るというその描きかたは、いかにも対照的で、その没落の悲劇を読者に強く印象づける。」（梶原正昭、日本古典文学全集『義経記』巻四解説）という効果のあることも見逃せない。義経は「身をば君に参らす」とまで誓った頼朝に見捨てられるのである。

(13)　小林注10論文は、「義経の人格の急激な変化」に「義経滅亡の物語への一つの歴史解釈の姿勢」を読み取ることも可能であると示唆している。

(14)　山折哲雄「鎮魂の精神誌――御霊信仰と判官びいき――」仏教民俗学大系４『祖先祭祀と葬墓』（名著出版、一九八八・六）八一頁。

(15)　村上學「『義経記』への視点――『水滸伝』を通して――」和漢比較文学叢書15『軍記と漢文学』（汲古書院、一九九三・四）に、「作者の姿勢として、読者は真字本曾我や本地物の唱導文芸のような登場人物との心情的な合一化を求められてはいない。」という指摘がある。

(16)　岩崎武夫「義経記・説経・幸若　貴種流離譚としての視点から」日本文学講座５『物語・小説Ⅱ』（大修館、一九八六・六）は、弁慶と義経の関係には「醒めた距離が介在」しており、弁慶の義経に対する態度は「もどきつつ崇めるといった自己矛盾的な関係性のなかに集約されている。」（傍点原文）と指摘している。

第三部　合戦叙述

第一章　合戦叙述の受容と変容

はじめに

『太平記』が、『史記』を始めとする漢籍と並んで『平家物語』（以下『平家』）に、細部の表現から叙述の枠組みにいたるまで、多くを負っていることは周知のところである。はやく後藤丹治38が『太平記』原拠論の一環として詳細に依拠箇所を洗い出して以来、『太平記』が『平家』をいかに変容させたかが、多くの場合、負の評価をともなって論じられてきた。それは一面いわれの無いことではない。滅亡した北条氏を平氏に、北条を打倒した足利・新田両氏を源氏に見立てることによって、『平家』との重ね合わせが容易であり、またそれなりに効果をあげていた（巻九、六波羅探題の没落と平家一門の都落ち。巻一〇、鎌倉での北条一門の滅亡と壇の浦での平家一門の滅亡など）段階から、『太平記』が建武政権の崩壊、新田・足利両氏の争い、足利氏の内紛へと筆を進めるにいたって、『平家』依拠のあり方に、ほころびがめだつようになる。たとえば次の『太平記』巻一四の一連の記事。(1)

北条氏が滅んだ後、武家の不満に突き動かされ、建武政権に反旗を翻した足利尊氏勢が京都に迫る。①新田義貞を総大将とする官軍は軍勢を手分けし、勢多・宇治・山崎・大渡を堅める。「如何ナルイケズキ・スル墨ニ乗ル共、コヽヲ渡スベシトハ見ヘザリケリ」という表現が見られるように、こうした防御態勢に、『平家』巻九に描かれる、範頼・義経軍を迎え撃つ木曾義仲軍の手分けが透かし見られている。②この大渡にいよいよ足利勢が到着。軍勢の一部が、「治承ニハ足利又太郎、元暦ニハ佐々木四郎高綱、宇治川ヲ渡シテ名ヲ後代ニ挙候キ。此川ハ宇治川ヨリモ浅シテ而モ早カラズ。爰ヲ渡サレ候へ」との官軍の挑発に乗ろうとする。これを制止した高師直の下知により、筏を組んでの渡河が計られるも、筏は乱杭に懸かり、さらには舫が切れ、五百余人の兵は溺れ死ぬ。行為の意図と結果とが背反する、いかにも『太平記』的な情景を示しつつ戦闘は更に続く。③師直配下の野木頼玄なる武者が敵の招きに応じて、「矢切ノ但馬」に匹敵する敏捷さをもって橋桁の上を進み、敵の櫓を倒す。④これに力を得た足利勢が「幾程モナキ橋ノ上ニ、沓ノ子ヲ打タルガ如ク立双デ、重々ニ構タル櫓カイ楯ヲ引破ラント引ケル程ニ、敵ヤ兼テヲシタリケン、橋桁四五間中ヨリ折レテ、落入ル兵千余人、浮ヌ沈ヌ流行」という仕儀に陥り、合戦は一頓挫する。この最後の部分も、趣向を異にするものの、『平家』巻四「橋合戦」における「先陣が、『橋をひいたぞ、あやまちすな。橋をひいたぞ、あやまちすな』と、どよみけれ共、後陣はこれをきゝつけず、われさきにとすゝむほどに、先陣二百余騎おしをとされ、水におぼれてながれけり」（覚一本）という一節と響き合うものであろう。このように、『太平記』「将軍御進発大渡・山崎等合戦事」は、全編に『平家』を意識した表現が見られる(2)。

問題は『平家』との関係において、①では官軍と木曾義仲勢、足利勢と義経・範頼勢、②④では官軍と源頼政・高倉宮、足利勢と平家の追討軍、③では足利勢の野木と高倉宮勢の矢切の但馬という、重ね合わせが行われていることである。ここにはかつての北条打倒劇における、北条と平氏、新田・足利と源氏という首尾一貫した、明快な区分けは失われている。あるのは眼前の情景による個々の見立てのみであり、その見立てには方向性がない。北条滅亡と平家滅亡との構想レベルの重ね合わせが、『平家』の亜流に堕する危険性をはらみながらも、それなりの有効性を持っていたこととは大きく様変わりしている。

しかし、その北条打倒の階梯においても、『太平記』の『平家』受容は『平家』の特性から大きく踏み出すものであった。たとえば、杉本圭三郎59は、『太平記』巻一「頼員回忠事」の小笠原孫六の自害が『平家』巻九の今井四郎の自害を踏襲したものでありながら、「（今井のように）動的な馬でこそ生きた状況の再現となっているのに、（小笠原のように）櫓から、としたのでは全く迫真性をそこなってしまうばかりでなく、木曾最後という章の構想の展開においてしめる今井四郎の自害の位置によって、この表現が生命を得ているにも拘らず、『太平記』では単なる場面の部分的な模倣、借用ですませており、想像力の涸渇を露呈している」（丸括弧内引用者）と厳しく批判している。あるいは兵藤裕己82は、『太平記』巻一〇「稲村崎成干潟事」に登場する島津四郎が、『平家』巻九の佐々木高綱を想起させつつ登場しながら、けっきょく愚劣な寝返りにおわることをとらえ、こうした平家物語的世界のパロディが、『平家』以上の花やかな舞台に仕立てられていることに注意する。兵藤氏はこうした『太平記』の表現が発生する根本的な仕組みを、巻一六「本間孫四郎遠矢事」と『平家』巻一一「那須与一」とを素材にとりつつ、『太平記』特有の「過剰な言葉」「挿話的興味の誇張・肥大」は「個々の挿話のになう情況的（＝長編的）意味の稀薄」に由来すると解きあかす。

「平家物語というものを予想せずには、だれもが戦闘を語れなくなっている」（益田勝実70）のが、『太平記』のおかれた状況であった。その『太平記』における『平家』の受容と変容とを再検討する上で、いまひとつ考えてみたい方向は、両作品の戦闘の質の相違である。平常の時間の流れが一方にあって、そこにいくつかの合戦叙述が闖入してくる趣きの『平家』と異なり、相次ぐ合戦の奔流の中に一時的な合戦叙述の空白が紛れ込むのが『太平記』である。寺田透80は次のようにいう。

『太平記』は『平家物語』よりはるかに純粋に合戦記であり、その点に存在理由を持つもののやうに思はれる。（中略）このことは南北朝間の戦局の帰趨といふやうなことが『太平記』作者の表現目的ではなく、双方の武士がどう闘つたかを力強く効果的に描き出すことにその真の目的はあつたといふ推測へとひとを導く。

この寺田氏の着眼や、六〇年と七〇年との安保反対運動を譬えに引いて「戦術の問題、武器の問題というものを媒介にしなければ、どういうふうに歴史把握しようとも、歴史把握にならないということが、必ず起こってくるのじゃないか」という益田勝実氏の発言[3]は重要である。しかも、『太平記』の「新しさ」を発掘する作業のなかで、いくつかの成果が示されてきたにもかかわらず、なお合戦叙述の全面的な検討にはいたっていない[4]。

本章では、武具・合戦史の成果等に学びながら、『太平記』の合戦叙述が何を新たに見いだしたのかを探ってみようと思う。

一、武具の描写——太刀を中心に——

『太平記』の武具の描写を検討していて気付く一つの特徴に、太刀についてその長さを明示する例の多くなる傾向がある。即ち、覚一本『平家物語』では皆無であるが、『太平記』では、十五乃至二十種にわたり長さを細かく区別している。

という指摘（山下宏明73）がある。後述するように鎌倉末期からの斬撃戦の盛行を反映するものであろう。さらに、山下氏も別に指摘するように、『太平記』には、槍・棒・鉞といった新しい武器が登場する。しかも、それらは「八尺余ノカナサイ棒ノ八角ナルヲ」・「猪ノ目透シタル鉞ノ歯ノ亙一尺許アルヲ」・「樫ノ棒ノ八角ニ削タルガ、長サ一丈二三尺モ有ラント覚ヘタルヲ」などと、まことに巨大である。太刀も四五尺はめずらしくなく、七尺三寸の長大なるものが登場する。『平家』も、特に延慶本・長門本・盛衰記などは、太刀の大きさを描かないわけではないが、盛衰記に四尺六寸の太刀が登場するものの、通常三尺五寸前後である。くわえて、描写の見られる箇所の数も、『太平記』に比べれば、その数分の一以下にすぎない。

武具の大きさが詳述されるだけではない。『太平記』巻三四「紀州龍門山軍事」の一節に、敗退した足利勢の遺棄した武具が次のように紹介されている。

其中ニ遊佐勘解由左衛門ガ今度上洛之時、天下ノ人ニ目ヲ驚カサントテ金百両ヲ以テ作タル三尺八寸ノ太刀モアリ。又日本第一ノ太刀ト聞ヘタル根津小次郎ガ六尺三寸ノ丸鞘ノ太刀モ捨タリケリ。

他にも、「バサラ絵」（巻二九・一一八頁）に描かれ喧伝されたという、秋山光政・阿保忠実の出で立ちも、その「絵」を前にした解説であるかのようにこと細かである。あるいは、「余リニ風情ヲ好デ」、馬の毛まで色々に染めた者もいたという畠山道誓の軍勢の行粧の華美（巻三四・二七九頁）が詳述される。また、「児十人同宿三十余人、紅下濃ノ鎧ヲ一様ニ著テ、児ハ紅梅ノ作リ花ヲ一枝ヅ、甲ノ真額ニ挿タリケル」一隊が戦闘に加わるという有様が描かれる（巻一四・五九頁）。

奢侈華麗なるバサラはこの時代を象徴する言葉である。ただし、「何にしても作者はあらゆる点で数字を記さなければ気のすまなかった男であった」（市古貞次61）という指摘があるように、

近付ニ随テ是ヲ見レバ長七尺許ナル男ノ、髭両方へ生ヒ分テ、眦逆ニ裂タルガ、鎖ノ上ニ鎧ヲ重テ着、大立挙ノ臑当ニ膝鎧懸テ、龍頭ノ冑猪頸ニ着成シ、五尺余リノ太刀ヲ帯キ、八尺余ノカナサイ棒ノ八角ナルヲ、手本二尺許円メテ、誠ニ軽ゲニ提ゲタリ。（巻八・二六三頁）

といった描写における数詞の連なり、徹底した外貌描写に接すると、時代風潮の反映という側面を越えて、『太平記』編者の偏執性とでもいった性向を感じないではいられない。これはもはや事実か否かという次元を越えている。

二、『平家』の合戦と『太平記』の合戦

平安末期の源平の争乱と南北朝の動乱とにおける合戦の相違は、次のように説明されることが多い。たとえば、藤本正行91は、中世の合戦が、平安中期から鎌倉中期の、「馬上で弓矢を執って戦う限られた数の武士が戦力の中核」

である「騎射戦」の段階から、鎌倉後期から室町後期の、上級の武士も徒歩で大太刀や薙刀を振って戦う機会の多い「徒歩斬撃戦の時代」へと変化している、と説く。「徒歩斬撃戦」の様相は、『太平記』に次のように見いだせる。

長尾左衛門ガ勢三千余騎、魚鱗ニ連テ、薬師寺ニ打テ係ル。長尾孫六・同平三、二人ガ勢五百余騎ハ皆馬ヨリ飛下リ、徒立ニ成テ射向ノ袖ヲ差簪シ、太刀長刀ノ鋒ヲソロヘテ、閑々ト小跳シテ、氏家ガ陣へ打テ係ル。

（巻三〇・一五九頁）

ただし、両者ともに徒歩の斬撃戦の描写は、あまり多くはない。騎馬での打物の戦いはめずらしくないし、「西国名誉ノ打物ノ上手ト、北国無双ノ馬上ノ達者ト、追ツ返ツ懸違へ、人交モセズ戦ヒケル」（巻八・二六四頁）という『太平記』の例が端的に語るように、東国と西国との合戦風土の違い、さらには合戦の行われる地形などの条件も考慮しておく必要があろう。[5]

また、佐藤和彦90は「南北朝内乱期の合戦の様相が、一騎討ちの個人戦から、歩射隊を中心とする集団戦へと大きく変貌しつつあった。（中略）槍や弓矢を主要な武具とする足軽や野伏が登場し、歩兵集団が編成されたのである」とその特質を指摘している。

歩兵集団の活動は、『太平記』に次のように描かれている。

・……和田・楠、和泉・河内ノ野伏共ヲ四五千人駈集テ、然ベキ兵二三百騎差副、天王寺辺ニ遠篝火ヲゾ焼セケル。

（巻六・一九一頁）

・……、態敵ヲ難所ニ帯キ寄ン為ニ、足軽ノ射手一二百人ヲ麓へ下シテ、遠矢少々射サセテ、

（巻八・二四〇頁）

・瓜生ハ兼テ案ノ図ニ敵ヲ谷底へ帯キ入テ、今ハカウト思ケレバ、其夜ノ夜半許ニ、野伏三千人ヲ後ノ山へアゲ、足軽ノ兵七百余人左右へ差回シテ、鬨声ヲゾ揚タリケル。

（巻一八・二三六頁）

・和田・楠等相謀テ、……サシモナキ野伏共百人許見セ勢ニ残シ置キ、

（巻三四・二九六頁）

これら足軽・野伏・溢者たちの活動の場面は、他にも随所に見られ、なかでも、北条時益らに誘われ、六波羅から東国へ落ちようとする光厳天皇の一行を、「欲心熾盛ノ野伏共」（巻九・三〇五頁）が襲撃しようとしたことは著名な話である。こうした連中の横行が、『太平記』の合戦に猥雑な印象を与える一因をなしている。

しかし、この足軽・野伏の集団の登場についても注釈が必要であろう。釈迦堂光浩92は、軍忠状・合戦手負注文に載る負傷者を本人・同族、家子・郎従・若党、中間・旗差の三つの階層に分け、家子等の負傷件数が最も多かったことをふまえ、「十四世紀段階の合戦における主戦闘員は、数の上でも戦闘の内容においてもこの家子・郎党クラスではなかっただろうか。であるとすれば、この時期の戦闘は、未だ集団歩兵戦闘に移行しきっていなかったとすることができよう」との見解を述べている。氏の指摘は、『太平記』の記事内容からも了解される。右引用波線部のように、足軽・野伏は、陽動作戦の道具、補助戦力として駆使されているにすぎない場合が多い。

ただし、こうした足軽等の存在は、これを駆使する側からいえば、戦闘における、戦術・兵略の重視という新しい側面を強化していくものであった。金子常規82は次のように指摘している。

関東騎兵の力で押しまくる戦法に対し、畿内の騎歩連合側では歩兵が大きな地形適応力をどのように発揮して優位に立つか、少数の騎兵をいつどこに投入するかなどが勝敗のきめ手であり、それだけに騎歩側に工夫が必要だった。いわゆる戦術・兵略の重視である。このような兵略主導の戦は統制の強化を生み、集団としての力を発揮する団隊戦闘が要求されたのは必然だった。（八八頁）

三、集団戦の叙述形式

松尾葦江91は、長門本巻一四が、「是をしらまさじと平家の方より〇〇（人名）、をめいてかく（または）……にて押寄たり」という形式の反復によって、「安高湊合戦の全体像をつくり出している」ことに注意している。松尾氏は、流布本『承久記』の合戦に

一番に黒皮威の鎧著て、葦毛なる馬に乗たる武者一騎、平九郎判官の手者、信濃国住人志賀五郎とて、真先懸てぞ寄たりける。贄田三郎が放つ矢に、馬の腹射せて退にけり。二番に同手者、岩崎右馬允押寄、贄田右近が放矢に、馬の股を射られて退にけり。三番に同手者、岩崎弥清太とて押寄たり。小腕射られて引退。四番に、一門成ける高井兵衛太郎とて寄たりけるが、余りに繁く射られて、馬を離れ、太刀を抜て額に当て、只一人打て入。

と、同一形式の繰返しによって成り立っている部分がいくつかみられることの参考として、長門本に言及しているのであるが、『承久記』と同一の形式は、延慶本・盛衰記にも見いだされる。

十郎蔵人、墨俣ノ東ニ小熊ト云所ニ陣ヲ取。平家ハ二万余騎ヲ五手ニ分タリ。一番ニ飛騨守景家大将軍ニテ、三千余騎ニテ押寄タリ。射シラマサレテ引退ク。二番上総守忠清大将軍ニテ、三千余騎差向タリ。是又射シラマサレテ引退ク。三番ニハ越中前司盛遠、三千余騎ニテ差向タリ。是モシラミテ引退ク。四番ニハ高橋判官高綱、三千余騎ニテ向タリ。是モシラミテ引退ク。五番ニハ頭中将重衡・権亮少将維盛、両大将軍ニテ、八千余騎ニテ入替タリ。平家二万余騎ヲ五手ニ分テ、入替々々戦ケレバ、十郎蔵人、心計ハ武ク思ヘドモ、コラヘズシテ小熊ヲ引退テ、柳津ニ陣ヲ取。（延慶本第三本廿三「十郎蔵人与平家合戦事」。長門本・盛衰記もほぼ同じ）

注意したいのは、『承久記』のそれをも含め、いずれも、数度にわたる攻撃を、一方の当事者の側に焦点を絞って描き出していることである。後述の盛衰記の一部、あるいは『太平記』に頻出する、甲軍の誰々勢対乙軍の誰々勢との激突という叙述の累積とは異なり、ここに見られるのは、特定の軍勢が次々に新たな敵の襲来を迎える、もしくは新たな敵に突撃していくという様式である。同種の様式による合戦叙述はほかにも見られる（盛衰記三三「室山合戦」。覚一本・延慶本・長門本などにもみられるが、盛衰記の形式がもっとも整っている）。このほか、巻三五「木曾惜貴女遺」に

は、勢多へ向かおうとする義仲の前に、次々と敵が立ちはだかる様子を「某々○騎ニテ進（引へ）タリ」という形式を重ねて描出する（延慶本も同様）。さらに、義仲勢三百余騎が次々と敵陣の中を駈け破ってゆき、ついには「主従五騎にぞなりにける」（覚一本巻九）という状態にいたる、あの著名な部分を、盛衰記巻三五「粟津合戦」は、敵勢が「其後……、次ニ……、次ニ……」と、義仲に挑みかかってくる形式のもとに描いている。ちなみに、盛衰記のような形式は、延慶本・長門本などにも見られない。

さて、以上述べきたった様式とは異なる、両軍各勢の戦闘の累積による集団戦の叙述が見られるのが、盛衰記巻二九「平家落上所々軍」（覚一本「篠原合戦」に対応する箇所）である。延慶本「志雄合戦」は記事簡略。長門本は「平家の方より……、源氏の方より……」となっているが、「一番……、二番……」という形式ではない。

「……是ハ馳合ノ軍ナルベシ。敵モ味方モ一手々々押寄々々戦ベシ。先畠山ニハ兼光、先陣仕レ」ト下知スレバ、「承候ヌ」トテ、一番樋口次郎兼光百五十騎、元来約束ノ事也、平家ノ二人源氏ノ一人ヲ宛タレバ、畠山ガ三百騎ニ樋口ガ五十騎ヲ相具シテ押寄タリ。畠山ハ軍構ゾシタリケル、鶴翼ノ軍トテ鶴ノ羽ヲヒロゲタルガ如クニ勢ヲアバラニ立広テ、小勢ヲ中ニ取籠ル支度也。樋口ハ魚鱗ノ戦トテ先細ニ中太ニ魚ノ鱗ヲ並タル様ニ馬ノ鼻ヲ立並ブ。畠山ガ三百騎、樋口ガ百五十騎ヲクルリト巻籠タレバ、兼光ガ小勢、重能ガ大勢ヲサト打破テ出。々レバ巻レ巻レテハ出ヌ。籠テハ散ヌ、散テハ籠ヌ。討ツ討レヌ、五六度マデコソ戦ケレ。畠山ガ勢二百騎討レテ百騎ニ成ヌ。樋口ガ勢百騎討レテ、五十騎ニナル。其後両方サト引。二番上総守忠清、五百騎ニテ推寄タリ。今井四郎兼平、二百五十騎ニテ出合タリ。寄ツ返ツ、追ツ追レツ、暫戦テ引退。（後略。「三番」から「七番」まで）

しかも、ここには「魚鱗・鶴翼」という陣形を駆使した叙述がみられる。同種の叙述は、盛衰記巻三五「粟津合戦」の義仲と一条次郎との戦闘にもみられる。〈魚鱗鶴翼〉なる用語は、他の『平家』にあっては、中国故事（延慶本一末の李陵譚）もしくは文書内（頼朝追討再宣旨、平家山門願文。前者は延慶本第二末のみ。後者は諸本に広く見られる）に限って、しかも固定した文脈のもとに使用されている。『将門記』・『保元物語』・『平治物語』・『承久記』などにも使用例はなく、わずかに『陸奥話記』に「賊衆二百余騎、左右の翼を張りて囲み攻む」（現代思潮社古典文庫二二頁）と、鶴翼陣を想定したと思われる表現があるものの、通常の合戦叙述における使用は、盛衰記にはじまるとみてよい。

『太平記』では「虎韜」「龍鱗」という新たな用語をも加え、これが軍勢の動きを描写する常套手段と化す。これに、「陰・陽」という別種の用語、さらに『平家』にもみることのできる「蜘手・十文字」（ただし、『平家』では個人もしくは少人数の動きであって、大規模な集団の動きに用いている『太平記』とはいささか異なる）、あるいは「東へ靡キ西へ靡キ」等々という形容も含めれば、そうした形容句をまったく含まない合戦叙述のほうが少ないくらいである。

・長崎父子一所ニ打寄テ魚鱗ニ連テハ懸破リ、虎韜ニ別テハ追靡ケ、七八度ガ程ゾ揉ダリケル。義貞ノ兵共蜘手・十文字ニ被懸散テ、若宮小路へ颯ト引テ、人馬ニ息ヲゾ継セケル。（巻一〇・三四〇頁）

・両陣互ニ寄合セテ、六万余騎ノ兵ヲ一手ニ幷テ、陽ニ開テ中ニトリ籠ント勇ケリ。義貞ノ兵是ヲ見テ、陰ニ閉テ中ヲ破レジトス。是ゾ此黄石公ガ虎ヲ縛スル手、張子房ガ鬼ヲ拉グ術、何レモ皆存知ノ道ナレバ、両陣共ニ入乱テ、破ラレズ囲マレズシテ只百戦ノ命ヲ限リニシ、一挙ニ死ヲゾ争ヒケル。（巻一〇・三二五頁）

・……「葉武者共ニ目ナ懸ソ、大将ニ組メ」ト下知シテ、風ノ如クニ散シ雲ノ如クニ集テ、呼テ懸入、々々テハ戦ヒ、戦フテハ懸抽ケ、千騎ガ一騎ニ成迄モ、引ナト互ニ恥メテ面モ振ラズ闘ヒケル間……（巻一五・一一六頁）

これらはその頻度からして類型的であるに違いなく、「虎韜」「龍鱗」のように実態が判然としないものもあるが、しかし、『平家』とは別種の、躍動感あふれる合戦光景の現出に役立っていることを評価すべきであろう。

『太平記』が盛衰記等から継承した合戦叙述の形式に、「一番……、二番……」と繰り広げられる集団戦の叙述がある。

去程ニ新田・足利両家ノ軍勢二十万騎、小手差原ニ打臨デ、敵三声時ヲ作レバ御方モ三度時ノ声ヲ合ス。上八三十三天マデモ響キ、下ハ金輪際迄モ聞ユラント震シ。先一番ニ新田左兵衛佐ガ二万余騎ト、平一揆ガ三万余騎ト懸合テ、追ツ返ツ合ツ分レツ、半時計相戦テ、左右へ颯ト引除タレバ、両方ニ討ル、兵八百余人、疵ヲ被ル者ハ未計ルニ遑ズ。二番ニ脇屋左衛門佐ガ二万余騎ト、白旗一揆ガ二万七千余騎ト、東西ヨリ相懸リニ懸テ、一所ニ颯ト入乱レ、火ヲ散シテ戦フニ、汗馬ノ馳違音、太刀ノ鐔音、天ニ光リ地ニ響ク。或ハ引組デ頸ヲ取モアリ取ラルモアリ、或ハ弓手妻手ニ相付テ、切テ落スモアリ落サルモアリ。血ハ馬蹄ニ蹴懸ラレ紅葉ニ洒ク雨ノ如ク、尸ハ野径ニ横テ尺寸ノ地モ余サズ。追靡ケ懸立ラレ、七八度ガ程戦テ東西へ颯ト別レタレバ、敵御方ニ討ル、者又五百人ニ及べリ。三番ニ饗庭ノ命鶴生年十八歳、容貌当代無双ノ児ナルガ、今日花一揆ノ大将ナレバ、殊更花ヲ折テ出立、花一揆六千余騎ガ真前ニ懸出タリ。新田武蔵守是ヲ見テ、「花一揆ヲ散サン為ニ児玉党ヲ向ハセ、打輪ノ旗ハ風ヲ含メル物也」トテ、児玉党七千余騎ヲ差向ラル。花一揆皆若武者ナレバ思慮モナク敵ニ懸リテ、一戦々トゾ見ヘシ。児玉党七千余騎ニ揉立ラレ、一返モ返サズハツト引。自余ノ一揆ハ、カクル時ハ一手ニ成テ懸リ、引時ハ左右へ颯ト別レテ、荒手ヲ入替サスレバコソ、後陣ハ騒ガデ懸違タレ。是其軍立甲斐無ク、将軍ノ後ニ引へテオハスル陣ノ中へ、コボレ落テ引間、荒手ハ是ニ蹴立ラレ進得ズ、敵ハ気ニ乗テ勝時ヲ作懸々々、責付テ追懸ル。角テハ叶マジ、些引退テ一度ニ返セト云程コソ有ケレ、将軍ノ十万余騎、混引ニ引立テ、曾テ後ヲ顧ズ。

（巻三一「武蔵野合戦事」）

ここには「一番……二番……」の形式の他にも、『太平記』の合戦叙述を特徴づける様々な要素が集約されている。傍線部の合戦の情景の形容句、破線部の乱戦の描写、「容貌当代無双ノ児」が「花」を折かざすという、風雅を超えたバサラ様、その花一揆に「打輪」を旗印とする児玉党を応戦させるという〈遊び〉、「気ニ乗テ」の「気」の用法等々であるが、盛衰記との比較の上で注意したいのは、

二番上総守忠清、五百騎ニテ推寄タリ。今井四郎兼平、二百五十騎ニテ出合タリ。寄ツ返ツ、追ツ追レツ、暫戦

テ引退。

とあるこの箇所に限らず、盛衰記の集団戦の叙述は、参加している軍勢の数の多さにかかわらず、本質的には一騎打ちと変わらないことである。右の場合でいえば、これは兼平と忠清との挑みあいにそのまま置き換え可能である。『太平記』は一番々々の戦闘が、盛衰記における白兵戦の情景によって構成されているといってもよい。また、上記引用例は対戦の組み合せ自体は単純であるが、盛衰記と異なり、「二番ニハ高武蔵守師直・越後守師泰、二万余騎ニテ橋ヨリ下ノ瀬ヲ渡シテ、義貞ノ右将軍、大嶋・額田・籠沢・岩松ガ勢ニ打懸ル」（巻一四「矢矧、鷺坂、手超河原闘事」）のように、複数の軍勢対複数の軍勢の対戦であることが普通である（他に巻一四・七八頁、巻一五・九四頁、巻一六・一六〇頁、巻一八・二三八頁、巻一九・二九一頁、巻二〇・三〇二頁、巻二一・三八四頁、巻二六・二〇頁、巻三三・二六〇頁、等）。第二節で合戦の変遷を辿ったが、盛衰記の集団戦はその形式にもかかわらず、「当時の合戦の基本は、まさに騎馬に乗った武士の個人戦にあり、極端に言えば個人対抗戦を同時平行的に繰り広げたもの」（石井進86）という指摘を、やや異質の角度からではあるが、裏付けるものといえよう。『太平記』の「カクル時ハ一手ニ成テ懸リ、引時ハ左右へ颯ト別レテ、荒手ヲ入替サスレバコソ、後陣ハ騒ガデ懸違タレ」という組織だった戦いぶりは、まさに新しい時代を象徴するものであった。

四、〈たたかい〉と〈いくさ〉

山下宏明74は、盛衰記と『太平記』とに共通する性格のひとつとして、「作戦、布陣の描写をはじめ戦闘経過の描写が非常に詳細であること」を指摘している。

合戦に先だっては作戦が立てられる。『保元物語』では、新院方の為朝、主上方の義朝の献策が語られ、その採否が明暗を分けた。『平治物語』では、待賢門の合戦に先立ち、六波羅方が新造の皇居を戦災から防ぐため、敵をおびきだす作戦をたてたことが語られる。しかし、『平家』は合戦をはるかに多く含むにもかかわらず、そうした作戦を語ることが少ない。宇治橋合戦は、足利忠綱の渡河に際しての技術的な下知などはあるものの、双方とも全体の統括者が不在で思い〳〵に戦いが繰り広げられている印象が強い。多分に賭であって、成行きにまかせた展開を示す頼朝の挙兵譚を別にしても、一谷攻撃も大手・搦手の手分けはあるものの、全体を見通した合戦談義は語られない。八島攻撃を前にしての「軍ノ談義」（盛衰記巻四一）も例の逆櫓に終始している。「猪鹿ハ知ズ。義経ハ只敵ニ打勝タルゾ心地ハヨキ」と言い放つ義経の単純明快さと、繰り返し智謀を語る正成との相違が『平家』・『太平記』の相違を象徴する光景の一つであるのだが、『平家』にも合戦の作戦が全く語られないわけではない。作戦の言葉が目立つのは義仲の北陸合戦である。

サレバ敵ヲ謀落サン為ニ、御辺赤旗・赤符付テ、城太郎ガ陣ニ向給ヘ。サアラバ敵、味方ニ勢付タリトテ、荒手ノ武者ヲ指向テ軍セヨトテ休ミ居ベシ。其間ニ白旗・白符取替テ蒐給ハン処ニ、義仲、河ヲ渡シテ北南ヨリ指挟テ蒐立バナドカ追落サヾルベキ。（盛衰記「信濃横田原軍」巻二七・一七七頁。延・長はごく簡略）

これは城太郎との戦いに際して、形勢逆転をはかった義仲の策略であるが、他にも、これは諸本に広く載り著名な、倶梨伽羅山に平家の大軍を追い落とした策略が、「軍ノ談義」もしくは義仲の言葉として語られている。義仲に関わるものとして、さらに山下氏があげた盛衰記巻三三「水嶋軍」における源氏（義仲の派遣した軍勢）・平氏（重衡・通盛）の作戦・布陣の詳細な叙述を加えることができる。ちなみに、盛衰記の水嶋合戦は他本とは全く異なった内容となっており、他本にはこうした叙述がない。

これが『太平記』においては、随所に合戦の手だてを謀る言葉が見いだせる。これらには個別の戦闘での、かけひき的なものも多いが、巻一六「正成下向兵庫事」（正成）、巻三四「和田楠軍評定事付諸卿分散事」（楠正儀・和田正武）

のように大規模な戦略の提言もみられる。いま、後者の一部を引いておく。

今ノ皇居ハ余リニアサマナル処ニテ候ヘバ、金剛山ノ奥、観心寺ト申候処ヘ、御座ヲ移シ進セ候テ、正儀・正武等ハ和泉・河内ノ勢ヲ相伴ヒ、千葉屋・金剛山ニ引籠リ、龍山・石川ノ辺ニ懸出々々、日々夜々ニ相戦ヒ、湯浅・山本・恩地・贄河・野上・山本ノ兵共ハ、紀伊国守護代、塩冶中務ニ付テ、龍門山・最初峯ニ陣ヲ張セ、紀伊川禿辺ニ野伏ヲ出シテ、開合セ攻合セ、息ヲモ継セズ戦ハシメバ、極メテ短気ナル坂東勢共ナドカ退屈セデ候ベキ。退屈シテ引返ス者ナラバ、勝ニ乗テ追懸ケ、敵ヲ千里ノ外ニ追散シ、御運ヲ一時ニ開クベシ。

さらに、作戦そのものではないが、兵庫に下った正成が、義貞に対面し、

其上元弘ノ初ニハ平太守ノ威猛ヲ一時ニクダカレ、此年ノ春ハ尊氏ノ逆徒ヲ九州ヘ退ラレ候シ事、聖運トハ申ナガラ、偏ニ御計略ノ武徳ニ依シ事ニテ候ヘバ、合戦ノ方ニ於テハ誰カ褊シ申候ベキ。殊更今度西国ヨリ御上洛ノ事、御沙汰ノ次第、一々道ニ当テコソ存候ヘ。（巻一六「正成下向兵庫事」）

と、その計略・情況判断を論評する言葉を述べている。

この論評ということに関連して、『太平記』には、しばしば語り手による作戦・布陣等の解説がみられる。

・是ハ態ト敵ニ橋ヲ渡サセテ、水ノ深ミニ追ハメ、雌雄ヲ一時ニ決センガ為ト也。（巻六・一八六頁）

・是ハ桃井東山ニ陣ヲ取タリト聞ケレバ、四条ヨリ寄ル勢ニ向テ、合戦ハ定テ川原ニテゾ有ンズラン。御方偽テ京中ヘ引退カバ、桃井定勝ニ乗テ進マン歟、其時道誉桃井ガ陣ノ後ヘ蒐出テ、不意ニ戦ヲ致サバ前後ノ大敵ニ遮ラレテ、進退度ヲ失ハン時、将軍ノ大勢北白河ヘ懸出テ、敵ノ後ヘ廻ル程ナラバ、桃井武シト云共引カデハヤハカ戦ト、謀ヲ廻ス処也。（巻二九・一一五頁）

など、「是ハ……（為）也」という形式をとり、他にも二〇箇所近い用例がみられる。また、上述の形式ではないが、

夫小勢ヲ以テ大敵ニ戦フハ鳥雲ノ陣ニシクハナシ。鳥雲ノ陣ト申ハ、先後ニ山ヲアテ、左右ニ水ヲ堺フテ敵ヲ平

野ニ見下シ、我勢ノ程ヲ敵ニ見セズシテ、虎賁狼卒替ル〳〵射手ヲ進メテ戦フ者也。此陣幸ニ鳥雲ニ当レリ。……（巻三一・一八九頁）

という、語り手による布陣の解説がある。こうした合戦に対する論評・解説が珍しくないのが、『平家』と異なる『太平記』の特質であり、『太平記』から『太平記秘伝理尽鈔』といった、合戦の論評を一つの柱とする著作が生み出される機縁・基盤をなしていることにも注意しておきたい。

さて、『太平記』に兵法書（『六韜』・『三略』他）の引用・言及が多いことはよく知られており、岩波古典大系等の頭注・補注、あるいは高橋貞一氏『太平記諸本の研究』（思文閣出版、一九八〇）第六章の出典研究などによってその概要をうかがうことができる。一方、『平家』にはこうした記述はごく稀である。楠正成が「天下草創ノ功ハ、武略ト智謀トノ二ニテ候」と揚言することに象徴されるように、『太平記』には「武略ノ程コソ悲シケレ」（巻九・二九一頁）・「武略ノ不足ニ相似タリ」（巻三八・四〇七頁）などと、智謀・武略の語が頻出するのだが、これも兵書に深い関心を寄せるあり方と共通の基盤にたつ現象であろう。先述のように、魚鱗鶴翼といった戦闘隊形を語る用語が豊富であることや、しばしば「四武ノ衝陣」（巻八・二五〇頁）・「呉子ガ八陣ノ法」（巻八・二六二頁）・「機変ノ陣」（巻一七・一八八頁）・「鳥雲ノ陣」（巻二六・一七頁。巻三一・一八九頁。巻三九・四三四頁）などの陣形の呼称を用いることとも併せ、『太平記』の合戦は知的操作の対象としての側面が色濃い。山下宏明74の指摘にあるように、盛衰記がこれに通ずる一面をみせるが、両者はやはり本質的に異なるものをもつ。

その相違を考える上で示唆的なのが、千葉徳爾91の次の一節である。

簡単に言うなら、たたかいは人間の生物的能力を基礎とする行動であり、個々人の肉体が単位となるのに対して、いくさは社会組織を動力源とした行為であって、その組織体系が合理的に運営され計画されて、他の組織と対立するかぎりの状態をさすといったらよかろうか。だから、実態として必ずしも物理的な人間対人間の直接の衝突とはならない。相手が利害を計算して対立を中止するという形をとることもある。〈たたかい〉はなし得るかぎり、相互のもつ直接の力によって事を決するから、結局は暴力の形をとることがほとんどであるが、〈いくさ〉はできることなら肉体的損害を減らそうとする。したがって、〈たたかい〉が卑怯として排撃する、相手をあざむき、おとしいれ、心理的な苦痛・不安を与えるようなことも敢えてする。もちろん、物理的障害を設け、飛び道具も大いに用いる。

『平家』・『太平記』にはさまざまな合戦があり、単純に前者を〈たたかい〉に、後者を〈いくさ〉にと振り分けることはできない。素材としての治承・寿永の合戦を、「戦争」と捉える（川合康91）立場からはなおさらのことであろう。しかし、少なくとも『太平記』の叙述は、明瞭に〈いくさ〉の相貌をみせている。例えば正成の赤坂・千剣破での戦闘はまさに〈いくさ〉であったし、足利・新田といった東国出自の武将たちも前節でみたように、組織だった戦法を駆使しており、もはや個々人の肉体を単位とした〈たたかい〉の時代は、表現の上からも遠く去ろうとしていた。「国中ノ民屋ヲ追捕シテ、兵粮ノ為ニ運取、己ガ館ノ上ナル赤坂山ニ城郭ヲ構ヘ……」（巻三・一〇三頁）といった籠城のための兵糧の用意や千剣破城の用水確保の周到さの熱心な記述（巻七・二一八頁）、また

・……千剣破寄手共ノ往来ノ路ヲ差塞グ。之ニ依テ諸国ノ兵ノ兵粮忽ニ尽テ、人馬共ニ疲レケレバ、転漕ニ怺兼テ……（巻七・二二三頁）

・此後ヨリハ山上・坂本ニ弥兵粮尽テ、始メ百騎二百騎有シ者、五騎十騎ニナリ、五騎十騎有シ人ハ、馬ニモ乗ラズ成ニケリ。（巻一七・二〇六頁）

などと、兵糧を戦況の重要な要因として注視する記述の多いことをとってみても、そこには、『平家』にくらべ格段の、〈いくさ〉に対する関心の深さを見て取ることが可能であろう（合戦の帰趨を兵糧に求める記述は延慶本・盛衰記にもないわけではないが、一部の合戦に限られている）。

おわりに

『太平記』には、「忍」（巻二〇・三一〇頁、巻二四・四四一頁など）・「斥候」（巻三四・二八三頁など）やそれに準ずる律僧（巻一五・一一一頁）・山伏等（巻三六・三五二頁）が登場し、放火・偽の情報などによって、敵を攪乱していることが目につく。これらの多くは現実の合戦にあったと思われるできごとであり、兵法・武略・智謀等に対する関心の深さも、第二節でみたような戦闘の史的展開がこうした叙述を生み出す条件であったことは疑いない。

しかし、例えば『陸奥話記』をみてみよう。さきに、同書には「賊衆二百余騎、左右の翼を張りて囲み攻む。飛ぶ矢雨の如し」という鶴翼の陣を思わせる軍勢の動きの描写のあることを述べた。さらに「……精兵八千余人を率ゐて地を動かし襲ひ来る。玄甲雲の如く、白刃日に耀く」、「卅余町の程、斃れ亡ぶる人馬は、宛も乱麻の如し。肝膽地に塗れ、膏膩野を潤す」という戦闘の形容、ことに後者は『太平記』を髣髴とさせる。また、「是に於て、将軍陣を置くこと常山の蛇勢の如し」「陣を破り城を抜くこと、宛も円石を転ずるが如し。……」「是を以て賊衆潰え走ること、積水を決するが如し」という波線部の叙述は、『孫子』『淮南子』などによるものであることが『陸奥話記』諸注に指摘されている。あるいはまた、

・人有り将軍に説きて曰く、「永衡は……今外に帰服を示すと雖も、而も内に奸謀を挟み、恐らくは陰かに使を通はして、軍士の動静・謀略の出づる所を告げ示さん歟。……」と。

・則ち流言を構へ軍中を驚かして曰く、……。

・富忠伏兵を設けて之を嶮岨に撃ちて、大いに戦ふこと二日……。

という、忍的存在・伏兵を使っての戦術があり、「頼義は河内守頼信朝臣の子なり。性沈毅にして武略多し。最も将

帥の器たり」「貞任謀を失へり。将に賊の首を梟せんとす」「武則籌策を運し、敢死の者五十人を分ち、偸に西山より貞任が軍中に入り、俄に火を挙げしむ」と、将の武略・智謀を論ずる言説がある。これに関連して、

> 武則馬より下りて岸辺を廻り見、兵士久清を召し命じて曰く、「……彼の岸に伝ひ渡り、偸に賊の営に入りて方に其の塁を焼け。賊其の営に火起るを見れば、軍を合て驚き走らん。吾れ必ず関を破らん」と。

と、戦闘に先だっての作戦・手だての叙述がみられる。さらに、つぎの一節などは『太平記』の赤坂・千剣破城合戦そのものといってよいだろう。

> ……河と柵との間、亦隍を掘る。隍の底に倒に刃を地上に立て、鉄を蒔く。また遠き者は弩を発して之を射、近き者は石を投げて之を打つ。適柵の下に到れば、沸湯を建て、之を沃ぎ、利刃を振ひて之を殺す。

謀略的な戦いぶりばかりではない。たとえば

> 将軍営に環り、且つ士卒を饗し且つ兵甲を整へ、親ら軍中を廻り疵傷の者を療す。戦士感激して皆言ふ。「意は恩の為に使はれ、命は義に依て軽し。

という記事は、『太平記』巻一六「小山田太郎高家刈青麦事」・巻二六「四条縄手合戦事付上山討死事」等に語られる将・卒の美談に等しい。このほか、兵糧に対する深い関心、「兵機」「賊気」等戦闘における機・気への注視をも加えれば、武器が相違し、集団組織戦の叙述が見られないだけで、道具立てとしては『太平記』の合戦叙述に極めて近い。『太平記』は『陸奥話記』を意識していた、などと言おうとするのではない。こうした共通性はいうまでもなく、ともに中国の古典に深くなじんだ作者の手になる著作である、というところに根ざしていよう。しかし、逆にいえば、たとえば『平家』も、『陸奥話記』・『太平記』的な面もちの作品になる可能性は充分にあったということである。現に、盛衰記などがそうした傾斜をみせている。十一世紀半ばの東北の戦乱と十四世紀後半の動乱とが、十二世紀末の争乱以上に強い相関性をもつということでもなかろう（観点によって、そうした要素は皆無でもないが）。問題は『太平記』

が、冒頭に触れたように、『平家』を強く意識し、徹底的な「受容」を行いながら、なおそれのみに満足することができなかったというところにあろう。『平家』の枠組みでは動乱の全貌を捉えきれなくなった地点から、『太平記』の本格的な叙述は始まっている。

『太平記』のもつ〈いくさ〉の相貌を確認するところから、『平家』受容・変容の特質も、改めて検討されるべきであろう。

注

（1）『太平記』の引用はとくに断わらない限り、岩波古典大系による。ここで問題にする合戦叙述について諸本に数詞などの異同はあるものの、『平家』に対する『太平記』のあり方を考える上では支障ないと判断するからである。

（2）『平家』受容について、語り手によるものと登場人物によるものとの区分はしない。仮に後者が現実の人物の言葉に源を発していようと、『太平記』の語り手の意識を介しての表現として同等に扱う。

（3）益田勝実70。ただし、氏自身は「世の中は南北朝を前後として大きく動いたにもかかわらず、戦争の形態というものは、その前後でそういう決定的な違いを持っていない」と見なしている。

（4）黒田俊雄「変革期の人間像　一、太平記と南北朝内乱」（日本史研究・別冊、一九五三・九）、「太平記の人間形象」（文学22―11、一九五四・一一）など。『太平記』の合戦叙述を考える上では本文で言及した論考の他、小松茂人「軍記物における集団の表現」（『中世軍記物の研究』桜楓社、一九六二。初出一九三四・一二）・「軍記物における合戦描写」（『中世軍記物の研究 続』桜楓社、一九七一・一一）、信太周「『平家物語』と『太平記』――作品論の試み――」（言語と文芸64、一九六九・五）、中西達治「太平記と語りの文体」（『太平記論序説』桜楓社、一九八五。初出一九八四・四）、梶原正昭「『平家物語』と『太平記』――その合戦叙述を中心に――」（国文学36―2、一九九一・二）、麻原美子「『太平記』の特質」（解釈と鑑賞723、一九九一・八）に示唆を受けた。

（5）治承・寿永期を、「騎射戦」の時代と一括りにすることについても、川合康91が論点を整理しているように、様々な角度から再検討が迫られている。そのことは、『平家』に現われている戦闘が騎射戦に限らない多様な姿を示していることからも首肯できる。合戦様態に主眼を置いた検討は、第三部第二章で行なう。

（6）『太平記』の合戦叙述には、「気ニ乗テ、機ヲ呑テ、気疲レ、機ヲ失テ」等約三十種類に及ぶ《機・気》の用例が見られることも大きな特色のひとつである。『太平記』以前の軍記物語には『陸奥話記』を除いて、ごく稀である。なお、『太平記』の用例の多くは、赤塚行雄氏『「気」の構造』（講談社現代新書、一九七四）に示されている。気・機についてはなお考えるべき点が多いが、「いくさ」（後述）の時代の戦術・兵略にもかかわらず、現実の合戦は様々に変貌きわまりないわけで、その機微を（個々人の「心」の次元には立ちいたらないで）柔軟に追いかけていく上で、きわめて便利な用語であったといえようか。

引用文献

石井　進86「源平時代に見る合戦のパターン」（週刊朝日百科日本の歴史　中世Ⅰ①、一九八六・四）
市古貞次61「太平記の第二部」（日本古典文学大系月報49、一九六一・五）
金子常規82『兵器と戦術の日本史』（原書房、一九八二・五）
川合　康91「治承・寿永の「戦争」と鎌倉幕府」（『鎌倉幕府成立史の研究』校倉書房、二〇〇四。初出一九九一・四）
後藤丹治38『太平記の研究』（大学堂書店、一九三八・八。一九七三再版による）
佐藤和彦90「『太平記』の戦術と戦略」（歴史読本535、一九九〇・一二）
釈迦堂光浩92「南北朝期合戦における戦傷――史料に見える〈手負〉を通して――」（中世内乱史研究13、一九九二・八）
杉本圭三郎59「『太平記』の性格」（『軍記物語の世界』名著刊行会、一九八五。初出一九五九・八）
千葉徳爾91『たたかいの原像――民俗としての武士道』（平凡社選書、一九九一・六）
寺田　透80「『太平記』一面観」（尚学図書　鑑賞日本の古典月報6、一九八〇・六）

兵藤裕己82「太平記――状況と言葉」（『王権と物語』青弓社、一九八九。初出一九八二・一）
藤本正行91「中世の合戦――武器と防具」（ピクトリアル足利尊氏2『南北朝の争乱』学習研究社、一九九一・二）
益田勝実70「『太平記』の混迷」（文学38―8、一九七〇・八）
松尾葦江91「承久記の成立」（『軍記物語論究』若草書房、一九九六。初出一九九一・一二）
山下宏明73「軍記物語の様式性と覚一本『平家物語』」（『平家物語の生成』明治書院、一九八四。初出一九七三・四）
山下宏明74「『源平盛衰記』と『太平記』」（『平家物語の生成』明治書院、一九八四。初出一九七四・一二）

補記

1、第一節でふれた武具の問題に関しては、近藤好和氏の一連の著述『弓矢と刀剣 中世合戦の実像』（吉川弘文館・歴史文化ライブラリー、一九九七）、『中世的武具の成立と武士』（吉川弘文館、二〇〇〇）、『騎兵と歩兵の中世史』（吉川弘文館・歴史文化ライブラリー、二〇〇五）等により、研究が進展している。

2、第四節でふれた兵法書の問題に関しては、山田尚子「『太平記』と兵法書――「七書」の受容をめぐって――」（『平和の世は来るか――太平記』花鳥社、二〇一九・一〇）がある。

3、注6でふれた「気」については、佐倉由泰「『太平記』と「気」」（『中世文学と隣接諸学4中世の軍記物語と歴史叙述』竹林舎、二〇一一・四）がある。

第二章　合戦の機構

はじめに

『太平記』の特質を『平家物語』（以下『平家』）との対比によって浮かび上がらせる作業には、多方面にわたる蓄積がある。しかし、両作品が扱う内乱期の合戦のあり方を踏まえての分析は、いまなお充分とはいえない。近年、内乱史研究はひとつの画期を迎え、その一環として「戦争」の実態分析が進められつつある。(1)前章の総論的な検討に引き続き、『平家』と『太平記』につき、以下の二点を課題とする（本章では（A）の確認が主たる課題となる）。

（A）両作品の描き出した合戦にはいかなる相違が見られるか。
（B）その相違は両者の作品としての特質にどのように関わっているか。

なお、軍記物語を利用してどこまで合戦の実態に迫れるのかという問題があり、基本的には次のように考える。物語が描く合戦の展開やそこに示された武器・武具の造作・色目・数量等に特定の意図が働いているとしても、合戦を構成している個別の要素（武器・武具・戦闘方法等）そのものが時代性を無視して描かれることはないであろう、と。もちろん「実態」に迫るには、さらに、軍忠状・合戦手負注文等の史料や絵画史料、武器・武具の遺品等の検討が不可欠であるが、ここでは『源平盛衰記』（以下『盛衰記』）という、成立時期・作品の性格等において『太平記』との間に共通基盤の存在が認められ、(2)しかも、他本に見られない独自の合戦叙述をも数多く含む後出本を主として使用することに方法的意味を持たせたい。『盛衰記』をも含めた『平家』と『太平記』との間に明瞭な相違が析出されるならば、少なくとも、源平争乱期の合戦がいかなるものであった（ありえた）のかという「認識」が存在していたとは言えるだろう、と考えてのことである。

『平家』の合戦と『太平記』の合戦

『日本史大事典2』（平凡社、一九九三）「合戦」の項は、「中世の合戦の最終的な到達点を戦国大名間の合戦とみると、その特質の多くは南北朝の争乱において萌芽的に現れ、応仁・文明の乱を経てより鮮明になっていくようである。」として、「歩兵の集団戦の発達」と「城郭をめぐる攻防の激化に関連して合戦が総力戦的様相を深めていくこと」とを、指標としてあげている。(3) 正成の、野伏集団を駆使した戦いや千剣破城での攻防戦などは、そうした新しい側面を端的にしめすものであろう。

さらに、旧来の騎馬武者を中心とした戦いにも戦闘様式の変化があった。近藤好和氏（注1論文）は、「『平家物語』などの戦闘描写の特徴は騎射――馬上での弓箭使用と徒歩での打物使用」にあり、「『太平記』の戦闘描写の特徴は、馬上での打物使用（馬上打物）と徒歩での弓箭使用（歩射）」にあると把握した上で、以下のように通説への異見を提出している。すなわち、鎌倉末期以降、戦闘武器の主体が打物になるという従来の理解において、その打物が徒歩での使用と考えられがちであったことに対し、「頻度の増加こそあれ徒歩での打物使用は、前代からの継承」にすぎず、むしろ「騎兵までもが弓箭でなく打物主体の戦闘を行う傾向」こそ注目に値すること、しかも、降る『明徳記』では「打物使用は徒歩に限られ、騎兵までもが打物使用に際して下馬する程徒歩打物戦が顕著になる」ことからも、「『太平記』の馬上打物は武器使用の時代的特徴」であるというのである。以下、氏の新見を検討しながら、『盛衰記』と『太平記』の描いた合戦の諸相をみていく。

なお、本章および次章では、『太平記』（漢字カタカナ交じり）との区分が容易なように、『盛衰記』を始めとする『平家』の引用を漢字ひらがな交じりで示す。

1、馬上打物

『太平記』の馬上打物に注目すべきことは、たとえば馬を馳せての乱戦での定型表現の相違にも現れている。『盛衰記』が「馬足音、矢叫の声、山を響し地を響す」（勉誠社『源平盛衰記〈慶長古活字版〉』の巻・頁数を示す。巻三三・七四頁。他に巻二七・一四七頁、巻二九・三一八頁など）と、「矢叫の声」を取りあげるところを、『太平記』では「……汗馬ノ足ヲ休メズ、太刀ノ鐔音止時ナク、ヤ声ヲ出テゾ戦合タル」（岩波古典大系の巻・頁数を示す。巻一九・二九三頁。他に巻一六・一六一頁、巻二五・四六七頁など）というように、なによりも「太刀ノ鐔音」に関心をよせるのである。『盛衰記』にも太刀の表現はあるが「……馬の馳違ふ音雷の如し。太刀長刀のひらめく影電の如し」（巻三七・三四四頁）のように、「鐔音」を表現することは少ない。また、近藤氏も指摘するように、『太平記』では行装描写が打物中心の記述となることも注意してよいだろう（行装描写については4で再度触れる）。

具体的な合戦の光景の描写においても、以下のように注意すべき表現が見られる。

ⓐ・……三千余騎……矢一ヲモ射ズ、抜連テ責タリケル」（巻一四・五四頁）

ⓑ・……相懸リニムズト攻テ、矢一射違ル程コソ有ケレ、皆弓矢ヲバ抛シ棄、打物ニ成テ、喚叫デ真闇ニゾ懸タリケル（巻二二・三八四頁）

ⓒ・……初ハ射手ヲ汰テ散々ニ矢軍ヲシケルガ、前ハ究竟ノ馬ノ足立也。何レモ東国ソダチノ武士共ナレバ、争デカ少シモタマルベキ、太刀・長刀ノ鋒ヲソロヘ馬ノ轡ヲ並テ切テ入。（巻一〇・三二五頁）

・……一矢射違ル程コソアレ。互ニ諸鐙ヲ合セテ入リ、敵御方二千余騎、一度ニ颯ト入乱テ、弓手ニ逢ヒ馬手ニ背キ、半時計切合タルニ、……
（巻三二・二一〇頁。他に巻二五・四六六頁等）

一谷合戦で敦盛が熊谷の招きに応じ、「弓矢をなげすて、大刀を抜て額にあて、」（延慶本第五本）立ち向かったという例はあるものの、ⓐⓑのように会戦の最初から太刀打ちに及ぶ例は『盛衰記』（『平家』）には見られない。また、ⓒのように迎撃側が望んで太刀打ちに及ぶ例も見られない。騎馬兵の突撃に対しては、墨俣川の東、小熊での行家と平家軍との交戦に「（平家）……小熊の陣に押寄たり。一時戦うて射白まれさて（ママ）引退く。……源氏矢衾を造て射ければ、……源氏鏃を揃へて射ければ、……源氏指詰引つめ散々に射ければ……」（巻二七・一四六頁。延・長も略同）とあるように、矢で応戦するのが通常である。したがって、氏が『太平記』の戦闘における馬上打物の重要性を強調したこと自体は妥当なことといえよう。

また、近藤氏は『保元物語』・『平家物語』の太刀の馬上使用の例を確認しながらも、「主体はあくまで騎射であり、打物は矢種を射尽くしたり、馬を射られて徒歩立ちになった際の補助的、二次的武器に過ぎない」と位置づける。矢が先ず使用される主要な武器であることはたしかであるが、矢数には限りがあり、白兵戦での太刀打ちの機会は多かったはずである。

・……山に追籠られ、水に責入られ、此にては打殺され、彼にては切り殺され、落ぬ、討れぬせし程に……
（巻二七・一七九頁。長門本・延慶本三本86オ「城四郎が多勢四方へ村雲立に被懸て立合者は被討にけり。逃る者は大様河にぞ馳こみける」）

・二百騎・三百騎・五十騎・百騎、出し替、入違て、寄つ返つ、切つ切れつ、息をも続せず、馬をも不休、未刻まで戦たり。
（巻二九・二七三頁。独自記事）

・三番、飛騨守景家、千騎にて向たり。楯六郎親忠五百騎にて寄合す。弓矢を以て勝負する者もあり。太刀打して死する者も有。引組で腰の刀にて亡も在。暫戦て両方さと引退。……七番……互に、指詰々々射も在、馳合々々切も在。……馬の馳違音、矢叫の声、雲も響、地も動らんと覚たり。

（巻二九・三一四〜三一八頁。延ナシ。長：巻一四は記事構成異なり、組討ちもしくは矢）

・重忠、勝に乗て責懸ければ、木曾も引返々々、弓箭に成、打物に成、追つ返つ、返つ追つ、半時計戦ける。

（巻三五・二一五頁。独自記事）

右の、白兵戦において弓と並んで、太刀使用を語る例は、いずれも『盛衰記』に顕著にみられる表現である。『平家』諸本の中でも、具体的な戦闘描写が格段に豊富な点に『盛衰記』の特色があり、『太平記』の性格との類縁性を思わせるのであるが、いうまでもなく白兵戦での太刀使用は別に『盛衰記』に限ったことではない。

・……鞆絵出来たり。近付を見れば矢二三射残して大刀うちゆがみ血うて（「うち」か）付てうちかづきて出来り。

（延五本28ウ）

・……（千野太郎）大刀のさきにつらぬきたる頸をばなげすてゝ大刀を額にあてゝ大勢の中に馳入り、散々に戦て究竟の敵十三騎切伏て終に自害してこそ死にけれ。

（延五本34ウ）

このように、延慶本などにも、確認できる数は少ないものの馬上での太刀使用の描写がみられる。弓の使用が優先される（この点が、弓を射ることなく、あるいはほんの一矢射かけて大々的な打物戦に及ぶ例の見られる『太平記』との相違である）という意味において、太刀は「二次的武器」であるかもしれないが、しかし、『平家物語』においても、こと白兵戦に及んでは太刀は主要な武器のひとつであっただろう。

一方、近藤氏は、『太平記』に続く『明徳記』においては「打物使用は徒歩に限られ」るという。しかし、以下にみるように、『明徳記』にも個人・集団ともに馬上打物の例はめずらしくない。

・垣屋は五尺三寸の太刀、滑良は五尺二寸の長刀にて、敵の兵手の下に六騎切てぞ落しける。奥州是を見給て、「こゝなる敵たゞ二騎に多の者を討たるゝは、きたなき御方の振舞哉。打ものをとめて騎（ハセ）ならべて組打にせよ」

と宣ければ、山口弾正・福富備中を始として、究竟の兵十四五騎一度にはらりとおり立て、鑓長刀を差合て、透もなくこそうたりけれ。（岩波文庫、中巻七八頁。他に、中巻九三頁の一色と山名との太刀打ち等）

・射手の兵走散て矢合すでに始りければ、播州の兵伯耆勢五百余騎内野口を一文字に懸とをて、……管領の勢のうずまひて、雲霞の如く磐たる真中へ、面もふらず切て入る。……敵御方の旗の足は弓手へまはり妻手へなびき、切ておとして討もあり。（中巻六三、六四頁）

したがって、徒歩打物戦にのみ注目していた従来の説への批判として馬上打物の重要性を説くことはよいとしても、『太平記』の馬上打物を固有の「時代的特徴」と強調するのは適切ではない。(4)

2、徒歩打物

『太平記』における徒歩での打物使用を、前代からの継承にすぎないと退ける点にもいささか問題がある。

・一条ガ郎等共、……篠塚ヲ討ントト、馬ヨリ飛下々々打テ懸レバ、篠塚カイ違テハ蹴倒、々々シテハ首ヲ取、足ヲモタメズ一所ニテ九人迄コソ討タリケレ。（巻一四・六五頁）

・長尾左衛門ガ勢三千余騎、魚鱗ニ連テ、薬師寺ニ打テ係ル。長尾孫六・同平三、二人ガ勢五百余騎ハ皆馬ヨリ飛下リ、徒立ニ成テ射向ノ袖ヲ差簪シ、太刀長刀ノ鋒ヲソロヘテ、閑々ト小跳シテ、氏家ガ陣へ打テ係ル。飽マデ広キ平野ノ、馬ノ足ニ懸ル草木ノ一本モナキ所ニテ、敵御方一万二千余騎、東ニ開ケ西ニ靡ケテ、追ツ返ツ半時計戦タルニ、長尾孫六ガ下立タル一揆ノ勢五百余人、縦横ニ懸悩マサレテ、一人モ残ラズ打タレケレバ……（巻三〇・一五九頁）

このように『太平記』にはわざわざ下馬しての打物使用が見られる。中には、敵陣が峯にあるため徒立となる例（巻三二・二三二頁など）もあるが、上記巻三〇の例は「広キ平野」でのことである。『平家』にも徒歩太刀打ちはあるが、屋内での戦闘（延慶本第二末の屋牧夜討や第六末の行家捕縛など）や僧兵の長刀での攻撃に抗して平家の追討軍が下馬して太刀を振るう（長門本巻八。盛衰記にも同様の記事あり）という場合の他、ほとんどが馬を射られる、或は敵と組んで馬から落ちる、といった状況下でのことである。『盛衰記』には次のような例がある。

行近、十四束を取番、能引て放ける矢に、景高が馬の腹射させて馹落さる。行近馬より飛下て、太刀を抜て打懸る。……両人好処なれば、源平、人をば寄せざりけり。打と切ば、たと合、はたと切れば打と合す。……

（巻二九・三二六頁。安宅での義仲勢と平家との戦闘。延慶本はごく簡略。長門本にも上記のような記述はない）

ここでは、攻撃側の行近が馬から下りて太刀打ちを挑んでいるのであるが、これもまず景高を射落として後のことである。前に述べたように、具体的な戦闘描写が豊富な『盛衰記』ではあるが、その『盛衰記』にも騎馬武者どうしの会戦で、『太平記』のように馬の故障なくして、あえて下馬して打物使用に及ぶ例はない。また、「五尺余リノ太刀ヲ帯キ、八尺余ノカナサイ棒ノ八角ナルヲ、手本二尺許円メテ、誠ニ軽ゲニ提ゲタリ」（巻八・二六三頁）といった弓に言及のない徒歩武者のいでたちや、

・……例ノ栗生左衛門、火威ノ鎧ニ龍頭ノ甲ヲ夕日ニ耀カシ、五尺三寸ノ太刀ニ、樫ノ棒ノ八角ニ削タルガ、長サ一丈二三尺モ有ラント覚ヘタルヲ打振テ、大勢ノ中ヘ走リ懸リ、片手打ニ二三十、重ネ打ニ打タリケル。寄手ノ兵四五十人、犬居ニドウト打居ラレ、中天ニヅント打挙ラレ、沙ノ上ニ倒レ伏。（巻一七・二二五頁）

・……因幡国ノ住人ニ福間三郎トテ、世ニ名ヲ知レタル大力ノ有ケルガ、七尺三寸ノ太刀ダビラ広ニ作リタルヲ、鐔本三尺計ヲイテ蛤歯ニ掻合セ、伏縄目ノ鎧ニ三鍬形打タル甲ヲ猪頸ニ著ナシ、小跳シテ片手打ノ払切ニ切テ上リケルニ、太刀ノ歯ニ当ル敵ハ、ドウ中諸膝カケテ落サレ、太刀ノ峯ニ当ル兵ハ、或ハ中ニヅンド打上ラレ、或尻居ニドウド打倒サレテ、血ヲ吐テコソ死ニケレ。（巻三二・二三三頁）

という、徒歩武者が、最初から打物で大勢の敵勢に攻撃をしかける光景もまた『太平記』特有の情景である。

こうした相違は頻度の多寡をこえて、打物使用の質に関わる。『太平記』の時代の新しい特徴として、従来の説が徒歩斬撃戦を挙げていたのも意味のあることであった。この点を押さえてこそ、『太平記』から、「騎兵までもが打物使用に際して下馬する程徒歩打物戦が顕著になる」という『明徳記』の特徴（前述のように馬上打物の例も少なくないが、『太平記』同様、馬の故障に関わりなく、下馬打物使用に及ぶ例も多い）への流れも、無理なく説明できるであろう。

3、『太平記』における騎射

『太平記』の弓使用の特徴が歩射にあることも、基本的には異論ない。「逸物ノ射手六百余人ヲ勝テ、馬ヨリ下シ」（巻一五・一〇四頁）・「足軽ノ射手八百人馬ヨリヲロシテ」（巻二六・一八頁）という表現が散見することの他、「馬上ノ射手」（巻八・二五七頁）という、騎射が通常の段階では生まれなかったであろう表現の存在も、歩射を時代的特徴とみなす見解を補強する。ただし、騎射が行われないわけではない。

・楠七郎・和田五郎……四方八面ヲ切テ廻ルニ、寄手ノ大勢アキレテ陣ヲ成カネタリ。城中ヨリ……二百余騎鋒ヲ双テ打テ出、手崎ヲマワシテ散々ニ射ル。

（巻三・一一五頁。混乱した敵への攻撃。巻一〇・三三九頁には乱入した騎兵が敵を「此彼ニ射伏切臥」たという表現がある）

・……思切タル小勢ヲ一息ニ討ントセバ、手ニ余テ討レヌ事有ベシ。……打物ニ成テ一騎合ニ懸ラバ、アヒノ鞭ヲ打テ推モヂリニ射テ落セ。……

（巻二二・三八四頁。この「アヒノ鞭」云々という表現は巻八・二六四頁にもあり、「葉武者カ、ラバ射落セ」という類同の下知も巻三一・一八三頁にある）

巻八、巻二二の例のように高度の技量を要すると思われる騎射の例もあり、次のように騎射を特技・専門とする集団も存在するのである。

・義貞ノ兵ノ中ニ、（人名略）トテ党ヲ結ダル精兵ノ射手十六人アリ。一様ニ笠験ヲ付テ、進ニモ同ク進ミ、又引時モ共ニ引ケル間、世ノ人此ヲ十六騎ガ党トゾ申ケル。（巻一四・六〇頁）

・（足利基氏を警護して）左輔右弼密ク、騎射馳突ノ兵共三千余騎ニテ磬ヘタリ。（巻三九・四三五頁）

こうした組織的な騎射集団の存在もまた、『太平記』の戦闘表現として無視できないであろう。

以上、近藤氏の、「『太平記』の戦闘描写の特徴は、馬上での打物使用（馬上打物）と徒歩での弓箭使用（歩射）の記述にある。」との見解に対し、徒歩打物、騎射についても『平家』にはみられない特徴があることを述べてきた。問題は、しかし、『太平記』の特徴にそれらを注釈的に加えればよいということではない。『平家』〈騎射と徒歩打物〉、『太平記』〈馬上打物と歩射〉というように、同一次元で対比的にくることを許さないというところにこそ、『太平記』の戦闘描写の特徴は見いだされる。

4、専門分化の進行と騎歩の連携

赤松円心が、元弘三年三月一五日の六波羅勢との戦いに際して、「足軽ノ射手ヲ勝テ五百余人」「野伏ニ騎馬ノ兵ヲ少々交テ千余人」「混スラ打物ノ衆八百余騎」の三手に分けた軍勢を駆使して見事勝利を収めたことはひろく知られているが[5]、歩射隊と騎馬隊との連携[6]は他にも数多く描かれている。

①……其中ヨリ逸物ノ射手六百余人ヲ勝テ、馬ヨリ下シ、小松ノ陰ヲ木楯ニ取テ、指攻引攻散々ニゾ射サセタリケル。……少猶予シテ見ヘケル処ヲ、「得タリ賢シ。」ト、三千余騎ノ兵共抜連テ、大山ノ崩ルガ如ク、真倒ニ落シ懸タリケル間、師泰ガ兵二万余騎、一足ヲモタメズ、五条河原ヘ颯ト引退。（巻一五・一〇四頁）

②佐々木佐渡判官入道ハ、二千余騎ニテ、伊駒ノ南ノ山ニ打上リ、面ニ畳楯五百帖突並ベ、足軽ノ射手八百人馬ヨ

リヲロシテ、打テ上ル敵アラバ、馬ノ太腹射サセテ猶予スル処アラバ、真倒ニ懸落サント、後ロニ馬勢嚳ヘタリ。大将武蔵守師直ハ、……前後左右ニ騎馬ノ兵二万余騎、馬回ニ徒立ノ射手五百人、四方十余町ヲ相支テ、稲麻ノ如ク打囲フダリ。（巻二六・一八頁。巻二九・一一六頁なども同様）

③……楠ガ足軽ノ野伏三百人両方ノ深田へ立渡テ、鏃ヲ支へ散々ニ射ル。両方ハ深田ニテ馬ノ足モ立テズ、迹ヨリ返シテ広ミニテ戦ヘト、先陣ノ勢ニ制セラレテ、後陣ヨリ返サントスル処ニ、和田・楠・橋本・福塚、五百余騎抜連テ追懸タリ。（巻三六・三五五頁）

④楠ガ兵兼テノ巧有テ、一枚楯ノ裏ノ算ヲ繁ク打テ、階ノ如ク認（コシ）ラヘタリケレバ、在家ノ垣ニ打懸々テ、究竟ノ射手三百余人、家ノ上ニ登テ目ノ下ナル敵ヲ見下シテ射ケル間、面ヲ向ベキ様モ無テ進兼タル処ヲ見テ、和田・楠五百余騎轡ヲ双テゾ懸タリケル。（巻三〇・一六八頁）

⑤態敵ヲ難所ニ帯キ寄ン為ニ、足軽ノ射手一二百人ヲ麓へ下シテ、遠矢少々射サセテ、城へ引上リケルヲ、寄手勝ニ乗テ五千余騎、サシモ嶮キ南ノ坂ヲ、人馬ニ息モ継セズ揉ニ々デゾ挙タリケル。……一党五百余人、鋒ヲ双テ大山ノ崩ガ如ク、二ノ尾ヨリ打テ出タリケル間（後略。寄手、散々な敗北）（巻八・二四一頁。敵の誘き出しに射手を利用する例は他に巻三一・二一〇頁など）

⑥洛中の合戦ニ成候ハバ、大和・河内・和泉・紀伊国ノ官軍ハ、皆跳立ニ成テ一面ニ楯ヲツキシトミ、楯ノ陰ニ鑓長刀ノ打物ノ衆ヲ五六百人ヅヽ、調エテ、敵カヽラバ馬ノ草脇・太腹ツイテハ跳落サセ〳〵、一足モ前へハ進トモ一歩モ後へ引ク気色ナクハ、敵重テ懸入ル者候ベカラズ。其時石堂刑部卿・赤松彦五郎・清氏一手ニ成テ敵ノ中ヲ懸破リ、義詮朝臣ヲ目ニ懸候程ナラバ、何クマデカ落シ候ベキ。（巻三七・三七二頁）

これらの戦闘は、いずれも徒歩勢（多くは弓、⑥は「打物ノ衆」）と騎馬隊（「鋒ヲ双テ」「抜連テ」などとあるように打物との連携が描かれている。しかも、それらが天然・人工の障害物（①小松ノ陰、②⑥楯、③深田、④家並）を利用し、あるいは障害への誘導（⑤）を謀ってなされている点に大きな特色がある。障害の利用については、川合氏（注1論文）が、治承・寿永期の戦闘の一般的形態も、すでに「堀・逆茂木などによる軍事施設や地形を利用することによって敵の騎射隊の機動性を封じ込め、味方の徒歩立ちの軍勢の集団的な戦闘力が最大限有効に発揮できるように計算されたもの」（傍点引用者）であったことに注意を促している。しかし、逆茂木などの軍事施設は防御を旨とするものであって、上述の『太平記』のように味方の騎馬隊と連携し、騎馬隊の攻撃を引き出すといった機動性を伴ったものではなかった。[7]その意味で金子常規氏の以下の発言は、重要な指摘である。

関東騎兵の力で押しまくる戦法に対し、畿内の騎歩連合側では歩兵が大きな地形適応力をどのように発揮して優位に立つか、少数の騎兵をいつどこに投入するかなどが勝敗のきめ手であり、それだけに騎歩側に工夫が必要だった。いわゆる戦術・兵略の重視である。このような兵略主導の戦は統制の強化を生み、集団としての力を発揮する団隊戦闘が要求されたのは必然だった。（注4著八八頁）

『太平記』が兵法・武略・智謀等に強い関心を寄せていることは前章に述べた。そこで語られる陣形には実態不明のものがあり、武将たちの言葉として語られる『六韜』等の兵書の字句も実際には作者の嚢中から引き出されたとおぼしい面があるが、上述のような戦闘の変遷が、そうした表現への関心を呼び起こしたという事情もまた否定できないであろう。くりかえすが、『平家』と『太平記』の戦闘様態を同一次元で対比的にとらえることはできない。両者には戦闘の構造的変化が横たわっている。その変化とは騎歩の連携であり、連携の前提には弓箭と打物との専門分化の進行があった。[8]前述の「逸物ノ射手」「足軽ノ射手」「徒立ノ射手」や前述の弓を特技とする「十六騎ガ党」の存在、あるいは「混スラ打物ノ衆」「鑓長刀ノ打物ノ衆」「飽マデ馬強ナル打物ノ達者」などは端的にそうした事情を物語るものだろうし、近藤氏の指摘する行装描写が打物中心の記述となることも、徒歩か馬上かという太刀の使用法の問題というよりも専門分化を示す事象としての意味を持つだろう。ちなみに『太平記』には、わずかに名越高家（巻九・

二八四頁）、大塔宮（巻一二・三九四頁）、土岐頼直（巻一七・一九八頁）の出で立ちに弓矢の記述があるが、前二者は「筈高ニ負成」という「華飾、あるいは威儀を誇示する負い方」[9]で実戦のそれではない。もちろん騎射が行われなくなったわけではないから、弓箭の行装描写もありうるわけで、『梅松論』『源威集』などでは足利尊氏らの行装描写の中に弓矢が含まれている。やや性格を異にするが『応仁私記』[10]では、いでたちが描かれている騎馬武者五名の内のひとり松木八郎は「馬ゆりすへ」矢を次々に放っている。この『応仁私記』では、残る四名の内二名の武器が「なきなたをとつて、まさきをかけらる」などと、長刀であることが注意され（他の二名は太刀）、これ以外にも「弥太郎は聞えけるなきなたの手たりにて」などと注目すべき表現が多い。『太平記』にも和田・阿間（巻二五・四六六頁）ら、騎馬武者の鑓・長刀使用の例はあるが、ごく一部にすぎない。さらに降って戦国期から近世初期の合戦を素材とした合戦絵（中央公論社『戦国合戦絵屛風集成』参照）では、騎馬武者は大部分が鑓（時に長刀）、一部は太刀で弓矢は描かれないのが通常となる。まれに弓を持つ騎馬武者が描かれており、騎射がまったく途絶えるわけではないが、騎馬武者の主武器が弓箭から太刀を経て、長刀、とりわけ鑓に移っていく傾向が見て取れる。ただし、それは騎馬武者個別の問題ではない。徒歩隊と騎馬隊の連携・連合という合戦構造の変革の上にたっての変化であった。『太平記』のそれは未だ未熟であるとしても、騎士隊とともに鉄砲足軽・長柄足軽・弓足軽が組織され、機能化が進む戦国期以降の軍構成への胎動と見なすことができるであろう。

5、集団戦と組織戦

前章で『盛衰記』と『太平記』の集団戦の叙述形式を扱い、『盛衰記』の集団戦がその形式にもかかわらず、『太平記』の組織だった戦闘の描写に比べれば、個人戦の集合的様相を完全には脱していないことを述べた。この点を補足する事例として、例えば以下のような集団戦の叙述形式の存在をあげることができる。

……此等を始として、高家には、秩父・足利・三浦・鎌倉・武田・吉田、党には小沢・横山・児玉党、猪俣・野与・山口の者共、我も〳〵白旗さゝせて、十騎・廿騎、百騎・二百騎、入替々々劣らじ負じと戦けれ共、西国第一の城なれば、可落様こそなかりけれ。赤旗白旗相交り、風に靡ける面白さは、龍田山の秋の晩、白雲懸る紅葉ばや。梅と桜と挑交て花の都に似たりけり。をめき叫(ぶ)音山を響し、馬の馳せ違ふ音雷の如し。太刀長刀のひらめく影電の如し。組んで落る者もあり、矢に当て死者もあり、指違へて臥す者もあり、疵を蒙て退者もあり。源氏も平氏も隙ありと見えず。源平此にて多討れにけり。（巻三七・三四三頁〈生田森の戦い〉）

傍線を施した「……もあり、……もあり」の表現は、他に『盛衰記』では巻一五・四四二頁、巻三三・七三頁、巻四一・三七頁などに見られ、安宅湊合戦（巻二九・三一三〜三一八頁）においては、一番から七番におよぶ木曾・平家両勢の激突のうち、三番、五番、七番の三箇所に繰り返されている。右には『盛衰記』独自記事も含まれているが、『盛衰記』にはなく長門本（巻一四・六〇頁）や覚一本（巻八・一四六頁）などにある、別の事例もあり、『平家』に通底する。『太平記』の集団戦の描写にも一部にこうした表現がある（巻一〇・三五六頁、巻一六・一六一頁、巻三一・一六二頁。敗走する軍勢の様子や、一人の武者の奮戦ぶりを描く事例は除く）が、『太平記』が『平家』に比べはるかに多くの集団戦を記している事を考慮するならば、この表現はやはり、『平家』の集団戦叙述の特徴のひとつといえる。殊に右に引用した生田森合戦の場合は、「面白さ」という語を伴う波線部の修辞の効果も相俟って、個々の動きは描かれているものの全体の時間は静止した、屛風絵のような世界が現出している。これが同じ「……モアリ」を用いた表現でも、『太平記』の場合には、

二番ニ脇屋左衛門佐ガ二万余騎ト、白旗一揆ガ二万七千余騎ト、①東西ヨリ相懸リニ懸テ、一所ニ颯ト入乱レ、火ヲ散シテ戦フニ、②汗馬ノ馳違音、太刀ノ鐔音、天ニ光リ地ニ響ク。或ハ引組デ頸ヲ取ルモアリ取ラルモアリ、或ハ弓手妻手ニ相付テ、切テ落スモアリ落サルモアリ。血ハ馬蹄ニ蹴懸ラレ紅葉ニ洒ク雨ノ如ク、尸ハ野径ニ横

テ尺寸ノ地モ余サズ。追靡ケ懸立ラレ、七八度ガ程戦テ③東西へ颯ト別レタレバ、敵御方ニ討ル、者又五百人ニ及べリ。（巻三一・一八一頁）

と、合戦の壮絶さを強調する修辞の相違もさることながら、①から③にいたる軍勢の一連の動きの中に、②の乱戦の模様も組み込まれており、視線は決して拡散的ではない。「合戦のすさまじいせめぎ合いが、刻々と変化する状況と共に、スピード感をもって活写されて」おり、「特に軍団の動きが手に取るように詳細」（傍点引用者）であると評される[11]『太平記』の特徴はここにも充分に現れている。もちろんこれが両者の集団戦叙述の全てではないが、象徴的な光景ではある。

合戦史を通観するとき、「治承・寿永の内乱は、騎馬個人戦から集団戦への過渡期であった。」（日本史大事典2、二六二頁）といわれる。この治承・寿永期の「集団戦」と区別するならば、『太平記』のそれは、集団戦から本格的な組織戦への過渡期と位置づけた方が適切であろう。

おわりに

以上、『平家』（特に『盛衰記』）と『太平記』の合戦記事を、そこで繰り広げられている戦闘そのものに焦点を絞ってあらあら眺めてきた。両作品には武器の使用のあり方から戦法にいたる大きな相違が認められた。その相違が両作品の叙述方法をも規制していると思われる点については次章に委ね、ここでは『太平記』と共通した性格が指摘されることのある『盛衰記』も、こうした観点からは明らかに『平家』の圏内に属し、『太平記』とは大きな差異を示しているという、ある意味では当然のことがらを確認しておきたい。

注

（1）川合康「治承・寿永の「戦争」と鎌倉幕府」（『鎌倉幕府成立史の研究』校倉書房、二〇〇四。初出一九九一・四）、近藤好和「武器からみた内乱期の戦闘――遺品と軍記物語――」（日本史研究373、一九九三・九）など。

（2）山下宏明「『源平盛衰記』と『太平記』」（『平家物語の生成』明治書院、一九八四。初出一九七四・一二）ほか。

（3）当該部分の執筆は秋山伸隆氏。なお、『太平記』における総力戦的様相の反映の一部は、不十分ながら前章で、『太平記』の〈いくさ〉の機構への関心として述べた。

（4）近藤氏は「南北朝期の刀剣の長大化は馬上使用が要因の一つであるようにも思われる。」とする。しかし、太刀の馬上使用が『太平記』特有の現象ではないことからすれば、長大化の起因は弓箭との専門分化およびそれに伴う打物合戦の激化に求められ、衰退の原因は応仁の乱以降、「槍が白兵戦の主役を占めるに至って、一時現出していた二メートル近い大太刀は姿を消し、一メートル程度に復帰し武士も長刀または長槍を主兵器とするに至った。」（金子常規『兵器と戦術の日本史』原書房、一九八二。一〇〇頁）ことにあるとみなすのが妥当ではなかろうか。

（5）佐藤和彦「『太平記』の戦術と戦略――戦闘形態の変革」（歴史読本535、一九九〇・一二）など。ただし、佐藤氏は論全体を「南北朝内乱期の合戦の様相が、一騎討ちの個人戦から、<u>歩射隊を中心とする集団戦</u>へと大きく変貌しつつあった」（傍線引用者）という枠組みにまとめている。しかし、以下の用例が示すように、必ずしも歩射隊が中心とはいえない。重要なのは両者の連携である。

（6）金子氏（注4著）はこれを「騎歩連合」と呼んでいる。

（7）機動性に関して、騎・歩の連携そのものについてではないが、中村徳雄「源平争乱期と南北朝期の戦いにおける個と集団――『平家物語』と『太平記』にみる――」（尼崎市立地域研究史料館・地域史研究18―1、一九八八・八）に、「赤松も、楠も、〈一二百人〉、〈三百騎〉を、作戦のうえから集団で移動（この二例の場合は退却）させているのである。つまり『平家物語』の戦いの場面では、戦い開始直後での作戦上の移動は見られないのにたいし、『太平記』では、右の例のような戦闘場面が多く見られるのである。」という指摘がある。

（8）さらにその背景には、「足軽」等が戦闘補助員から戦闘要員へと質的変化を遂げていることが関わる（中村論文）。また、工藤敬一「着到状・軍忠状の成立条件おぼえがき――合戦の様態との関係から――」（『中世古文書を読み解く――南北朝内乱と九州――』吉川弘文館、二〇〇〇。初出一九九一・三）が、標題の観点から「源平の内乱と南北朝の内乱の間には、野臥・悪党などの登場に見られるように、兵力の構成や編成において、同じく集団戦とはいえ相当のちがいがあった」ことを論じている。

（9）鈴木敬三「箙のはなし――「矢つぎ早や」と「頭高」と――」（古典教室6、一九七三・一二）

（10）『応仁私記』は史籍雑纂による。本書の特色については、松林靖明「『応仁記』の将軍義政批判をめぐって」『室町軍記の研究』（和泉書院、一九九五。初出一九七六・一二）に言及がある。

（11）麻原美子「『太平記』の特質」（解釈と鑑賞723、一九九一・八）。ただし、『太平記』の合戦譚がすべてにおいて「リアリティ」をもつわけではない（第三部第三章「合戦の情景」）。

補記

1、近藤好和氏には、注1所引論文の「後半部分を発展させた」新稿がある。『中世的武具の成立と武士』（吉川弘文館、二〇〇〇）第八章「南北朝期の戦闘――中世的武具の行方――」であり、私見に対し、次のように述べている。

今井説のうち、南北朝期の戦闘における専門分化と歩騎連携、そして、それが戦国期の組織戦への過渡期であるという指摘は継承すべきであると思われる。しかし、『太平記』の馬上打物が固有の時代的特徴ではなく、一方、『太平記』の徒歩打物や騎射は『平家物語』とは異質として私見を批判している点は、今井説の大きな自己撞着であると思われ、徒歩打物や騎射が『平家物語』とは異質ならば、馬上打物も『平家物語』とは異質なわけであって、馬上打物は紛れもない『太平記』―南北朝期固有の特徴であり、旧稿で示した私見の基本点に変更はない。（二四〇頁）

『太平記』の馬上打物が『平家物語』と異質であることは私見（本章1）も認めており、「徒歩打物、騎射についても『平家』にはみられない特徴がある」（本章3）とも述べている。「『太平記』の馬上打物＊を固有の「時代的特徴」と強調するのは適切ではない」という論断（本章1。＊部分に「のみ」を加えれば文意が和らいだか）は不適切であったと反省するが、私見の主意は、その特性をふまえた上で、騎歩連携という新たな様態の出現に注目しようという点にある。

2、合戦の展開に関しては、本書第三部第一章で「一番……、二番……」と繰り広げられる集団戦の叙述をとりあげたが、個々の合戦が実際にそのように展開したとはかぎらない。『太平記』巻一六における新田・足利両主力軍の激突の叙述は創作の可能性が高いとの指摘があり（第三部第三章三）、巻一九に描かれる北畠顕家勢・足利勢衝突の模様が不自然であることは、第三部第四章でとりあげる。ただし、「一番……、二番……」という合戦の手だて自体は『難太平記』にも見られ、存在を否定する必要はない。

また、第三部第五章では中世軍記物語における太鼓の叙述を分析し、『太平記』が異朝と本朝の合戦のあり方を描き分けており、操作の方法によっては合戦史の資料として活用できることを示した。

3、本章「4、専門分化の進行と騎歩の連携」で扱った問題については、第三部第六章注5に補足的論述をしている。

第三章　合戦の情景

はじめに

「軍記物語」らしさの不可欠の要素が具体的で詳細な合戦叙述にあることは、同じ戦乱の時代を扱った歴史物語・史論書の類を念頭においてみれば直ちに了解されるところであろう。しかし、合戦のあり方そのものに即した合戦叙述の分析は歴史学からの発言を別として、文学研究においては不十分であったと思われる。

本章では、前章に見た『盛衰記』と『太平記』とに描かれる合戦のあり方の相違を踏まえ、その相違が両者の作品としての特質にどのように関わっているのかを考える（使用テキスト、引用文の表示方法は前章に同じ）。

一、名乗りの位相差

両者の合戦の性質の相違は武器使用の場面のみならず、合戦の儀礼的側面の叙述にも影響を及ぼしているようだ。両作品での〈名乗り〉の描写をみてみよう。

三の首を二をば取付につけ、一をば太刀のさきに貫て馬に乗、指挙つゝ名乗けるは、「只今、畠山が陣の前にて、敵三騎討捕て帰る剛の者をば誰とか思ふ。音にも聞らん、目にも見よ。桓武天皇の苗裔高望王より十一代王氏を出て遠からず。三浦大介義明が孫、和田小次郎義茂、生年十七歳。我と思はん者は、大将も郎等も寄て組」とぞ

呼ける。（巻二一・三二三頁）

小坪合戦での、この義茂の名乗りは勝ち名乗りであると同時に、新たな戦闘を敵に呼びかける名乗りでもある。戦闘開始に際しての、あるいは先陣・戦功を誇っての、様々な名乗りの言葉は、ひろく軍記物語を彩る重要な要素のひとつである。これが『太平記』においては先陣・戦功の名乗りはほとんど見られない。わずかに名越高家を射殺した佐用範家の勝ち名乗り（巻九・二八五頁）が目につく程度で、巻一〇の鎌倉攻撃の開始も

去程ニ同日ノ巳刻ヨリ合戦始テ、終日終夜責戦フ。寄手ハ大勢ニテ、悪手ヲ入替々々責入ケレバ、鎌倉方ニハ防場殺所ナリケレバ、打出々々相支テ戦ケル。（巻一〇・三三三頁）

と描かれるのみである。数少ない事例の、赤坂城での人見・本間の先陣の名乗り（巻六・二〇一頁）は「只置テ事ノ様ヲ見ヨ、トテ、東西鳴ヲ静メテ返事モセズ」というあしらいを受けている。さらに、以下のように名乗りの言葉に当の名前が含まれていない事例がある。

・「治承ノ合戦ハ、音ニ聞テ目ニ見タル人ナシ。浄妙ニヤ劣ト我ヲ見ヨ。敵ヲ目ニ懸ル程ナラバ、天竺ノ石橋、蜀川ノ縄ノ橋也トモ、渡得ズト云事ヤアルベキ。」（巻一四・七六頁。野木頼玄）

・「異国ニハ烏獲・樊噲、吾朝ニハ和泉小次郎・浅井那三郎、是皆世ニ双ビナキ大力ト聞ユレドモ、我等ガ力ニ幾程カマサルベキ。云所傍若無人也ト思ン人ハ、寄合テ力ノ程ヲ御覧ゼヨ。」（巻一五・九六頁。栗生・篠塚）

もちろん先立つ文中に名前は明示されてはいるのだが、『平家』には例が無い。さらに次の例を見てみよう。

楠ガ勢ノ中ヨリ、年ノ程二十計ナル若武者「和田新発意源秀」ト名乗テ、……小哥歌テ進ミタリ。其次ニ一人、是モ法師武者ノ長七尺余モ有ラント覚タルガ「阿間了願」ト名乗テ、……少シモ擬議セズ懸出タリ。（巻二五・四六六頁）

名乗りの言葉が名前のみであるが、そのこと自体は『盛衰記』にも見られる。省略した部分には両名の武具・武装が

描かれ、堂々たる登場ぶりである。事実その後「只二騎ツト懸入テ、前後左右ヲ突テ廻ニ、……矢庭ニ三十六騎突落シテ、大将ニ近付ント目ヲ賦ル。」と奮戦するが、問題は両名の記述がここで途切れてしまうことである。以下は、左に示すように山名勢と楠勢との激突に焦点が移り、両名への関心は全体の中に埋没する。

（山名）三河守是ヲ見テ、一騎合ヒノ勝負ハ叶ハジトヤ思ハレケン。「大勢ヲ以テ是ヲ取籠ヨ」ト、百四五十騎ニテ横合ニ懸ラレタリ。楠又是ヲ見テ、「和田討スナ続ケヤ」トテ、相懸ニ懸テ責戦フ。太刀ノ鐔音天ニ響キ、汗馬ノ足音地ヲ動ス。互ニ御方ヲ恥シメテ、「引ナ進メ」ト云声ニ退兵無リケリ。……

宇治川の先陣争いの叙述において、延慶本『平家』に佐々木の行動を畠山ら大軍の動きから切り離そうとする意図と、大軍の中にとらえようとする手法との重層性が見られるという指摘があるが(1)、もっぱら後者の手法による四部本と異なり、延慶本には「渡しはてければ箙のほうて（「ほうだて」か）打たゝき、紅の扇ひらき仕て、〈音にも聞らむ、目にもみよ。佐々木の四郎高綱、宇治河先陣渡したりや〉とぞ名乗ける」（第五本19オ）という佐々木の名乗りがあることに注意すべきであろう。名乗りの存在を起点にした物言いをすれば、名乗りの主の行動を注視し続けることを放棄するわけにはいかないことを、延慶本の重層性は物語っているともいえる。名乗りを掲げる以上、生死いずれにせよその主の行動の輪郭を明瞭に語るのが通例である。

佐々木ガ黄旗一揆ノ中ヨリ、……武者三人、……「日本一ノ大剛ノ者、近江国ノ住人江見勘解由左衛門尉・蓑浦四郎左衛門・馬淵新左衛門、真前懸テ討死仕ルゾ。死残ル人アラバ語テ子孫ニ名ヲ伝ヘヨ。」ト声々ニ名乗呼ハテ、斬死ニコソ死ニケレ。（巻三二・二三一頁）

『太平記』の右の例は、「日本一ノ大剛ノ者」という言挙げにもかかわらず、先ほどの巻二五の例とは逆に、ごく簡単にその結末のみを語る。討死・自害を覚悟した場面での名乗りと結末が直結していること自体は当然のことであるが、ここには彼等の死に、名乗りにふさわしい重みを与えるはずの華々しい活躍の場面が与えられてはいない。ここでも『太平記』の関心は名乗りの主の個々の「生」を越えて、彼等の突撃により全体の戦端が斬って落とされることに向かっている。

二、合戦譚の資質——感受性の在処——

『平家』と『太平記』とには、戦闘方法とそれに伴う習俗の表現に上述のような相違がある。それは単純化すれば個への注視と集団への関心ということになるのだが、さらに進んで両者の合戦譚を基底部分で支えている方法・姿勢の差異に目を向けたい。

かつて益田勝実氏は、『平家』の「生活というものについての感覚」の鈍さを指摘する石母田正氏の発言に共感を示しながらも、芸術的表現の時代的制約を考慮し、『平家』作者が「自身はどうしても困苦欠乏の中の人間の日常心理を解しえないところに身を置きながら、なおかつ、〈飢えたる戦士たち〉の世界に眼を向け、時代の動きを見つめようとしていた」ことを評価しようとした。(2) あるいは小西甚一氏は、「軍記物語のなかで、血の流れる描写をしないのが『平家物語』の特色」であり、『平家』は「肉体をもつ人間の殺される状態について、現実的な描写をしようと志向していない」と指摘した。(3) たしかに、『平家』に比べ、『太平記』は合戦の帰趨を決める要因としての兵糧に言及することがはるかに多く、中でも『太平記』巻一八の金崎落城には人肉食にまで及ぶ城兵の飢餓が語られている。「『太平記』の戦闘場面がきわめてリアルであることは周知のことがらである」との評価もなされている。(4) その一方で「『太平記』はそのテーマとする争乱のさなかにかかれたため、時代をへだてて修飾された『源平盛衰記』とは比較にならない迫真性」をもってはいるが、多分に「通俗的ないみでのおもしろさ」を要素としているとの見解や、(5)「凄惨な場面をあくまでも刺戟的に描いて戦慄を覚えさせるものがある」一面、「とかく勢容の数量的厖大さをもてあそび、ややもすれば冗漫・繁縟・誇大の表現に陥り、そのためにかえって緊迫した情調を薄めることにもなる」という批判(6)もある。上述の『太平記』に対する入り組んだ評価は、対象となっている記事の相違が大きく関わってはいようが、それだけではなさそうだ。

右の小西氏が調査に使用したのは流布本である。いま、「流るる血は砂を染め、揚る塵は煙の如し」(盛：巻四二・二六七頁)などの誇張を含む表現は除いても、延慶本・『盛衰記』には

・……栗毛の馬の下尾白きが、所々に血付などして、道の側にいなゝき居たり。
(盛：巻三四・一〇五頁。加賀房が源仲兼の馬に乗替え、討死。その事情を知らぬ仲兼の家子が絶望する場面。延：第四59オ「加賀房が乗たりける下尾白き馬走出たりければ」)

・鞆絵……大刀うちゆがみ血うて付てうちかづきて出来り
(延：五本28ウ。盛ナシ)

などの記述があり、後掲のように、戦闘の中で戦士の肉体から血の流れ出る場面も散見する。もちろん量的には延慶本・『盛衰記』併せても『太平記』に比べれば遥かに少なく(四分の一程度)、小西氏の指摘の意義は残るが、ここで問題にしたいのは両者の血の描写の質の相違である。

同じ集団的な流血の誇張表現であっても、

・巌泉(盛「谷川」)血を流し死骸岡をなせり
(延：三末34ウ)

・霜枯の小竹が上の青翠、紫野に染返し、細谷川の水の色、薄紅にて流たり。汀の浪、湊の水、錦を濯ふに似たりけり。
(盛：巻三八・四一二頁。延：五本59ウ「一谷の北の小竹原の緑の葉もなくあけにぞ成にける。草木も又人馬の肉とぞみへし」)

・海水も血に変じて渚々に寄波、薄紅にぞ流ける。
(盛：巻四三・一七七頁。延も同様)

という『平家』と

・芥塵天ヲ掠メ、汗血地ヲ糢糊ス。（巻一〇・三五六頁。〔新潮古典集成二・一三五頁〕頭注〈したたる汗と血が土をこねまわしてどろどろにしてしまった〉）

・軍畢テ四五箇月ノ後マデモ、戦場二三里ガ間ハ草腥シテ血原野ニ淋キ、地鬼クシテ尸路径ニ横レリ。（巻三〇・一五九頁）

という『太平記』とを比べれば、『太平記』はより即物的で、『平家』の中でも『盛衰記』の傍線部の表現の観念性はその対極に位置するものである。また、『平家』の集団の血の描写が合戦終了後の静寂の中でなされるものがほとんどであるのに対し、『太平記』には集団戦のさなかでの描写がみられる。

・……大勢ノ中へ懸入テ責ケレドモ、魚鱗鶴翼ノ陣、旌旗電戟ノ光、須臾ニ変化シテ、万方ニ相当レバ、野草紅ニ染テ汗馬ノ蹄血ヲ蹴タテ、河水派セカレテ、士卒ノ尸忽流レヲタツ。（巻二九・一二三頁）

・……東西ヨリ相懸リニ懸テ、一所ニ颯ト入乱レ、火ヲ散シテ戦フニ、汗馬ノ馳違音太刀ノ鐔音、天ニ光リ地ニ響ク。……血ハ馬蹄ニ蹴懸ラレ紅葉ニ洒ク雨ノ如ク、尸ハ野径ニ横テ尺寸ノ地モ余サズ。（巻三一・一八一頁）

こうした動きを伴なった迫力ある表現は『太平記』が新たに生み出したものである。ただし、「紅葉ニ洒ク雨ノ如ク」という比喩が交じることからも、いかに凄絶な情景ではあっても、合戦の当事者たちからは離れた立場に身をおいての表現であることに注意しておきたい。

一方、「血ハ流テ大地ニ溢レ、漫々トシテ洪河ノ如クナレバ……」（巻一〇・三六〇頁）といった集団の流血の誇張表現や「鬼丸ニ着タル血ヲ笠符ニテ推拭ヒ……」（巻九・二八五頁）等の、武器・武具に付いた血の描写はいま除外して、(7)個人の流血に目を向けるとどうなるか。まず、その内には「血ノ流ル、事瀧ノ如シ」（巻七・二一一頁。大塔宮）、「流ル、血雪ノ御膚ヲ染テ、見進ラスルニ目モアテラレズ」（巻九・三〇四頁。光厳院）、「疵ノ口ヨリ流ル、血ニ、白糸ノ鎧忽ニ火威ニ染成テ」（巻一〇・三三〇頁。長崎高重）等、比喩、あるいは赤（血）・白（雪）の色彩の対比の修辞を伴うものがある。また「朱ニ成テ」（巻八・二五頁他）、「血ヲ吐テコソ死ニケレ」（巻三一・二三三頁他）という定型表現がそれぞれ数箇所ある。さらに「己ガ疵ヨリ流ル、血ヲ受テ飲ミ」（巻一八・二四六頁。飢餓を押しての最後の奮戦）、「疵ヲスヒ血ヲ拭フ」（巻二五・四六六頁。治療）、「刀ヲ以テ己ガ額ヲ突切テ、血ヲ面ニ流シカケ」（巻三一・一九〇頁。敵将に近付く為の偽装）というやや特殊な事例が含まれる。これらを除いてみると、個人の流血に関する、具体的な記述は以下のようにごく少なく、『平家』と大差ない。

『太平記』

・一宮……柄口ニ血余リスベリケレバ、御衣ノ袖ニテ刀ノ柄ヲキリ〱ト押巻セ給テ、雪ノ如ナル御膚ヲ顕シ、御心ノ辺ニ突立、……（巻一八・二四五頁）

・……土岐周済房ノ手ノ者共ハ、皆打散サレ我身モ膝口切レテ血ニマジリ、武蔵守ノ前ヲ引テ、スゲナウ通リケルヲ……（巻二六・二二頁。神田本「膝口切ラレテ血ニマミレ」）

・赤松肥前権守朝範……小鬢ノハヅレ小耳ノ上、三太刀マデ切ラレケレバ、流ル、血ニ目昏テ、朝範犬居ニ動ト臥セバ、敵押ヘテトドメヲ差テゾ捨タリケル。（巻三二・二三四頁。類同の表現が巻三一・二三七頁にもある）

『平家』

・鞘尻くはへてぬかん〱としけれ共、運の極の悲さは、岡部弥次郎が頸切たりける刀を拭はずさやに差たれば、血詰して抜ざりけり。（延ナシ）……俣野を引起して、「いかに手や負たる」と、へば、「くびこそ重覚ゆる」と云。頸を捜ればぬれ〱とあり。「手負たるにこそ」とて、与一が刀を見れば鞘尻一寸ばかり砕たり。（盛：巻二〇・二六三頁。延：二本61ウ「頸こそすこししひて覚れと云をさぐれば手のぬれければ……」）

・源三、三位の首を取、郎等に「項（うなじ）の重きはいかに」と問。「疵を負給へり」と云。三位の刀を取て見れば、……

（盛：巻三七・三八八頁。延：五本77ウ「佐々木をきあがりて三位の頸右の手にさげて弓杖つきてふところよりた丶う紙を取出して頸の血をのごふ。あけに成てぞみへける。」）

・上総太郎判官、弓を引儲けて箭所のしづまるを待処に、忠綱に組んと志て馳て懸けるを、能引放つ箭に源大夫判官が内甲を射たりければ、箭尻はうなじへつと通り、血は眼にぞ流入。判官、今は世間掻暗て、弓を引大刀を抜事不叶けるを、……

（巻一五・四四四頁。延：二中61ウ「忠綱が射る矢兼綱内甲に中りぬ、忠綱が小舎人童……」）

両者には類同の表現も見られるが、『平家』ことに『盛衰記』の「頸を捜ればぬれ〳〵とあり」という表現の、当事者感覚とでもいうべき生々しさに注目したい。『太平記』の「柄口ニ血余リスベリケレバ」という表現にもそれが感じられるが、『太平記』全体から見ればむしろ例外的である。巻二六の「膝口切レテ血ニマジリ」も、「河野・陶山……首七十三取テ、鋒ニ貫テ、朱ニ成テ六波羅へ馳参ヌ」（巻八・二五二頁）などと同様、外部からの描写である。『盛衰記』は前述のように、俯瞰的立場に立っては「汀の浪、湊の水、錦を濯ふに似たりけり」という類の、局外者の眼からの修辞を施す一方で、個々の合戦の局面にあっては当事者感覚濃厚な叙述を行っているのである。逆に『太平記』は基本的には、個々の局面の描写をも集団の場合と等質の距離を置いた眼で通しているといえる。

問題の「ぬれ〳〵」を含む記事の全体を見てみよう。場面は石橋山合戦での、佐奈田義貞の先陣の模様。（　）内は稿者の補記・要約、〔　〕内は延慶本・長門本の異同である。

①佐奈田与一（略）叫てかく。弓手は海、妻手は山。暗さはくらし、雨はいにいて降。道は狭し、馬に任てぞかけ行ける。平家方より（略）究竟の兵七十三騎、佐奈田一人に組んとて、我先々にとはやれ共、闇さはくらし、道は狭し。馬次第にぞ打たりける。廿三日の誰彼時の事なれば、敵も味方も見へ分ず。

②（略）与一は岡部とは思ひよらず、大場歟俣野かと思、馳よりて甲のてへんに手を打入て、鞍の前つ輪に引付て

頸を掻取上、雲透に見れば思敵にはあらずして岡部弥次郎也。〔延・長ナシ〕

③（与一の乗馬「夕皃」、別名「都返り・鶩」の性格と由来。与一の手綱を振り切って「心の儘に引て行」く。）

〔この部分、延・長には馬の逸話がなく、〈佐奈多をともせず、敵を目近く歩せよせ在所を慥に聞をほせてまかたわらに答たり〉と記述するのみである。〕

④俣野は「余に暗て敵も味方も見へわかず、与一も何哉らん」といへば、「与一が鎧はすそ金物の殊にきらめきて、馬の毛も白かりき。白き綟を係たりつれば、験かりつる也」と教。俣野歩せ出す。与一、馬に引れて近付たり。（与一、俣野を組み据える。）頸は一所にあり、くらさはくらし、音は息突て分明に聞分けず。（略）与一刀を持揚て雲透に見れば、さや巻のくりかたかけて鞘ながら抜たりけり。鞘尻くはへてぬかん〱としけれ共、運の極の悲さは、岡部弥次郎が頸切たりける刀を拭はず鞘に差たれば、血詰して抜ざりけり。〔延〈さや尻をくわへて抜とす所に〉〕

⑤（与一討たれる。）俣野を引起して、「いかに手や負たる」とゝへば、「くびこそ重覚ゆる」と云。頸を捜ればぬれ〱とあり。〔延〈頸こそすこししひて覚れと云をさぐれば手のぬれければ〉〕

（巻二〇・二五八〜二六四頁）

本記事は他には延慶本・長門本にのみ見られ、『盛衰記』固有の記述を含むという点においても、格好の素材である。②・③の独自記事はいずれも事件展開の重要な布石として存在する。②での岡部との前哨戦は、④での刀が「血詰まり」して抜けないという悲劇の前提としてあり、③のいかにも『盛衰記』的な、エピソードの挿入とみえる乗馬の由来譚も、騂馬ゆえ与一の制御を振り切って進み、目指す俣野との戦いの場に「家安を始として郎等共押隔られてつゞく者」もなく、一人「馬に引かれて近付きたり」という仕儀に陥る遠因を物語るものである。対照的に俣野は、暗闇の中で与一をいかに見分けるかに心を砕いていたことが語られるのであるから、この先に待ち受けている与一の討死に向かって、与一の運命が徐々に破綻しはじめていることを印象づける。松尾葦江氏は、『盛衰記』に「記録性を擬装し、細部の描写を詳しくし、解説・評論を挿入し、劇的な構成や誇張した表現を用い、事件の必然性をはやくから予告して伏線を張っておこうとする」「いわば時代小説の方法」が見られることを指摘し、②を一例にあげている。[8] ③もその例に加えることができるだろう。したがって、先述の当事者感覚も現実の光景に根ざすというよりも、『盛衰記』編者の想像力の中に胚胎したものとの留保が必要かもしれない。[9] 俯瞰的立場に立っての傍観的叙述との混在自体がそのことを物語ってもいる。しかし、暗闇の中で辛うじて「雲透き」に物の形を判別し（②④）、傷を負った感覚を首が「重」いと表現し、加えて、「ぬれ〳〵」とした血の感触を述べるといった、当事者の立場に身を置いて現実感を築き上げようとする姿勢は『盛衰記』を特徴づけるものであり、『太平記』には乏しい。

三、情況の構築――自然描写と戦況――

合戦を描く上で『盛衰記』が意を用いたことのひとつに自然描写がある。富士川合戦での源氏の篝火を「宿々浦々にみち〳〵て、沢辺の蛍の飛集たるに似たり」（巻二三・四二二頁）と描き、鵯越から一谷を見おろした様を「前は海、後は山、波も嵐も音合せ、左は須磨、右は明石、月の光も優ならん。追手の軍は半と見えたり」（巻三七・三六五頁）と描くなど、眺望を描く際には傍観的な叙述も見られるものの、具体的な戦闘場面では以下のような、感覚的ともいうべき特徴ある表現があらわれている。

宵の程は雨烈く降けるが、夜半計には雨降ざりけれ共、雲の膚天に覆て、暗事目の前なる物をもつゆ見分べくもなかりけるに、只時の声をしるべにて両軍乱合て相戦ふ。甲の鉢を打、太刀の打ちがへる時、火の出づる事いなびかりの如くなりければ、自明便りと成て、敵を取輩あり。多はとも打にぞ亡びける。弓を引箭を放つ事は、何を敵とも見分ざりければ、太刀をぬき刀を抜て、取くみ指違てのみぞ死ける。

（巻二七・一四四頁。墨俣川合戦の一齣。「行家が子息悪禅師」なる他本には登場しない人物及び泉太郎重光に率いられた一隊と平家との戦闘。延慶本などでは泉太郎の名をあげ「大手の時の声を聞て平家の大勢の中へ馳入たりけり。是も取籠られて半分は打れて残は引退く」と描くのみである。）

ちなみに、『太平記』は一体に天候に関心をしめすことが少ない上、このような時間を追って天候の変化をとらえ、重苦しい空模様を「雲の膚天に覆て」といった絶妙な表現でもって描き出す類のことは不得手なようだ。たとえば闇夜を『太平記』は「其夜ハ九月晦日ノ事ナレバ、目指トモ知ラザル暗キ夜ニ、雨風烈ク吹テ面ヲ向クベキ様モ無リケルニ」（巻三・一〇六頁）、「五月闇ノ比ナレバ、前後モ見エズ暗キニ、苦集滅道ノ辺ニ野伏充満テ……」（巻九・三〇三頁）などと描くのみである。「深山ノ木隠レ月暗シテ、敵ノ打太刀分明ニモ見ヘザリケレバ、高徳ガ内甲ヲ突レテ、馬ヨリ倒ニ落ニケリ」（巻一六・一三八頁）というやや細やかな表現も、「五月十一日の夜半にも成にけり。五月の空の癖なれば、朧に照す月影、夏山の木下暗き細道に、源平互に見へ分ず」（巻二九・二九七頁）という『盛衰記』に比べれば単調に映る。

平山は、成田をば打捨て、山の細道分行ば、暗さは暗し、さしうつぶき〳〵見ければ、薄氷を踏破て馬の通る跡あり。既に熊谷に先駈られぬよと本意なくて、いとど馬を早めける。（巻三七・三三〇頁。熊谷・平山一谷先陣争い）

この傍線部の表現も他本には見られないものである。いかにも作り事めいているともいえようが、『盛衰記』が或場面を構成するに際して、当事者の立場に身を置いたところから想像力を働かせていることは見て取れる。あるいは、北陸路の志雄軍の後、情報を得ようと捕らえた源氏の草刈男の言葉におびえ、安宅を指して退く場面に現れる以下の表現。なお、草刈男のことをも含めこの間の経緯は他本には無い。

五月二十五日の夜半也。さらぬだに五月の空はいぶせきに、降雨は車軸の如く、吹風は浜の沙を挙て、岸打波に驚ては、敵の寄るかと疑はれ、松吹風を聞ては時の声かと誤たる。（巻二九・三〇九頁）

この「いぶせきに」という表現をふくむ自然描写もいうまでもなく、おびえつつ退路を急ぐ平家の感情の表象である。

さらに注目すべきことは、『盛衰記』が新たに筆を加えたと目される記事においては、合戦の成りゆきと自然描写とが密接な関わりを持っていることである。次の事例は水島合戦の一節であるが、この部分にいたる記事全体の内容も他本とは全く異なっている。

西風はげしく吹て、船共ゆられて打合ければ、東国・北国の輩、舟軍は習はぬ事なれば、舟に立得ずして、船底へのみ重入。平家の輩は、船軍自在をえたりければ、乱入て散々に切。面を向る者はすくなし。船耳（ふなばた）に近付者をば取て海に入、底にある者をば冑の袖をふまへて頸を掻。城の内よりは、勝鼓を打てののしり懸程に、天俄に曇て日の光も見ゑず、暗の夜の如くに成たれば、源氏の軍兵共、日蝕とは知らず、いとゞ東西を失て、舟を退て、いづち共なく風に随つて遁行。平氏の兵共は、兼て知にければ、いよ〳〵時を造り、重て攻戦。

（巻三三・五四頁）

海上での強風と、日食という思いがけない自然現象とが、それを利した平家と翻弄された源氏との勝敗を分けていく重要な要因とされている。

あるいは以下の、富士川での源平対陣の前場面。

源氏は加様に大勢招集て、足柄山を打越て伊豆国府につきて、三嶋大明神を伏拝み、木瀬川宿・車返・富士の麓野・原中宿・多胡宿・富士川のはた、木の下草の中にみち〳〵たり。其勢廿万六千余騎とぞ注たる。平家は東路に日数をへつゝ、路次の兵召具して五万余騎にて駿河国清見が関まで責下れり。旅の空の習は、哀を催事多けれ共、此関ことに面白し。実に伝聞しよりも猶興を催す。南と西とを見渡せば、天と海と一にて高低眼を迷はせり。東と北に行向へば、磯と山と境て嶮難足をつまだてたり。岩根に寄る白浪は、時さだめなき花なれや。尾上に渡る青嵐も、折しりがほにいと冷。汀に遊鷗鳥、群居て水に戯れ、叢に住虫の音とり〳〵心を痛しむ。其より沖津・国崎・湯井・蒲原・富士川の西のはた迄責寄たり。（巻二三・四一五頁）

この部分、長門本が

さる程に兵衛の佐あしがらをとり越て、するがの国うき嶋が原にぢんをとりせいをそろへけり。二十まん六せんよきとしるしたり。兵衛のすけきせがわにしゆくし給ぬ。平家は三まんよきにて、をなじ国のうちにて蒲原のしゆくにぢんをとる。（巻一一・一二四頁）

との記述に続いて、使いで京上する下人の口から「そうじて八日、九日のみちひまなく候。山もかはもみなむしやにて候」と源氏の勢のおびただしさを語らせている。覚一本がやや長門本に近く、波線部を「野も山も海も河も武者で候」とする。覚一本などの表現も尋常ならぬ軍勢の数を俯瞰的に伝えるものであるが、『盛衰記』の「木の下草の中に」という微細な景物に絞り込んだ表現は、かえって個々の兵士の姿態をも浮かびあがらせつつ、戦意を秘めた軍勢の充満した光景を実感させる。戦意云々はもちろん印象批評的な物言いであるが、後述の平家側の物見遊山的な情景描写との対比に加えて、「木の下草の中」という、獣たちの潜んでいる有様を想起させる表現がそうした印象に関わっているだろう。一方、平家の様子が以下に語られる。傍線部は単なる叙景ではなく、平家の軍士たちの眼に映った景物であり、追討軍の行旅とはとても思われない叙景が、この後に待ち受けている富士川での、まことに頼りない敗走の序曲をなしていることは明瞭である。

さて、前述のように『太平記』には合戦に関わる自然描写が少ない。とはいえ、新田義貞の木目峠越えの難渋を次のように描き、

北国ノ習ニ、十月ノ初ヨリ、高キ峯々ニ雪降テ、麓ノ時雨止時ナシ。今年ハ例ヨリモ陰寒早クシテ、風紛ニ降ル山路ノ雪、甲冑ニ洒キ、鎧ノ袖ヲ翻シテ、面ヲ撲コト烈シカリケレバ、士卒寒谷ニ道ヲ失ヒ、暮山ニ宿無シテ、

木ノ下岩ノ陰ニシヾマリフス。　（巻一七・二一四頁）

北陸での合戦の一こまを

去程ニアラ玉ノ年立帰テ二月中旬ニモ成ケレバ、余寒モ漸ク退テ、士卒弓ヲヒクニ手カヾマラズ、残雪半村消テ、疋馬地ヲ踏ニ蹄ヲ労セズ。今ハ時分ヨク成ヌ。次第ニ府辺へ近付寄テ、敵ノ往反スル道々ニ城ヲカマヘテ、四方ヲ差塞テ攻戦ベシ。　（巻一九・二七七頁）

と描くなど、寒さの表現にはいくつか印象に残るものがなくはない。そうした中にあって記述の規模において突出している、といってよいのが以下の湊川合戦の序幕である。

去程ニ、明レバ五月二十五日辰刻ニ、澳ノ霞ノ晴間ヨリ、幽カニ見ヘタル舟アリ。イサリニ帰ル海人カ、淡路ノ迫戸ヲ渡舟歟ト、海辺ノ眺望ヲ眺テ、塩路遥ニ見渡セバ、取梶面梶ニ掻楯掻テ、艫舳ニ旗ヲ立タル数万ノ兵船順風ニ帆ヲゾ挙タリケル。烟波眇々タル海ノ面、十四五里ガ程ニ漕連テ、舷ヲ輾リ、艫舳ヲ双タレバ、海上俄ニ陸地ニ成テ、帆影ニ見ユル山モナシ。アナ震シ、呉魏天下ヲ争シ赤壁ノ戦、大元宋朝ヲ滅セシ黄河ノ兵モ、是ニハ過ジト目ヲ驚カシテ見ル処ニ、又須磨ノ上野ト鹿松岡、鵯越ノ方ヨリ二引両・四目結・直違・左巴・倚カ、リノ輪違ノ旗、五六百流差連テ、雲霞ノ如ニ寄懸タリ。海上ノ兵船、陸地ノ大勢、思シヨリモ震クシテ、聞シニモ猶過タレバ、官軍御方ヲ顧テ、退屈シテゾ覚ヘケル。サレ共義貞朝臣モ正成モ、大敵ヲ見テハ欺キ、小敵ヲ見テハ侮ザル、世祖光武ノ心根ヲ写シテ得タル勇者ナレバ、少モ機ヲ失タル気色無シテ、先和田ノ御崎ノ小松原ニ打出テ、閑ニ手分ヲゾシ給ヒケル。　（巻一六・一五三頁）

刻々と対象が大きく眼前に迫ってくる様子を「見る」を駆使して表現しており、山下宏明氏は「両軍集団の動き、布陣の様を報道的に語り描く。戦機の熟する様を感じさせる」と述べる(10)。山下氏が「報道的」と評したように、この「見る」は、後の「官軍御方ヲ顧テ」につながる上では官軍側の兵士達の眼を通していながら、実のところ局外にあって戦局を見つめる語り手の眼に映る情景である。官軍の「退屈」（圧倒される。戦意喪失）は、続く文章にある義貞・正成ら指揮官の勇猛によって解消されたというのか、以下の具体的な合戦場面には全くその片鱗も姿をみせない。「敵御方ノ時ノ声、南ハ淡路絵島ガ崎・鳴門ノ澳、西ハ播磨路須磨ノ浦、東ハ摂津国生田森、四方三百余里ニ響渡テ、苟ニ天維モ断テ落、坤軸モ傾ク許ナリ。」という雄大な開戦の模様、正成兄弟の討死、新田・足利両軍の激突の模様を経て、「官軍ハ元来小勢ナレバ、命ヲ軽ジテ戦トイヘドモ、遂ニハ大敵ニ懸負テ……丹波路ヲ差テゾ落行ケル」という終末にいたる。『盛衰記』の富士川合戦の場合のようには、序幕での情景描写とそこに含まれる「退屈」が以後の合戦の模様を予告することにはなっていないのである。その意味で湊川合戦序幕の大規模な叙景は、

……四隊ノ陣一処ニ挙テ、敵ト敵ト相交リ、中黒ノ旗ト二引両ト、巴ノ旗ト輪違ト、東へ靡キ西へ靡キ、磯山風ニ翩翻シテ、入違ヒタル許ニテ、何レヲ御方ノ勢トハ見ヘ分カズ。新田・足利ノ国争ヒ今ヲ限リトゾ見ヘタリケル。（巻一六・一六一頁）

という位置づけと呼応して、この合戦が天下分け目の大会戦であることを印象づける、額縁のような役目（のみ）をはたしているものだといえる。

その新田・足利両主力軍の激突は、次のように描かれている。

去程ニ両陣互ニ勢ヲ振テ時ヲ作声合。先一番ニ大館左馬助氏明・江田兵部大輔行義、三千余騎ニテ、仁木・細川ガ六万余騎ニ懸合テ、火ヲ散シテ相戦フ。其勢互ニ討レテ、両方へ颯ト引ノケバ、二番ニ中院中将定平・大江田・里見・鳥山五千余騎ニテ、高・上杉ガ八万騎ニ懸合テ、半時許黒烟ヲ立テ揉合タリ。其勢共戦疲レテ両方へ颯ト引退ケバ、三番ニ脇屋右衛門佐・宇津宮治部大輔・菊地次郎・河野・土居・得能一万騎ニテ、左馬頭・吉良・石堂ガ十万余騎ニ懸合セ、天ヲ響カシ地ヲ動シテ責戦フ。或ハ引組デ落重テ、頸ヲ取モアリ、取ル、モアリ。或ハ敵ト打違テ、同ク馬ヨリ落ルモアリ。両虎二龍ノ闘ニ、何レモ討ル、者多カリケレバ、両方東西へ引ノキテ、人

馬ノ息ヲゾ休メケル。（同一六〇頁）

三番に及ぶ大軍のすさまじい激突が描かれている。しかし、安井久善氏や中西達治氏が指摘するように、この両軍の合戦は前後の状況や『梅松論』の記述との比較からして不自然な点が多く、創作の可能性が高い(11)。さらに中西氏は、「激戦だということだけは強調されているが、具体的な内容は何一つないに等しい」こと、のみならず前後の本間の遠矢や後駆にあって奮戦する義貞の姿等の逸話が湊川合戦の全体像を構築するのではなく、たとえば後者であれば総大将としての義貞から個人としての義貞へ、さらに矢を撫で切りにするという行為そのものへというように「末端肥大的」な現象を示していることを、『太平記』作者たちの言語環境から考えてみる必要がある、と提唱する。すなわち「強力なエネルギーと魅力をもつ旧来の語りの規範」が「作者たちの想像力にはたらきかけそれを規制」していたというのである。氏の指摘は『平家』と『太平記』との関係を考えるとき重要な観点であるが、いま問題の新田・足利の合戦に立ち戻って別の角度から考えることも可能である。この合戦は『太平記』の他の集団戦と比べても、とりわけて具体性を欠くからである。たとえば、同じく義貞を大将とし、一番から三番に及ぶ衝突を描く矢矧河合戦を見てみよう。

三番ニ仁木・細川・今河・石塔一万余騎下ノ瀬ヲ渡テ、官軍ノ総大将新田義貞ニ打テ懸リタリ。義貞ハ兼テヨリ馬廻ニ勝レタル兵ヲ七千余騎囲マセテ、栗生・篠塚・名張八郎トテ、天下ニ名ヲ得タル大力ヲ真先ニ進マセ、八尺余ノ金棒ニ、畳楯ノ広厚キヲ突双べ、「縦ヒ敵懸ルトモ譟ニ追フベカラズ。懸寄セテハ切テ落セ。中ヲ破ントセバ、馬ヲ透間モナク打寄セテ轡ヲ双べヨ。一足モ敵ニハ進ムトモ退ク心有べカラズ。」ト、諸軍ヲ諫テ下知セラレケル。敵一万余騎、陰ニ閉テ囲マントスレドモ囲マレズ、陽ニ開テ懸乱サントスレドモ敢テ乱サレズ、懸入テハ討レ、破テ通バ切テ落サレ、少シモ漂ハズ戦ケル間、人馬共ニ気疲レテ、左右ニ分テ磬タル処ニ、総大将義貞・副将軍義助七千余騎ニテ、香象ノ浪ヲ踏デ大海ヲ渡ラン勢ヒノ如ク、閑ニ馬ヲ歩マセ、鋒ヲ双テ進ミケル間、

敵一万余騎、其勢ヒニ辟易シテ河ヨリ向ヘ引退キ、其勢若干討レニケリ。（巻一四・五四頁）

ここには陣構えや戦闘に対する義貞の下知の言葉があり、烈しいつばぜりあいを経て一旦戦闘態勢を解いたところを、義貞の本隊の威風堂々たる進撃が足利勢を圧倒するという具体的な動きがある。その経緯を、波線部の形容句をもって描き出している。陰・陽といった類型句をも含んでいるが、それと比較しても巻一六湊川合戦の新田・足利の戦闘の、「火ヲ散シテ」「黒烟ヲ立テ」という類の叙述に終始する曖昧さは際だつであろう。

はじめに述べたように『平家』と『太平記』との間には戦闘の構造的変化があり、合戦譚の彩りに際しても『太平記』は合戦の中の個を際だたせるよりも集団の動きを局外から捉えることに関心を抱いていたようだ。叙景の額縁性も、『盛衰記』のように対象とする事件の当事者の立場に身を置いて内側から場面構築を行うのではなく、局外からの（山下氏の言葉を借りれば「報道的」な）描写のなせるわざであった。局外に位置するという方法は集団を描くための一つの（他に方法がないとは思わない）選択であった。湊川での新田・足利の戦闘の具体性の欠如は、そうした方法・姿勢にたつ弱点が、虚構の大会戦を仕立て上げるという条件下で露呈したものではなかったか。空想の世界の存在感を、その内側に入り込まないで外側から描き出すのは想外に困難なことであったように思われる。

おわりに

合戦叙述に限らず、『太平記』の描写に、〈見る〉姿勢が顕著なことが指摘されている。これを、塩冶判官の妻の無惨な死に様の描写（『太平記』巻二一）を例に、「このような一種のあくどいほどの物見だかさ、それは、複雑な現実を打開するめどを見うしなったものによる、ほとんど頽廃、少なくとも頽廃の一歩手前での客観主義的な描写とするほかはあるまい。」と否定的に捉えたのが、永積安明氏である。(12) 一方、山下宏明氏は、『太平記』巻一四の大渡・山崎合

戦をとりあげ、「陣の構へなにとなくゆゆしげには見えたれども」といった表現が頻出することに注目し、

これらの「見ゆ」には、語り手の、対象への直接の感情、判断がこめられているが、しかもその語り手は「見」ているのであって、戦闘場面については、あたかも現場近くの木の枝上からでも戦闘を見ているかのようなその立場は変らない。（中略）このような見物する姿勢は、『平家物語』の「橋合戦」・「宇治川合戦」の場合ほとんど見られない。

という[13]。氏はさらに進んで、「この客観的な姿勢が〈河水二つにはかれて、白浪漲り落ちたる事、あたか竜門三級の如くなり〉という、修辞過剰とも言うべき例証の引用をさせるのであり、〈ゆゆしげには見えたれども、……此陣の軍はかばかしからじとぞ見えたりける〉という、合戦の行方を見通す客観性をも保証している。」と、『太平記』の「傍観の文体と批判精神」とが結びついていることを評価する。

しかも、その客観的な姿勢とは、むしゃこうじ・みのる氏が注意しているように[14]、『増鏡』の傍観性とは全く別物である。

此治部大輔はやうより先帝の勅をうけたまわりてければ、さかさまに都をほろぼさんとするなりけり、ときつくるとかやいふこゑは、雷のおちかかるやうに地の底もひびき、梵天の宮の中もききおどろき給ふらんとおもふばかりどよみあひたるさま、きしかたゆくさきくれて物おぼゆる人もなし、

（『増鏡』下「月草の花」。『太平記』巻九相当。足利高氏の京都攻撃の場面）

氏は、「このたたかいをそれぞれの作者がどのようなかたちでうけとめているか」が問題であり、「ときつくるとかやいふこゑ」（傍点原文）といってしまったとき、そのあとにつづく、傍線部の形容句は、『梅松論』や『太平記』の類句より「おなじことをむしろ強調していいながら、かえって空虚な感じ」をもつ、という。『増鏡』の傍観性が事態に背を向けたそれであるなら、『太平記』の客観性とは、対象に直対した、まさに「物見だかさ」に裏付けられた

ものであることを確認しておく必要があろう。松尾葦江氏のいう「対象とする世界への一体感」[15]の回復が『盛衰記』の命題であったとすれば、『太平記』の努力は、物見だかさに徹するべく、対象とする世界との距離をむしろ意識的に取り続けることに置かれたといえるかもしれない。『太平記』の作品としての褒・貶もそこに淵源をもつようだ。

注

（1）山下宏明「合戦談の生成――「宇治川」の場合――」（『平家物語の生成』明治書院、一九八四。初出一九七五・八）

（2）益田勝実「飢えたる戦士――現実と文学的把握――」（『火山列島の思想』筑摩書房、一九六八。初出一九六五・五）

（3）小西甚一「平家物語の原態と過渡形態　第一部　本文批判の基本的態度」（東京教育大学文学部紀要72、一九六九・三）

（4）黒田俊雄『中世民衆の世界』（三省堂、一九八八・七。一二九〜一三〇頁）など。

（5）むしゃこうじ・みのる「『太平記』と『平家物語』」（文学21―2、一九五三・二）。篠田融「講座　平家物語（五）」（言語と文芸5―2、一九六三・三）にも「戦争の記述としては、おもしろいけれども、文学的真実を以て読者に迫る力に欠如している」という評言がある。

（6）小松茂人「軍記物における合戦描写」（『中世軍記物の研究　続』桜楓社、一九七一・一）八四・八五頁。

（7）中には「（赤松氏範）……奪取タル鉞ニテ、逃ル敵ヲ追攻々々ケルニ、甲ノ鉢ヲ真向マデ破付ラレズト云者ナシ。流ル、血ニハ斧ノ柄モ朽ル許ニ成ニケリ」（巻三二・二一二頁）という注目すべき例もあるが、これも討ち取った敵兵の多さに関わる誇張表現である。

（8）松尾葦江『平家物語論究』（明治書院、一九八五）一一〇頁および一六〇頁。

（9）山下宏明「『源平盛衰記』と『太平記』」（『平家物語の生成』明治書院、一九八四。初出一九七四・一二）は、『盛衰記』に「物語の世界に共感して行くのではなくて、その世界からは一歩離れた、客観的な姿勢」「さめた意識」をみてとる。小論も、『盛衰記』が氏の指摘のような性格を示していることを否定はしない。氏の指摘と小論の当事者感覚とは、松尾葦江氏のいう「時代小説の手法」を媒介項として括りつけることができようが、小論は、対象との距離の自覚がかえって、事件の当事者の立場に身をおいて状況を構築しようとする強い意欲となって現われることがあるのだと考える。
(10)　新潮古典集成『太平記　三』六五頁補注。
(11)　安井久善『太平記合戦譚の研究』（桜楓社、一九八一）第四章の四。中西達治「太平記と語りの文体」（『太平記論序説』桜楓社、一九八五。初出一九八四・四）
(12)　永積安明「太平記論」（『中世文学の展望』岩波書店、一九五六。初出一九五六・九）
(13)　山下宏明「合戦談の方法」（『軍記物語の方法』有精堂、一九八三。初出一九八一・一）
(14)　むしゃこうじ・みのる「『太平記』と『平家物語』」（文学21―2、一九五三・二）
(15)　松尾葦江『平家物語論究』一一六頁。

第四章　『太平記秘伝理尽鈔』『難太平記』から見た「青野原合戦」

はじめに

新田義貞が越前に勢威を振るう中、北畠顕家の大軍が美濃に迫り、南朝は京都回復の期待をいだくが、美濃国青野原で足利勢と戦い、進路を伊勢に転じてしまう。この合戦は情勢に大きな変化を与えたが、『太平記』の描く合戦の経緯自体にさまざまな問題をはらんでいる。その問題点は、『太平記秘伝理尽鈔』（『理尽鈔』と略称。平凡社・東洋文庫を用い、版本の該当箇所を付記する）の記述を参照すると、より鮮やかに浮かびあがってくる。『太平記』は岩波古典大系（流布本。理尽鈔の拠った太平記に近い）を用いる。

くわえて『難太平記』を問題とする。これまでも『難太平記』への言及はあったが、「故殿」すなわち今川了俊の父範国の記述が問題とされ、合戦の全体像を『太平記』とつき合わせて検討することは充分なされていない。引用本文は、内閣文庫林家旧蔵写本（函号一六七・七九）の公開画像に拠り、句読点、濁点、発語（心内語を含む）を示す「　」、原文の注記的記述を示す〈　〉を施した。漢文表記部分は訓み開いた。また漢字の一部に送り仮名を補った。（　）内は引用者の注記である。

一、土岐頼遠はどこで合流したのか

『太平記』は、顕家勢を追撃する足利勢が「美濃ノ洲俣」（天正本は「美濃ノ墨俣川」）に着き、土岐頼遠七百余騎が合流した（岩波大系巻一九・二九〇頁）と記し、続く「青野原軍事」の冒頭でも「坂東ヨリノ後攻ノ勢、美濃国ニ著テ評定シケルハ」と描く。ところが、顕家は足利勢が近づいたと知ると、先陣がすでに「垂井・赤坂辺」に着いていたにもかかわらず、「三里引返シテ、美濃・尾張両国ノ間」に布陣する。その後にくり広げられる五番に及ぶ合戦のうち、一番から三番は美濃・尾張の国境（境川・墨俣川）の渡河点が戦場となっている。この渡河戦について、「西上をめざす北畠顕家軍を阻止すべく、足利方の小笠原貞宗・芳賀禅可は当地でこれを迎え撃ったが敗れた（『太平記』巻一九）」（日本歴史地名大系『岐阜県の地名』下印食村）などと説明されることがあるが、『太平記』の波線部に注意すれば、攻守は逆で、渡河しようとする足利勢を顕家勢が迎え撃ったのである。足利勢一番の小笠原・芳賀、二番の高大和守、三番の今河・三浦のうち、小笠原の合流場所は不明であるが、他は関東または道中で追撃勢に加わった面々である。美濃・尾張の国境で顕家軍を迎え撃ったのならば、いつの間にか顕家軍を追い越したことになるが、そのような記述はない。また、足利勢五番の桃井・土岐が青野原で「敵ヲ西北ニ請（ウケ）テ」位置したという記述があり、これも先行する（西にいる）顕家勢に追撃勢が迫った、という構図である(1)。

そうなると、先に「美濃ノ墨俣」「美濃国」とあったこととつじつまがあわない。『理尽鈔』が「後攻の兵尾州一の宮に陣したりと聞こへければ、土岐は一宮に行きて評定を加へ……」（47オ）と、土岐の合流場所を尾張とするのも、『太平記』の齟齬を問題としたからであろう。

土岐の合流場所にはもう一説ある。

建武四年やらん、康永元年やらんに、奥勢とて、北畠源大納言入道の子息顕家卿、三十万騎にて押て上洛せしに、桃井駿河守〈今に播磨守〉、宇津宮勢、三浦介以下、御方として跡より、をそひ上りしに、故入道殿（今川範国）は、其時は遠江国三倉山に陣とりて、此御方に馳加て、海道所々にて合戦なり。

参河国より、又、吉良右兵衛督〈時に兵衛佐〉満義、朝直、高刑部大輔、三河勢など馳加て、二千余騎にて、美濃国黒田に着けるに、当国の守護人土岐弾正少弼頼遠、「土岐山よりうち出て[2]、青野原にてもみ合べし」と申けるに、「明日の合戦一大事」とて、海道勢三手に合（分）て、一二三番の鬮を取て「入替入替せらるべし」とて、くじをとられしに、桃井・宇津宮勢は一くじ、故殿・三浦介は二の鬮、吉良・三河勢・高刑部は三鬮也。

右のように、『難太平記』は「美濃国黒田」とする。『難太平記』版本は「美濃国黒血」とするが、内閣文庫本の他、長谷川端・他「『難太平記』下巻」（『中京大学文学部紀要』第42巻第2号、二〇〇八年。以下「長谷川校注」）によれば、尊経閣文庫本・京都大学附属図書館谷村文庫本・多和文庫本も「黒田」である。先行する顕家勢との衝突なくして、追撃勢が「黒血」に着くことは不可能であるから、「黒血」ではありえない。

『難太平記』に「黒田」の地名は、他に二箇所登場する。

故入道殿（今川範国）入替られて、敵山内と云けるもの以下打取給て、西のなはて口にて、ほろかけ武者二騎を故殿射落し給ひし也。猶敵支ける間、くゐ瀬川の堤の上に非人の家有けるにおりゐ給ひけり。夜に入て雨降しかば、「敵重てかゝらぬ時、黒田の御方に加り給ふべし」と人々申けるを、「只是にて明日（やって来る）御方を待べし」と仰せられければ、米倉八郎左衛門、手負ながら有けるが云、「かくの如きおこがましき大将をば、焼殺にしかじ」とて（非人の家に）火を付ければ、力なく此あかりにて黒田に加られけり。

今川範国が杭瀬川に退き、「黒田」の御方に合流したというのだが、「黒血」では杭瀬川との間に先刻戦った顕家の大軍がひかえているはずである。尾張国黒田（現一宮市木曾川町黒田）もあるが、範国らは杭瀬川の堤にあった非人の家に火を付けて、その灯りをたよりに「黒田」に戻ったとあるから、尾張国黒田では遠すぎる（夜間に境川・墨俣川の大河を渡ることにもなる）。したがって、杭瀬川近辺に「美濃国黒田」があったと考えられる。

【付図】に揖斐川支流粕川の左岸に「黒田」を表示した。他には該当する地名が見あたらないのだが、『角川日本地名大辞典21岐阜県』「黒田〈揖斐川町〉」によれば、天正十九年の文書に「黒坪村」とみえ、「江戸初期に黒土(くろど)を称し、正保から延宝年間に黒田村と改称」したとある。したがって『難太平記』の「美濃国黒田」を揖斐川町黒田に比定してよいか問題が残る。しかし、尾張黒田を飛鳥井雅有『春の深山路』が「黒戸」と表記している例（『愛知県史通史編2中世1』四五三頁）もある。美濃黒田も江戸期以降に生まれた表記とは限らないだろう。

この揖斐川町黒田の地とすれば、範国らが川面に映る火影をたよりに杭瀬川の岸をさかのぼり、黒田にたどり着くことは不可能ではない。さらに、今川勢の若者が、一番勢に先んじようとして「桃井より先に赤坂口あめ牛山」に馳せ上った、という記事がある。「あめ牛山」は、長谷川校注の指摘するように、他の史料に「赤坂北山」とあり、金生山とみてよいだろう。赤坂から垂井方面に控えていたであろう顕家勢に、足利勢が東側から攻撃をしかける場合、敵の目前でわざわざ山に上る意図がわからない。一方、揖斐川町黒田から南進して（進撃の様子を隠して）、「赤坂北山」から一挙に駆け下り敵勢に突入するという策は十分にありそうである。「美濃国黒田」を現揖斐川町黒田の地とみなして不都合はないといえよう。

また、今谷明・藤枝文忠編『室町幕府守護職家事典 下巻』（新人物往来社、一九八八年）「土岐頼雄」（頼遠の甥）の項に「東の金華山から西の池田山までの美濃平野は土岐守護家の基盤であった。」とある。青野原合戦当時の頼遠の居城は、『太平記』によれば長森城であったと思われるが、建武三年に急死した、頼遠の兄頼清の墓所（瑞巌寺。建立したのは頼清の子頼康）も黒田にほど近い場所にあり、頼遠の時代にあっても黒田一帯は土岐氏の息のかかった場所であったと思われる。

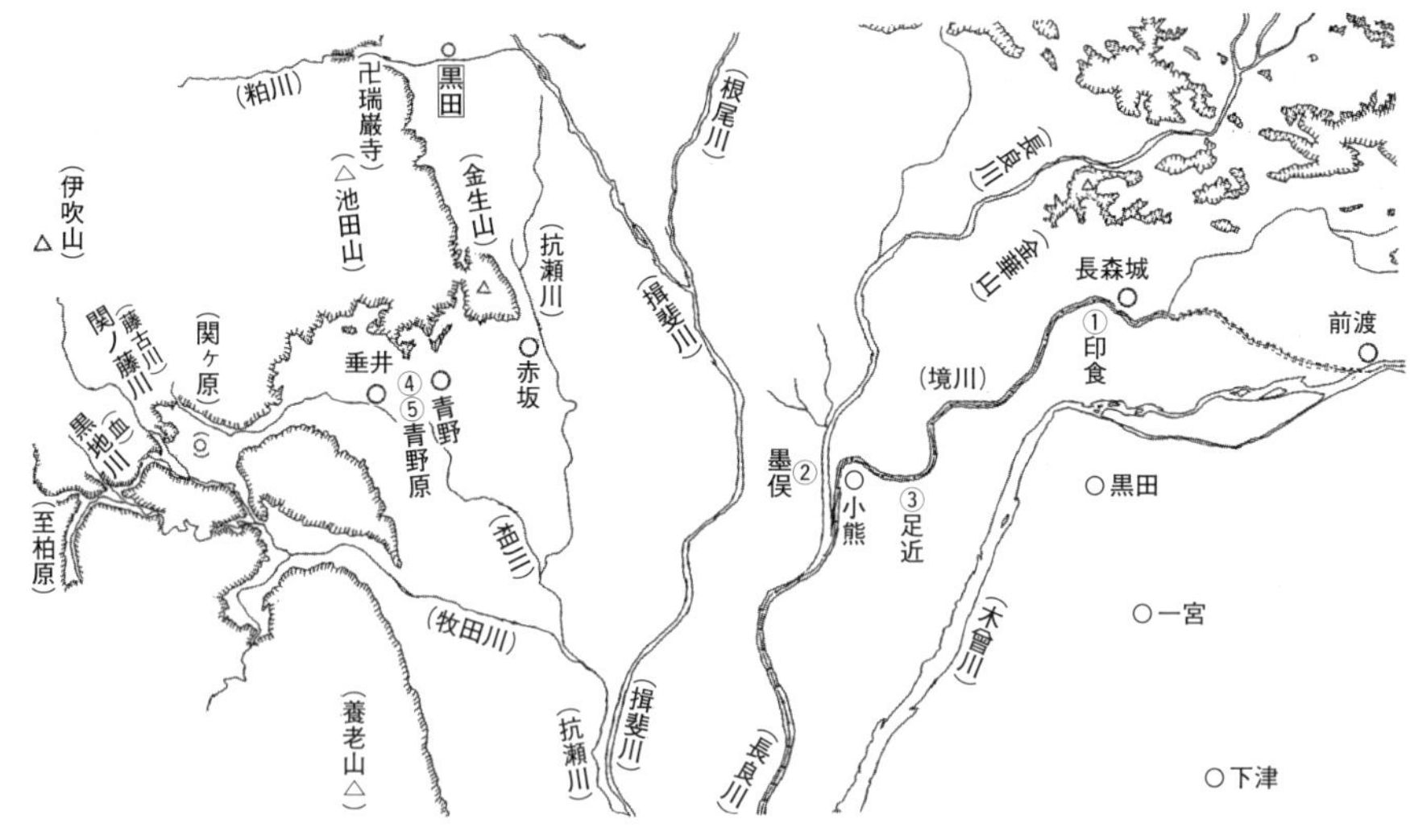

【付図】「青野原合戦」関連地名・地形図

〔凡例〕

・国土地理院五万分一地形図（岐阜・名古屋北部・大垣・津島・長浜・彦根東部）により作図した。

・山地の表示はおおむね百メートルの等高線によった。

・『太平記』『難太平記』「青野原合戦」において問題となる大河は、境川（当時の木曾川流路。印食の先から前渡にいたる部分は推定）、長良川（墨俣川）、杭瀬川（当時は揖斐川の本流）の三つである。現在の木曾川への流路変更（天正一四年洪水説は文献的には確証が無い。洪水によって新たな流れが誕生したとはいえない）など複雑な問題があるが（注１榎原著参照）、ここでは立ちいらない。

・境川と墨俣川が濃尾の国境をなしていたことを示すため、境川は現況よりも太く表示している。

・中小の河川は数多くあるが、必要な部分に限った。青野原から関ヶ原にかけてやや詳しくなったのは、足利勢が防御を固めた「関ノ藤川」「黒血川」を表示したためである。

・①～⑤は、『太平記』の足利勢が五手に分かれ、籤によって決めたとする攻撃の順とその場所である。

「美濃国黒田」を現揖斐川町黒田とみなすならば、この地は墨俣から赤坂、垂井を経て近江に向かう、中世の東海道（注1榎原著四七頁、中公新書四二頁参照）からは大きく外れている。足利の追撃勢（海道勢）が黒田に着いたのは、頼遠の積極的な誘引によるものであり、事前に使者を交わしていたのであろう。頼遠は当初から青野原での戦闘を予定し、準備していたと思われる。

一方、『太平記』は次のように記す。京都の足利尊氏らは、土岐敗退の報に狼狽。高師泰の主張により、美濃・近江に派兵を決定。軍勢は二月六日の早旦にようやく黒地川に着き、決死の陣を敷いた、と。しかし、実際には、顕家勢が美濃に近づく以前の一月二十日頃、直義の指示により「黒血要害」が固められている（吉川家什書、三刀屋文書。大日本史料六編四、六六七・六六八頁）。地形的に見て「黒血要害」を撃ち破ることは、大軍勢をもってしても容易なことではない。頼遠が青野原での戦闘を予定した背景には、顕家勢がしばらく垂井あたりに滞留せざるをえない、とふんでいたとも想像される。頼遠の功績は、青野原の戦闘での自らも負傷するほどの奮戦ぶりにとどまらず、合戦の立案から遂行にいたる全局面を覆う重要なものであったことになる。

二、青野原での戦闘はどのようにして可能となったのか

五手に分けた『太平記』の追撃勢の戦いを略記すると次のようになる。戦闘場所（括弧内は本章・付図の表記）、対戦者（足利勢／顕家勢）の順に示す。

一番：志貴ノ渡（印食）。小笠原信濃守・芳賀禅可／伊達・信夫。
二番：洲俣河（墨俣）。高大和守／相模時行。
三番：阿字賀（足近）。今河五郎入道・三浦新介／南部・下山・結城入道。

四番：青野原。上杉民部大輔・同宮内少輔／新田徳寿丸・宇都宮紀清両党。

五番：青野原。桃井直常・土岐頼遠／北畠顕家・顕信。

前節でふれたように、小笠原の合流した場所は不明であるが、洲俣で七百余騎で加わったという土岐も含め、傍線を付した足利勢はいずれも関東または道中で追撃勢に加わった面々である。そして、一番から五番まですべて足利勢が敗退している。中西達治氏が「地形的に見れば、負け軍を続けながら足利側の軍勢は、徐々に奥州軍の本営に迫っている」と指摘するように[3]、これは不思議な光景である。四・五番の上杉兄弟、桃井・土岐らは、一番から三番が敗退する中、どうやって青野原に軍勢を進めていたのであろうか。

足利勢と奥州勢の攻守が逆であれば、理解は容易である。もともと美濃に集結していた足利勢が、近づく奥州勢をまずは美濃・尾張の国境（一番から三番）で食い止めようとして、はたせず後退し、青野原（四番・五番）で最後の決戦を挑んだ、という具合である。しかし、くり返すが『太平記』の記述はそのようにはなっていない。

『太平記』の攻守の構図と勝敗とを変えることなく、『太平記』の記述を理解しようとするとどうなるか。『理尽鈔』は以下のように説明する。

上杉・桃井は土岐と一つに成て、北美濃に回り、「追手の合戦の半ならんずる頃をひ、顕家卿の兵皆追手へと向かはん。残り留まる兵少なからんずれば、押し寄せて顕家卿を討奉らん」と謀りける。（巻一九48ウ）

四番の上杉兄弟、五番の土岐・桃井は、〈追手（一番から三番の国境方面）の合戦が激しさを増すころ、美濃の府（47オ。垂井）に陣取る顕家の守りは手薄となるだろうから、そこを狙って顕家を討とう〉と謀ったという。すなわち、四番・五番は〝搦手〟として敵の本陣（顕家）を襲おうとしたというのである。「北美濃」に回ったというのも、土岐らの評議の場所は尾張一宮（47オ）であるから、印食（一番）、足近（三番）などとは別の、たとえば前渡（まえど）などを渡り、顕家勢に気づかれないように、山際に迂回して垂井を目ざした、とみなすのであろう。しかし、顕家は、正成と親しく、兵書にも詳しかったので、三万余騎は追手へ派遣したが、「宗徒の兵十万計をば、垂井・赤坂・青野が原に」（49オ）備えており、足利方のもくろみは失敗に終わった。

また、『太平記』は、桃井・土岐が一千余騎の小勢で攻撃を仕掛けた、と記す。とくに土岐の手勢が「領内であるにもかかわらず」「少なすぎる」（注3中西著六〇頁）と疑問が投げかけられているが、この点についても、『理尽鈔』は、桃井直常の思わくが次のようなものだったと説明する。〈小勢で向かえば、敵はあなどって隊列を乱して向かってくる。そこを撃ち破れば、後陣は浮き足立つ。それに、勇敢な兵は「追手」へ向かい、青野原には役立たずの兵が残っているだけだ〉（50オ）。しかし、顕家は「四方面」にして隙無く構えており、直常らは散々な目にあうほかなかった。これは、直常がかつて正成から授けられた策を生半可な理解のまま用いたからであり、顕家は先刻承知していた（51ウ～52オ）。直常の「生兵法」批判はともかくも、ここにも「追手」の語が用いられていることに注意したい。

三、五手（五番）に分ける目的は何だったのか

たしかに『理尽鈔』のように、追手（一～三番）、搦手（四・五番）とみなすと合戦の全体像はわかりやすい。しかし、『太平記』そのものに追手・搦手という記述があるわけではない。かりに追手・搦手に分けるとして、追手の何番手、搦手の何番手という取りきめではなく、なぜ、両手を通しての順序付けが必要なのだろうか。

『太平記』には、他にも軍勢を複数の手（番）に分けて戦ったという記述がある。

- 巻一四「矢矧、鷺坂、手超河原闘事」（官軍対足利。矢作川。一～三番）
- 巻一四「将軍御進発大渡・山崎等合戦事」（足利対官軍。山崎。一、二番）
- 巻一五「三井寺合戦事」（官軍対細川。三井寺。一～三番）

・巻一六「新田殿湊河合戦事」（新田義貞対足利。湊川。一〜三番）
・巻一八「越前府軍幷金崎後攻事」（里見対今河。金崎。一、二番）
・巻二〇「黒丸城初度軍事付足羽度々軍事」（義貞対足利高経。黒丸城とその支城。一〜三番）
・巻二六「四条縄手合戦事付上山討死事」（楠正行対高師直。四条畷。一〜三番）
・巻三一「武蔵野合戦事」（新田義興ら対尊氏。小手差原。一〜三番）
・巻三一「笛吹峠軍事」（尊氏対新田義宗ら。笛吹峠。一、二番）
・巻三三「菊池合戦事」（菊池対小弐。筑後川近辺。一〜三番）

「青野原合戦事」以外の、右十例はおおむね限定された場所での波状攻撃とみなされる。たとえば巻一五の三井寺合戦では、一番が「後陣ニ譲テ引退ク」ところに、二番が「入替ヘ乱合テ責戦フ」。他の例も波状攻撃とはいえないまでも、順序だった戦闘がなされている。そのためには味方の軍勢の動向を知る必要があろう。ところが、「青野原合戦事」の場合、一番の印食と二番の墨俣とは十キロメートル近く離れている。二番の墨俣と四・五番の青野原も十二キロメートル近い隔たりがある（『太平記』も、顕家勢が「三里」引き返したという）。右一〇例の中では、巻二〇の黒丸城攻防が現在の福井市とその周辺に及ぶやや広い地域を舞台としているが、これは本営の黒丸城という集約点がある。「青野原合戦」のように、広大な範囲を、一度の評議で手分けして合戦に及んでいる例は他にはないのである。

さらに、青野原で敗れた土岐が長森城に、桃井が洲俣河に退いたという。すでに指摘のあるように（注3中西著六〇頁）、青野原と長森城との間には追撃勢一番に勝利した顕家勢が、同じく洲俣河との間には二番・三番を撃破した顕家勢が控えていたはずである。そのことがまったく念頭にない記述といわざるをえない。一〜三番（渡河戦）と四・五番（青野原合戦）とは、実質的なつながりを失っている。(4)

四、今川範国はどこで戦ったのか

連携をとることが困難と思われる広域を舞台にした手分け自体に、疑問があることを述べた。『太平記』が五手に分かつところを、『難太平記』（第一節引用箇所）は「海道勢三手に分て、（中略）桃井・宇津宮勢は一くじ、故殿（今川範国）・三浦介は二の鬮、吉良・三河勢・高刑部は三鬮也」と記す。三手の中に土岐が入っていないが、土岐は海道勢（関東から追撃してきた軍勢）ではなく、地元美濃の軍勢として独自に一隊をなしたのであろう。『難太平記』の足利勢は「入替入替せらるべし」という統制のとれた攻撃を目的としており、場所も青野原に限定されている。美濃・尾張の国境から青野原にいたる広域を舞台とし、五手全体の戦略も不明瞭な『太平記』「青野原軍事」にくらべて説得力がある。

さて、『太平記』は五手、『難太平記』は三手と異なるが、両書の二番、三番の武将名には共通性もある（高刑部と高大和守と正確には一致しないが、他と同様、高一族もまとまって戦ったであろう）。

二番ニ高大和守三千余騎ニテ、洲俣河ヲ渡ル所ニ、渡シモ立（タテ）ズ、相摸次郎時行五千余騎ニテ乱合（ミダレアヒ）、互ニ笠符ヲシルベニテ組デ落、々重（オチカサナツ）テ頸ヲ取リ、半時バカリ戦タルニ、大和守ガ憑切タル兵三百余人討レニケレバ、**東西ニ散靡（アラケ）テ山ヲ便（タヨリ）ニ引退ク**。

三番ニ今河五郎入道・三浦新介、阿字賀ニ打出テ、**横逢（ヨコアヒ）ニ懸ル所ヲ**、南部・下山・結城入道、一万余騎ニテ懸（カケ）合（アヒ）、火出（イヅル）程ニ戦タリ。今河・三浦元来小勢ナレバ、打負テ河ヨリ東へ引退ク。

とくに、今川・三浦の組み合わせの一致が目につく。ただし、戦った場所は、『難太平記』が青野原、『太平記』が阿字賀（足近）と異なる。今川範国の戦ったのが赤坂（広くいえば青野原）であったことは、次の文書の裏づけもあり、

確かであろう。(5)

> 奥州前国司顕家卿攻め上る間、彼の後迫として、御発向の間、御手に属し奉り、今年正月廿八日、美濃赤坂北山幷に西縄手にて合戦し、先を懸け軍忠を致す間……
>
> （蠹簡集残編（山城国御家人松井助宗軍忠状。今川範国判）。大日本史料六編四、六六九頁）

さらに、『太平記』のように足近で戦ったとすると、「横逢ニ懸ル所ヲ」（側面に攻撃をしかけたところ）という表現も不審である。『太平記』の二番洲俣川と三番阿字賀（足近）とは、それぞれの正確な位置関係は不明だが、二キロメートル前後は離れている。二番の高大和守を退けた相模次郎時行の側面を突くためには、今川も洲俣川の渡河が必要であり、攻撃目標に到達する前に気づかれ、迎え撃たれる。『太平記』の今川の相手をした南部・下山・結城は最初から足近を守備していた軍勢だと思われ、なおさら側面をつくことは困難であろう。

『難太平記』は、一番勢が杭瀬川に退いた後、二番勢の今川が入れ替って奮戦したと記す。

> 一番勢合戦始けるに、桃井・宇津宮勢うち負しかば、赤坂宿の南を、くゐ瀬川に退けり。故入道殿（今川範国）入替られて、敵山内と云けるもの以下打取給て、西のなはて口にて、ほろかけ武者二騎を故殿射落し給ひし也。猶敵支ける間、くゐ瀬川の堤の上に非人の家有けるにおりゐ給ひけり。（後略。第一節引用部分）

この状況ならば、側面攻撃と表現してもおかしくはない。『太平記』に「打負テ河ヨリ東へ」引き退いたとある「河」も、青野原での戦闘であれば、杭瀬川のこととなる。

『太平記』の二番、敗れた高大和守が「東西ニ散靡テ山ヲ便ニ引退ク」とある記述も、場所が洲俣（墨俣）であるならば、理解しがたい（付図参照）。『難太平記』は高一族らの戦闘を記していないが、青野原での戦いであれば、「山ヲ便ニ」という表現も了解できよう。

ちなみに、二番の「山ヲ便ニ」や三番の「横逢（合）ニ」という表現は、「〇番ニ」を積み重ねる合戦描写の定型句というわけではない。前節にあげた合戦のなかでは、巻一八「越前府軍幷金崎後攻事」に「横合ニ進マレタリ」という表現があるが、乱戦のなかでのことである。「山ヲ便ニ」にいたっては他に用例が見あたらない。『太平記』が当初から、美濃・尾張境界の渡河戦を描こうとしていたとすると、近くには存在しない「山」を持ちだすのは不可思議なことである。

おわりに

『難太平記』に「海道所々にて合戦なり」（第一節引用部分）とあり、記録類から「阿志賀川」（足近川）や「下津（おりづ）」（現愛知県稲沢市）などで戦闘があったことが知れるが[6]、それが追撃勢と顕家勢との戦いであったのかどうかは確認できない。関東からの追撃勢との戦いの様相を具体的にうかがうことができるのは『太平記』と『難太平記』とである。しかし、先陣がすでに垂井・赤坂辺に着いていた『太平記』の顕家勢が「三里引返シテ、美濃・尾張両国ノ間」に陣取り、追撃勢との渡河攻防戦をくり広げた、との記述には種々の疑問がある。『太平記』の描く渡河攻防戦（一番から三番）も、本来、青野原での戦闘であった可能性が高いことを述べてきた。『太平記』の数々の不審は、顕家勢の「三里引返シテ」という状況設定に始まり、国境の渡河戦と青野原での戦闘をひと続き（一番から五番）の合戦として仕立てあげようとしたことによって生じている[7]。

『太平記』の「青野原合戦」が現存の『太平記』にいたる生成過程で大きく改変されていることは、注3中西論文がすでに指摘している。中西氏の議論は巻二二の欠巻の問題にも及ぶが、ここではそれに立ち入らない（欠巻については本書第二部第三章で論じた）。本章は「青野原合戦」の合戦描写そのものの検討から、改変の可能性に行きついたものである。海道勢（追撃勢）と土岐との評定の場所が「美濃国黒田」であることをはじめ、『難太平記』の記述の信憑性は高いと思われる。『難太平記』も合戦のすべてを記述しているわけではなく、三番勢の動向や、一番から三番の戦闘と土岐の出撃の関係など（同日のことと考えるが、杭瀬川の堤に退いた範国が「是にて明日御方を待べし」と述べた「御方」との関係をどのように考えるか）、なお検討すべき点はある。しかし、『難太平記』の記述から照らし返すと、数々の不審点をかかえた『太平記』の「青野原合戦」の異様さがより明瞭に浮かびあがる。

注

（1）榎原雅治『中世の東海道をゆく』（吉川弘文館、二〇一九年。五九頁。元版の中公新書五六頁）も美濃に近づく顕家勢を足利方が迎え撃った、と理解する。顕家が結城親朝に「阿志賀川を渡し、凶徒を退治す」と報じているように（「白河証古文書」。大日本史料六編四、六六六頁）、顕家勢が美濃に向かって渡河した際にも何らかの戦闘はあったであろうが、それと『太平記』巻一九が描く合戦（繰りかえすが、これは顕家勢が追撃してきた足利勢を迎撃。攻守は逆である）とを同一視はできない。実は、日本歴史地名大系や榎原氏のように読みたくなる原因が『太平記』にはあるのだが、その点は後述（第二節）。

また、榎原著五九頁（中公新書五六、五七頁）は、『太平記』五番の布陣（これが不可思議な設定であることも以下に示す）のうち、一番「志貴ノ渡」（印食）で奥州勢の伊達・信夫の兵が戦ったことと前記古記録の顕家勢の渡河とを結びつけて、「印食のあたりを流れる川が南北朝時代には『足近川』と呼ばれていた」と結論するが、無理な論証である。

（2）「土岐山よりうち出て」を、長谷川校注の通釈は「根拠地の土岐山（岐阜県多治見市渓山町）より出てきて、」と地の文と解釈する。一方、長谷川校注の注記では「土岐山…現岐阜県土岐市周辺か」とする。「土岐山」については確認できないのだが、「赤坂口あめ牛山」「赤坂北山」が問題になっていることから、「土岐山から出撃して、青野原で乱戦に持ち込もう」という頼遠の発言の一部と解した。あるいは池田山を土岐山と呼んだか。

（3）中西達治「太平記における青野原合戦」（『太平記論序説』桜楓社、一九八五。初出一九八二・三）六〇頁。

（4）『難太平記』によれば、桃井の退いた場所は杭瀬川である。この方が信憑性が高いが、そうなると土岐が「長森城」に引き籠もったということも疑う余地がある。『難太平記』も土岐負傷をいうが、敗走したとは述べていない。顕家勢の伊勢転進を、新井孝重『悪党の世紀』（吉川弘文館、一九九七年。一二六、一二七頁）は、進撃しつづける軍勢の規模が掠奪によってまかなえる水準をこえてしまうと、あとは自壊する以外にない、と指摘し、「土岐頼遠らの攻撃を、ようやくのことで薙ぎ払ったが、もはや黒血川を突破する力はなかった。おそらくこの時点で、奥州軍は大崩壊していたのである」という。大局的には妥当な見解と思うが、伊勢雲津川では顕家勢が勝利しており、余力はまだあった。『難太平記』は青野原合戦の経過を次のように記す。

　土岐打出しかば、（西の）黒地は京都より切ふさぎて支へ、海道（東の赤坂方面）は御方もみ合しかば、奥勢は青野原の後、伊勢路にかゝりて、（中略）青野原の軍は、土岐頼遠一人高名と聞えし也。

「土岐山よりうち出て、青野原にてもみ合べし」（第一節に引用）という頼遠のねらい通りの戦況となり、前進も後退もならない奥勢は、伊勢方面に向かうほかなかった。頼遠が負傷するくらいであるから損害も甚大であったであろうが、戦略的には足利勢の勝利であったといえよう。疑うべきは、『太平記』「頼遠既ニ青野原ノ合戦ニ打負テ、行方知ラズトモ聞へ、又ハ討レタリ共披露アリケレバ」（二九三頁）の方である。

（5）和田琢磨「今川了俊と『太平記』」（『『太平記』をとらえる3』笠間書院、二〇一六年）は「了俊は『太平記』を必ずしも精読していたわけではないようである」と指摘するが、このこともその一例となる。軍功の主張に際し、戦った場所をおろそかにすることは、本来ありえないはずである。

（6）『大日本史料』六編四は「尊氏、尾張美濃ノ戦捷ヲ鎮西ノ諸氏ニ報ズ」と綱文を立て「陸奥前国司〈顕家卿〉已下の凶徒、下津・赤坂にて誅伐の事、今月三日御教書今日〈十六日戌刻〉到来……」（岡本文書）他を載せる（七〇二頁）。

（7）こうした設定の企図は、『太平記』の書き継ぎ・改訂の問題（足利直義が主導。その直義も失脚し、死去）と不可分であり、別に検討が必要である。ここでは以下の二点を指摘しておきたい。（1）のちに直義によって処刑される土岐頼遠の功績を矮小化する。（2）新田義貞は、京都への進撃を中断し足利高経の足羽城攻略にこだわった結果、無意味な討死をとげた（巻二〇・三二一頁「サシモナキ戦場ニ赴テ」）。史実と異なり、『太平記』の足利方の黒地防備はにわか仕立てであった。顕家勢が黒地を目前にして、引き返して追撃勢との合戦を優先したのは、義貞の行為に似る。『太平記』は、南朝方が京都回復の絶好機をみずからふいにした、と描こうとしている。

第五章　中世軍記物語と太鼓

はじめに

日本古代、国内での合戦に鼓が用いられたことは、『日本書紀』に用例があり（天武元年七月五日、同一三日など）、軍防令三九「軍団置鼓条」にも「各鼓二面、大角二口、少角四口置け」（岩波思想大系『律令』）とあることから、たしかなことであろう。

くだって『将門記』に、将門を待ち受ける扶等の陣の様子を描くなかに「鉦」がみえ、「鉦ハ兵鼓ナリ、諺ニ云クふりつづみナリ」（平凡社東洋文庫による）と注記している。しかし、この注記は事実に反し、福田豊彦『平将門の乱』（岩波新書、一九八一年）は「作者は鉦を見たことがなく、鉦や鼓がすでに合戦に使われなくなった時期に、『将門記』が書かれたことを示す証拠となろう」（九四頁。傍点引用者）という。ただし、福田氏は「一〇世紀の将門時代の合戦は、律令国家が私有を厳禁していた鉦・鼓が、幢とともに私戦に使われている（九七頁。傍点同）ところに、その時代性があらわれている」とも述べている。

つづく初期軍記の『陸奥話記』は鉦鼓にふれるところがないが、同じ戦乱を描いた『前九年合戦絵詞』に、衣川関に進撃した源頼義の陣所と、某年重陽節句に頼義を奇襲する安倍貞任の陣地とに、太鼓が描かれている。ともに三人がかりで、綾藺笠の男一人が桴をもつ。いずれも甲冑は身につけていない。前者の太鼓は台に据えられており、後者は太鼓の胴の突起に棒を通し、二人の男が担いでいる（前者も含め『絵詞』の太鼓は鋲打太鼓であり、雅楽の荷（にない）太鼓とは異なる）。後者は『陸奥話記』に対応する記事はないが、『絵詞』詞書には「良〔昭〕等悦びて鼓をうち、軍呼ばひして襲ひ来たる。御方同じく鼓をうち時をつくり、寄せ向かひて合戦す」（『続日本の絵巻一七』）とあり、国府館もまた、鼓をうち、応じた。しかし、上述の絵・詞の起源がどこまで遡るものかは明確ではない。貞任陣地の太鼓は移動を前提とした様態で、本章の課題とも深く関わるが、合戦史にどのように位置づけるか課題を残す(1)。

このように、初期軍記の時代における太鼓には存否を含めよくわからない点が多いが、いまはこれ以上たちいる用意がない。ここでは鎌倉期以降の太鼓を主として論じたい。なお、現在「つづみ」といえば小鼓をさすが、本章で問題にするのは、兵具としての音量からいずれも太鼓の範疇に属するものと考えられ、引用を除き、基本的には「太鼓」の表記を用いる。また、漢籍をのぞく諸資料を引用する際、振仮名の一部を本文行に繰り込み、返り点部分をひらくなど、読みやすい形にあらためた。

一、『平家物語』

1、壇浦の太鼓

本章で問題にしたいのは、野戦において、あるいは城郭戦の場合は攻城側が太鼓を使用することがあったのか、ということである。中世の合戦における太鼓の例として、次に示す事例の傍線部をあげることが多いが(2)、「せめ鼓」は『平家物語』の中でもここにしか現れない。しかもこれは海上の戦なのである。

源氏は三千余艘の船なれば、せいのかずさこそおほかりけめども、処々よりゐければ、いづくに勢兵ありともおぼえず。大将軍九郎判官、まさきにすゝ(ン)でたゝかふが、楯も鎧もこらへずして、さん〳〵にゐしらまさる。

平家みかた勝ぬとて、しきりにせめ鼓う（ッ）て、よろこびの時をぞつくりける。（覚一本巻一一「鶏合壇浦合戦」）

傍線部は諸本（後述の源平盛衰記をのぞく）に大差ないが、四部本は「平家之を見て、矢合に勝ちぬとて、大鼓を打ちて喜びの時を作る」とし、

四国の者共は声を合はせねば、怯しみを成す処に、差し合はせて平家を射る。之を見て、平家は亦劇騒し、「新中納言は吉く言ひける物を」と、大臣殿後悔したまへども、其の甲斐無し。

と続ける。鼓につづく話題は、他に、和田義盛の遠矢（延慶本・屋代本・覚一本・中院本など）、鯨の出現と占い（長門本）、義経の八幡大菩薩祈念と奇瑞（盛衰記）などと異なるが、いずれにせよ、平家が勢いづいて攻めかかるという事態に及んではいないことに注意したい。『角川古語大辞典』「せめつづみ」の項が、「①合戦などの時、敵に攻めかかる合図に打ち鳴らす太鼓」「②合戦で攻勢にあるとき、味方を鼓舞するために連打する大鼓」「③鼓の打ち方の一。間断なく速く打つ打ち方」と語義を分けて記し、②の用例に壇浦合戦をあげるのも、ここでの鼓をとりまく状況を判断してのことであろう。③の用例は謡曲であり、②の用法が転じたものかもしれないが、壇浦合戦の事例を③の意にとって不都合はない。逃鼓・責鼓という用語は、鎌倉末期の『八幡愚童訓』（岩波思想大系、一八四頁）に見られるから、『平家物語』が成立したであろう鎌倉中期に「せめつづみ」の語が成立していておかしくはないが、壇浦の鼓を〈軍用語〉としての初出例としてよいのかどうかなお検討の余地があろう。

さて、盛衰記は上記傍線部を「平家ハ勝ヌトテ阿波国住人新居紀三郎行俊、唐鼓ノ上ニ昇テ責鼓ヲ打テノノシリケリ」とする。黒田彰「源平盛衰記難語考」（『軍記物語の窓　第一集』和泉書院、一九九七・一二）は、唐鼓とは「吉備大臣入唐絵巻などに見られる、唐船の艫の櫓に置かれた大鼓」をさすのであろうとし、『山槐記』『高倉院厳島御幸記』などにより、唐船には太鼓が積まれ、進発の合図に打たれていたことを確認したうえで、「壇浦合戦での平家の唐船投入も、事実である蓋然性は高い」という。重要な指摘である。「唐船」の語は他本にはみえないが、壇浦に響いた

鼓の音は唐船からのものと思われる。

『平家物語』の「せめ鼓（攻鼓、責鼓）」は、陸上での事例でないことはもちろん、海戦（『平家物語』の描く船軍はこのみであるが）にあっても、当時の合戦の常態ではなかったであろう。

2、一谷の太鼓

覚一本巻九「樋口被討罰」に、平家の一谷の城郭を描く中に「大鼓」が登場している。

城の面の高矢倉には、一人当千ときこゆる四国鎮西の兵共、甲冑弓箭を帯して、雲霞の如くになみ居たり。矢倉のしたたには、鞍置馬共十重廿重にひ(ッ)たてたり。つねに大鼓をう(ッ)て乱声す。

この部分（屋代本は欠巻）、百廿句本・中院本などには同様の表現があるが、延慶本・長門本・盛衰記・四部本は描写全体を異にし、傍線部表現も無い。合戦場面での「乱声」は他に例が無く、新潮古典集成は「本来は舞楽の初めに奏する笛・太鼓等の無拍節の曲。転じて合戦で太鼓を打ち、鬨の声をあげること」と注記している。壇浦の「せめ鼓」も鼓の用法としては、これと同質のものであろう。

なお、盛衰記巻三三「水島軍」（盛衰記独自記事）には、水島の平家の城郭に攻撃をしかけた義仲勢を、平家が水陸協働してうち破る場面があり、「城ノ内ヨリハ勝鼓ヲ打テノシリ懸程ニ」という記述をふくむ。「勝鼓」という表現が注目されるが、これも城郭に拠る側の用例である。

3、行軍途上の太鼓

『平家物語』の鼓の用例として、壇浦の事例とともによく引かれるのが、盛衰記巻三五「義経範頼京入」にみる平等院の鼓である。この記事は他に、延慶本第五本七にあるのみ。いま延慶本を引く。

九郎御曹司、河ノ辺近ク高矢倉ヲ作ラセテ、上リ給テ、四方ヲ下知シ給ケリ。（中略）御曹司矢倉ノ上ヨリ様々ノ事ヲ下知シ給ケレドモ、カシカマシクテ人更ニ聞ズ。其時平等院ヨリ大鼓ヲ取寄テ打セラレケレバ、二万五千余騎皆シヅマリテ、御曹司ニ目ヲ懸ザル者ハ一人モナカリケリ。其時九郎御曹司大音声ヲ揚テ……

笹間良彦『武家戦陣資料事典』（第一書房、一九九二。一一〇頁）は、盛衰記をあげ「軍陣に太鼓を用意していたことは想像されるが、時には右の文の如く臨時に寺社などから太鼓をとり寄せて用いた」という。しかし、これは義経の機知を示す話であり、むしろ、通常は太鼓を携行してはいなかったことを示す事例とみなすべきではなかろうか。

いまひとつ、行軍途上の事例に数えられるものに、盛衰記巻二九「礪並山合戦」がある。

源氏ハ追手・搦手様々用意シタリケル中ニ、樋口次郎兼光ハ搦手ニ廻タリケルガ、三千余騎其中ニ大鼓・法螺貝、千バカリコソ籠タリケレ。木曾ハ追手ニ寄ケルガ、牛四五百疋取集テ、角ニ続松結付テ、夜ノ深ルヲゾ相待ケル。

延慶本・長門本・四部本などは「同時ニ時ヲ作ル」と記すのみ。覚一本・屋代本などは「えびらのほうだて打たゝき、時をど(ッ)とぞつくりける」とある。これも盛衰記の独自記事であることにくわえ、搦手の大鼓・法螺貝は、追手の続松を結いつけた牛と同格の、「様々用意シタリケル」ことの一環と読め、普段から携行していたものとは思われない。付言すれば、貝・鐘についても、盛衰記巻一三「熊野新宮軍」には、他本にはない記述がみられる。

那智・新宮ノ大衆、軍ニ勝テ貝鐘ヲ鳴シ、平家運傾テ源氏繁昌シ給ベキ軍始ニ、神軍サシテ勝タリト、悦ノ時三度マデコソ造ケレ。

三弥井書店『源平盛衰記』は「貝鐘は、法螺貝と陣鐘で、号令等に用いる兵具」と注記するが、「陣鐘」「兵具」と呼ぶのはいかがか。覚一本巻四「山門牒状」に「三井寺には貝鐘ならいて、大衆僉議す」とあるのも、「法螺貝と鉦。軍陣で合図に用いた」（岩波新大系）のように注する例があるが、「法螺貝を吹き、鐘を鳴らして。大衆を集める合図として、僉議の際に常套的に用いられる表現」（三弥井古典文庫『平家物語㊤』）との説明が穏当であろう。盛衰記巻四五「重衡向南都被斬」に「東大・興福両寺ノ大衆・宿老・若輩、貝鐘鳴シテ、大仏殿ノ大庭ニ有会合僉議」という表現もあり、巻一三の事例はこうした貝鐘をたまたま合戦終了後の喜びの表現に用いたまでであろう。貝鐘が兵具としても用いられるようになるのは、戦国時代に至ってから、と目される。

二、『太平記』

『太平記』は一見、『平家物語』にくらべ、太鼓の叙述が多い印象をうける。しかし、中国を舞台とする故事をのぞき、日本の合戦に限れば、『平家物語』と大差はない。

1、備中福山合戦

筑紫に退いた足利勢が再び上洛する途次、陸路の直義勢が官軍の籠る備中福山城を攻撃する。

是迄モ城中鳴(ナリ)ヲ静メテ音モセズ。「サレバコソ（官軍は福山城を）落(オチ)タリト覚ルゾ。時ノ声ヲ挙テ敵ノ有無モ知レ」トテ、（直義勢）三千余騎ノ兵共、楯ノ板ヲ敲キ、時ヲ作ル事三声、近付テ上ントスル処ニ、城中ノ東西ノ木戸口ニ、大鼓ヲ打テ時ノ声ヲゾ合セタリケル。（岩波古典大系巻一六「備中福山合戦事」。梵舜本もこれに同じ）

この箇所、諸本（比較対象は、神田本・西源院本・徴古館本・南都本〈欠巻部分は筑波大本による〉・天正本・毛利家本・梵舜本）に異同があり、神田本（毛利家本も）・徴古館本の直義勢は鬨の声を発していない。また、西源院本・天正本は「時ノ声ヲ揚タリケレバ、敵猶音モセズ」とするのみである。古活字本（岩波古典大系）・梵舜本によれば、寄手が太鼓を用いていないことは明瞭であるが、諸本共通して「大鼓」の音は城兵のなすわざ、としていることに注意したい。

2、湊川合戦

右の前哨戦をへて、足利勢と官軍とが激突した兵庫の地で太鼓はどのように使われているのか。

両陣互ニ攻寄テ、先澳ノ舟ヨリ大鼓ヲ鳴シ、時ノ声ヲ揚レバ、陸地ノ搦手五十万騎、請取テ声ヲゾ合セケル。其声三度畢レバ、官軍又五万余騎、楯ノ端ヲ鳴シ胡籙ヲ敲テ時ヲ作ル。（巻一六「兵庫海陸寄手事」）

この部分、足利勢（船、尊氏。陸、直義）、官軍（陸、新田・楠）の「音」に関する叙述に限れば、有意な異同があるのは神田本のみである。

追手の兵七千よそうあひづの大こを打つて時の声を作れば、からめての軍勢五十万ぎ請取つてゑびらを扣ひて声を合す。官軍は僅かに三万五千よき、此もたての板を扣ひて同く時の声をあぐ。

直義勢の鬨の声がいかなる音を伴っていたか、右の神田本によれば明瞭ではあるが、ともに陸上にある直義勢と官軍とに用具の差はなかったと思われ、神田本の書き分けは改編の結果とみなすべきだろう。しかし、いずれにせよ太鼓の音は船上からのものであることは、『梅松論』京大本の記述によっても裏付けられる。

〔兵庫合戦布陣〕将軍ノ御座船ハ錦ノ御旗ニ日ヲ出シテ（中略）御船ヲ出サル、時ハ毎度鼓ヲナラサレシ間、同時ニ数千艘帆ヲアゲテ淡路ノセト五十町ヲセバシトキシリ合テ、更ニ海ハ見エザリケリ。

〔兵庫合戦〕御座船ノ鼓ノ乱声聞エシカバ、海上ヨリ作リ始シ時ノ声、陸地ノ大勢請取テ、三度上矢ノ鏑ヒヾキシカバ、六種震動モ是ニハ過トゾ覚エシ。

これによれば、太鼓は尊氏の乗船した船に置かれており、船の進発の合図を目的としたものである（この点、黒田彰論文のあげる唐船と同様）。『太平記』の表現では船団全体が太鼓をいっせいに打ち鳴らしたともとれるが、御座船の太鼓に応じて、（太鼓以外の音・声による）鬨の声が（ごくわずかな時間差をともなって）次第にひろがり、陸地ではこれに、開戦を告げる鏑矢の音が加わった、とするのが『梅松論』であろう。音が一点から拡がりゆくさまを描き出すすぐれた表現である。足利の船団に他に太鼓がなかったとはいえないが、『太平記』の官軍の描写とあわせ考え、陸上では太鼓は使用されていなかったものと思われる。

3、異朝と本朝

湊川合戦での太鼓の表現に関して、いまひとつ注意したいのが、『太平記』『梅松論』ともに、『平家物語』壇浦合戦のようにこれを「せめ鼓」とは表現していないことである。本朝の合戦での不使用は、巻三三「新田左兵衛佐義興自害事」などでも同様であり、『太平記』は異朝の合戦にのみ「攻（責）鼓」の語を用いている（いずれも諸本に大きな異同無し）。

○馬ハ雪ニ泥（ナツ）ンデ懸引モ自在ナラズ。サレ共越王責鼓（セメツヾミ）ヲ打テ進マレケル間、越ノ兵我先ニト轡ヲ双ベ懸入ル。
（巻四「備後三郎高徳事付呉越軍事」）

○呉王ノ使者未ダ帰ラザル前ニ、范蠡自ラ攻鼓（セメツヾミ）ヲ打テ兵ヲ勧メ、遂ニ呉王ヲ生捕テ軍門ノ前ニ引出ス。（同）

○（太元軍は）「……時ヲ暫モ捨ツベカラズ。攻ヨヤ兵共」ト諫メ訇ツテ、責鼓ヲ打テ楯ヲ進メケレバ、城中ニ少々残置レタル兵共、暫有テ火ノ燃出ル様ニ、家々ニ火ヲ懸テ、ヌケ穴ヨリ逃走ケル。
（巻三八「太元軍事」）

『太平記』には他に、「漁陽ノ鼙鼓（ヘイク）地ヲ動カシ来リ」（巻一〇「鎌倉合戦事」）、「漁陽ヨリ急ヲ告ル鼙鼓（ヘイク）、雷ノ如クニ打ツヾケタリ」（巻三七「畠山入道々誓謀叛事付楊国忠事」）という『長恨歌』をふまえた記述があり[3]、巻四の范蠡の箇所には典拠となった『史記』越世家に「范蠡乃鼓シ兵ヲ進メ曰……」という類似の表現がある。ただし、「責鼓」という用語はなく、その後の事件展開にも相違がある。『太平記』は、日本の軍記物語における合戦描写の伝統的な方法によって、中国の合戦を再構成している、という増田欣氏の指摘（『『太平記』の比較文学的研究』第一章第二節四。角川書店、一九七六）がある。しかし、異朝の合戦を単純にわが国の合戦の色に染め上げているわけではないことにも留意すべきである。そのことを端的に示すのが、巻二二「義助被参芳野事并隆資卿物語事」のあげる孫子の故事である。

時ニ孫氏甲冑ヲ帯シ、戈ヲ取テ、「鼓ウタバ進ンデ刃ヲ交ヘヨ。金ヲウタバ退テ二陣ノ兵ニ譲レ。敵ヒカバ急ニ北ルヲ追へ。敵返サバ堪テ弱ヲ凌ゲ。命ヲ背カバ我、汝等ヲ斬ラン」ト、馬ヲ馳テゾ習ハシケル。

［小学館新編全集③九五頁］上欄解説も指摘するように、本話は『史記』巻六五「孫子呉子列伝」にもとづく。ただし、原拠では、孫武は女たちに太鼓の合図に従って、胸・左手・右手・背中を見るように指示した、とあるところを、『太平記』は実戦演習という設定に置き換えている。この金鼓の令は史書にも「令シテ曰、鼓ノ声ヲ聞カバ縦チ、金ノ声ヲ聞カバ止マレ」（『漢書』巻五四李陵伝）とみえるが、兵書に不可欠の要素であり、「凡ソ三軍ヲ領スルニハ、必ズ金鼓之節有リ」（『六韜』犬韜・教戦）とあり、「鼓セバ則チ進ミ、金スレバ則チ止マル」（『呉子』応変）、「之ヲ鼓スレバ則チ進ミ、重ネテ鼓スレバ則チ撃ツ。之ヲ金スレバ則チ止マリ、重ネテ金スレバ則チ退ク」（『尉繚子』勒卒令）など説かれるところである。ちなみに『太平記』本朝の記事にあらわれる「鐘」はほとんどすべてが寺院関係の鐘であり（巻八「三月十二日合戦事」では六波羅探題が軍勢を集めるのに「地蔵堂ノ鐘」を鳴らす）、巻二二孫子の故事の表現は、『太平記』作者が中国の軍制に対する知識にもとづいて再構成したものである。『太平記』は異朝の合戦を日本風に織りなすと同時に、彼我の合戦の相違について意識的でもあったことを、この事例は物語っており、その認識は『太平記』の改訂者にも継承されている。

之ニ依テ其兵三十万騎、心ヲ一ニシテ死ヲ軽クセリ。〈鼓ヲ打テ進ムベキ時ハス丶ミ、鐘ヲ敲テ退クベキ時ハ退ン事、一歩モ大将ノ命ニ違事アルベカラズト見ヘタリ。〉其外ノ事ハ、我等ガ知ベキ処ニ非。

右は巻二〇「義貞夢想事付諸葛孔明事」の一節であるが、〈　〉内は神田本・西源院本・徴古館本・天正本・梵舜本にはなく、南都本・前田家本・毛利本などの後出本にある記事である。(4)

本章一の1に述べたように、責鼓という語がすでに成立しているにもかかわらず、『太平記』作者がついにこれを本朝の合戦に用いることがなかったのも、巻四呉越合戦の事例のような、太鼓の音とともに兵を進めるという意味での「責鼓」が南北朝期の日本にはなかったからであろう。軍用語としての「せめつづみ」という言葉は、『八幡愚童訓』もふくめ、異朝の合戦法を意識する中で生みだされてきたものではなかろうか。

三、『十二類絵巻』『聖徳太子絵伝』

『太平記』において、日本の、陸路を進撃する軍勢に太鼓の記述がないことを指摘してきた。しかし、この問題を考えるうえで、軍記物語ではないが検討を要する資料がある。「武器・甲冑などに南北朝時代の武具の特色が示されており、内容、表現ともに『太平記』の世界を描き出すものである」（宮次男『角川　絵巻物総覧』）と評されている『十二類絵巻』[5]である。

狸軍の夜討評定場面（第四図）には狸の発言として「寄付なば、せめ鼓をうたんずるぞ」という画中詞が付されている。ただし、画面に鼓は描かれていない。狸自身の腹鼓を「せめ鼓」と称しているのであろうから、この時代に太鼓を携行して攻撃に用いた、という資料とすることはできない。狸軍の夜襲場面（第七図）、十二類の愛宕山城攻撃場面（第八図）にも太鼓はみえない。また、十二類の野陣場面（第六図）に、詞は付されていないが、「鋲打太鼓」が描かれている。しかし、これは「太鼓樽」すなわち酒樽である。『一遍聖絵』（『新版絵巻物による日本常民生活絵引』二・二一一頁）や『春日権現験記』（同四・一五九頁）などに登場するものに比して大ぶりではあるが、十二類の酒宴場面（第二図）左端のものと同じく太鼓樽に相違ない。

もう一点、『聖徳太子絵伝』（注2黒田論文の図版、四天王寺蔵本による）にもふれておきたい。物部守屋邸攻防の場面、稲城(いなき)の背後、守屋邸門前に身の丈をはるかに越す巨大な太鼓が置かれ、腹巻を鎧うた二人の男が桴を振るっている。黒田氏はこの太鼓を「太鼓が戦争場面のイメージとしていかに不可欠であったかをシンボリックに示す」ものとみなし、さらに「戦争における藁の利用」についてふれ、「鎌倉末・南北朝時代の戦争において、このような藁の利用の仕方があったであろうことをも私たちは知りうるのである」という。(6)

しかし、まず藁についていえばこれは『日本書紀』守屋討伐譚に由来する「稲城」の絵画表現であり、南北朝時代の実態の反映とはとても思えない。中世の聖徳太子伝に「諸方ヨリ多ク稲ヲ召シ集メ、山岳ノ如ク四方ニ積並タリ。仍テ稲村ガ城ト名ク。三重ニ堀ヲホリ、五重ニ木戸相構ヘ八方ニ高矢蔵ヲ結構ス」(醍醐寺本。斯道文庫編『中世聖徳太子伝集成』。他の伝本も『集成』に拠る)とあり、『絵伝』の描画はこうした本文に対応するものであろうが、記紀に登場する稲のみから成る「稲城」とはすでに稲の意味合いを異にする。同じく四天王寺本の場合、守屋の城郭を「大ナル榎木ヲ便リトシテ高矢蔵ヲ上タリシカバ是ヲ榎木ノ城トモ名付タリ」、舎弟勝海のそれを「四方ニハ稲ヲ高ク積ミ其上ニ矢蔵ヲ搆(カキ)タリ。是ヲ稲村ノ城ト名付タリ」と書き分け、稲は一特徴に姿をかえ、内閣文庫本にいたっては稲への言及がないのである。

また、太鼓は同じく聖徳太子伝に「即城ノ内ノ三千余騎ノ軍兵、勝鼓ヲウチ同音ニ時ヲ作ケレバ」(醍醐寺本)、「(守屋は)終夜カヾ火ヲタキ、大鼓ヲ打、螺ヲ吹キ、四方之勢ヲ集メテ、今カ〳〵ト待居タリ」「毒ノ鼓ヲ打、螺之貝ヲ吹キ、四面八方ニ一同ニ時之声ヲ合セケリ」(四天王寺本)などの表現がある。いずれも士気・戦意高揚を目的としており、太鼓により軍勢の進退をはかるものではない。『絵伝』の太鼓もこれらに呼応していよう。いずれにせよ防備する守屋側のものであるから、『太平記』の時代のありように抵触しない。本章の検討内容から『聖徳太子絵伝』の太鼓に意味を見いだすとすれば、台座に置かれ、迅速な移動を想定していない、というその様態においてである。(7)

四、室町軍記とその後

『明徳記』以降の室町軍記にも、合戦における太鼓の記述は多くはない。『応仁記』（古典文庫）「野馬台詩」に「鐘鼓喧国中」の句があり、「鼓鼙之声而已」「山々ニ大鼓ヲ搞チ、里々ニ早鐘ヲ推テ休ム時無キ体」と注解する。戦乱をさしているには違いないが、具体的な合戦描写ではない。これを除けば、応永の乱（一三九九年）を描く軍記に次のようにあるのが数少ない事例である。(8)

> 『大内義弘退治記』（幕府勢は）是程ノ平城（大内の堺城を）只一度ニ責落スベシトテ、同十一月廿九日ノ卯ノ時ヨリ押シ寄セ、御方三万余騎、楯ヲ鳴シ箙ヲ敲ヒテ一度ニ鬨ヲ作リケレバ、城中ノ兵五千余騎、大鼓ヲ撃チ鐘ヲ鳴シ、矢倉・搔楯ヲ扣テ鬨ヲ合ス。寄手四方ヨリ我先ニ攻メ入ラント息ヲモ継セズ、攻懸レバ……
>
> 『堺記』是程の平城只一束に責落すべしとて十一月廿九日、卯刻より押寄て味方三万余騎籙・楯の板をたゝき一度に時を作れば、城内にも五千余騎大鼓を打、矢櫓・かいだてをたゝき時の声を合す。敵味方の時の声、天地も響き山海も破かと覚たり。

右は細部の異同はあるが、音源を具体的に記すその表現において、城に進撃してきた側には「太鼓」・「鐘」を当てていないことに注意したい。その点では『平家物語』以来変わりはないのである。ただし、『大内義弘退治記』の「鐘」はどこから持ち来ったものかわからないが、僧兵ならぬ武士が鐘を城郭で使用したことの、いち早い記録として記憶にとどめておいてよい。

野戦あるいは城郭戦で攻撃側が太鼓を用いる事例があらわれるのは、戦国時代以降のことである（本章では扱わなかったが、法螺貝の使用もほぼ同じであろう）。それがいつ、どこにはじまるのかは、よくわからない。(9)『武家名目抄第八』

（『改訂増補故実叢書』）、『古事類苑』兵事部などに用例が集められているが、資料としての信頼性も考慮すれば、左の例などがその早い例のひとつに数えられよう。

○武田信玄水役の者と名付け、三百人ばかり真先にたて、彼等にはつぶてをうたせて、推大鼓を打つて人数かゝり来る。（『信長公記』三方原合戦、元亀三年一五七二。角川文庫一三八頁）

○案祥之城には、小田之三郎五郎殿移らせ給ひて御処に、（今河勢が）四方より責め寄せて、鐘・太鼓を鳴らし、四方より矢・鉄炮を放し、天地を響かせ、鯨声を上。（『三河物語』天文一八年一五四九の合戦。岩波思想大系七二頁）

また、指揮道具としての進化に関して、笹間良彦『武家戦陣資料事典』は「本当に打ち方の合図が多くなったのは江戸時代からで、軍学者達の作ったものである」という。『甲陽軍鑑』（汲古書院『甲陽軍鑑大成』本文篇下、一二頁。新人物往来社『改訂甲陽軍鑑』下、九八頁）、『軍法侍用集』巻五「太鼓うちやうの事」（ぺりかん社活字本、二三三頁）、『北条五代記』巻八「北条家の軍に貝・太鼓を用る事」（改訂史籍集覧五、一八〇頁）などが知られているが、『理尽鈔』巻七34オにも、楠正成が三度の合図にそれぞれ手はずを定め置き、軍勢を指揮した、との記述がある。これらの諸作品の多くは、近世初期には成立していたとみなされており、軍学者たちの机上の創作と退けてはしまえないかもしれない。

おわりに

本書第三部第二章で、『太平記』の合戦叙述を分析し、『平家物語』との間に、武器の使用のあり方から戦法にいたるまで大きな相違が認められることを指摘した。同時に『太平記』の時代の戦闘も、足軽集団が重要な構成要素となる戦国期以降の合戦とくらべれば、『太平記』のそれはいまだ過渡期の様相を呈している、とも付言した。本章であつかった太鼓の問題は、その付言にかかわる。福田豊彦『平将門の乱』に「足軽が戦場を走りまわる戦国期以降、鉦・

鼓は陣太鼓として復活し」た（九七頁）、という指摘がある。ただし、「鉦・鼓は中世の合戦叙述ではまずみることができない」（九四頁）とはいえず、事例をあらためて検討した。

虚構をまじえ、和漢の故事をふまえ、常套句をちりばめて描かれる軍記の表現を、ただちに実態に結びつけることはできない。しかし、操作の方法によっては新たな知見を見いだすことは充分に可能であろう。本章二3「異朝と本朝」で述べた両朝の合戦の描き分けは、『太平記』という作品の性格を考える材料であるのみならず、合戦史の資料としての評価をも定めるものである。

注

（1）『続日本の絵巻一七』底本の国立歴史民俗博物館蔵本は「鎌倉中期」の制作と目されるが、『吾妻鏡』承元四年（一二一〇）一一月二三日条に、将軍実朝が「奥州十二年合戦絵」を京都から取り寄せた記事があり、『絵詞』は「その伝統をもつ初期合戦絵巻」（『角川　絵巻物総覧』一九九五年四月、宮次男氏執筆）と目されている。近藤好和『源義経』（ミネルヴァ書房、二〇〇五・九。八八頁）は、『絵詞』の武装描写には「十三世紀初頭以前に遡りうる古様な様式」が多くみられるという。ただし、太鼓についての言及はない。

（2）黒田日出男「戦争と『音』――絵画史料に『音』を聴く」（『歴史の読み方』朝日新聞社、一九九二。初出一九八八・七）。笹本正治『中世の音・近世の音――鐘の音の結ぶ世界――』（名著出版、一九九〇・一一。一六〇頁）

（3）鞞鼓は「せめつづみ。うまのりつづみ。騎兵が馬の上で鳴らすつづみ」。『太平記聞書』（青木晃。ビブリア59、一九七五・三）「鞞鼓ト云ハ、セメツヾミ」。京都大学図書館蔵『長恨歌并琵琶行』（天文一二年清原宣賢写。武蔵野書院『長恨歌・琵琶行抄』による）「鞞鼓」に「イクサツヾミ。フリツヾミ」と訓を付し、「漁陽ヨリ大鼓ツヾミヲウテ、金ヲナラシテ都へ押寄ス。其勢（イキヲイ）天地ヲヒヾカシ、大地モクツガヘル如ニシテ来ル」と解している。

（4）増田欣「諸葛孔明の死と新田義貞の最期」（『中世文藝比較文学論考』汲古書院　二〇〇二。初出一九九三・三）は、『太

平記』の描く、仁慈に厚い良将としての孔明像は、『魏氏春秋』『晋書』などに見られる伝承に基づきながら、「自分の知識と詞藻を駆使して文飾を施し」、描き上げたものであり、〈　〉内などの詞章はそれをいっそう増幅したもの、と指摘している。

（5）『室町時代物語大成7』所収、堂本家旧蔵本により、『鳥獣戯語』（福音館書店、一九九三）所収、チェスター・ビーティ図書館蔵本を参照した。

（6）四天王寺には「鼓面の直径が二・四八メートル」の雅楽の大太鼓（だだいこ）が現存している（押田良久『雅楽への招待』共同通信社、一九八四・一一）とのこと。あるいはこれを念頭に置くか。あたかも大太鼓の太鼓部分のみを外して持ち出したかのようである。

（7）戦国時代の合戦を描いた資料には、戦闘場面にいくつかの形態の背負い太鼓（背負い手と打ち手との二人一組）が散見する。にしむら博物館蔵『川中島合戦図屛風』、成瀬家蔵『長篠合戦図屛風』など（中央公論社『戦国合戦絵屛風集成1』による）。

（8）『大内義弘退治記』は神宮文庫蔵本、『堺記』は和田英道「尊経閣文庫蔵『堺記』翻刻」（跡見学園女子大学国文学科報19一九九一・三）による。

（9）太鼓の使用は武田信玄にはじまるという所説（山鹿素行『武家事紀』、笹本正治『中世の音・近世の音』一六二頁所引。『竜韜品』、新人物往来社『甲州流兵法』九一頁）があるが、信玄以外の用例もあり、なお検討を要する。たとえば『国府台戦記』天文七年（一五三八）一〇月の合戦に、北条氏綱の軍兵が「懸りたいこ」とともに進撃する記事がある。また、和田英道「尊経閣文庫蔵『細川高国晴元争闘記』（原題『雑記』）翻刻」（跡見学園女子大学紀要19、一九八六・三）の紹介する、『争闘記』（享禄四年（一五三一）成立と目される）の、大永七年（一五二七）三月の記事中に「然シテ三好（元長）一鼓シテ進ム。金吾（朝倉教景）馬ヨリ下リテ力戦ス」という表現がある。

第六章　騎馬武者が馬より下りる時

はじめに

『太平記』巻三〇「薩埵山合戦事」に、尊氏の後詰を期す宇都宮勢とこれを阻止しようとする桃井・長尾勢の激突が記されている。その際長尾孫六らは「皆馬より飛でおり、歩兵（カチダチ）になりて」切りかかるが「縦横に懸悩されて一人も残らず」討たれてしまう。この記事を本書第三部第二章で、「わざわざ下馬しての打物使用」の事例のひとつとしてとりあげた。しかし、あらためてこの記事を読み直すと、長尾孫六らがなぜ「飽まで広き平野」で徒歩で闘おうとしたのかどうもよくわからない。そこでまず、比較のために『平家物語』も含め『太平記』において、騎馬武者がどのような状況で馬より下りているのかを確認し、しかる後に当該記事の再検討に及ぼうと思う。『太平記』は主に神宮徴古館本（徴古館本と略称）に拠ったが、一部振り仮名（平仮名で示す。片仮名は原文）・送り仮名を補った。

馬に乗った以上、いずれは下りるか落ちることになるが、（ア）神仏・貴人への敬意、休憩・食事、待機、治療、自害などを目的とした下馬、（イ）馬の負傷による下馬・落馬、（ウ）組み討ちによる落馬（倒した敵の頸を取るための下馬を含む）を除き、戦闘の開始・続行に際しての下馬を問題にする。

一、下馬の状況

1、地形などの規制

橋桁・深田などを前にしての下馬もはじめから除外してもよいのであるが、『太平記』巻三二「神南軍事」には本文上の問題があるので特にとりあげる。足利義詮方の赤松・佐々木の固める神南山の西の尾崎近くに、宮方の山名勢が駆け上がり、激しい攻防を繰り広げる場面である。

《永和本》山名ノ右衛門佐師氏（中略）、宰相ノ中将義詮ノ朝臣ノ陣神南ノ山エ推寄ル。（中略：義詮勢の布陣）嶮キ山ノ習トシテ、ヨソハ見テ麓ハ見ヘズ。イヅレノ陣ヘカ敵ハ先カ、ランズラント、遠目ヲ仕テヨソヲノミ守リ居タル所ニ、山名右衛門佐ヲ先トシテ出雲伯耆ノ勢二千余騎西ノ尾崎エ只一息ニカケ上テ、一度ニ時ヲドット作ル。分内セバキ両方（西？）ノ峰ニ、馬人身ヲ側ムル程ニ打寄タレバ、互ニ射チガウルコミ矢ノハヅ、ル（ママ）一モ無リケリ。爰播磨国ノ住人ニ後藤三郎左衛門基明ト云ケル強弓ノ手ダリ、一段高キ岩ノ上ニ走リ上テ、三人張ニ十四束、飽マテ引テ放ケルニ、楯モ物具モタマラネバ、山名カ兵ドモ前カネテチトシラウテゾ見エタリケル。【是ヲ利ニシテ佐々木ガ黄旗一揆ノ中ヨリ、大鍪形ニ一様ノ霧衣掛タル武者三人、已ガ結タル鹿垣斬テ推破リ「Ⓐ日本一ノ大剛ノ物江見勘解由左衛門〻〻〱（1）マ前カケテ打死仕ゾ。死残タル人アラバ語テ子孫ニ名ヲ伝ヨ」ト声々ニ名乗リ呼テ斬死ニコソ死ニケレ。栗原彦五郎・海名新左衛門・一宮張（ママ）正左衛門有種、Ⓑ打死シタル死骸ノ上ヲ、ツトオドリ越テ、鋒ヲ合テ火ヲ散シケル間、山名ガ前ガケノ兵ドモチトシドロニ成ト見エケルヲ、右衛門佐大音声ヲ揚テ「前陣戦ヒ疲テ見ルゾ。後陣入カエテアノ敵ウテ」ト下知スレバ、伊田・波多野、早雄ノ若武者ドモⒸ七八十人馬ヨリ飛下々抜ツレテ渡リアフ。Ⓓ後ニハ「数万ノ御方ツヾクゾ。引ナ」トカヲ合テオメキサケブ。前ニハⒺ八十余人ノ物共颯ト入乱テ切アフ。】太刀ノ鐔音・鎧突コダマニ響キ、百足応テ暫モ休時無ケレバ、山嶽崩テ川谷ヲ埋カトゾ聞エケル。

《徴古館本》【是を利にして佐々木か黄旗一揆の中より、大鍬形に一様の母衣懸たる武者三人、鹿垣をきりて推破り、「ⓐ近江国の住人江見勘解由左衛門尉某、真先に懸て討死仕ぞ。人にかたりて末代に名を留よ」と称て、太刀の鋒をすゝめ小躍りして懸ければ、左方より「後藤三郎左衛門尉基明・一宮弾正左衛門尉有種・粟飯原彦五郎某・海老名新左衛門尉某」と、四人高声に称て、ⓑ「或は河をわたし、或は切ている合戦こそ先懸は一人にさだまれ、彼様の広場の戦には、敵と一番打違たるをもて先懸とは申候ぞ。寄に一人も死に残る人あらは証拠にたちて給候へ」と喚て、寄手数万の大勢の中え唯四人切ている。山名右衛門佐大音声をあげて、「寄に人はなき歟。彼討て先軍神にまつれ」と下知しければ、伊田・波多野の速り雄の若武者共ⓒ二十余人、馬より飛下り抜烈て渡合ふ。ⓓ後には数万の敵、「寄　烈ぞ挽な」[2]と力をあはせて叫喚。前にはⓔ五十余人[3]の者共さと入乱て躍懸り切合に、太刀の鍔音山彦にひゞきて暫も止時無ければ、山岳崩て渓谷にむまる歟とこそ聞けれ。】

徴古館本でこの箇所を読むと、どうにも戦況の推移が理解できない。神田本や西源院本をみても疑問は解消できない。「分内せばき峰」での戦闘であるはずなのに、「彼様の広場（ひろみ）の戦には」云々という表現が現れる。また、「寄手（山名勢）数万の大勢」も先には、永和本と同じく「二千余騎」と記されていた。ところが巻三二のみの零本である永和本には、これら一連の問題となる表現がない。攻撃側の山名勢は馬で駆け上がっているから、どの程度の峰なのか問題は残るが、ともかくここで山名勢の早り雄の若武者が「馬ヨリ飛下々抜ツレテ」渡り合ったのは、「馬人身ヲ側ムル程」の地形がそうさせたのだと理解できる。

巻三二については、鈴木登美恵氏が「太平記にはかなり古くから、少なくとも二系統の本文（今井注：永和本系統と玄玖本系統）が存在してゐた」と指摘しているが、(4) その一方の玄玖本（徴古館本も同類）にははやくも本文の混乱が発生している。しかし、巻三二以外は永和本を見ることはできず、そうした制約にも留意して『太平記』を扱う必要がある。

2、地形などの利用

地形を積極的に利用するための場合があり、「馬ヨリ飛下テ、刀ヲ額ニアテヽ、兵ノ中ヲ打破リ、ソバナル小家ニ走入ケルヲ、……」（延慶本第一本。基房への狼藉の際の相模守通貞の行為）もその一例といえようが、『太平記』には、市街地の小路や竹藪・木立・高地などさまざまな事例があり、規模も大きくなっている。

(a)下馬の後、打物に及ぶ事例

（細川清氏の献策）洛中の合戦に成候はゞ、大和・河内・和泉・紀伊の官軍は、皆陸立（かちだち）になりて一面に楯を突きしとみ、楯の陰に鉾（ヤリ）・長刀の打物の衆を五百人づゝ、そろえて、懸敵と見ば馬の草脇・太腹突ては刎落させ、一足も先えは進とも一分も後えひく気色なくば、敵重て懸入者候べからず。（巻三六「南軍入洛京勢没落事」）

(b)下馬の後、弓射に及ぶ事例

（赤松勢）七騎の者共馬より飛でおり、竹の一村茂たるを木楯にとりて、差詰引詰思様にぞ射たりける。（巻八「摩耶城合戦事付酒辺瀬川合戦事」）

他に、「馬より下し、小松の陰を木楯に執て」（巻一五「正月十六日京戦事」）、「伊駒の南山に打上り、面に帖楯五百帖衝並へ、足軽射手八百人馬より下て」（巻二六「四条縄手合戦事付上山討死事」）等の例がある。

3、演　技

ⓐ**敵への誘いかけ**

巻一〇「長崎基氏翔之事」に、矢衾を作られ、敵に近づけないため、「態と馬より飛で下り」、さらに「手を負たる真似をして」敵を誘う場面がある。また、巻三二「山名右衛門佐成敵事」には集団で敵をおびき出そうとする光景が描かれる。なお、波線部「錣（をかたぶけ）」の原表記は異体字である。

敵陣皆山により木陰に扣へたれば、勢の多少も見分ず。和田・楠木は法勝寺の西門を打通て河原に扣へたりけるが、敵を帯出して勢の程を見んとて、射手兵五百人を馬より下し、持楯・帖楯、衝卜々、静かに田畔を令歩て、次第に相近。爰に、佐々木近江守が勢五百余騎、楠勢に欺かれ怺煩てや有けん、胡録をた丶き鬨声をあげて叫て懸る。楠勢東西に開合て散々に射れども、佐々木は少も疼まず、錣をかたぶけ袖をかざして破入けるを見て、山名が執事小林右京亮、七百余騎にて横合にあふ。佐々木余に到懸られて不叶とや思けん、神楽岡え引上る。

ⓑ**退勢の立て直し**

桃井は西・南の敵に責立られて、兵皆挽色に見ける間、兄弟二人態と馬より飛ており、敷皮のうへに着座して、「運は天にあり、一足も挽こと有へからず、只討死をせよ」とぞ下知せられける。

（巻二九「将軍親子御上洛事付阿保秋山河原合戦事」）

このように、敵への誘いかけ（ちなみに要害に身を置かず、みずから進撃する徒歩の射手は右の巻三二だけで異例）や退勢の立て直しのための「態と」する下馬がある。後述の、騎馬と徒歩との戦闘の問題としても考えてみたいが、誘いかけとしての下馬が成立するには、馬が駆けるのに支障のない場合は騎馬が有利、という常識が前提としてあるといえよう。

4、身代わり・救援

(a)騎馬の敵に対して

巻一六「経嶋合戦事付正成自害事」には薬師寺十郎二郎が「唯一騎返合て、馬より飛ており」、小長刀を振るって、直義の危機を救う記事があり、巻二六「四条縄手合戦事付上山討死事」には、以下の場面がある。

赤田下野守は白旗一揆の旗頭にて、遥の峯に扣（ひかへ）たりけるが、菊水旗唯一流、是非なく武蔵守の陣え懸入とするを見て、北谷より馳下り、馬よりひた〳〵と飛下て、只今敵の真暗（ましぐら）に懸入とする道の末を一文字にさへぎりて、東西にさと立亘り、陸立（かちだち）に成てぞ待懸たる。（中略）是を軍の始として、楠か騎馬の兵五百余騎と、赤田か陸立の兵三百余人と、叫喚て相闘に、田頬干上て懸挽自在なれば、陸立の兵汗馬に懸悩されて、白旗一揆の兵三百余騎被討にければ、赤田下野守も深手浅手五所まで被て不叶とや思けん、討残されたる兵を具して師直か陣え引退。

(b)徒歩の敵に対して

巻一四「箱根寄手引退事」には次の場面がある。組打ちに失敗し、なおも義貞に走りかかろうとする一条次郎を篠塚が「馬より飛ており」討ち果たす。これをみた一条の郎徒共が「篠塚をうたんと馬より飛下々打懸」る。また、次の事例では、法性寺左兵衛督は最初は下り立ち、二度目は騎馬で馳せまわっている。

（武者姿で退却する後村上帝に一宮有種が）弓杖三杖計近たりけるを、法性寺左兵衛督きと顧て、「悪ひ奴原が言様かな、いで己に手柄の程令見（みせん）」とて、馬より飛おり、四尺八寸の太刀をもて、冑鉢を破よ砕よと被打たるに、指も逞（したたか）なる一宮尻居に百（どう）と打居られて、目暗肝消して、暫く心をしづめんと目を塞居たる間に、遥に落延させ給にけり。木津川の端を西えそひて御馬を速らるゝ処に、備前の松田・備後の官入道か兵共、二三百騎にて取籠たてまつる。（中略）法性寺左兵衛督、是までも尚離まひらせず、唯一騎供奉したりけるか、跡より敵懸れは引返て追散し、前を敵庶れは懸破て落まひらせける処に、何所より来とも不知に、寄の兵百騎計みな中黒の笠符をつけ、御馬の前後に候けるが、近く敵を右往左往に追散て、掻消様に失にければ、主上は玉躰無恙（つつがなく）して、東条え令落給にけり。（巻三一「南帝八幡御退失事」）

これら、身代わり・救援に際しての下馬はどのような考えに基づいているのだろうか。巻二六「四条縄手合戦」における赤田下野守らの行為は、武蔵守（高師直）に迎撃体制を整えさせるための時間稼ぎであったかと思われるが、「討残されたる兵を具して師直が陣へ」引き退いてはかえって事態を混乱させはしなかったか、劣勢ではあっても騎馬で攻撃した方が有効ではなかったのか等の疑問が残る。あるいは勝敗を度外視して捨て身で立ちふさがる・踏みとどまるという意識がそうさせたのであろうか。ちなみに『吾妻鏡』（新人物往来社『全譯吾妻鏡』）では、「義広が乳母子多和山七太、鞭を揚げてその中に隔つ。宗政弓手に逢ひて、七太を射取りをはんぬ」（治承五年閏二月二三日条）、「おのおの（光蓮と義秀）妻手に相逢うて番ふ。（中略）時に信忠たちまちに父の命に相代らんがために、身を捨てて両人の中を馳せ隔つるところ……」（仁治二年一二月二七日条）など、騎馬で立ちふさがっている。騎弓の闘いに馬から下りて立ちふさがっても無意味であるから、『太平記』の光景は騎馬打物が盛んになった状況を反映しているとはいえそうである。

5、その他

以上のいずれにもあてはまらないのが巻三〇「薩埵山合戦事」である。

（尊氏、直義追伐のため下向。駿河国薩埵山に布陣し、宇都宮の後詰を待つ。尊氏方の新田大嶋ら、宇都宮と先を争って薩埵山を目指す。直義方の長尾孫六・同平三、これを攻撃）敵に一矢をも不令射、抜烈て懸立ける程に、新田大嶋が五百余騎十方に懸散されて、行方不知に成にけり。（中略：宇都宮が大将に取り立てた、高師直の一族、三戸七郎狂死。宇都宮、神意を判じ西上。桃井・長尾これを追撃）宇郡宮「さらば陣をはりて闘へ」とて、小溝の流たるを前にあて、、平々としたる野中に、紀清両党七百余騎は、追手にむかひて北端に扣たり。氏家大宰小弐は二百余騎中手にて扣ふ。薬師寺勢五百余騎は搦手に対して南端に扣たり。両陣互に相待て半時計をうつす処に、桃井が勢七千余騎、鬨声をあけて宇都宮に打懸り、長尾（左衛門）か勢三千余騎、魚鱗につらなりて薬師寺に馳合ふ。長尾孫六・同平三、二人か勢三百余騎は、皆馬より飛ており、歩兵になりて、射向の袖を差簪し、太刀・長刀の鋒をそろえて、閑々と小跳して、氏家が陣え切懸る。飽まで広き平野の、馬足にか丶る草木の一本もなき所にて、敵一万二千余騎、東にひらき西になびきて、追つ返つ半時ばかり闘たるに、長尾孫六が折一揆の勢三百余人、縦横に懸悩されて一人も残らず被討にければ、桃井も長尾も不叶とや思けん、十方にわかれて落てゆく。

長尾孫六らの行為にも、それなりの目算があったのかもしれないが、現存本の表現では長尾らの下馬は何を目的としていたのかよくわからない。長尾らは徒歩打物戦を得意としていたわけでも無さそうで、前半部では騎馬で新田大嶋を撃退している。平地で、射手も楯もなく、騎歩の連携もないこの下馬をどう理解したらよいか。

二、騎馬と徒歩の戦い――『平家物語』――

この点に関する私見を示す前に、前節と重なる部分があるが、騎馬と徒歩との戦いのあり方を確認しておきたい。『平家物語』には騎馬（これにも徒歩の兵を含んでいるはずだが）と徒歩との戦いが描かれることは少ない。左はその数少ない騎馬と徒歩との戦いの事例である。まずは延慶本第二末「南都ヲ焼払事」。

(1)（大衆は）奈良坂、般若路、二ノ道ヲ切塞テ、在々所々ニ城郭ヲ構テ、老少中年ヲキラワズ、弓箭ヲ帯シ、甲冑ヲ鎧テ待カケタリ。十二月廿八日、重衡朝臣南都へ発向。三万余騎ヲ二手ニ分テ、奈良坂、般若路へ向。①大衆カチ立、打物ニテ防戦ケレドモ、三万余騎ノ軍兵、馬ノ上ニテ散々ニカケタリケレバ、二ノ城戸口、程ナク取ラレニケリ。

(2)其中ニ坂四郎房永覚トテ、問ユル悪僧アリ。（中略）三尺五寸ノ大大刀ハキテ、二尺九寸ノ大擲刀ヲゾ持タリケル。同宿十二人左右ニ立、②足軽ノ法師原卅余人ニ楯ツカセテ、手擦門ヨリ打出タリケルノミゾ、暫ク支ヘタリケル。③多クノ官兵、馬ノ足ヲキラレテ被討ニケリ。サレドモ大勢シコミケレバ、永覚一人武ク思ヒケレドモ甲斐ナシ。痛手負テ落ニケリ。

傍線部①、長門本は延慶本と表現はほぼ同じであるが、大衆達は「弓箭ヲ帯シ」ており、現に、盛衰記などは「衆徒用意ノ事ナレバ、時ヲ合テ散々ニ防戦ケリ。大衆モ軍兵モ互ニ命ヲ惜ズ戦ケルガ、平家ノ大勢責重リケレバ、衆徒防ギ兼テ引退。」としており、最初からやみくもに打物で打って出たわけではなさそうである。(2)の永覚らの反撃場面も同様の問題があり、諸本に永覚が弓の名手であったとの紹介記事があるにもかかわらず、盛衰記が「引詰々々射ケル矢ニ、多ク寄武者討レケリ。矢種尽ケレバ、長刀十文字ニ持テヒラヒテ敵ノ中ニ打入テ散々ニ戦ケレバ、兵モ多討レ。」とする他には弓への言及がない。

また、傍線部②は延慶本・長門本のみに見られる詞章だが、足軽法師の役割は一体何であったのか。延慶本において「足軽」は第二中の三井寺の六波羅夜討計画の中に「物ノ用ニモアハザラム老僧達ニ、松明持セテ如意山ヘ差登セ、足軽二百余人ソロヘテ、白河辺ヘ指向テ、家々ニ火ヲカケサセ……」とあるように、戦闘補助員であることを考慮すれば、楯に身を潜ませて自ら弓を射る等の積極的な応援というよりも、楯を持って出て、騎馬の動きに対する障壁となる、あるいは永覚らがとっさの際身を寄せる場所を確保することを期待されていたものか。いずれにせよ、騎馬武者に何らかのハンディを負わせることによってのみ、徒歩武者は渡り合えると思われるが、延慶本・盛衰記も含め、『平家物語』は戦闘の経緯を常に十全に描いているわけではない。(5)

もう一つの第六本「余一助高扇射事」の例をみよう。

(1)（前略：余一、踊り出た男を射殺）平家ノ方ヨリ弓矢一人、楯ツキ一人、打物持タル者三人、小船ニ乗テ陸ニ押寄テ、船ヨリ飛下テ楯ヲツキ向テ、「寄ヨヤ〳〵」トゾ招ケル。判官是ヲ見テ、「若者共係出テケチラセヤ」ト宣ケレバ、（中略）五騎ヲメイテ馳向フ。平家ノ方ヨリ、（中略）射タリケルニ、丹生屋十郎ガ馬草別ヲ羽ブサマデ射貫レテ、馬ハ屏風ヲ返ス如クニ、ノケザマニ倒レニケリ。十郎ハ足ヲコシテ女手ノ方へ落立ヌ。平家方ヨリ打物持タル者、十郎ニ寄合タリ。（後略：景清錣引・勝ち名乗り）

(2)平家ノ方ニハ是ニゾ少シ心地ナヲリテ思ケル。平家ノ方ヨリ二百余騎、楯廿枚モタセテ、岡ニ上テ散々ニ戦フ。源氏始ハ百四五十騎計有ケルガ、コ、カシコヨリ二三十騎、四五十騎ヅ、馳集リニケレバ、其勢三百余騎ニ成ニケリ。判官勝ニ乗テ、馬ノ太腹マデ海へ打入テ責付タリ。（具体的な戦闘の経緯不明）

これは有名な那須与一の扇的に続く場面であるが、与一が踊り出た男を射殺したのを怒り、平家方より「弓矢一人、楯ツキ一人、打物持タル者（一人、計）三人」が上陸して挑発し、見事な連携プレーで鬱憤をはらす。問題はこれに続く(2)とした場面で、平家方から二百余人が上陸する。延慶本は具体的な戦闘経緯が不明。盛衰記には「平家二百余人船十艘ニ乗、楯二十枚ツカセテ漕向へテ鏃ヲソロヘテ散々ニイル。源氏三百余騎轡並テ波打際ニ歩セ出テ是ヲ射」とあり、平家は上陸していない。盛衰記は、なぜ平家方が「射調（しらは）レテ」退却したのか不明という、別の問題を抱える。他の異本はどうであろうか。

(2)平家是に心地なをして、「悪七兵衛うたすな。つゞけや物ども」とて、又二百余人なぎさにあがり、①楯をめん鳥羽につきならべて、「敵よせよ」とぞまねひたる。判官是を見て、②「やすからぬ事なり」とて、（中略）八十余騎おめいてかけ給へば、平家の兵ども馬にはのらず、大略かち武者にてありければ、馬にあてられじとひきしりぞひて、みな船へぞのりにける。楯は算をちらしたる様にさん〳〵にけちらさる。源氏のつは物とも、勝にのて、馬のふと腹ひたる程にうちいれてせめたゝかふ。

右の覚一本の他、屋代本・四部本・長門本、いずれも上陸した徒歩の平家勢が源氏の騎馬にあえなく蹴散らされたと描くが、平家方はここで先ほどの景清のように、どうして弓を用いなかったのか、用いなかったとすれば何のための「楯」か（長門本には①楯への言及なし）、という疑問がわく。ただし、この場合は南都での合戦において、城郭をめぐっての前哨戦が十分に描かれていない、ということとは事情が違うように思われる。おそらくは景清の戦いぶりを模倣するつもりで弓も用意していたのが、景清の三人のチームプレーのようには統率がとれぬまま、あっという間に源氏の騎馬に蹂躙されてしまったのではないか。本来は四部本の②「悪しくとも真先に懸けたまへ」という言葉が示すように、楯に向かっての突撃は危険性があったと思われる。また、上陸した軍勢の楯の数も問題で、延慶本は二百騎（人）に廿、覚一本は数不明、四部本は二百余人に楯五十枚、いずれも十分な用意とはみなしがたい。このように考えてくると、これは直前の景清勇猛譚のもどきとして読み解くべき記事と思われる。

三、騎馬と徒歩の戦い――『太平記』――

次に、『太平記』の場合。『平家物語』に比べると、騎馬対騎馬、騎馬対徒歩、徒歩対徒歩、それらの組み合わせというように戦闘のバリュエーションが豊富で、戦闘の帰趨はさまざまな要因が絡み合って一様ではない。

1、拮　抗

(a) **騎・歩射 対 騎・歩射**

三日卯刻より三方の両陣、同時に軍初て、入替々々攻戦。寄手は騎馬の兵少して陸立(からだち)の射手多ければ、小路々々を立塞て楯の外より散々にゐる。六波羅勢は陸立少して騎馬多ければ、懸違々々敵を中に取籠とす。孫氏か千変の謀、呉子が八陣の法、互に知たる道なれば、共に破れず亦囲れず、只命を際の戦にて、更に勝負も無かりけり。

（巻八「四月三日京軍事付妻鹿孫三郎事」）

(b) 騎・歩射 対 騎馬（多勢）

其程に、忠顕朝臣は神祇官の前にひかえて勢をわけ、上は大舎人より下は七条まで、小路ごとに千余騎づゝを差向て、焼責に（神・西・天・流：「焼責に」無し）責らる。武士は（神・西・天・流：「要害をこしらへ」付加）射手を面にたて、馬武者を後に置たれは、敵の疼む所を見て懸出々々追立る、官軍は二重三重に悪手を立たれは、一陣挽ば二陣入かへ二陣退は三陣馳替て、人馬に息をつかせ煙塵天をかすめり。

（巻八「千種殿京責事付西山炎上事」）

(c) 徒歩 対 騎馬（ともに使用武器不明）

宮方の士卒是に機を挙て、大可嶋を攻城に構へ、鞆浦に充満して、小豆嶋の身方を待処に、備後・備中・安芸三箇国の将軍方の勢、三千余騎にて押寄たり。宮方は大可嶋を後に当て、東西の泊へ舟を漕寄て、打ては上り々々、荒手を替へて戦たり。将軍方は、小松寺を陣に取て、浜面に奇馬の兵を出て、懸合々々揉合たり。互に討れ、互に屈して、十余日を経ける処に、

（巻二四「備後鞆軍之事」。流布本巻二二）

(d) 市街地・楯・徒歩打物 対 騎馬

洛中の合戦に成候はゞ、大和・河内・和泉・紀伊の官軍は、皆陸立になりて一面に楯を突きしとみ、楯の陰に鉾・長刀の打物の衆を五百人づゝそろえて、懸敵と見ば馬の草脇・太腹突ては刎落させ、一足も先えは進とも一分も後えひく気色なくば、敵重て懸入者候べからず。石堂刑部卿・赤松彦五郎、清氏と一手になりて敵の中を懸破り、義詮朝臣を目にかけん程ならば、何所までか落し候ふべき。

（巻三六「南軍入洛京勢没落事」）

2、徒歩打物（無防備）、騎馬に敗退

第一節4項に引いた事例（巻二六）には、徒歩の赤田下野守勢が楠勢に懸け悩まされ敗退する場面が含まれていたし、巻一六「経嶋合戦事付正成自害事」にも「二百余人の者共心計は勇りといへども、射手も少く皆陸立なれは、敵に懸悩されて一人も残ず被討にければ」という記述がある。その他にも、次のような事例を見いだせる。

（山名勢、義詮の陣に迫る。赤松配下の）七人御前をはら〳〵と立て抜懸。敵に射手は一人もなし。烈く敵を寄の射手に射麻させて、七人の者共足拍をふみ曳声をいだして躍懸り、鍔本に火をちらし切崎に血をそゝきて、切廻けるに、山名か先登の兵四人被討て、十三人深手を負ければ、跡に立たる二百余人進煩てぞ見えたりける。見之平位新左衛門・櫛橋三郎左衛門・桜田四郎左衛門・大野弾正忠、「烈ぞ挽な」と、寄の兵に力をつけて叫てぞ懸たりける。高に敵を受たる山名か陸立の勢、悪手の馬武者に懸破られて、両方の谷え頽れ挽を見て、初め一陣二陣にて打散されつる播磨・備前・中国の兵共、此彼より馳来て、忽に千余騎に成にけり。（巻三二「神南合戦事」）

3、徒歩打物、騎馬（騎射）に勝利

○此時に和田・楠か勢百余騎被討て、馬に矢の三筋四筋射立られぬ者も無かりけれは、馬を踏放ち陸立になりて（中略：休憩・摂食の後、師直を目指し静に歩み近づく。）武蔵守の前後左右に扣たる究竟の兵共七千余騎、我先に討取むと叫喚て懸出たり。楠是に小とも不臆して、暫く息をつかんと思ふ時は、一度にさと並居て鎧袖を振合せ、思様に令射て、敵近けば同時にはと立上り、鋒をならべて跳り懸る。先一番に懸寄ける南次郎左衛門尉、馬の諸膝被薙て落る処に、起立ず討れにけり。二番に不劣と蒐入ける松田次郎左衛門尉、和田新発意に寄合て陸立の敵をきらんと差屈く処を、和田新発意長刀の柄を執伸て、松田か冑鉢をはたとうつ。被打て振返る処に、内冑を

被突て馬より倒に落て被討にけり。此外目前に切落さる丶者五十余人、小膝二肘打落され、朱になる者三百余人、追立々々被責て不叶とや思けん、七千余騎の兵共、開靡て挽けるが、淀・八幡をも馳過て、京まで逃るも多かりけり。

（巻二六「四条縄手合戦事付上山討死事」）

〇「是なる勢は何様師直と覚るぞ、誘懸らむ」といふ処に、和田橘六左衛門鎧の袖をひかえて、「暫く思様あり、余に勇て大事の敵討漏すな。敵は馬武者なり。我等は陸立なり。追ば敵定て挽むず。挽ば奈何かこれを討取べき。事の様を案ずるに、我等偽て引退く真似をせば、此敵機にのりて推懸つと覚る。敵を近々と将寄て、其中に武蔵守にて可有とおもはん敵を、馬の諸膝薙て切すへ、落所にて頸を打とおもふは如何に」と云ければ、討残されたる五十余人の兵共、「此議実も可然」と一同して、楯を背に引覆き、引退く躰にぞ令見たりける。師直は思慮深き老将なれは、敵の謀て所挽を推して、小とも馬を進めず。高播摩守が西なる田中に三百余騎にて扣たりけるが、見之挽敵ぞと得意て、一人も不可余と追懸たり。元来思切たる和田・楠か兵共なれは、敵の太刀の鋒、鎧の上・冑の錣に二三打当る程近て、一同におと叫て、礒打浪の岸にあたりて返るがごとく取返て、剣刃風をなし、鋋戟塵をまきて、火出る程にぞ闘たる。高播摩守か兵共、引返べき程の間も無ければ、矢場に討る丶者五十余人、散々に切立られて不叶とや思けん、馬を掻掐て迯けるが、本陣をも馳過て廿余町ぞ挽たりける。

（巻二六「正行討死事付吉野炎上事」）

以上、引用が長きにわたったが、1掊抗、2無防備な徒歩打物が騎馬に敗退、3徒歩打物が騎馬（騎射）に勝利、と分けた中、三つめの徒歩の勝利に注目してみたい。いずれも巻二六楠・和田一族の戦闘であるが、巻二六「四条縄手合戦事付上山討死事」引用箇所の冒頭に「馬に矢の三筋四筋射立られぬ者も無かりけれは、馬を踏放ち陸立になりて」とあることからもわかるように、彼らも最初から望んで徒歩になったわけではないことにまず注意しておきたい。しかも、彼等は「四条縄手合戦事」「正行討死事」両章段の傍線をほどこした箇所に描かれるような、際だって統率のとれた集団的な防御・反撃によってのみ、かろうじて騎馬の大軍に対抗しえたのであって、いずれも例外的な事例というべきである。『太平記』における父正成の代から続く、超絶的な楠・和田勢の戦闘の、これは掉尾を飾るシーンなのである。

四、「薩埵山合戦事」（那和軍）再考

さて、ここでもう一度、巻三〇「薩埵山合戦事」の長尾孫六らの行動に戻る。なお、尊氏の籠る薩埵山は駿河国であるが、長尾孫六らの問題の合戦の舞台は上野国那和庄であり、中京大学本のように「那波軍之事」と章段名を立てる異本もある。先述のように、長尾らの下馬にはそれらしき理由が窺えず、巻二六の和田・楠軍のような秘策もなく、単独での徒歩勢の騎馬勢に対する劣勢そのまま、全滅してしまっており、そのことに対する『太平記』のコメントも直接的には示されていない。

しかし、当該章段を最初からあらためてたどり直すと、本章段における宇都宮の重要性が注意される。内容要約に替えた引用箇所初めの部分に、

将軍已に薩埵山に陣をとりて、宇都宮が馳参るを待たまふ由聞ければ、錦小路禅門先宇都宮え討手をくださでは難義なるべしとて、桃井播磨守直常に、長尾左衛門尉幷に北陸道七箇国の勢をつけて一万余騎、上野国え差向らる。

という記事がある。さらに、その宇都宮の行動が不思議な力に導かれていることも、浮かんでくる。(1)宇都宮と先を争おうとした新田大嶋らのあっけない敗退。(2)当初大将に取り立てた三戸七郎の狂死（三戸は師直一族であり、薬師寺元可が「是は何様宇都宮大明神の大将を氏子に授給はむ為に、此る事は出来る者也」と取りなし、進撃を続ける）。(3)「始め宇都

宮にて一味同心せし勢計り」になりながら、味方に数倍する桃井・長尾勢との闘い（那和軍）における勝利、等々の事項である。

桃井勢七千余騎が北端に控える宇都宮勢（紀清両党）七百余騎に、長尾左衛門勢三千余騎が南端の薬師寺勢五百余騎に、いずれも圧倒的な兵数をもって攻めかかる。その中にあって、長尾孫六・平三勢三百余騎は、徒歩となり、中手の氏家勢二百余騎に切りかかる。

飽まて広き平野の、馬足にかゝる草木の一本もなき所にて、敵寄一万二千余騎、東にひらき西になびきて、追つ返つ半時ばかり闘たるに、長尾孫六が折一揆の勢三百余人、縦横に懸悩されて一人も残らず被討にければ、桃井も長尾も不叶とや思けん、十方にわかれて落てゆく。

はるかに優勢な勢力を持ちながら、桃井・長尾勢は孫六ら中手の徒歩勢の全滅により、敗退してしまうのである。この間に要した「半時」は孫六らが潰滅する時間であり、彼等が戦況を持ちこたえた時間ではない。孫六らが何を思って「馬より飛でおり」たのか、『太平記』はなにも語らない。しかし、義仲の言葉「馳合ノ戦ハ勢ノ多少ニヨル事ナレバ大勢ノ中ニカケラレテ悪カルベシ」（延慶本第三末十）を引くまでもなく、障害物の無い原野において同様の装備で闘えば、兵力差が決定的にものをいうはずである。しかも桃井は惰弱な将ではない。にもかかわらず、桃井・長尾勢は敗退した。その原因が孫六らの行為にあったこと自体は、『太平記』に明示されており、第一節「神南合戦事」にみたような本文の混乱があるわけではない。

つまり、長尾孫六らの下馬は、こうした物語上の意図に立った、仕組まれた不可解さなのだといえる。合戦常識をふまえた享受者には、長尾孫六らの行為に付された意味は、格別のコメントが無くとも充分に理解可能であっただろう。

おわりに

以上は、ごく些細な事例の再検討であり、合戦史の観点からは、トーマス・コンラン氏の「十四世紀には、歩兵は騎馬を平地で防戦できるほどまとまった集団でなく、騎馬の攻撃を支えられない分散された弱小集団であった。（中略）十四世紀を通して、騎馬は一番有利な軍事組織であった」[6]という指摘を別の角度から裏付けたにすぎないが、『平家物語』の二つの事例なども併せ、一個の作品から事例を切り出して論じる場合には、充分な注意が必要だという、至極当然のことを自戒をこめて再確認しておきたい。

注

（1）「〃〃〈」は他の二人の名前の略筆。西源院本には「近江国住人江見勘外由左衛門・箕浦四郎左衛門・馬淵新左衛門」とある。神田本・徴古館本などは「武者三人」としながら江見一人の名乗りしか記されていない。永和本のあり方が神・徴の先行形態として想定可能。この記事については、本章第一部第六章第二節（例4）で検討している。

（2）永和本Ⓓは、山名勢が伊田・波多野らを激励し、敵（江見・後藤ら）を怯ませる意味で、彼等の後から「数万の御方が続くぞ」と叫んだのであって、数万は実数ではない。徴古館本ⓓの表現では、実際に「数万の敵」（山名勢）が叫んだことになる。記事の順序は逆であるが、この箇所の誤解が問題のⓑの混乱を誘発したのではないか。

（3）徴古館本の場合、ⓒと人数が食い違うことに注意。

（4）鈴木登美恵「太平記諸本の先後関係――永和本相当部分（巻三十二）の考察――」（文学・語学40、一九六六・六）。永和本についての私見は、第一部第六章・同七章で詳述した。

（5）川合康「弓矢の機能分化と格闘技の流行」『AERAMook 平家物語がわかる』（一九九七・一一）につぎの一節がある

（『源平合戦の虚像を剝ぐ』〈講談社、一九九六〉八八頁にも同種の発言あり）。

遠矢で敵の軍勢の一角が崩れれば、木戸口を開けて味方の馳射の騎馬隊が投入され、退却する敵を騎馬隊が追撃して戦闘は終了する。その意味では、「城郭」騎馬隊と歩兵隊の連携を前提とする戦闘であった。騎馬隊と歩兵隊との連携は南北朝期に始まったとする見解もあるが、実はすでに平安後期の前九年合戦の段階から見られ（中略：大石直正一九九四年）合せ弓の普及によって歩射の戦闘力が増し、両者の連携がより強化されたのが、この時期の戦闘の特徴であったといえるだろう。

名指されてはいないが、波線部の批判対象に拙論（第三部第二章）も含まれているとおぼしい。たしかに『陸奥話記』にも騎歩の連携はあり、『平家物語』との対比に終始し、古代からの合戦史に目配りしなかった点は反省すべきである。しかし、軍勢が騎馬のみでない限り、騎歩の協働は当然のことであり、『平家物語』においても城郭攻撃に際し、「足軽」が逆茂木を取りのける役割を果たしている（盛衰記巻三七の梶原勢の一谷東木戸口突入場面が詳しい）。問題はその質であり、拙稿でとりあげたのは、野戦・市街戦における騎馬隊と徒歩勢との、機動性にたけ、防御と攻撃とを一体化した、まさに「連携プレー」と呼ぶのがふさわしい事例であり、『陸奥話記』における城郭攻撃とは状況を異にする。

さらに、川合氏が傍線部にいう、城郭守備側の騎馬隊が反撃に転ずる情景はもっともな想定にみえて、『太平記』以前の作品に確認することが困難である。川合氏は「治承・寿永の内乱と地域社会」（『鎌倉幕府成立史の研究』校倉書房、二〇〇四。初出一九九九・一一）において、『竹崎季長絵詞』を援用するが、当該記事は馬の足場のよい所で蒙古軍を迎え撃とうというのみであって、騎歩の連携の事例にも、城郭戦の事例にもならない。シンポジウム発表資料には「（城郭は）単なる防御施設ではなく、緒戦段階で敵の軍勢に打撃を与える組織戦。おそらく騎馬隊は戦況に応じて投入される。文学に描かれるかどうかは別次元。」（傍点・線は今井）という一節があった。いま、本章で論じているように、「文学」のみならず、或資料が事の経緯の全てを記し留めるとは限らない。しかし、そうした一般論で片付けるには、あまりに事例に乏しい。一の谷において「終夜悪口シツル熊谷生取リニセム」と廿三騎が「木戸口ノ逆木ヲ開テ」懸け出た例や「沼賀入道与河野合戦事」（第三本）に、河野通経主従二騎が城内より懸け出たものの大勢に生け捕られてしまった等の例はある。しかし、これらを城郭戦における出撃の事例に敷衍できるであろうか。

一方、『太平記』に目を転ずれば、次に引く巻三「赤坂合戦事」をはじめとして、川合氏が想定する城郭からの騎馬出撃の事例は枚挙にいとまない。

（隠し勢が寄手の油断を見計らって急襲）寄手忘却て陣を成煩たる処に、又城中より三の関を同時にさと排て、二百余騎鋒をならへて打出て、手崎をあはせて射廻に、寄手指の大勢僅敵に驚騒て、（大混乱となり退却）

注目すべきは、それらの多くに「其勢二千余騎、二の関より同時に打ていで」（巻一四「大渡合戦事」）、「橋上なる射手共不叶とや思けん、倒翔て二の関の内え迯入ければ」（巻一四「山崎合戦事」）、「乱杭を引のけ出屏を打破て、三重に構たる二関まてそ蒐入ける」（巻一八「金崎城落事」）などと、複数の木戸をめぐる攻防が描かれていることである。中澤克昭『中世の武力と城郭』（吉川弘文館、一九九九。一七二頁）に、南北朝期以降の城は城郭の遮断施設を複数以上の段階に設定しているのに対し、中世前期の城郭は基本的には一重の遮断施設で区画されていた、との指摘がある。このことと守備側が撃って出る事例の有無とは関わりがあるのではないか。「園城寺ニ宮入進テ後ハ、堀ホリ、逆木引タレバ、堀ニ橋ヲ渡シ、サカモ木ノケサセナドセシホドニ、五月ノ短夜ナレバ、八音ノ鳥モ鳴渡リシノ、メ次第ニ明リユク」（延慶本第二中十五）という記述があるように、この時期の城郭において守備側が撃って出ることは例外的な事態であるように思われる。橋桁を引いての防戦の場合はいうまでもないだろう。南北朝期の城郭（特に木戸の位置関係・構造）の実際をふまえた検討が必要であるが、遮断施設が一重であれば撃って出たとしても、荒手の登場や敵が謀って退却し攻撃に転じた場合、付け入られて木戸が破られ、そのまま城郭全体の陥落につながる危険性が高いといえよう。遮断施設の複数化こそが臨機の攻防を可能にし、さらに赤坂城合戦のように、後詰め（戦国期に後詰め決戦が盛んになって行くが、『太平記』でも「後詰（攻）」がしばしば問題となる。この点も『太平記』の合戦を考える上での検討課題）の存在が一層、城郭からの反撃を有効にしていく。中世前期と南北朝期以降とではやはり、野戦のみならず、城郭戦のあり方も異なる次元に立つ。

なお、野戦における騎歩連携と目される事例が、『将門記』（平凡社東洋文庫）に「将門ハ、未ダ到ラザルニ、先ヅ歩兵ヲ寄セテ、略ボ合戦セシム。且ツ射取ル人馬八十余人ナリ。彼ノ介大イニ驚キ怖ジテ、皆楯ヲ挽キテ逃ゲ還ル。将門鞭ヲ揚ゲ名ヲ称ヘテ追討スルノ時ニ、敵ハ為方ヲ失ヒテ府下ニ偪仄ル（イリコマル）」とある。ただし、近藤好和『弓矢と刀剣　中世合戦の実像』（吉川弘文館、一九九七。一〇四頁）が拙論に言及しつつ、『将門記』の戦闘を古代的あるいは大陸的な集団歩兵戦とみなす福田豊彦氏の見解を引いて、慎重な発言をしているように、野戦における歩兵集団はその後の中世前期には見られないのであり、南北朝期の騎歩連携と『将門記』のそれとを直接的に系譜づけられるかどうかは疑問である。

（6）　トーマス・コンラン「南北朝期合戦の一考察――戦死傷からみた特質――」（大山喬平教授退官記念会編『日本社会の史的構造　古代・中世』思文閣出版、一九九七・五）

第七章　馬より飛んで下りること

はじめに

第六章で、騎馬武者の戦闘の一局面を検討するなかで、「馬より下りる」行為を論じた。口頭発表時、稲田利徳氏の所論との関わりを問われた。うかつにも念頭に無かったのであるが、あらためて氏の論に啓発されて、軍記物語の世界における「馬より下りる」行為の表現性を論じる(1)。

一、今昔物語集

稲田氏は、中古・中世の文学作品に表われた、人が馬より下りる動機に注目し、『伊勢物語』の「おりゐ」という表現の背後に、「情趣深いものに遭遇すると、軽く見すごさないで、そこに留まる」「みやび」の精神を読みとる必要がある、と指摘する。同じ歌物語でも『平中物語』の場合は女や女車をみかける状況のもと、いささか好色的な精神とかかわり、両作品の世界の相違の一端を示すという。このユニークな着眼からはさまざまな議論が可能で、たとえば『今昔物語集』巻二六第二話の「此ノ男忽ニ馬ヨリ下テ、其ノ垣内ニ入テ、蕪ノ根ノ大ナルヲ一ツ引テ取テ其ヲ彫(えり)テ、其ノ穴ヲ娶(とつぎ)テ婬ヲ成シテケリ」などは、好色をこえてあらわな性衝動によるもので、この作品の一側面を端的にさし示す。

軍記物語の場合は多く、戦闘という特殊な状況下のことであり、合戦のあり方をふまえた別の議論の枠組みが必要となるが、こうして『今昔物語集』の世界をもかいま見るとき、馬より下りる動機にくわえて、下りる動作の描写自体も問題となる。

『今昔物語集』巻一九第三話（以下『今昔』19―3のように略記する。引用は岩波新大系）は内記の聖人（慶滋保胤）の逸話を物語るが、(1)紙冠をして祓をする法師陰陽師を詰問した話、(2)いつまでも道草を食う馬を笞打った舎人を咎め立てする話、(3)道辺に卒覩婆を見付けては礼拝を繰り返した話、(4)老犬に食事を与えようとした話の四つの小話からなり、前三話に馬より下りる行為が見られる。

(1)如此クシテ行ケル間ニ、川原ノ有ル所ニ至ニケリ。見レバ、川原ニ法師陰陽師ノ有テ、紙冠ヲシテ祓ヲス。［　　］此レヲ見テ、馬ヨリ怱ギ下テ、陰陽師ノ許ニ寄テ云ク、「此レハ何態シ給フ御房ゾ」ト。（中略）陰陽師ノ云ク、「祓殿ノ神達ハ法師ヲバ忌給ヘバ、祓ノ程ド暫ク紙冠ヲシテ侍ル也」ト。［　　］、此レヲ聞テ音ヲ放チ大キニ叫テ、陰陽師ニ取リ懸レバ、陰陽師心モ不得ズシテ、手ヲ捧テ祓モ不為シテ「何ニ何ニ」ト云フ。亦祓セサル人□レテ居タリ。□陰陽師ノ紙冠リヲ取テ引キ破リテ棄テ、泣々ク云ク、「汝ハ何デ仏ノ御弟子ト成テ後ニ、祓殿ノ神苦シビ給ト云テ、如来ノ禁戒ヲ破テ、紙冠ヲバ為ルゾ。無間地獄ノ業ヲ造ニハ非ズヤ。悲キ事也。只我レヲ殺セ」ト云テ、陰陽師ノ袖ヲ引ヘテ、泣ク事無限シ。（後略）

(2)（六条院からお召しがあり、知人の馬に乗って出かけたが、馬の好きに任せているものだから一向に先に進まない。）馬ニ付タル舎人ノ男ハ糸六借ク思テ、馬ノ尻ヲ打テバ、其時ニ［　　］馬ヨリ踊リ下テ、舎人ノ男ニ取リ懸リテ云ク、「汝ハ何ニ思テ此ル態ヲバ為ルゾ。此ノ老法師ノ乗リ進レバ、蔑リテ此クハ打チ進ルカ。此レハ前ノ世ヨリ、絡リ返シ絡リ返シ父母ト成リ在ス馬ニハ非ズヤ。汝ヂ、『当時ノ父母ニハ非ズ』ト思テ、此ク蔑リ進ルカ。（中略）」ト云テ、音ヲ放テ叫ブ。（後略）

(3)然テ行ク程ニ、道チ辺ニ朽タル卒覩婆ノ喎(ゆがみ)タル有リ。此レヲ見付テ、手迷(てまどひ)ヲシテ丸ビ下ヌ。舎人男不心得シテ、怱ギ寄テ馬ノ口ヲ取ル。（中略。上人は）御随身ノ翔(ふるま)フ様ニ翔テ、涙タテ、卒堵婆ノ前ニ至テ、卒堵婆ニ向テ手ヲ合セテ、額ヲ土ニ付テ、度々礼拝シテ、屈(かがま)リ翔フ事微妙(めでた)シ。然シテ卒覩婆隠テゾ馬ニハ乗ケル。如此卒堵婆ヲ見ル毎ニ為レバ、一道下リ乗リ為ル程ニ、時中ニ可行キ道ヲ、卯ノ時ヨリ申ノ時ノ下ル程ニゾ、六条ノ院ノ宮ニヤ着タリケル。（後略）

三つめの卒覩婆の事例は、稲田氏が「神仏や尊者へ敬意を表わす場合と、美しい景色や美女など、自己の関心を寄せる対象に遭遇した場合」とに大別した前者に属する。しかし、「手迷ヲシテ丸ビ」下り、ひたすらな礼拝を繰り返すそのさまは、受身的・義務的な、たとえば神輿や行幸に会っての儀礼と同列には扱えない。稲田氏は「自己の関心を寄せる対象に遭遇した場合」の下馬を「積極的な自己の意志的行為」であると評しているが、上人の下馬も、この意志的行為の範疇にいれることができよう。ただし、この卒覩婆の例も含め、ここにあるのはいずれも、美的対象への耽溺による「みやび」とは対照的な、遭遇した物事に対する刹那の感情のほとばしりである。その感情の奔流が「怱ギ」「踊リ」「丸ビ」にこめられている。先にあげた蕪に婬した話にしても、「怱ニ馬ヨリ下テ」の「怱ニ」に矢も楯もたまらぬ気持ちが示されているのであり、そうした激しさが、馬より下りる動機の如何を越えて『今昔物語集』の世界をくっきりとかたどっている。

二、軍記物語

さて、馬より下りる行為は、軍記物語においてはどのように描かれているだろうか。半井本『保元物語』「白河殿攻メ落ス事」に次のような場面がある。

（為朝の追撃からかろうじて逃げおおせた鎌田正清が）下野守ノ前ニ走セ参ジ、馬ヨリ飛デ下リ、甲ヲヌギ、高紐ニ懸、弓脇夾ミ、アヘタク〳〵（あえぎあえぎ）申ケルハ……。（岩波新大系五六頁）

ここでは主君義朝への儀礼として下馬の行為がなされている。その限りでは特別の場面ではないが、しかし、馬より下りる行為を描写する「飛デ」は、ありふれた表現のようでありながら、軍記物語特有のものといってよさそうなのである。『今昔物語集』において、鷲の急降下を「飛落テ」（26‐1）とするほかは、清水の御堂で敵に追いつめられた検非違使忠明の決死の行為なども「前ノ谷ニ踊落ルニ」（19‐40）とあり、下馬以外の場面でも、飛んで下りるという表現はみられない。

説話以外においても「馬より飛んで下り」という表現は稀である。たとえば『吾妻鏡』文治五年八月一〇日条（阿津賀志山合戦。藤原国衡討死）。引用は『全譯吾妻鏡』（新人物往来社）により一部表記を改めた。

しかるに国衡、義盛が二の箭を怖れ、重忠が大軍に驚き、道路を閣き、深田に打ち入るる間、数度鞭を加ふといへども、馬あへて陸に上るに能はず。大串等いよいよ理を得て、梟首はなはだ速やかなり。

破線部は軍記物語であれば違う表現となったであろう。次に引く義仲最期の場面のように。(2)

（石田に射られた義仲が）マカウヲ馬ノ頭ニアテテウツブシニ臥タリケルヲ、石田郎等二人馬ヨリ飛下、俗衣ヲカキ、深田ニ下テ、木曾ガ頸ヲバカキテケリ。（延慶本第五末九）

同様に『吾妻鏡』文治五年一一月一七日条。頼朝の鷹場歴覧のおり、馬前をよぎった狐に頼朝が鏑矢をつがえた。このとき千葉胤信の郎従、篠山丹三という弓箭の達者が馬を馳せ、頼朝の右に進み寄っていた。

この間御矢と同時に発つところ、御矢これに中らず、丹三が箭狐の腰に中る。二品知ろしめしながら、御声を発せらる。時に篠山一瞬の程に馬より下り、御箭を己が矢に取り替へて狐に立て、これを提げて持参す。

ここも「飛んで下り」とあってもおかしくはない箇所である。ただし、『吾妻鏡』宝治元年六月二日条には、次のような光景が描かれる。時頼第守護に参じた佐原一族のうち、五郎盛時は門戸が閉じられた後も姿を現さない。兄弟が案じる中、手を挟板の上に懸ける者がいる。

これ盛時なり。一瞬の程、件の挟板を飛び超え庭上に立つ。

この箇所に見られるように、「一瞬の程」は、越える、あるいは下りる動作の形容ではなく、字義通り行為に要する時間の描写をなす。手柄を譲ろうとする篠山の場合、「飛んで」というパフォーマンス性[3]を抑えて、すばやくという時間性の描出に力点をおいたものであろう。

『吾妻鏡・玉葉データベース』（吉川弘文館）を検索するに、『吾妻鏡』における下馬はほとんどが儀礼に係わるものであり、「飛下」という表現も見いだせない。

どうやら、馬より下りる表現から見たとき、軍記物語の隣組は『吾妻鏡』など素材を共有する記録の世界ではなく、『今昔物語集』など説話の世界のようである。[4]

『保元物語』にはもう一例「為義ノ北ノ方身ヲ投ゲ給フ事」に以下の事例がある。義朝の命により波多野次郎は、六条堀川にいる為義の四人の幼い子供を殺害する。年長の乙若は波多野に、四人の遺髪と最期の言葉を、八幡参詣に出かけている彼等の母に伝えるよう託す。

（波多野は母に）赤江川原ニ参合。馬ヨリ飛下[5]、輿ノ轅ニ取付テ、四人ノ子共達ノ云給ツル事ヲゾ申。

（岩波新大系一一二頁）

これらの「飛下」と、

（鬼に追いかけられた上人が）可逃得キ様不思エザリケレバ、馬ヨリ踊下テ、馬ヲバ棄テ橋ノ下面ノ柱ノ許ニ隠居ヌ。

（『今昔』27－14）

とある「踊下」とは緊急時の表現のあり方としては似通う面もある。しかし、先に引いた内記上人の事例が「音ヲ放チ大キニ叫テ」「泣ク事無限シ」「音ヲ放テ叫ブ」という、はばかるところのない感情表出とともにあったことを想起したい。また、次の事例をみよう。

（鹿狩の名手たる或郎従の夢に、亡母があらわれ、我を射るなという。「其後心騒テ、悲シク哀ナル事無限シ」という心境に陥った郎従は、狩りを辞退しようとするが許されない。決して母の告げた鹿を射まいと心に秘めて、いやいやながら狩りに参加する。ところが）其ノ中ニ大ナル女鹿有。弓手ニ合テ弓引テ、鐙ヲ踏返テ押宛馬テ、、搔□ル程ニ、此ノ男夢ノ告皆忘レニケリ。箭ヲ放ナツ。鹿ノ右ノ腹ヨリ彼方ニ鷹胯ヲ射通シツ。鹿被射レテ見返タル皃ヲ見レバ、現ニ我ガ母ノ皃ニテ有テ、「痛」ナド云フ。其ノ時ニ男、夢ノ告ヲ思出シテ、悔ヒ悲ブト云ヘドモ、甲斐無クシテ、忽ニ馬ヨリ踊落テ、泣々ク弓箭ヲ投棄テ、、其ノ庭ニ髻ヲ切テ法師ト成ヌ。

（『今昔』19－7）

射倒される鹿に亡母の皃を見た郎従ははげしく後悔する。その後悔はただに母の鹿を射たことにあるのではない。いざ狩りの場に臨み、馬を走らせた瞬間に、鹿狩の名手としての性が郎従を支配してしまったこと、そこにこそ悔恨の核心はある。その自らへの絶望が「忽ニ馬ヨリ踊落テ」以下の行動となる。ここでは〈馬より下り〉〈座り込む〉という行為が融合し、「踊下」ならぬ「踊落」と表現されているのだが、内記上人の「踊下」や郎従の「踊落」と同様、鬼に追われた上人の「踊下」も必死の、なりふり構わぬものであったはずである。他方、「飛下」の場合は、鎌田正清が息を切らしながらも「甲ヲヌギ、高紐ニ懸、弓脇夾ミ」と威儀を正して、ただ今の恐怖を物語っているように、興奮醒めやらぬ状態ではあっても、一方に冷静さを失ってはいない。波多野の振舞にも感情の高ぶりと使命感による自制とが読みとれよう。『平治物語』「待賢門の軍の事」における次の箇所もそうした事情は変わらない。

（義平が、徒歩立ちになった重盛に襲いかかるのをみた進藤は）鞭に鐙をあはせてはせより、材木のきはにて飛下、重盛をかきのせ、轡を東へ向てむち打て、「のびさせ給へ」と云けるを最後にて、主と後合になり、悪源太にうちかゝりさん〴〵にぞたゝかいける。

（岩波新大系一九二頁）

このように、場合によっては、状況の厳しさを一手に引き受ける覚悟・意欲をともなった行為が「飛下」であり、馬より下りた後、観音を念じたり（『今昔』27-14）、感情の高ぶりに身をまかせるというゆとりは許されていない。中には「時々は馬より飛下て深田をあゆまん為なり」（神宮徴古館本太平記巻十七）のように、定型句にすぎないと思わせる例もなくはないが、この場合も「馬ヨリ飛下リ橋桁ヲワタシテ戦ケリ」（延慶本第二中）、「馬ヨリ飛下テ生田杜ノ城戸口ヘ攻寄テ」（同第五本）などと同様、戦闘下における緊張感が他ならぬ「飛下て」という表現を呼び寄せている。その意味で、馬より下りるという行為から見た場合、「飛んで下り」という表現こそ、『保元物語』以降の軍記物語の世界を特徴づけるものであることを確認しておきたい。

おわりに

以上、「飛下」という表現と軍記物語との結びつきを見てきたが、『太平記』に続く軍記物語である『明徳記』には「飛下」がほとんど見られないことの意味にふれて、稿を閉じる。

「飛下」は改稿本（陽明文庫本）に一箇所事例があるが、初稿本（書陵部蔵本）には無い。のみならず、『明徳記』はいずれの箇所においても「下リ立ツ」と表現しているというもうひとつの特徴をもつ。いくつか例を挙げる。［　］内は和田英道『明徳記校本と基礎的研究』（笠間書院、一九九〇）の頁数である。

・五百余騎ノ兵共一度ニハラリト下立テ、楯ヲ一面ニ衝双テ……　［七六頁］
・（大内義弘）大音上テ下知シツ、真前ニコソ下立タレ。［七七頁］
・究竟ノ兵十四五騎一度ニハラリト下立テ鑓長刀ヲ指合セテ　［一三二頁］
・乳母ノ狩野平五何ヨリカ馳来ケン、ヒタト下立テ此馬ニ被召候ヘトテ小次郎ヲ馬ニカキ乗セケルヲ　［一五九頁］

・太刀ヲバ馬ノ上ヨリ投捨、刀ヲ抜ヒテ奥州ノ傍ニ下立テ（陽：死骸の上へ飛下）、小次良モ参候トテ［一六〇頁］

飛んで下りる、飛び下りるの場合、動作の起点の「飛ぶ」に力点があるが、「下立」は下りて「立つ」という一連の動作の終点に比重をおく表現である。一六〇頁の異同が端的にその違いを示している。『明徳記』ではめずらしい「飛」が使われる場合、他の箇所のような「下立」とはならないのである。また、「ハラリト」（「いっせいに動くさまを表わす語」（日本国語大辞典㈡）という形容がしばしば用いられているのも目に付く。その「ハラリト」という形容は、集団の動きを外側にあって描写するときに用意される言葉であることに注意したい。下り立つ個々の武者は一斉に行動しようとはしているだろうが、「ハラリト」下りようという意識の下に行動を起こしているわけではない。逆に「飛び下りる」にも外側からの描写として成り立つ部分はあるが、当事者の「飛ぶ」という意志的行動が前提にある。「梅ははらりこぼれる」（田植草紙）、「プロマイドの写真がハラリと膝の上に落ちた」（小栗風葉）等の、植物・静物を主体とする用例を一方に置いてみれば相違は明らかであろう。「ハラリト」は辞書の用例から推すに、室町時代からひろく用いられるようになったとおぼしい。『明徳記』は新しい表現を取り込んだと目されるのだが、しかし、その後これが軍記ものの中で広く用いられるようにはなっていない。火急の事態に当面した人物の、認識と行動とがほとんど同時の、瞬時の決断を表す言葉として「飛んで下りる・飛び下りる」は、軍記ものとその周辺の世界でなお命脈を保っていく。

注

（1）　軍記・語り物研究会夏期大会シンポジウム「軍記と合戦」（一九九九年八月二五日。早稲田大学）において、「騎馬武者が馬より下りる時」と題して発表を行った。稲田氏の論題は「人が馬から下りるとき――伊勢物語の世界――」（国語と国文学55―8、一九八八・八）、『人が走るとき　古典のなかの日本人と言葉』（笠間書院、二〇一〇）所収。なお、稲田氏は

「馬から」と表記されているが、本章で扱う資料は『平中物語』の二例を除いて（後掲表）、いずれも「馬より」である。

（2）覚一本は「石田が郎等二人落あふて、つゐに木曾殿の頸をばとてけり」とするが、長門本・盛衰記は延慶本とほぼ同じ行文である。他に「カスカナル音ニテ安重ト名乗ケレバ馬ヨリ飛下テ敵ガ首ヲカク」（第五本廿八）という表現があり、金刀比羅本『保元物語』にも、「人手にかけじと伊藤五馬より飛下、（伊藤六の）くびをとる」「高間三郎馬より飛でをり、維行が頸をぞ取てける」という用例がある。

（3）「飛下」は緊急性を旨とするが、今井兼平の自害の描写「馬よりさかさまにとび落ち、つらぬかれてぞうせにける」（覚一本巻九）にみるように、パフォーマンス（演技）の要素が表に出る場合もある。

（4）ただし、前述の内記の聖人の類話を載せる『発心集』（新潮古典集成）巻二の三の場合は「道の間、堂塔の類ひは云はず、いささか卒都婆一本ある処には、必ず馬より下りて、恭敬・礼拝し」とあって「手迷ヲシテ丸ビ」下りるという形容がなく、舎人が馬を打つ場面には下馬の表現自体がみられない。また、『宇治拾遺物語』一四〇話には、法師陰陽師を見つけた内記上人が「あわてて馬よりおりて」とあるが、他には、「踊り」・「丸び」下りる等の形容をもつ下馬の事例はない。『古今著聞集』にも形容を伴う事例はない。（後掲表参照）

（5）金刀比羅本の場合「義通馬よりくづれ落て、先涙をはら〳〵と流して」、北方に為義および子息の死を告げている。波線部の有無と「飛下」「くづれ落」との違いとが呼応していることに注意したい。

〈作品別：下馬表現分類表〉

〔凡例〕

・＊を付した作品の用例検索は、国文学研究資料館の日本古典文学本文データベース（実験版）に、延慶本は『延慶本平家物語索引篇』（勉誠社）に拠った。作品の配列はおおよそ時代順であるが、ジャンルごとに一括した箇所もある。

・本表では、小稿冒頭で除外した儀礼による下馬も含めている。ただし、「馬より下ろす」は除外する。「しきりに馬はねければ、鐙をこして下立けるが」（平治物語）、「しばしおりゐて馬やすめんとて」（平家物語）などは用例に含めるべきかとも思われるが、除外した。したがって、個々の用例数はおおよその傾向をつかむためのものである。

・備考欄の頁数は岩波古典大系の当該作品の分冊・頁数である。

・前記以外の依拠資料：将門記（平凡社東洋文庫）、陸奥話記（現代思潮社古典文庫）、保元物語半井本（岩波新大系）、平治物語一類本（岩波新大系）、承久記慈光寺本（岩波新大系）、同前田家本（国史叢書）、同古活字本（現代思潮社古典文庫）、『明徳記校本と基礎的研究』、太平記神宮徴古館本（和泉書院刊）、応永記（すみや書房・古典資料）、堺記（和田英道氏翻刻、一九九一）、鎌倉持氏記（梶原正昭氏翻刻、一九八五）、結城戦場別記（和田氏翻刻、一九九二）、結城戦場記（長谷川端氏蔵写本）、嘉吉物語（和田氏翻刻、一九七四）、赤松嘉吉年間録（『赤松盛衰記』巻之中〈松林靖明氏翻刻、一九九五〉の内）、応仁記一巻本（和田氏翻刻、一九七八）。

・各作品の下馬表現をａｂｃに三分類する。各欄に出現数を示し、備考欄に補足説明を記した。

ａ「馬より下」。**ｂ「馬より飛下」**。ｃ「馬より○落」（不慮の落馬ではなく、下馬と同等のもの）。

作品名／**事項**	ａ	**ｂ**	ｃ	**備　考**
日本書紀＊	3	0	0	原表記は「下馬」。訓読文による。
古事記＊	0	0	0	
竹取物語＊	0	0	0	
宇津保物語＊	1	0	0	

伊勢物語＊	0	0	0	
平中物語＊	4	0	0	内2例は「馬からおりて」
大和物語＊	3	0	0	
源氏物語＊	2	0	0	夕顔の巻の例（馬よりすべりおりて御心地惑ひければ）は落馬に近い。
狭衣物語＊	0	0	0	
更級日記＊	0	0	0	
大　鏡＊	0	0	0	
日本霊異記＊	1	0	0	「従馬将下」（馬より下りむとするに）
今昔物語集＊	58	0	3	（a→注i）。c「忽ニ馬ヨリ踊落テ」四・七六頁。「馬ヨリ丸ビ落テ、喜ビ泣キ為ル」四・三七七頁。「俄ニ馬ヨリ踊リ落テ迯テ行ケルヲ」四・五三五頁
宇治拾遺物語＊	5	0	0	「など馬よりおりざるぞ」1例を含む。
古今著聞集＊	6	0	0	
沙石集＊	6	0	0	「ヲメ〳〵ト馬ヨリヲリテ」1例を含む。
将門記	0	0	0	「門の外の従類は、馬の鞍を離れて」という表現は、馬が無く徒歩で従ったの意であり、除外。
陸奥話記	2	0	0	
保元物語半井本	5	2	0	
保元物語金刀本＊	2	5	1	c「義通馬よりくづれ落て」
平治物語一類本	5	2	1	c「金王丸…馬よりくづれ落、」
平治物語金刀本＊	5	0	0	
平家物語延慶本	12	16	3	（b→注ii）。c平山季重2例「飛落ルママニ」。今井四郎「馬ヨリ逆ニ落テ」。
平家物語覚一本＊	14	7	0	（b→注iii）。a「いそぎ馬よりおり」下・二七七頁の1例を含む。
承久記慈光寺本	2	0	0	a「下馬モセズ」2例
承久記前田家本	4	0	0	
承久記古活字本	4	1	0	

太平記古活字本＊	23	27	0	a「昌黎悦デ馬ヨリ下」一・四六頁、「馬ヨリ下居テ」三・一八五頁、「馬ヨリ下リ立テ」三・二三七頁の3例を含む。／b「急ギ馬ヨリ飛デ下リ」一・三〇四頁、「オホキニ悦デ馬ヨリ飛デ下リ」一・三三五頁、「大鳥居ノ前ニテ馬ヨリユラリト飛デ下」一・三四一頁、「馬ヨリ飛下々々」二・六五頁、「馬ヨリヒタ〳〵ト飛下」三・一八頁の6例含む。 ※波線部は徴古館本に無し。
太平記徴古館本	24	25	1	c「太刀の鋒を口にくはえて馬より逆に飛でおち」（大系一・二〇三頁10行目は別表現）
明徳記書陵部本	17	0	0	いずれも「下立テ」
明徳記陽明文庫本	16	1	0	いずれも「下立て」
応　永　記	0	0	0	『堺記』も同様。
結城戦場記（永享記）	2	0	0	『鎌倉持氏記』・『結城戦場別記』などには用例なし。
嘉吉物語酒井文庫本	0	1	0	
赤松嘉吉年間録	0	1	0	
応仁記一巻本	1	1	0	a「馬ヲ乗放々々先ニト争ヒ競テ攻入」
愚　管　抄＊	0	0	0	
増　　鏡＊	0	0	0	
徒　然　草＊	0	0	0	
神皇正統記＊	0	0	0	
曾我物語仮名本＊	2	0	0	
義経記刊本＊	0	1	0	
秋夜長物語＊	0	1	0	
朝比奈（狂言）＊	0	1	0	

注ｉ：今昔物語集a58例の内訳。「馬ヨリ下リテ」（下リ給テ、下リムトスル等含む）49例。「忽ニ馬ヨリ下リテ」2例（二・三二〇頁、四・四一〇頁）。「馬ヨリ暫ク下ム」1例（三・四六八頁）。「馬ヨリ踊リ下テ」2例（四・六二頁、四九五頁）。「馬

ヨリ急（忩）ギ下テ」3例（三・五一〇頁、四・六一頁、二〇九頁）。集団の行動描写として「軍共、馬ヨリハラ〳〵ト下テ」1例（四・三八六頁）。

注ii：延慶本の「飛ビ下」の事例は次のようであり、〔　〕内に覚一本の当該記事を注記した。×は覚一本に当該記事が無いもの、△は別表現となっているもの、●は覚一本には通常の「馬より下」とあるもの。①②③の3例のみが覚一本とほぼ同じ。注iiiの結果とも合わせ、延慶本と覚一本とでは「飛ビ下」の使用感覚が異なることを示す。

・（基房の随身通貞）馬ヨリ飛ビ下テ刀ヲ額ニアテテ兵ノ中ヲ打破リソバナル小家ニ走入ケルヲ……。

第一本十六〔×覚一本該当記事ナシ〕

・（頼政の使者競）神輿近付セ給ケレハ馬ヨリ飛下テ甲ヲヌキ左肩ニカケ弓取リ直シ御輿ノ前ニ跪テ申ケルハ……。

第一本卅六〔△使者「唱」。騎乗・下馬のこと言及ナシ〕

・（渡辺党）卅余騎馬ヨリ飛下リ橋桁ヲワタシテ戦ケリ。　第二中十八〔△〕

・コハイカガセムズルト思アヘズ信連馬ヨリ飛下テ物ヘ進セタレドモ云甲斐ナシ。　第二中廿一〔×信連ここには登場せず〕

・仲国胸打騒ギ云計ナクウレシクテ急ギ馬ヨリ飛下テ何ナル楽ヲ弾給ラムト閑ニ聞ケレバ……。　第三本五〔△〕

・楯六郎馬ヨリ飛下テ（播磨中将を）生取テ我宿所ニ誡メ置テケリ。　第四・廿五〔△〕

・義経門ノキハ近打ヨリテ馬ヨリ飛下テ業忠ニ向テ申ケルハ……。　第五本八〔●「門前へ馳まいて、馬よりおり、門をたゝかせ」〕

・石田郎等二人馬ヨリ飛下俗衣ヲカキ深田ニ下テ木曾ガ頸ヲバカキテケリ。　第五本九〔△「二人落あふてつゐに木曾殿の頸をばとてけり」〕

・（重衡連歌を読みかける）源太馬ヨリ飛下テ、暫ク御返事申候ワムトテ、「イケドリトラムタメトヲモヘバ」トゾ申タリケ。

・河原太郎高直、同次郎盛直兄弟二騎馳来テ、馬ヨリ飛下テ生田杜ノ城戸口へ攻寄テ……　第五本廿〔×〕

・馬弱リテハタラカネバ、馬ヨリ飛下テ水際ニヲリ立テ刀ヲ抜テ鎧ノ引合セヲシキリ……　第五本廿〔△〕

・サルホドニ景時ハセツヅキテ馬ヨリ飛下テ、乗替ニモタセタル小長刀ヲ取テ……。　第五本廿三〔●「馬よりおり、鎧のうは帯きり……」〕

・カスカナル音ニテ安重ト名乗ケレバ馬ヨリ飛下テ敵（業盛）ガ首ヲカク。　第五本廿三〔①。ただし、庄高家の行為〕

・（維盛ら）腰ノ刀ニ手ヲ懸テ差聚ツヽ立給ヘハ、此等馬ヨリ飛下テ深ク平ミテ通リケリ。　第五本廿八〔×〕

・高雄ノ聖ノ弟子ナリケリ急ギ馳ヨリテ馬ヨリ飛下テ若君ユリサセ給タリアシコニ逢タリツル者共物語ニスルヲ聞バ……。　第五末十六〔②〕

・昌命馬ヨリ飛下テアノ大刀ナゲラレ候ヘヤト云ケレバ……。　第六末十九〔③〕

右の用例中、最も注目すべきは、巻六小督を訪ねる仲国の行動描写であり、覚一本は次のように、「ひかへて」（馬を停めて）の後、馬より下りる行為を明示しない。　第六末廿二〔△騎乗・下馬言及ナシ〕

ひかへて是をきゝければ、すこしもまがふべうもなき小督殿の爪音なり。楽はなんぞときゝければ、夫をおもふてこふとよむ想夫恋といふ楽なり。さればこそ、君の御事おもひ出まいらせて、楽こそおほけれ、此楽をひき給けるやさしさよ。ありがたふおぼえて、腰よりやうでうぬき出し、ちとならひて、門をほと〳〵とたゝけば、……。

一方、「急ギ馬ヨリ飛下テ」とする延慶本のあり方は、仲国がようやく探し当てた喜びの表現として理解はできるものの、小督の物語を貫く優美な雰囲気との調和に問題を残す。

注iii：覚一本の「とびおり」の事例を示し、併せて延慶本の当該箇所の記事を示す。覚一本の方が、より限定的・意識的に、緊迫感の高い箇所に用いている。逆にいえば「とびおり」を用いることにより、緊迫感を高めている。

・下一一二頁（河尻に出撃していた貞能が帰途、都落ちの行幸に出会い）貞能馬よりとびおり、弓わきにはさみ、大臣殿の御前に畏て申けるは、

〔延慶本第三末廿八「（貞能）大臣殿ノ御前ニテ馬ヨリ下リ弓脇ニハサムデ弾指ヲシテ申ケルハ……」〕

・下一八〇頁（ともに討死をしようと駆け出す義仲に）今井四郎馬よりとびおり、主の馬の口にとりつゐて申けるは、

〔延慶本第五本九「木曾ガ馬ノ轡ニ取付テ」〕

・下一八一頁（今井四郎）太刀のさきを口に含み、馬よりさかさまにとび落ち、つらぬかてぞうせにける。

〔延慶本第五本九「キサキヲクワヘテ馬ヨリ逆ニ落テツラヌカレテゾ死ニケル。」〕

・下二〇三頁（熊谷直家）弓手のかいなをゐさせて馬よりとびおり、父となら（ン）でた（ッ）たりけり。

〔延慶本第五本廿「小ヒヂヲイサセテ引退ク」〕

・下二〇九頁（景時、源太を見つけ）「いまだうたれざりけり」と、いそぎ馬よりとんでおり、「景時こゝにあり。……

〔延慶本第五本廿「梶原係入テ、景時ココニ有ト云テ、源太ヲ後ニシテ我身ハ矢面ニフサガリテ、」〕

・下二一八頁（庄高家、重衡を見つけ）鞭あぶみをあはせて馳来り、いそぎ馬より飛おり、「まさなう候、……

〔①：注ii前掲〕

・下四〇五頁（六代を）既に只今切り奉らむとする処に馳ついて、いそぎ馬より飛おり、しばらくいきを休て

〔③：注ii前掲〕

・下二七七頁（狩装束の武士、維盛に出会い）いそぎ馬よりおり、ふかうかしこまてとほりければ、

（本例は「馬よりおり」に含めている）〔②：注ii前掲〕

第八章　城（ジヤウ）の系譜

はじめに

「城」は、軍記物語および関連作品における主要な舞台の一つである。「城」はどのようなものであったのか、各時代の実態、存在のあり様について、考古学や文献史学の分野において、議論が積み重ねられてきた。また、「城」の呼称についても、はやくにその変遷についての指摘があった。

・按、城はいにしへキといひしを中頃は音のまゝに読て其後シロといふことになりたり。（後略）
（『武家名目抄』和学講談所編、文政五年（一八二二）草稿本。『改訂増補故実叢書14』一五九頁）

・近世城ノ字ヲ「シロ」トヨムハ誤ナリ。城ヲ古ハ「キ」ト云フ。葛城・磐城ノ類コレナリ。中世ハ音ニテ「ジヤウ」ト云フ。秋田城介ナドノゴトシ。足利家時代ノ書マタ謡本ニハミナジヤウト云ヒテシロト云ハズ。シロト云フコトハ山城ニカギリタルコトナリ。（後略）
（小島知足著『酣中清話』。明治三一年小沢圭跋。『百家説林』（明治三八年吉川弘文館）続編上・三七九頁）

しかし、軍記物語を読むときに、このことは必ずしも徹底されているわけではなく、活字翻刻されているテキストの校訂においても同様である。さらに、戦国時代を扱ったドラマで、登場人物が「カイヅジョウ（海津城）」「ノダジョウ（野田城）」などと口にしているが、当時の呼称は「かいづのしろ」「のだのしろ」であった。「城」にはミヤコの訓があり、本来的な字義は「都城」にあったと思われ、その系列に属する「平安城」「龍宮城」などを別にして、軍事拠点たる城（城柵）の場合は、一貫して「△△のキ（ジヤウ・シロ）」と呼ばれてきた。[1]このことはあまり意識されていないように思うが、「の」をはぶく呼称は近代にはいってからのものである。

本章は、「城（ジヤウ）」の表記・呼称の変遷を再確認し、その作業の過程において浮かびあがってくることがらのいくつかを整理するものである。

一、柵と城

1、栗屋河の城・衣河城

北陸路を進撃中の義仲が飛来した山鳩をみて、故事を思いおこし拝んだ、という記事（覚一本『平家物語』巻七「願書」）があり、その故事の一節に「風忽に異賊の方へ吹おほひ、貞任が館栗屋河の城焼けぬ」とある。貞任の館であるところの「栗屋河（厨川）の城」が焼けた、というのである。半井本『保元物語』にも「伊与守殿、貞任・宗任ヲ責ラレケルニ、クリヤ河ノ城ヲ落テ後、……」（岩波新大系四八頁）とある。あるいは、延慶本には「栗屋河の城」を含む記事自体がないが、「（頼義が）岸高峙タル（貞任の）衣河城ヲバ、頭ヲタレ、歯ヲクヒシバリテ、責落シ給シニ」（二中廿）とある。

中世軍記物語の一こまとして、「栗屋河の城」「衣河（の）城」に何の問題もないかのようであるが、前九年の役をえがく『陸奥話記』（小学館新編全集の訓読文により、該当頁数を示す。〝柵〟などの引用符は私に付加）および『今昔物語集』（岩波新大系）巻二五・13「源頼義朝臣、罰安陪貞任等語」は、貞任ら「賊衆」の軍事拠点を「△△の城」とよぶことはなかった。

・（安倍頼時は）流矢の中る所と為り、〝鳥海の柵〟に還りて死せり。（一四五頁。『今昔』鳥ノ海ノ楯）

・（官軍は）萩の馬場に到る。〝小松の柵〟を去ること五町有余なり。件の柵は是れ宗任の叔父〝僧良昭が柵〟なり。（一五七頁。『今昔』良照ガ小松ノ楯）

それらは「柵」であり「楯（館）」であった。さらにさかのぼって、古代の城・柵に目をやろう。『日本書紀』（岩波古典大系）の城は二種類ある。ひとつは、日本・朝鮮半島の〈都〉をさし、「京城傍　耳成山・畝傍山」（巻一三允恭四二・一一月）、「京城耆老」（巻三〇持統元・八・六）、「大城」「王城」（巻一四雄略二〇・冬註）、「漢城」（巻一九欽明一二是歳）などとある。いまひとつは、朝鮮半島の「草羅城」（巻九神功五・三・七）以下多数の、いわゆる朝鮮式山城であり、日本にあってはそれらをまねて山上（高安城の場合、標高四八八メートル）に築かれた「高安城、讃吉国山田郡屋嶋城、対馬国金田城」（巻二七天智六・一一月）などの〈城〉である。

一方、「柵」は「渟足柵」（越後。巻二五・大化三是歳）、「磐舟柵」（越後。巻二五・大化四是歳）、「都岐沙羅柵造」（出羽か。巻二六・斉明四・七・四）など、古代日本東北の施設にのみ用いられる。この呼称の区別は、朝鮮式山城の〈城〉と古代東北の〈柵〉とが異質の存在であることにもとづくものであろう[2]。

古代東北の〈△△柵〉を、『続日本紀』（岩波新大系）では、〈△△城〉とも表記するようになる。一、二例示する。

〈雄（小）勝柵（*を付したものは城）〉　天平宝字二・一二・八（柵）。同三・九・二六*。同三・九・二七*。同四・正・四*。同四・三・一〇。神護景雲元・一一・八*。

〈多賀柵（城*）〉　天平九・四・一四。宝亀一一・三・二二*。同一一・七・二二*。同一一・一〇・二九*。延暦七・三・二*。同七・三・三*。同八・三・九*。

また、〈城柵〉という表現もあらわれる（天平神護二・四・七。宝亀元・八・一〇）。しかし、「柵」はただに「城」と呼ばれるようになったわけではない。『古事類苑』兵事部二十四・城郭上の説明には「柵ハ城ノ粗糙ナルモノナリ」

とあるが、問題は単に規模のいかんにとどまらない。前引『歴史考古学大辞典』「城柵」は次のようにいう。

東北の古代城柵は征討の際の拠点となるなど軍事的な一面は持つものの、かつて考えられていたような蝦夷との戦闘に備えた砦的な施設ではなく、移民の導入や俘囚の移配などにより蝦夷が居住する地区を安定させて郡を建て、国家の版図に組み込むとともに、建郡後も広域行政府として機能を果たした、官衙的な構造を持つ施設であったことが明らかにされている。

ここでは「城柵」として一括されているが、柵と城とには（『続日本紀』自体にも「城柵」という表現がある以上、ゆるやかではあるが）概念上の区分があったと思われる。岩波新大系の訓読文および脚注の一部を引用する。

・難破議りて曰はく、「軍を発して賊の地に入るは、俘狄を教へ喩へ、城を築き、民を居らしめむが為なり。必ずしも兵を窮して帰服へるを残ひ害るに非ず。……」（天平九・四・一四）

・勅して曰はく、「……昔、先帝、数明詔を降して雄勝城を造らしめたまへり。……藤原恵美朝臣朝獦ら、荒ぶる夷を教へ導きて皇化に馴れ従はしめ、一戦を労せず、造り成すこと既に畢りぬ。また、陸奥国牡鹿郡に於て大なる河を跨え峻き嶺を凌き、桃生柵を作りて賊の肝胆を奪ふ。……」（天平宝字四・正・四）

・夫れ秋田城は、前代の将相僉議りて建てし所なり。敵を禦き民を保ちて、久しく歳序を経たり。一旦挙げてこれを棄てむこと、甚だ善き計に非ず。……また由理柵は賊の要害に居りて、秋田の道を承く。亦、兵を遣して相助けて防禦かしむべし。……（宝亀一一・八・二三）

右の、柵・城にかかわる表現からは、軍事拠点としての性格を基本とする「柵」からすすんで、行政機関・都城（都、王城）的側面の充実をもって「城」と称している、とみてとれる。

・「天皇、城北の苑に幸したまふ。」（城北の苑は恭仁宮の北方にある苑。天平一四・正・七）

・「石原宮の楼（城の東北に在り。）に御しまして、饗を百官と有位の人等とに賜ふ。」

（石原宮は恭仁京東北道に沿って存在したと考えられる離宮。天平一五・正・一一）

・「紫香楽宮の西北の山に火あり。城下の男女数千余人皆趣きて山を伐つ。然して後に火滅えぬ。」

（天平一六・四・一三）

などとある、都城の「城」と城柵の「城」とは、概念的には、かけ離れた存在ではなかった。平安中・後期ごろの漢和辞典『類聚名義抄』が「城」に「ミヤコ」の訓みを載せるように、「城」の根幹には「ミヤコ」の観念があった。

ふたたび、『陸奥話記』にたち戻る。「僧良昭が柵」たる「小松の柵」を舞台とする合戦場面に次のような表現があらわれる。

（官軍の）歩兵火を放つて〝柵外〟の宿廬を焼く。是に於て、**城**内奮呼し、矢石乱発す。（中略）則ち騎兵を以て要害を囲み、歩卒を以て**城**柵を攻めしむ。（中略。官軍は）〝柵下〟を斬り壊つて、**城**内に乱入し、刃を合せて攻撃す。**城**中擾乱し、賊衆潰敗す。宗任、八百余騎を将ゐて、城外に攻め戦ふ。（中略）賊衆、**城**を捨て逃げ去る。則ち火を放ちて〝柵〟を焼き了んぬ。

（一五七頁）

この**城**は〝小松の柵〟をさす。固有名詞としての用法ではないが、「城」と〝柵〟とが同一範疇にくくられているのである。平安後期成立の辞書『色葉字類抄』（中巻は黒川本のみ）に「柵　サク　タテ　城也」とあり、『陸奥話記』は当時の一般的な用法に則ったものといえそうである。多賀柵が多賀城と名をあらため、「城柵」という用語もある以上、柵を「城也」と解説して、何の不都合もない。が、しかし、その同一視は、本来、おなじ国家側に属する機構の範疇内でおこったことである。『色葉字類抄』がそのことをどこまで意識しているのかはわからないが、『陸奥話記』の「城」の用法は、「ミヤコ」に根幹を置く古来のありかたとは、まったく異質の、新しい次元に立ちいたっている。

その一方で、前述のように『陸奥話記』は、貞任らの拠点を、いずれも「△△の城」ではなく「△△の柵」と称していたことをあらためて想起したい。「柵」も『日本書紀』『続日本紀』にあっては、国家の機構である。しかし、「△△の城」とは表現しなかった[3]ことの背景に、賊衆の軍事拠点を「△△の城」とまで呼ぶのは、さすがにおけないことだ、という、意識がはたらいていたのではなかろうか[4]。

『陸奥話記』のこうしたあり方は、『続日本紀』と、「栗屋河の城」「衣河（の）城」という表現を、他の数多くの「△△の城」という表現の中にまじえている中世軍記物語との中間に位置し、もっと正確には、中世軍記物語の「城」表現への胎動、と位置づけてよいものであろう。

2、三浦衣笠ノ柵

延慶本『平家物語』にも、軍事拠点を「柵」と称する事例がある。

後日ニ聞エケルハ「同廿六日、河越太郎重頼・中山次郎重実・江戸太郎重長等、数千騎ヲ率シテ三浦へ寄タリケリ。上総権守広常ハ兵衛佐ニ与シテ、且（ママ）舎弟金田小大夫頼常ヲ先立タリケルガ、渡海ニ遅々シテ、石橋ニハ行アハズ、義澄等籠タル三浦衣笠ノ柵ニ加リケリ。（後略）」ト申ケレバ、平家ノ人々ハ是ヲ聞給テ、……（第二中卅五）

右の「　」内は、平家に与し、頼朝を追討しようとする側からもたらされた情報である。一方、三浦氏・頼朝側に立つ記述には、この表現はみられない。

◇「敵只今ニ来ナムズ。急ギ衣笠城ニ可籠」ト云ケレバ、義盛申ケルハ「衣笠ハ口アマタアリテ、無勢ニテハ叶ガタカルベシ。奴田城コソ廻ハ皆石山ニテ一方ハ海ナレバ、吉者百人計ダニモ候ハバ、一二万騎寄タリトモクルシカルマジキ所ナレ」ト申ケレバ、大介云ケルハ「サカシキ冠者ノ云事哉。今ハ日本国ヲ敵ニテ打死ニセムト思ワムワ（ママ）ムズルニ、同ハ名所ノ城ニテコソ死タケレ。先祖ノ聞ユル館ニテ討死シテケリトコソ平家ニモ聞カレ申タケレ」ト云ケレバ、「尤可然」トテ衣笠城ニ籠ニケリ。（第二末十五）

◇猿程ニ真平ガ妻ナリケル人ノ許ヨリ使者ヲ遣シテ云ケルハ「三浦ノ人々ハ小坪坂ノ軍ニハ勝テ畠山ノ人々多ク誅レタリケルガ、衣笠城ノ軍ニ打落サレテ、君ヲ尋奉リテ安房国ノ方へ趣ニケリ。急ギ彼人々ニ落加リ給ベシ」ト申タリケレバ、（同十六）

◇（前略）サテ兵衛佐ハ武蔵国ト下総国トノ境ニ住田川ト云河鰭ニ陣ヲ取。武蔵国住人江戸太郎・葛西三郎等ガ一類、数ヲ振テ参上ス。兵衛佐ハ「彼等ハ衣笠城ニテ我ヲ射タリシ者ニハ非ヤ。大庭・畠山ニ同意シテ凶心ヲ挿テ参タルカ」トイワセラレタリケレバ、……（同十九）

追討する側から賊徒の拠点を「柵」と呼ぶあり方は、『陸奥話記』に通じるところがある。この区分は延慶本のみではあるが、四部本も第二の早馬（延慶本とは構成を異にする）の通報記事に注目すべき表現を残す。

……武蔵国の住人稲毛三郎重成・河越太郎重頼・江戸太郎重長以下、君（安徳帝。実質的には清盛）に志深き輩襲ひ来たり候ふ間、彼等（三浦氏および援軍）は三浦の繖柵（キヌカサ）の城へ引き籠もり候ひしかば、……

（括弧内は引用者注記。『訓読四部合戦状本平家物語』一七一頁）

四部本はこれ以前に位置する、地の文による頼朝挙兵の次第の記述にも「義澄が一党、三浦郡ノ繖柵（キヌカサ）の城へ引き込もる」とあり、『四部合戦状本平家物語評釈（八）』は「或は本来「繖」のみで「キヌガサ」と訓み、「繖柵」はが「衣笠ノ柵」とするように、「キヌガサノサク」と訓むべきものだったとも考えられる」と注記している。「繖」は〈延〉『新撰字鏡』に「支奴加佐」とあり、『天文本　字鏡鈔』にも「ヌサ、カサ、キヌカサ、ヲホフ」とある。『評釈』のいうように、本来は「繖柵」（訓みは、延慶本も含め、キヌガサノタテかもしれない）とあるはずのもの。四部本の現行の形は、延慶本的本文の影響下にあって、かつその使い分けの意図を感知できなくて「城」を付加した結果ではなかろうか。四部本にもこうした現象があり、『陸奥話記』のような先蹤があることを思えば、ただ一箇所の表現ではあるが、延慶本の「三浦衣笠ノ柵」はもっと注視されてよい。

3、先祖ノ聞ユル館・河野ガ館

前節でとりあげた延慶本第二末十五「衣笠城合戦之事」を別の角度から問題にする。そこでは、「衣笠城」は「名所ノ城」「先祖ノ聞ユル館」とも称されていた。同様に、延慶本において「館」と称される軍事拠点は、他には以下の事例がある。

・……其午時計ニ伊与国ヨリ飛脚来テ申ケルハ「当国住人河野介通清、去年冬ヨリ謀叛ヲ発テ、当国道後境ナル高直城ニ立籠タリケルヲ、備中国住人沼賀入道西寂、彼ヲ誅ムトテ、備後ノトモヨリ千余騎ニテ、河野ガ館ニ押寄テ通清ヲ責ム。（第三本十二）

・昔頼義朝臣、貞任ガ小松ノ館ヲ攻給ケル時、「今日往亡日ナリ。明日合戦スベシ」ト人々申ケレバ、武則先例ヲ勘テ申ケルハ「宋武帝敵ヲ討シ事、往亡日ナリ。兵ノ習、敵ヲ得ヲ以テ吉日トス」ト申テ、ヤガテ小松館ヲ攻落シタリケリ。（第三末七）

「小松ノ館」が『陸奥話記』の「小松の柵」と同じものであることはいうまでもない。河野ガ館すなわち高直城（盛衰記「高縄城」）には、越智氏（河野氏はその後裔）の祖の高縄という者が神託によって高縄山の山頂を城地と定めた、という伝説があり（日本歴史地名大系『愛媛県の地名』）、衣笠城と同様に「先祖ノ聞ユル館」というべき存在であったと思われる。本章第一節において、『陸奥話記』の「△△の柵」を『今昔物語集』が「△△ノ楯」と表記していることをみた。『色葉字類抄』の「柵　タテ」という説明をふまえれば、その変化は得心がゆき、「△△ノ楯」から「△△ノ館」となるのも必然的である（タテはタチの東国語形）。このことにかかわって今ひとつ注目すべきことがある。

この記事において、高直（高縄）城を「河野ガ館」とも称しているのは、延慶本のみである。長門本は上記傍線部を「備後のともより、十よそうの兵船をと丶のへて、通清をせむ」（四部本ほぼ同じ）、盛衰記は「鞆浦ヨリ数千艘ノ兵船ヲ調テ、高縄城ニ推寄、通清ヲバ討取テ侍シカ共、……」として、「館」には言及しない。しかし、延慶本第三本十二の、上記引用部につづく記事に次のようにある。西寂の甥が「城ノ内」に攻め入り、通清に生捕りにされ、逆にうって出た、通清の弟通経が西寂に生捕りにされる。西寂は生捕りの交換を申し入れるが、通清は「敵ニ生取ルル程ノ不覚仁ヲバ生テナニニカハセム。只切ニスギタル事ナシ」と拒否し、西寂の甥を使者の目の前で切り捨てる。それを知った西寂がやむなく通経を切ろうとしたところ、通経は兄を恨んで次のようにいう。

弓箭取習ヒ、生取ルル事モ常ノ習也。同兄弟ノ間ニ情無コソ口惜ケレ。一日遑(いとま)ヲユルシ給へ。館ノ案内者也、手引シテ通清打落スベシ。其後死生ハ入道殿ノ計也。

西寂はこれを赦し、ために通清は討たれてしまうが、「河野ガ館」という呼称をあげていない長門本にも、ほぼ同文（館のあんないしやなり）がみられる。長門本も延慶本とおなじく、高直城を「館」とも称する先行本文をふまえている。

さて、その「館」であるが、「去年冬ヨリ謀叛ヲ発テ、当国道後（長門本「道前道後の」）境ナル高直城ニ立籠タリケルヲ」とあり、高縄城が標高九八六メートルの山の頂にある（『愛媛県の地名』）ことをあわせ考えれば、これは日常の居館としての「館」ではない。小松の柵（『陸奥話記』）・小松の楯（『今昔物語集』）・小松の館（延慶本）とおなじ系譜に属する、軍事拠点としての「館」である。将軍宣下の使者が訪れた「兵衛佐ノ館」（第四・一六。「兵衛佐ガ館」ではないことに注意。「の」「が」の待遇意識がかかわる。本章二節2）や、平知盛が「只都ニテ打死ニモシテ館ニ火ヲ係テ塵灰トモナラント思シヲ」（第六本一）と顧みる「館」、あるいは結果的に戦闘の場となった「屋牧館」「判官ガ館」（第二末九）もそれぞれの人物の居館であり、延慶本はこれらを「城」と呼ぶことはない。屋牧が頼朝の来襲を予期して、逆茂木をひくなど防備をかためておれば、「城郭」「城」となったであろうが[5]、延慶本「屋牧判官兼隆ヲ夜討ニスル事」のなかに「城」という表現はあらわれず、章段の終末部分には「判官ガ宿所ノ焼ケルヲ」とある。延慶本には二種類の

「館」[6]があり、河野ガ館はいわば古層の「館」（柵・楯）である。古態性の質が問い直されている延慶本ではあるが、

前項にみた「三浦衣笠ノ柵」の問題とあわせ、今なお端倪すべからざる伝本であることに変わりはない。

4、「交通遮断施設」と城

3項までにみた城は専用の軍事拠点であったが、延慶本（用例は延慶本を引くが、本項の議論は延慶本に固有の問題ではない）の城には、上記とは異質な「城」がある。

・……学生、大納言ガ岡ニ城郭ヲ構テ立籠ル。……堂衆登山シテ東陽坊ニ城廓ヲ構テ、大納言ノ岡ノ城ニ立籠所ノ学生ト合戦ス。……堂衆数多ノ勢ヲ相具シテ登山シテ、早尾坂ニ城郭ヲ構テ立籠ル。……学生、官兵ヲ賜テ早尾坂ノ城へ寄ス。（一本六）

・……土肥ノ方へ引退テ、コメカミ石橋ト云所ニ陣ヲ取テ、上ノ山ノ腰ニハカイ楯ヲカキ、下ノ大道ヲバ切塞ギテ、立籠ル。平家ノ方人当国住人大庭三郎景親、武蔵相模両国ノ勢ヲ招テ……三千余騎ニテ石橋城へ押寄ス。（二末十三）

・大衆此由ヲ聞テ、奈良坂、般若路、二ノ道ヲ切塞テ、在々所々ニ城郭ヲ構テ、老少中年ヲキラワズ、弓箭ヲ帯シ、甲冑ヲ鎧テ待カケタリ。……重衡朝臣ハ、法花寺ノ鳥居ノ前ニ打立テ、次第ニ南都ヲ焼払。軍兵ノ中ニ、播磨国福井庄下司、次郎大夫俊方ト云ケル者、楯ヲ破テ続松ニシテ、両方ノ城ヲ初トシテ、寺中ニ打入テ、敵ノ籠リタル堂舎、房中ニ火ヲカケテ、是ヲ焼。（二末四十）

川合康『源平合戦の虚像を剥ぐ』（講談社、一九九六）は、南都攻防の事例（川合氏は覚一本を用いている）などをあげ、堀・掻楯・逆茂木は、いずれも敵の進路を遮断するために戦場に臨時に構築された、簡単な交通遮断施設（バリケード）であるが、このバリケードは「城郭」の付属施設ではけっしてなく、これ自体が「城郭」とよばれてい

たことに注意しなければならない。

と注意をうながす。そのうえで、「私は中世前期における方形館の有無にかかわらず、中世城郭の起点は本書であつかっているような交通遮断施設のほうにあったと考えている。」（七八頁）という大きな問題提起をおこなっている。（七四頁）

中澤克昭氏（注5の著書第二章）は、「城郭と聖地の関係」「城郭をめぐる心性」を探る立場から、三浦氏の衣笠城のような存在（名所ノ城）を「特殊なもの」としりぞける川合氏の立論に疑問を呈している。

本章では、前項までの「城」の系譜の検討から、以下のように考える。

バリケードが城郭と呼ばれるようになったことは、たしかに大きな転機である。軍記物語史において、『平家物語』以前にそのような例はない。金刀本『保元物語』「新院御所各門々固めの事」に御所を城郭として、という表現があるが、バリケードの区画に「早尾坂ノ城」「石橋城」といった名称を与えることは絶えてない。その意味で、くりかえすが、川合氏の指摘は重要である。しかし、「城」概念の拡散・下落をみてきた本章の観点からは、交通遮断施設をも城郭・城と称するにいたったことは、起点ではなく、行きついた果て、と思われる。中世城郭の前史には、やはり、館（柵・楯）と称された衣笠城・高直城のような存在がひかえていることを忘れてはならないだろう。川合氏の指摘は、中世城郭の起源としての「起点」ではなく、中世城郭の重要な指標（バリケードをも城と名づける派生的用法が一般化した。ここに新しい事態が発生したという意味での起点）としてとらえかえすべきである。

中世は「城」の概念がもっとも拡散・下降した時期といえようか。「城」は戦国期から近世初期にかけて「シロ」と呼称をあらため、上昇の途につき、地域のシンボルとしての現代にいたる。

二、「都城」と地方の「城」の差異化

1、平安城

へいあんじやう平安城　平安京の別称。中世以降この称のほうが多く用いられ、近世には「此都は平けく安らかなる所なりと、諸民の同じくよろこびいはへる言にしたがひて、平安城と名づけらる（京城勝覧・序）」のように、遷都の詔によりながらも、平安京でなく、平安城と命名したとするのが一般であった。（後略）（角川古語大辞典）

この説明にあるように、中世以降の文献には「平安城」の称が多く、軍記物語の場合はこれが通例である。「平安城」の初出例がいずれであるか確認しえていないが、『玉葉』の福原遷都関連記事のなかに「如被注下者、減於平安城、殆可謂過半歟」（治承四・六・一五条）、「治承四年八月廿九日延暦十三年、自長岡京被遷平安城之時」（治承四・八・廿九条）とある用例などが、そのはやいものであろう。少し降るが『愚管抄』巻三には「此平安城タイラノ京へ初テ都ウツリ有テ」（岩波古典大系一四六頁）という用例がみえる。このように、「平安城」という表現が中世初頭からあらわれ、「平安京」より一般化していくことと、上述してきた「城」の概念の拡散・下落（賊衆の軍事拠点を△△の城と称し、交通遮断施設にも△△の城という名称を与えていく）とは、ほぼ同時期に発生した、関連する現象と思われる。「城」のとどまるところのない拡がりが、平安京をも平安城と称するようになる一因であろう。しかし、「平安城」は、そうした風潮に呑みこまれてしまったわけではない。

2、「△△城」と「△△の城」

ことは「△△城」の語構成にかかわるが、次のような原則がある。

※詳細は次の第九章で示す。見出し語は覚一本『平家物語』および慶長古活字本『太平記』（岩波古典大系）。［　］内は三条西本『平家物語』（尊経閣文庫蔵。室町中期写）の表記、〈　〉内は簗田本『太平記』（国会図書館蔵。室町後

期写）の表記である。

（1）地名「の」城

衣笠の城〔きぬかさのしやう〕・河内国長野の城〔なかの、しやう〕、笠置城〈かさぎのじやう〉・千剱破城〈ちはやのじやう〉など。

（2）人名「が」城

※敬意の対象の場合、人名「の」城となることがある。前述「兵衛佐の館」がこの範疇。人名を冠する城は、『平家物語』には用例がすくない。「火打が城」は異質であり、別に考える必要がある。

能遠が城〔異文。さくらばがたち〕、楠ガ城〈くすの木かじやう〉・高田兵庫助ガ城〈高田のひやうごのすけがじやう〉など。

漢文表記を主とする古代の文献の多くは、ヲコト点などが施されている場合をのぞいて、確認しがたいのであるが、中世以降、近代初期にいたるまで、江戸城を「江城」と漢文風に表記する場合などを別として、「△△城」は、「の」もしくは「が」を間に差し挟んで呼称するのが通例である。しかし、平安城が「へいあんノじやう」などと呼ばれることはない。それには「平安」が地名でも人名でもない、というところに第一の要因がある（「長安」はこの形でも地名と意識され、「長安ノ城」という用例がある）。

同様に「の・が」をはさまないものに仏教関連の「城」がある。龍宮城（『日葡辞書』は「リユゥグゥジャゥ　タツノミヤコ。ゼンチョ（異教徒）が、海底にあると想像している国の首都」と説明する）や閻魔羅城（覚一本巻六「慈心房」に「閻魔王宮」「大極殿にして……」とあり、これも閻魔のミヤコである）などであるが、そのひとつの「喜見城」の場合には、歌謡の音律上の都合もあってか

忉利は尊き処なり、善法堂には未申、円生樹より丑寅に、中には喜見(きけん)の城(じやう)立てり　（『梁塵秘抄』二〇四番）

という用例がある。しかし、「平安城（へいあんじやう）」には、まず例外がない。覚一本巻五「都遷」に「長岡の京より此京へうつされて後」という一節があり、これを三条西本は「なかをかの京よりへいあんしやうにうつされて」と表記する。一連の都遷先蹤において、平安城以外には「の」を付しており、用語の上でも、平安城は別格の存在である。

3、「鎌倉城」

「平安城」の語としての位相を考えるために、「鎌倉城」の問題をとりあげておく。齋藤慎一『中世武士の城』（吉川弘文館、二〇〇六）の一節（七頁）を借りて、議論の様相をみておく。

源頼朝が本拠を構えた鎌倉（神奈川県鎌倉市）を、九条兼実は日記『玉葉』のなかで「鎌倉城」と呼んだ。このことは古くから知られている。この「鎌倉城」の実態についてさまざまな見解がある。三方を山で囲み、南は海に面するという天然の要害の地であるがゆえに「鎌倉城」と呼称したのだという古典的な意見がある。近年、この見解に対して痛烈な批判が浴びせられている。本書の最後で論じるが、この時期の鎌倉はそれほど大規模なものではない。そして多くの論者が指摘するように堀切や土塁を備えた存在でもない。

『玉葉』を点検するとほかにも多くの城が登場する。「湛覚城」・「武田城」・「山下城」・「光長城」・「蒲倉城」・「安房国城」・「藍津乃城」・「津留賀城」などである。「鎌倉城」を含め、兼実がこれらの城を実見したとは当然のことながら思えない。何らかの情報に基づいて、「城」の語を兼実が付していることになる。そこに「城館」の実態を解く鍵がありそうである。共通する事項の一つには、それぞれの地域での有力者が拠点としている場であることがあげられる。

本章では、議論の経緯に立ち戻る前に、「鎌倉城」をどのように読むべきかを問題にしたい。「鎌倉城」という記述は、『玉葉』寿永二年閏一〇月二五日条・同一一月二日条・元暦元年八月二一日条にある。そのうち最初の事例は国書刊行会・活字本に「伝聞、頼朝起相模鎌倉〔之〕城」とあり、凡例に「九条家古鈔本、往々虫蝕脱行欠丁あり今〔 〕を加へて之を画し、補塡するに玉海を以てせり」とある。ちなみに、高橋貞一編著『訓読玉葉』（高科書店）は、前の二例を「鎌倉の城」と訓み、最後の事例を「鎌倉城」のままにしており、一貫性を欠く。この「之」をめぐる異文を考えるためには、齋藤氏もあげている「藍津乃城」の例が参考になろう（これは九条家本も同表記）。さらに、『玉葉』には「其後頼盛宿相模国府、去頼朝城、一日之行程云々」（寿永二・一一・六条）という表現があることを見逃してはならないだろう。「伝聞、頼朝出鎌倉城、来着木瀬川辺暫逗留」（元暦元・八・二一条）という「鎌倉城」を鎌倉全域、「頼朝城」を頼朝居館、というように区分する根拠はあるだろうか。京にいる兼実にとって、はるかかなたの「鎌倉城」も「頼朝城」も同一の存在であろう。「頼朝城」は、漢文表記に「之」はなくとも、「よりともノじやう」と読むはずである（兼実の意識からは「頼朝ガ城」がより適切か）。「鎌倉城」も「藍津之城」と同様に「鎌倉ノじやう」と読むべきではないのか。鎌倉城のみを別格とする根拠はない。〈鎌倉の城〉と意識すれば、そもそも用語の上においても、「平安城」（へいあんじやう）とは並ぶべくもないのであり、冷静な議論が可能であったと思われる。

おわりに

古代の「城」から中世の「城」へ、軍記物語の表現を中心として、用語と訓みの問題を整理してきた。中世から近世をへて、近代にいたる「城」の変遷については、次章で論じる。

注

（1）『日本書紀』北野本巻二七（貴重図書複製会本による。院政期時代初期の写）に「屋嶋ノ城」（天智六年十一月）、「高安ノ城」（同八年是冬）、「筑紫ノ城」（同九年二月）を確認できる。なお、「キ」から「ジヤウ」への変化については、かな表記資料がとぼしく、充分な検討を加えられないため扱わない。

（2）東北の城柵は、「八世紀に造営された城柵は標高一〇〇メートル以下の低丘陵に立地するものが多く、九世紀のものは低位段丘もしくは沖積地といった周囲との比高をもたない低地に立地する傾向が認められ、いずれの場合も河川に近く水運に適した場所が選ばれている」と指摘されている（『歴史考古学大辞典』「城柵」。吉川弘文館、二〇〇七）。

（3）「△△の柵」という呼称は、貞任らが実際にそのように呼んでいたのかもしれない。その場合は貞任らの認識が問題になる。しかし、討伐する側の与えた蔑称という可能性も考えてよかろう。

（4）大平聡「堀の系譜」（『城と館を掘る・読む』山川出版社、一九九四・一二）がこの現象に注意しており、「「某城」は、中央政府の国家的施設の名称として確立する。それ故、奥州の在地勢力の居館に対し「某城」という呼称は公家の立場からは認められなかったであろうし、また、中央政府との関係なしにその権力を発揮し得なかった彼らが、自ら「多賀城」「胆沢城」と対等に「某城」を称したとも考えられない。」と発言している。

（5）『平家物語』の多くは「館」とするが、盛衰記は「八牧城」と称する。中澤克昭『中世の武力と城郭』（吉川弘文館、一九九九。初出一九九四・一二）にも「この時代一般に、館・屋形は、日常的な政治の場、あるいは居住の場であり、それらは非日常的な臨戦状態に際してのみ、城郭に構えられることがあったわけである」（一六七頁）との指摘がある。

（6）五味文彦「館の社会とその変遷」（『城と館を掘る・読む』）に、「館といっても、二つのタイプがあった」という指摘がある。一つは「安定した立地条件の平場に建てられ、道の交錯する周辺には高屋や倉町が立ち並ぶなど御所町の側面があった」毛越寺周辺の館であり、一つは「同じく交通の要地にはあったが、こちらは水運の便があり、さらに背後には高館の山が控えており、堀割りなどの軍事的な施設も設けられて城郭の機能を併せ持つもので、周囲には一族の宅や家が囲んでいた」平泉の館である。「古東海道が当城の下を通り、上総国へ舟で渡っていた」（『角川日本地名大辞典14神奈川県』）衣笠城はあるいは平泉の館の範疇に属するものかもしれないが、「河野ガ館」は上記の二つのタイプとは異なる。衣笠城も少なくともこの時代、普段は使用されることのない館であったのであり、本章は五味氏の「二つのタイプ」の他に、いま一つの型を想定する。

補記

中澤克昭「城と聖地――近年の「城とは何か論」にふれて――」『考古学と中世史研究13遺跡に読む中世史』（高志書院、二〇一七・四）は、「城」には都城に関わる字義のほか、日本で派生した、軍事的な機能を持つ施設を指す字義があることに注意を促し、「「鎌倉城」を都城のイメージで理解することはできない」と指摘している。これに異議はないが、「〇〇城」をどう読んだのかという、本章で試みた分析も有効な観点であることをあらためて提唱したい。

第九章　城（ジヤウ）と城（シロ）

はじめに

中世軍記物語の舞台として、逸することのできない場所をあげる時、『太平記』の赤坂城・千剣破城は有力な候補のひとつであろう。『平家物語』にあってもいくつかの「城」が登場するが、『太平記』ほど強い印象をのこさない。本章一3に示す〈表〉は出現度数の調査を意図して作成したものではないが、「城」の用例数は『太平記』のおよそ十分の一である。『平家物語』にあって、千剣破城にかろうじて肩を並べる城は「火打が城」であろうか。

「城のうちにて管弦し給ひつるは」（巻九・敦盛最期）とあるように、一の谷や屋島（八島）も「城」であり（中世には交通遮断施設を構えただけの空間も城郭であり、「△△の城」と呼ばれるのであるから、異とするにはおよばない）、後者の場合は「八島の城」と表現されてもいるのである。しかし、来襲した義経勢を大勢と見誤った平家は、先をあらそって乗船し、城郭をめぐる攻防はない。八島の城がその表現にもかかわらず、「城」としての印象を残さないのも当然である。なお、以下は義経勢の行軍をえがく一節であるが、傍線部の従来の解釈はいささか問題がある。

（義経勢は）八島の城へよせ給ふ。又近藤六親家をめして、「八島の館の様はいかに」ととひ給へば、「しろしめさねばこそ候へ、無下にあさまに候。塩のひて候時は、陸と島の間は馬の腹もつかり候はず」と申せば、「さらばやがてよせよや」とて、高松の在家に火をかけて、八島の城へよせ給ふ。（巻一一「大坂越」）

「いたって浅い所です。「無下に」は、ひじょうに、たいそうの意。「あさま」は、海の浅いところ」（岩波新大系二六七頁脚注三二）をはじめ、諸注同様の注をほどこしている。『角川古語大辞典』も「水深が浅いさま」の語義を第一にあげ、上記箇所を用例としている。しかし、義経は「八島の館の様」を尋ねたのであり、「城構えはどうか」との問いに、「いたって（海は）浅いですよ」（岩波古典大系三一〇頁頭注六）と答えたのでは、ちぐはぐであろう。主語（主題提示）は「海」ではなく、「館の様」である（注）。館の様は「あさま」です、すなわち、「防備はまったく手薄です」と答えたのである。同じ『角川古語大辞典』が二番目にあげる、

外部に近く目に立ちやすいさま。城などについて用いるときは、要害でなく防備に不安が伴うことをいう。

という語義をこの場合にも適用すべきであった。防備が手薄である、と答え、その判断の根拠を「塩のひて候時は」以下に述べる、というのがこの一節の構造である。

（注）屋代本は明瞭に「城ハ無下ニ浅間ニ候」と記す。百廿句本も同様であるが、新潮古典集成は「まるで海の浅い所です」と右傍に訳を施している。贅言ながら、海が浅い、というのならば、「あさう候」（巻一〇「藤戸」）で事足りる。

見せ場は戦いの後の余興（扇の的）であるかのような八島の合戦と異なり、「火打が城」は大がかりな工作により、「平家の大勢むかへの山に宿して、徒に日数ををくる」（巻七「火打合戦」）という状態をもたらしている。しかし、その城も内通により、あっけなく陥落する。城郭戦というにふさわしい戦いはほとんどなく、その点では「八島の城」と大差はない。半年近く、幕府の大軍を引きつけ、もちこたえた千剣破城とは比ぶべくもない。『太平記』のなかでも、千剣破城は別格の存在であるが、屏、釣屏、櫓、塀、切岸、逆木、（複数の）木戸等々の防備、「後攻」（攻城勢を背後から攻撃する軍勢）の存在（以上、巻三「赤坂城軍事」）、「数百箇所作リ双ベタル役所」（城中の兵の詰め所）という城内の結構（巻七「千剣破城軍事」）が語られるなど、登場する城の数量のみならず、城をめぐる表現が格段に豊富になってくるのが『太平記』の段階であり、『平家物語』との差異の一側面をそこに見いだすことができる。

その重要な舞台・道具立てである「城」を、どのように呼ぶべきか、をあらためて確認しよう、というのが本章の

もくろみである。岩波古典大系『太平記』は、巻三「赤坂城軍事（アカサカノシロイクサノ）」と訓を付し、同じ章段には「笠置ノ城（カサギノシロ）」という表記もある。本書の底本は慶長古活字本であり、凡例一5に「底本には振仮名がないが、今、校注者が新たにこれを付した。その場合、他本（主として寛永無刊記整版本）によったものが多いが、その仮名遣は歴史的仮名遣に統一した。」とある。しかし、『太平記』簗田本（注）は「あかさかのじやういくさの事」、「かさぎのじやう」と表記している。以下に確認していくように、戦国時代以降、「城」の訓みは変化しており、近世の版本の振仮名を無批判に踏襲することは問題がある。

（注）亀田純一郎『太平記』（岩波講座日本文学。昭和七年七月）は、「書写年代は室町時代末期かと考へられる」という。

また、「火打が城」「八島の城」と記してきた。「が」と「の」とにはどのような使い分けがあるのか、さらには「が」「の」を補わない〝ヒウチジョウ〟（たとえば吉川弘文館『源平合戦事典』八四頁は「越前国火打城（ひうちじょう）合戦」と表示している）という呼び方はいつ頃から起こったものなのか、をもあわせて検討したい。

一、ジヤウとシロ

1、『平家物語』

岩波古典大系『太平記』の校訂方針については、さきに言及した。ここでは岩波古典大系『平家物語』（覚一本）をみておく。凡例三2に「振仮名は底本（龍谷大学本）の有するものはこれを保存し、諸本中、最も豊富につけられた高良神社本のものに主として従い、高野本その他をも参照した。また高良本の仮名書きを底本のそれに相当する漢字本文の振仮名に利用した場合もある」とある。岩波古典大系を底本とした『平家物語総索引』によると、上冊のみに

「しろ【城】」が立項されている。しかし、実際には高良本の巻七以降（下冊）にも「しろ」という振仮名が散見するが、岩波古典大系下冊は、高良本に拠らず〝（じやう）〟という校訂振り仮名を施しているのである。岩波古典大系（覚一本）は、上冊と下冊とで、付訓校訂方針を異にし、注意を要する。

〈凡例〉「上一二八」は岩波古典大系上冊一二八頁をあらわす。二点リーダに続けて岩波古典大系の校訂本文をかかげ（▼は振仮名を「しろ」とする）、〔 〕内に、高良本（良）、高野本（野）および三条西本（三）の表記を示した。三条西本（尊経閣文庫蔵本の紙焼写真による）は八坂系の伝本であるが、ひら仮名を主とした、室町中期の古写本であり、『平家物語』の中世の訓みを知る上で貴重である。高良本は『高良大社蔵覚一本平家物語』（高良大社刊、影印・翻字）、高野本は『高野本平家物語』（笠間書院刊、影印）による。岩波古典大系の底本である龍谷大学本はいずれも「城」として振り仮名はない（龍谷大学善本叢書による）。

上一二八：▼城（しろ）のうちには音もせず。〔良：▼城（しろ）。野：城（ジヤウ）。三：（章句なし）〕
上四〇五：▼高直（たかなふ（の））城（しろ）にて、〔良：▼高直城（たかなふしろ）。野：高直城（タカナヲジヤウ）。三：（章句なし）〕
上四〇六：▼高直城（たかなふのしろ）へさげもてゆき〔良：▼高直城（たかなふのしろ）。野：高直（タカナヲノ）城。三：（章句なし）〕
上四二六：▼城（しろ）をいでて〔良：▼城（しろ）。野：城。三：（章句なし）。三：（章句なし）〕
下六六　：城（じやう）の内（うち）にありける〔良：▼城（しろ）。野：城。三：（章句なし）、別に「しやうのうちをしのひいて」〕
下一八七：城（じやう）をいでて行ほどに、〔良：▼城（しろ）。野：城。三：（章句なし）〕
下一八九：いまきの城（じやう）をせめ給ふ。〔良：▼いまきの城（しろ）。野：いまきの城。三：いまきのしやう〕
下一九七：敵のこも（ツ）たる城（じやう）のうしろ〔良：▼城（しろ）。野：城。三：しやうのうちのあんないをは〕
下三〇八：能遠（よしとを）が城（じやう）にをしよせて見れば、〔良：▼能遠（よしとを）が城（しろ）。野：能遠か城。三：さくらはかたちによせ給ふ、さくら

はのしやうと申は〕

下三〇八：城（じやう）の内（うち）のつは物ども〔良：▼城（しろ）。野：城。三（章句なし）〕

下三一〇：八嶋（やしま）の城（じやう）へよせ給ふ。〔良：▼八嶋（やしま）の城（しろ）。野：八嶋の城。三：（章句なし）。別に覚一本の「八嶋の館」を三条西本は「八しまのしやう」と表記〕

下四一五：城（じやう）の内（うち）の兵ども、〔良：▼城（しろ）。野：城。三：しやうくわくかまへて〕

下四一八：城（じやう）の内（うち）にも〔良：▼城（しろ）。野：城。三：しやうの中には〕

下四一八：城（じやう）のうちの兵共〔良：▼城（しろ）。野：城。三：しやうの中にも〕

下四一九：城（じやう）の内（うち）に〔良：▼城（しろ）。野：城。三：しやうにひかけて、くひ廿五とて〕

高良本は覚一本第一類本、高野本は同第二類本とされるが、高良本の付訓は書写時期（近世初期）の「城」の訓みの影響を受けていると目される。「沼田（ぬまた）ノ城（じやう）」（大系下一八七相当箇所。三条西本「ぬたのしやう」）、「臼杵（きつき）二郎維高」（同一八九）など、「城」以外でも高良本の付訓は必ずしも古い訓みを留めているとはいえない箇所がある。

室町中期写本である三条西本は、「城」をすべて「しやう」とし、さらに、地名を冠する城の場合、「火うちがしやう」を除き、「△△のしやう」と表記している（**注**）。

（**注**）覚一本には、他に「板倉（地名）が城」（下一五二）という事例があるが、三条西本は当該章句を欠く。ちなみに、延慶本・長門本は「備中国板倉ノ城」とする。

2、『太平記』

『太平記』については用例数が多いので、現在のわれわれが「シロ」と訓みがちな用語に限り、例示する。簗田本・京大本いずれも確認できる用例は「ジヤウ」とあることに注意したい。

〈凡例〉巻・頁：岩波古典大系本文〔簗田本、京大本の表記〕

なお、京大本巻一から八は欠巻。京大本の書写時期は、前記の亀田純一郎論文は「奥書はないが、写は室町時代中期まで遡るかと思はれる」という。京大本の語彙検索は、長坂成行氏らの作成したテキストファイルを使用させていただいた。御礼申しあげる。

◇平城

巻三　・一一七：方四町ニダニ足ヌ平城（ヒラジヤウ）〔簗：ひらしやう〕ニ、

巻九　・三〇〇：アサマナル平城（ヒラジヤウ）〔簗：平城、京：ひらじやう〕ニ、

巻一七・二〇四：サシモナキ平城（ヒラジヤウ）〔簗：ひらしやう、京：（異文）〕

巻二〇・三〇四：纔ナル平城（ヒラジヤウ）〔簗：ひら城、京：（巻二〇相当欠本）〕

巻二一・三四七：平城（ヒラジヤウ）〔簗：平城、京：ひらじやう〕

巻二一・三四八：後攻モナキ平城（ヒラジヤウ）〔簗：平城、京：ひらじやう〕ニ

◇小城

巻七　・二一七：廻リ一里ニ足ヌ小城（コシロ）〔簗：小じやう〕ナレバ、

巻九　・二九〇：千葉屋程ノ小城（コジロ）〔簗：小しやう、京：せうじやう〕一ヲ責ントテ

巻九　・二九一：纔ノ小城〔簗：小じやう、京：こじやう〕ニ楯籠ラント、

巻一五・　九六：是程ノ小城（コシロ）〔簗：しやうひとつ、京：しやう一〕ヲ責落サズト云事ヤアル。

巻一六・一三五：僅ノ小城（コジロ）〔簗：小じやう、京：（判読不能）〕一ニ取懸リテ

◇城々

巻一六・一四一：皆城々（シロジロ）〔築：しやう、京：じやう〳〵〕ヲ責カネテ……

巻二一・三三六：城々〔築：城々、京：しやう〳〵〕ニ楯籠リ

巻二一・三四六：城々〔築：城々、京：じやう〳〵〕

巻二一・三四七：其（ソノ）城〔築：城々、京：しやう〳〵〕ノ大将七人……

巻二二・三八二：其（ソノ）城〔築：城、京：じやう〳〵〕ヲ追落シテ、……

巻三五・三一三：京都ヨリ置レタル城々〔築：城々、京：じやう〳〵〕ノ兵共、

巻三八・四〇〇：皆（ミナ）城〔築：城々、京：じやう〳〵〕ニ楯籠テ……

◇攻城

巻一一・三七三：攻（ツメ）ノ城（ジヤウ）〔築：（「攻ノ」ナシ）じやう、京：つめのしやう〕へ引籠ル

巻一六・一二七：攻（ツメ）ノ城〔築：つめに城、京：せめのしやう〕ニ引擧

巻一八・二三五：攻（ツメ）ノ城〔築：つめの城、京：つめのしやう〕

巻二二・三八三：攻城（ツメノジヤウ）〔築：つめの城、京：せめのじやう〕ニ拵へ、

巻三二・二三〇：東寺ヲ攻（ツメ）ノ城〔築：つめの城、京：つめのじやう〕ニ構ヘテ

巻三三・二五八：攻（ツメ）ノ城〔築：つめの城、京：つめのじやう〕

3、概　観

以下、個々の用例掲示は割愛して、中世から近世への変化を概観することとしたい。用例数検出に際しての基準は左記のようである。

〈凡例〉

1．一文字（姓氏の「城」を除く）の「城」をどのように表記しているか、を調査対象とし、以下のものは除外した。じやうちう（城中）、へいあんじやう（平安城）、わうじやう（王城）、めいじやう（名城）、むかひじやう（向城・対城）、など。じやうじやう（城々）。こじやう（古城）、せうじやう（小城）などは「ふるじろ」「こじろ」という表記もあり、訓みの区分の調査対象になるが、作業の簡便化を考え、採らなかった。

2．「△△の（が）じやう」「じやうの中」「つめのじやう」（攻の城）等は採った。

3．かな表記ではなくとも、振仮名や音合符（字間右側または中央）・訓合符（字間左側）によって判断できるものは、数えた。

4．書写・刊行年代は依拠テキストの解題等の先行研究を参照した。

5．簗田本『太平記』は巻十九前後で表記の様相が大きく変化している。かな表記（△△のじやう）は巻十八までに六六、巻十九以降は九、逆に漢字表記（△△の城）は巻十八までが一五、巻十九以降は一四〇と急増する。京大本は巻一から八を欠き、通常の四〇に巻を分けた場合の巻二〇を実質的に欠いているなどの問題があるが、かな表記の様相に変化が無く、これを調査対象とする。

61．「・のじやう」～「・がしろ」および【　】じやう（ノ・ガを補わない呼称）、【　】しろの数値は、「じやう」「しろ」の内数である。

62．「・のじやう」は城の恒常的な呼称を対象として、「二かしよのじやう（二箇所の城）」「みやがたのじやう（宮方の城）」

などは除外した。「・がじやう」も同様に、「せうにがじやう（少弐が城）」などを採り、「をのれがじやう（己が城）」「てきのじやう（敵の城）」などは除外した。

63．「の」「が」には、使い分けの原則があり、例外も含まれるが、注記が煩雑になるので、形式的に処理した。

64．『太閤記』「八王子の城」など、「の」の有無の調査には有意の事例もあるが、「城」の訓みが確定できないものは、今回の調査には含めていない。

〈表の注〉

＊1　ゐつたかしやう　＊2　みの、国きふの中納言しろ　＊3　青杉城（二八19ウ付訓「あおすぎしろ」）

＊4　なべしまのじやうへん（城辺）は省いた。「古しろ」1例も省いている。

＊5　まつおか倉しやう

＊6　物語ゆえ、「つかのしやう、さかひのしやう、あたこのしやう」を固有名詞に準じるものとして数えた。堂本家本『十二類絵巻』（室町時代写）はほぼ同文であるが、すべて「城」と標記している。なお、承応二年一六五三刊『墨染桜』（草木太平記）には「はなのぢやう」「はなのじやう」という事例が各1あり（他には、しろ・じやうの用例なし）。

＊7　同様に「つかのしろ」を数える。

＊8　ゐじやう1、江城1

＊9　『島原記』の刊年を慶安二年（一六四九）としたが、若木太一「『嶋原記』の生成とその展開」（文学54―12、一九八六）は、無刊記版がこれに先行する、と指摘している。序文には「寛永庚辰、秋の最中もはや過ぎ」た時点（寛永一七年一六四〇）で、つれづれのあまりに、先年（原城陥落は寛永一五年二月）の見聞を筆録するのだ、とも述べており、無刊記版が先行するとすれば、その刊年は一六四〇から一六四八の間となる。ただし、武田昌憲「島原記関係軍記についての一、二の考察（1）」（茨城女子短期大学紀要28、二〇〇一・二）は、『島原記』には、『理尽鈔』の影響（正成未来記の一件を「ぼうしよ（謀書）」とすること）がみられ、『理尽鈔』版行後の成立とみるべきではないか、との見解を示している。版行以前の『理尽鈔』を披見することのできた者は限られており、注目すべき見解であるが、正保二年（一六四五）は『恩地左近太郎

聞書』（以下『恩地聞書』）の刊記であり、『理尽鈔』の刊年はそれにさかのぼる可能性があり（拙稿『太平記秘伝理尽鈔1』解説2）、『恩地聞書』自体も無刊記本（臼杵市立図書館蔵本）が先行するという指摘（小秋元段『太平記新考』汲古書院、二〇二四。第四部第二章、初出二〇〇七・二）が提出されている。臼杵図書館本の刊行も正保二年と大きくは隔たらないように思われるが、『島原記』無刊記版の刊年は、『理尽鈔』版本の影響を認めたとしても、明確に限定するのは困難であり、現時点では、上記一六四〇から四八に近い幅をもたせておくべきであろう。

なお、右の『島原記』刊年の問題とは直接関わらないが、『理尽鈔』『恩地聞書』版本の先後関係については、小秋元氏の新見がある（『太平記新考』第四部第一章、二七一頁）。臼杵図書館蔵『理尽鈔』は初印であるが、『恩地聞書』は「早印ではあるものの初印では」なく、『恩地聞書』の刊行は『理尽鈔』の刊行より早かったことが推察されるという。これを私的に整理すれば、無刊記『恩地聞書』、無刊記『理尽鈔』と続き、無刊記『理尽鈔』後修本と正保二年の刊記をもつ『恩地聞書』が揃いで刊行されたという関係になる。『理尽鈔』の初刊が正保二年以前であることは変わらないが、『理尽鈔』『恩地聞書』刊行の先後についての上記拙稿および拙著『『太平記秘伝理尽鈔』研究』（汲古書院、二〇一二）一三頁「刊行時期が異なるとすれば、『理尽鈔』先行を想定した方が合理的である」は改める必要がある。

＊10　追加太平記は「城」表記ゆえ、分類の対象としない。

作品	書写・刊行年代	使用テキスト	じやう	しろ	計	・のじやう	・のしろ	・がじやう	・がしろ	【】じやう	【】しろ
平家物語・三条西本	室町中期写	尊経閣文庫蔵写本	45	0	45	15	0	2	0	0	0
太平記・京大本	室町中期写	京大文学部蔵写本	417	8	425	176	6	17	0	4	0
持氏記	不明	中世文学・資料と論考	6	0	6	1	0	0	0	0	0
大かうさまくんきのうち	慶長一〇年1605前後	斯道文庫古典叢刊3	0	10	10	0	8	0	1	0	0
大坂物語・一種（一巻）	慶長二〇年正月以前刊	仮名草子集成9	0	17	17	0	0	0	2	0	0
大坂物語・四種（上・下）	元和年中1615-24刊	仮名草子集成9	2	37	39	0	7	1（＊1）	4	0	1（＊2）
理尽鈔・版本	正保二年1645以前刊	山内家宝物資料館蔵	32	45	77	18	6	3	1	0	1（＊3）
島原記	慶安二年1649刊（＊9）	仮名草子集成36	8	1	9	7	0	0	0	0	0
松浦合戦	承応四年1655刊	古浄瑠璃正本集3	3	1	4	0	0	1	0	0	0

にしきど合戦	：承応四年1655刊	古浄瑠璃正本集4	2	5	7	0	0	0	0	0	0
たけたものかたり	：明暦万治頃1655-61刊	古浄瑠璃正本集4	2	31	33	0	0	0	1	0	0
あまくさ物がたり	：寛文六年1666刊	古浄瑠璃正本集3	21（＊4）	1	22	12	1	0	0	1（＊5）	0
獣太平記	：寛文1661-73頃刊	室町時代物語大成4	6	8	14	3（＊6）	1（＊7）	0	0	0	0
太平記（＊10）	：元禄九年1696刊	古浄瑠璃正本集7	1	27	28	1	5	0	0	0	0
北条五代記	：元禄一〇年1697刊	古浄瑠璃正本集7	0	34	34	0（＊8）	17	0	0	0	0
太閤記	：元禄一一年1698刊か	古浄瑠璃正本集7	0	28	28	0	12	0	0	0	0

◇小括

戦国時代を境に、それ以降に成立した作品は、「シロ」を基本とする、といえる。用例数が少ないので、表にはあげなかったが、以下の作品もその例外ではない。

◇室町期の作品

・『さゝごおちのさうし』新校群書類従六〇六頁「さゝごのちやう」、六〇八頁「さゝごのじやう」

・『なかおおちのさうし』同六一一頁「なかをのぢやう」

◇戦国期以降の作品

・〔祇園執行日記〕（古事類苑・兵事部一〇三八頁）天文三年七月廿日、今日谷ノシロヘヨセ候由申候

・『甲陽軍鑑』（酒井憲二編著『甲陽軍鑑大成』。底本は三井家旧蔵土井忠生博士蔵、寛文延宝頃写本。八6ウ5）「同左衛門尉」に右傍書「かミの城しろ主」とあり。

・『おあむ物語』（岩波文庫一三三頁）治部どの御謀反の時。美濃の国おほ垣のしろへこもりて。我々みな〳〵一所に。御城にゐて。おじやつたが。……いし火矢をうつ時は。しろの近所を触廻りて。おじやつた。

ただし、「ジヤウ」がまったくすたれてしまうわけではない。『日葡辞書』（慶長八・九年（一六〇三・〇四）長崎学林

刊。『邦訳日葡辞書』による）も両方をあげるが、「シロ」の用例数（シロヲコシラユル、シロヲトル、シロドリヲスル、シロヲトル・キリトル、シロヲオトス、シロヲツムル、シロヲセムル、シロヲセメノボル、シロヲトリマワス・カコム、シロガオツル、シロノカコミヲスル）と「ジヤウ」の用例数（ジャウノウチヘヒキシリゾク、ジャウヲオトス）とをみても、「シロ」が優勢である。調査対象作品を広げていけば、さらに異なった様相が現れてくるかもしれないが、ジヤウとシロとの併存を考えるときに、参考となるのが『百人武将伝』（注）の記載である。本書は毎半葉に、道臣命から豊臣秀吉にいたる百名の武将の伝と画像を納めているが、以下は武将名とその伝に現れる城の記載である（アラビア数字は百将の順。シロに●を付した）。

（注）大阪市立大学森文庫蔵本。国文学研究資料館電子複写による。資料館書名「本朝武将伝」。刊記「戦屋板」（「戦」字は別筆か。加賀市立中央図書館聖藩文庫蔵本は「屋板」とあるのみ）。本書の刊年は不明であるが、宝永七年（一七一〇）刊『本朝百人武将伝』〈絵入〉日本百将伝大成）が本書を利用しており、それ以前である。

37清原武則……貞任が叔父良照と云僧のこもりゐたる城●を武則はかりことをもつてせめおとし、……

60佐々木盛綱……ゑちごの国、城長茂が姪（ママ）、城資盛、鳥坂城にたてこもる時、……（参考、『吾妻鏡』建仁元年四月二日、同五月一四日条）

67楠正成……赤坂の城、千剣破の城にて、……

69赤松円心……播磨国苔縄の城にたてこもり、それより摂州摩耶の城へうつりて……

73源義助……義貞、越前黒丸の城にてうち死のとき、義助、……つゐに黒丸城をせめおとせり。

74足利高経……ゑちぜん黒丸の城にて、義貞ながれ矢にあたりて死するとき、……

75細川定禅……尊氏の命によりて三井寺の城をかためて叡山をせめけるに……

76赤松則祐……吉野の城にこもり、大敵をふせぎて戦功をはげます。

86畠山基国……和田・楠等とかつせんして千剣破（ちはや）の城（じやう）をせめおとせり。

90北条長氏……韮山（にらやま）の城（しろ）●に住して伊豆国を領しければ、……

91三好長慶……晴元を三宅（みやけ）の城（しろ）●にせめおとし、その身は河内のくに飯盛山（いひもりやま）に城（しろ）●をかまへて居住し、……

93北条氏康……平井（ひらい）の城（じやう）をせめて、憲政が子龍若丸をいけどりて……

97織田信長……信長、父の名を信秀と云、尾州名古野城（なごやのしろ）●に住す。

98織田信忠……美濃のくに遠山（とを）の城（しろ）●をせめおとして……


一部に例外（37、93）があるが、南北朝期（86）以前はジヤウ、戦国時代（91）以降はシロと呼び分けている。このことは『百人武将伝』の編者に、「城」の呼び方が戦国期を境に変わってきている、という知識のあったことを物語る。したがって、近世に成立した作品であっても、扱っている時代が中世以前であれば、そうした知識にもとづいて、ジヤウという呼称を交えることがありうる、といえる。今回の調査対象の中では、『理尽鈔』版本の「城」呼称のあり方がこれに該当すると思われる。

『獣太平記』は寛文年間（一六六一～七三）の刊行であるが、『十二類絵巻』（現存最古の伝本は室町中期制作の堂本家旧蔵本）の改題本であり、『絵巻』とほぼ同文である（『絵巻』には振仮名はなく「城」と記すのみである）。『獣太平記』のジヤウ・シロ用例数がほぼ拮抗しているのは、本作が実質的には室町期の作品であるということに関わりがあろう。

しかし、江戸初期におこった事件（島原の乱）に取材した『島原記』『あまくさ物がたり』の場合は、『理尽鈔』『獣太平記』と異なる原因を考えてみる必要がある。『島原記』はその序文に「愚蒙もなかれにひかれ行て、其始終、粗（ほゞ）見聞す」「唯おろかに見聞し事を露もかざらず、ありのまゝに短筆に染草せしむ」とあり、これを信ずれば、編者が現地で見聞した「城」の呼称をそのまま表記した、とも考えられるからである。すなわち、九州の地では、近世初頭の段階でも「たかくのじやう」（高来の城）、「はらのじやう」（原の城）という古い呼称をとどめていた、という解釈である。その可能性はある、と思う。九州北部ではセをシェと発音することがあるが、これは室町時代においては都で普通に行われていた発音（大野晋『日本語をさかのぼる』岩波新書、一九七四。九三頁）が今に残されているものである。

ただし、表の数値には加えなかったが、『島原記』には「（高来の城の）しろじた町」（1例）、「しろかた」（6例）、「鍋島のしろもと、龍造寺」（1例）という表現がある。また、『吉利支丹物語』（寛永一六年刊。『続々群書類従』に拠る）の「つくしのひぜんしまばら天草一揆を起事」には「しろ下」（1）、「ふるじろ」（1）、「しろ」（4）、「此こしろ」（1）とあり、「じやう」という用例はない。『島原記』が「△△の城」の場合に集中して（じやう8例中7例）、「じやう」と呼ぶのは、『理尽鈔』のあり方に近く、その影響とみる方が妥当であろう。直接の影響とはいわなくとも、『理尽鈔』と同じく、古来の呼称についての知識を交えた表記とみてもよい。『あまくさ物がたり』は『島原記』を粉本として、表現をあらためたとおぼしく、その意図は不明ながら、「しろ」という表現を排し、「じゃう」への統一をはかったのではなかろうか。

したがって、島原の乱関係の作品もふくめ、近世には「しろ」という呼称が基本であり、何らかの意図・知識にもとづいて「じやう」という呼称も交えることがある、と考える。

4、変化の要因

城（ジヤウ）はなぜ城（シロ）とよばれるようになったのか。その事情を直接的に物語る資料は管見に入らないが、城のあり方の変化が呼称の変化を要請した、とは考えてよかろう。

中澤克昭『中世の武力と城郭』第三章「城郭観の展開」（吉川弘文館、一九九九）に、「「御城」の出現」と題する一節がある。中澤氏は、建武五年七月日付の伊賀盛光軍忠状に「御城」という表現があることに注目して、次のようにいう。

近世城郭を「御城」と呼ぶのは現在に至るまで一般的なことで、そうした近世以降のイメージからは、この「当御城」も何の変哲もないということになろうが、「城」に「御」を冠することは当然のことではなかった。この時期以前の史料においては、管見の限りみられないのである。これは、これまで確認してきた中世の城郭観を考えれば理解しやすいことで、私的な武力が発動して構えられる「城郭」は、「破却」されるべきものではあっても、「御」などが冠されるわけがなかった。しかし、「国中静謐のため」に「城郭」を構えるという観念があらわれたとき、「国のため」になるその「城」に「御」を冠するものも出現したのであろう。南北朝期の「御城」という表現は、先駆け的な使用例といえようが、氏もいうように、戦国期以降はめずらしいものではなくなる。

城郭の観念の変化とならんで、機能の変化もこの問題にかかわる。『時代別国語大辞典　室町時代編五』（三省堂、二〇〇一）は「ゐじやう［居城］」という見出し語をたて、次のように説明する（『日葡辞書』のアルファベット表記は省いた）。

大将が平生居住し、本拠としている城。また、そこに居住すること。「ゐじろ」とも。「居城」（広本節用）「イジャウ　大将が自分の住居として住む城」（日葡）「山しろふし四人、ともにいなば山にゐじやう也」（太閤さま軍記のうち）「松平之郷中を出させ給ひて、岩津に城を取せ給ひて、御意城」としてすませ給ふ」（三河物語）【参考】第二巻にある「きよじやう［居城］」の項の例も「ゐじやう」あるいは「ゐじろ」とよむべきものか。

『太平記』には「城ノ本人佐和善四郎（京大本：じやうのほん人）」（巻二八）という、『平家物語』にはなかった用語があらわれるが、「ゐじやう」という表現はみられない。『時代別国語大辞典』の用例にあるように、戦国期から一般化する用語である（『大かうさまくんきのうち』には四例あり）。

汝ハ急我館へ帰テ、城ヲ堅シ兵ヲ起シテ、我ガ生前ノ恨ヲ死後ニ報ゼヨ。（巻一一・三七三頁）

東寺ヲ攻ノ城ニ構ヘテ、七条ヨリ下九条マデ家々小路々々ニ充満タリ。（巻三二・一二三〇頁）

右の用例などが示すように、『太平記』にあって、「城」は機能であり、平生は軍事拠点ではない場所・建物が臨時に「城」としての機能をもつこともありえた。これに対し「居城」という表現は、建物と機能とが一体化した恒常的な施設に化していることをものがたる。次に引くのは『酣中清話』〔『百家説林』（明治三八年吉川弘文館）続編上〕の一節であり、同様の考証は、藤井高尚『松の落葉』（天保三年（一八三二）刊）などにもみられる。これらがいうように、古くは、城郭一般の意味で城を「シロ」と訓むことはなかった。

シロト云フコトハ山城ニカギリタルコトナリ。山城ノ国ハモト山背ノ国トカキシガ、桓武天皇ノ詔（引用者注。『日本紀略』延暦一三年一一月八日条）ニ、山河襟帯、城ノ如シト宣テ山城ト云フ字ニ改メラレテ、ソノ唱ハモトノ通リ山シロト云フベキヨシナリ。故ニ城ノ字ニシロト云フ義アルニ非ズ。

「城」に新しい訓みを与えるとき、広く知られた地名「山城」（ヤマシロ）の「シロ」が、城郭としては手垢のついていない訓みとして浮かびあがり、受け入れられていったと考えても、あながち的外れではなかろう。

二、「△△の城」と「△△が城」

「城」の呼称に関して、いま一つ確認しておく必要のある事項が「の」「が」の使い分けである。この問題はジヤウ・シロに共通する。「の」「が」は原則的には、次のように区分される。

（1）地名「の」城

（2）人名「が」城

このうち（1）は、これまでにもいくつか用例をあげてきたので省き、例外的事項を検討する。

1、地名「が」城

①地名と人名とが一致する場合には、混用されることがある。「棟堅」の事例の場合、宗像大宮司が宗像城に、というのであるから、城に冠された「棟堅」は明らかに地名であるが、京大本は「が」を用いている。

・巻三八・四〇四……井口ガ城▲〔簗：井の口か城▲、京：井のくちがじやう▲〕へ、誰ニモ角トモ不知シテ只一人ゾ行タリケル。……桃井ハ未井口ノ城〔簗：井の口か城、京：井のくちがじやう▲〕ヘモ不行著、道ニテ陣ニ火ノ懸リタルヲ見テ、

・巻三八・四〇五……桃井モ共ニ井口ノ城〔簗：井の口の城、京：井のくちがじやう▲〕へ逃籠ル。

・巻三八・四〇八……大宮司ハ棟堅ノ城〔簗：むなかたの城、京：むなかたがじやう▲〕ニ籠テ……

②〈火打が城〉の問題

『平家物語』北陸路の合戦の舞台に「火打（燧）が城」がある。「火打」は人名ではないが、後世にいたるまで（『太平記』巻一八・一二三五頁、巻二七・七八頁。『おくのほそ道』「燧が城」）「が」を用いるのが一般である。ただし、『慶長古活字版　源平盛衰記』巻二八・18ウ「燧城」に「ヒウチノ」という書き入れ付訓があり、蓬左文庫本蔵慶長一六年写本『源平盛衰記』巻二八目次「燧城源平取陣」「源氏落燧城」には「ヒウチノシヤウ」という付訓があり、地名「の」城、という原則が作用したものと思われる。

同様に、地名「が」城、という形をとる例をあげる。

・去年北国ノ軍ニ向テ栗柄ガ城▲ヲ出シヲリニハ

〔延慶本『平家物語』第五本・九。※第三末・一一には「倶利伽羅ガ嶽」「倶利迦羅谷」「倶利迦羅ガ谷」「倶利迦羅ガ谷」などとあり「城」という呼称はない〕

・其日衣笠カ城▲ヨリ門出シ、
（『源平盛衰記』慶長古活字版巻二一・9ウ。蓬左本も「か」）

・……立烏帽子峯ニ城ヲ拵、……立烏帽子城〔築：たてゐほしかしやう▲、京：たてゐほしのじやう〕ハ、土居・得能ニ被責落、……
（『太平記』巻一二・四一二）

・白旗ノ城〔築：白はたのしやう、京：しらはたがじやう▲〕責落サレナバ、
（巻一六・一四一。※白旗城は白旗山に築かれた）

・……則祐、光明寺ノ陣ヲ捨テ白旗城〔築：白はたの城、京：しらはたがじやう▲〕へ帰ニケリ
（『太平記』巻二九・一一二六）

これに、次の、人名でも地名でもないと思われる事例を併せしめす。

・……大すみのくにのあるし、早人をうちて、石か城▲の岩の上にて、とりひしく。
（『長門本平家物語の総合研究・校注編』巻五・三五六頁）

・遠山三郎、霧（キリガ）城▲ニ楯籠テ
（『理尽鈔』一九2オ）

・それよりは甘輝が在城。獅子が城▲へは程もなし。
（『国性爺合戦』、岩波古典大系二五二頁）

検出しえた事例は少ないが、器物や人物に準ずる存在の名を冠する場合、「が」城となることが多い。「火打」もその一例といえるのではなかろうか。

2、人名「の」城

「の」「が」には待遇意識の相違があり、小学館『古語大辞典』は次のように説明する。

（「が」は）人を表す語に付くことが多く、その際に、親愛ないし軽卑の意を含むことが多い。

「が」が多く人を表す語に付くのに対して、「の」は広く種々の語に付く。人を表す語に付く場合は、尊敬の意を

含むことが多い。

この問題は、『宇治拾遺物語』「播磨守為家侍さたの事」の事例が著名であるが、連体格用法のみならず、主格用法においても同様である。たとえば、『論語』の「江戸時代からの典型的な読み方」（岩波文庫『論語』金谷治訳注）においても、「子貢曰（ガ）、……。子曰（ノ）……。（子貢がいわく、……。子のたまわく……）」と読み分けられている。

『太平記』巻三八「細川相模守討死事付西長尾軍事」には、この使い分けが関与していると思われる事例がある。南朝方の細川相模守清氏が讃岐に渡り、勢力を拡大する。備中に滞在していた、足利方の細川右馬頭頼之は、これを制するため讃岐に赴くが、逆に封じ込められそうになる。そこで頼之は、清氏の勢を分断し、清氏を討とうと謀る。以下は、頼之が配下の新開に計略を伝える場面。

流布本（岩波古典大系）

七月廿三日ノ朝、右馬頭帷帳ノ中ヨリ出テ、新開遠江守真行ヲ近付テ宣ヒケルハ、「（a）当国両陣ノ体ヲ見ルニ、敵軍ハ日々ニマサリ、御方ハ漸々ニ減ズ。角テ猶数日ヲ送ラバ、合戦難儀ニ及ヌト覚ル。依之事ヲハカルニ宮方ノ大将ニ、中院源少将ト云人、西長尾ト云所ニ城ヲ構テヲハスナル。此勢ヲ差向テ可攻勢ヲ見セバ、相摸守定テ勢ヲ差分テ城へ入ベシ。

簗田本

七月廿三日のあした、右馬頭いちやうの中より出て、しんがいのとうたうみのかみさねゆきをちかづけての給ひけるは、「（a）当国両ぢんの体を見**候**に、てきは日々にまさり、御かたの兵の兵はぜん〱にげんじ候。かくてはいま十日廿日ともなり**候は**ゞ、**御**ぢんには勢一きものこるべし共おぼえ**候はず**。さのみ勢のすき**候は**ぬさきに、**御**かつせんなくては、一定なんぎいできたりぬとおぼえ**候**。宮かたのくげの大将になかの院の源少将と申人、西ながおといふ所に、城をかまへてゐられ**候**なる。此一勢をさしむけて、せむべきいきおひを見せば、さがみ殿、さだめて勢をさしわかつて、西

（b）其時御方ノ勢、城ヲ攻ンズル体ニテ、向城ヲ取テ、夜ニ入ラバ篝ヲ多ク焼捨テコト道ヨリ馳帰リ、軈テ**相摸守ガ城**へ押寄セ、

（c）頼之搦手ニ廻リテ先小勢ヲ出シ、敵ヲ欺ク程ナラバ、相摸守縦一騎ナリ共懸出テ、不戦云事有ベカラズ。是一挙ニ大敵ヲ亡ス謀ナルベシ。」トテ、新開遠江守ニ、四国・中国ノ兵五百余騎ヲ相副、路次ノ在家ニ火ヲ懸テ、西長尾へ向ラレケル。

ながおの城へぞかうりよくせられ**候は**んずらむ。

（b）其時御かたの勢、むかひぢんをとつて、西ながおの城をせめんずるよしにて、むかひ城をとり、夜にいらばかゞりをおゝくたきすてゝ、すぐにみちよりはせ返て、やがて**さがみ殿の御ぢん**へおしよせよ。

（c）よりゆき、からめ手にまはつてまづ小勢をいだし、てきをあざむくほどならば、さがみの守たとひ一きなりともかけいだしてたゝかはずといふ事あるべからず。これ一きよに大てきをほろぼすはかりごとなるべし」とて、しんがいの遠江守に四国・中国の勢五百よきをあひそへ、ろしの在家に火をかけて、西ながおの城へぞむけられける。

流布本の「相模守ガ城」を簗田本は「さがみ殿の御ぢん」と表記している。しかし、これは頼之の発言中であり、敵に対する敬語使用は例のないことではないが、この場合は次の「さがみの守」との統一性を欠く。流布本は「相模守」で一貫している。簗田本の（a）は、敬語表現（太字部分）のあり方からして、頼之の、配下の者に対する発言としては不可解である。簗田本は、新開の、頼之に対する進言と誤解して、頼之に対する敬意表現を交えて筆を進め、途中で誤りに気づいたものの、（b）の部分には、（a）の敬意表現の流れが残り、「さがみ殿の御ぢん」としてしまったのではなかろうか（これは簗田本を含む南都本系諸本共通の現象である）。

以下は、策略にのせられたことに気づいた、相模守清氏の弟がいそぎ引き返す場面である。

（d）西長尾ノ城ニ向ラレタリツル左馬助、廿四日ノ夜明テ後、新開ガ引帰シタルヲ見テ、「是ハ如何様相摸殿御陣ノ勢ヲ外ヘ分サセテ、差違フテ城ヘ寄ント忻ケルヲ。軍今ハ定テ始リヌラン。馳返テ戦ヘ。」トテ、諸鐙ニ策ヲソヘテ、千里ヲ一足ニト馳返リ給ヘバ、新開道ニ待受テ、難所ニ引懸テ平野ニ開合セ、入替々々戦タリ。互ニ討ツ討レツ、東西ニ地ヲ易ヘ、南北ニ逢ツ別ツ、二時許戦テ、新開遂ニ懸負ケレバ、

左馬助・掃部助兄弟、勝時三声揚サセテ、気色バウタル体ニテ、白峯城ヘ帰給フ。斯ル処ニ笠符カナグリ捨テ、袖・甲ニ矢少々射付ラレタル落武者共、二三十騎道ニ行合タリ。

（d）さがみの守の舎弟左馬助は、……昨日より西ながおのぢんへ向てしんがいとたゝかはんずるようゐにてゐたりけるが、廿四日のあかつきになつて、しんがいがぢんのかゞりかすかに見えけるあひだ、人をつかはして見するに、「新がいは引返して候やらむ。一人も候はぬ」と申けるあひだ、

「さてはいかさまいでぬけて、さがみ殿の城へよせつらん。われひつ返してたゝかはではかなふまじ」とて、左馬助が千よきのせい、むちにあぶみをあはせてはせ返る。新がいいまだ大手のいくさのせうぶをしらざれば、左馬助の勢を城へいれじと、さへぐつて、みちをふさひであひたゝかふ。たがひにいさみすゝむでいのちをかぎりとせめあひけるが、新がいつゐにかけまけて、右わうさわうにかけなさる。

左馬助からめてのかつせんにうちかつて、思ふ事なく、さがみ殿の城へけしきばうてかへりいらむとするに、かさじるしもかなぐりすて、まことにしほれかへりたる兵共、東をさしておちてゆく。

流布本にはないが、簗田本にはここにも「さがみ殿〈の〉城」という表現がある。これが「相模守ガ城」ではないのは、清氏の舎弟の、将たる兄への敬意が含まれているからである。同じ城が敵将頼之の発言では「相模守ガ城」（流布本b）と記され、味方の発言においては「さがみ殿の城」（簗田本d）と記される。簗田本の、先の引用箇所（b）では、配下の者（新開）の、指揮官（頼之）との身分差を意識した一連の敬意表現の延長線上に、敵の指揮官（清氏）に対しても敬意を示す「さがみ殿の御ぢん」という表現が生まれた。これらの背後にあるのは、いずれも「の」「が」の待遇意識の相違である（注）。

（注）菊池武時が少弐・大友の裏切りにあい、討死を覚悟して、単独で探題北条英時を襲う場面に、「……英時ガ城ヲ枕ニシテ可討死」（巻一一・三七三頁）とある。これを京大本は「ひらときのじやう（ママ）」とする。簗田本は「ひて時か城」としており、京大本が敵の城に対し、「の」を用いるのは不可解である。こうした例外も中には存在する。

三、「の」「が」の消滅

1、基本形は「△△の（が）城」

ジヤウからシロへの変化をたどり、かつ、「の」「が」の用法をみてきた。そのなかでとりあげてきた、訓みの確認できる事例はごく一部の例外をのぞき、すべて「の」「が」を伴っていた。

ただし、漢詩文の世界ではやや様相を異にするようにもみえる。室町中期の漢詩人、万里集九（一四二八～？）の『梅花無尽蔵』（市木武雄『梅花無尽蔵注釈』による）には、太田道灌に招かれ、滞在した江戸城をとりあげた詩句がある。「始めて江城の元日の雪を見る」（第二79）のように、詩語・雅称としての「江城（かうじやう）」のほか、「余、東遊して武蔵之江戸城に槃（盤）桓し」（巻二71。詩題の一節）という表現がある。軍記物語であれば〝武蔵国江戸の城〟と表現するところであるが、これは「むさしのえどじやう」と訓むのかもしれない。同様に、「武野之江戸城を出づ。品河に至り」（巻二129。詩題の一節）や「余比（このころ）武之江戸城に寓す」（巻二89。詩題の一節）なども、市木氏の訓のように「ぶやのえどじやう」「ぶのえどじゃう」と訓んだ可能性がある。

こうした漢詩文の世界をのぞけば、近世においても「△△の城」と称するのが基本である。こころみに江戸城の大拡張が行われた慶長一一年（一六〇六）を例に、『台徳院殿御実紀』（徳川実紀）を紐解くと、「江城」「江戸城」「伏見の城」などの表現がみられるが、必ずしも典拠の表現を踏襲した結果の多様性ではなさそうである。たとえば、「（正月）十九日江戸城修築を仰出さる。」とある記事は、依拠資料の『武徳編年集成』には「江城経営ノ事ヲ……」とある。「（四月）六日御入洛ありて。伏見城にいたらせ給ふ」とある記事は、『三藐院記』『舜旧記』では「伏見」とあるのみ。『実紀』の表記の基準がどこにあるのかはさておいて、「の」を表さない「△△城」の呼称の実態を探る。

「三月朔日快晴。江城経営をはじめらる。」との記事、『武徳編年集成』は「江城経営」とあるが、『家忠日記増補』（大日本史料一二之三による。以下＊印）「江戸ノ城経始」、『秀元記＊』「江戸ノ御城大普請」という表記をとる資料もあり、「江戸城経始」とのみある資料においても、訓みに際しては「の」を補ってよんでいた可能性が高い。あるいは、『実紀』「八月二日二条城にて　大御所申楽御覧あり」は、『舜旧記』には「於京之御城御能アリ」とある（七月廿八日、八月八日等も同様）。

『寛政重修諸家譜』（文化九年（一八一二）完成）は「の」を補わない表記に統一しているようであるが、『寛永諸家系図伝』（寛永年間（一六二四〜四四））や『藩翰譜』（元禄一四年（一七〇一）成）は「蟹江の城」「館林の城」（榊原康政死去の記事）などと表記している。以下に示す往来物の実態に照らしても、『寛政重修諸家譜』のあり方も表記上の問題である（実際の訓みに際しては「の」を補う）と考える。

『日本教科書大系往来編』（以下『往来』）からは以下のような事例が拾える。

『岐阜町尽』（『往来・九』。明治七年作・成美堂板）「（岐阜町の）起原(もと)は、永禄七年織田信長、斎藤氏の世々住し、稲葉(いなば)の城(しろ)を攻め取りて、……岐阜てふ名とはなりしとぞ、」

『雲井の桜』（『往来・一〇』明治二己年）「……田中(たなか)の城(しろ)も見え渡り……浜松(はままつじやう)城に着ければ……吉田(よしだ)の城(しろ)に泊りける……桑名(くはな)の城(しろ)は近ぐなり……亀山(かめ)の城下(しろ)り坂……石山見えて膳所(ぜゝ)の城(しろ)……」（浜松城のみ「はままつじやう」）

『花墨新古状揃万季蔵』（『往来・一一』。文化元年五月刊・西村屋与八板）

・「楠正成壁書」の頭書「楠正成／正成は、……赤坂(あかさか)の城(しろ)に、……千速(ちはや)の城(じやう)にこもりては……」

・「秀吉公、光秀江送る口達之書」の頭書「惟任光秀／……光秀、勝龍寺(せうりうじ)の城へ引取ける。……坂本(さかもと)の城(しろ)へ引退かんと……」

『甲越古状揃大全』（『往来・一一』。安政二年七月刊・紅英堂板）

「高坂弾正忠初陣感状」の本文「今度、信州小田井城(をだゐのしろ)、征伐之砌……」。他の書状の本文および頭注に「諏訪(すは)の城(しろ)」「府内城(ふないのしろ)」「鉢形(はちがた)の城(しろ)」「橡尾(とちを)の城(しろ)」「府内(ふない)の城(しろ)」「葛尾(かつらをのしろ)城」「戸石(といし)の城(しろ)」「岩尾(いはを)の城(しろ)」「鰐嶽(わにがたけのしろ)城」「千葉新介(ちばしんすけ)が桜(さくら)の城(しろ)」「金沢忍(かなざはおし)の城(しろ)」などとあり。

こうした事例に照らしても、近世後期から明治初期にいたっても「△△の城」という呼称が一般的であった、といえる。

2、「の」「が」の消滅時期

◇「の」城

『〈鼇頭挿画〉校正王代一覧』（明治六年四月刊。愛知教育大学蔵本による。以下「#」印も同蔵本）「赤坂ノ城」「吉野ノ城」「千剣破ノ城」（六上9ウ）など。

『国史攬要』（明治七年二月出版、同八年一一月十五日版権免許。#）「金崎城（カネガサキノ）」「根尾城（ネオノ）」（六14オ）

『校正王代一覧〈後編〉』（明治七年一〇月上梓#）「鶴崎ノ城（ツルサキ シロ）」「伏見ノ城」など。

『日本略史』（明治八年四月文部省刊。『日本教科書大系近代編十八』による）「金ガ崎ノ城」「足羽ノ城」（一四五、一四六頁）など。

『皇武史略』（明治一一年一二月出版#）「船坂山ノ城」（四20オ）、「高天神ノ城」（六10オ）など。

◇混在

『近世太平記』（吉村明道編輯、書肆　東壁堂蔵版。明治七年十月発兌。#）

「高取（たかとり）の城」（中7オ）、「萩（はぎ）の城（しろ）」（中12オ）、■「萩城（はぎじやう）」（同）、「浜田の城」（二例。中15ウ）、「白川の城（しろ）」（下1ウ）、■「長岡城（ながおかじやう）」（三例。下2オ）、■「会津城（あいづじやう）」（下9オ）、「会津若松（わかまつ）の城」（下14オ）

◇「の」ナシ

『小学日本歴史一』（明治三六年一〇月発行。『日本教科書大系近代編十九』による）「赤坂城（アカサカジヨー）」「千早城（チハヤジヨー）」（四六二頁）

『高等小学読本二』（文部省著作、明治三七年二月発行。#）「第十課名古屋城（ナゴヤジヨー）。……名高キ名古屋城（ナゴヤジヨー）ナリ。名古屋（ナゴヤ）城（ジヨー）ハ……」

右は、『日本教科書大系』および手近な蔵書を瞥見したに過ぎず、振り仮名など訓みを確認できる資料の少ないこともあって、正確なところは不明であるが、明治も末に近づき「△△ジョー」という、現在用いられている呼称が一般的になるようである。

教育界、あるいは史学界において呼称の改変に言及した調査があるかもしれないが、憶見を述べるならば、「△△城」を「△△ジョー」と称するのは、近代になり「御城」による統治が、記憶のうえでも完全に過去のものとなった段階で新たに発生したことではなかろうか。この「ジョー」は中世の「ジヤウ」の復活ではなく、符号として、形式的に音読みした結果であろう。

おわりに

歴史上の存在を呼ぶ際、現在の学術用語を用いるか、あるいは当時の呼称を採用するかは、種々の場合がある。たとえば、古代の帝王を「和語の尊号」（『神皇正統記』）で称えることは、通常は困難をともなうであろう。しかし、「△△城」が古代の帝王の呼称の場合と異なるのは、「△△ジョー」という呼称が歴史的には、ごく新しい呼称であるという認識が薄いと思われる点である。

「多賀城」は歴史的呼称では「タガ・ノ・キ」であった。歴史事典の類が見出し語をタガジョウとするのは、現在の読者の利用を考えての措置であり、当然のこととして、その説明に当時の呼称への言及はあってしかるべき、と考える。ちなみに、平凡社『世界大百科事典』は「多賀柵（たがのさく）ともいう。」とふれるが、残念ながら中途半端の感をいなめない。吉川弘文館『国史大事典』には別称の記述はまったくない。さらに問題を感じるのは、現在もその遺構が身近に存存している中・近世の城の場合である。戦国期以前の城を、立派な石垣と白壁の天守とをもつ構造物と想像する誤解はさすがに少ないと思われるが、「ジヤウ」と「シロ」との相違も時代を画する指標の一つのはずである。あるいはまた、つぎの往来物の一節をみよう。

『御江戸繁栄往来』〔『日本教科書大系往来編・九』。江戸後期撰　出版者不明〕冒頭「江城をこまかに申せば恐れ有。三重二重の御櫓亭々として、実、朝日にかゞやきて、陰々として黄雲に入粧ひや、……」

『浪花往来』〔『同』。延宝六年刊　出版者不記〕末尾「御城之事舌端に恐れ有り。不宣謹言。」

後者の場合、大坂の名所を列記するのであるが、大坂城については波線部のように記して、具体的記述は欠いている。いうまでもなく、「御城」は他の名所と同列の地点ではない。「エドジョー」と「エドノオンシロ」とのいずれが権威を感じさせるか、という問題でもない。古代の城柵以来、背負ってきた「△△の城（キ・ジヤウ・シロ）」という呼称の歴史性を、意図的にではなく、無意識のうちに飛び越えてしまうことを問題としたいのである。「の」の有無自体は些末な事項である。しかし、おろそかにしてよいこととは思わない。

初出一覧

各章、注記の形式を改めた場合がある他、表記・文章にも手を入れた箇所がある。大幅な作業に及んだものは「改稿」と注記した。

第一部　表現と構成

第一章　太平記形成過程と「序」（日本文学25—7、一九七六・七）　※初出稿の各節見出しを改め、補記を付した。

補論　「賀名生」覚書（愛知教育大学・日本文化論叢13、二〇〇五・三）　※改稿。

第二章　・正成一人未夕生テ有ト聞食候ハ——『太平記』における楠正成の位置——（長崎大学・国語と教育3、一九七八・一二）

・楠正成——霊夢による登場——（解釈と鑑賞56—8、一九九一・八）

※右の二論を併せ、整序したが、内容上の改変はない。補記を付した。

第三章　護良親王逮捕事件と驪姫説話——『太平記』における説話の意味——（軍記と語り物13、一九七六・一二）

※冒頭に補筆。

第四章　太平記と二つの「小幕府」——義良親王奥州下向と成良親王鎌倉下向をめぐって——（軍記と語り物14、一九七八・一）　※改稿。論旨は改めていない。

第五章　後醍醐怨霊譚の機構——『太平記』巻二十三「上皇祈精直義病悩之事」を中心に——

第六章　永和本『太平記』の復権（國學院雜誌114―11、二〇一三・一一）
※第一節「例4」、末尾の「注」を補訂。

第七章　永和本『太平記』考（愛知教育大学・日本文化論叢22、二〇一四・三）
※補記を付した。

第八章　『太平記』の「左馬頭」――予稿――（『『太平記』をとらえる』第三巻、笠間書院、二〇一六・九）

第九章　※新稿

第十章　※新稿

第二部　日付・年次構成

第一章　太平記改修の一痕跡――建武年間の日付の検討から――（長崎大学教育学部人文科学研究報告28、一九七九・三）
※第二章との一体化を図り改稿。

第二章　『太平記』年次構成考――日付の混乱をめぐって――（名古屋大学国語国文学67、一九九〇・一二）
※改稿。

第三章　※新稿

第四章　『平家物語』『源平盛衰記』と『太平記』――日付操作のあり方をめぐって（長谷川端編『太平記の成立』汲古書院、一九九八・三）

付論1　改元と年号表記――『平家物語』・『太平記』付、「四鏡」――（愛知教育大学大学院国語研究5、一九九七・三）
※記述を整理した。初出稿注（17）の後半は本書には不要と判断し、削除した。

付論2　『曾我物語』と『義経記』――物語の時間進行と年記・年齢――
※表記を整理した。

（水原一編『古文学の流域』新典社、一九九六・四）

第三部　合戦叙述

第一章　平家物語と太平記――合戦叙述の受容と変容――（山下宏明編『平家物語　受容と変容』有精堂、一九九三・一〇）※補記を付した。

第二章　合戦の機構――源平盛衰記と太平記との間――（山下宏明編『軍記物語の生成と表現』和泉書院、一九九五・三）※補記を付した。

第三章　合戦の情景――源平盛衰記と太平記との間――（日本文学43―9、一九九四・九）※注の一部を整理した。

第四章　『理尽鈔』『難太平記』から見た「青野原合戦」――『太平記』注釈書としての『理尽鈔』の可能性――（松尾葦江編『平和の世は来るか――太平記』花鳥社、二〇一九・一〇）※初出稿の冒頭・末尾と注（1）を改めた。

第五章　中世軍記物語と太鼓（武久堅監修『中世軍記の展望台』和泉書院、二〇〇六・七）

第六章　騎馬武者が馬より下りる時（軍記と語り物36、二〇〇〇・三）※第一節1を一部補訂。

第七章　馬より飛んで下りること――軍記物語の表現小考――（愛知教育大学・日本文化論叢8、二〇〇〇・三）

第八章　城（ジヤウ）の系譜（軍記と語り物44、二〇〇八・三）※補記を付した。

第九章　城（ジヤウ）と城（シロ）（愛知教育大学大学院国語研究16、二〇〇八・三）※第一節の〈表の注〉＊9を補訂した。

あとがき

本書のはじまりは三〇年近く前にさかのぼる。当初は『平家物語・太平記論考』という形を予定していたが、書名にふさわしいものにするためには相当の補充が必要で、作業は思うようには進まなかった。その途中、寄り道のつもりであった『太平記秘伝理尽鈔』の研究にのめり込んでしまって、そちらを先にまとめたいという気持ちがつのり、三井久人氏（現社長）にわがままを許していただいた。『平家物語』『太平記』にたち戻ったが、時を経るにつれ二兎を追って繕いつづけることが困難となり、研究の出発点である『太平記』に焦点を絞ることとした。そこからもすでに数年がたつ。所収論文には、現時点でできる限りの補訂を施したつもりではあるが、不備は残っていよう。

本当に長い間見守ってくださり、刊行をお引き受けくださった汲古書院にあつく御礼申しあげます。

編集部の飯塚美和子氏には、前著に引き続き担当していただきました。ありがとうございます。

二〇二四年夏

今井　正之助

索　　　引

研究者名索引

ア行

カ行

サ行

タ行

ナ行

ハ行

マ行

ヤ行

ワ行

書名（資料）索引

ア行

カ行

サ行

タ行

ナ行

ハ行

マ行

ヤ行

ラ行

ワ行

著者略歴

今井　正之助（いまい　しょうのすけ）

1950年、岐阜県生まれ。名古屋大学大学院文学研究科博士課程後期課程中退。長崎大学教育学部教員を経て、愛知教育大学名誉教授。博士（文学）。

著書 『『太平記秘伝理尽鈔』研究』（汲古書院　2012年）

共編著 『太平記秘伝理尽鈔』１～５（平凡社・東洋文庫　2002～20年）、『校訂　中院本平家物語』上・下（三弥井書店・中世の文学　2010、11年）

太平記考説

令和六年十一月二十六日　発行

著　者　今井正之助

発行者　三井久人

整版印刷　富士リプロ㈱

製　本　牧製本印刷㈱

発行所　汲古書院

〒101-0065 東京都千代田区西神田二-四-三

電　話　〇三（三二六五）九七六四

FAX　〇三（三二二二）一八四五

ISBN978-4-7629-3692-0　C3093